月子会所

邵　珊　马菲菲　著

四川文艺出版社

图书在版编目（CIP）数据

月子会所/邵珊，马菲菲著. —成都：四川文艺出版社，2018.8（2021.1 重印）

ISBN 978-7-5411-5104-0

Ⅰ．①月…Ⅱ．①邵…②马…Ⅲ．①长篇小说－中国－当代Ⅳ．①I247.5

中国版本图书馆 CIP 数据核字（2018）第 154305 号

YUEZI HUISUO

月子会所

邵　珊　马菲菲　著

责任编辑　周　轶
封面设计　叶　茂
内文设计　史小燕
责任校对　蓝　海
责任印制　桑　蓉

出版发行　四川文艺出版社（成都市槐树街 2 号）
网　　址　www. scwys. com
电　　话　028－86259287（发行部）　　028－86259303（编辑部）
传　　真　028－86259306

邮购地址　成都市槐树街 2 号四川文艺出版社邮购部　610031
排　　版　四川胜翔数码印务设计有限公司
印　　刷　阳谷毕升印务有限公司
成品尺寸　168 mm×238 mm　1/16
印　　张　27　　　　　　　　　　字　　数　470 千
版　　次　2018 年 8 月第 1 版　　印　　次　2021 年 1 月第二次印刷
书　　号　ISBN 978-7-5411-5104-0
定　　价　49. 80 元

目录

第一章 女明星入住

1.

虽然在月子会所当护士这么久了，知道预定总统套房的产妇一定非富即贵，但曾执还是被月子会所今晚的迎接阵势惊着了。

院长林珊亲自带队站到月子会所门口，梁护士长、台湾专家杜老师、营养师、中医保健师、私人厨师、月嫂、瑜伽老师……完整的十几个人的护理团队全部出动了。

而且，这位神秘产妇居然要求半夜12点入住，院长竟然也同意了。最不可思议的是，平时在室内的保安，也被院长安排到月子会所院子里几处摄像头照不到的地方巡逻。

这位产妇看来是大有来头。但是院长什么都没有和大家说。曾执感到匪夷所思，也很疑惑，来的到底是何方神圣？哪位大佬的老婆，哪家的千金？

曾执强忍着困意。毕竟白天累一天了，现在又要迎接神秘大人物，严阵以待的架势着实有点扛不住了，她连连打了几个呵欠。

站在一旁的客服瑶瑶说："曾执，拜托不要打呵欠行吗？打呵欠会传染的你知道吗，我都快站不住了。"

院长林珊似乎没有听见大家隐隐的不满，她看了看手表说："再等等，马上就要12点了，她会准时到的。"

林珊是美国加州大学妇产医学博士、心理学硕士，曾任 Hoag 医院妇产科医生，在洛杉矶赴美生子华人中享有极好口碑。她为什么回国，这是一个谜。月子会所也有人议论，说林珊和月子会所幕后老板陈俊明是老同学，早年是情侣。

在月子会所很多人眼里，院长林珊就是一个工作狂，累不垮的铁娘子，不仅平日里经常加班，就连大年三十都不回家，在月子会所和值班工作人员一起陪产妇们度过。有人说她敬业，以会所为家，也有人猜测她可能家庭不幸福，才把工作当成了自己的全部。

林珊的手表显示11点50分，虽已夜深，她却毫无困意。两周前和老板陈俊明通的那次电话，此刻又回响在耳边，她着实不敢打盹。

"林珊啊，咱们月子会所这是要火的节奏啊，今天我的一个朋友把一个大明星介绍给咱们月子会所，一会儿，她的助理会来，你给安排一下，一定要高规格接待，最好你亲自接待。"

虽说大陆的月子会所本来给人印象就比较高大上，不像台湾的月子中心，三步一个、五步一间的，工薪阶层的产妇也会随时拎包入住，但林珊骨子里的价值观还是让她觉得，来到这里的都是她要照顾的产妇，她们是平等的。这种摆谱的明星让她心里很是看不惯，就冷冷地说："知道了。"

"林珊呀，我知道你是怎么想的，我认真地说，你可别不当回事，她不知道从哪儿了解到你心理医生的背景，说是专门冲你来的，已经看上我们这里了，她要是来这里坐月子了，那是看得起我们！"陈俊明很知道林珊的脾气。

"俊明，来我们这里的都是产妇，对我来说她们都是一样的。"

"当然当然，大家都一样，但明星不一样啊，那演艺界一传开，对咱们是多好的广告效应啊！咱们这种月子会所，所谓的高端，就是专为这种有钱的高端人士服务的，赚的就是他们的钱，不要忘了你是月子会所的院长……"

林珊无语。可是让陈俊明万万没想到的是，这位明星是未婚生子，她绝不想让任何人知道她在这里坐月子，所以更谈不上转介绍了。她是为了躲避狗仔队的追踪，才选择来这家各种点评网站上看不到的月子会所，幽静、高端，里面还有一位心理专家的海归院长。

林珊本是讨厌这种世俗的交易，这和她来月子会所的初衷简直背道而驰，但是人在屋檐下不得不低头，作为院长不光要抓业务，也要抓效益，飙升的入住率才是硬道理。

月子会所门口传来汽车的马达声。明亮的车灯晃得月子会所门口一群人睁不开眼睛。

这是一辆豪华房车，曾执只在娱乐新闻里看到过，狗仔队偷拍明星休息的场景常常出现这样的车。平时月子会所有专门的奔驰商务车，去医院接产妇出院，然后入住月子会所。可今天这位，听说谢绝了月子会所的专车。

有人下车，警惕地四周打望之后，火速又小跑着回到车旁，打开车门。

车上首先下来两个高大黑衣男士，看样子是保镖，随后几口硕大的箱子被车里的人递了出来。

接着下车的是一位女士，婴儿提篮随后被车里的人递了出来。

然后一个年轻姑娘下车，站在车门一侧，等候车里的人出来。

最后下车的应该就是产妇本人了，不过她裹得太严实了，一身黑衣服，还裹了一条像毯子一样的黑色大披肩，从头到脚都是黑色，看起来很瘦的样子，帽檐压得低低的，大半夜的还戴着墨镜。

月子会所护理团队翘首打望。人们小声议论，这产妇什么来历，排场这么大！

院长林珊走上前去迎接，她看了看提篮里熟睡的婴儿，低声又不失热情地对产妇说："欢迎来到月子会所，我是院长林珊，一路辛苦了！"

这位神秘产妇扫了一眼前来迎接的人群，并没有打算理会大家的意思，只对林珊点了点头："麻烦你了林院长，今晚除了我的月嫂和护士，我不想看到这么多人，可以请他们回去吗？"

林珊立刻说好："那就明天再认识你的护理团队，今晚先上楼休息吧！"随即转过头来对大家说，"曾执，刘姐，你们先跟我来，其他人下班吧，辛苦大家了！"

2.

这是一处闹中取静的月子会所，环境优美，地理位置优越，与闹市区隔着一条僻静的小马路，旁边还有一条小河。

当年林珊受老同学陈俊明邀请回国的时候，为了月子会所的选址，可没少花心思。这里的装修都是林珊亲自参与设计的，每盏灯、每个螺丝钉都认识林珊，她对这里倾注了太多的心血和感情。

欧式风格的几栋建筑被绿色植被包围环绕，非常安静清新，在夜晚柔和的灯光下，显得分外舒适高雅。这里单从外在环境看，就很适合产妇和新生儿休养。

月子会所房间不多，只有28间，这个数字也是普通产妇在月子会所入住的天数。林珊希望它是个小而精的月子会所，因为她要把她的产妇产褥期心理研究放在里面，她希望来这里的产妇不仅能享受到身体的护理，还能体会到心灵的呵护。生过孩子的女人都知道，一个女人一旦生了孩子，不仅她的生活会有翻天覆地的变化，心理上的变化就更大了，产后抑郁问题已经越来越普遍了。

一行人簇拥着这位神秘产妇走向总统套房专用通道，刷门禁卡，乘电梯上楼。

这间足有200多平方米的总统套房豪华气派，除了卧室、婴儿房、客房，还有设计独特的超大起居室、豪华会客厅、标准8人餐厅和一间办公室，设备齐全，露天观景阳台、自带厨房、按摩浴缸、无点光源系统、智能家居系统等一应俱全。

一进门，两位黑衣保镖立刻挨个房间走了一圈，将门、窗、阳台、灯具开关逐一检查，并立刻拉上了窗帘。

确认环境安全了，神秘产妇这才取下帽子、墨镜，女助理马上接过去收好。

曾执发现眼前这位产妇看起来很眼熟，多打量了对方几眼之后不由得心里一惊：女明星丁羽芊！因为月子会所曾有同事说曾执长得跟丁羽芊很像，让她对这位女明星印象深刻。

难道真的是丁羽芊？曾执不确定，趁着人多，院长也在和产妇说话，她悄悄拿出手机搜索起来，屏幕上跳出很多"女明星丁羽芊未婚怀孕""丁羽芊神秘消失赴美生子"之类的新闻。

无风不起浪，假以时日，娱乐圈的八卦总会被事实证实。瞬间，曾执就明白了，这位神秘产妇果然就是传言怀孕生子的女明星丁羽芊。曾执有些讶异，但她没动声色。

林珊带着温柔又不失职业化的口吻对丁羽芊说："我来给你介绍一下，这位是你的专职护士曾执，她是我们这里专业技术最好的护士。"

曾执礼节性地鞠了一躬："您好，以后我每天都会来给您查房，您身体方面任何问题都可以咨询我。"说完她自觉地退到院长身后。

林珊接着介绍："这是我们的金牌月嫂刘姐，她会24小时地守候在你身边。"

院长话音未落，一看就稳重踏实的刘姐点了点头立刻去工作了。

丁羽芊靠在沙发里，冲着曾执和刘姐说："我想，你们大概也认出我是谁了吧？我先把丑话说在前头，我大半夜来你们月子会所，就是不想让别人知道。我呢，是冲着你们林院长的声望来的，你们月子会所和我也签了保密协议，我丁羽芊在你们这里坐月子，假如走漏了一点风声，到时候可别怪我不客气。"

哇，果然是丁羽芊！曾执深深吸了一口气。月子会所不是头一次接待女明星，曾执也不是头一次护理女明星，可像这位一样让月子会所如临大敌的女明星，还真是头一次遇到。

绯闻缠身，未婚生子，还想保密，曾执不由得看了一眼林珊，这不是院长的风格呀！一向讲究平等博爱的院长今日怎么变得如此世俗？看不懂了，曾执摇摇头。

听丁羽芊这么说，林珊赶快说："羽芊你放心，保护客人隐私是我们月子会所的基本原则，我们不会向外界透露任何一位产妇的母婴信息。另外，你住的这间总统套房私密性非常好，与月子会所其他客房是不相连的，大门、通道、楼梯都是独立的。之前预定的时候你也考察过，当时你说住这里比在家还安全，对吧？另外刚才你也看到了，进入这个房间要刷卡，经过三重安防系统，你的楼下门口有 24 小时专职保安，确保你的安全。外人进入、亲属探望就更严格了，要先人脸识别，然后传到产妇手机上，在我们月子会所的客户端上只有你亲自确认并同意开门，亲属才能进入，不认识的人连第一道门都进不来。"

丁羽芊没说话，只是不动声色地点了点头。

"放心吧，今后一个月这里就是你的私人领域，你的任何私人活动都不会被外界知道，入住期间你的档案资料由我本人亲自保管，你的护理团队明天我会一一交代清楚。曾执和刘姐，无论技术、经验还是人品，都是我们月子会所最棒的。"林珊诚恳的一番话，让丁羽芊似乎松了一口气。

林珊又向曾执、刘姐嘱咐道："刚才我说的你们都听明白了？羽芊是我们的贵宾，大家都做好自己分内的事，其他的不要问也不要说。"

曾执、刘姐各自应声说"好的"。两人嘴上不说，心里却知道，这位情况特殊的女明星不同于别的客人，这次真是遇上难伺候的主儿了。

等曾执做完登记和简单的检查后，躺在床上的丁羽芊打着哈欠说："不早了，我困了，明天上午，你们全部 10 点以后再过来吧，我要睡个懒觉。刘姐，郑姐是我带来的阿姨，孩子今晚就交给你们了，拜拜！"说完扭头睡了过去。

3.

为了迎接女明星，大家熬到半夜才回家。好不容易能回家睡觉了，感觉还没怎么睡天就亮了，闹钟响得烦死人。

不管发生了什么，太阳都照常升起，只要天不塌，上班的人都要去上班。

曾执拖着疲倦的身子来上班，路过前台，客服闵瑶瑶热情灿烂地和她打招呼。曾执心想，这个瑶瑶真是精力充沛啊！

瑶瑶 26 岁，白皙的脸蛋，大眼小嘴，不仅人长得讨喜可爱，而且一看就是个活络机灵的主儿。

"打鸡血了，你不困吗？"曾执算是也和瑶瑶打招呼了。

"哎，差不多吧，八卦就是我的鸡血，我问你，昨天那位气场超强的牛妈产妇，到底是何方神圣啊？看那排场，是不是哪个女明星啊？"瑶瑶眉飞色舞地问。

曾执一激灵，从昨晚到现在，这才几个钟头，这么快八卦就传出来了？她打了一个哈欠，掩饰地说："看来昨晚回家睡得还不错嘛，那么晚下班都阻止不了你丰富的想象力？"

瑶瑶不死心："快说说看，到底是什么人嘛，太好奇了。"

曾执左右看看，一脸严肃地说："我跟你说，好奇害死猫啊，你是不是不想干了？别拉上我啊！《月子会所隐私保护制度》第一条，保护客人隐私，未经客人同意，工作人员不得在公众场合讨论客人的任何信息。我就提醒你一次啊，没有第二次！"

瑶瑶撇撇嘴："好嘛好嘛，不讲就不讲，干吗这么吓人！"

曾执留下一个"少管闲事"的表情，转身向护士站走去。

电话响了。瑶瑶一边接电话，一边拿出手机照镜子，拨弄着眼睫毛。上次接的眼睫毛质量不好，这才几天工夫，掉得没剩几根了。

这时一位衣着华贵举止优雅的女士走到前台，耐心等瑶瑶打完电话，声音轻柔地问："我想去总统套房探望产妇，请问怎么走？"

一听说这位访客要去总统套房，瑶瑶八卦的心立刻荡漾起来：要去总统套房，说明是那位神秘产妇的亲戚朋友啊。正愁不知道昨晚的神秘产妇是谁呢，真是天赐良机！瑶瑶暗暗思忖：这位要去探望产妇，我带她过去合情合理，正好一探究竟。

不能流露出一点小兴奋，瑶瑶像往常一样用工作腔回答："女士您好，欢迎来到月子会所。我们的总统套房是独立的，大门、通道、楼梯都是单独的，需要从外边进去。请问您是，您是产妇的什么人呢？"

梅青倒是毫无提防，马上回答说："我是她的妈妈。"

哇，神秘产妇的妈妈！瑶瑶太激动了："这样啊，您和产妇约好了吗？进入总统套房是需要人脸识别的，传到产妇手机上，只有她确认并同意，亲属才能进呢。"

梅青答道："好，她告诉我了，你带我过去吧。"

瑶瑶暗自开心，一边带领梅青前往总统套房，一边向她介绍月子会所的简单情况。

丁羽芊还在睡觉。被提醒亲属探访的铃声吵醒，拿起手机一看，原来是妈妈。确认放行。

4.

瑶瑶一路领着梅青走进总统套房，眼前穿着睡衣的产妇让她大吃一惊，竟然是女明星丁羽芊！

难道网上说的都是真的，她未婚生子？孩子爸爸是谁？八卦新闻里不是说她去美国生孩子了吗，怎么会出现在这里？瑶瑶呆立在一旁，有些反应不过来。虽然猜测是一位女明星，但没想到真是一位女明星，而且是这样一位频繁出现在娱乐新闻里的绯闻女明星。

丁羽芊慵懒地在床上伸了个懒腰，然后和妈妈招招手："你怎么来这么早，干吗不在家多睡会儿？"

"还不是不放心你！你吃早饭没有？这里饭菜可不可口？要是吃不惯这里的，妈妈做好给你带过来。"梅青一边收拾女儿散落的衣服，一边说。

就像所有的妈妈一样，不管什么时候来到孩子身边，总担心自己不在的时候孩子会饿着，梅青也一样。

此时的瑶瑶已经缓过神了，她可不能放过任何一个给月子会所做广告的机会："阿姨，这您可就不了解了，我们这儿的月子餐呀是分阶段性饮食，第一周叫作身体环保，因为乳腺管还未全部开通，又要排恶露，所以第一周饮食要特别清淡，第二周才——"

"你是谁啊？"丁羽芊看瑶瑶面生，不由地问。

呀，大明星问我话了！瑶瑶心花怒放，声音也甜美起来："我是您的专属客服闵瑶瑶，昨天晚上见过您，不过昨晚人多天又黑，您可能没注意到我，您有任何需要都可以吩咐我。哦，刚才我是带阿姨过来才进来的，如果您没有需要我就先回去了。"

"没事了，你走吧。"丁羽芊转身向妈妈说，"没吃呢，刚被你吵醒了，本来打算睡个懒觉呢。"

瑶瑶一步三回头，依依不舍地离开。

"不吃早饭可不行，女人月子坐不好可是要落下病的。你房间不是有专门的厨师吗，怎么没有给你准备早饭？"梅青看了看厨房，冷锅冷灶，没有任何可以马上吃的食物。

梅青立刻去按呼叫服务，让把早饭准备好送过来。

"是我让他们10点以前都不要来的，人多眼杂，再说人多太吵了，我还想这一个月清静清静呢。"看着妈妈不由分说张罗起来，丁羽芊连忙解释。

这边，得知巨大秘密的瑶瑶一路狂喜，回到前台也是坐立不安，心里又兴奋，又因为不能和任何人说而感到憋得难受。

这个八卦太大了，没想到一个热门八卦就发生在自己眼皮子底下。而且，瑶瑶以前就觉得护士曾执和明星丁羽芊长得像，今天一见真人，真的是太像了。

月子会所前台，月嫂刘姐恰好经过，瑶瑶知道她是总统套房专门服务丁羽芊的月嫂，急忙拦住她。不讨论她是谁，八卦一下她和曾执长得像，这总可以吧？

"刘姐刘姐，你觉不觉得昨晚新来的总统套房那位产妇，和曾执长得很像啊？"

刘姐没有防备，冷不丁被瑶瑶这么一问，想了想，觉得还真是："嗯，你不说我还没觉得，你这么一说，是有点像啊！不过昨晚那么黑，你也没靠前，居然连她长什么样都看出来了？"

瑶瑶说："我哪有那么厉害，我又没有夜视眼。刚才她妈妈来探望她，我给她带过去的，顺便就看到她的庐山真面目了。"

刘姐忽然有了警惕："这个不能说的，这位产妇是贵宾，月子会所和她是签了保密协议的。"

刘姐不想和瑶瑶再多说什么，匆匆要离开，一转身和曾执撞了个满怀。

曾执说："刘姐，你在月子会所的时间不比我短，规矩你都是知道的，还用我再提醒你？"

刘姐望着曾执，似乎没听见她说什么，自言自语地说："你们长得真是挺像的。"

这时曾执手机响了，是闺蜜蔡美伊的电话。曾执走到一旁接电话。

身后，闵瑶瑶欲言又止。

曾执有些紧张，蔡美伊怀着二胎，已经七个多月了。此时美伊打电话给她，不会有什么事吧？

"亲爱的，我可以预订你的月子会所了！我想好了，这次生老二也要去私立的 MM 医院生！"

"哟，你这是终于下决心，舍得给自己花钱了？我早就劝你嘛，对自己好点，少遭多少罪啊。"曾执终于放下心。

"哈哈，我跟你说，王睿他们律师事务所这次去杭州出差拿下一个大案子，明天王睿就回来了，这下我生产的医院、月子会所，还有奶粉钱我都不操心了，你说我开心不开心？本来怀这二胎，我还犹豫要不要呢，看来真是老天让我要这个孩子呀！"

"说得好像你操心过一样！好好好，我也替你开心，月子会所这边我可以帮你预订房间，可是私立 MM 医院那边，会不会接收你这种怀孕这么大月份还没在人家那里建档的孕妇啊？"

"明天我就去 MM 医院看看，应该会收吧，哪有眼看着来钱不赚的？哎，月子会所你要给我打个折啊！"

"我们不打折的客人还排着队挤破门呢，你这快八个月的孕妇才来预订，还想要打折？"曾执故意说。

蔡美伊说："我不管，反正你给我安排好！"

闺蜜两人正聊得开心，忽然有人喊曾执，说林院长找她。曾执敷衍着蔡美伊说着"好好，打折打折"，一边匆忙挂了电话，直奔院长办公室。

5.

院长办公室的门开着，林院长正在整理资料。

曾执敲门："院长您找我？"

林珊招呼曾执坐下："来来，曾执，快进来，坐下说。"

刚一进门，林珊就递给曾执一份文件夹装好的资料。

"你先看看，这是丁羽芊的资料，今后每次查房记录之后，你都要把她的材料交还给我，一定你本人亲手交还给我，她的信息不能泄露出去哪怕一个字，记住了？文件夹也不要放在你们护士站，梁护士长你也不能给她看，明白吗？她的信息我们要绝对保密。"林珊严肃地说。

院长的信任让曾执非常受用，她这个从生下来就没见过亲生父母的孩子，总是能一次次地从院长那慈爱而笃定的眼神中找到归属感。

"我明白。她未婚生子的传言现在网上到处都是，如果她在咱们这儿坐月子的消息传出去，那可真是丑闻了。"

"是啊，所以不能走漏一点风声。"

"不过应该不会，咱们月子会所的人什么产妇没见过？嘴都特严！再说了，网上都说她去美国生孩子了，谁能想到她就在北京，压根就没出国呢！她这是声东击西？"

院长叹了一口气："那倒也不是，她原本是想去美国生来着，结果被拒签了。

她没住进来之前，我也没跟月子会所任何人提过她的事，包括你。传言倒并不可怕，因为她整个怀孕生产过程，都没被狗仔队拍到一张照片，没图没真相，她的保密工作做得相当好。她是明星，没结婚就生了孩子，一旦消息坐实，她的形象就毁了，前途也就完了。所以她在我们这里坐月子的事，半个字都不能让外界知道。"

曾执点点头："嗯，我明白。我不明白的是，她年纪轻轻的，不算大明星吧，也算知名度很高的小花了，还没结婚，生什么孩子呀？"

院长一摊手："她怀孕了，想当妈妈，就生喽！"

"也是，当妈妈是每个女人的权利，生孩子和结不结婚没关系。"曾执感慨地说。

"你可不要动这念头啊，以后你生孩子，我可是必须要知道孩子爸爸就是你老公的。"院长笑着说。

"我动什么念头，孩子他爸在哪儿还不知道呢！"曾执也笑了。

院长忽然想起什么似的："哎，我的师弟，加州大学妇产医学博士 Robin，你还记得吧，上次我跟你提过，什么时候约着让你们见个面？"

曾执慌忙搪塞说："饶了我吧，人家是海归博士，我这长这么大都还没出过国呢！哎呀，还是等伺候完这位大明星坐月子再说吧。"

"曾执，这人要想有男朋友，她总得去找吧，要是不找，怎么能找到呢？你说对吧，不要总是拒绝。"林珊看出了曾执的心思。

"院长，您要是没别的事，我先回去了。"

虽然拒绝了院长，但是她的话还是给了曾执很大触动。她若有所思地离开了。

6.

下午 5 点。今天下早班，曾执在更衣室换好衣服准备回家。刚走出月子会所大门，两边突然窜出几个人，拿着相机对着她一通猛拍，一时场面混乱。

"你们干什么？拍什么照片啊？拍我干什么？"曾执惊慌失色。

"孩子是男孩吗？宝宝取好名字了吗？你是在美国生的孩子吗？孩子父亲是王曦明吗？"

"什么乱七八糟的，你们在说什么啊？"曾执下意识地拿起包包挡住脸，寸步难行，只好退回月子会所。一群拿着相机话筒的人被闻声赶来的保安拦在外面，他们仍不放弃，锁定曾执的背影持续拍摄。

曾执起初莫名其妙，后来忽然明白过来，狗仔队这是把她当作丁羽芊了！都说她和丁羽芊长得像，看来是真的。

平添这许多麻烦，曾执很气恼。以后每天都要上下班呢，这可怎么办？

手机响，回到护士站还没有坐下、一脸郁闷的曾执拿出手机，打开微信。是好友殷悦发过来的，手机上一个大大的"好无聊"的表情，一行文字："下班了吗，晚上陪我逛街？"

曾执抬起头，似有犹豫，长舒一口气，然后快速回复："下班了，你来接我。"想了想，又补了一句"到地库"。

殷悦，一个标准的白富美，父亲是厅级干部，母亲早年是老师，后来自己创业经营一家教育机构。她从小过着衣食无忧的生活，是那种一眼看上去就很优越的女孩。

曾执所在的月子会所，与殷悦所在公司的写字楼，只有一街之隔。两人收入相当，曾执却一直觉得她和殷悦之间，仿佛隔着一个世界，但这并没有妨碍她们从大学时代就成了最好的朋友。

正是下班高峰，写字楼里衣着光鲜的白领们鱼贯而出。殷悦热情洋溢的脸上，带着终于下班的轻松，加上好友曾执答应陪她打发无聊的下班时间，她感到很开心。

殷悦驾车一路驶进月子会所的地库，曾执早已等候在那里。

"大小姐，干吗非要我进地库接你啊？"

"我懒得走，你反正开车，多走一段怕什么？"

接上曾执，殷悦在自己白色宝马车里和曾执愉快地聊着天。注意到曾执若有所思，殷悦忍不住打趣她："喂！想谁呢？"

"没想谁，我能想谁啊？"

"别不承认，你刚才明明就是走神了。"

"没有，我是在想今天我们院长说的话，觉得还真挺有道理的。"

"什么话？说来听听。"

"就是，她想给我介绍男朋友呗。"

"噢，你不是最排斥相亲吗？"殷悦清清嗓子，模仿曾执说话语调，"找男朋友是不是人生大事？是，对吧，我人生中这么重要的事，你说是交给王大爷呢，还是交给李大妈呢？"

曾执不由得笑了："本来就是人生大事嘛！不过，今天我们院长说得也对，我都不找，怎么能有男朋友呢？"

"还真就是这么个理儿！你看啊，人人都羡慕中彩票的，人人都想中彩票，但是想中彩票，首先你得买彩票吧？你不买，怎么有可能中呢？找男朋友也一样，首先你得找，才有可能找到。"

曾执叹了一口气："说得容易，唉，找一个合适的男朋友，比中彩票还难！"

"特别不爱听你们这些没男朋友的整天说找不到男朋友，说什么找男朋友太难，其实啊，不是找不到男朋友，而是找不到年龄相当、趣味相投、有房有车、温柔体贴、英俊潇洒还巴不得马上娶你的男朋友。"

"唉，让你一说，我更绝望了。但凡优秀的、自我要求高的女生，都想找比自己更优秀的男朋友，但是男生呢，不管自己是冬瓜茄子还是葱，都只想找漂亮的女朋友。"

殷悦乐不可支："绝望什么呀，你们院长这不是正给你介绍吗，她可不是什么王大爷李大妈，人家是精英，她介绍的人一定错不了，没准是钻石级别的呢！去见见吧。"

"算了吧，据说是个海归博士，我和人家差距太大了。"

"我就看不上你这没自信的样儿，你白长这么漂亮了。喏，按你说的，甭管这男的是冬瓜倭瓜，都想找漂亮的女朋友，就凭这一条，你就占优势，至于是选张三还是李四，那是你的事喽，去见见吧！"

"得、得，你厉害，不如你把我卖了吧！"

商场里，不知不觉殷悦手上已经拎了几个购物袋，和曾执边走边看路过的品牌专柜橱窗。她们路过一家鞋店的门口，殷悦隔着玻璃看着展示的样品，双眼放光，哇哇赞叹。

殷悦指着一双米色样品鞋，向曾执询问意见。其实她根本不用询问就已经做了决定："今年我一双凉鞋都没买呢，今天必须得选一双。这双！这双太棒了，咱俩一人一双怎么样？哎，你们月子中心今年什么时候评选技术模范，不是说谁选上技术模范就可以免费去台湾吗？到时候咱俩一起去，我们就穿这双闺蜜鞋怎么样？"

曾执叹口气："唉，这个评选最近没信儿了，台湾行有可能泡汤了。"

殷悦很遗憾："啊？那这堆衣服我不白买了？"

"慢慢穿呗，在北京又不是不能穿。"

"哎呀，还指望你评上技术模范，咱俩来个闺蜜游呢……算了，走，我们进去买鞋！"

7.

殷悦家，她老公张建平正在厨房做饭，左手拿着平板电脑看菜谱，右手拿着锅铲，边学边做。

他最近爱上了做饭。他很渴望有一个孩子，于是变着花样给殷悦做饭。他觉得殷悦太瘦了，想让她调养好身体，早点怀孕。

张建平的手机放在客厅的茶几上，一直震动着，看起来在提示有很多未读消息。

有人敲门。张建平以为老婆殷悦回来了，可能又忘了带钥匙，她常常忘记带钥匙，于是应着"来了来了"连忙从厨房出来。开门一看，原来是快递员："您好，先生，我是快递员，这是殷悦小姐购买的商品，请签收。"

张建平面露不悦："又买东西，她不在家！这个需要我付款吗，还是已经付过款了？"

"嗯，这件商品已经付过款了，您只需要在这里签字确认就好了。"快递员指了指面单上的签字栏。

张建平签字，接下沉甸甸的快递箱子，一脸不悦。他把箱子顺手丢在门口另外两个箱子上，那是昨天他替殷悦收的快递，殷悦还没拆箱。他最反感老婆乱买东西，平时逛街就算了，还不停地网购。

张建平看见闪烁的手机，拿起来想给殷悦打电话，可是一打开，一长串未读消息，全是银行发来的殷悦的刷卡消费记录。张建平重重地把手机扔在沙发上，他更生气了。

第二章　遇见前男友

1.

商场里，殷悦还在试鞋子，除了刚才在橱窗里看中的那一双米色凉鞋，面前还摆了一排夏季新款鞋子。可是殷悦试来试去，还是最喜欢最初看中的那双米色凉鞋，虽然穿着大了，但也不舍得脱下来。可惜，这双鞋子店员查过没有适合殷悦的鞋码了。

殷悦自言自语："太可惜了，你说鞋码小了，我还可以把脚硬塞进去，撑一阵子凑合也能穿，这鞋码大了怎么办，凉鞋又不能垫鞋垫！"

曾执劝道："那就别买了，要不你换那双白色的，反正款式一样，白色这双你不也挺喜欢吗？"

"哎，米色这双你穿正合适啊，我买白色这双，你买米色这双！"

曾执接过殷悦递过来的鞋子，不经意翻看了一下价签，1980 元。这也太贵了，虽说是真皮的吧，但是毕竟是凉鞋，就那两根皮带，就要卖将近 2000 块，她接受不了。

曾执根本没试，把手上的鞋子递还给殷悦。

曾执嘘一口气："唉，我没心情买。"

曾执翻看价签的小动作被一旁的殷悦捕捉到了，多年好友，她知道曾执是嫌贵，不舍得花这笔钱。无论任何时候，她都不舍得花点钱让自己开心一下。

殷悦替曾执感到一点心疼，她双手接过鞋子："我有心情买，你别管了！唉，我最近没胃口，吃什么都觉得没意思，也就只有买买东西，能让我心情愉快了！"

曾执瞬间明白，殷悦这是要买下送给自己，连忙阻止。这太难为情了，这么贵的鞋子。可是殷悦不由分说，拿起两双鞋子就去结账了。

拉拉扯扯太难看了，曾执拗不过殷悦，只好看着她刷卡、买单。

曾执其实有些不悦，突然收到这么贵的礼物，即便是朋友之间，迟早还不是要还的？可她的心思，殷悦丝毫没有察觉，她只看到她的不舍得。

张建平的手机响了，又是银行发来的殷悦的刷卡消费记录提示，这一笔是3960元。

张建平瞠目结舌，彻底怒了。他顺手把手机往沙发上一丢，又捡起来，拨通殷悦的电话。电话接通的一刹那，听到殷悦甜甜嗲嗲的一声"喂"，张建平口气忽然又软了："老婆，还买呢？该回家吃饭了吧？"

电话听筒传来殷悦甜美的声音："我一会儿就回去啦，老公不用等我吃饭了。"

张建平想再多说几句，电话已经被殷悦挂断了。张建平原本坐着，扔下手机，颓然往沙发上一躺，眼睛直直地盯着天花板。

老婆家境富裕，从小衣食无忧，但总这么大手大脚花钱，往后的日子还怎么过？毕竟要生小孩，生了小孩更要花钱，孩子很快还要上学，还要上课外班，他现在算是领教到什么叫败家娘们了。

张建平打开酒柜，挑了一瓶酒，给自己倒了一小杯。前几天他遇到自己的高中同班同学，同年考大学来到北京，可现在，人家孩子都要出生了，自己老婆还没怀孕呢，整天就知道瞎买，买买买！

借酒浇愁，不知不觉几杯酒下肚。微醺中，张建平听到钥匙开门的声音，殷悦两手拎着好几个购物袋，回家了。

一屋子酒气，殷悦很吃惊，因为备孕，老公已经戒酒好久了："老公，你怎么喝酒了？"

张建平没说话，兀自继续喝酒，沉默。

"今天有快递的包裹吧，你给我收了吗？"察觉气氛有异，殷悦没话找话。

张建平没理会殷悦，问道："你刚才买什么花了3960块啊？"

殷悦答："买鞋子啊，我一双，曾执一双，曾执喜欢又不舍得买，我就送她一个礼物呗，让她开心开心。"

看着殷悦好像做了一件大好事那么开心的表情，张建平觉得自己快要爆发了，将近2000块的鞋子，还你一双我一双，眼都不眨就送朋友了！

"老婆，咱家的钱都是、都是大风刮来的，是吧？"张建平借酒壮胆。

殷悦撒娇靠在张建平身上，作势拿他的酒杯："说什么呢，曾执又不是外人。

哎，你别喝了，又没有酒量，一喝就醉……"

张建平甩开殷悦，越说越激动："我喝酒，我喝酒怎么了？我不喝酒，有用吗？我都快两年不喝酒了，你肚子倒是有个动静啊！我天天在家做饭，天天琢磨做你爱吃的，就想把你养胖点，好生个孩子……你倒好，天天不着家，天天买买买，逛街，网购。"他指着门口一堆快递箱子和殷悦刚放下的购物袋，"你瞧瞧你买这一堆东西，一天到晚除了购物，你还知道别的吗？你知道没有孩子，多么让人家笑话吗？你知道你妈多盼望抱孙子吗？你从来不知道攒钱，就知道大手大脚花钱，从不想以后有了孩子怎么办……我这是要绝后啊，我真是不孝啊！"

殷悦最反感张建平喝酒，一喝酒就失态，一失态就口不择言。

殷悦喝止道："张建平，你喝多了吧你！"

"我喝多了，我就是喝多了！老子受够了，自打娶了你，我就把你当公主供着、宠着，家里什么活儿都不让你干，赚钱也不用你操心，白天我在单位累死累活，回家还要给你当保姆，可你呢？还真把自己当公主了！你自己每月赚的钱，够养活你自己花的吗？是，我说过我的卡随便你刷，可你也不能这么过分吧？自己买就算了，还给别人买！来来来，你看看今天一晚上你花了多少？"张建平说着，滑动手机给殷悦翻看。

"8000多块啊！一晚上就8000多块！这一天我连80块都不舍得花，包括买菜！"张建平索性不吐不快，把平日里对殷悦的不满全都说了出来。

殷悦也生气了，拿出钱包，找到张建平的信用卡，"啪"的拍在桌上："张建平！你够了啊！看好了，这是你的卡，今后你求着我花我也不花了！你不就是想生孩子吗？还绝后，你和我结婚就是为了生孩子是吧？别整天拿生孩子说事，你以为你是饲养员，把我养得白白胖胖就为了给你下猪仔呀！我花钱怎么了？别忘了，你现在住的房子还是我妈给买的！噢，你现在是人模狗样的银行高管了，了不起了，你找工作要不是我爸帮忙，你知道银行的大门朝哪边开吗？你摸得上门槛吗？谁认识你张建平是谁啊！和我结婚你还受累了，还委屈了？结婚的时候你兜里有几个钢镚儿，你忘了？"

吵架本身没什么可怕的，怕就怕口无遮拦直戳对方的软肋。

听着殷悦口不择言的话，张建平非常寒心，冷冷说道："殷悦，你太过分了。"

"张建平，是你太过分了！你走吧，我不想再看到你！"殷悦歇斯底里。

张建平一件件拿起手机、钱包、钥匙，没看殷悦一眼，向家门口走去。

殷悦捡起刚才放在桌子上的信用卡，扔向张建平的后背。殷悦感到从未有过的屈辱，冲老公背影大声喊："拿着你的卡！滚！"

"嘭！"一声门响，张建平出门了。

殷悦像塌掉一样，颓然坐在了地板上，呜呜大哭起来。

2.

蔡美伊和儿子王子墨躺在床上，正在讲故事，王子墨一直咳嗽。蔡美伊注意到儿子蔫蔫的，一摸额头，好烫手。

蔡美伊找出耳温枪，一测，高烧，立马慌乱起来。儿子烧得这么厉害，又昏昏沉沉的样子，她判断应该需要上医院。但她怀孕大着肚子，实在不方便开车，想来想去，她想到了殷悦。对了，殷悦住得最近，蔡美伊很快拨通了殷悦的电话。因为着急，电话一通她就急着说事，并未留意殷悦的情绪。

"殷悦，你还没睡吧？墨墨发烧了，烧得特别厉害，你离我近，能过来一趟吗，我得带他去医院看看，王睿不在家，我这也没法开车……"蔡美伊很着急。

"别着急别着急，你千万别急啊，我这就过去，等着啊。"殷悦立刻说。

五月的夜晚有几分凉意，殷悦从新买的衣服里挑了一件长袖，穿上出门了。不管发生什么事，时时刻刻都要让自己漂漂亮亮的，这就是殷悦。两眼哭得肿成核桃，一把鼻涕一把泪的哭诉，那些情形永远和殷悦没关系。

夜晚的路上车不多，路况畅通。殷悦驾车，车速很快，她开着车窗，任凭夜风拂面，烦恼好像也甩到了脑后。她打开音乐，强劲的节拍中，车子向前疾驰而去。

张建平其实并没有走远，从家里出来，他无处可去。他感到很沮丧，很失败。自己看似在北京拥有了一切，大房子、车、家境好的老婆、好的工作，这是他高考改变命运之后所追求的东西，如今好像都已经拥有，可他却觉得心里空荡荡的。

张建平坐在小区广场的石凳上，默默看着对面路灯下跳广场舞的老头老太太们，思绪万千。对于刚才反应强烈的殷悦，他有些不放心，对于自己说的话，他有些后悔了。

有位大爷离开舞蹈队伍，下场休息，坐到张建平旁边的石凳上。坐了一会儿，他看着愁眉不展的张建平，就打趣他："小伙子喝酒了，有心事啊？和媳妇吵架，被媳妇撵出来了？"

"您老真是过来人，让您看出来了。嗨，我就不该喝酒，喝什么酒啊，这钱花都花了，东西买都买了，我实在没必要发火，我还因为怀孕这件事借题发挥，这怀孕又不是一天两天的事，真没必要。"张建平像是在回复大爷，又像是自言自语。

"噢，不孕不育啊？那你得上医院瞧瞧，这事不能光赖媳妇。"大爷一副过来人的口吻。

真是瞧热闹不怕事大。张建平瞪了大爷一眼。

"瞪什么眼啊，赶快给媳妇打电话，请求原谅，认个错儿，女人都心软，一哄就好了。"大爷一脸大人不计小人过的样子，依旧传授着经验。

唉，大爷说得在理啊。张建平起身，边走边给老婆打电话。

殷悦泊车，锁车，向蔡美伊家走去。这时她的电话响了，屏幕上来电显示是"老公"。她想都没想就点了拒绝接听结束通话。

殷悦敲门，蔡美伊和儿子已经起床穿好了衣服，在等候殷悦的到来。殷悦摸了摸王子墨的脑门："哎哟，太烫了，墨墨，阿姨的车停在外面，我抱你出去好吗？"

"阿姨，我自己能走。"

"墨墨真乖，咱们去看看医生就好了啊。"殷悦疼爱地摸摸小家伙的头，"美伊，咱们快走吧！"

打不通殷悦电话，张建平犹豫，要不要上楼。他拿不定主意，自己一个人不停地在楼门口走来走去。

广场舞散场了，远远看见刚才那位说自己不孕不育的大爷，正和两个老太太一起往这边走。张建平害怕大爷再说出什么更不中听的话来，赶紧溜进了楼门洞。他想了想，还是决定回家。

电梯上楼，走到家门口，张建平自己演戏，假设自己敲门老婆过来开门，开门瞬间他要抱住老婆，并说老婆对不起，或者说老婆原谅我吧都是我不好。

推演了几次，鼓足勇气敲门，却没听见有人应声，张建平只好掏出钥匙自己开门。

门开了，屋里漆黑。他打开灯，扫视一圈，客厅里没有殷悦。

难道睡觉了？他去卧室，卧室床上是空的。

卫生间没人，厨房没人。张建平站在客厅，没了主意。阳台的薄纱窗帘被风吹得飞起，他心下一凛，急忙冲到阳台，茶几碰到腿都没察觉。还好，阳台外面的窗子开着，纱窗关着。他刚才真害怕殷悦会一时想不开跳楼了，张建平被自己吓出了一身冷汗。

殷悦去哪儿了，不会回丈母娘家了吧？张建平最害怕的就是殷悦回娘家，要是丈母娘知道了，那自己真是要吃不了兜着走。他拿出手机，继续拨打老婆电话。

3.

医院里，王子墨已经在输液，蔡美伊和殷悦坐在病床旁边凳子上。蔡美伊心细如发，路上她便察觉了殷悦和平时不一样，便和她闲聊起来。

蔡美伊拉了一下殷悦衣服袖子："新买的？"

"嗯，今天刚买的。就为这刚还和张建平吵了一架，我把他赶出去了。"殷悦无所谓地说着，就像说别人的事。

蔡美伊吃惊地问："你把他赶出去了？"

正说着，张建平的电话又打进来了，殷悦照旧挂掉。

"你不接吗？"蔡美伊问。

"不接。嫌我买多了，乱花钱，嫌我没怀孕，不生孩子让人笑话！你说他这脑子，还活在清朝吧？他就没来过21世纪！你别看他穿得人五人六的，还银行高管，他也就那一身衣服是当下的，这人其实一脑袋封建遗毒！"殷悦说着，觉得可笑，自己也笑了。

蔡美伊也笑："你买了多少东西啊，让他这么生气？"

"其实没多少，我就了几身衣服，买了一双鞋……"

"听着也不过分啊，你平时不也这么买吗？"

"是啊，我今天还给曾执买了一双鞋，那双鞋是我喜欢的，要是有我的尺码我就买给自己穿了，可惜没号了。你知道曾执，喜欢的东西也不舍得花钱，我送她一双漂亮的鞋子，让她高兴高兴。张建平呢，他就生气我给曾执买了一双鞋，说什么我觉得我们家的钱是大风刮来的。"殷悦一撇嘴，摇摇头，对老公刚才在家说的话一脸不屑。

蔡美伊呵呵笑出声来："鞋子多少钱啊？"

"哎，最新款的凉鞋，可好看了，不打折，一双1980块。等过几天天热了我穿给你看啊。"

蔡美伊一听，眼睛一转仿佛想到了什么："怪不得张建平要说你，真是个败家的娘儿们！你也得动动脑子，1980块的鞋对你来说不算什么，但对曾执来说，就不是一般的贵了。你送她这么贵的鞋，不收吧，怕驳了你的面子，扫了你的兴，收了吧，她还得找机会还你一个差不多价儿的礼物，这相当于她自己花了1980。可人家自己根本就不想花这1980，你等于强迫人家花钱了。"

殷悦着急地说："你说什么呢，我们俩哪有你那么多心思！"

蔡美伊不急不躁地耐心解释："你是没有，但并不等于曾执没有，你们俩的消费习惯一样吗？你仔细想想。我就是提醒你，别老好心办坏事。"

殷悦点头："不过，让你这么一说，还真是，怪不得她收下鞋子的时候也没有很开心的样子。"

"那还用说，这么多年了你还不了解曾执？你说你，是不是傻？"

殷悦一拍脑门："唉，没想到。"

"而且吧，咱都知道曾执平时不怎么舍得花钱，你送她这么贵的礼物，她会觉得你在施舍她，她不但不会开心，没准还会觉得你看不起她。她那么敏感的一个人，肯定会多心的。"

"那可完了，完了，照你这么说，这回我真是大错特错了。"

"你这性格，也就在老外多的外企能活下来！"蔡美伊一边挖苦殷悦，一边想起一桩旧事，"哎，你忘了吗，曾执的前男友，那个渣男，当时他家里给他介绍了那个富二代女友，和曾执分了手。那时曾执还在公立医院实习呢，我气不过，特想给她找一有钱的男朋友。我想着吧，曾执家境不好，找个经济条件好的，起码生活不比渣男差啊。正好王睿有一个朋友，虽然是个土豪但人一点也不土，而且人家觉得曾执当护士这职业也挺好的，会照顾人啊，特想见面。结果曾执见都不见，说我没穷到需要男人养活的地步，她觉得我是在羞辱她。你说，我给她介绍有钱男朋友，能是羞辱她吗？"

"对对，这事我记得，曾执好一阵子都没理你。"

"唉，我就是结婚太早，不然，我还真想让谁也介绍一个土豪给我，'羞辱'我一下。"

殷悦和蔡美伊聊得很开心。中间张建平几次打电话，都被殷悦挂断了。

"一会儿墨墨输完液，我送你们回去，你可别赶我走啊，今晚我要住你们家。"殷悦说。

对于殷悦的要求，蔡美伊只好答应："好吧，冷静一下也好，不过你得接人家电话说一声吧？你这大晚上的不在家，张建平肯定不放心你。"

"不。"殷悦脸色很坚决。

其实，近期她与张建平闹矛盾不是头一次了，每次都是因为张建平指责、抱怨她乱花钱、没孩子。只是这一次，殷悦毫不留情地回击了张建平。她自问，张建平指责的"乱花钱"这件事，她并没觉得自己"乱花"，遇到喜欢、需要又负担得起的东西，她不会委屈自己。婚前她的消费理念便如此，婚后她也没有更加过分，她没有改变，是张建平的态度变了。至于"没孩子"这件事，她希望顺其自然，如果上天恩赐她一个孩子，她会欣然接受，但她并不希望过分为此焦虑，好像生活的目的就是怀孕生孩子。就连来自老公的关心和爱也是为了怀孕生孩子，好像没孩子的人，自己的后半生也没有了似的。

"要不，他再打过来我替你接？"蔡美伊怕殷悦不好意思，试探地说。

"不用。他还不知道跑哪儿去了呢，反正今天那么难听的话都说了，随便吧。"殷悦再次拒绝，面色凝重。

4.

张建平和衣躺在沙发上睡了一晚。一觉醒来，发现殷悦一夜未归。他挨个房间找了一遍，确定殷悦一晚上都没有回家。

在卫生间洗漱，张建平突然想起什么似的，赶紧跑回房间，打开殷悦衣柜，发现衣服整整齐齐没有动过。噢，殷悦昨晚真的没有回来过，也没有趁自己睡着了取走细软。

返回卫生间的路上，他踢了一脚殷悦取走衣服的那个空购物袋。那么，殷悦昨晚去了哪儿呢？

月子会所，曾执正在翻看新的一天的工作计划。不远处，闵瑶瑶正在看手机。

突然，瑶瑶大呼小叫地喊了起来："曾执，这不是你吗？你上娱乐新闻了！"

"什么呀？别胡说，我怎么会上娱乐新闻！"曾执快步走过去。

"这不就是你吗，你昨天不就穿着这件衣服吗？这是咱们月子会所门口，你看这是……女星丁羽芊？"

瑶瑶刷着手机新闻图片，口中念念有词："女星丁羽芊未婚生子的传言已被证实，此前传出她赴美生子的消息是烟雾弹，她没有去美国，而是就在北京。根据可靠消息，丁羽芊此前在私立 MM 医院顺利产下一子，之后离开 MM 医院，目前在月子会所坐月子。孩子父亲是谁，这仍然是一个谜。丁羽芊坐月子闭关多日不甘寂寞，趁傍晚低调外出，发现记者立即返回月子会所，再也没有露面。"

曾执听得头都要炸了，一把拿过瑶瑶手机仔细看起来："这狗仔队拍几张照片怎么就敢胡写呢？这是昨天我下班的时候他们冲上来拍的，这是我！"

"曾执，这件事你要立刻向院长汇报。事关丁羽芊的隐私，还有，现在你也被卷进去了，赶快问问院长，我们怎么办。"瑶瑶很认真地说。

瑶瑶的应变能力和机灵劲儿，有时让曾执不得不佩服。她把手机还给瑶瑶，立刻向院长办公室走去。

院长办公室的门开着，曾执敲门，没等林珊回应，便推门进去。

"院长，您看新闻了吗？丁羽芊在咱们这里坐月子的消息可能走漏风声了。昨天刘姐、瑶瑶她们都说我和丁羽芊长得像，我还没在意，结果昨天下班的时候冲上来一群狗仔队拍我，今天就上门户网站娱乐新闻了，说丁羽芊在咱们月子会所坐月子，可他们拍到的那些照片都是我！"曾执着急地说。

林珊正在一份英文资料上圈圈画画，听曾执这么一说，便连忙放下手中的资料，迅速打开新闻网页。

"狗仔队可能知道了丁羽芊生孩子的消息，也知道了她在我们这里坐月子，但消息不一定是从我们这里传出去的，毕竟她未婚怀孕的传言也不是一天两天了。而且你看，'丁羽芊坐月子闭关多日不甘寂寞，趁傍晚低调外出'，说明狗仔队不知道丁羽芊什么时候来我们月子会所的，最大可能就是他们得到这样一条线索，但也没有确定，就在我们这里守候、蹲拍，结果闹了乌龙，误以为你就是丁羽芊。"林珊一边看新闻，一边分析。

"那现在怎么办？我们还怎么保密？"看院长分析得头头是道，曾执一时没了主意。

"走，我们现在去一趟丁羽芊那里，先听听她的想法。"林珊果断起身。

5.

丁羽芊正在台湾护理总监杜老师的帮助下做着瘦身操。虽然刚生完孩子没几天，但是正如月嫂刘姐说的，她身材恢复得很好，小腹紧致，四肢柔软舒展，完全看不出生过孩子。不愧是女明星，天生的好身材，真是老天爷赏饭吃。

曾执望着投入练习的丁羽芊，觉得不可思议，自己的护士形象简直和眼前这位女明星相差十万八千里，怎么会被大家认为长得像，以至于整天跟拍娱乐圈的狗仔队都认错了人？

曾执用下巴示意丁羽芊，对林珊说："我和她，两个世界。"

林珊领会，笑了笑。

丁羽芊结束练习，开门见山，主动问："你们是不是要说今天早晨的娱乐新闻？"

"你已经看到了？是的，我们是想和你商量一下，接下来我们怎么办，从新闻内容看，你生孩子的消息不一定是从我们这里传出去的，狗仔队可能得到了消息，不过他们也是在猜测，一直也没拍到你本人。曾执这次被拍到是意外，但是接下来，我怕狗仔队会在月子会所附近继续蹲守。"林珊说。

"你们这位曾执长得和我确实有点像，我刚才想过了，我和经纪人也商量过了，今天下班曾执你就正常走大门口，如果还有狗仔队拍你，你不要遮掩，也不要逃走，正常下班离开就行。你该乘地铁就去乘地铁，该逛超市就去逛超市，用不了两天，狗仔队就知道拍错人了，未婚生子的女明星，竟是月子会所女护士，哈哈！"丁羽芊倒想得开。

林珊一听，丁羽芊说得有道理，干脆将错就错，让谣言不攻自破。曾执和丁羽芊长得像这件事，让狗仔队这么一拍，倒是很好地掩护了丁羽芊。

"没有比这更好的办法了，林院长，谁能想到月子会所有个和我这么像的护士？简直太妙了，真是天助我也。院长您放心，月子期间我是不会离开我这屋子半步的。你们可能觉得我会无聊，其实不会，你们月子会所里的妈妈下午茶、分享会什么的，这些对我来说都不重要，对我来说最重要的是享受你们这里的这份清静，自打进入演艺圈，我就没有这么长时间的休息了。所以狗仔队想拍到我，那是不可能的。十月怀胎，MM 医院产检、生孩子，他们有那本事拍到我，早就拍到了，还用等到今天？"丁羽芊语带不屑地说。

曾执一听，也豁然开朗："明白了，明天我再上一回新闻，这事就算过去了。明天报道的那拨狗仔队，嘲笑一下今天报道的这拨狗仔队，大家也就明白这事搞错了，这简直就是个笑话，你的粉丝可能还会得出结论，丁羽芊未婚怀孕生子这事根本就是假的。"

"你太聪明了，一说你就明白了，我们也算有缘，这事我会好好谢谢你的！"丁羽芊开心地说。

6.

梁护士长正在翻看新的一天的工作计划。

梁护士长问瑶瑶："今天早晨 301 房间新来的产妇叫什么名字？"

"陈潇,不过她应该改个字,嚣张的嚣,喧嚣的嚣,老霸道了。刚才我过去好心好意问候一下,她倒好,各种抱怨,各种不满!不过没关系,本小姐也是见过风浪的,也见过又疯又浪的,让暴风雨来得更猛烈些吧!在月子会所,没学会别的,心理素质锻炼得可强大了。"看来301房间新来的产妇惹瑶瑶不高兴了。

梁护士长摇头笑了笑:"看来,又是一朵奇葩啊。"

瑶瑶连忙附和:"绝对的,超级奇葩!对了,她老公倒是挺帅的!高高大大,文质彬彬,还挺有礼貌,你说这么一优质帅哥,怎么就派给这么一位奇葩女呢?像我这么标致的姑娘,却净遇到些货底子!"

虽说月子会所规定,保护客人隐私,不得背后议论产妇,但护理人员之间却免不了私下要互相议论一下,该提醒的互相提醒,该注意的多加注意,免得惹上不必要的麻烦。

"好了,瑶瑶,你家的程序男对你多好呀,别不知足了!"梁护士长说。

"唉,好白菜都让猪拱了,这就是白菜的宿命啊。"瑶瑶翻个白眼,叹一口气。

"谁是好白菜?依我看哪,你家的程序男就是好白菜!"梁护士长呛瑶瑶。

瑶瑶撒娇地说:"护士长,你欺负人!"

瑶瑶和梁护士长正贫着,远处曾执走过来了,低着头东看西看,似乎在找什么东西。

梁护士长问:"曾执,你找什么呢?"

曾执摸着手腕,慌乱地说:"啊,我的那个玉坠子,找不到了,就是我一直戴在这个手腕上的,你看绳子还好好的,就是坠子不见了,真是邪门了!"

瑶瑶和梁护士长各自不由得看了看地面、桌面,什么都没有。

"别急,想想你早晨来上班的时候戴了吗,是不是掉家里了?"瑶瑶问。

"戴了,肯定没掉家里,早晨一来我填写今早的查房记录,嫌坠子碍事,我还特意把它拨到一边呢。"曾执非常肯定地说。

梁护士长提醒说:"那你想想,早晨来了之后,你都去过哪些地方?"

曾执回忆说:"早晨,我在三楼查房来着,每个房间都走了一趟,然后刚才我去了总统套房,之前还去了院长办公室。可是我就是在总统套房发现坠子丢失的,我马上沿进门路线找了,没找到,院长办公室我刚才也去了,也没有。"

"那就奇怪了,要不你把三楼房间挨个再走一遍,找找看?"瑶瑶提议。

"那怎么行,那会打扰产妇休息的。"梁护士长觉得不合适。

"怎么不行，今天上午加一次查房呗，刚才是查看产妇情况，现在加一次查看新生儿睡眠情况，怎么样？"瑶瑶说。

"护士长，您就让我去找一找吧，这个坠子对我太重要了，我一直随身戴着。"曾执恳求道。

梁护士长犹疑了一下，最终还是答应了："那好吧，你自己悄悄找，可不要问人家啊。"

曾执语速飞快地说："您放心，我保证不让她们看出来我在找东西。"

曾执飞一般地向三楼产妇房间跑去，跑了没几步，想了想又折回来，到护士站找来治疗车，又拿起查房记录夹，这才快步离去。

<h2 style="text-align:center">7.</h2>

曾执推着治疗车进了301房间。

月子中心有点像私立医院，比较人性化，不会像公立医院那样，10床、8床那样叫床号。人家有名有姓，只是麻烦你记一下而已。曾执每次看客户资料时，都会以她自己的年龄为标准，比她大的，产妇姓氏后面加个姐姐，李姐姐、张姐姐，听着也亲切；比她小的，直接去姓叫名，叠字称呼安安、甜甜，产妇们像新生儿一样被称呼，也都特别喜欢。

曾执推开301的房门，一边悄悄四下踅摸，一边和陈潇着打招呼："潇潇，宝宝醒着吗，要给宝宝量体温啦。"

产妇陈潇正抱着宝宝喂奶，一旁的老公张博正坐在椅子上削苹果，一派美好祥和的气氛。

"醒着呢，等我喂完奶好吗？"陈潇应着。

此刻，张博也抬起头，正好与曾执四目相对。砰！张博把苹果和水果刀一下丢在桌子上，不由自主地站起了身，手不安地在裤子两侧摩挲着。砰！曾执的病案夹掉在地上，她连忙捡起来，一弯腰屁股还撞到了治疗车，轱辘灵活的治疗车一下子滑到门口。一连串的大动静，陈潇怀里的宝宝哭了。

张博和曾执两个人一阵慌乱。

"好，好，你先喂奶，一会儿我再过来。"

曾执收拾好东西，以最快的速度逃离现场。关上301的房门，曾执按着胸口，尽量让自己呼吸均匀。世界就是这么小，所谓的狭路相逢终不能幸免。

张博仍然站在原地，没动。陈潇见丈夫愣在那里，很是奇怪。他的慌张神色，她都看在眼里。

"什么情况？你们认识？"陈潇一脸的疑惑。

"不不，不认识啊！我怎么可能认识她！"

"不认识你紧张什么？跟丢了魂似的！"

"真不认识，你瞎猜什么呀！"张博有点恼羞成怒。

走廊里，曾执努力平复着自己的情绪，她真的没有想到，电影电视剧里的场面会发生在自己身上，前男友张博，竟以产妇家属这样的身份突然出现在自己面前。

他不是在美国吗？怎么会在这里陪着老婆坐月子？

她曾无数次想象过和张博重逢的场景，在同学聚会上，在昔日的校园里，或者在马路上擦肩而过，千种万种可能，她怎么也没想到他们会在月子会所碰到。她太吃惊了，惊慌到了失措。偌大的京城，这么多家月子会所，张博和他太太，竟然就偏偏住进了她工作的这一家！

曾执脸色苍白回到护士站请求着："护士长，一会儿301房间查房，能换个人去吗？"

"怎么了，曾执？"梁护士长关心地问。

"我，我身体不舒服。"

"坠子没找到，着急的？看你这魂不守舍的样子，出什么事了？"

"不是，就是突然感觉头晕。"

"好吧，等一下让徐蔓去吧。"

曾执谢过护士长，捧起水杯猛喝了一口，她默默地凝望着窗外，百感交集。她还没有缓过神，丢失的坠子她已然没有心思寻找了。这时，正巧徐蔓刚从302房急匆匆返回护士站，梁护士长喊住她。

徐蔓一听护士长让她替曾执去查房，忙说："不行啊，护士长，302房的产妇伤口有点感染，不严重，正在处理，不过产妇强烈要求去生产的医院检查，搞不好，一会儿我得陪她去医院呢。"

曾执连忙起身："护士长，要不，一会儿我陪302房的产妇去医院吧。"

徐蔓正好不想外出，听曾执这么一说，正合心意，立马爽快地说："行，那301房就交给我吧。"

梁护士长也没再说什么，算是默认了。

第三章　殷悦小产了

1.

此时，301 房陈潇的老公张博已经魂不守舍，思绪把他拉回了七年前。

那是 2011 年的五一假期，大学毕业前夕，张博回家。

张母早年离婚，婚姻失意却官场得意，靠自己的能力，过五关斩六将，终于坐上了一家事业单位的处长职位。她一个人含辛茹苦把孩子拉扯大，发誓要让他出人头地，她要让所有人看看，单亲母亲照样可以带出优秀的儿子。对于儿子的女朋友曾执这样的女孩，她是完全看不入眼的。谈恋爱可以，以后想结婚在一起，那是门儿都没有。眼看张博就要出国了，却仍没和曾执分手，她急需棒打这对鸳鸯。

张母在厨房一边择着芹菜，一边对正在客厅里看电视的儿子说："张博，你 8 月就要去美国留学了，曾执呢，马上也要工作了，一毕业你们的差距就拉开了，等你读完硕士，那差距就更大了。你这么好的条件，找个什么样的姑娘找不到？那丫头不是和医院签了就业协议吗，也就当个护士，护士这个职业就是伺候人。"

张博不耐烦地打断母亲："妈，我就是喜欢曾执，她也喜欢我，再说曾执对我的好，你根本就不懂，跟你说也说不明白。"

张母表情严厉地说："对你好，好有什么用？好能当饭吃啊？她要是个普通的女孩，我也就不那么反对了，可她是个被领养的孩子呀！一个连亲生父母都不知道在哪儿的孩子心理会有问题的！以后可怎么相处？"

"妈，曾执已经够可怜的了，她父母不要她，那是她的错吗？您要这么说，我还是单亲家庭长大的呢！"

"你！"张母刚想发作，又想想不能跑题，终于还是忍住了，继续和颜悦色地说，"儿子，你太年轻了，好多事你不懂，也正因为我们是单亲家庭，妈妈才更想给你找个完整家庭里长大的女孩子。再说了，她那个家境在北京也太底层了，和咱们家不般配。你们以后是不可能在一起的，你趁现在要出国和她分手，也是为她好，要不这么拖下去，也是对人家女孩子不负责任。妈妈都是为你好，也是为她好，你们好合好散，互不耽误。"

张博没好气地回道："妈，您好歹也是个领导干部，怎么能这么势利呢！"

"你怎么和妈妈说话呢，我怎么就势利了，我还不是为了让你将来有个好前程？"

"妈，我什么事都听您的，唯独这事不行，我不想分手。等我去了美国，一定会把曾执也接去！"

"你敢！"张母真生气了。

"妈，您怎么这么不讲理？我们都好了快三年了，我俩是真心喜欢对方。"

"三年？你以后找的老婆是要和你过三十年、五十年的！我不讲理？好，我今天就不讲理了，我明确告诉你，我反对！我说不行就是不行！你还长本事了，把她带美国去，你的学费还是我给掏的呢，难道我还要掏钱供你俩？你做梦呢吧？"

听妈妈说到学费，张博一时语塞。

"实话告诉你吧，理想儿媳妇的人选我已经替你选好了，你还记得小学时候跟我们住同一栋楼的邻居秦老师吧？秦老师的女儿，今年也要去美国留学，正好也是去纽约。前几天秦老师把闺女照片特意传给我看了，我也把你照片传给秦老师了，秦老师说了，找时间咱们两家聚聚，你们正好见个面，在纽约你们互相也有个照应。"

张博梗着脖子："我有女朋友，我谁也不见！要见你自己见去！"

"张博，我再说一次，你和曾执是不会有结果的！你听听曾执这名字，叫着都不舒心。你非要和她好，就别认我这个妈！"这一次，张母毫不示弱。

2.

梅青有点洁癖，尽管总统套房每天都有专人清扫、消毒，她仍觉得不够干净。只见她拿着鸡毛掸子，踮着脚，迎着光，一下一下掸着房间里的书架。书架下方铺着一块绿色的小地毯，好像有什么东西硌脚，梅青低头捡了起来，竟是一个玉坠子。这个坠子与地毯颜色相仿，又小小的，若不是她被硌了脚，断难发现。

眼前的坠子让梅青失神。她用食指和拇指紧紧捏着，生怕掉了似的，攥进手心里，又摊开。她扭头看看正在逗弄婴儿的女儿，不禁陷入了沉思。

梅青若无其事地问："芊芊，早晨我来之前，有谁来过你这里？"

丁羽芊想了想说："没有访客啊，就是你来了。"

"哦，月子会所的人，都有谁来过？"

"月嫂、护士、厨师长都来过，一会儿瑜伽老师过来，怎么了妈？"

梅青继续掸灰："哦，没事，我就是问问。"

302 房的产妇李佳乐伤口感染，曾执带她来到 MM 医院就诊。

这是一家私立的综合性医疗机构，尤其以妇产科闻名，环境温馨舒适。接诊大夫是李佳乐生产时的医生——MM 医院妇产科一把刀王越彬。他不仅业务精湛，人长得也高大英俊，讲话风趣幽默，是产妇们心目中的男神。不少产妇都是冲着他的名声选择来 MM 医院生产的。说这位王越彬大夫是 MM 医院的活招牌，一点也不夸张。

来到医院，下了车，因为李佳乐声称伤口疼走不了路，曾执只好用轮椅推着她。一进诊室，她远远看到王越彬就不由得花痴，要不是伤口太疼，她简直要欢呼雀跃了。

来到男神身边，本还坐在轮椅上的李佳乐噌的一下就站了起来，夸张地大呼："王医生，救救我！"

她一口软糯的南方口音，略有一点娃娃音，一说话嗲声嗲气的。曾执听了一激灵，简直鸡皮疙瘩都要掉一地。

"喔哟，美女不是刚出院吗，怎么又回来了？莫不是想我了？"王越彬回应着李佳乐。

曾执不由得多看了几眼这位传说中的"名医"，简直不敢相信。工作这么多年，她还是头一次遇到这么不正经的大夫，立马好感全无，她冷冷地接话："伤口感染，产妇本人强烈要求回医院处理。"

王越彬看也没看曾执一眼，转向李佳乐说："是不是没听我的话，没有好好卧床休息？来，我看看。"

王越彬"唰"的一声拉上帘子，开始处理李佳乐的伤口。在帘子外等候的曾执就这样听了一段医患双方的现场版对话：

"王医生，你轻点行吗？我怕疼！"

"美女，不动，放轻松，我会轻轻的。"

"我知道，可是，哎呀！还是好痛！好痛！"

"忍一下，马上就好了，我可不希望这么一个美女，这么好看的身材上留下疤哦！"

"拜托了帅哥，千万不要让我有疤啊，我还得穿比基尼呢！"

"尽量喽，多少有一点，不会太明显，你要相信我的技术。这次回去以后，一定不要剧烈运动，想穿比基尼呢，就要听医生的话，明白吗？"

王越彬麻利地处理完了李佳乐的伤口，拍了拍她的肩膀，以示安慰。李佳乐摸着王越彬刚拍过的位置，满意地笑着说谢谢。

曾执等在外面，听到"美女""帅哥"的对话，早都快吐了，心里不停地吐槽：太肉麻了！这哪是医生和病人的关系？难道这真的就是鼎鼎大名的 MM 医院一把刀？为人太轻佻了吧！曾执很质疑他的专业性。

王越彬撩开帘子，正要向陪同李佳乐来就诊的护士交代注意事项，一抬头恰好看到曾执正不屑地冲帘子这边翻白眼。

王越彬笑笑，不客气地说："还别说，您护理产妇的水平不怎么样，这大白眼翻得可太有水平了！产妇刚去你们月子会所一天，你们就照顾得伤口感染给我送回来了，我还没说什么，您还翻上白眼了？"

曾执不也甘示弱："我们月子会所的护理水平在母婴界是一流的，产妇们有口皆碑，您可以自己去打听。作为一名医生，您这油嘴滑舌、推卸责任的水平可比您的医术强多了，这产妇刚出院一天，第二天就伤口感染了，说明什么？说明您的缝活儿太差，怎么缝的啊？"

"哈，嘴巴挺厉害嘛！想知道我怎么缝伤口啊，以后你生孩子找我，就可以亲自体验一下了，不过我的号很难挂，除非你找我本人。"

曾执从鼻子里哼了一声："哼，那我可不敢，我这人胆子小，惜命，不敢拿生命开玩笑。"

李佳乐此时收拾好，从门诊帘后面出来了，听到他俩的对话，忙说："不是王医生医术不高，是我自己不小心。王医生，除了不能剧烈运动，你还嘱咐我什么来着？你看，我转眼就忘了，人家说一生孩子傻三年，我明显觉得记忆力不好了呢，你说这该怎么办？"

看着李佳乐，曾执这个气哦，心想你犯花痴，折腾我们干吗？当下又不好发作，谁让顾客都是上帝呢。

只听王越彬立刻和颜悦色道："很简单，就是不能剧烈运动，等伤口恢复差不多了，适当做一些简单的产后瑜伽，有助于恢复身材。记忆力嘛，也不用担心，你能记住我的名字吗？"

李佳乐开心地使劲猛点头："当然记得住，王越彬，王医生。"

"OK，只要能记住我的名字就没问题了，有问题回来找我就好。不过，你最好还是顺利康复，产后42天复查时我们再见，在这之前，照顾好自己和宝宝，争取不要再来医院啦，好吗？否则，有人会怀疑我的医术的！"王越彬瞥一眼曾执。

李佳乐忙不迭地应着"好好"。对她来说，王医生的每句嘱咐简直就是金科玉律。

王越彬转向曾执："希望产妇在你们月子会所能得到专业的护理，不要因为这么简单的问题还跑来医院。"

曾执淡定答道："希望以后你把产妇的伤口处理好再让人家出院，以免产生这么'简单的问题'。"

听王越彬说"专业的护理"，这让向来很看重专业技能的曾执心里很不爽。听王越彬把"专业的护理"加重了语气，她也把"简单的问题"加重了语气。

王越彬被这位伶牙俐齿的护士怼得无话可说，摊摊手笑笑。

曾执推着重新坐回轮椅的李佳乐，气哼哼地离开了诊室。李佳乐恋恋不舍地和王越彬摆手说再见。

3.

在蔡美伊家留宿一晚的殷悦，第二天一早就去上班了。

刚一进门，她的助理安祖娜就敲门进来，送晚上的话剧演出门票。

安祖娜，1997 年出生的姑娘，是当初刚进公司的那批管培生里面殷悦最喜欢的。这个姑娘机灵天真，又有点天然呆，殷悦觉得她好像当年的自己。当公司安排他们管培生轮岗的时候，殷悦第一轮就果断把她抢来了公关部。

不是寻常话剧演出，是安祖娜他们这批管培生别出心裁地要用话剧这种形式做一次培训汇报。

演出出乎意料的精彩。一群刚刚走出校门的孩子，又不是专业演员，竟然包袱一个接着一个，丰富的想象力和淋漓尽致的表现力，让台下这些前辈同事们捧腹大笑一晚。殷悦不由得对这拨年轻却又老道的 90 后刮目相看，更让她开心的是，策划这出汇报话剧的人正是她慧眼选中的安祖娜。

开心太过也是很累人的。晚上殷悦回到家，进门第一件事就是洗澡。

张建平下班回到家，听到卫生间哗哗的水声，他知道，老婆回家了，这下他放心了。但是，老婆昨晚到底去哪儿了？这个问题他始终没有放下。

看着殷悦放在沙发上的包包，他走上前去，拿出了殷悦的手机。没有悬念，密码是他们相识的日子，他打开了殷悦的手机。微信、短信、通话记录，他没发现一点蛛丝马迹。他不甘心，又打开殷悦的相册，想看看殷悦都拍了些什么，自拍，合影，风景，他希望发现些什么，但是什么都没有。

这时殷悦从卫生间出来了，张建平慌忙把手机放回包里，这一幕正好让殷悦看见。

殷悦用毛巾擦拭着头发，什么也没说，拎起包带拿过包包，拿出手机，打开。还没等她质问张建平为什么偷看她的手机，张建平倒先发难了。

"你昨天晚上去哪儿了？"

"和你有关系吗？"殷悦冷冷地答道。

本来今晚回了家，她不希望和张建平再有不愉快了，像以往一样，吵了架，冷战几天也就过去了。可是她没想到，张建平这么快就会在自己的诸多"罪状"上再自加一条——偷看伴侣手机。

"怎么和我没关系？你一宿没在家，你把家当成什么了？"

"你搞搞清楚，这儿是我家，从昨天起这里已经不再是你的家了！"殷悦平静地说。

张建平冷笑了一下："好，不是我的家，把我赶出去，你自由了是吧？想干吗就干吗，想去哪儿鬼混就去哪儿鬼混，是吧？"

"你嘴巴干净点！"殷悦很愤怒。

"我说得已经够干净了！你能解释一下昨晚去哪儿了吗？你敢说吗？手机里通话记录、微信聊天记录，清除得干干净净，干了见不得人的事心虚了是吧？以为删除干净就没事了是吧？"张建平不依不饶。

"你凭什么看我手机？你有什么权力看我手机？"殷悦喊道。

"哟哟，激动什么呀，不做亏心事不怕鬼敲门！"

"张建平你混蛋！你怎么连偷看别人手机这下三烂的事儿也干得出来？我删干净了？亏你想得出来，你是不是经常这么干呀？自己心里装着一坨屎，看别人就都是屎。"殷悦口不择言。

"啪！"张建平一巴掌甩在殷悦脸上，他紧紧地抓住殷悦的肩膀拼命地摇晃：

"我混蛋？你说我混蛋？自从和你在一起的第一天起，什么事不是我让着你？事事让着你，拿你当公主，每天下班按时回家，收拾屋子、做饭，什么事不是我全包揽了？让你动过一根手指头吗？说我混蛋？我有彻夜不归过吗？我有过别的女人吗？我有任何事对不起你吗？"张建平咆哮着。

殷悦下意识地捂着脸，她愣住了。她做梦也没有想到，张建平竟然会动手。红红的手指印在殷悦煞白的脸上显得格外醒目，殷悦的眼泪夺眶而出。

殷悦情绪非常激动，身体在不停地颤抖。突然，她用手捂住了肚子，蹲在地上，剧烈的疼痛让她嘴唇都在发抖，她一下瘫坐在地上。

张建平看了一眼倒在地上的殷悦，本不想理她，可忍不住又看了一眼，发现殷悦因痛苦而扭曲的样子，他一下子有些慌了。

"你怎么了？"张建平不安地问。

殷悦想推开他，但是没有力气，无力地推了两下，坚定地说："滚！"

"你没事吧？老婆，你没事吧？你别吓我！"张建平慌了。

殷悦脸色煞白，已经无法说话。

"老婆，我们上医院啊，你坚持一下，老婆是我不好，都是我不好啊，你坚持一下。"

只见殷悦双目紧闭，脸色苍白。张建平拿上他的包斜挂在身上，抱起殷悦下楼了。

张建平抱着痛到双眼紧闭陷入昏迷的殷悦冲进急诊室，此时，殷悦下身流血了，血染在张建平身上，他却浑然不觉。

医生简单询问了几句，立即开始急救。护士请张建平在外面等候。

张建平焦急等在诊室外面。路过的人纷纷打量他的裤子，他这才注意到，自己衣服上一大片血迹，一种不祥的预感涌上心头。

张建平双手抱拳顶在前额上，不停地敲着，似在祈祷，似在忏悔，他已经预感到将要发生什么，他紧张到无以复加。

张建平紧闭双眼，眼前浮现出自己和殷悦最初相遇的情景。

却说今天下班时间，曾执整理好健身包，准备去健身房。月子会所的工作太紧张，运动是她的减压方式。

她站在月子会所门口的玻璃门后面，向外观察，看起来一切并没有异常。外面真会埋伏着狗仔吗？她看不出来，她决定就像丁羽芊说的那样，大模大样地正常离开。

刚一走出大门，曾执发现狗仔队简直就像天兵天将，不知道从哪儿突然又冒了出来，对着她又是噼里啪啦一通猛拍。

曾执用手挡了挡那些镜头："干吗，你们这是干吗？昨天你们就拍我，今天又拍！你们看清楚了，我是你们今天新闻上说的女明星吗？整天就知道瞎胡编乱造！你们再拍我报警了！"

这一次，曾执没有退缩，也没有逃跑，她第一次体验了一把什么是"演戏"。

冲出重围的她像往常一样，向地铁站方向走去。她听见身后狗仔们议论纷纷，说这究竟是不是丁羽芊，有人说是，有人说情报不准确。

曾执松了一口气，如释重负地来到健身房。置身器械之中，她感到满满都是能量。

4.

殷悦和张建平是同一所大学的学生，那年秋天殷悦刚入学不久，学校组织英语演讲比赛，一向活跃的殷悦拉着室友去礼堂观看，台上大三学生张建平高水平的讲演一下打动了殷悦。

张建平英俊的外表，纯正的发音，以及不苟言笑的高冷气质，一下子吸住了殷悦的眼球，这正是她心目中喜欢的男生。殷悦立刻决定对张建平发起攻势。

只见台上的张建平说完最后一句，转动右手，行了一个绅士鞠躬礼，这一举动加之完美的演讲引起台下雷鸣般的掌声。殷悦也兴奋地鼓着掌，突然，她缓过神来，匆匆离开了观众席。

她来到侧幕找到她的同门师哥——这场比赛的组织者杨峰，又是作揖又是卖萌，最终让人家把她带进了后台。

"嗨，张建平！你讲得真好！"

张建平左右环顾，疑惑地问："你是找我吗？我们认识吗？"

"我叫殷悦，现在我们不就认识啦？"殷悦爽快地伸出手。

张建平被这突如其来的热情给吓住了，一时不知所措，突然想起人家姑娘的手已经伸了很久了，忙伸出手去，可偏偏就在这时人家姑娘的手缩了回去，这让张建平好尴尬，忙缩回手说："那个，你找我有事吗？"

殷悦笑笑说："没什么事，刚才你在台上太帅了，你真棒，我很喜欢你演讲的样子。"

张建平正在喝水，"噗"一口差点没呛着。他认真看了殷悦一眼，一个笑容甜美的女孩，梦幻般的眼睛笑笑的，一看就是各方面很优越的女孩，不仅热情主动并且如此坦率，这让张建平脸上像着了火，怎么有这么直接的女生？刚认识没说几句话就跟男生开口说"喜欢"。

张建平故作镇定地说："今天大家都挺棒的，高手都在后面呢，还有几位师哥师姐没出场呢。"

殷悦眼神直勾勾地盯着张建平："看到你，我就不想看他们了。"

张建平被殷悦盯得好不自在，他收拾起背包，低着头飞快地离开后台。殷悦紧随其后，直跟到男生宿舍楼下。

张建平突然扭头对殷悦说："你别跟了，一个女生，自重一点！"

殷悦坦然地应着："我挺自重的，你放心，我不是你以为的那种随便的女生。"

"我也不是随便的男生。"

"我知道，我不会强迫你，放心啊。"

张建平无语地看了殷悦一眼，上楼了。

张建平是东北人，父亲早年去世，寡母含辛茹苦带大他和弟弟。因为家庭负担太重，弟弟很早就辍学了，只把他供到了大学。对他来说，能够到北京来上大学已经相当不容易了，他根本不敢奢望在大学里谈恋爱。他时时告诫自己必须心无旁骛地专心念书，这样才可能在北京找到一份可以立足的工作。所以对殷悦这样的白富美别说近身，他平时连过目都很少。

今天这个殷悦让他有点招架不住，他能做到不去招惹女生，但这么貌美如花的女生主动找上门来，他真不知该如何是好。

之后的一周，殷悦常常在张建平上课的教室门外等他，路过的同学都在窃窃私语，殷悦却一副大大方方无所谓的样子。只要张建平一出现，殷悦就会迎上去，不是递上一瓶饮料，就是一包零食，张建平不接，她就硬塞到他手里。

张建平局促窘迫地离开教学楼，后面跟着殷悦。被追到火烧屁股的感觉也不过如此。终于走到人烟稀少的僻静小路上，张建平恼怒地说："你不要再跟着我了，咱俩不合适，我不想谈恋爱。"

"你到底是不想谈恋爱，还是咱俩不合适？这是两回事。咱俩还没交往呢，你怎么知道不合适？你不想谈恋爱，那是你原来不想，因为你还没有遇到又合适又懂你的女生嘛，现在我出现了，情况发生了变化，你可以想一想了。"

张建平一脸冷酷地说："咱俩不般配！"

"我倒是觉得咱俩特别配，特别特别配！要不你试试？"

面对殷悦的强烈攻势，张建平是招架不住的，于是便总是若即若离，一副很孤傲的样子。然而正是这份孤傲激起了殷悦强烈的征服欲，从小到大还没有她得不到手的东西。就这样，在殷悦的穷追猛打下，张建平终于被俘虏了。

"殷悦的家属。"

"我是！"

张建平靠在诊室外面的墙上，护士的一嗓子把他从美好的回忆里瞬间拉回到现实中。

"你是殷悦的老公？你老婆流产了，但是胚胎组织流出不完整，需要做刮宫术，请你在手术单上签字。"

流产？殷悦怀孕了？什么时候的事？我怎么不知道？殷悦知道吗？孩子没了？虽然已经有不祥的预感，但真当亲耳听到"流产"这两个字时，对张建平来说还是宛如晴天霹雳！懊悔、自责、不敢相信，种种怨恨自己的复杂心情涌上心头。张建平冲到医生面前。

"医生，我老婆为什么会流产？"

一旁的医生冷冷地说："为什么流产？我还想问你呢？她是撞到什么了还是受什么刺激了？你们来医院的时候她已经流产了，还好你们来得比较及时，没有引起大出血，否则后果很严重。"

"不是，我是说，她好好的，怎么会流产？也没有磕着碰着，她也没有不良生活习惯……"张建平语无伦次。

医生打断他的话："引起流产的原因有很多，不是磕着碰着才会流产，孕期情绪过于激动也是有可能导致流产的。孕妇怀孕期间本来就很疲劳，情绪激动很容易引起宫缩，严重的是会导致流产的。孕妇的紧张和压力，也会传达给胎儿，生气、愤怒之类的情绪还会引起胎内缺氧，所以怀孕期间，对孕妇来说最重要的就是要保持情绪平稳。"

张建平无语，错愕。且不说他压根不知道妻子怀孕，这几天，他竟然天天和妻子吵架，甚至动手。这几天的他，种种表现，连他自己也难以置信，他控制着自己发抖的手，颤巍巍地在家属栏上写下了"张建平"三个字。

手术后的殷悦已经躺在观察室病床上，挂着吊瓶，双目紧闭，面无血色。张建平拉着殷悦的手，轻轻喊她："老婆，老婆你还好吧？"

殷悦无力地闭着眼："送我回家。"

5.

新的一天，曾执满腹心事。

"护士长，一会儿301房查房，您能换个人吗？"曾执小心翼翼地问着。

梁护士长疑惑地问："你又怎么了？"

曾执吞吞吐吐地说："我，我今天身体不太舒服，您安排别人去吧。"

"昨天就让徐蔓替你了，今天又让别人替？你到底是怎么了？什么身体不舒服，一个借口最好不要同时用两次。你要是不说出真实理由，对不起，换不了。"

"好吧，我自己去。"

曾执无法解释这难言之隐。如何向别人说？她知道，陈潇刚入住没几天，整个月子里，她和她都会抬头不见低头见。事已至此，再大的困难，她也只好硬着头皮克服了。曾执祈祷，一会儿查房张博最好不要在，只要不碰到张博就好。

曾执在门口深深地吸了一口气，让自己做好充分的心理准备。

这一次，一进门她就表现得礼貌而恰当，脸上冷冷的没有表情的样子也和平时一样。陈潇用狐疑的眼神上下打量她，但并没有发现任何异样。

曾执坐在床边椅子上，准备开始给陈潇量体温。她伸出的手不经意间露出手腕，手腕上的文身若隐若现。突然，陈潇疯了似的抓住了曾执的右手臂。

"你说，你到底是谁？你和张博什么关系？"

曾执大惊失色。

曾执本能地反抗，但由于陈潇用力过猛，她一时无法挣脱。她惊慌地说："你干什么，你放开我！"这位刚顺产生完宝宝的新妈妈意志坚定，目光如炬。

陈潇把曾执的右手臂拉过来，露出了右手腕上一行漂亮的花体英文：U jump。

陈潇摇晃着曾执的右手腕问："这是什么？"

还没等曾执反应过来，陈潇又把自己的右手腕露出来，她的手腕上竟然也文着一行漂亮的花体英文：U jump！她竟然和曾执有一样的文身。两个人的右手腕上竟然是一模一样的文身！

曾执也惊呆了，她想不明白，为什么陈潇的胳膊上竟然也有和她一样的文身。

陈潇果断地说："你别走！我现在就把张博叫过来，你们当面给我说清楚，你们到底是什么关系！"

孩子在哭。月嫂抱着孩子远远地站在房间一角看着眼前发生的一切。

陈潇拿起手机，拨通了老公张博的电话："张博，你马上给我到月子会所来！是的，现在！马上！什么事？我需要你给我一个合理的解释！"

千小心万小心，曾执居然忘了文身这茬儿。这几天的经历就像做梦，她简直做梦也想不到会邂逅前男友，而前男友的妻子，竟与自己有一样的文身。这都叫什么事啊！趁着陈潇打电话，曾执悄悄地步步后退，靠近门口时，一个闪身溜出了301房。

301房的喧闹声，引来了很多人的注意，就连一向低调默默做事的台湾专家杜老师也出来了，一群人正在一边引颈观看，一边小声议论着。她们看见从301房间跟跟跄跄出来的曾执，六神无主一般，眼里满是无助和惊慌。

杜老师上前关心地问："曾执，发生什么事情了？"

瑶瑶也好奇地凑过来小声问："是啊，发生什么事情了？那个陈潇，她发疯了？"

曾执抬眼看了看她们，没回答。

梁护士长急了："你说话啊，到底怎么了嘛？"

曾执语无伦次："护士长，我，我，您就别问了。"

正在僵持之时恰好林珊路过，瞧见几个人在走廊里围着曾执，忙问发生什么事了。梁护士长向曾执努努嘴，那意思是我也正在问呢，可她就是什么都不说。

"曾执，到底发生什么事儿了？"林珊关切地问。

曾执低着头，依旧默不作声。林珊意识到曾执一定是遇到了难以启齿的事情。

"到我办公室来。"

曾执嗫嚅着："护士长，301房，还没有查完房……"

"这儿你就别管了，我安排别人，你快去吧。"护士长说。

曾执心不在焉地脱下护士服，向院长办公室走去。

"你们说，这到底是怎么回事儿啊！"望着曾执和院长离去的背影，梁护士长小声嘀咕着。

一向不爱八卦的杜老师此时也紧锁眉头，在走廊里来回踱着步，她在记忆中搜索着有用的线索："301房那个陈潇，这两天是情绪不太好，听月嫂说昨天晚饭也没吃，发脾气把饭全扣桌子上了。"

"哎哟，真是可怜她老公了，那么帅的老公，摊上脾气这么差的一个媳妇。"瑶瑶对所有问题的判断几乎都基于颜值。

"月子里很多女人情绪都不稳定，以前我看过一个数据，说有将近90%的妈妈产后心情低落，30%的妈妈会产后抑郁。陈潇这种易怒、烦躁，我看有产后抑郁的苗头。"杜老师一本正经地分析着。

"哇，好恐怖，产后抑郁，她不会自杀吧？"瑶瑶一副很夸张的表情。

"别瞎说。"杜老师断然阻止了瑶瑶的危言耸听。

梁护士长点点："你还别说，是有抑郁这苗头。不过她老公在的时候，她还挺好的。"

杜老师认真地说："我还是提醒大家一下，我们护理部留点心，她要是实在不喜欢曾执，就给她换个护士。别到时候真惹出麻烦来，对大家都不好。"

"是，是。"毕竟谁也不希望出事，梁护士长频频点着头，她开始后悔早上没有答应曾执的请求。

6.

这天一大早，蔡美伊在老公王睿的陪同下来到 MM 医院。

王睿活脱脱的一枚标准暖男，老婆的包包、产检资料袋全拿在自己左手上，右手还拿着一个保温水杯，里面灌了满满一杯臻月的月养水，随时准备伺候老婆大人喝。

一进医院大门，蔡美伊就惊喜万分，连连赞叹："哇，这里环境果然名不虚传啊！都说女人应该对自己好一点，什么时候对自己好一点？生孩子的时候啊！生孩子是一辈子的大事，要生，就要在这样的医院生！"

"你小点声，别跟刘姥姥进了大观园似的。"王睿在一旁提醒着。

蔡美伊从王睿手上拎着的包包里拿出手机，咔嚓咔嚓一个劲儿地拍照，又原地转圈拍了一个小视频，还各种角度自拍。一旁的老公王睿看老婆这番折腾好生紧张，生怕她一个旋转没有做好，摔倒在地，便张开双臂做着随时保护状，嘴里还不停地念叨着："你悠着点，小心摔倒！"

蔡美伊兴奋地一字一顿地说："我、不、怕，这里是医院，摔了马上有医生管我。"

"瞧把你兴奋的，咱能不给医生添麻烦吗？"

"老公，你靠边点站，别进我镜头啊，我今天是第一次来 MM 医院参观，我马上在网上来个视频直播。"

蔡美伊理了理头发，对着手机屏幕开始直播。

王睿赶忙躲过手机镜头，心想：这你也直播？我可不进你的镜头！这简直就是侵犯我们孩子的隐私权。

"刚才大家看到的就是 MM 医院的门诊大厅了，环境很棒，对吧？刚才为了躲开我那不想进镜头的老公，手机有点晃，请大家原谅，我老公不仅不想自己被拍到，也不想让我的大肚子被拍到，说这是侵犯我肚子里孩子的隐私权，好笑吧？好，接下来，我带大家继续参观……"

蔡美伊是全职主妇，大学毕业不久就和王睿结婚了，结婚不到一年就生了宝宝。王睿工作忙不太顾得上家里，那时两边的老人也都没退休。孩子一出生不久，婆婆觉得帮不上忙就出钱为他们雇了保姆，蔡美伊亲力亲为带孩子，她也很享受在家做个小女人的生活。不过，她在家也没消停，因为喜欢分享，小到生活中琐碎的大事小情，大到人生感悟，怎么带娃，怎么解决各种育儿问题，她都喜欢在网上和大家分享，不知不觉中积累了大量粉丝，竟也成了育儿圈里有名的网红辣妈，尤其在妈妈圈里江湖地位颇高。

蔡美伊早就看中 MM 医院了，硬件方面，这是一家全科医院；医疗服务方面，大夫都是术业有专攻，除了国内顶尖的妇产专家，还有不少海归医生，服务非常人性化。

今天蔡美伊预约了网上孕妇们心目中的"头牌"——MM 医院的王越彬医生。因为是初诊，蔡美伊特意提前了一些时间。美伊在导诊护士的陪同下一一参观了待产室和产后病房，一切都令她十分满意。参观的途中迎面碰到一对老外夫妇询问，护士小姐立刻用流利的英文回答着。这让蔡美伊不得不刮目相看，高大上的私立医院，就是牛啊！

导诊护士热情地介绍着："这是一室一厅的房间，朝南，阳光非常充足，家人陪产休息都足够了。"

"真好，我太喜欢这儿，亲朋好友七大姑八大姨来探望也方便。想想生墨墨的那会儿，那个公立医院，哎，王睿，你还记得吗，我住的六人间，六人间啊！"

王睿感慨地说："你生墨墨都是五六年前的事了，那时候公立医院都那个条件，大家也都一样。再说就算有私立医院，咱也没那个条件住呀。"

"六人间还是第二天住上的，头天晚上生了，没有床位，我和墨墨硬是在走廊里睡了半宿，第二天等到有出院的，才给我们安排住进病房，哎哟，那病房条件差的，我都不愿意再回想了。"

"我记得睡走廊的还不光咱一家，当时好像有三个产妇吧。你和墨墨睡走廊好歹还有张床，我可是楼梯口挨着墙眯瞪了一宿，第二天早晨醒了腰都快断了。"

"说的是呢，不提那段心酸史了，谁让我老公现在出息了呢，可以让老婆住进这么好的私立医院了，谢谢老公！"

被老婆这么夸着，王睿心里像抹了蜜一样甜。

蔡美伊和王睿，在外人眼里算得上是恩爱夫妻的典范了。人和人的命运千差万别，尤其是女人。其实命好的女人一半是遇对了人，一半是自己修炼得心态好，会知足，美伊算是两者都占了。她从不像别的女人那样作天作地，也尽量不给老公添麻烦，心里念着的都是丈夫的不容易。她越这样，王睿就越疼爱她。

第四章　呛奶风波

1.

早晨，张建平拿起电话，分别给殷悦和自己请假。给殷悦请假很顺利，她的老板非常通情达理。可是他自己请假却很麻烦。

张建平一边解释着一边不停地向话筒的那端点着头："是的，是的。我老婆昨晚意外流产。所以罗总，今天上午的会我不能参加了。她这会儿在家躺着呢，身边没人照顾。我之前也不知道她怀孕了，她自己也不知道。是，是，怪我大意。谢谢罗总关心。嗯，嗯，这样行吗，会议之前兄弟部门大家随时给我打电话，我会把我的意见先跟大家沟通，好，好，下午的会我参加。"

挂了电话，张建平的手机马上就响了。人可以不去，工作不能不做，张建平一直在电话里谈着工作，怕吵到休息中的殷悦，他悄悄关上了殷悦卧室的房门。

月子会所，曾执跟着林珊进了院长办公室，林珊招呼她坐下。

"说吧，刚才到底发生什么事了？"

"院长，我能不能请一个月假？"

曾执的回答让林珊非常意外："一个月？曾执，你可从来没休过假，别人休你都不休。是啊，你从没休过假，但你也不能要求休一个月的假啊？你要去干吗？"

"我，我也不干吗，就是想休息一下。"曾执吞吞吐吐。

林珊为难地摇了下头："你也知道护理部一直人员紧张，大家都在满负荷运转，你请三两天的假，我一定批，一个月，我人员调配不开，肯定不行。"

月子会所从开张之日起便顾客盈门，床位一直需要预约排队，护理部人手紧张已经不是一天两天的事了。

"现有的工作，凭现有的人员，不也都完成了？大不了，多给点加班费嘛！"这是老板陈俊明的逻辑。如果成规模地招聘新人，从培训、上岗，需要一个很长的过程，同时也意味着一笔庞大的支出，那可就不是加班费这么简单了。既然现有的人员能完成现有的工作，为什么还要招聘新人？

但是，林珊心里清楚，月子会所目前所有员工都在加班加点，满负荷运转，因为没有替补，一旦哪个环节的哪个人出现问题，恐怕月子会所这台大机器就要出问题。

曾执不甘心，继续试探地问可不可以 20 天？

对于曾执来说，她只想逃避这一切，如果能休假一个月，彻底躲开陈潇和张博住月子会所这段时间最好，实在不行，哪怕 20 天也行，陈潇已经在月子会所住了几天了，再有 20 多天也就离开了。

"你给我一个理由，为什么想休假这么久？"林珊问。

曾执沉默了许久，终于艰难地开了口："院长，您知道吗？301 房的产妇陈潇，她的老公，张博，是我大学时候的男朋友。"

"啊？怎么会这么巧？"这回轮到林珊吃惊了。

"陈潇在这里坐月子，要住一个月呢，所以，我，我很想回避。"

"你们是大学时的男女朋友，早都分开了，如今他孩子都生了，你们曾经有过的一段感情也都是过去的事了，有什么好回避的？你大大方方的，正常工作，大不了，让护士长给你调个房，不直接接触不就行了。"

"不行，院长，陈潇已经发现了，而且情绪很激动。您说这十几年都没联系了，怎么偏偏就在这碰到了。"

"你和她老公碰面了？"林珊问。

曾执点点头，就把昨天找手链在 301 房间遇到张博的事一五一十地告诉了林珊。正说着，手机响了，曾执拿起来一看，是殷悦打来的，曾执按掉了没接。

房间里，殷悦虚弱地躺在床上。她拿起手机，拨打曾执的电话，一直等到铃声响完，曾执也没有接听。殷悦又找出蔡美伊的电话号码，犹豫了几次，终于还是拨出去了。

电话通了，殷悦虚弱地问："美伊，你在哪儿？"

蔡美伊这会儿正在产检，坐在 MM 医院妇产科大夫王越彬对面，她察觉到听筒里传出的殷悦的声音非常虚弱，便焦急地询问发生了什么事。

电话这头的殷悦已经泣不成声了："美伊，我孩子没了，我太粗心了，竟然没有发现自己怀孕了，我前几天老吃不下东西，还反胃，我也没往怀孕上想，我太粗心了！都怪我太粗心了！"

蔡美伊吃惊地应着："啊？你有孩子了，怎么又没了？又和建平吵架了，什么？他还动手了，哎哟，他真是长本事了！"蔡美伊就这么一惊一乍地说着，全然不顾对面坐着的王越彬。

"张建平这个王八蛋！他吃了熊心豹子胆了，还敢打人？等我产检完，我马上就去你家，别哭了，我去找他算账！张建平在家吗，王八蛋，让他给我等着！"

嘟嘟的电话忙音，蔡美伊挂断了电话。一旁的王越彬，就这样安静地看着蔡美伊情绪激动地打完这通电话。

"虽然我不知道你的朋友发生了什么，但作为你的医生，我还是有责任提醒你，孕后期孕妇的情绪很重要，要尽量保持平静，不要太激动，否则对胎儿不好。有的孩子生出来脾气就特别大，就是从娘胎里带出来的。"

蔡美伊心不在焉地答应着："是，是，不激动，不激动，是我最好的朋友，一下没忍住。"

王越彬告诉蔡美伊，她的各项指标都很正常，并夸奖她身材也维持得很好，看得出来，是个自我管理做得很好的妈妈。

听王医生这么说，蔡美伊掩饰不住地骄傲起来，她故作神秘地凑近王医生："您知道我每天喝什么吗？"

"是不是你们孕妇最近很流行的月养水？"王越彬笃定地说。

"您怎么知道的？"美伊一脸夸张的表情。

"来我这产检的很多孕妇都在喝，也是我们医院孕期营养指导老师推荐的，养颜还防止水肿，没有热量又不会增重，还有促进睡眠的功效。"

"是呀，一怀孕，我平时最爱的可乐、咖啡都不能喝了，那寡淡的白开水天天喝又实在没胃口，还好有这个温和食材熬制的月养水，再加点蜂蜜，喝下去从口到心都是甜蜜蜜的。"美伊做幸福状。

王越彬点头："孕期的饮食很重要，直接影响胎儿和产妇的体重，也可以说直接关系到胎儿是否可以顺产。"

"像我这种过了三十岁生二胎的孕妇特别怕得上妊娠高血压、妊娠糖尿病，所以我还是特别控制了一下饮食，隔三岔五地会吃臻月的控油控盐的孕妇餐。"

"做得不错，如果孕妇一个个都像你这么自律，我这当大夫的得省多少心呀！"

看王医生态度很好，蔡美伊忙问建档的事。

王越彬也只好实话实说，因为预产期的准妈妈已经排满了，所以不能建档，还是建议她回到原来建档的医院去生产。

蔡美伊一听就急了，双手作揖求着王越彬："王医生，你帮我想想办法吧，我不是不放心那里的医生啊，实在是，那个环境，和你们医院没法比啊！我家老大就是在那儿生的，生完了没床位，我和儿子睡的走廊，这次我是真不想睡走廊了。"美伊苦苦哀求着。

"这样吧，你的门诊记录我们都有保留，我会把你的要求一并记录。如果在你的预产期临时有床位空缺了，比如有别的孕妇改变主意不在这里生孩子了，到时候我把你递补上来，你看，这样行吗？"

"啊，那太好了！可是，临时补空缺，哪那么容易有空缺啊？"

"也不一定啊，你看像你，还不是怀孕快九个月了才想换医院？也许也有别的产妇临时改了主意，不想在我们这儿生了？"

"那不一样啊，谁会从这么好的医院转走呀！不过，还是谢谢您，王医生。"

蔡美伊依依不舍地离开了 MM 医院。

2.

殷悦仰面躺在床上，眼泪决堤。和张建平的婚姻，让她感到太疲惫了。孩子没了，她懊悔自己竟然粗心到没有发现怀孕。但是，如果知道怀孕，生了孩子，她和张建平之间价值观的鸿沟就能填平吗？殷悦闭上了眼睛，思绪把她带到了十年前。

起初父母并不赞成她和张建平交往，因为他们两家实在是门不当户不对。但这在年轻的殷悦眼里都不是个事儿。她认为爱情只要两人相爱就可以了。在她的坚持下，开明的父母也就不再过多干涉了。

殷悦家三代同堂，殷悦的父母一直和殷悦的爷爷生活在一起。那天，殷悦和父母围坐在沙发上，殷悦和母亲夏冰聊天。父亲殷之声貌似看报纸，其实心思也在女儿身上。殷悦爷爷在阳台喂鸟。窗外在下雨。

"妈妈，是你一直告诉我，遇到喜欢的人，就要勇敢去追。"

"没错，悦悦，但妈妈希望你勇敢追的人，是对的人。"妈妈夏冰平和地说。

殷悦急切地说："张建平就是那个对的人，我很确定。"

夏冰未置可否："你知道，我和你爸也像你一样，我们都不会因为张建平是外地人、农村人就对他有什么偏见。他凭着自己的努力从外地考上北京的大学，在大学里又是那么优秀的学生，说明他是一个很上进、很不错的小伙子。这些优秀的素质，会让他在踏入社会以后，在工作上有一番作为。我女儿喜欢的人，当然不会是一个平庸的人，这点我很肯定。但如果结婚，在家庭生活上，你们可能不会太合拍，因为你们的成长环境、家庭背景差别太大，你们肯定会存在价值观上的分歧。比如对钱的态度，张建平打小过惯苦日子，他是一个很节俭的小伙子，而你从小环境太优越，从来都不知道节俭。张建平对自己手紧一点无所谓，我担心他对你也手紧，那会让你无法忍受，你们肯定少不了因为钱争吵。"

"妈妈你放心，建平肯定有能力让我过上不错的生活，我们不会缺钱的。再说了，你家丫头也不是傻白甜，我也很有智慧的，等我大学毕业，我自己也完全有能力养活自己啊，对吧，妈妈？还有，你看张建平是会吵架的人吗？以后有什么事他还不都得听我的？"

"好，都听你的！你毕业还早，说不定他毕业离开学校这两年，又有优秀的男孩追求你呢，兴许你也会爱上别人呢！"

"不会的，不会的，这辈子我就认定他了，我好不容易才把他追到手的，这您是知道的。"

这个天真的孩子，热恋中的女儿，热切期盼着与所爱的人在一起。夏冰知道多说无益，她能做的，唯有祝福了，她希望女儿幸福、快乐，不希望她有一天因为这个她爱的人哭泣。

殷之声这时放下手中报纸，故作严肃地对夏冰说："他敢对我女儿怎么样？还吵架？他敢！我揍得他满地找牙！我女儿以后要是跟他，那不是去过苦日子的，他最好考虑清楚了！"

殷悦爷爷是一个慈眉善目的老人，他耳背，正喂鸟，听了个话音就接话了："啊？我不找牙，不找牙，我戴上了。"

一家人哄笑："爷爷，您真会打岔！"

"张建平很快面临毕业了，下周你把他带回来，我们见个面。"殷之声对殷悦说。

殷悦开心地扑到爸爸身上，捧起爸爸的脸亲了两下："啊，爸，这么说您是同意我跟建平好了？爸，您太帅了！下周末，周五晚上我就把他带咱家来！"

殷悦知道，父亲最疼爱她，他或许比妈妈更担心害怕女儿受苦，但他总是更能理解女儿的感受。殷悦抓起背包，立刻就冲到门口，穿鞋，拿雨伞。她迫不及待地要把这个好消息第一时间告诉张建平。

"着什么急啊，你不吃饭了？"夏冰冲着女儿的背影喊着。

"不吃了。"门已经关上了，声音从门外传来。

夏冰正望着门口，门突然又打开，殷悦探头进来，特意向爷爷说再见。爷爷笑着，做了个"去吧去吧"的手势。

父亲让殷悦带回建平，殷悦知道，父母这是同意他们交往了。但是殷悦不知道，父亲心里有多么的忐忑，他一定要亲眼看看这个小伙子，如果还不错，那为了女儿的幸福，他还不得不为这个小伙子的前程做考虑。

夏冰站在窗边，看着楼下女儿撑着伞的背影跑远了，消失在雨里，不禁感叹："伟大的爱情啊，有了喜欢的人，想去见他，大风大雨也拦不住，真是女大不中留。"

殷之声走过来，搂着妻子的肩膀说："咱们都是从那时候过来的，别说下大雨了，当年就是下刀子，也拦不住你去找我啊，对不对？"

"什么下刀子，那是你找我好不好！我可是很矜持的，我和你女儿可不一样。"

"你看，你看，还不好意思承认了。"老两口嬉笑一番。

夏冰突然收起了笑容："哎，说正经的，你让他下周末来家里吃饭，银行那边的工作，你跟老徐说了没有呀？"

"我跟老徐提过，说是朋友的儿子，没说他和悦悦的关系。"

"唉，他一个农村孩子，爹妈都指望不上，在北京也没有亲戚，以后悦悦要真跟了他，咱们确实得替他未来做打算。"

殷之声倒是淡定，慢悠悠说："你就别操心了，有你老公，一切放心。"

3.

王睿一边开着车，一边关切地询问着蔡美伊产检的情况，蔡美伊有一搭无一搭地应着，心里却在盘算着另一件事。殷悦流产的事要不要告诉老公？鉴于老公当年曾暗恋过殷悦，虽然没有表白，但毕竟动过心，这始终是蔡美伊的一个心结，所以她决定不告诉王睿殷悦流产的事。

见老公驾车要向自家的方向拐弯，她急忙拦住："哎，一会儿我不回家。"

"你不回家，那你去哪儿呀？"

"嗯，你去哪儿？"蔡美伊反问。

王睿抬手看看手表："我回律所呀！先说明啊，我可没时间陪你吃午饭，再顺便逛个街散个步什么的。这还不到10点，我律所还有一堆事呢。"

蔡美伊撒娇地说："没让你陪吃午饭啊，我老公现在的时间可值钱了，我哪舍得让你花时间陪我闲逛呀？哎，听说有的打官司的大律师，收费都是按分钟计算的，我老公会不会以后也按分钟收费呀？"

"你说的那是诉讼律师，你老公的律所主要代理非诉讼业务。哎，快说一会儿你到底去哪儿？"

"你送我去殷悦家吧，你正好顺路。"

"去殷悦家，她不上班吗？"

"她休假了，你不陪我吃午饭，我还不能找闺蜜陪呀？"蔡美伊若无其事地说。

王睿不作他想，也没有多问，调头朝殷悦家方向开去。

蔡美伊拿起电话拨通殷悦的号码，告诉她20分钟后到她家。殷悦有气无力地应着。

"你想吃点什么吗，我给你带过来？"

"不用，我什么也不想吃。"

"那好吧，那等我到了再说吧。"

蔡美伊怎么都想不通，殷悦怎么会遭遇这些事。她突然想起一句话，一个女人有三条命，一条靠父母，一条靠老公，一条靠子女。殷悦偏偏在这第二条命里崴泥了。

流产这件事，殷悦并不打算告诉父母。一来不想让父母担心，二来这来龙去脉解释起来也太麻烦。最后说起来，父母还会怪罪她选错了人。当初父母苦口婆心说了那么多，他们担心的不正是今天的这种局面吗？

厨房里，张建平刚挂掉一个电话，正准备洗碗。他看了看早晨喝完米粥没来得及清洗的碗，想到又要做午饭，感觉有点无从下手，忙不过来。

按照中国人的习俗，小产也要坐个小月子。既要照顾殷悦，又要兼顾工作，张建平无论如何也变不出三头六臂。突然，张建平想到，这件事应该告诉自己的母亲。于是他给妈妈打电话。

"妈，你能不能到北京来住几天？"

"哎呀，能啊能啊，有好消息了？我儿媳妇怀上了，是不是？"话筒的那端传来张母开心的声音。

"没有，不是什么好消息，殷悦她，小产了，你能来北京帮我照顾一下家里吗？"

"啊？怎么会小产了？哎哟，我的大孙子！你媳妇就是太瘦了，我早就说过，那么瘦坐不住胎的！"张母疼惜极了，语气发生了180度的转变。

"妈，这和胖瘦没关系！哪儿跟哪儿呀，您就知道大孙子。"

"怎么没关系？我早跟你说，让你媳妇吃胖点、吃胖点，你们都不听，这么瘦了还减肥，这下好，把我大孙子生生给减没了。"

听母亲絮絮叨叨地大孙子长、大孙子短的，张建平有点不耐烦了，他让母亲给句痛快话，到底是来还是不来。

张母听出儿子不高兴了，连忙答应说能来，心里却嘀咕着，这一流产大半年又不用想怀孕的事了。

4.

刚挂断母亲的电话，张建平的手机又响了。是单位催促他回去开会，下午的会是他主讲，所以他必须在场。张建平看了看水池里一堆等待清洗的锅碗瓢盆，深深叹了口气。他看了看时间，现在立刻出门才能赶到会议现场，来不及洗碗了，也来不及为老婆做饭了。

他打开手机，用一个外卖APP草草地为老婆点了两种口味的水饺外卖。环顾四周，他觉得一切都安排妥当，便蹑手蹑脚地来到卧室，温柔地拍了拍正在睡觉的殷悦："老婆，单位有个会，很重要，让我必须去。"

"你去吧。"

张建平亲吻殷悦额头，殷悦无动于衷。

"来不及给你做午饭了，我点了外卖，一会儿就送到了，你自己吃好吗？"

"好。"

张建平看看老婆，欲言又止。战争是他挑起的，结局却不是他能承受得起的。他既心疼老婆，也心疼失去的孩子。老婆冷漠的态度，很明显是在表达对他的不满，他知道，她不会轻易原谅他的。

从昨天回家到现在，他们既没有吵架，更没有就流产一事交流过。那是他们共同的、巨大的痛。什么时候能把这件事翻页，张建平不知道，但他明白冷战已经开始，这比吵架还要可怕。

"不要胡思乱想，好吗？"张建平几乎用乞求的口吻说。

殷悦没有说话。痛苦变成眼泪，瞬间涌到她的眼底，泪水决堤。张建平为她擦拭掉眼泪。忽地起身，走出卧室。殷悦不知道，也没看见，张建平汹涌的眼泪亦不可遏止。他默默收拾起散落在客厅桌子上的文件资料，出门了。

5.

月子会所院长办公室里，曾执露出胳膊让林珊看自己的文身。她说，这是大学毕业前和张博一起文的。

那是 2012 年毕业前夕，3D 版《泰坦尼克号》正在各大影院上映，曾执和张博结伴观影。当电影放映到经典镜头，杰克对萝丝说：You jump，I jump！张博突然起身，拉着曾执往外走。曾执一边跑一边问："这是去哪儿呀？"

"我带你去一个地方。"张博神秘地说。

张博拉着曾执的手一路小跑，出了影院，穿过大街小巷。那是飞扬的青春。曾执不明所以，看张博那么兴奋，也跟着傻乐傻跑，他们一路小跑来到一家文身店。

曾执一脸莫名其妙："干吗？"

张博推开门，诡秘一笑："等一下你就知道了。"

酷酷的文身店老板，正在整理着什么，见有人进门，也只是抬起头看了一眼。轰隆隆的摇滚乐，屋子里的陈设似乎都在震颤。

老板无表情地招呼着生意："文身么？"

张博伸出左手臂，冲曾执一笑："是，我文 I jump！"

曾执迟疑一下，也很勇敢地伸出右手："那我文 U jump！"

说完两人相视一笑，眼睛里满满的爱和深情。

林珊听完了曾执讲述的文身来历，一时不知道说什么才好。正在这时，院长办公室的门突然被推开，伴随着巨大的响声，两人同时被吓了一跳。

只见陈潇拉着张博的手腕，气冲冲地闯了进来，对着院长开门见山："林院长，我要求退费，这个月子会所我一刻也待不下去了，除非你们马上开除曾执，马上！"

林珊和曾执的谈话，被突然闯入的陈潇和张博打断了。陈潇怒气冲冲，来者不善，林珊望向张博，希望他能给个解释。

可是张博的态度是和稀泥，他支吾着："没事，林院长，对不起，没事，潇潇就是情绪有点不稳定。"

张博回身，试图抱着陈潇把她挪出院长办公室，但陈潇拼命挣脱他，她对着林珊咆哮："他说我情绪不稳定，我能稳定吗我？我孩子都生了，直到今天才知道整个被老公骗了，从认识开始他就是个骗子，他一直另外有喜欢的人，这个人就是她，你们月子会所的护士曾执！"

说着陈潇转向曾执："你说，你们是什么关系！你算是他的情人呢，还是小三呢？你就是个 bitch！bitch！"

曾执腾的一下从椅子上站了起来："别把话说得那么难听！我可以给你解释，张博和我是大学同学，我们谈过朋友，后来张博妈妈不同意，大学没毕业我们就分手了，从那以后再也没有联系过。文身，是当时看了《泰坦尼克号》一冲动一起去文的。我也没想到会在这里遇到你老公，他也不知道我在这里工作。"

"串通好了一起骗我是吧？你俩真是真爱啊，一模一样的文身！张博你这个变态，你为了纪念她，竟然骗我让我去文了和她一模一样的文身！"

一旁站着的曾执，下意识地握住了自己有文身的手腕。

张博一脸尴尬地向林珊解释不是这样的，又扭头劝说妻子不要再闹了。但此时的陈潇哪肯善罢甘休："什么不是这样的？你就是个骗子！骗子！你骗了我这么多年，还骗我生了孩子！"

"我从没有骗过你，你别不讲道理好吗？"

张博就这样反反复复地重复着同一句话，以至于让林珊觉得不可思议，这样一个没有担当的男人，怎么会有两个女人在这里为他厮杀？

"你敢说从没有骗过我？全北京这么多月子会所，你为什么给我选这家？就因为你的情人在这里，是不是？你们一直都有联系，一直藕断丝连，是不是？把我放在这里坐月子，就为了方便你们见面，是不是？名义上来看我，实际上来会你的旧情人，你怎么能这么龌龊？"陈潇越说越气愤，怒不可遏。

"这家月子会所明明是你自己定的，怎么成了我给你选的？当时我们一起来看的，是你，亲自拍板要来这家的。我之前，也并不知道曾执在这里工作。我们这么些年，也从来没联系过。我们要有什么事，我能让你在这儿坐月子？我能在你眼皮子底下，和我前女友再续前缘？"

"你别一口一个'我们''我们'，你不嫌恶心，我还恶心呢！"陈潇跳着脚，歇斯底里地喊着，"恶心！你们恶心透了！我不要和你们一样的文身，恶心透了！"

"你好好想想，是我让你文的吗？"

这句话刺激了陈潇，她变得恼羞成怒，扑打着张博："就是你，就是你！就是你让我文的！恶心透了，我不要和你们一样的文身！"

陈潇很崩溃，大哭。她努力挣脱张博，但是高大的张博紧紧抱着不让她胡闹。产后虚弱，加上受了刺激，陈潇哭闹不已，在张博怀里与他无力地撕打起来。

曾执退到房间一角，又惊愕又无助地看着眼前发生的这一切。

林珊离开办公桌后面的座椅，走向陈潇，轻轻拍拍她，试图安抚她："潇潇，你平静一下，这件事对我们大家都有点突然，你先不要哭了，月子里流眼泪对眼睛不好，好吗？让我来想想办法。"

林珊的话竟然再次点燃陈潇的斗志："没有别的办法，开除她！你们必须开除她！马上开除她！"

"潇潇，不是我袒护曾执，她在这件事上没有任何过错，我怎么可以开除她呢？她对今天发生的事也无法预料，她也不知道在月子会所会遇到你们，对不对？整件事就是一个巧合。"

"巧合？她还没有过错？噢，我来你们月子会所还是我错了，是不是？她的出现让我情感上受到了伤害，情绪上受到了刺激，有她在，我的月子还怎么坐？林院长，我是来坐月子的，不是来看情敌的！来你们这儿坐月子我花了十几万呢，这情敌我见得也太贵了吧！"

就在陈潇与张博在院长办公室闹得不可开交的时候，梁护士长神色慌张地推门进来："院长，不好了，301房的孩子出了点小状况，最好让孩子妈妈赶快回去。"

一听孩子出事了，陈潇紧张起来："怎么了，我的宝宝怎么了？"

没等梁护士长回答，陈潇便拨开众人，疯了一般地跑出院长办公室。众人也都一路小跑来到301房。此时月嫂朱姐正抱着孩子，不知如何是好。

"朱姐，孩子怎么了？"陈潇着急地问。

朱姐带着哭腔，向院长解释："院长，我刚才一直在卫生间洗衣服，产妇在喂奶，我以为产妇和宝宝在一起呢。没想到等我出来晾衣服的时候，发现门敞开着，我再进屋看宝宝，孩子一个劲儿地在吐奶。"

护理总监杜老师一边检查宝宝，一边问陈潇："潇潇，你刚才喂完宝宝给他拍嗝了吗？"

"没有，我刚才……"

杜老师打断她，加快语速说："孩子是右侧卧吗？"

"我没注意，好像也不是，刚才张博一来，我就拉着他去院长办公室了……"

杜老师一边处理吐奶，一边向周围人讲解到："你看，这是典型的呛奶，新生儿吃奶后一定要侧卧，就是为了防止新生儿一旦发生吐奶时被呛着，朝右侧卧是为了不压迫心脏。"

随着孩子不断地吐奶，孩子已经被憋得口周开始渐渐发青，呼吸出现暂停，这已经是典型的呛奶窒息了。

"曾执，快，吸奶器！"杜老师大声命令她最信任的护士曾执快速抢救。曾执刚要转身，却被陈潇一把拽住："不许你碰我的孩子！"

曾执迟疑了一下，恳求地望着总监："杜老师，要不您做吧！"

林珊一把拨开陈潇，态度坚决地说："曾执年轻，速度快，她这方面的实操技术是我们院最好的！救孩子要紧，请相信她的职业操守和技术能力，窒息超过五分钟孩子就没命了！"

院长说话这工夫，曾执已经取来吸奶器，迅速放入孩子嘴里，开始给孩子吸出污浊物。随着污浊物的排出，曾执用手用力地拍打着孩子的后背，最后一口奶终于全吐出来了。孩子哇的一声哭出了声，总算是脱离了危险。

杜老师不禁赞叹道："整个过程三分钟，完成得非常出色！"

在这三分钟里，曾执的那种专注、准确、冷静，让周围所有人佩服。张博向她投去感激的目光，陈潇也用复杂的眼光看了看她，但没说话，俯身去照顾宝宝了。

曾执缓缓抬起头，对大家笑了笑，好像之前什么事都没有发生过。对于一个白衣天使来说，抢救成功是最大的喜悦。

众人仍在庆幸，沉浸在抢救成功的喜悦中。曾执悄悄地离开了301房，无声地关上门。所有的热闹、吵闹、烦恼，仿佛都被她关在身后了。

曾执落寞的背影被张博看在眼里，他的心里五味杂陈。就在曾执离开301房的时候，张博竟然鬼使神差地跟了出来，喊住了曾执。

听到张博叫她，曾执愣住了，站在原地。张博有这样的勇气，她很意外。但她没有回头。

"曾执，谢谢你！"

张博话音刚落，人已经出现在曾执面前，曾执百感交集。曾执僵硬地挤出一丝笑容说："别客气，这是我应该做的。"

"这几天的事，我实在没有想到，真的很对不起你。"

"没什么，都过去了。"

"真的，非常对不起，给你惹了这么多麻烦。我，真的没想到你在这里工作，没想到会在这里遇到你。"

曾执低垂着头："我也没想到，都说了，没关系，你不用放在心上。"

张博故作轻松地耸了一下肩膀："哎，都是上天的安排吧，真是巧得不能再巧了。改天，我请你吃饭，算是向你赔礼道歉。"

曾执忙摆手说："不用，千万不要，真的没什么。"

"救命之恩，一定要报的，今天晚上，下班后你有时间吗？"

曾执搪塞着："没有时间，真的不用。你快回去吧，宝宝刚醒，你赶快回去陪陪他。"

曾执慌忙拒绝张博，赶快转身走了。她真的不想再节外生枝了，就算她有三头六臂，也抵挡不了这接二连三的惊心动魄的险情。这次的意外重逢，加上陈潇今天这么一闹，再加上宝宝的命悬一线，今天的这一切让曾执的心里久久不能平静。

走向护士站的曾执无比疲惫，她一屁股跌坐在休息区的沙发上，倦意立马袭来，睡意蒙眬中自己仿佛回到了大学毕业前的那个五一。

第五章　文身的秘密

1.

即将毕业的张博回家过五一返回学校的当晚，曾执去男生宿舍找张博，路上遇到了正要回宿舍的殷悦。已在银行就职、衣冠楚楚的张建平送她回学校，两人手牵手，一副很甜蜜的样子。

"哎，曾执，这么晚了，你去哪儿？"殷悦看见曾执忙招呼着。

曾执满腹心事，答非所问地说："啊，殷悦，你刚下晚自习吗？"

"什么晚自习，这几天五一放假我回家了，明早要见论文导师，我想早点回来，今天就回学校了。我问你呢，你去哪儿？"

"哦，我去找张博，他今天也应该回学校了。"

"张博，是不是他妈妈又逼你们分手了？"

曾执苦笑："这次他回家，应该又被他妈妈骂了吧，他妈妈的反对也不是一天两天了，反正早一天晚一天的，我们大概快分了吧。以前，他妈妈反对，我曾经对张博说过，大不了毕业时，我们一起失恋，唉，应该很快我就愿望实现了。"

"哎呀，你别这么悲观呀！"

"不是我悲观，8月份张博就去美国了，我们俩分手，是早晚的事。"

理智告诉曾执应该分手，可是心里又很不舍得。她不想一直这样下去，太煎熬了。曾执很清楚，张博是单亲妈妈一手带大的，本来对妈妈就一直言听计从的，这几年能顶着妈妈的压力和自己好已经算是破天荒的勇敢了，她也不想再难为他了。

"唉，你爱上一个人真是奋不顾身的。张博的妈妈也是，太势利了，说是为了儿子好，她其实根本不管儿子自己喜欢什么！她连见都没见过你，就要一棒子把你们打散。"

曾执不想再听下去了，眼泪已经不听话地在眼眶里打转了。曾执心想，不是每个人都像你这么幸运，有那么无条件支持你的父母。她不想闺蜜的男友看到自己的难过，便匆匆告辞离开。

殷悦与张建平并肩站在一起，默默看着曾执远去。殷悦与曾执聊天的时候，张建平一直没有插话，此刻心生感慨，伸手揽过殷悦，搂在怀里。同样是差距悬殊的两个家庭，殷悦的父母却因为女儿喜欢而接纳了他。毕竟他们两家的差距，比张博和曾执两家的差距更大。

每到毕业季，真是几家欢喜几家愁啊，曾执没有殷悦那么好命，有无条件支持自己的父母。说心里话，曾执有时并不太愿意和殷悦在一起，虽说殷悦对自己非常好，可是殷悦的存在，总是能让她那么深刻地感受到自己的卑微和不幸。

有句话怎么说来着，所谓的幸福就是比较，而这种比较并不来自于八竿子打不着的远方，而只来自于你的邻居、你的同桌、你的室友。所以，从某种程度上讲，殷悦的出现常常会让曾执产生一种不幸福感。想到这儿，曾执猛地摇摇头，她为自己会用这样阴暗的心理想殷悦感到羞愧。

曾执站在男生宿舍门口，给张博发信息，告诉他自己就在楼下。路过的男生们纷纷看她，她翘首以盼，有些着急地等着张博。

不一会儿，曾执看到张博颓丧地走出楼门，忙迎上去："怎么才下来，给你打了两次电话呢，你看看，又没听见是吧？"

"听见了。"

"那为什么不接？"

张博忧心忡忡，望着曾执，不知道怎么开口。

"是不是你妈又催你分手了？"

张博没有说话。

"你怎么想的？"

张博依旧一言不发。

"那咱们分手吧，不被长辈祝福的感情，也不会有好结局。"曾执赌气地说。

曾执是个既聪明又敏感的女孩，她知道宣判的时候到了。以张博的性格，很难说出"我们分手吧"，或者"我决不会和你分手"这样的话，她太了解男友优柔寡断的性格了。既然男友难以开口，还不如自己替他下决心。

"曾执，我对不起你，我妈一个人把我从小拉扯大不容易，我，我不能……"

张博只是把头埋得更低，并没有反对。

曾执故作坚强地笑笑："没什么对不起的，就这样吧。"

她强忍着泪水没再说什么，只是转身离开时已是泪流满面。手臂交错在胸前，手腕上的文身分外刺眼，她使劲掐着自己的胳膊，懊恼、气愤、悔恨、失望、无助……小跑着来到僻静处，曾执终于放声大哭。张博甚至没有挽留一下，她走了，他也没有追过来。他早就打定了主意。说什么相爱到永远，童话里都是骗人的，曾执伤心欲绝。

2.

一边是痛苦的分手，一边却是喜悦的重逢。

张博妈妈得知儿子已经和曾执分手，万分开心。这天，张博母亲做东，宴请陈潇父母，目的有两个，一是表面上说的，让即将去美国的两个孩子认识一下，二是双方家长心照不宣的，都想看看对方孩子各方面条件怎么样，互相满意的话双方家长都有意撮合。虽然双方都没有明说，但都知道这次聚会有几分相亲的意思。

陈潇便是张母提过的秦老师的女儿，这是她理想的儿媳妇人选，且相貌略胜曾执几分，与张博在一起看上去倒也是郎才女貌，很般配的一对。刚一见面，张母就觉得她是越看越喜欢。

在一家颇上档次的酒店包间里，两家人互相寒暄后就座。

"哎哟，都说女大十八变，你瞧瞧，你们陈潇出落得真是好看，比照片上还漂亮！"张母对陈潇的喜欢毫不掩饰。

"你家张博也很优秀啊，这么帅的小伙子，又这么上进，前途无量啊！"秦老师也不甘落后地夸奖着。

张母冲着秦老师开着玩笑："陈潇个子可真高，得有一米七了吧？这个头儿，可不随你，随你家老陈！不过啊，这长得漂亮还是随你，不，比你还好看！真会长啊，尽挑你们两口子的优点遗传了！"

秦老师得意地望着女儿："刚刚一米七，刚刚一米七，不多不少。"

陈父也接过话茬："您可真会夸人，几句话把我们全家人都夸了，我闺女长得高随我，长得漂亮随她妈，她比她妈还好看，您瞧瞧把秦老师乐的，嘴都闭不上了！"

张母忙说："我实事求是嘛！"在机关混了这么多年，见什么人说什么话，这点本事张母还是有的，不过今天的赞美还真的是发自她的内心，她终于不用再和儿子纠结那个触霉头的曾执了。

席间，陈潇和张博也互相打量对方。两个人互相并不讨厌对方，甚至还有点好感，张母把这一切都看在眼里。

张母说："看着孩子们长大了，唉，我们也老了。"

"哪能这么说，老什么老？等陈潇一去美国啊，我觉得我的青春期又回来了！以后啊，我的假期全是我自己的，再也不用惦记给她做饭收拾屋子了，我自己想去哪儿就去哪儿。"秦老师神采飞扬。

"自由是自由了，我还真有点舍不得，张博这一走，就剩我一个人了，心里还真空落落的。"

"我也是，我可舍不得女儿走，哪像她妈呀，心那么大。"陈父说。

"我舍得，我想得开，女大不中留，早晚有一天她要离开家，况且她这是去念书，还要回来的嘛！再说，孩子们走了，咱们这些空巢老人就常聚聚，咱们也要找咱们的乐子。"

"就是就是，不过还好，这俩孩子是去同一个城市，虽然不是同一个学校，但好歹也是知根知底的，彼此能有个照应。"陈父接着说。

张母立刻对着张博发话了："张博，你是男孩子，你听见陈叔叔说的话了吗？以后啊，你要多多照顾陈潇，听见没有啊？"

张博弱弱地答了一声："听见了。"

陈潇故意挑衅地小声对张博说："真听见了？"

张博认真看了她一眼，小声地说："听见了。"然后起身，拿起茶壶为大家一一倒茶。

陈潇微笑不语。她从张博的眼神里，能看出他对自己有几分意思。她对张博也不讨厌，他不多话的性格恰恰为他增添了几分神秘感。

陈潇父亲经营一家画廊，早在20世纪90年代便与国外画廊做生意。前几年，趁着中国艺术品市场的火热，他在艺术品投资领域逐渐成了大腕，也是藏品丰富的大收藏家，国内几位行情好的顶尖画家都请他做经纪人。他只有陈潇这么一个独生女儿。张博温文尔雅，彬彬有礼，看起来老实可靠，马上还要去美国读硕士，前途大好。陈潇也即将去美国，同在一个城市的两个人，正好有个伴儿，张博的表现让他印象很好。

面对陈潇，张母也变成了"平易近人"的慈母，席间对陈潇关爱有加。大家气氛融洽，宾主尽欢。散席时，陈潇说还要回学校，因为喝了一点酒，无法开车，便问张博会不会开车。得知张博会开，她便主动提出让张博开车送自己回学校。

张母与秦老师相视一笑。看来这次聚会，双方的目的应该都达到了。

3.

陈潇和张博并肩去停车场取车，都是高个子，男的英俊，女的漂亮，外人看来还是蛮般配的一对。

"哟，你开这么好的车？"这是一辆红色跑车，在停车场里十分打眼，张博一看到就情不自禁地夸了一句。

陈潇并不在意地答道："我爸给买的，我又不是二奶，给我买这么骚包的车。"陈潇用钥匙遥控开了车，张博为她打开副驾驶车门，等她坐好，自己才绕到驾驶座。这个贴心的小举动，让陈潇很受用。

车子驶出地库，在路上疾驰。蓝天白云的好天气，两个人都感到兴致益然。

"你开车开得挺稳啊。"

"刚上大学的时候我就拿到驾照了，不过平时开车的机会也不多。"

"我这车如何？"

"相当不错！"

"那，以后你就给我当司机吧？"

"当司机？你这车，我开不合适吧？这是女孩开的车。"

"那好说，车不合适，换一辆不就得了。去我家车库，随便你挑，想开哪辆都行，要是都不喜欢，让我爸再给你买一辆。"

"让你爸给我买一辆车？说胡话呢吧，你看来真是喝多了！"

"我也看出来了，我爸妈呢，挺喜欢你的，你妈呢，也挺喜欢我的，他们今天张罗这顿饭，就是为了让咱俩相亲！别说你不知道啊，你要说压根不知道就太没意思了。所以啊，咱俩要是照长辈期望的这么发展下去，一辆车算什么啊？"陈潇不理会张博，自顾说着自己的判断。

"你赶快坐好，不要胡言乱语了！"张博当然也懂长辈的意思，包括陈潇对自己并不反感，甚至还挺有好感，他都明白，但是听陈潇一股脑那么直白地说出来还是有几分尴尬。

"我呢，对你不讨厌，你呢，对我也不讨厌，你承不承认？当然了，今天我们才第一次见面，一切有待观察。"陈潇继续说。

"你，你平时讲话，都这么直接吗？"

"是啊，我不喜欢绕弯子。"

"你，你谈过男朋友吗？"

"哈哈，你也很直接嘛！我当然谈过了，不过现在没有。你，我已经知道了，你妈和我妈聊过了，说你没有女朋友，是不是？"

张博没有应答。

"马上就要去美国了，有个男朋友同行，也不错。"陈潇自言自语。

"谁，谁就是你男朋友了？"

"既然这是大家共同希望的，就是众望所归，还需要绕弯子吗？离去美国没剩多少日子了，可以适当加快一下进度嘛。"陈潇道。

接下来的一段日子，校园里，公园里，游乐场，电影院……到处留下陈潇和张博相伴游玩的身影。在长辈的热情撮合下，张博很快走出对曾执的愧疚而牵手陈潇，两个人成了热恋中的情侣。

一次在游乐场坐过山车，车停下时，陈潇依旧惊魂未定，她死死地抓着张博的胳膊，张开眼睛时，陈潇突然发现了张博手腕上的文身。

"看你一副老实相，你还有文身？真的假的？"

"当然是真的！"

"藏得很好嘛，刚让我发现！这文身什么时候文的呀？"陈潇一把拉过张博的胳膊仔细研究，"这是英文字母吧，是什么意思？"

"文了很久了。"张博挣脱，胳膊缩回胸前。

"哎，让我看看嘛！这么小气！这是什么字母？"

张博在此刻突然想到了久未谋面的曾执，不禁有几分感伤，才分手没几天，自己似乎已经把曾执抛到脑后了。但他很快回过神来，面对陈潇的疑问，张博只好顺水推舟。

"你看过《泰坦尼克号》吧？"

"看过。"

"那你应该知道《泰坦尼克号》里的经典台词吧，You jump, I jump！我自己文了 I jump，是因为我一直在等一个人，希望她愿意在同样的位置文上 U jump，我希望我和她的爱至死不渝。"

"哇！好浪漫，我喜欢！没看出来你还是个文青啊！"

张博不好意思地笑笑。

迎着着张博炙热的目光，听着他如此动情的话语，陈潇有几分害羞，又有几分激动，忍不住扑到张博怀里，拥抱，接吻。张博的话她很感动，虽然和张博交往时间不长，但她何尝不是一直在等一份至死不渝的爱呢。

"现在，我想你等到了那个人。"陈潇热烈地说。

陈潇驾着豪车停在教学楼下，等张博下课。美女加豪车，路过的男生女生不由得纷纷赞叹。

终于等到张博出现了。陈潇下车，走到张博面前，默默地举起右手，露出手臂。新鲜的文身，正是张博说过的 U jump。

张博吃惊地抓起陈潇手腕："你去文身了？"

"是啊，怎么样？跟你的一样吗？"

"谁让你去文的？"张博不知为什么有些不安。

陈潇挣开张博的胳膊："你吃惊什么啊？我自己愿意文的！"

张博只能接受现实转而问："谁让你真去文了，傻丫头，疼不疼？"

"不疼，喜欢吗？"陈潇无所谓地晃晃手臂。

"你们学艺术的女生，是不是性格都像你这么冲啊？想干吗就干吗！"张博怜惜地摸摸陈潇的头。

就这样，因为张博的一个谎言，陈潇手臂上留下了和曾执同样的文身。多年来，那是她心目中神圣爱情的印记。直到在月子会所遇到曾执，她才发现自己的爱情并不神圣，岂止不神圣，简直就是个笑话。她多年来爱情至上的生活，所有的甜蜜和美好，就像一个虚幻的泡泡，被残酷的现实无情地刺破。

4.

每天的行政例会结束，行政总监宋敏给大家布置完任务，便宣布散会。今天又有新的产妇要入住月子会所了，客服闵瑶瑶接到任务，今天又要去接产妇了。

宋敏告诉瑶瑶，今天要接的产妇叫钟育绫，是一位高龄产妇，让她多注意一下，说着把销售部记录的资料递给她，让她先了解一下。

瑶瑶一边应声，一边翻着资料看："钟育绫，她老公是台湾人啊？"

"是啊，怎么了？"宋敏问。

瑶瑶假装很遗憾地撇撇嘴："唉，没什么了，不是北京的，他就是有兄弟我也不能打他的主意了。"

"我说，你能不能专一一点？你那位程序员男友，一有空就过来等你下班，一等就是大半天，就凭这份痴心，你也别整天朝三暮四的了。"

"行了，你就别挖苦我了，人家都说，程序员是为 BUG 而生的，不是为女人而生，很多程序员都很难找到女朋友的，他作为一个找到女朋友的程序员，做梦都是要笑醒的。"

"程序员多好啊，工作环境单纯，职业要求他们都得有耐心、有责任心，挣钱还多。最现实的一点，你不用担心他有外遇啊，同事基本都是男的。"

"我家程序员是不是收买你了？瞧你把他夸的！"

"男人对女人啊，最难得的就是真心！好好珍惜你家程序员的一片真心吧！别吃着碗里的看着锅里的，有那功夫多用点心在工作上吧。"

瑶瑶之所以选择在月子会所工作，就是因为来这里坐月子的人非富即贵，在这里可以接触到高端人士，而且产妇们要在这儿住上一个月。一个月是非常好的一段时间，既可以培养出感情，混得很熟络，又不到产生矛盾、互相反感的地步。所以瑶瑶钓上个金龟婿的希望都寄托在这里了，那个程序男，她只不过当他是个备胎。再有就是月子会所工作环境好，安静、整洁，不像医院那么吵，那么脏，那么累。她一个没有任何背景的女孩能找到这份工作，全要感谢爹妈给她生了这么一张漂亮的脸蛋和机灵的脑瓜。

瑶瑶可不想失去这份工作，月子会所除了工作环境好、有机会钓金龟婿，自己的时间也多，不用朝九晚五的固定时间上班。上了早班，下午还有大把时间可以逛街、约会，上了晚班呢，第二天还能睡个懒觉。

"那是那是，工作上的事，您交代给我就百分百放心吧！我努力工作，一会儿就出门接产妇。"瑶瑶立刻说。

"这就对了，不要老幻想着没准哪天被哪个产妇的小舅子小叔子看上，你就一脚踏入豪门，一辈子也不用奋斗了。豪门那是随随便便进的吗？别整天做白日梦了，赶紧干活吧，工作的时候长点心！"

瑶瑶故作认真地给宋敏敬了个礼："是！总监！你长得这么好看，你说什么都对！"

宋敏："别寒碜我了，林院长可说了，全月子会所就属瑶瑶的脸盘最靓，所以给你派了接送产妇的差事，你不是咱月子会所的招牌吗？"

瑶瑶再次站起身，打了个立正："是！保证完成任务。"

"还不快去？"

瑶瑶一直是个机灵的女孩，办事说话都非常得体，什么该说，什么不该说，什么话该什么时机说，她都能掌握得恰到好处，因此在做客服的这些日子里，从未接到过客人对她的任何投诉，每一位产妇临走时对她评价都很高。

5.

高大上的私立妇产医院，光迎宾小姐就四个，一水的红色连衣裙，齐刷刷地站成一排。见月子会所负责接送产妇的瑶瑶进来，她们一起弯腰鞠躬，瑶瑶顿时有了一种被当成上帝的感觉。

在迎宾的引导下，瑶瑶来到了三层，敲开了钟育绫的房门。

"您好，我是月子会所的客服瑶瑶，来接您和宝宝去月子会所的。"

钟育绫上下打量了一下瑶瑶，白白净净，笑容可掬的样子，便友好地笑笑说："我先生去办出院手续了，等他回来我们就走。"

正说着话，钟育绫的先生回来了，瑶瑶再次起身自我介绍。

先生操着一口台湾腔，很有礼貌地招呼着："你好，你好，瑶瑶小姐，辛苦您了。"大概是入乡随俗吧，台湾腔里也加上了"您"这样的北京人爱用的称呼。

瑶瑶甜甜一笑："应该的，不辛苦。"

一行人拿着行李，上了月子会所专门接产妇的奔驰商务车。一路上，瑶瑶有话没话地搭讪着，先生都是非常礼貌地回应着，钟育绫也会嗯啊几句回应。一看就是台湾老公娶了大陆媳妇，再加上刚生完孩子身子虚，瑶瑶觉得这位太太，真的没有先生那么斯文客气有礼貌。

坐在副驾驶座位上的瑶瑶，突然想起什么似的，赶快翻开客户资料，发现销售部同事曾在印象一栏里留下评语"难缠"。瑶瑶不禁又扭头看了一眼，钟育绫正闭目养神。瑶瑶赶紧把资料合上，还好客户没有看到。

还有一个路口就到月子会所了，瑶瑶赶紧给月子会所打电话，让同事做好迎接准备。

奔驰商务车在地下车库直通月子会所内部的电梯口缓缓停下，因为传统习俗讲究产妇不能受风，月子会所在接产妇的过程中尽量做到"无风对接"。

钟育绫是剖宫产，一下车司机就把备好的轮椅送上，推进电梯。门再打开时，月子会所一干人马早已经列队等候了，一个个笑盈盈地鞠躬问候，时不时还传来舒缓轻柔的背景音乐。那阵势一点不亚于刚刚离开的 MM 妇产医院。

服务行业，在大家都不差钱的硬件设施条件下，想在竞争中最终胜出，拼的还是服务。

瑶瑶推着钟育绫在人前穿过，像是检阅方阵的领导。先生亲自提着婴儿提篮，拒绝了护士的帮忙，在后面跟着。

进房间不久，林珊便带着一群人来到房间——介绍，有月嫂、护士、护士长、护理总监等等，认识过后，当班护士开始分别给母婴查体。

6.

却说蔡美伊去殷悦家，按了门铃好半天，殷悦才出来开门。她原以为张建平会在家陪殷悦，没想到竟然只有殷悦一个人在家。

蔡美伊进门先给了殷悦一个拥抱，她太心疼她了。在蔡美伊的印象里，殷悦从来没有如此脆弱的时候。

蔡美伊环顾四周发问："张建平呢？他没在家？"

"嗯，他单位有事，去上班了。"殷悦答。

"他上班了？你，你遭这么大罪，他居然上班去了？"

殷悦无声地撇了一下嘴，算是笑了，没说话。

"张建平他还是人吗！打老婆，老婆流产，他能把你一个人扔家里，还跟没事人似的，去上班了？"蔡美伊越想越替殷悦抱不平。

"他上午在家，一上午都是电话，今天他事儿比较多，刚接了电话走了。"

"你还给他找借口？"

"真的，他在家一直打电话我也烦。你别跟着生气了，你一生气，肚子里的小宝宝也该生气了，怪我惹他的妈妈不开心！"

"你还有心思开玩笑？你还没吃午饭吧？你回房间躺着去，我来给你做午饭。"

殷悦说不用了，建平给她叫了外卖。蔡美伊挖苦道："哟，真是难为他了，他还知道叫外卖！"

蔡美伊扶着殷悦躺回床上，摸摸她的肚子。心疼地说："怎么会伤到肚子，他又没打到你肚子，怎么就流产了？"

殷悦告诉美伊，医生说不是磕着碰着才会流产，在孕期情绪过于激动也是有可能导致流产的，顺便也嘱咐美伊要注意情绪，不要让自己太激动。美伊应着，起身去厨房想给殷悦弄点吃的。一进厨房，看见水池里没洗的筷子和碗盘摞成一摞，灶台上锅、菜板，横七竖八一片狼藉。厨房乱糟糟的样子让她气不打一处来，她一边刷着碗，一边骂着张建平。

"算了，下午的会是他主持，他必须去。"

"他都这么欺负你了，你还替他说话。"

两个人正说着，门铃响了。外卖到了。蔡美伊开门，接过外卖，打开一看只有两盒饺子，顿时气得想扔了。

张建平这算什么老公，老婆小产，你没时间做饭，好歹给人家外卖点个鸡汤什么补补也好，就这么干巴巴的两盒饺子！蔡美伊默默地把外卖放在餐桌上，张建平的做法让她感到无语，他真是比她想象得还要差劲。

殷悦显然对外卖饺子也没啥胃口，张建平一向抠门，她是知道的。如果蔡美伊不在，实在没得吃，她可能也就凑合吃了。可蔡美伊的表情，让她觉得自己更加委屈了。

"殷悦，你这样坐月子可不行，要不，去我家吧？起码每天有饭吃，我家阿姨每天三顿变着花样给我做饭，很好吃的。"

"不用了，建平他平时也做饭的，今天就是……"

"平时是平时，现在是现在。我也知道张建平抠门，可我真没想到他这么抠门！他不做饭，没时间照顾你，给你叫外卖也行，但怎么着也得是有饭有菜有汤吧？没想到他就点两盒饺子！这叫什么坐月子，你还是跟我回家吧，我照顾你。"

殷悦为难地说："真的不用了。"

蔡美伊试探地问殷悦这事有没有让父母知道。殷悦摇摇头说还没有，她不想让父母知道，让他们跟着担心。

蔡美伊叹了口气："唉，当初，张建平呢是你自己选的，你爸妈最担心的就是你嫁给他受委屈，你说这还真让二老说准了。"

"所以我也没办法开口，都是我自作自受。最后说起来，爸妈还是会怪我不听老人言，选错了人。"

两人同时陷入了沉思。有时候长辈考虑得没有错，可年轻人是不会听的。殷悦自己也是矛盾的，一方面后悔当初没有听父母的劝说，今天闹到这样一个局面，另一方面她也并不后悔，起码当初自己是无怨无悔地爱过一场。

想到这儿，殷悦忙对蔡美伊说："我自己能处理，你可千万别告诉我爸妈。"

"放心吧，我不会说的，这毕竟是你和张建平之间的事。"

蔡美伊起身，准备给殷悦去做个汤，她和殷悦两个人都瞄了一眼不远处的外卖："咱不吃那饺子啊，留给他张建平自己吃吧。"

"好，让他自己吃。"殷悦很解气的样子。

"你回房间去，睡一觉，做好了我喊你。"

蔡美伊重新回到厨房，打开冰箱，发现还有几块排骨，就拿出来放在微波炉里解冻。殷悦望着她忙碌的背影，心里充满感激。毕竟蔡美伊也是一个马上要生产的孕妇了，而且她在家都是阿姨做饭，几乎不用她下厨房的。

殷悦回到房间，安静地进入梦乡。

蔡美伊在厨房忙忙碌碌，不一会儿，排骨汤做好了。蔡美伊去房间喊醒殷悦。

殷悦睡眼惺忪地伸了一个懒腰："嗯，我睡得好香！"是啊，自打和建平吵架开始一连几天了，殷悦就没有睡过一个安稳觉。

"来，快尝尝排骨汤香不香。"蔡美伊用勺子舀了一口汤，用嘴吹了吹，喂到了殷悦的嘴里。

殷悦撒娇地说："好香，比我的美梦还香，美伊，我最爱你了。"

蔡美伊抱抱殷悦，动情地说："宝贝，我也最爱你了，快快好起来！"

看到殷悦把热乎乎的排骨汤喝下，蔡美伊觉得现在和殷悦说什么都不如让她好好睡一觉来得实在，短短的几天经受了吵架、挨打、流产、手术、出血，她太需要体力上的恢复了。

蔡美伊扶殷悦躺下，给她盖好了被子，轻柔地说："你闭眼再睡一会儿吧，相信我，一觉醒来，一切都会好的。我先回去了，还得接墨墨去呢，改天我再来看你。"

殷悦感激地点点头："我不送你了，给我把门带上，孕妇你自己也多保重。"

蔡美伊心疼又不舍地看了看殷悦，安静地走了。清官难断家务事，她只能安慰殷悦，力所能及地帮助她，两个人之间的事情还是得两个人自己去解决，她不会失去理智去找闺蜜的老公，指责他，声讨他。当然，如果她来殷悦家的时候，张建平刚好在，那她肯定会当着闺蜜的面，狠狠责骂张建平给闺蜜出出气的。

第六章　婆婆驾到

1.

月子会所 301 房间，孩子在哭。陈潇因为对老公的情绪还没有平复，气鼓鼓地坐在床上，无心搭理正在哭闹的孩子，张博对此感到心烦气躁："你能别让孩子哭了吗？"

"是我让他哭的吗？"

"那你想想办法啊，都哭半天了！"张博实在是不喜欢听到孩子哭。

孩子的出生，并没有唤起张博的父爱，他只是觉得孩子很烦。无休止的哭更让他觉得烦极了。他也并不喜欢那个孩子，看着他的面庞只觉得很陌生，无法想象他竟然是自己的儿子。

"我想让他哭吗？啊，我愿意听孩子哭啊？我还烦着呢！"

"你哄哄他啊，是不是饿了，你喂喂他呀，总这么哭，烦不烦啊？"

"你烦，你怎么不想想办法？你怎么不哄？你怎么不喂？"

"你这人怎么不讲道理？我喂奶？我有奶吗？你这么呛，有劲吗？"

"没劲，我也觉得没劲，来来来，你有劲，你来哄！"陈潇说着，把正在哭着的孩子一把抱起来，几乎像是扔皮球一样，丢到张博的怀里。

"你要干什么！"

张博没有想到，老婆动作这么大，几乎没有顾及后果。而他怀里的孩子也被爸爸妈妈这么一折腾，受了惊吓，哭得更凶了。

"这孩子也不是我一个人的，你是当爹的，你也应该抱着吧！"

"哪有你这么当妈的？哪个妈会把孩子扔来扔去的！"

"我不会当妈，有会当妈的呀，有有经验的呀，还很专业呢，天天照顾孩子，又温柔又体贴，你找她去呀！"陈潇语带讽刺。

"陈潇，你太过分了！你有完没完？"

陈潇扬起有文身的手腕，冷笑道："你，好意思说我过分？"

张博气极了，站起身："别老拿文身说事啊，是我逼你文的吗？是你自己跑去文的，赖谁？赖我吗？"

这话很伤人，彼一时是爱的见证，此一时却成了犯贱。陈潇哭了："当初是谁说的？'我自己文了 I jump，是因为我一直在等一个人，希望她愿意在同样的位置文上 U jump，我希望我和她的爱至死不渝。'是不是你说的？"

"是又怎么样？当初是你问我文身的事，我怕解释起来麻烦，就顺口说的，谁想到你自己跑去文身啊？"

"张博，如果你当初跟我说实话，告诉我，你曾经有过一个前女友，文身是当时你们俩一起文的，但你们已经分手了，就算我再傻、再爱你也不会自己跑去文一模一样的文身。对你来说，这是爱的印记，对我来说，这是爱的耻辱！你现在这么说，你还好意思说没骗我？"

"我没有想骗你！我就是怕你问东问西的，那时我刚和曾执分手，也没心情解释什么。我和你当时也刚开始，我也没想到你自作主张就去文身了。要是你和我说一声，我肯定会拦着你了。"

"你妈说你没有女朋友，我向你核实，你并没有反驳呀，原来是你们娘俩一起骗我呀！"

"这怎么能是欺骗？当时确实分手了！"

"哼，分没分，你自己清楚！"

孩子仍然在张博的臂弯里大声地哭着，可能是被张博的大嗓门吓着了，孩子哭得更声嘶力竭。张博束手无措，他太想逃避这一切了，他要离开，他一秒钟也不想多待了，他又把孩子丢回给陈潇。

"你赶快哄哄他！喂喂奶，我走了！"

"你别走！你要去那儿？"

"我要回去上班了！"

张博飞快闪人，留下哭闹的孩子和妻子。301 房间的门在他身后关上了，他把不喜欢的那个世界也关在了他的身后。张博可能从未想过，孩子出生之后，他的生活竟然变成这样，妻子也变成了面目全非的人。

张博正欲离去，路过护士站正好看到忙碌的曾执。多年未见，曾执仍然是他熟悉的样子，这些年她似乎都没有什么变化。

张博站在原地，远远望着曾执，他犹豫，要不要过去和她打招呼。可是毫无察觉的曾执却突然离开了。

张博内心很挣扎，陈潇在这里坐月子，这意味着如果每天他都来月子会所陪老婆孩子的话，就难免要面对和前女友经常见面的尴尬局面。该如何自然地应对这样的场面，他一时还没有想好。

2.

夜幕降临，灯光下，殷悦家显得格外温馨，这个家许久没有这么安静了。张建平在厨房里做饭，切菜的声音嗒嗒传来。

"叮咚"，门铃响。

张建平系着围裙，放下菜刀，急忙去开门。打开门一看，原来是自己妈妈从老家赶到了，他把食指放在嘴上示意妈妈小点声。

"妈，你这么快就到了？"

张母打量着系围裙的儿子："可不，你需要妈，妈肯定第一时间出现。干啥呢，你还做饭呀？"

张建平再次示意妈妈："轻点，殷悦在屋里睡觉。"

张母应着蹑手蹑脚进了门，可是她提着的口袋里面，突然传出响亮的"咯咯哒"的鸡叫声，张建平仔细一看，口袋里两只鸡正也瞪着亮闪闪的小眼睛看他。母亲竟然带来了两只鸡。

张建平惊叫："妈，你怎么还带鸡来了啊？"

张母不满地说："你以为我想带啊？这鸡我养了它们两年了，原本是打算养着给儿媳妇坐月子的，没想到我等来等去，等来了个小月子。"

"妈，小月子也是月子……我是想说，鸡到处都有，这么大北京什么买不到啊，你用不着大老远的带两只鸡来。"

张母不满地说："什么都能买到？我这两只鸡，是活鸡，你们北京哪有卖的？我不带来，你上哪儿买去？"

张建平听出母亲的话外音，这是在责怪殷悦，他本能地护着老婆。母亲提着鸡就想进门，张建平忙拦下示意让妈把鸡放在门外，不要带进屋里。

"放门外面，那还不得被人家拿走？亏你想得出来？"

"可放屋里，这鸡老叫啊！"

"鸡还有不叫的？你看看你那一脸嫌弃，早知道我就不带来了，你以为我舍得带啊？得了得了，你们就将就一晚上吧，明天我就杀了给儿媳妇吃。"张母自作主张地拎着鸡进屋了。

"行吧行吧，放外面万一鸡半夜再叫起来，邻居还嫌扰民呢。"张建平退一步。

此时，卧室里的殷悦被外面嘈杂的声音吵醒了。她起床去卫生间，张建平和母亲在家门口处理这两只鸡的过程正好被她撞到，她走出来，正好看到张建平和母亲提着鸡进门。她吃惊地瞪大了眼睛，婆婆怎么来了？

殷悦吃惊地叫了一声："妈，您怎么来了？"

"这不，建平说你小产了，他要忙工作，没时间照顾你，让我来帮帮忙。"

殷悦犹疑地望着丈夫："我怎么，没听建平说啊？"

"啊，还没来得及跟你说呢，我也没想到妈来得这么快。"张建平忙解释道。

婆婆的突然到来，让殷悦非常不爽。一方面，这件事张建平根本就没和她商量过，当然了，如果事先和她商量，她也不会同意婆婆来。另一方面，流产这件事殷悦没有告诉自己的父母，是想自己慢慢消化掉，不想波及长辈。同样，她也不希望老公告诉他的母亲，她希望这件事由她和张建平两个人处理掉。

可是现在，她该怎么和婆婆解释呢？她不知道张建平是如何向他妈妈说的，也不知道自己是该向婆婆告状诉苦呢，还是背着"自己太不小心"的黑锅被老人误解指责呢？

殷悦家教良好，从小父母就教育她要孝敬老人，即使当时父母不太同意这门亲事，但是两家亲家见面时，父母对婆婆的尊重还是让殷悦很骄傲自己父母的不势利。所以即便她心里再不愿意，对婆婆起码的礼节还是不能少的。

殷悦温和地说："妈，你赶快进屋啊，别在门口站着了。"

"好，好。"

殷悦注意到张母口袋里的活物，忙问："妈，您这口袋里一直在动的是什么呀？"

"活鸡呀，准备给你补身子的。"

"可咱这是楼房，不能养家禽的。"

"不养不养，明天就杀了给你炖汤喝！"

张建平连忙打圆场："殷悦，快让妈先坐下呀！"

殷悦应着声，说着连忙闪开了身。

张母一进屋，放下行李，坐在沙发上，直了直身子，长吁一口气。高铁虽然速度快，但几个小时的奔波已经把她这把老骨头颠得都快散架了。她揉了揉后背，忽然看见茶几上摊了一堆的杂物，立马起身归置，殷悦忙上前拦住。

"妈，我自己来，您别一来就忙活。您看您这么大老远赶来，建平也没和我说，您坐了这么久的车一定累了吧，您坐下歇会，我给您倒杯水。"说着，殷悦给婆婆倒了一杯热水，放在桌上。

一时间，殷悦站立在一旁，不知道该和婆婆聊点什么，她努力地找着话题："妈，您该提前告诉建平一声的，好让他去车站接您，这大晚上的，您人生地不熟的，要是走丢了怎么办？"

张建平正在收拾妈妈带来的东西，听见殷悦的话，觉得老婆真是个通情达理的好媳妇。想到这儿，他越发懊悔。

"我又不是没来过你们家，再说建平他工作那么忙，哪有时间接我？你们可别小看我这老太太，找路一门清！你家要是住月亮上，那我找不到，只要在地球上，我准能找着。"婆婆慷慨激昂地说。

都说儿子的智商随母亲，殷悦相信就凭建平的智商，他妈肯定是个人精。问题是如果理念落后、价值观不同，还是个自以为是的人精的话，这样的婆婆就很难相处了。殷悦在一旁有一句没一句地聊着，很不自然地赔着笑。

不一会儿，殷悦觉得有点不舒服，便说："妈，您坐会儿，我有点头晕，我先回房间了。"

张母说自己不是客人，不用客气，催促着殷悦上床休息。婆婆反客为主的态度让殷悦更不自然了，她笑笑回屋躺着去了。

3.

其实当丁羽芊褪去她的明星光环后，也算是一个亲和的人，有时甚至天真得像个孩子。经过狗仔队偷拍风波之后，她已经逐渐放松警惕。现在，她每天最依赖的人就是杜老师。对丁羽芊来说，此刻头等大事就是减肥、塑身。

杜老师亲切地说："来，我看看你伤口恢复得怎么样，再决定你这几天的运动强度。"

丁羽芊乖乖地配合着。

"伤口长得很好，我们可以按计划训练。芊芊呀，看你生了这么个大儿子，却一点儿妊娠纹都没有。不像二楼的小海归，肚皮成了一个大紫瓜了，你是不是做保养了。"

"您真不愧是月子专家，都看出来了。我怀孕三个月就用了恩姆花园的橄榄特润按摩油了。"

"哦，是吗？看来明星的养护意识就是超前。很多妈妈并不知道这个道理，等生完孩子，长了一堆妊娠纹再去修护，其实已经晚了，效果也没有那么好了。"

"就是，要想不长妊娠纹就得事先保养、预防，我连续抹了好几个月呢。这肌肤胶原纤维的弹力增强了，就算到时候肚子一大纤维被抻开、拉长时也不容易断裂了，也就没有妊娠纹了。现在群里好多孕妈妈总说感觉肚皮瘙痒，我整个孕期都没有这种感觉。"

"看来这世上就没有白下的功夫，人家不都说，没有丑女人，只有懒女人！"

"杜老师，不瞒您说，为了保证我生完孩子后依旧360度无死角，我可没少下功夫。这不，孩子三个月后我还接了一个穿比基尼在海边的广告呢！我哪能有妊娠纹呀！"

看着杜老师一脸吃惊的表情，丁羽芊连忙说："没办法，老早之前就接下的工作。"

"那倒是，你的肌肤都不属于你个人，来，为了你完美的身材，我们开始训练吧。"

"好嘞！"丁羽芊爽快地答应着。

"一、二、三、四，二、二、三、四，放松，放松，不要吸气，提臀，抬腿。"

"杜老师，你知道吗，我现在最想见的人就是你了。"

"可不是吗，你现在最需要我，等过几天，你就会说你最想见的人是瑜伽老师了。"

"那我也想您！"

"芊芊，我在月子中心这一行做了二十几年了，见过的产妇成千上万，你呀，是我见过的最诚心、有毅力的产妇呢。"

"哎呀我的杜嬷嬷，你这么夸我，我可要骄傲了。"

"又叫我杜嬷嬷！"

"您是好心的杜嬷嬷，不过正是因为您的严厉管束，我的身材才恢复得这么好啊！"

"等过几天，伤口全长好了，你就可以去做瑜伽了。产后瑜伽比较舒缓，能够帮助子宫的收缩，增强肌肉弹性，有助于妈妈体型的恢复，对你的体能恢复也有帮助。"

"是，我的杜嬷嬷！我知道产后瑜伽非常好，可是瑜伽减肥慢呀，我想快速减肥。干我们这行，生一个孩子的工夫，就出来一茬新人，你再生个二胎，也就剩演容嬷嬷的份儿了。"

当演员的人说话就是生动，丁羽芊的两句话把杜老师笑得前仰后合。

"是啊，隔行如隔山呀。我还说呢，别的产妇都是能偷懒就偷懒，你叫她做，她都不做，一会儿喊疼，一会儿喊累的。只有你，每一个动作都一丝不苟。看来是压力变动力，不想演容嬷嬷呀！"

"是呀，我是一个女演员，你知道啊，做演员难，做女演员更难，做一个像我这样明明能靠脸吃饭、偏偏要凭实力打拼的女演员，更是难上加难，我只能对自己严格要求了。"说完丁羽芊振臂高呼，"为艺术瘦身，丁羽芊加油！"

护士站，曾执正在跟护士徐蔓翻看当天的工作资料，曾执问徐蔓："今天303房间是谁去查房的，这里怎么没有记录呀？"

"肯定是梁护士长自己去的。"徐蔓答。

"哦？那肯定又是个难缠的，不过，昨天打了个照面，看着还挺文静的。"曾执说。

"人不可貌相。据说是个高龄产妇，38岁才怀上的这个孩子。"

曾执摇摇头："幸亏我们有梁护士长，这种产妇我可应付不来。"

"听说昨天她在走廊里遇见咱们护理部新来的肖芸，抓住人家胳膊就问：'如果你们发现婴儿呼吸急促，你第一时间会采取什么措施？'把肖芸吓得脸都绿了。"徐蔓夸张地说。

"那肖芸怎么回答的？"

"肖芸结结巴巴地说：'会，会，会做心肺复苏，马上送医院。'"徐蔓绘声绘色地学着产妇钟育绫和肖芸的对话，和曾执两人忍不住哈哈大笑了起来。

"然后呢？"

"然后她就点了点头走了。你可能还不知道，她入住当天，就把303房间里的所有东西都检查了一遍，然后又跑到护士站检查了所有的急救设备，还问了护士所有的急救流程。"

"够专业的啊，什么来历？伺候这样的产妇也挺过瘾，不然和梁护士长说说，把这产妇转给我得了，伺候完她，我都能写篇论文了。"曾执只要听到和业务有关的话题就来精神。

"不太清楚，听销售部那边说，她第一次来参观时，就好像对坐月子特别有经验，提出的问题特别老道，大家都怀疑她不是来坐月子的，而是上边检查机构派下来偷偷查我们的。"

曾执和徐蔓正聊着，销售部的丁丁刚好经过。徐蔓喊住她，问她是否记得几个月前来参观的"专业人士"钟育绫。

丁丁点点头："太记得了，当时在客户登记表里，特别给她标注了'难缠'。你们小心些吧，我做销售这么久，不说阅人无数吧，也练就了一双火眼金睛，哪碟是我们的菜，哪碟不是，看一眼，聊几句，也就心知肚明了。反正我当时特想对总监说，这么难缠的客户就算了吧，真要来了，她这钱咱赚得也是个提心吊胆。可那人有一点好，在价钱上不含糊，当时我们正在飙业绩，就接下喽！"

"你看，我说什么来着？丁丁，你们的业绩倒是上去了，我们护理部这下可惨了。"徐蔓没好气地说。

"你们护理部可不要怪我啰，总不能把上门的客人拒之门外吧？能不能拉来客人是我们的事，能不能照顾好客人可就是你们的事喽。"丁丁说。

"人都来了，该怎么着就怎么着呗。"曾执说。

"你心可真大。"

"不然呢，还能怎么样？"

"是啊，既然来了，就当奶奶伺候着呗。"

曾执手机响了，一看是蔡美伊打来的，她赶紧接听。丁丁挥挥手，和大家告别走了。

蔡美伊家的阳台上养着很多花花草草，她正在阳台修剪一盆多肉植物，一只手拿着剪刀比画着，一只手拿着电话和曾执通话。

"亲爱的，你说我怎么这么背啊？"

曾执一听紧张起来："你怎么了？"

"唉，我真是太倒霉了。"蔡美伊不紧不慢地说。

"别磨叽，你快说，怎么了？"曾执催促着。

"我昨天不是去 MM 妇产医院吗，他们那儿不能给我建档了，说是预约的产妇都满了。"

"咳，吓我这一跳，我当什么事呢！最怕接到你电话了，一看到你号码我就紧张，你别这么一惊一乍地吓我行吗？"曾执松了一口气。

"这对我来说就是最大的事！我就想在 MM 医院生，如果还在生墨墨的那家医院生，我会得产后抑郁的，我现在就要抑郁了。"蔡美伊故意夸张地大声说。

"你不会抑郁的，要抑郁也是我抑郁！那你说人家约满了，怎么办啊？你都这么大月份了，怀孕后一次也没在人家医院产检过，也不是在那个医院建档的，人家当然不收你了。"

"所以我就是想问问你嘛，还有没有别的办法，我已经想了一圈了，和生孩子这事沾点边的朋友也只有你了，你能不能帮帮我呀？"美伊诚恳地说。

"让我想一想，你昨天看的是哪个医生？"

"王越彬！"蔡美伊想都没想脱口而出，"听说是他们医院的一把刀，妇产科最好的大夫。"

"啊，王越彬啊？"

"你认识他？"蔡美伊欣喜惊叫起来。

"呃，就算认识吧，可是……"

"那太好了，亲爱的，真是太好了，你也算是专业人士了，还是你认识人多，你帮我跟他说说，走个后门……"

"走后门？你可真直接，我和他根本就不熟，就见过一面，还是上次月子会所这边产妇有特殊情况，需要复诊才去见过他。可那人实在不怎么样啊，油嘴滑舌的，看上去很不靠谱的一个人啊！"曾执回想起上次的见面，实在没有好印象。

"你说的，是 MM 医院的王越彬吗？他很靠谱呀，人长得又帅，讲话也好贴心，很招人喜欢的。"

听蔡美伊这么一说，曾执就泄了气了。心想，那就没错了，肯定是他，其他花痴孕妇也这么评价他。

电话那端的蔡美伊还在喋喋不休地说："你既然认识他，就帮我问问他，能不能照顾一下呀？"

曾执再三强调自己和那个王医生不熟，两人上次见面相互印象也不太好，如果自己冒昧去问，说不定会起反作用。

美伊软磨硬泡："唉，死马就当活马医吧，曾执，你就帮我说说吧，大不了就还是回原建档医院生呗，生完住走廊就住走廊吧，最差也就是这样了。但是如果不努力不想办法，我作为妈妈，觉得很对不起二宝……"

"好了好了，真受不了你，那我试试，不过人家要是真没床位了，我也没办法。"曾执最受不了这苦情牌，只好勉强答应试试。

"好的好的，曾执，你就是我们娘儿俩的救命恩人啊，我和二宝，我们这辈子都忘不了你的大恩大德。"蔡美伊夸张地说着。

"行了啊，省省你的苦情戏吧，我会问的，你放心。"

"我放心，我当然放心，你曾大小姐要么不答应，答应就一定有办法。"

挂了蔡美伊的电话，曾执知道，这是给自己出了一道难题。可是蔡美伊的忙，她又不能不帮。刚才美伊说她一定有办法的，这话让曾执很受用，在月子会所，她一直是一个很有办法的护士，这也是院长喜欢她的原因。

她答应蔡美伊还有一个自己也说不清楚的原因，那就是或许自己也想去会会那个上次让自己碰了一鼻子灰的家伙。人有的时候就是那么奇怪，总想去挑战那些不把自己放在眼里的人。曾执很想知道如果自己去求他，他会怎么样，这样想了想，曾执倒是有了几分兴奋。

曾执一边走，一边琢磨怎么向王越彬开口。刚走回护士站，电话突然又响了，一看号码，还是蔡美伊。

曾执没好气地问："喂，又怎么了？"

"光顾着说我自己的事，忘了跟你说一件特别重要的事了。"

"什么事？"

电话那端，本来想跟曾执不吐不快的蔡美伊却迟疑起来："不行，我还是得当面和你说，这件事很重要。"

"比你医院建档还重要？"

"对，比我的事重要。哎，正好我想去你们月子会所看看房间，不然我先交定金和你们定下？反正我不管在哪儿生，都要去你们那里坐月子！"

"行，那你来吧，参观完了，没准销售部那边邀请你试吃月子餐呢。要是没有，我请你吃我们食堂的工作餐。"

两人约好一会儿见。

曾执百思不得其解地挂了电话，她不知道，蔡美伊要告诉自己什么重要事情。

4.

张建平已经去上班了，婆婆在厨房忙活，殷悦在卧室休息。家里很安静，她打开音乐播放器，房间里响起浪漫的爵士乐，她拿起一本书漫不经心地翻看。此时，她听见外面传来婆婆一连串的声音："悦悦，你家有没有剪子？悦悦，你家剪子在哪里呀？"

殷悦应着声，扔下书，连忙跑出房间："哦，有的，有的，我给您找。"

殷悦小跑着来到厨房，不看则已，一看着实吓了一跳。厨房地上一地鸡毛，婆婆一手反掐着已经被揪秃了毛的鸡脖子，一手正翻箱倒柜到处找剪子。婆婆手到之处都是鸡毛的痕迹。灶台上，一口炖锅里面热气腾腾，锅里都是热水和鸡毛，那个呛人的味道，让殷悦本能地捂住鼻子倒退了一步。

"愣着干啥？没见过杀鸡啊？快给我找剪子！"

"哦，好，剪刀在抽屉里，我给您拿。"

婆婆一脸的不以为然，让殷悦觉得自己少见多怪了。殷悦踮起脚，小心翼翼地绕过杀鸡现场，拉开抽屉，收纳盒里整齐地排放着亮闪闪的数套西餐刀叉。

殷悦从抽屉里找出剪刀递给婆婆。婆婆接过剪刀，咔嚓一下，刀落颈断，鸡血一滴一滴地在白色的骨瓷碗里蔓延开来。

殷悦一激灵。长这么大，她还是第一次目睹杀鸡现场，没想到还是在自己家里。她感觉到自己身上的汗毛全都竖了起来，她下意识地用双手抱住了自己的身体。

殷悦自嘲地说："妈，我这还真是头一次看见杀鸡。"

"咋的，害怕了？"

"不怕，不害怕。"

殷悦嘴上说着不怕，身上却打了一个寒噤。这边婆婆拎起已经咽了气的老母鸡放进水池里，她还是下意识躲一边去了。

婆婆慈爱地说："悦悦，一会儿妈就给你把鸡汤炖上，赶紧给你补补身子！我这鸡啊，可是吃五谷杂粮长大的溜达鸡。别看你们在北京，想吃溜达鸡，没有！买不着！"

殷悦诧异地问："溜达鸡？啥叫溜达鸡，就是满地跑的鸡？"

"差不离儿吧，溜达，溜达，你听这名儿就知道，就是散养的，不是圈起来养的。"婆婆笑着说。

"这名取得真形象啊！"

"溜达鸡是咱农村人养了给自己家吃的，坐月子、过节啥的自己家都不够吃，哪能拿到市场上去卖？所以我才说你们北京根本买不着这种鸡，建平还不信！市场上卖的那些鸡，都是从小就给喂饲料，还打针，临卖前几天才放出来溜达溜达，那能叫溜达鸡吗？净瞎骗人！"

东北话自带喜感，听婆婆讲话，殷悦倒也觉得开心，当下也松了一口气，婆婆既然来了，既来之则安之吧。看着婆婆麻利地处理鸡，那么远来照顾自己，她心里不是不感激的。

"妈，您这么大老远地过来照顾我，还给我杀鸡，熬鸡汤，让我怪不好意思的。"

"一家人，说啥见外的话呢？唉，这鸡我都养两年了，本来啊，是准备给你生孩子坐月子吃的。"

听闻这话，殷悦心里顿时咯噔一下，她知道婆婆一直在盼孙子。听话听音，她听出了婆婆话语中的遗憾和对自己的埋怨，此时殷悦的心里像打翻了五味瓶一样不是个滋味。刚刚好不容易培育出来的一点和谐感，也一下子就消失殆尽了。

"妈，做完鸡汤您就歇会儿吧，我先回屋了。"说完，殷悦没等婆婆回应，就回了卧室。

房间里，爵士乐还在轻轻地唱着，阳光从玻璃窗洒进来，一切显得那么美好。殷悦独处的这个世界和厨房里婆婆的杀鸡现场截然不同。

月子会所 301 房间，陈潇衣着邋遢，头发也没梳，在窗边画画。房间里不知道什么时候多了一个画架，画笔、颜料一应俱全。很多妈妈会在坐月子期间疯狂网购，陈潇应该也是网购的这套画具。

陈潇好像躲进她笔下的画里了，全然不理会周遭一切，画面上的色彩晦暗阴郁，就像她的脸。

精致可口的月子餐摆放在餐桌上，几样小菜看起来那么温馨，可是陈潇一动都没动。月嫂朱姐抱着孩子，正给孩子喂奶粉。

"潇潇，你吃一点吧，哪能天天不吃饭呢？"朱姐关切地说。

陈潇没有回话，过了很久很久，才木然地说："怀孕的时候，我觉得自己很辛苦，但以为生完孩子就完了，生完我就解脱了。没想到，生完孩子才是痛苦的开始。"

像是回答朱姐，又像是自语。她也不抬头，手里的画笔也没停。

"潇潇，你别想太多了，你看看，咱们的宝宝多可爱啊，你得好好吃饭啊，你吃好了宝宝才有饭吃，你不吃饭，宝宝也没有奶吃了。"朱姐小心地说。

宝宝有些抗拒奶粉和奶嘴，不停地把塞进嘴里的奶嘴吐出来。

陈潇低沉地说："我从没想过，我的月子会坐成这样，烦死了，真的烦死了，别让我听到孩子哭了，行吗？我真的受不了了。"

朱姐背过身去，哄着孩子。不让孩子面对陈潇，努力想办法让孩子吃进奶粉。

"哦，哦，我们宝宝乖乖吃奶，我们不惹妈妈不开心，宝宝最乖了。"朱姐拍着孩子哄到。

突然陈潇流着泪，仰面大笑："我的婚姻太失败了，我怎么会嫁给张博？他就是个骗子，他就是个骗子，我竟然那么相信他，我竟然认为他等的那个人是我？哈哈哈。"

陈潇摇头，嘴里不断地重复着"骗子"、"骗子"。

朱姐抱着孩子吃奶，不敢回应。陈潇情绪起伏很大，可是她说话的语调却越来越平静。这让朱姐感到陈潇的情况可能比自己想的还要糟糕。

朱姐来月子会所前经过严格的岗前培训。她们是经过层层选拔、优中选优才被选拔到月子会所工作的。虽说这里工作环境要好于入户，有什么护理上的问题也不用自己担着，随时都有专家、护士处理，但对月嫂的要求却是极高的。她们不光要熟练地掌握基本的母婴护理，还要掌握紧急状况的处理办法，林珊甚至专门为她们教授了与产妇及家属沟通的技巧和一些心理学的知识。

培训结束之后，朱姐一直牢记当时学到的跟雇主相处最重要的一条原则，那就是不介入雇主的家事。如果雇主诉说私事，月嫂只需要共情，不要轻易地发表自己的看法。

"朱姐，你说，他是不是个混蛋？骗我结婚生了孩子，现在孩子生完了，却把我和孩子扔在这里不管了。这两天人倒好，干脆连面都不露了，连个电话也没有。"

朱姐一旁安慰道："你别想太多了，不管怎么样，照顾好自己最重要。你身体好，才有力气照顾孩子，宝宝现在最需要妈妈了。"

"我也不想见到他，见面也是吵架。他一点也不体谅我，一点也不心疼我，我为什么要给他生孩子？"陈潇自顾自地说着。

"潇潇，听大姐的，你得吃饭，不吃饭身体就垮了，月子里养不好身体，等以后可遭罪了……"

陈潇突然坐直了身子："我不想坐月子了，我想回家，张博不管，这个孩子我也不想要了，谁爱管谁管……"说着，陈潇起身穿鞋，穿上后又突然蹲下痛哭，歇斯底里地号啕痛哭。

她不知道，此刻，多日没有露面的张博正站在301房间的门口准备进屋。

听到屋里的动静，张博实在没有勇气面对里面歇斯底里的妻子。当他听到妻子哭喊着说不要孩子了，他有点惊慌失措。她不管孩子了，那谁来管？扔给我吗？可我还要上班呀，我怎么带！想到这儿，他立刻打消了进屋的念头，转身离去，他甚至想要早陈潇一步离开月子会所。

5.

蔡美伊来到月子会所。曾执和梁护士长打了个招呼，说有朋友来交定金，便抽身出来，把美伊带到了会客区。

曾执给蔡美伊冲了一杯果茶，又端出一些点心、干果招待着。月子会所的会客区是轻奢风格，轻松明快，装饰色调是大地色系，家具品质一看就很上档次，置身其中让人很愉悦、很放松。

"曾执，我真喜欢你们这里，一会儿你就帮我安排一个房间吧，随便一个就行，我不用参观了。"

"那哪儿行啊，接待客户是销售部的事，不是我职责范围。"

"那你得跟他们说给我打个折，不然我不来。"

"喊，爱来不来！快说，到底是什么重要的事啊，还非得见面说？"

"我跟你说，殷悦流产了。"

"啊？什么时候的事？怎么会流产？她什么时候怀孕的？"曾执有一连串的疑问。

"咳，这傻丫头连自己都不知道，前几天，她不是和张建平吵架嘛，那个王八蛋还打了她。"

"张建平打殷悦？怎么可能？！他知道殷悦怀孕吗？"

"估计他也不知道，你想啊，连殷悦自己都不知道，他怎么能知道？"

"他把殷悦打流产了？"

"那倒也不是，张建平最近总和殷悦吵架，那天动手打了她一巴掌，也没打着她肚子，应该是吵架时情绪激动造成流产的。殷悦当时只是觉得肚子特别疼，到了医院一检查，才知道流产了。"

"孕妇最怕情绪激动了，他们俩一直想要孩子。唉，张建平活该没孩子，只是可怜了殷悦。"曾执心痛不已。

"说的是啊，气得我不行。昨天我想去找张建平算账，结果他竟然上班去了。哎，你说，把刚流产的老婆一个人丢家里，不管不顾的，吃没吃的，喝没喝的，你说这人多差劲。哦，说不管不顾也冤枉他，他不是上班去了吗，临走他给殷悦点了外卖饺子，两盒，两种不同口味，馅儿不一样。"

曾执扑哧乐了，两人一起痛斥着张建平。蔡美伊让曾执假装不知道此事，等殷悦自己说出来。曾执拿起的手机又放下，但心里还是惦念殷悦，便问："那谁照顾她？她妈妈知道了吗？"

"她妈妈应该还不知道呢，殷悦说不想让妈妈知道，怕老人家担心。"

"不行，不行，我还是不放心，下班后我主动给她打个电话。我不问她，我一打电话她肯定就自己和我说了。"

"也行。"蔡美伊说。

殷悦家，她正睡得香，恍惚听到有人喊她，一睁眼，猛然间，她被婆婆堆笑的脸吓了一跳。

"悦悦，悦悦？醒醒，鸡汤好了。"

"哦，吓了我一跳，我正做梦呢。"

"哟，吓着你了，闻到香味了没？赶紧起来喝吧！"婆婆端着热气腾腾的一碗鸡汤径直走到殷悦的床前。殷悦坐起身，鸡汤的香味传来，她深深地吸了一口气。

"嗯，我还真是饿了。妈，让您受累了，这么大老远跑来照顾我，进门一直忙到现在。"

"没事，没事，只要你身体好起来就好。"

接过婆婆的碗，殷悦却呆住了。殷悦低头看了看鸡汤，只见黄灿灿的一层厚厚的鸡油漂浮在鸡汤上面，她突然感到一阵恶心。

"妈，我记得之前看电视上的健康美食节目，有专家说，要是喝了鸡油会长脂肪肝的，喝鸡汤之前最好要把这层黄色的鸡油撇掉。"

殷悦知道自己绝对是喝不了那一层黄油的，于是随便胡诌一个借口。

"哟，鸡汤喝的可不就是这个油劲儿？又香又有营养，你看你这么瘦，不好好补补，怎么长肉？"

"妈，这，我真喝不下。"殷悦说着，就起身下床。

"你干吗去？"婆婆追问道。

"妈，这汤太油了，我去厨房，把这油撇一撇。"

婆婆见殷悦要去撇油，立刻伸开双手，呈大字站在殷悦面前，拦住了她。她似乎真有点生气了，这孩子怎么能这么糟蹋东西。但她还是忍住了，耐着性子说："悦悦，你可不能一点油水不吃啊，你不长胖点，以后就是再怀上孩子还是会坐不住胎，会掉下来的！你怎么就不听呢！"

"妈，我没说不喝鸡汤，只是太油了，我把油撇了就喝。再说，您别动不动就长胖点、怀孩子，喝鸡汤和怀孩子有关系吗？我胖瘦和流产有关系吗？"

被殷悦一顿抢白，婆婆愣在原地，不知如何作答。而殷悦呢，听婆婆这么一说，原本的那一点食欲这下也彻底没有了。她也不想再和婆婆说些什么。由于婆婆还站在她的卧室，她环顾一圈，无处可躲，只好进了卫生间。

她相信建平一定没有告诉他妈她是怎么流产的。

随着卫生间门"嘭"的一声关上，婆婆叹了一口气。对她来说，这大小姐一般的大儿媳妇太难伺候了，要是老家那个小儿媳妇敢这样，她早骂回去了。我这辛辛苦苦地忙了大半天，你倒好，在屋里睡觉，到头来我熬这浓浓的鸡汤你还嫌油，说不喝就不喝，说倒就倒，还不能提胖瘦，不能提生孩子，还胖瘦和流产有关系吗？怎么能没有关系，就因为你瘦，才坐不住胎，才害得我抱不上大孙子。唉，建平平时过的什么日子啊，这是娶了个什么媳妇啊！

房间里，美妙的音乐仍在流淌，加湿器安静地喷着水雾，大玻璃窗洒进来的阳光仍然温暖。看起来岁月静好的背后，谁能看到那一地鸡毛？

第七章　月子会所闹鬼

1.

梁护士长微笑着和钟育绫道别，离开 303 房间，转身遇了到曾执，她一把抓住曾执的胳膊，把她拖到一旁。

"怎么了，护士长？"曾执问。

"我跟你说，这个钟育绫，每天像着了魔一样地盯着孩子。如果不是实在困得不行了，她恨不得 24 小时看着宝宝。"

"高龄产妇嘛，可以理解。"

"高龄产妇也没像她这样的，她这会儿怀疑孩子发烧呢。孩子根本就不发烧，我手一摸就知道，可我也不能跟她争啊。这样啊，一会儿你去给她宝宝量体温。"护士长吩咐着。

"啊？我去？她那么难缠，您都搞不定，我哪行啊！"曾执有点怯场。

"就是量个体温，你怕什么？不经历风雨，怎么能成长？快去！"

"好好，我去，真是官大一级压死人啊。"

曾执不情愿地答应下来，硬着头皮带着额温枪去了 303 房间。

曾执敲门，进了房间，从嘴角里生硬地挤出一点笑容问道："育绫姐，你的宝宝是发烧了吗？"

"怎么是你？刚才那位护士长呢？"钟育绫警觉地问道。

"哦，护士长被院长找去问话了，是她安排我过来的。"

曾执扯了个谎，就准备给宝宝量体温。没想到，额温枪刚举过宝宝的头顶，她的手臂便被钟育绫一把抓住，钟育绫直愣愣地盯着她问："你们是不是都觉得我特有病？你知道我为什么老这么盯着我的宝宝吗？"

曾执茫然地摇摇头。也许是曾执漠不关心的神情惹到了钟育绫，她抓着曾执的胳膊，有些激动地说："告诉你吧，我是怕他死了。"

曾执张大了嘴："呸呸呸！孩子好好的，你怎么说这种话？"

钟育绫冷笑道："哼，当然会死，你知道吗？我的第一个孩子就是在月子中心死的。"她缓缓放开曾执的胳膊，眼睛直勾勾地盯着曾执，这下曾执也被吓傻了。

钟育绫陷入回忆中，不管曾执听不听，她自言自语地说着："我老公是台湾人，那时大陆还没有月子会所，我生第一个宝宝时，就在台北找了一家月子中心坐的月子。在台湾70%的产妇生完孩子都会去月子中心，台北不大，隔条马路就有一家月子中心。我是春节前生的孩子，在月子中心的那个月一切都很好。除夕的前一天，宝宝满月，我们离开月子中心回家过年，大年初五我和先生决定把宝宝送回月子中心托管，因为我们要回花莲的老家。花莲离台北有一段距离，带孩子实在不方便，好在台湾的月子中心有托婴这一项服务。孩子下午送去的时候还好好的，到第二天凌晨就死了。"

曾执目瞪口呆："怎么可能？"

"宝宝那个惨啊！具体是怎么死的，我们也没看到，都是后来听当班护士说的。傍晚时孩子呼吸有些不太平稳，护士长就把儿科医生叫来。那个医生姓陈，他看了看说还好，再观察观察吧，结果晚上12点的时候孩子呼吸急促，脸色发白。护士马上给孩子做了CPR心肺复苏，同时报告了院长。救护车30分钟后到，孩子被拉到了医院直接推进了新生儿监护病房，这时我们也赶到了医院。经过三四个小时的急救，医生宣告抢救无效，孩子就这样在凌晨4点宣告死亡。那一刻我整个人都瘫了。"

钟育绫说着便无力地闭上了双眼。原来她有这么惨痛的经历，曾执忽然理解她了。不过，曾执很快就联想到了当下自己的身份："那，是那个月子中心的责任吗？"

钟育绫艰难地睁开双眼，苦笑了一下："月子中心？他们当然不承认是自己的责任，我只能要求尸体解剖来确定孩子的死亡原因。尸检的结果是新生儿坏死性小肠结肠炎，可是如果他们能及时发现，或许还有抢救过来的可能。"

曾执知道，即使及时送进医院，这个病也未必能抢救过来，但孩子死在医院和死在月子会所性质是不一样的。就算不是你的责任，但你是死亡发生地，不可能没有连带责任。

"那月子中心赔了你们多少钱？"

"两百万台币，合人民币四十多万。这不是钱的事，那是我孩子的一条命呀！"

"那月子中心的客人是不是全跑了？"

"是，一夜之间那个月子中心就空了，媒体也一直在不停地报道，据说不久那家月子中心就关门了。"

"啊！那他们也挺倒霉的。"

"你说什么？他们倒霉？是我的孩子死了好不好！"钟育绫突然高声嚷起来。曾执也发现自己一不小心说错话了，她忙补救："是，他们该关，该关！毕竟人命关天。"

曾执怕自己再节外生枝，拿着额温枪悄悄地退出了房间。她这才明白院长为什么要把心理学植入月子会所，原来每个产妇各种匪夷所思的偏执行为背后，都有着各种离奇的故事。而这些所谓的应激事件给她们带来的心理变化和情绪波动，才是她们偏执行为的真正原因。

2.

晚上张建平回到家，发现屋里一片漆黑，只见关着门的厨房隐隐透出灯光。

他打开客厅灯喊了一声："妈？殷悦？你们在家吗？"

没人应声。张建平换了鞋，向厨房走去。开门一看，妈妈在厨房的小阳台上择菜呢，可能是离得太远，门又关着，她没听见儿子进门。张建平喊了声妈。

看见儿子进来，张母站起身，手往围裙上蹭了蹭，满脸笑容地问道："建平回来了，累不累？"

"我不累，妈，屋里怎么不开灯啊？"

"开那么多灯干啥，客厅又没人，开着浪费电。"

"殷悦呢？"张建平问，毕竟自己出去了一天，心里一直惦记着。

张母用下巴示意卧室："饭也不吃，估计又睡了吧。"

"殷悦没吃饭？"这让他感到不安。

"我熬的鸡汤，她嫌太油了，一口没吃。"张母撇嘴，摇头。

"哦！"张建平松了一口气，接着说，"不吃饭哪行啊，我去看看她。"说着就要去卧室，张母连忙喊住儿子。

"哎，我给你盛碗鸡汤吧，我一直热着呢，就等你下班回来喝。"

"等会儿啊，我先去看看殷悦。"说着张建平走进卧室，轻轻叫着殷悦的名字，拍了拍她。殷悦背过身去没有作声，算是对他的回应。而这一幕，被跟过来站在门边的婆婆看在眼里。

没有得到殷悦的回应，张建平离开卧室，去洗手间洗手，准备吃饭。一进洗手间，他看到洗衣篮有殷悦换下来的内衣裤，便拿出来，顺手洗了起来。

看儿子进了洗手间，张母端着鸡汤坐在餐桌前等候，结果等了两三分钟儿子还没出来，张母便到洗手间门口转悠，看见儿子正在洗儿媳妇的内裤。

"建平，你洗啥呢？妈给你洗？"

"不用不用，是悦悦的衣服，我搓几下就完事了。"

"女人的这种脏东西怎么能让你一个大老爷们洗呢？让妈来！"张母说着就撸袖子，就要抢张建平手里的衣服。

"妈，你快出去吧，我马上就洗完了。"张建平用胳膊肘推搡着妈妈。

"建平，平时，你媳妇的衣服都是你给洗啊？"

"不是，悦悦现在不是在坐小月子吗，不能沾凉水。"

"你家不是有洗衣机吗？"

张建平抖了抖手上的肥皂沫，不耐烦地说："内衣内裤，用什么洗衣机呀！"

张母嘟囔着，一边拿起抹布擦拭着掉在地上的肥皂沫，一边不满地说："现在的女孩子还真是娇气，一个小产娇得就不行了，还要这么伺候。我生你们哥俩的时候，你爸在外地打工，你奶奶死得早，家里哪有什么人伺候我坐月子，还不是烧点热水自己全都洗了吗？况且你们连热水都不用烧，水龙头一拧就出来了。"

张建平无奈地说："妈，你能不能小点声？"

张母没有停下来的意思，继续说："建平啊，你知道从小你是妈多大的骄傲吗？你打小就学习好，从小到大，妈都让你专心学习，从没让你洗过一件衣服，什么活都不让你干。没想到你成家了，在自己家里却是这种地位，还要给老婆洗裤头！刚才你叫她，她都没理你，我可都看见了，这要在咱老家，女人要是生不出孩子，她还指望着老爷们儿对她好？做梦吧！"

张建平连忙用食指放在嘴边做了一个"嘘"的动作，让妈妈小声点不要让殷悦听见。

这对母子在洗手间的对话，隔着一道隔音不好的墙，全都真真儿地传到了殷悦的耳朵里。不过张建平后面小声说的话，她却没有听见。

张建平压低声音说："妈，殷悦是我媳妇，我给她洗衣服我乐意！我不光给她洗衣服，我还给她洗澡搓背呢！我们是两口子，我有什么不能替她做的？我就是疼媳妇，怎么了？你这么嚷嚷，让殷悦听见，不是成心给我们制造矛盾吗？"

"谁嚷嚷了？就你有媳妇，就你知道疼媳妇！哼，今后有你受的！"张母撇了撇嘴，不满地离开了洗手间。

卧室里，殷悦躺在床上，眼泪扑簌簌地掉下来，此刻的她分外想念自己的父母。

3.

月子会所的值班室灯火通明，今晚是曾执和徐蔓的夜班。每一家月子会所都号称让产妇和新生儿尊享24小时安全专业的护理，所以这里也像医院一样有夜班。

不过，月子会所的夜班不像医院，总是有急诊的病人。这里值夜班也没什么大事，偶尔也会被产妇按铃叫过去，不过因为月嫂们大都经验丰富，护士过去也就是搭把手，或者个别时候产妇怀疑宝宝发烧，叫护士过去测个体温什么的，一会儿也就完事了。

这不，刚才302的月嫂在给产妇用草药水擦身时，不小心把水给洒了，要换床单，就按铃叫护士帮着照看一会儿宝宝，她好腾出手来收拾屋子。一般来讲，如果没有特殊情况，夜班护士工作还算清闲。

此刻，护士站一片安静，曾执和徐蔓有一搭没一搭地闲聊着。

曾执一直惦记着给蔡美伊问MM医院建档的事，可是她连那个王越彬医生的电话都没有。想到上次去医院检查伤口感染的产妇李佳乐是徐蔓负责的，便想着问问她。

"哎，你负责的那个伤口感染的产妇，说话嗲嗲的那个，恢复得怎么样了？"

"哦，那个李佳乐呀，恢复得还不错。"

"她没再闹着去医院了吧？"

"本来就没什么大事，她的伤口愈合还好，只是稍有些红肿，咱们完全能处理。"

"那她为什么非要去医院啊？"

"娇气，总是喊疼啊，哎哟，疼得不行了，快疼死了，嚷嚷着必须去医院，让她那个主刀医生给看看，你说怎么弄？"徐蔓学着李佳乐软糯的南方口音，把曾执乐得不行。

"我看多半是花痴病犯了，思念那个帅哥医生了。"徐蔓说，"哎，以后找对象啊，千万不能找妇产科医生，高风险配偶，这么多人惦记着。"

曾执点点头，表示认同。

"你说，咱都知道，剖宫产后，伤口如果没有一点感觉是不可能的。她呀，更多是心理作用，看着肚皮上的伤口特别不能接受。以前肚皮白白的，很光滑，现在生完孩子多了一道伤疤，肚皮也变黑了。最可气的是她老公，那天一掀她衣服，张口就是一句：'难看死了，怎么黑成这样了？'"

"唉，哪个男人能真正懂得女人生孩子付出的代价呢？听她老公这么说，估计李佳乐被打击得没自信了。对了，李佳乐去看的 MM 医院那个王越彬医生，你有他联系方式吗？"曾执问。

"有啊，产妇从 MM 医院里接来咱们月子会所的，咱们的资料夹里都有登记她们生产时医生的联系方式。这点上私立医院就是好，他们还定期做回访什么的。"

"哦，对啊，我怎么没想起来？"曾执说着，站起身就要去翻产妇们的资料夹。

"你不用找了，我手机里存了，我发给你。不过，你找王越彬的电话干吗？不会是看上他了吧？他可是产妇男神啊，产妇们一个个都对他花痴得不要不要的，我可是刚刚提醒过你的哦！"徐蔓一脸的坏笑。

"我怎么会看上他？油嘴滑舌的一个人！唉，也不该说人坏话，还想找人家帮忙呢，我一最好的姐们儿，八个多月了才想去 MM 医院建档，人家跟她说很难，她看的大夫就是王越彬，让我帮忙再给问问。"曾执对徐蔓毫不避讳。

"我看够呛吧？现在床位多紧张啊，不要说 MM 医院了，现在哪个医院都一样，这二胎一放开，医院里乌泱乌泱的全是产妇。"

"行不行的，我先给问问吧，她就想在 MM 医院生，孕妇要是认准了的事，你还能跟她争吗？"曾执叹气。

曾执和徐蔓正聊着，惊闻走廊里传出"啊"的一声惊叫。两人面面相觑，不知发生什么事，曾执快速对徐蔓说："你在这儿盯着，我过去看看！"然后起身飞快地冲出了护士站。

传来惊叫声的是 306 房间，等曾执赶到的时候，发现戴希蜷缩在床上，瑟瑟发抖。

"怎么了，发生什么事了？"曾执问。

"这个房间里有鬼！有鬼！"戴希瞪着大眼睛，左右看着，好像鬼随时都会冒出来一样。

"宝贝，咱可不能自己吓自己哈！"曾执说着，啪啪把所有灯打开，窗帘也拉开。屋里光线柔和，安静的夜晚，没有发现任何异常。

"有鬼……我……我刚才真的感觉到了。刚才我睡着了，突然感觉有人卡住了我的脖子，我想喊喊不出，想睁眼睁不开，实在太吓人了！我要回家……"戴希大哭起来。

曾执在月子会所工作一年多了，头一次碰到这种情况，她一时也不知该怎样应对。

戴希突然从床上蹦起来，鞋也没穿，两三步冲出卧室，把曾执和月嫂都吓了一跳。她冲到婴儿床前面，盯着睡觉的宝宝使劲看。然后猛地把宝宝抱了起来，使劲摇晃。

月嫂刘姐忙过去阻止，可是来不及了，宝宝被这突如其来的摇晃所惊醒，"哇"的一声哭起来。

孩子一哭，戴希反而松了一口气，慢慢把孩子放下，刘姐忙上前把孩子抱起来哄。

这一切发生得太突然，曾执在旁边根本没有反应过来。

戴希的精神好像稍微好了一点。她坐在沙发上，坚定地跟曾执说："你们这儿有鬼，我要回家。我不住了，我要回家！"

曾执愣了，不知道怎么安慰她。想了想，说道："这么晚了，你先好好休息，明天早上院长一来，我就和她汇报，让她来看你。"

"不行，这屋里有鬼，我没法睡觉。"戴希瞪着曾执，语气坚定，说完眼睛又转来转去四处看。曾执被她说得也有点毛骨悚然。

"别怕，我们这儿没鬼，刘姐也在这呢。"曾执佯作镇定。

"刘姐也看到了，对不对？"戴希直勾勾地瞪着刘姐，刘姐不知所措地站在那里，不知如何作答。

"鬼要伤害我，还要伤害我的宝宝！"戴希的语气不容置疑，"今天我来了就感觉不太对，下午冷飕飕的，我总感觉有风，一阵一阵的。"戴希低着头，双手在胳膊上来回摩擦。

"要不，我在这儿陪你吧！你等我一下，我去一下护士站，一会儿就回来。"曾执担心如果她一直这么恐惧下去，身体会出问题，到时如果母乳没有了，那可麻烦了。

"你一定要回来！"戴希好像看到了救命的稻草。

"一定！刘姐你照顾孩子休息吧，我一会儿就过来。"

曾执回到护士站，和徐蔓交代了一下，然后拿了一件毛衣外套就去306房间了。

曾执从客厅搬了一把扶手椅，放在戴希床边，然后帮她盖好被子，自己和衣坐在她的旁边。曾执一边把床头灯打开，一边轻轻地按下墙上的开关，把卧室大灯关上。房间内立刻映照出一种昏黄的光，一切好像都温暖起来。

"别、别关灯，我害怕！"曾执按照戴希的要求再次把房间的灯都打开，同时打开了自己的手机，播放了一首轻音乐。

"你闭上眼睛休息一下吧，我就在旁边。"曾执轻轻说。

戴希听话地闭上了眼睛。音乐在房间中流淌，如水一般慢慢地涨起来，似乎把人包裹在其中，随着旋律摇荡。

不知过了多久，戴希发出轻微的鼾声。曾执看了一眼手机，快4点了。曾执也放心地合上了眼睛。

第二天一早，戴希睁开眼睛，发现曾执在旁边整整坐了一宿，心里好生感动。曾执被戴希的动静吵醒，睁眼，发现天都亮了。此时刘姐已经把早餐端上来了，四个白瓷盘子和碗，盛着不同颜色的餐食，一个一个打开盖子：豆沙包、紫米粥、白灼芥蓝、五彩蒸蛋，看着就有食欲。

林珊一早看到曾执的微信，上了班便径直来到306房间。

戴希刚要去洗漱，便听见敲门声，开门一看，是院长站在门口。林珊一早得到消息，特别不放心，什么都没顾上，先来看戴希。

"院长早上好，您稍等我一下。"说完戴希钻进了洗手间。

林珊进屋拍了拍曾执的肩膀："昨晚辛苦你了，赶紧回去休息吧。"

不到两分钟，戴希就从卫生间出来了。

"戴希你好，我是院长林珊，很高兴认识你，听说你刚从澳洲回来，我也是前两年刚回国的。"

同样的海外背景让林珊很快和戴希拉近了距离，加上林珊对她容貌的一番真诚夸赞，戴希的防范心理一下就消除了，她静静地坐在林珊身边。

"院长，真不好意思，大白天还开这么多灯。"

"如果你觉得这样安全，开着灯也没关系，不过要注意，宝宝睡觉的时候，最好把灯关掉，强光会影响宝宝的视力发育，还会影响他的睡眠。只要不是自然光，任何光源都会对宝宝产生一种微弱的光压力，会让宝宝感到焦虑、紧张，即便睡着了也容易被惊醒。"

戴希听说对孩子不好，马上让刘姐把灯都关掉。林珊转身去看孩子，孩子正躺在小床上静静地玩呢。

"今天你享受一下院长陪你吃早餐的待遇好不好？快吃吧，要凉了。"林珊笑着说。

戴希说好。大概是经过一宿的折腾，这会儿明显饿了，她大口大口地吃起来。

"月子餐口味都比较清淡，你还习惯么？"林珊问道。

"唔，是淡了一些，还有很多不能吃。不过我老公说，淡一些对身体好，对奶也好，我就坚持一下吧，总之也就一个月嘛。"戴希说着，冲林珊笑了一下。

"是啊，月子是女人一生中最重要的一个月了。坐好了，一生都受用。在这里，由专业的人员照顾生理和心理都处在脆弱期的妈妈，对产妇和家庭来说，都是最好的选择了。"

戴希点了点头："但是，我昨晚真的感觉有鬼！"她边说边放下筷子比画着，"我感觉有人卡住了我的脖子，我想喊喊不出，想睁眼睁不开，身体好像被什么捆住了，浑身不能动弹，我挣扎了半天才醒过来。"

"哦，这大概就是民间所说的鬼压床，医学的名称叫睡眠瘫痪症，身体的其他部位处在睡眠状态中，只有意识是清醒的，这种现象一般在人的身体处于极度劳累和虚弱的状态下才会出现，同时伴有幻觉。我听你先生说，你生产的时候很辛苦，时间比较长，是吗？"林珊关切地看着戴希。

"是的。我们一直希望自然分娩，不过我开指就很慢。生到一半，我宫缩又不好了。可医生说孩子的头已经深入到盆骨里，而且严丝合缝，手伸不进去；这时候如果转剖宫产，头卡在里面，也不好处理。最后还是主任有办法，终于让我生出来了。"

"所以你体力消耗很大，心里也一直害怕和紧张，对吗？"

"对对对。"戴希点头。

"从心理学的角度来说，你昨天夜里出现的这个现象，很可能是你心里恐惧害怕的一种躯体化表现。女人的生产是一场生与死的博弈，虽然你打赢了这场战斗，但是你潜意识里的恐惧和害怕并未彻底消除。睡眠瘫痪症可以算是一种正常的生理现象，和鬼怪无关，对身体健康也不会有什么不良影响。多休息，身体恢复过来了，这种现象自然就会消失了。"林珊耐心解释。

戴希聚精会神听着，似乎明白了什么，点点头，随即又摇摇头说："可是那天我听 305 房间的产妇说，她有一天也看见鬼了，那个鬼伸出五指在她眼前晃。"

林珊无奈地笑笑："她是剖宫产，生产的时候子宫破了，她现在的身体非常虚弱。从中医讲人是要阴阳平衡的，小孩子是阳，小孩子出生后，女人的阳气就不足，再加上生产过程中消耗了太多体力和精力，人在阳气最弱的时候，不仅气血不足，还容易被外邪侵扰，会导致神志不宁，让人出现幻觉。等身体恢复好了，阳气足了，也就不会有这种幻觉了。"

"啊，原来这样啊！"戴希如释重负。

"坐月子期间可能会比较无聊，不累的时候多和别人聊聊天，心情会舒畅很多。你也可以闭上眼深呼吸，同时冥想自己的身体充满能量，阳气也会逐渐上升。一会儿我让杜老师来给你做个台式按摩，你好好放松一下。下午睡醒午觉后你可以到会议室来，每周三下午都是我们的妈妈下午茶时间，产妇们会一起分享生产经验和育儿经，主要是可以相互交流，愉快的交谈也是舒缓压力的好办法。"

"太了好，谢谢院长，你们想得真周到！"戴希眼里充满了感激。

"还有，你今天的加餐我会让杜老师专门给你调个补气血的，咱们来个身心双补，肯定就没事了，那些大鬼小鬼，都让他们见鬼去吧！"林珊说完自己先哈哈大笑起来。

戴希也乐了。

"那你现在还要回家么？"林珊问。

"当然不了。"戴希不好意思地笑了，"我妈妈一会儿就来了。我老公过几天也回来了，到时候我让他每天晚上都陪我。"

"这样最好，那我们下午见。"

"院长再见！"

林珊一直倡导新爸爸要多陪伴新妈妈，从月子里开始参与育儿护理，增进与产妇和新生儿的感情，培养家庭责任感。但凡在月子会所陪老婆一起坐月子的家庭，关系都比较和谐，而那些老公扔了钱就走的家庭，出不了五天产妇就开始哭哭啼啼，尤其是一胎产妇。

4.

且说曾执离开 306 房间，回护士站换了衣服，回家好好睡了一觉。

吃完晚饭，她一个人在小花园里散步，从口袋里拿出手机，找到王越彬的号码。她看了看，又把手机放下了。她绕着小花园走来走去，犹豫不定，琢磨怎么向王越彬开口。几经犹豫，终于，她下定决心，点了拨出电话。

初夏季节，气温已经像夏天，喧闹的后海酒吧，桌椅都摆到了室外。室内有歌手驻唱，入座率不高，人基本都坐到了室外，大屏幕上正在直播球赛，集体喝酒看球的观众很嗨。

王越彬正与朋友在这里看球，桌上已经堆了很多空酒瓶。电话响的时候，他没听见，是旁边一个女生推了推他，提醒他有电话。

"喂，你好。"即便看见是陌生号码，王越彬也很有礼貌。

"你好。"曾执因为紧张显得很客气，毕竟太冒昧了。

"您是?"

"我是月子会所的护士，我们前几天见过一面，我带一个伤口感染的产妇去找过你，李佳乐，她叫李佳乐。"曾执突然觉得自己笨嘴拙舌。

"哦，你是那个护士啊？李佳乐，我记得，她怎么了?"王越彬问。

"不是，李佳乐没怎么，她没事，哎，你方便说话吗？我听你那里很吵啊。"

王越彬站起身，走到不远处的河边栏杆处接听电话。朋友们看他离席，打趣问他，是哪个女朋友找他。王越彬随口应着，号码不熟，等我问问是哪个。

他一边应付着朋友，一边听着曾执电话："挺方便的啊，你这不都说半天了，李佳乐没事，那，你找我有什么事?"

"是，是我，很冒昧，那个，有件事想问问你能不能帮忙。我的一个好朋友，她现在怀孕八个月了，很想去你们医院生孩子，但是她之前没有建档。哦，她前几天去你们医院的时候看的医生就是你，你跟她说床位满了。她就是想让我给问问，还有没有希望在你们医院建档生产，啊，不成也没有关系啊，我就是帮她问问。"

曾执硬着头皮，把所求之事竹筒倒豆子一般一口气说完了。成不成就听天由命吧。

"你的朋友啊，叫什么名字？我的病人我应该都有印象。"

曾执连忙答道："她叫蔡美伊。"

"蔡美伊？哦，记得，长得很漂亮，是你朋友啊?"

"嗯，是的，是我特别好的朋友。"

"我记得跟她说过啊，如果同样预产期有人临时不来了，可以给她补上，但是不保准，床位就那么多，我也不能变床位出来，对吧?"

"对，对，千万不要勉强，我也就是问问。"

"这样吧，明天我去医院再核对一下建档孕妇的情况，你让你的朋友明天中午给我打电话。"

"太好了，太感谢了，谢谢你！"曾执欣喜若狂，看来这件事有希望，她为蔡美伊开心，忙不停地道谢。

"不用客气，你不骂人的时候，声音还蛮好听的。"王越彬揶揄道。

"那就拜托了，真的非常感谢，我挂了，再见。"曾执忙不迭地挂掉电话，她怕王越彬又说出什么难听的话，也怕自己忍不住要回击他。毕竟求人办事，她还是有分寸的。

哎呀！曾执一拍脑门，她忽然想起来，竟然没告诉对方自己名字。但她一想，还好说了蔡美伊，让她自己联系就好了。

电话已经挂断，电话那端的王越彬回到座位。朋友们纷纷问他，到底是哪个女朋友，请过来一起玩。王越彬这才想起来，竟还不知道那个护士的姓名。

蔡美伊家，她正陪着王子墨练琴。可是墨墨练得不好，蔡美伊站在一旁，一手叉着腰，一只脚艰难地踩在琴凳上。

蔡美伊着急地说："慢练，慢练！你急什么，谁和你抢吗？"

墨墨回了一句："妈妈，你慢点说话呗，谁和你抢吗？"

蔡美伊一撇嘴，耐下性子："宝宝，节奏不稳，越弹越快了，你听不出来吗？"

墨墨没有回声，摸起节拍器，自己打开了，调了速度。嗒嗒的节拍器响起，蔡美伊的电话也响了。一看是曾执的号码，她对墨墨说："你自己练啊，一定要慢，一定要慢，妈妈接个电话。喂，曾执？"

"你陪墨墨练琴呢吧？怎么听着那么没耐心？"

"别提了，每次陪他练琴我都气个半死。怎么了，你打电话有事？是不是找到王越彬了？"

"我还没说呢，你就猜着了？"曾执笑着说。

"我还不知道你？一听你就是笑眯眯地说话呢！快说，他是不是答应了？"

"还是和跟你说过的一样，如果同样预产期有人临时不来了，可以给你补上，但是不保准。床位就那么多，他也不能变出床位来，对吧？不过呢，他说明天去医院再核对一下建档孕妇的情况，让你明天中午给他打电话。"曾执如实转述。

"哇，有戏！这已经是特殊待遇了。曾执，你太行了！还跟我说跟人家不熟，不熟人家能帮这么大忙？"蔡美伊喜出望外。

"有没有戏，明天就知道了，哎，你赶快陪墨墨练琴去吧，我一会儿把他号码发给你，明天中午你别忘了打电话。"

蔡美伊开心地千恩万谢。

第八章　意外的红玫瑰

1.

第二天，曾执上夜班，在护士站她隐约看到一个熟悉的身影，那人正在伸长脖子向护士站打望。定睛一看，竟是张博，手里捧着一个很大的点心盒子。

"张博?"曾执喊道。

"哎，曾执，我正找你呢!"张博一脸欣喜的样子。

"找我? 你去看过陈潇了?"

"没有，我是专门来看你的，我记得你以前最爱吃这家的点心了，下班后我就去买了一盒，我知道你在值夜班，就给你送过来了。"

曾执看了看手表："陈潇和宝宝睡了吗?"

张博很不耐烦地说："我没去看她，也不想去。"

曾执很诧异，也莫名地有些恼怒："大晚上的，你来月子会所，不去看老婆孩子，看我干什么?"

"点心是专门给你买的，我放这儿了。"

张博不由分说把点心盒子往桌上一放，气鼓鼓地扔下一句话，转身就走。曾执喊他，他头也不回。

曾执捧着这盒点心，心头有几分生气，又有几分感动。这的确是她最爱吃的点心，张博居然还记得。抚摸着点心盒子上面的几个字，曾执一时间没了主意，收下吗? 还是拿给陈潇? 她知道，张博已经很久没出现在月子会所了，而陈潇一直情绪很糟糕。

曾执犹豫半天，最后还是决定把点心送给陈潇，就说是张博来过，看他们睡下了，不想打搅他们，就把点心放在了护士站，让曾执送来。想到这儿，曾执突然为自己的这种想法感动起来。

2.

殷悦家，张建平一早已经去上班了。卧室里，殷悦慵懒地躺在床上。婆婆没有敲门就进来了，一进门，一边叫殷悦吃饭，一边拉开了窗帘，阳光刹那间洒进房间，殷悦被照得睁不开眼。

"妈，我还没醒呢。"殷悦有点小埋怨。

"你这不是已经醒了吗？悦悦，你别不爱听，人不能老躺着，坐月子也得常起来活动活动。老躺着就跟生病了似的，越躺越没力气。"

"妈，我也不是爱躺着，我就是浑身没劲。"

"越躺着越没劲，起来活动活动就好了。快起来吧。"

殷悦是故意不想起床，一来浑身没劲，二来不愿单独面对婆婆。自打昨晚无意中听到他们母子的对话，再看到婆婆佯装挤出的笑脸，殷悦心里就很不舒服。再者她是真心不想吃婆婆做的饭，婆婆做的饭一点儿也不对她的胃口。

"悦悦，悦悦？快起来，建平都上班去了。"

婆婆在叫第二遍了。殷悦不得不爬起来，洗漱完毕，来到了餐桌前。一看桌上摆的，小米粥、咸菜、馒头、煮鸡蛋。唉，这不是她喜欢的早餐。

"妈，辛苦您了。"说完殷悦匆匆吃了两口粥，立刻准备离席。

"悦悦，你还没吃完呢！"婆婆有点不乐意了。

"妈，我不想吃了，没胃口。"

"这，怎么剩这么多？"

"我饱了，您倒了吧！"已经走远的殷悦丢下一句话。

"什么倒了？这是粮食，粮食怎么能随便倒呢？太浪费了！"说着，婆婆把殷悦吃剩的粥一股脑倒进了自己的碗里，狼吞虎咽地吃了起来。

3.

月子会所人来人往。曾执这周连续三个夜班，她从更衣室里换好护士服出来，正好碰上梁护士长，便问起戴希有没有要求调房的事情。看护士长一脸茫然的样子，她就知道护士长可能啥都不知道呢，便和她聊了起来。

"昨晚我夜班，戴希非说她的房间闹鬼，我在她房间里陪她睡了一夜。"

"戴希，是那个小海归吧？年龄不大。"

"对，她还是海归呢，居然这么迷信？"

"你去跟林院长说一声吧，她是学心理学的，这个事恐怕还得院长去解释才能打消她的顾虑。"

"嗯，林院长一早就去了，她要是没找您调房，估计就没事了。"

曾执翻找 306 房间戴希的资料夹，一下子看到了昨晚张博送来的点心盒子。她放下资料夹，拿起点心，顺路去 301 房间送给陈潇。

"潇潇，昨晚你先生来看你和宝宝，你们睡了，他给你带来一盒点心，放在护士站了。"曾执努力让自己自然一些，语调里也像对普通产妇那样，她若无其事地将点心盒子放在桌子上。

陈潇原本表情木然，听了曾执的话，眼睛突然亮了一下，但很快又暗淡下去，阴阳怪气地说："哟，他是来看我的吗？是去找你的吧？"

曾执耐着性子解释："他在门口敲了几下门，你门没开，估计你和宝宝都睡了，就没吵醒你们，在护士站了解了一下你们的情况就走了。"

陈潇赶忙问朱姐昨晚是否有人敲门，朱姐含糊地说，睡着了，没在意。

陈潇冷冷地吩咐朱姐："把点心拿出去扔了，别放这儿恶心我。宫斗剧里，这点心里面，你得给我下毒了吧？把我毒死，奸夫淫妇就天长地久了。"

"你不用说话这么难听，你老公送来的点心，我给你留这儿了，你爱扔就扔。"曾执生气地说。

"赶紧滚，滚远点！等我扔你脸上就难看了！"陈潇愤怒地用手指着门口。

对陈潇来说，每次和曾执见面都是情敌相见分外眼红。她恨曾执，更恨张博竟然来过却不叫醒自己，而是把点心放在曾执那里。当然，她还并不知道，这一切都是曾执的好心，张博的确来过，却不是来看她的。

曾执生气地走出来，她暗暗恨自己，早知道是这种结果又何必多此一举？一盒破点心而已，即便自己不吃，扔了多好，何必多事！可是，自己为什么要送给陈潇呢？真的是出于好心给她带去丈夫的关怀吗？看到陈潇的愤怒，她暗暗察觉，自己心里竟还是有几分窃喜的，这让她看到了自己潜意识中挑衅的意味。

曾执被自己的这个念头吓了一大跳，不，不，自己应该没有这么阴暗，不过不管自己是怎么想的，她这么做，的确是刺激到了陈潇。

曾执去院长办公室的路上，听见手机响，一看是殷悦。曾执定了定神，点了接听。

殷悦坐在镜子前面，脚搭在梳妆台上，正抹着指甲油："喂，亲爱的，你忙吗？"

"我不忙，你干吗呢？"曾执想我正要找你，你先打过来了。曾执走到走廊尽头，出了安全门，来到月子会所的露台上。她知道，殷悦这是要和她诉说这几天的遭遇了。

"唉，现在我真的相信高晓松说的那句话了，人生不是故事，人生是事故！"

"怎么了，亲爱的？"曾执是一个恪守承诺的人，既然答应了美伊，就假装不知道。

"这一礼拜我是事故高发时段呀！我和建平吵架，他动手打了我，我怀孕了，又流产了！"

"啊！怎么会这样？你现在怎么样？是你妈妈在照顾你吗？"

"哪呀，我哪敢告诉我妈，我妈要知道了，还饶得了张建平？"

"那倒是。对了，无缘无故的，他为什么和你吵架，不会是因为那天你给我买鞋吧？要是因为这个，那我罪过可大了。"

"不是，不是，你别多想，跟你没有半毛钱的关系。"

"那，你没告诉妈妈，这小月子里谁照顾你呀？"

殷悦压低了声音："我婆婆来了。"

曾执说："那挺好的呀，总比没人管你强。"

"强什么强？你是不知道，建平也没和我说，就自作主张把他妈叫来了。没人照顾我吧，我还能清清静静地睡会儿觉，现在他妈来了可倒好，不仅得到点起床，不能睡懒觉，还得照顾她老人家情绪，没话还得想着和她找话说，弄得我是坐也不是，躺也不是，浑身不自在，你说这不是给我添累吗？"

"行了，你别不知足了，起码每天三顿饭有人给你做了吧？"

"快别提饭了，那饭完全不合我的胃口，做得我一点儿都不想吃，还不许我剩，不许我倒，爱吃不爱吃都得吃，不吃就像犯了多大罪过似的。"殷悦可算找到倾诉对象了，喋喋不休地说着。

曾执突然想起会所新开了月子餐外送业务，就忙向殷悦推荐说："你要是不想吃婆婆做的饭，就试试我们的月子餐吧？"

殷悦一听立马兴奋起来，忙打听怎么预定，怎么配送。

曾执向殷悦详尽地做了解释。因为周边有的产妇觉得月子会所实在费用太贵，想住在家里，但又想吃专业的月子餐，就提出能否单独定月子餐。问的人多了，后来院长就同意了。

曾执补充道："你是小产，坐小月子，你就定半个月的吧，应该是 7500 块，每天 6 餐，给你送到家。"

殷悦满口答应，这种又好吃又有营养，还是新生事物，殷悦哪能错过？忙问："我怎么交钱？"

"我让销售部同事联系你吧，你和他们约好外送上门时间，确认定多少天，然后转账给我们就好了。"

"亲爱的，你真好，你的这个电话让我一下心情就好了。"听殷悦这么说曾执也很开心，并约好下周去看她。

4.

下午时分，大着肚子的蔡美伊来月子会所了。客服瑶瑶远远看见，以为是新客人，就热情地招呼她。蔡美伊喜不自禁地告诉瑶瑶自己是来找曾执的。

瑶瑶一听，神色立刻黯然，一次提成的机会又没了。美伊察觉到瑶瑶的表情变化，没和她计较，她看了看瑶瑶的胸牌，立刻不动声色作了解释。

"你是客服？过几天我生了宝宝，恐怕还要麻烦你接我来你们月子会所呢。"

"啊，我们月子会所的房间您已经预定好了？"

美伊点点头。

"新产妇入住，一般都是我去医院接的，您在哪家医院生啊？"瑶瑶再一次热情万丈。

蔡美伊直了直腰，很骄傲地说："MM 医院。"

一小时前蔡美伊刚和王越彬见面确认了，她可以在 MM 医院建档和生产了。

这天中午，她没给王越彬打电话，而是直接杀去了 MM 医院。见面三分情，蔡美伊知道，如果这件事有五成把握，那么她当面去找王越彬，就是七八成的把握了。

确认可以在 MM 医院生产之后，她迫不及待地要告诉曾执这个好消息，于是，家都没回，第一时间来了月子会所。

"您真有福气啊，我们这不少客人都是在 MM 医院生产的。这家医院的妇产科可是出了名的好，服务也是一流的，和我们月子会所一样，金杯银杯不如产妇们的口碑啊！"

"你可真会说话啊，我以为你是要夸 MM 医院，听了半天还是夸你们月子会所啊，这真该让你们院长听听！哎，你可不能骗我啊，到时候生完孩子，换别人去 MM 医院接我，我可不来，必须是你。"

蔡美伊非常开心，瑶瑶也被她夸得眉飞色舞。正开心聊着，曾执走了过来："让院长听听什么？去 MM 医院接谁啊？"

一看是曾执来了，蔡美伊立刻上前抱住她，啵地在她脸上亲了一口："亲爱的，我跟你说，成了！"

曾执惊喜地问："真的？"

其实老远看见乐得花枝乱颤的蔡美伊，曾执就知道，她肯定是给自己来送好消息的，王越彬肯定是帮了她这个忙。前台人来人往说话不方便，曾执拉着蔡美伊来到月子会所的会客区。

"快和我说说，怎么搞定的？"

蔡美伊一五一十地讲了起来："我跟你说，我怕给他打电话，他万一要是不答应，怎么办，我就直接杀了过去。这事啊，确实为难他了，真没床位，他也没辙！你猜怎么着，我运气好啊，刚好有个孕妇和我同一天的预产期，她早产了，这样我就有床位了。我一去医院，王医生立刻就和我说了，还问我愿不愿意马上建档。那还用说吗？我一百个愿意啊！王医生二话没说，唰唰几下就帮我建档了。"

蔡美伊说着，自己也乐了起来。曾执也为她开心："你可太幸运了！"

蔡美伊摸着肚子感慨地说："我这二宝啊，肯定是上天派来的天使，还在肚子里呢，事事就知道这么疼他妈，不让妈妈遭罪，等他出生了，我一定也好好疼他。"

"行了啊，手心手背都是肉，别忘了墨墨也是你儿子。"

"你放心，我是那种情商低的妈妈吗？我呀，肯定不会因为二宝出生，就忽略大宝的，我绝对会一碗水端平，绝不让大宝因为二宝的出现受一丁点委屈。"

"好好，我相信你，毕竟有带大宝的经验了，二宝应该轻松一点了。"曾执大大地松了一口气，蔡美伊终于如愿以偿，她为她开心。

5.

下午 5 点左右，殷悦家传来叮咚叮咚的门铃响。婆婆一边问着谁呀，一边三步并作两步地去开门，以为是送快递的，开门一看是送餐的。

"送啥餐？我们没订餐呀！"婆婆不解地问。

"是月子餐，请问殷悦是住这里吗，是她定的月子餐。"

"啥？月子餐？"

卧室里，殷悦已经听到对话，一边应着声，一边踢踏着鞋赶紧跑了出来。

"哎哟，你慢点，别跑！"婆婆嘱咐着。

"来了，来了，是我订的。"殷悦接过单子签了字。

"请您点一下，这是今晚到明天下午的6顿月子餐，包含三个正餐，三个加餐，建议您尽快放进冰箱保鲜。"

殷悦点也没点就接过餐，婆婆一头雾水地愣在那里，相当不悦。

"悦悦，妈不就是专程来给你做饭的吗？干啥你还从外面叫饭呢？"

"妈，您不知道，这叫月子餐，专门给坐月子的人吃的，是从台湾传过来的，又好吃又有营养，现在产妇们都流行吃这个。"

"再好吃那也是外面的饭啊，这外面的饭多不干净呀，你知道它是不是用地沟油做的？你现在虽然是小月子，但也不能大意，哪能随便吃外面的饭？"

婆婆一半是真的不放心，一半是出于心疼钱。

殷悦听出了婆婆的意思，就说这餐非常安全，是好朋友推荐给她的，让婆婆放一百个心。

"那一顿得多少钱呀？"

"人家不按顿算，我订了半个月的，很便宜的。"

"很便宜，那是多少钱啊？"

"7500块。"殷悦顺口说。

婆婆以为自己听错了，又问了一遍："多少钱？"

当确认是7500块时，婆婆整个人都不好了："什么？半个月7500块？你这，吃金子呢！一天合多少钱啊，我算算……"

"妈，您就别管了，我花的是我自己的钱，再说我吃月子餐，您还省事了呢，您呀，以后就不用惦记着给我做饭了。"

婆婆自言自语，口算着一天多少钱。殷悦把月子餐放进冰箱，看了一眼算账的婆婆，摇了摇头。

两代人，消费观念本来就不同，更何况她和婆婆有着截然不同的生活方式，现在，婆婆名义上是来照顾自己，可是没几天就变成了事事限制自己、管束自己，这让殷悦很不自在。她怕婆婆继续问东问西，赶紧回卧室了。

婆婆小声嘀咕："你的钱，还不也是建平的钱？"

婆婆翻箱倒柜，寻到家里放文具的抽屉，找到计算器，一五一十地算了起来。算出结果，老太太吃惊地抬起头，500块一天！

婆婆自语道："这个败家娘们儿！"

白天，月子会所是最忙碌的，产妇喂奶、体检、做操，孩子洗澡、抚触、测体重……走廊里，忙碌的工作人员走来走去。

远远地，一个中年妇女的身影出现在走廊里，她就是大明星丁羽芊的妈妈梅青。她的女儿住在总统套房，可是，她却偏偏出现在普通房间。只见她一边慢慢走着，一边向开着门的房间里打望，新生儿的啼哭声让她驻足。

推着护理车的曾执发现了她。

曾执上前疑惑地问："阿姨，您有什么事吗？您要找谁？"

梅青看见曾执先是一愣，然后一脸尴尬地说："哦，没事，我就是出来活动活动，四处转转。那边他们娘俩睡着了，我自己在屋里待着闷得慌。"

"哦，家属休闲区那边，一会儿有电影放映，您要不要过去看看？"

梅青连忙摆手："不不，我不爱看电影。"

梅青讲话字正腔圆，中气十足，她身板笔直，气质高贵，言谈举止之间自有一种客气，与不太熟悉的人保持着一定的距离。她既不是那种拒人千里之外的冷漠，也不是那种自来熟很容易让人接近的热情。同样习惯与别人保持距离的曾执，莫名对她有一点好感，总之觉得她看起来很年轻，很有气质，并不像是一个当了姥姥的人。

见梅青对电影不感兴趣，曾执又继续推荐着："哦，要不您去听我们院长讲课吧，多功能厅那边在上妈妈学堂，今天讲隔代教育中的母女关系，不知道您感兴趣吗？"

梅青若有所思："隔代教育中的母女关系？这个听着不错。"

曾执看了看手表："呀，快开始了，还有5分钟林院长就要开始讲课了。"

"好，我去听听，谢谢你。"梅青的眼神里充满了爱意，有些不舍离去。和梅青告别，曾执推着护理车继续向前走了。她的身后，梅青驻足凝望好久，她和丁羽芊长得太像了。

6.

一个送花的小伙子捧着一大捧红玫瑰出现在月子会所，他正在向前台客服瑶瑶询问，哪一位是曾执。炫目的红玫瑰，让瑶瑶目瞪口呆。

"我的个神啊，这是送给曾执的花啊？"瑶瑶对这种事情从来都兴致勃勃。

"请问曾执小姐在吗？"

"这是哪个土豪大哥追曾执啊，这么大手笔！"眼前的花束，让瑶瑶羡慕不已，她好像完全没有听到快递小哥的询问，自顾自地欣赏着花束，尽情地发表着自己的感慨。

当快递小哥大声地问到第三遍时，瑶瑶这才缓过神来："哦，哦，她在呢，你稍等一下，我去喊她。"

瑶瑶立刻跑出去找曾执，她那颗八卦的心啊，恨不得立刻知晓这束玫瑰花背后的故事。

曾执推着护理车从306房间出来，瑶瑶刚好看见她："曾执，快，快，前台有人给你送花呢，好大一捧玫瑰，你快去看看谁送的。"

曾执不敢相信地说："送花？给我？搞错了吧，谁能给我送花？"见曾执不信，瑶瑶不由分说，连忙推着她就走。曾执只好把护理车委托给身旁的徐蔓。

"你快点，快点，我还能骗你吗，人家还等着呢！至于谁送你的，我可不知道，你自己看了就知道了。"

一路上，曾执把她认识的人盘了一遍，也想不出谁能送自己玫瑰。她一没有男朋友，二没有关系暧昧的男性朋友，会是谁呢？

曾执突然像想起什么了："哦，可能是昨天来过的我那个好朋友，肯定就是她，说让你亲自接她出院的那个。"

曾执判断，花应该是蔡美伊送的，自己也算是帮了她的忙，她为了表示感谢，给自己一个惊喜。

"看着不像哦，闺蜜送花，用不着红玫瑰吧？"瑶瑶不解。

瑶瑶和曾执来到前台，眼前的大捧红玫瑰让曾执也晕了，她感到很意外。到底是谁送的呀？好美好艳丽的花！这还是曾执第一次在月子会所收到花呢。曾执签字，收下花。

"有张卡片，快，打开看看，上面写的什么？"瑶瑶迫不及待地说。

曾执展开卡片，趴在她肩头的瑶瑶立刻把卡片上的字念了出来：

她如此贴近我的心

犹如花朵贴紧大地

她对我而言如此甜蜜

犹如睡眠之于疲倦的四肢

我对她的爱

就是我整个生命的泛滥

就像秋日上涨的河水

无声地纵情奔流……

"我的天啊，情诗啊！这是哪个多情公子追求我们曾大小姐呀？咦，怎么没有署名？曾执，是谁啊？"瑶瑶的好奇心还没有得到满足，她翻来覆去看着卡片，怎么也没找到落款署名，她没注意到曾执却已经变了脸色。

曾执慌忙掩饰地说："我，我也不知道。"

"喂，曾执，你怎么好像一点也不高兴啊？"

"花先放你这里吧，我那没地方放。我先回去了。"

曾执不再碰那束花，转身要走，瑶瑶冲着她的背影，急切地喊住她："喂！喂！那你下班记得过来拿啊！"

曾执没有回答。她无法控制自己的情绪，走着走着便小跑起来，一直冲到月子会所的露台上。她跌跌撞撞地坐到长椅上，泪水早已决堤。玫瑰花是张博送的，即便没有署名她也知道。竟然是张博送的。那首诗她再熟悉不过了，泰戈尔的诗，当年他们曾经一起翻译过。

曾执陷入了回忆。

那时曾执和张博还在热恋中，像所有学生情侣一样，他们每时每刻都黏在一起。

学校湖边的草坪上，一棵大树底下，曾执正和张博背靠背看着书。

张博兴奋地说："泰戈尔这首诗写得真好，我念给你听。"曾执转身，翻起张博正在看的书的封面。一看是泰戈尔的英文版诗集，她就很不满："喂，你不好好背单词，怎么又看情诗，你们班考试考情诗吗？"

张博辩解道："这你就不懂了，英文情诗的语感才好呢，单词、意境，都特别美，你别看书了，我念给你听啊，保准你特别感动！"张博伸手把曾执正在看的专业书一把合上了。

曾执一脸甜蜜，乖乖地做洗耳恭听状："好，我不看了，你好好念，看看能不能让我感动。"

"She is near to my heart as the meadow-flower to the earth; she is sweet to me as sleep is to tired limbs. My love for her is my life flowing in its fullness, like a river in autumn flood, running with serene abandonment."

"嗯，还有吗？"

"My songs are one with my love, like the murmur of a stream, that sings with all its waves and currents."

曾执闭着眼，仿佛沉醉其中。张博晃了晃她："喂，你怎么没反应啊！怎么样？听着感动了没？"

"嗯，很美，我在想，这要是你写的就好了。"

张博乐了："开玩笑，人家可是大文豪，我要是能写这么好，我就不用在这儿背单词了。"

"哎，不如这样，你用中文翻译出来，抄一遍给我，我就当你写的了。"

"那没问题，我这就翻译给你。"张博爽快地答应，立刻拿出本子和笔，铺在膝盖上，认真地翻译起来。曾执看着他写，不时与他讨论，哪个单词怎么翻译更准确。

火红的玫瑰过于耀眼，尤其摆在人来人往的前台，路过的人议论纷纷。行政总监宋敏路过的时候，以为花是闵瑶瑶的，就酸酸地说："哟，你家程序员又来过了？还给你送了花？"

"我哪有那等好命，我长这么大，也没收到过这么多玫瑰。"瑶瑶叹了一口气。

"不是你的，那是谁的？"

"唉，是人家曾执的，真是羡慕死我了。也不知道哪个多情公子送的，曾执说没地方放，让先放我这里。"

宋敏吃惊地说："曾执？有人给曾执送花？"

"可不，你也感到奇怪吧，连她自己都不相信，不过她好像并不开心。"

"哎，这姑娘岁数一大，不交男朋友，性格就是怪。"宋敏感慨地说。

7.

在月子会所的多功能厅里，林珊正在给产妇和产妇家属们讲课，今天的主题是隔代教育中的母女关系，已经快讲到尾声。今天来的人还真多，多功能厅被挤得满满当当的。

林珊缓缓地说："在今天的课程结束前，我想给大家讲个真实的故事。"

大家目不转睛地看着院长。

"我认识的一位大姐，她曾经是一个中学的教导主任，她说她退休做姥姥后经历了四个方面的思想转折：第一，接受自己从一个职场女性变成一个家庭主妇的角色转变；第二，在女儿家时刻提醒自己女儿才是家里的女主人，自己是来帮忙的，在孩子的教育问题上如果有不同意见，以女儿、女婿为主，自己只提供建议，是否采纳是他们的事，因为他们才是孩子的父母；第三，接受孩子们的爱的表达方式，比如外出吃饭，给自己红包，不要认为那是浪费，也不要觉得不好意思收，孩子们的心意要坦然接受；第四，要与时俱进，周末孩子们带孙子出去玩，享受他们的三人世界时，不要觉得落寞，也不要抓紧一切时间干家务，而是可以去约约朋友，去听听各种育儿讲座，做一个与时俱进的祖父母。好，今天的课就先讲到这里，谢谢大家！"教室里一片掌声。

听课的人们纷纷从多功能厅出来，三三两两地往各自房间走。瑶瑶和宋敏的对话，正好被刚下课的梅青、陈潇都听见了。

梅青看了看那束花，没问什么，若有所思地走了。陈潇却起了疑心。

陈潇握着花束，盯着看了好一会儿问："谁的花？曾执的？"

"哎，你轻点，别碰坏了。"

"我问你呢，这花，是曾执的？谁送她的？"陈潇一再追问。

"我怎么知道？送花的人没留姓名，连曾执自己都不知道！"

"送花不留姓名，有意思啊，曾执啊，肯定有男朋友了，不留姓名她也知道是谁送的！"宋敏在一旁搭腔。

"那也有可能。没想到，曾执还这么有本事，不声不响地，竟然有男朋友了！"

宋敏没察觉陈潇的表情，还在和瑶瑶打趣，说着曾执的闲话。陈潇把两人的对话听得真真的，她满腹狐疑地盯着那束玫瑰，她的直觉告诉她，花是她的老公张博送的。

陈潇又愤怒，又沮丧，但是她无凭无据，不能无理取闹，只好默默地离开了前台。

往事不堪回首。曾执哭也哭过了，但内心的疙瘩却仍然解不开。她深呼吸，收拾了一下情绪，整了整衣服，来到露台的栏杆边上，向远处眺望，城市的繁华气息扑面而来。

与张博分手之后这几年，曾执没有再交往过任何一个男朋友，除此之外，她的生活却在一步步踏实地向前迈进。只有她自己知道，她的感情仍然停留在原地，尽管她并不想这样。但是，这些年她没有爱上过任何人，这也是事实。曾经沧海难为水。

此刻，她并不知道该如何面对再次向自己示爱的张博。理智告诉她，张博这么做不道德，她也不会与他再续前缘，可是，那一大捧火红的玫瑰，却再次让她的心感到灼热。那种心动，骗不过自己，否则她也不会哭。

她还爱着张博吗？曾经她以为这一切早都过去了，可现在，那种感觉为什么如此清晰？

曾执叹了口气，她不能离开工作岗位太久。她拿出手机照了照，确认眼睛没有红肿，没有哭过的迹象了，便离开露台，回到护士站。

曾执没有注意到，露台的另一侧，闪过一个身影，那人正是陈潇。见曾执离去，她也悄然离去了。

曾执刚回到护士站，就发现走廊里一片混乱，老远就听见一个老太太的惨叫，她三步并作两步，赶快过去看看是怎么回事。

只见一个她从未见过的老太太正坐在地上，哎哟哎哟地叫。她撸起裤腿，发现小腿上磕出血了，惨叫声更大。306房间的戴希正在安抚她，曾执判断，这人应该是戴希从未露面的婆婆。

曾执看见，她刚才交代徐蔓照看的护理车歪倒在一边。难道是老太太撞车上了？

徐蔓正蹲在戴希婆婆身边，用专业手法活动她的腿，好判断她的受伤程度，看有没有骨折。

"哎哟，哎哟，疼死我了，你们恐怕要送我去医院拍个片子了。"

"阿姨，您站起来试试，我看看您能不能走路。"

徐蔓见她叫得夸张，知道她应该没事。要是骨折，她恐怕早就不能一声接一声地这么大嗓门喊了。

见她仍坐地不起，徐蔓不由分说就拉她站了起来："阿姨，您放心啊，骨头没事，来，你到这边来坐，我给您处理一下小腿上的擦伤。"

戴希搀扶着婆婆来到徐蔓指的座位上坐下，体格弱小的她，架着高大壮硕的婆婆，简直就像扛着一座山一样。加上产妇产后虚弱，戴希看起来实在吃力。曾执走上前去替换下戴希。

老太太坐下，徐蔓给她伤口消毒，擦一下她叫一声。徐蔓想转移她的注意力，就跟她聊天："阿姨，您刚才看见小孙子了吗？"

"我哪儿顾得上瞧小孙子，门还没进就被你们那个小车撞上了。哎哟！哎哟！"

"阿姨，您忍一下，很快就好了，您叫这么大声，别人还以为怎么了呢。一会儿这里的姥姥奶奶就得都出来围观，您看您的气质，再看看您的穿戴，您这么有身份的人，别让人家笑话您啊。"

徐蔓这是话里有话，委婉提醒老太太注意一下，别这么大声叫喊。

不过听徐蔓这么一说，戴希婆婆立刻变小声了，她小声嘟囔着："你们走廊里干吗摆个没用的小车啊，多碍事啊，我要是撞出个三长两短的，你们月子会所还不得赔死啊。"

徐蔓看了一眼曾执，曾执明白她是撞在自己刚才停放走廊的护理车上了。可是她怎么撞上的呢？这么个大物件怎么就能看不见？

"阿姨，您刚才一边走一边打电话来着，所以没看见……"徐蔓说。

戴希婆婆忽然想起什么似的，急忙问一直候在一旁的儿媳妇："戴希，艾瑞克到了没有呀？"

"他说一会儿到。"

戴希婆婆抱怨道："说好了今天跟我一起来看宝宝，我这当奶奶的都到了，他这当爸爸的还没到。"

"刚才我打电话，他还没起床呢。"

"还没起床？我都叫了他三遍了！我要是不给他打电话，也不能撞小车上！"

徐蔓和曾执对视了一眼说道："好了，阿姨，您现在可以去看宝宝了。"

戴希婆婆站起身，健步如飞向 306 房间走去。戴希——谢过曾执和徐蔓。

第九章　月子餐惹的祸

1.

　　会议室里，月子会所中层以上管理人员都到齐了。

　　这是每周一次的例行会议，林珊要听取各部门汇报工作，下达新的任务，也会讨论一些流程的改进方案，要听取大家意见。陈俊明不会每次都参加，一般情况下，一个月来一次，今天他来了。

　　护理部汇报完工作后，陈俊明直接问梁护士长："新招来的那几个护士怎么样？"

　　梁护士长说："她们常规护理没有问题，毕竟经过专业学习，但是对于产妇和新生儿的护理这块，还有不小的距离，毕竟以前没怎么接触过病人，临床经验还是太少。"

　　陈俊明说："就不能多招几个像曾执、徐蔓那样来了就能独当一面的吗？"

　　林珊说："之前我是这样向你提议的，招成熟的护士，但你考虑到成本预算，没有同意。"

　　"哦，是。"陈俊明想起他和林珊讨论过这事，的确是考虑到成本问题，就招了几个护理专业刚毕业的孩子。能在月子会所一到岗就独当一面的有经验的护士，得去别的月子会所挖，不过那样的话一个人的成本就赶得上两个新护士了。

　　林珊看陈俊明在思考，就接着表态说："既然新护士已经招来了，就要把她们培养好，让她们成为像曾执、徐蔓那样的护士。"

　　梁护士长犹豫了一下还是忍不住说："护理部一直人手紧张，建议人事部门下半年重点考虑给护理部招聘几个有月子会所经验的护士。"

"不增加人手，你们现在护理部不也运转得挺好吗？"

"我们现在全部护士加一起，已经是满负荷运转。我都不敢想象如果哪天她们中的某一个生病了或有事请假了，月子会所怎么办。现在生意这么好，你要是不提前做打算，储备人员、培训到位，恐怕到时候忙起来服务质量就要打折扣，就会出乱子。我们这里都是新生儿，人命关天，来不得半点马虎的！"林珊忧心忡忡。

其实这些道理陈俊明也知道，不过增加人手，就意味着增加运营成本。月子会所前期投入成本实在太大，有的会所两三年都回不来本。陈俊明沉默，手指敲着桌面，若有所思，没有说话。

这时，梁护士长突然举手说话了："我能不能反映个事儿？"

林珊示意她讲。

梁护士长瞥了一眼旁边的护理总监杜老师："其实这事儿和我们护理部没有直接关系，但是要说没一点关系吧，也不是，月子会所的每件事和我们每个员工都有关系。"

"说得好！接着说。"陈俊明夸奖她。哪个老板不喜欢处处替公司着想的员工呢？

梁护士长清清嗓子："那个，我发现 307 房间的产妇不订家属餐了。"

销售总监常丽先发问了："为什么？当时订房间的时候说好一起订的呀！"这是常丽关心的问题，是否订家属餐直接和销售部门的业绩挂钩。

林珊也很纳闷。

"因为杜老师给人家产妇多加了薏米饭。"梁护士长赶紧说。她就等着大家问为什么呢。

"杜老师，是这样吗？307 房间的产妇为什么要多加薏米饭？"林珊问。

杜老师忙解释道："不是的，不是的，这个产妇身体水肿特别严重，需要使用大量的薏仁帮她除湿，所以我才给她加了薏米饭。"

"那，这和不订家属餐有什么关系？"常丽不解地问。

梁护士长不急不慌地娓娓道来："咱们给产妇提供的月子餐本来就很丰盛，再加一份薏米饭，产妇和孩子姥姥两个人吃足够了，所以人家就不用再订一份家属餐了。但是这样下去，姥姥总是分吃产妇的饭，产妇是要哺乳的呀，随着孩子长大，她要是吃不饱了，我担心会不利于产妇的身体恢复呢！"

"杜老师，如果都像您这样，这也送，那也送，产妇们倒是都说您好了，我们月子会所还不得赔死呀!"常丽语气中带着明显的不满。

常丽本想说都照你这样,我们销售部还拿什么奖金呀,转念一想老板在这儿呢,不能显得自己只想着本部门的那点小利益,而是要站在老板的立场说话。老板可不像林院长,这个使命那个理想的,老板最怕的就是月子会所不挣钱。

"那把情况跟家属说清楚了,让他们继续订家属餐,不能再吃产妇的饭了。常丽说得好,我们考虑问题不要只站在个人角度,而是要站在整个月子会所的角度去考虑,要有大局观念。"陈俊明给出了结论。

梁护士长暗自得意,自己投出一颗小小石子,一下激起了各部门的千层浪。

杜老师傻傻地愣在那里,她做梦也没想到一碗薏米饭会惹出这么多事,还被说没有大局观念了,她有点想不明白。

这世上就有那么一种人,自己做了某件事得罪了某些人,自己却全然不知,最后都不知道自己是怎么死的,杜老师大概就属于这种人。

林珊坐在那里始终没说一句话。陈俊明显然没察觉这件事的本意是什么。

林珊从刚才梁护士长看杜老师的眼神里已经看出了事有蹊跷。一个是月子会所从儿童医院返聘的退休护士长,一个是月子会所从台湾高薪聘请的护理总监,两人平时在护理理念上就有不少冲突。现在看来,把这么小的事情摆在例会上来讲,梁护士长显然就是想出杜老师的丑,这里面必有问题。

2.

蔡美伊现在每天心情都美滋滋的。MM 医院搞定了,月子会所搞定了,肚子里的宝宝又是她认为给她带来幸运的小天使,一切都是那么圆满。

蔡美伊在厨房忙碌着,她正在直播自己的烘焙过程,今天她要做的是布朗尼蛋糕。她一边做,一边对着镜头说:"虽然我马上就要生二宝了,可是呢,每周两次的烘焙直播我是不会失约的。今天我们要做的是布朗尼蛋糕,大家看到这些就是我今天要用到的原料。如果你们想跟我同步做,我就向你们介绍一下我用到的东西,你们准备好了吗?我们需要准备的原料呢,有黑巧克力、黄油、鸡蛋、细砂糖、高筋面粉、核桃碎、盐、香草精,是不是有点多?"

正在这时,蔡美伊手机响了,她看看号码,是妈妈打来的,她忙对着镜头说:"那,我先告诉大家,这些原料分别要准备多少,看好啦,黑巧克力 70 克,黄油 85 克,鸡蛋 50 克,细砂糖 70 克,高筋面粉 35 克,核桃碎 35 克,盐 0.5 克,香草精备用。好了,现在我先接妈妈的电话,等我回来跟你们一起做哦。"说完把事先准备好的写有蛋糕配方的纸放在直播镜头前，然后来到客厅接电话。她用一半普通话一半四川方言和妈妈聊着天。

王睿正在电脑旁忙碌着。

"喂，妈妈？"

"美伊啊，今天感觉怎么样？"

"挺好的。"

"你刚才做什么呢，半天不接妈妈电话。"

"哦，在厨房，正打算做蛋糕呢。妈，你有事吗？"

"有事，当然有事了。我跟你说，我想好了，我也和你爸爸商量了，不管你生二宝需不需要我们，我们都打算提前去北京，陪在你身边。"

"啊？不用吧，家里有阿姨在，再说，我坐月子在月子会所，也不用你照顾。真要来，你们也等我出了月子再来，不用这么着急。"蔡美伊根本就没打算生二胎这件事麻烦父母。

"不等了，妈妈知道，你大着肚子凡事不方便，王睿又那么忙，万一你早产呢？"

"妈妈，你盼我点好行吗？"

"不怕一万，就怕万一，不和你说那么多了，这周六最早的一班飞机，我和你爸一起，中午就到你家了。"说完美伊妈妈就把电话挂了。

蔡美伊举着电话愣在那里，她心里并没有那么想让父母来北京。这里条件那么好，生完了就进月子会所，不需要父母特地来照顾。另外，她太了解妈妈的脾气了，一辈子强势惯了，事事都要听她的，生墨墨的时候就没少和妈妈生气，月子都没坐好。不得已，出了月子她借口妈妈还没正式退休就让妈妈回去了。

妈妈虽是好心，可是他们这代老人没有一点边界感，到了子女家，一边抢着把什么活都替你干了，一边习惯性地把什么主意也都替你拿了。他们根本意识不到，儿女已经长大了，在子女家里，女主人应该是女儿或者儿媳。

但蔡美伊也知道，妈妈不商量就订好航班的先斩后奏，为的就是不给她说不的机会。爸爸妈妈毕竟不放心，儿女长大了，再大在他们眼里也是孩子。

想到这，美伊马上给妈妈发微信，索取航班号。不到半分钟，妈妈就发过来了。

蔡美伊对正在埋头写东西的王睿说："我爸妈要来北京，这是航班信息，这周六最早的一班飞机，我发给你。"

王睿看一眼手机，心不在焉地说收到了。然后继续盯着电脑忙碌，他的心思都在工作上，忙得没空看蔡美伊一眼。蔡美伊敲着桌子说："你抬头看着我！听见了没？周六什么事情也不能安排，一定要去接我爸妈，听明白了吗？"

王睿抬头说："知道了，老婆，保证完成任务，顺利接到岳父岳母大人！"

蔡美伊满意地笑笑："这还差不多！"

王睿招手示意："你过来。"

蔡美伊凑过身去，王睿轻轻亲吻了她的脸："老婆，你辛苦了。"

蔡美伊叹息道："往后这一年又没有安稳觉睡喽，不过一想到以后两个孩子在一起玩耍的情景，就觉得再苦再累都值得！"

"我也是，好期待！"夫妻俩幸福地憧憬着。

3.

新的一天开始了。清晨，时钟刚刚走到 6 点。婆婆又在喊殷悦吃饭了。

"悦悦，悦悦，吃早饭了。"

餐厅里，张建平妈妈端上一锅热气腾腾的小米粥，几个煮鸡蛋，两个馒头，还有一小碟咸菜。餐桌上的一切都和昨天一模一样。

一宿没睡好的殷悦艰难地睁开双眼，头又涨又沉，两条腿酸疼酸疼的。听到婆婆叫，她不好意思再赖在床上，赶紧起床。

张建平早已经洗漱完毕，衣衫整齐地坐到餐桌前。怪不得他的妈妈会以他为傲，殷悦从卧室出来，看到张建平背对着自己的高大挺拔的身影，依旧很帅气，一时间殷悦有了些许的心动，她很想像以前一样，从身后抱住老公，懒懒地跟他撒个娇，让老公拥她入怀。可就在她一晃神的功夫，却听见张建平已经呼噜呼噜地喝上了小米粥。

"妈，我真的太爱吃你做的这口了，太解馋了。"

"妈知道，你爱吃呀，妈就顿顿给你做小米粥，一定让你吃过瘾，让你吃到不馋了为止。"张母爱怜地看着儿子，眼角眉梢都是爱。

殷悦坐到餐桌前，看着张建平正在转着碗沿溜边喝粥的样子，瞬间把自己拉回到了现实。现实就是，甲之蜜糖，乙之砒霜。眼前的餐食，令她完全没有胃口。眼前的老公，也令她完全没有胃口了。

建平妈妈把剥好的两个煮鸡蛋放在了建平的碟子里，建平顺手把一个夹给了殷悦，然后扭过头对妈妈说："妈，您也吃吧。"

妈妈没接话，又剥了一个鸡蛋放到了建平的盘子里，慈爱地说："建平，你是男人，上班工作的人，你要多吃，我们女人在家，吃多吃少没关系的。"

婆婆的话，既带着困难时期的时代烙印，又透着男尊女卑的封建思想，这让殷悦听着非常不舒服。殷悦本来对小米粥加鸡蛋就不感冒，平时的早餐都是牛奶加三明治。可是，爱不爱吃是我的事，给不给我吃却是你的事。这才几天工夫，婆婆就原形毕露了，满眼只有她的宝贝儿子，完全看不到旁边还坐着一个儿媳妇，而且是坐小月子的儿媳妇。

这时殷悦突然想起昨天订的月子餐，她噌地站起身，学着婆婆的样子对建平说："建平，你是男人，上班工作的人，你要多吃，我吃月子餐。"

那边的张建平似乎根本没听出老婆话里有话，已经三下五除二地把两碗小米粥喝下肚了，喝完粥的碗特别干净，一粒米粒都没剩。今天他喝粥的声音也格外的响，也许因为粥香，也许因为亲妈在身边，吃饭出声就可以肆无忌惮了。

殷悦从冰箱里取出米酒鸡蛋加热了一下，回到餐桌上，缓缓地喝了起来。

张建平看了一眼殷悦喝的米酒笑着问妈妈："妈，这是您做的？"

妈妈不满地说："哪呀，你媳妇吃不惯我做的饭，特地在外面月子会所订的什么月子餐。哎呀妈呀，我算过了，这一小碗汤就小一百块钱呢，不就是醪糟鸡蛋吗，哪值那么多钱呀？肯定是让人骗了！"

殷悦真不想和婆婆解释，说了她也不懂，但又怕张建平误会，只好耐着性子说："妈，月子会所的月子餐都是台湾专家专门经过研究配比制定出的食谱，这顿是醪糟鸡蛋，下顿就是别的了，每天六餐，每顿餐之间怎么搭配都是有讲究的。"

婆婆愤愤地说："什么讲究呀？我都看过了，你那一堆餐盒里面还有小米粥呢！小米粥我还是认识的，我熬的小米粥你不吃，非要吃这一百块钱一碗的小米粥！我熬的小米粥，都是我从老家特地给你们带的小米，是最好的小米。老话讲，吃不穷，穿不穷，算计不到一世穷！哎哟，我说你让人骗了，你还不信！"

婆婆越说越愤怒，不光因为儿媳妇的月子餐很贵，更重要的是，她是儿子请来照顾媳妇小月子的。说是照顾，其实主要就是来做饭的，她做饭做了半辈子了，两个儿子也养得高高大大英俊帅气，可眼下儿媳妇不吃她做的饭，这等于剥夺了她做饭的权利。这就像不让一个外科医生拿手术刀一样，差不多是一种对他人职业的羞辱了。

张建平看了一眼殷悦问："你这月子餐，是曾执他们月子会所的吧？"

殷悦冷冷地答道："是呀。"

张建平"啪"的一声，把筷子摔在餐桌上，突然爆发起来："又是曾执！一会儿你给她买鞋，一会儿她又向你推销月子餐，就一个破醪糟鸡蛋一个破小米粥，就这么贵，她还不知道从中间拿多少回扣呢！"

每个人都有自己的死穴，张建平的死穴就是钱。只要无关钱，他要多体贴有多体贴，但只要碰到钱，他的神经就会特别敏感，也会特别愤怒。

殷悦也情绪激动起来："张建平，你说什么呢？鞋是我主动给她买的，月子餐也是我主动要订的，你怎么想我都可以，但我不允许你这么说我的朋友。"

婆婆看殷悦提高了嗓门，脸涨得通红，生怕两口子一大早就吵起来，连忙过来拉架："悦悦，悦悦，建平没那个意思，都是我不好。这不宝宝没有了，建平啊，他心里不痛快，有火，说话就重了点，你别生气。"

殷悦也压抑好几天了，此刻无法自控地喊了出来："宝宝没有了赖我吗？您天天生孩子生孩子，还嫌我瘦，我又不是生孩子的机器，嫌我瘦，当初别找我呀，天底下胖女人多的是，让您儿子娶她们呀！"

殷悦突然就像火山爆发一样，她忍耐太久了，这次无法再隐忍，不由得大吼起来："妈，我再告诉您，您听好了，我不是生不出孩子，您去问您那宝贝儿子，您大孙子为什么没有了，是怎么没有的！"

婆婆转头疑惑地望着儿子，张建平低着头默不作声。

殷悦指着建平："张建平，你说啊，你怎么不说了？你没告诉你妈是吧？好，我来说！妈，你就没问过你儿子，我为什么流产吗？我告诉你，我不是无缘无故流产的，我的孩子，是让你儿子给亲手打掉的！"

"什么？你说什么？悦悦，你再说一遍！"婆婆心痛地望着儿媳妇。

"我不想说了，你不要问我，我什么也不想说了！"殷悦哭着扭身回了卧室。

"建平，悦悦说的，都是真的吗？这到底是怎么回事呀，你跟妈说说？"

"妈，我上班来不及了，我回头再和你解释啊！"

"不行，今天你必须和我说清楚，要不，你别去上班，你把我宝贝孙子怎么了？"张母不依不饶。

"哎呀，我也不知道殷悦怀孕了，那天吵架，我就推了她一下，她就流产了。"张建平轻描淡写地说。

"作孽呀！你作孽呀！你没事吵什么架啊，吵架你也不能动手啊，你这是要你妈断子绝孙呀！"张母一边哭，一边捶打着儿子的后背。

"妈，你也别生气了，我是真不知道她怀孕了，我要知道她怀孕了，我还能跟她动手吗？这孩子，也该着留不住。"张建平也郁闷此事，没好气地说。

"啥叫该着留不住？我大孙子好好的，能留不住？你连媳妇怀孕都不知道，你动手还有理了？"

"妈，你是不知道，悦悦她太能花钱了，一晚上光买衣服和鞋子就花了8000多。要是一般的开销，我能和她吵吗，我也不能动手啊！"

"你说啥，一晚上8000多？"建平妈听到这儿，立马止住了哭声，转而变成了抱怨，"怪不得你攒不下钱呢！到现在，你弟弟连买房子的钱还凑不够呢，每回问你借，你都说没钱，没钱！你弟媳妇也说，大哥就在银行上班，怎么能没钱呢？我以为有钱的都爱哭穷，这回我算是知道了，你是真没钱，都让你那败家媳妇给造光了啊！"婆婆自顾自地说着，她早忘了儿媳妇就在隔壁躺着呢。

殷悦听到这儿，猛地从床上跳了起来，愤怒让她浑身充满了力量，她一分钟也不能在这个家待下去，她已经无法和这对母子生活在一个屋檐下了。此时此刻，她觉得忍无可忍。

殷悦拿起手机，拨通了曾执的电话："曾执，你们月子会所还有房吗？"

"怎么了？现在只有一个最小的房间。"

"不管什么房型，你给我留一间房，我马上来住你们月子会所。"殷悦果断地说。

"宝贝，你没事吧？干吗突然要住月子会所？"

"你先别问了，我到了再和你说，我这就出门。"

"喂，喂！"还没等曾执说完话，殷悦那头已经把电话挂断了。

从小，殷悦是父母的掌上明珠自不用说，小时候每次生病，妈妈总会把药片放在瓶盖里，然后端一杯冷热正好的温水到她跟前，看着她把药吃下去，还会因她乖乖吃药而奖励一小包山楂片。

结婚前，殷悦一直认为她所拥有的一切都是那么理所应当，她认为生活就该是这样的。直到现在，从她作为儿媳妇，从最初接受婆婆照顾时内心的惴惴不安，到刚刚听到母子两人对话的愤怒，她突然意识到，她的生活方式，不仅在老公眼里是败家，在婆婆眼里更是该遭天打雷劈。她殷悦，原来在老公和婆婆眼里竟然是如此不堪。

此时此刻，她真实感受到了父母当初告诫过她的，不同的成长背景会带来截然不同的生活习惯。是的，她无法接受老公和婆婆的生活方式，正如同他们无法接受自己的一样。

更残酷的是，殷悦忽然意识到，张建平其实是让她如此不能接受的一个人，她竟然和一个与自己如此不同的人一起生活了那么多年。

殷悦挂了电话，三下五除二地从衣柜里翻出几件换洗衣服，又从洗手间拿出她的大化妆包，一并装进她的行李箱。穿上外套，推着箱子，没和任何人打招呼就出了门。

张建平早已经出门上班去了。婆婆在厨房。听见动静出来看，只看到殷悦关门的背影。

婆婆小声嘀咕："这坐月子也不老实，真是一天不花钱都受不了，这是又出门造去了！"

殷悦早已经听不见了。她来到地库，找到自己的白色小汽车，打开后备厢放好行李，一溜烟地开出了地库。

4.

一大早，陈俊明就来到月子会所。他敲开林珊办公室的门，一脸轻松的样子，看起来有什么开心事："尊敬的林院长，我可以打扰您几分钟吗？"

林珊假装嗔怒道："有什么事？快说，我忙着呢！"

林珊的确非常忙，她戴着眼镜，盯着电脑屏幕，手敲键盘都没停下。她和陈俊明不仅是月子会所的上下级关系，更是彼此知根知底的老同学，没有外人在场的时候，两个人就好像当年在一个班里上课时那样随意。

"你工作的样子就像你当年写作业的样子一样认真，我都不敢和你说话。"

林珊笑了，放下手中的工作站起身，替陈俊明拉了一把椅子，让他坐下。林珊知道，陈俊明上门找她，一定是工作上的大事。

陈俊明酝酿了一下说："林珊，咱们月子会所今年效益非常不错，哦，不光今年，应该说，自从你从美国回来接手之后，月子会所的变化真是一天一个样，入住的产妇们满意度也很高，这一切都是你的功劳。"

林珊更直接："嗯，不用夸我，你把夸我的话都折现，体现在年底奖金上就行了，你就直接说'但是'吧。"

"我非常庆幸自己能把你从美国请回来，也非常感谢你这么不遗余力地帮我，但是呢……"陈俊明不好意思地笑了笑。

"但是，你知道，我的目标不仅仅是这一家月子会所。我上周刚去参加了中国孕婴产业高峰论坛，有专家预测，随着80后、90后婚育高峰期的到来，以及二胎政策的放开，未来较长一段时间内我国每年的新生人口将维持在1600万以上。在消费观念、消费水平等多重因素的推动下，预计到2019年，我国月子会所市场规模将达到110亿元。林珊，你想想，这块蛋糕多大啊！我知道，对咱们月子会所，你是比我都上心，就像对自己的孩子一样，倾注了大量心血，几乎天天在这里加班，晚了就睡在办公室，就连春节你都没有回家，这些我都知道。但是咱们还得求发展啊，所以我希望你不仅要把精力放在这一家月子会所上，还要把目光放得更长远。"

林珊做了一个愿闻其详的表情。

"我希望你能帮助我，在月子会所这个大蛋糕上再多切下几块来。"陈俊明一口气说了一大串，说完像卸下一块大石头一样等待林珊的回应。

"你想扩张？开分店？"

陈俊明夸张地一拍沙发扶手："对呀，我就说你最懂我！"

"你如果准备好了，可以呀，我没意见。"

"不是我，是我们。"

"我没明白你的意思。"

"林珊，不瞒你说，第二家分店的店址我都选好了，位置非常好，还是我们一贯的风格，闹中取静，明天你也去看看，下周我就准备签约了，签下来之后……"

林珊腾地一下站了起来，打断他，有些意外地说："签约？你的意思是，月子会所分院马上就要开工了？"

"林珊，你别急嘛，你听我慢慢说。我想，那边还是你来当院长，这次你不仅拿高薪，我还要给你股份。装修大概要花两个月的时间，如果工期顺利……"

林珊再一次打断他："俊明，我理解你急于壮大的心情，可是，现在是不是有点操之过急了？这家刚刚满床，一切都还不稳定，马上开第二家，无论管理、护理、销售、后勤保障，都跟不上啊。我们月子会所从筹备到开业，可是整整用了一年的时间呢！如果从你起意算起，那就更久了。"

"我这不是和你商量吗？主要是这个分店地址、环境都太好了，这是我一哥们儿的物业，我现在松口说不要了，后面排着队等着要的人多着呢！你去看看，你肯定也满意。我是这么想的，分店开张，你带着常丽、宋敏他们几个先去打前站，让杜老师和曾执抽空培训新护士、月嫂，这里平时的工作就交给梁护士长她们先应付着。"

"你想得也太天真了，现在我们人员都是满负荷工作，你如果再想从我这里抽调人员，真的会出问题的！再说杜老师、曾执她们，本身在这里都忙不过来，哪有时间再去做培训？培训不是跟着看看就行了，那是要真刀真枪练习并且要考核的，如果我们拿二把刀的护士在产妇身上练手，产妇肯定会投诉的。如果我们的口碑做坏了，别说分院了，你这家都会保不住！真的没有你想的那么简单。"林珊实事求是地分析给陈俊明听。

"可是机不可失呀，什么事都等你准备好了，那机会也没有了。这次是仓促点，我们马上招聘，现有的护理团队先过去三分之一，我再去护校招一批实习生，到时候一带一，进步也快。"陈俊明仍然坚持。

"我能理解你的心情，但现在有两个问题：第一，现在我们这个月子会所本身人员就紧张，和你说了好几次，你都不愿再招聘，我们就这么死扛着；第二，培训不是一件小事，所有的装修、设备这些硬件设施都可以复制，但人员不能，你能马上复制出第二个林珊，第二个杜老师，第二个曾执吗，还有那么一大批有经验的月嫂？我们是伺候产妇和新生儿的，都是人命关天的事，来不得半点马虎。"

"林珊呀，你就是当医生当得胆子越来越小了，总是怕这怕那。其实月子会所不是妇产医院，没有那么多的风险，产妇到这里更多的是休养，我让人事部马上招聘。"

"可是——"还没等林珊说话，陈俊明已经给人事部打上电话了。

这是陈俊明和林珊第一次在战略方向上出了分歧。陈俊明是黄色性格的人，大部分做老板、做领导的人都是这种性格，他们有很强的判断力和果断的执行力，对机会的嗅觉相当敏感，为了达到目标有的时候也会不择手段。而林珊是医生，典型的蓝色性格，严谨，刻板，一丝不苟，她不太会去想战略、商机这些事情，她的眼里只有产妇和孩子。

5.

殷悦风风火火出现在月子会所大厅，前台客服闵瑶瑶笑盈盈地迎上前来。

瑶瑶上下打量殷悦，她既不是大着肚子的孕妇，也不像是初怀孕的准妈妈。来月子会所的一般都有家属陪同，可她是一个人来的，还拖着拉杆箱，这让在月子会所阅人无数的瑶瑶也无从分辨她的来意。

"您好，女士，请问，您是来参观的？"

"哦，你好，我找曾执。"

"哦，您等一下，我帮您叫她。"

瑶瑶正要拿起电话，刚好曾执看见了殷悦，远远地小跑了过来，把她拉到一旁："祖宗，你这是闹哪样啊！"

"我在家一分钟也待不下去了，我要住你们月子会所，你就把我当产妇接待吧。"殷悦急急地说。

"到底发生什么事了？"曾执问。

殷悦简短说了一下，婆婆如何，张建平如何，曾执一听就明白了。

"我们刚好有小房间，不过我们没接待过小月子呢，这样，一会儿我带你去院长那里问一下。"曾执说。

瑶瑶听不见二人对话，强大的八卦之心，让她必须问个清楚："曾执，她这是，这是个什么情况啊？她是，来北京出差的？来住宿？"瑶瑶指了指地上殷悦的拉杆箱，不解地问道。

"不是，我刚小产，需要坐个小月子。"殷悦不等曾执回答，自己先说了。

"哦，哦，那你气色真好，看着真不像。"瑶瑶满脸堆笑地说。

曾执带殷悦先把箱子放在自己那里。

"你刚才说，你们还从来没接待过我这样小产的呢，那我岂不是开创了你们月子会所的新项目吗？你们林院长一定会好喜欢好喜欢我的。"殷悦道。

"殷悦，我可真服了你了，都被人家逼得离家出走了，还有心思逗。"

"唉，难不成我还得哭啊？"殷悦故作哭相。

俩闺蜜一边聊着天，一边向林珊办公室走去。

陈俊明仍然在林珊办公室，他刚刚放下电话。他已经通知了人事部，口头布置了马上招聘护士。

曾执敲门进来，身后跟着殷悦，发现陈俊明也在，犹豫着要不要进来。林珊见她还带着一个人，就向她点头示意，让她们进来："曾执，有什么事吗？"

"陈总好！"曾执和陈俊明打过招呼后转向林珊，"院长，我向您汇报一个事，我最好的朋友——"曾执说着指指身边的殷悦，"就是她。小产了，她突然来找我，要住咱们月子会所，人已经来了，你看这——"

林珊打量了一下殷悦，莫名地对她有一种好感。可能爱屋及乌吧，她喜欢曾执，就连曾执的朋友也一起喜欢了。

"哦，对哦！我们也可以接小月子！曾执，介绍一下你的朋友？"

没等曾执介绍，殷悦就自己开口了："陈总好、林院长好，我叫殷悦，平时总听曾执提起院长您。我知道您是从美国回来的，在洛杉矶特别有名，您比我想象中还要有气质呢！"

"谢谢，谢谢，你是曾执的朋友，可比她嘴甜多了！我可从来没听曾执这么夸过我。你是坐小月子，小月子最重要的是休息好，你为什么不在家里休息，而是想来月子会所呢？"

"哦，我一开始也想在家里，但是我老公太忙了，他在银行工作，最近忙得不着家。他把我婆婆从老家接来照顾我，但是我们生活习惯上差别太大了，在一起处不来，反而影响休息。我听曾执说月子会所在产后护理方面特别专业，我很想好好调理一下身体，以后还得要孩子呢，所以就奔您这儿来了。"殷悦说。

"院长，她之前，还订过我们月子会所的月子餐。"

"哦，是吗？殷悦，谢谢你这么信任我们。小产虽然没有孩子，但小产后女人的身体也需要恢复，也需要照顾，我们一定给你提供最专业的护理。真好，曾执，也谢谢你，你给我们月子会所开辟了一个新项目呢！"

曾执看林珊兴奋的样子，自己也不禁高兴起来。院长帮忙收下殷悦，还向自己道谢，这让曾执在闺蜜面前感到很有面子。一旁，一直没有说话的陈俊明此时一言不发，却在上下打量着殷悦，思考着什么。

"殷悦，你到外面等我一下。"曾执对殷悦说。

"好的，那陈总、院长你们先忙！这些日子就麻烦你们照顾了。"殷悦鞠躬出门。

看殷悦关上门，曾执问道："那，院长，您觉得该怎么收费呢？"

林珊想了一下："小月子住两个星期就可以了，又没有孩子需要照顾，要不然，我们收5折的费用？陈总，你说呢？"考虑到陈俊明也在，林珊连忙征询他的意见。

陈俊明的心思没在这里，又想给林珊卖个好，趁机缓和一下刚才两人争执的气氛，现场就放权了："这种小事，林院长你定就行了，还用问我？你真不怕把我累死！"

"曾执，要不这样吧，她既然是你最好的朋友，又是我们小产新项目的首例客户，我破例给她打个4折，你看行吗？那个小房间是5万，就收她2万吧！"

"真的？太行了！院长，您太好了。我这就安排她去住下。"曾执高兴得真想上前拥抱一下院长，但内向的性格使得她实在没有伸出双臂的勇气。

　　曾执一出门就把这个消息告诉了等在门外的殷悦，俩人笑得搂在了一起。2万对于殷悦真不是个事儿，最主要的是能用2万块钱换来一个好的心情，这比什么都重要。这么好的环境，还有最亲的闺蜜陪伴，还可以得到专业的护理，吃到有营养的月子餐，殷悦觉得实在是太值了。

第十章　落选技术模范

1.

走出院长办公室，曾执和殷悦一路欢快地回到了 309 房间。尤其是曾执，她说不出自己为什么那么高兴，为月子中心开创了新项目？为殷悦争取到了好的价格？为殷悦住月子中心，她们每天都能见面？也许都有吧。

"殷悦，你知道我为什么爱月子会所了吧？"

"呃，为什么呀？因为喜欢你们院长吗？还是，喜欢护士这份工作？还是，喜欢月子会所能给你的好朋友提供方便呀？"

曾执甜笑，戳了一下殷悦，认真地说："都有吧，我也说不清楚，反正我很开心在这里工作，也愿意为月子会所出力，我很爱这里，也喜欢我们院长。"

"哎，我真该把你这番话给拍下来，录个小视频，发给你们院长，也发给你们陈总，让他们看看，多好的员工啊，月子会所的栋梁啊！将来技术模范评选，必须得是你啊！"

"我也爱你，宝贝！你知道，我不善交际，不像有些人一样，很容易就能交到很多朋友。对我来说，和人交往实在是一件很有难度的事情，或许正是因为不容易，所以才格外珍惜。你和美伊是我最好的朋友，这么多年，你一直用你的方式爱着我，帮助我，能为你做些什么，我很开心。"

听着曾执如此动情的话语，殷悦不由得也大为动容。自从和张建平闹矛盾以来，她的心里已经很久没有感到这么温暖了，她很感动。曾执不是蔡美伊，她平时说话很少带感情色彩，今天能说出这么"肉麻"的话真是太难得了。看见平日里低调、矜持的曾执也有这么忘情的样子，这么敞开心扉的时候，殷悦觉得太好了。

也不知是感动，还是在家里憋屈了，殷悦抱住曾执，不知不觉又哭了起来。呜呜的哭声，仿佛要把她最近所受的所有委屈都发泄出来。曾执轻轻抚着殷悦的后背，安慰着她。

　　"曾执，你知道我为什么一定要出来吗？那个家我实在待不下去了！张建平和他妈妈就是一伙的，谁稀罕吃她的溜达鸡啊，谁爱喝她的小米粥啊，呜呜……"

　　"好了，好了，不爱吃咱就不吃，不爱喝咱就不喝，咱有月子餐呢。"

　　曾执自己也没想到，平时紧绷的自己在殷悦面前会变得柔软起来，像妈妈哄女儿一样哄着殷悦。

　　在曾执的安抚下，殷悦激动的情绪逐渐平缓下来。

　　"你知道张建平恶心到什么程度吗？他居然怀疑我订的月子餐，你在中间拿了回扣，他这么想你，简直就是对我的羞辱！"

　　曾执一下子愣住了，言者无心听者有意。

　　曾执一字一句地说："宝贝，我真的没有拿一分钱的回扣，我给你介绍月子餐，就是因为你说吃不惯你婆婆做的饭，我只是想帮你。我们护理部和销售部不一样，我们的奖金是和月子会所的总效益挂钩的，你订不订我们的月子餐，对我的收入真的没什么影响。"

　　"亲爱的，你不用解释，我还不了解你？我要是不相信你，我能来投奔你吗？"一见曾执开始解释，殷悦有点慌了。

　　"我真没想到张建平会这样想。"

　　殷悦眼里还含着泪珠，此时的殷悦已经开始后悔自己说话不走脑子了。

　　"曾执你原谅我吧，我又说错话了。"难怪张建平总说自己嘴巴要比脑子快。

　　"没事，没什么，不怪你。"

　　"亲爱的，你可别往心里去啊，我知道你平日里也不太爱管闲事，多一事不如少一事的人，你这次这么热心地帮我，还要被张建平误会，心里会怎么想呀，你肯定觉得特难受。"这会儿轮到殷悦反过来安慰曾执了。

　　曾执半开玩笑地说："可不是嘛，真是好心被当成驴肝肺。"

　　"就是，张建平就是这么不是东西！所以我才要和他分开，你别生气啦！"

　　殷悦摇着曾执胳膊，她怕曾执真的会介意，即便她嘴上说没事。

　　"我不生气。你好好休息，我已经在你这里待了很久了，我先回去了。"

　　曾执本来就是一个心思缜密、特别敏感的人，虽然她知道殷悦不会那么想自己，但是张建平会啊，而张建平是殷悦的老公，对此她还是感到很不舒服。

和殷悦告别之后，曾执就走出了309房间。殷悦注意到，曾执刚才难得露出的忘情表情已经不见了，又恢复到了看不出任何表情的那个曾执了，这让殷悦感到难过。

2.

蔡美伊虽然是个全职主妇，但是家里有保姆，一切家务都不用她操心，唯一需要她操心的，就是孩子了。马上就要生二宝了，而大宝墨墨还有一年就要上小学，她要在生二宝之前，安排好大宝的学习。

书房里，王睿电脑开着，正在接电话："詹总，您这么突然把刘岩他们小组撤走，不是给我釜底抽薪吗？案子是我们两个小组一起拿下来的，现在您把他们派英国去，一去一个月，活儿都让我们干，您让我们组里的兄弟怎么接受？自从拿下这个案子，从杭州回来以后，大家一天都没休息过。"

"是，是，我要不是以大局为重，我能大周末的还在家里工作吗？谢谢詹总关心，我媳妇预产期还有一个月呢，我也想尽快忙完，到时候踏踏实实照顾她坐月子。"王睿一边敲着电脑，一边说着。

客厅这边蔡美伊面前的桌子上，堆着一堆各种英语机构的宣传单，她就像洗扑克牌一样，一一筛查着。终于，她拿起其中一张，来到书房，从背后拍了拍正在电脑前面忙着的老公王睿。

"老公，你看这家英语机构怎么样，我想给墨墨报这家少儿学科英语。这家是全外教、纯英语的教学环境，你看介绍，同步美国幼儿园预备班和小学课程，让孩子在全英文的环境中，学习文学、科学、音乐、美术等多种学科，全面提高英语听说能力和英文综合素养……"

王睿低头忙着，心不在焉地："嗯，嗯。"

"哎，你在不在听啊？"

"在听，在听。"

"我说什么了？"

"你说，默默要上英语班，嗯，我支持。"

王睿注意到了老婆手中的宣传单，因为老婆在用它敲自己的头，他一把拿过来，看了起来。

蔡美伊抱怨道："跟你说给墨墨报英语班呢，我现在说什么你都听不见了是吧？是不是嫌我天天素颜在家，大着肚子，影响观瞻，就把我当空气了？你说实话，是不是不喜欢我了？"

"不能够！我哪敢呀，我老婆大肚子也美，素颜也美，这男的吧，就是喜欢素颜也漂亮的女孩，我媳妇恰好就是这样的。"王睿一本正经地说。

蔡美伊娇嗔地依偎在王睿的背上："讨厌，说正经的呢！我想给墨墨报这家少儿学科英语。"

"老婆，虽然我很想说你定就行，但是，咱能不能别让宝宝这么累啊？现在墨墨的课外班，已经有钢琴、绘画、国学、游泳，还有个礼仪是吧？"王睿掰着手指头一个个数，蔡美伊又拿宣传单拍了他一巴掌。

"游泳早都不上了，要上也得等暑假再学别的泳姿，我打算运动类的给他加个击剑。"

"还加啊？美伊，我多问一句啊，王子墨是你亲生的吗？"

"啪！"王睿的脑袋又挨了一下。"就因为是亲儿子，我是他亲妈，我才这么上心啊。要是后妈，人家才不管呢！"

"英语班别报了，孩子已经很累了。要我说，一个课外班都不应该报！"

"你是两耳不闻窗外事，咱们小区你出去打听打听，哪个孩子没有课外班？我告诉你，墨墨这都算少的，而且我还打算让墨墨上幼儿园大班呢，让他自由自在地在幼儿园再玩一年。人家那些真对孩子抓得紧的妈，上小学之前这一年，人家都是上学前班的！"

"老婆，我是担心你太累，你看，所有的课外班都是你陪宝宝去上，每天风里来雨里去。"

"我为谁啊？还不是为了给你培养好儿子嘛！马上就要生二宝了，我就想着，把墨墨的学习生活都计划好，等我爸妈来了，每门课怎么接送，我一交代就行了。"

"是，是，你都是为我好，只要你不嫌累，你就给他报吧。"

"我也累啊，你以为陪孩子上课轻松啊？周围那些妈妈整天比来比去的，你不去陪着上课，你感受不到竞争的压力。"

"所以我就说别报了，干吗去自找苦吃？"

"消极思想！这次杭州的案子，为什么刘岩他们组能分走你的一半军功章？你要是英语好，用得着他们参与吗？老詹为什么给你釜底抽薪，因为他用得着刘岩啊，人家能去英国谈判，你能吗？"

两口子正说着，王睿的电话响了，一看是律所打来的，王睿示意蔡美伊别说话。

蔡美伊起身，离开书房。她去厨房端来一盘洗好的草莓，放在王睿的案头，仍在接电话的王睿顺手拿起来吃着。

蔡美伊虽说不是自己最初喜欢的类型，但她的聪明、体贴、明事理却让王睿越来越喜欢她、欣赏她。他常常觉得自己很有福气，自己在外面挣再多的钱也不觉得辛苦，挣再少的钱也不觉得憋屈。王睿的事业从无到有，步步高升，蔡美伊一路都是笑呵呵地陪着他走过来。

蔡美伊刚给王睿关上书房门，他就开门出来了："老婆，我得去趟律所。草莓真好吃。"

王睿摸摸蔡美伊的大肚子，拿起公文包就出门了。

王睿的律所位于CBD区域，核心地段，他匆匆向写字楼走去。他没察觉，一个拿着文件夹的漂亮姑娘正向他走来，个子高挑长发飘飘，仪态特别像林志玲，在人群中非常醒目。

长发姑娘走到王睿身边站住，叽里咕噜一串英文，像是表白什么，又像是问询什么，王睿实在分不清，他显然听不懂。可是这是一个像林志玲一样的美女搭讪，一口娃娃音也特别好听，他不能置之不理。

美国人？英国人？王睿猜测着。长发姑娘仍在说着英文。王睿非常难堪，他四处张望，此刻写字楼门口竟除了他没别人。王睿只好搜肠刮肚寻找自己仅会的英文，想问问这个漂亮姑娘到底有什么事。

"Can I help you? 抱歉，我听不懂你在说什么。"王睿本来伸手比画着，说完只好沮丧地垂下手。

长发姑娘突然从文件夹里抽出一张宣传单，再次开口说的竟然是中文："先生，如果英语不好，是不是遇到美女搭讪也没办法？有没有兴趣来我们机构免费试听？我叫露西，这上面有我的工作电话，如果想来学习欢迎与我联系。"长发美女讲完，飘飘然就走了，走向下一个衣冠楚楚的男士。留下王睿站在原地连连赞叹："哇，现在发传单的竟然这么拼！"

王睿自嘲地摇头笑笑。他突然想起什么似的，拿出电话，拨了出去："喂，老婆，你说给墨墨报那个什么英语班是吧，你打算什么时候去？你别打车去了，一会儿我跟老詹谈完，我开车带你去，你在家等我啊！"

放下电话，王睿看着远处，那位衣冠楚楚的男士也和他刚才差不多，正在跟长发美女连比画带猜的。

王睿自言自语道："老子来不及了，儿子我可不能让他以后遇到美女搭讪听不懂。"

他本来拿着宣传单向垃圾桶走去，想了想，又装进公文包里。

3.

月子会所众人期待已久的技术评比今天要揭晓结果了。经过管理层评议和全体员工不记名投票，护理部会评选出一名技术模范，月子会所年底赠送台湾七日游，这个奖励非常诱人。

会议刚开始，院长林珊说明会议主题之后，正带领大家朗诵南丁格尔的誓言。会议室的门突然被推开，闵瑶瑶闯了进来："院长，不好了，不好了，302 房间的产妇李佳乐说，她的右腿不会动了！"

"右腿不会动了？什么情况？"

"不清楚，护理部人都不在，我只好赶快来汇报了。"

林珊飞快扫视了一下在座的员工，看到曾执，目光停留在她身上。林珊冲她一点头："曾执，你去 302 房看看。"

曾执也接收到院长林珊信任的信号。紧要关头，上司总会选择最信任的人，不是吗？她和院长总是很有默契："好的院长，我马上过去。"

302 房间门口，门开着，里面传出李佳乐指责月嫂崔姐的声音："你家吃这样的花菜吗？你听好了，自打有了有机花菜，我就没吃过这种面了唧唧的花菜。好，就算你们不买有机花菜，买了这种普通花菜也没关系，但你不能给我吃烂花菜吧！"

曾执敲了敲大开的房门，径直走进房间。她没理会什么有机花菜烂花菜的事情。

李佳乐倚靠在床头。曾执走到床边，查看李佳乐的腿。看她骂人盛气凌人的气势，曾执判断她没什么大问题，但仍然按常规问道："你的腿怎么了，哪里不会动了？"

李佳乐白了一眼面无表情的曾执，继续向崔姐发脾气："你去告诉厨房，下回买新鲜的，什么菜都要新鲜的！你和你们院长说，再这样一次，我就不住了，自打我住进这个房间我就特别烦，没一天不烦的！"

崔姐连声说着好的好的，逃也似的退出房间。曾执看不惯李佳乐的无理取闹，起身也要走。

李佳乐急了，坐起身，双腿跪在床上，连忙喊住曾执："哎，你给我回来！我这腿不能动了，你看一眼就不管了？我要是在你们这儿坐月子落一残疾，你能负得起责任吗？还有你们护士来查房，每次就是那么两三分钟，看完就走，什么意思，当我是瘟疫呀？"

曾执站在原地，沉着冷静，不为所动，等李佳乐发完飙不紧不慢地说："我刚才观察到了，你的腿很灵活，还可以跪，没有问题。你剖宫产的时候局部麻醉过，腿的不适感可能还有一点，你好好休息，没事的。"

李佳乐闻言，低头看了看腿，立刻躺下了，顺势拉上被子盖住。

曾执眼角斜睨，面无表情，转身离开了302房。

曾执回到会议室门口，听到里面传来热烈的掌声，她有一丝欣喜，又有一点不安。曾执认为技术模范非自己莫属，但疑惑所听到的热烈掌声，她也不敢十分确定。她推开门，迎面看见徐蔓正非常高兴地站着，向大家鞠躬。

曾执离开的这一会儿，评选已经结束了，原来徐蔓当选了技术模范。掌声仍然非常热烈，徐蔓鞠躬致谢："谢谢大家，谢谢大家！"

众人纷纷向她表示祝贺。曾执站在门口，愣住了。

林珊也在鼓掌："祝贺徐蔓成为我们本年度的技术模范！"

曾执又关上刚拉开的会议室的大门，在大家错愕的目光中，离开了掌声喧哗的会议室。

在护士站，曾执收到了林珊的微信："曾执，你知道的，在我心目中，你的专业能力是最优秀的，在月子会所没人能和你相比，即便去外面的大医院，你的专业能力也是拔尖的，这点我有信心。但是，月子会所毕竟是一个单位，各个层面的人都有，这次技术模范评选，我是投了你的票的，陈俊明把他那一票投给了徐蔓，从管理层这边等于我没帮上你。全体投票的情况，你从结果也能知道了，徐蔓的群众票比你高很多。对于大家这样的选择我想你也会理解，在技术都很优秀的前提下，大家更愿意把票投给人缘好的那个人。"

"院长，您不用解释这么多，谢谢，我明白的。"曾执回复。是啊，她何尝不明白，如果比业务实操，她有信心会拿到第一，可是投票选举，她和好人缘的徐蔓真是没法比。

失落是难免的，但曾执还是安慰自己，平常心，不要太在意。尽管这么想着，暗地里，她还是较劲的，要更努力啊，曾执！

4.

林珊难得有空闲，但是今晚她必须要放下手头的工作，因为今晚她要请王越彬吃饭。

说是叙旧，其实，陈俊明要开分院的事让林珊压力很大，时间紧迫，她需要向早于她回国的师弟王越彬请教，了解更多国内母婴界的情况。

说好了林珊请客买单，餐厅却是对北京更熟悉的王越彬选的。这是北京外国人聚居区的一家西餐厅，在朝阳区幸福村一带狭窄的巷子里。林珊一路开着导航，车停在附近一处商场门口，只能步行去餐厅。

"Grace，这里。"王越彬挥手向林珊打着招呼，林珊点头走了过去。

"Robin，你是怎么找到这地方的，这里环境太棒了！"

初夏的晚上，狭窄的巷子里，这家沿街的餐厅里里外外都坐满了人，几乎都是西方面孔，嘈嘈切切的交谈也是各种外语，黄皮肤的人并不多。

"除了做手术，健身和美食是我最大的乐趣了！下了班，如果不去健身房，就出来美餐一顿，小小喝一杯，是我每天努力工作的动力。"王越彬说。

"嗯，不错，我也该小酌一杯。好久没这么惬意了，一坐下就觉得很放松。"

服务生递上菜单，王越彬又向他要了酒单。

王越彬调皮地说："Grace，既然是你请客，我可就不客气了？"

"那当然，想吃什么随便点，最近太忙了，我都没时间花钱。我也要好好犒劳一下自己。"

"好，前菜我选一份金枪鱼塔塔。"王越彬认真点了每一道菜。

点好菜，两人相视一笑。不一会儿，酒菜上齐，两人碰杯，小酌开来。舒缓的音乐里，两人聊得非常开心，以至于不一会儿林珊便感觉有点微醺。很久没有这样的感觉了，她很享受。

"Grace，你是不是找我有什么事？"吃了一会儿王越彬问。

"是的，我的确有事。你知道，我们月子会所生意好到爆，当然我也快忙到死了，我的老板，就是我以前跟你说过的我的老同学陈俊明，他计划开分院，院址都找好了，下周就要签约。"

"那是好事呀，应该庆贺。"

"问题是目前最大的困难是人，开分店我们没有足够的人员储备，他要调我现在月子会所这边的人，我也不同意。"

"没有人，招聘不就行了吗？"

"说得容易，如果招来的都是你这样的，我还用愁呀？我做了这一年多的院长，发现没有招来立刻就能上任的人，当然月子会所本身在中国大陆也是新生事物，要招到在月子会所做过的员工真是太难了，新人都需要培训，从头学起。这还不算，最重要的是人与人之间是否能很好地合作，团队和团队之间是否能很好配合，这都需要时间来磨合，而我最缺的就是时间。"

的确，王越彬早就发现在国内工作，消耗能量最大的其实不是工作，而是工作中遇到的人和各种关系。而林珊这种长期在国外待着，又喜欢一头扎在业务上的人恰恰是最不擅长这些的。其实，干活不是最累的，累的就是平衡各种利害关系。

"那，我能帮你什么？"

"你回国时间比我长，在母婴行业待的时间比我久，你帮我留意一下，无论管理、护理、销售、后勤保障，有这些方面的人才你都帮我留意。不过我也不是明天就需要，分院确定要开也还得装修设计，不会太快。"

王越彬想了一下说："从招聘到在一个岗位上干得得心应手，肯定需要时间。这样吧，下个月上海会有一个母婴产业创新高峰论坛，我们医院是理事单位，到时候我肯定会参加。今年的主题是产业创新，会邀请一线城市的知名月子会所参加，你们也报名参加吧，与同行们交流一下，顺便了解一下他们是怎么解决人才问题的。"

"太好了，Robin，我就知道，找你一定有办法，来，敬你一杯！"

"感谢我是吧？那我要再点一个我爱吃的。"王越彬毫不客气。

"点，没问题，我现在是要时间没有，要钱有的是，哈哈！"

"Grace，你知道吗？在美国的时候啊，汉堡和薯条真吃腻了，可是这家的招牌汉堡，不怕你笑话，隔一段时间不吃我就很想念。它里面用的是格鲁耶尔乳酪，和焦糖洋葱的搭配那叫一个新鲜，吃一次我第二天都感到很幸福。"说着王越彬喊来服务生。

"哦？这么好吃？那也给我加一个。"

林珊的困难已经有了解决的希望，她也分外轻松，不由得胃口也特别好。两人一边吃，一边聊天，酒也不知不觉喝了不少。

"哎，问个私人问题，终身大事有着落了吗？"林珊问。

王越彬扑哧一下笑出了声："Grace，你都快赶上我妈了，逮着我一次就问一次。"

"你英俊潇洒一表人才风度翩翩,你老这么单身,也不是个事儿呀,你不会是那个吧?"林珊看一眼旁边,悄声问。

邻座是一对同性情侣,两个老外。王越彬急忙截住她的话。

"我当然不是!我是地地道道的直男。"王越彬小声地为自己分辩。

"直男?"

"哈哈,你别看我外表一副嘻嘻哈哈的样子,内心对爱情还是有着很高的期许的,我要找的是'soulmate'。"王越彬认真地说。

林珊举起酒杯,跟王越彬碰杯:"我们月子会所有一个好姑娘,和你一样固执,我猜她也要找'soulmate',宁缺毋滥。我很想把她介绍给你认识,等我信儿。"

"哈哈,你给我介绍的,我一定要好好相一相。"王越彬又是一副不着调的样子。

"这姑娘,是被收养的,养母也是一名护士,她至今不知道亲生父母是谁。不过,我是格外喜欢她,月子会所的人都说,我简直拿她当女儿一样看待。"林珊一声叹息。

"哦,身世不一般呢。"王越彬若有所思。

5.

月子会所 309 房间里,殷悦躺在大床上,翻来覆去怎么也睡不着,走廊里不时地传来宝宝的啼哭声。想起白天在走廊里看到月嫂抱着的那一个个粉嘟嘟的宝宝,殷悦的心里像被针扎了似的疼。别人都是在这里坐月子的,每个女人都是产妇,都有孩子,她们身边也都有老公、家属的陪伴,唯有自己,孤身一人。早晨她从家里出来,婆婆没问,直到现在张建平竟然也没有找她。

睡不着,殷悦起身,走了出去。

推开走廊的安全门,里扇门那儿挂着一块牌子:闲人免进。殷悦好奇地推了一下,是开着的,门外竟然是一个露台,殷悦轻手轻脚地走了进去。

夜晚有一些凉意,殷悦不由得抱紧了胳膊。这里的视野真好,她眺望远处的万家灯火,感慨万千。突然,她注意到,露台的另一侧,那里也站着一个女人,她正在吸烟,火光一亮一亮的。

夜风把烟雾吹到了殷悦身边,她下意识地用手扫了扫。那个吸烟的女人突然说话了："对不起啊，我这就掐了。"

那是陈潇。

"啊，没关系。"殷悦远远地说。看她穿的是带有月子会所标识的产妇的衣服，殷悦暗暗吃惊。

陈潇手上拿着一个烟灰缸，她把烟掐灭在里面，人也向殷悦走来："看来，你也是睡不着的，你的宝宝睡了？"

"我，我没有宝宝。我是，我是小产，在这里坐小月了。"殷悦答。

"哦，对不起！"

"没关系。我是在房间里，老听见隔壁宝宝哭，睡不着，就出来转转，一下转到这儿了。这里挂着牌子，应该是不允许产妇过来的，你这样在露台会受风的，要不我们回去吧。"殷悦说。

陈潇没有要走的意思，她看起来很颓废。殷悦也不好自己离开，就陪她站了一会儿，试着和她聊天："你是产妇吧？月子里不能吸烟的，对母乳有很大影响的。"

"还他妈母乳呢，早没有了，心烦，睡不着！再这么睡不着，别说母乳了，连命都要没有了！"即使在夜里，殷悦也能看到陈潇一脸的阴郁。

她被陈潇的危言耸听吓着了，心想不知道她这是受什么刺激了。

"宝宝哭真是让人烦哪，我是受不了自己的宝宝哭，就跑出来了。"陈潇自言自语。

"你自己的宝宝，还嫌烦？"殷悦瞪大了眼睛。

"怎么不烦，孩子爸把我们娘儿俩扔在这儿，几天没露面了。呵，估计是会老情人去了。"

陈潇的话，让殷悦非常诧异。黑暗中，也许两个陌生人更容易敞开心扉吧。

"会老情人？你才刚生宝宝啊！"

"那又怎样？他老情人，就在这个月子会所工作，我是来了之后才知道。可能当时他跟我定这里坐月子，就是有他的打算吧！"

"这怎么可能，哪有这么巧？"

陈潇笑了。她又点起一根烟，走到露台边上："我每天晚上都来这里，有时候我想，如果我从这里跳下去，就一了百了了。"

"你可不能这么想，千万不要想不开啊。你起码还有宝宝呢，他那么需要你。"殷悦越听越害怕。

"是啊，想到宝宝，虽然很烦，的确有点不舍得。也许，我应该抱着他，一起离开这里。留着他，一个没妈的孩子在世上也是可怜。"

"千万别啊，你可千万别，好死不如赖活着。你看我，流产了是被老公打的，住月子会所是被婆婆逼的，就这样我也没想过要死啊。"殷悦急忙说。

陈潇被殷悦逗笑了，苦笑一番，觉得殷悦也挺惨的。

殷悦继续说："你看，家家有本难念的经，表面上看起来，大家都很幸福，实际上呢，自己活得都不容易，大家只是都不好意思说而已。"

陈潇低头沉默了一会儿说："走吧，回去睡觉。"两人一起离开了露台。

6.

林珊被叮咚一声微信铃声吵醒，打开手机一看，是戴希发来的，只有几个字："院长，我要离婚。"

林珊看了一下时间，早晨6点。她摇摇头清醒了一下，昨晚的酒，让她此刻头还有点晕晕的。自从当了这个月子会所的院长，林珊每天早上醒来都会想想今天又会发生什么事。这里就像上演电视剧一样，每天都会有意想不到的事情发生。

林珊快速洗漱，梳妆，然后从冰箱里拿出一个三明治，又给自己冲了一杯咖啡，这是她的早餐。今天她很担心戴希，所以拿着没吃完的三明治就出门了。

还没有到上班查房时间，她把月子会所所有开门的房间都走了一遍，已经醒来有宝宝哭声的房间，她都进去查了一遍，看看前一晚产妇们是否都安然无恙。按理说这是护士长的事。但对于林珊，与其说她把自己当成一个院长，倒不如说她把自己当成一个心理医生，每个产妇的情绪变化对她来说都很重要。

最后，林珊来到306房间的门口，这是戴希的房间，她敲了敲门。戴希见林珊进来像看见了救命稻草一样，她俩交换了一下眼神，戴希转头对正在哄孩子的妈妈说："妈，我和院长出去谈点事，一会儿就回来。"说完跟着林珊进了院长办公室。

林珊开门见山地问戴希："为什么要离婚？"

"院长，不怕您笑话，我们是一路打架打过来的，从认识就开始打，打到结婚，然后从结婚打到怀孕，从怀孕打到生孩子，从生孩子打到坐月子。这一年，我把这25年的架都打完了，现在打累了，不想打了。"戴希语气沉重。

"那这次又为什么呢？

"昨天是他生日，我眼巴巴地在月子会所等他，想我们一家三口一起过生日，结果左等不来，右等不来，给他打电话也不接，等到晚上11点，我居然在他的朋友圈里看到他和一帮朋友在歌厅K歌。我这刚生儿子，他倒好，自己在外面寻欢作乐，逍遥去了，您说气人不气人！"戴希说着打开微信，点开她老公的朋友圈给林珊看，戴希老公正搂着几个女孩子在唱歌。评论里，戴希的一行留言格外醒目：去死吧！

林珊问："他今天来了吗？"

"来是来了，可没有一点悔改之意，还说我的评论让他在朋友面前丢尽了颜面，跟我大吵一架后就摔门走了。院长，您说我这日子还怎么过？"

"觉得他没有责任感？之前他父母是不是很惯着他？"

"是呀，院长！我公公，算了，不方便讲，我老公算是官二代吧，我们是在澳洲留学时认识的。那时我们感情还是挺好的，可是回国后他总是游手好闲的，也不正经工作，公婆非常溺爱他，要什么给什么，高中的时候在澳洲就送给他一辆跑车，回国后也不说要求他工作，就说帮他找关系，做生意，这都晃了一年了也没看他做成一笔生意。"

"你婆家这么有钱有势，有的女孩子巴不得高攀这样的家庭呢，怎么你还不愿意？"林珊故意说。

"有钱就幸福了？我老公什么都听他父母的，从小到大，他父母把路都给他铺好了，他一点主见都没有。现在老公在家闲着，我之前有工作，现在生完孩子要带孩子，也在家待着。一家人都得吃我公婆的，所以家里什么事也都公婆说了算，完全没有我们自己的生活。另外我老公还对我一百个不放心，三天两头查我手机，不许我和外界联系，可他自己却每天在外面逍遥。"

说到这，林珊想起前两天想把戴希和宝宝的情况放到网上做宣传，开始她满口答应，后来说老公不同意又撤回了内容。林珊想，因为不放心对方，所以就放纵自己，什么逻辑？

"戴希，那你还爱他吗？"林珊问，戴希低头不语。

"我相信你们还是有感情的，如果你们两个回澳洲单过，是不是会好些？因为没得靠了。你们那么年轻，两个人的感情还没磨合好，就要面对生活中这么多的问题，再加上父母的意愿，我想无论是你还是他现在都还没有能力处理这么复杂的局面，所以，不如回归简单，回归你们自己的小日子。"林珊真诚地建议。

"院长，您说得太对了，我也是这么想的，我们一家三口回澳洲生活，他就不得不找工作了。我不求他挣多少钱，就希望他有一份工作，不要这么闲逛了。"

林珊喜欢戴希有这样的想法。中国的婚姻家庭为什么会有这么多的矛盾，主要原因是中国人普遍缺乏边界感。中国人重血缘重亲情，善良的父母对孩子的疼爱无以复加，于是父母与孩子的界限在父母的疼爱中一步步缺失，三十几岁的男人还像没有断奶的孩子。

第十一章　洋媳妇坐月子

1.

　　曾执家可以用一尘不染来形容，所有家具陈设也都特别有条理，一眼看上去，什么东西都妥妥当当地摆放在它们该在的位置上。

　　曾执在卫生间洗漱，家里餐桌上已经摆好了典型的中式早餐：包子、油条、豆浆、稀饭和两碟小咸菜。

　　客厅里，曾执的妈妈穿着一身白色的太极拳服装从卧室出来，手里拿着太极剑，她要去公园晨练了。

　　曾执的妈妈叫曾志芳，她其实是曾执的养母，退休前也和曾执一样，是一名护士。在她新婚不久，丈夫就出车祸意外去世了，那时他们还没有孩子。曾志芳深爱着自己的丈夫，之后一直没有再婚，一个人生活，直到曾执的出现。

　　那天正好是曾志芳的夜班，她听到孩子的哭声，就把孩子抱进了护士站。左等右等，不见有人来找，知道这孩子是被遗弃了。看着孩子怪可怜的，曾志芳就动了恻隐之心收养了她，母女俩一直相依为命。

　　"曾执，饭在桌子上，你自己吃啊，我出门了。"曾志芳说。

　　"知道了。"曾执一嘴牙膏泡泡应着。

　　"自己看着表啊，还有 15 分钟你就该出门了。"曾执探头出来，看了看墙上的钟，不由得加快了刷牙的速度。曾志芳开门走了。

　　每个周末，曾执都要赶去学校上课。对人生从来都不敢松一口气的危机感，加上上次落选技术模范，让她决心攻读 EMBA 课程，这花了她一笔不小的积蓄。迟到就是浪费，她可不想迟到。

公园里，晨练的人们分布各处，有跳广场舞的，也有跳交谊舞的，还有各种乐器组成小乐队唱歌的。

曾志芳不喜热闹，不爱交际，她退休后一直选择的锻炼方式就是太极拳，尤其爱太极剑。太极剑既有太极拳的沉稳和缓，又轻灵柔和，最重要的是这项运动特别安静，曾志芳每天早晨都要来公园练上一会儿。

几套招式下来，曾志芳收拾装备，准备回家，忽然听到大家在议论，湖边今天有一个相亲会，就是家长替子女相亲的那种集会，她也凑过去听听。

"哪能保证一定能找到呢，也就是过去看看，多一种选择呗。"一个50岁上下的中年妇女说。

"你是儿子，你愁什么？我那闺女我才愁呢，这一眨眼，硕士毕业26岁了，我可不想让她当剩女。"另一个衣着鲜艳的阿姨说。

"哎哟，儿子才愁呢，现在的姑娘多务实啊，上来就问有没有车，有没有房，存款多少。不都说儿子是建设银行，女儿是招商银行嘛，生个儿子，娶个媳妇，这晚年的幸福指数就大大下降呀。像你们这生闺女的，没啥负担，女儿一出嫁，你们还能满世界旅游，回来后女儿女婿开车来接，不仅没赔女儿，还多得一个儿子。像我们这种生儿子的就没那么好命喽，我们一辈子的积蓄都要给他买房。他结了婚后，我们剩下的钱也就够个北京周边游了，儿媳妇能和你客客气气说话就已经烧高香了。"

其实，公园里每周都有相亲会，但是曾志芳一次都没参加过。今天她有点动心了。正想着，旁边一位大姐招呼她："哎，老曾，你姑娘是不是也没男朋友呢，一起去看看？"

"哦，好呀，可我没准备啊，是不是要带孩子照片什么的啊？"曾志芳问。

"你还一次都没去过吧？带照片，最好把孩子简历打印出来，你看，像这样的。"大姐说着，从包里掏出塑封过的孩子资料，照片上的小伙子神采奕奕。

曾志芳看了不由得赞叹："你儿子长得真英俊啊，多大了？"

"29岁了，他呀，一心想找世界500强公司的，最好也是留过学的，说是有共同语言。你说这些跨国公司的就一定好？我就说他要求太高，要我说找个教师、护士就很好，以后孩子上个学、看个病都方便。哎，对了，老曾，你姑娘就是护士吧？"

"是，但是我姑娘条件不合适，也没留过洋，再说人家孩子自己也不乐意找护士。"

"是啊，咱也做不了孩子的主，走吧，先去看看。"大姐挽着曾志芳的胳膊向湖那边走去。

鸟语花香的公园湖边，真是人山人海，不夸张地说足有三五百人，基本上都是父母，也有个别的年轻人，估计是被父母拉来的。湖边的树和树之间拉着绳子，上面挂满了各种资料，代为相亲的父母们像赶招聘会似的，每个人手上都拿着一摞类似简历的相亲资料。

曾志芳第一次来，被这阵势吓了一跳："我的天，这么多人啊！"她正想问问从哪儿开始参观，发现刚才一起结伴来的两个阿姨，早已经拿着孩子的资料消失在人海中了。曾志芳正左顾右盼，看见迎面走来了一个老头儿。

老头儿冷不丁地问："你家是男孩还是女孩？"

曾志芳下意识地回答："女孩。"

"啪"的一声，老头儿撕下一张粉色的不干胶，贴在了曾志芳的白色太极服上。没等曾志芳反应过来，他已经走了。

曾志芳抚平了一下刚贴在身上的不干胶贴纸，这时她才注意到，相亲会的人群胸前都贴有不干胶，分成粉色、蓝色两个颜色。粉色是女孩，那么蓝色肯定就是男孩了。

曾志芳小心地走入其中，看着挂在树上的相亲资料。照片上的姑娘个个年轻漂亮，学历家世也都很拿得出手，再看看小伙子列的相亲条件，每一条都不是曾执能比的，让她看了不由得替曾执担心起来。

曾执已经过了30岁了，除了张博，她后来再也没有真正交过男朋友。寡居多年的曾志芳明明知道不能让曾执成为另一个自己，孩子应该有自己的幸福，但另一方面她也有点小私心，她担心曾执如果嫁了人，就会搬出去，以后就剩她一个人孤苦伶仃地度过余生了，毕竟她们没有血缘关系。所以在曾执找男朋友这件事上，她并没有显得非常积极，也从没有像其他家长那样不断地催促孩子相亲、逼婚。她的这种做法让曾执没有感到任何压力，反倒加深了她们的母女关系，但今年曾执眼看就过30岁了，她开始担心起来了。

2.

曾执家是一个老小区，优点是交通方便，出门就是地铁站。

曾执草草吃过早饭，抓起包就往外走。平时她都是乘地铁，提前出门，比上课时间早十几分钟到学校。

一辆豪华轿车停在小区门口，曾执从它身边匆匆路过，突然一个人喊住了她。曾执回头，原来是张博。

上次张博送花，曾执心里除了感动，还对张博有了几分恼怒。凭什么他要再次出现，打扰自己早已平静的生活？曾执冷冷地问："你来干什么？"

"我也不知道你搬没搬家，就想过来看看，原来你还住在这里啊。"张博故作镇静，曾执的冷漠好像并没有对他起作用。

"对，还住这里。"曾执没有停下脚步，想继续前行，却被张博拦住。

"你让开！"曾执恼怒地拨开张博。

"你去哪儿，我送你去吧。"

"你是谁啊？你送我？"

"曾执，你别生气。我今天，我也不知道怎么了，完全控制不住自己的双脚，一踩油门就开到你家来了。"

"张博，我和你早已经没有关系了，请你搞清楚这一点。你送的点心，我拿给你老婆了，我告诉她，你去看她的时候她和孩子睡着了，所以我代为转交了。你送的花，我已经扔了。我再说一遍，请你记住，我，曾执，和你张博早已经没有任何关系了，在我心里，你早已经死了，你听明白了吗？"曾执口气坚决地说道。

"曾执，我知道你恨我，我也恨我自己，恨我当初为什么不勇敢一点，是我对不起你，如果骂我能让你好受一些，那你骂吧。"

曾执冷笑："我没兴趣骂你，请你让开！"

"以前是我不对，千错万错都是我的错，可是谁让老天又让我们再次遇到了呢？你一定要给我一个赎罪的机会，就算我们不能在一起，我想我们还起码可以做朋友，我不希望你不理我，不希望你把我当成仇人。"

"你想怎么样啊，张博？你有老婆、有孩子，他们都在月子会所等着你呢！你想把我当什么？当情人？当小三？"

曾执连珠炮似的发问让张博一时语塞："不是，我不是……"

"那请自重，也请你尊重我！"曾执说完头也不回地离去，张博站在原地呆呆地看着她的背影消失在地铁站的入口。

3.

殷悦自从昨天离家，就一直没有回来。当天晚上张建平与她赌气，没和她联系，后来就不知不觉睡着了。可是第二天早上醒来，他习惯性地伸手向旁边摸去，发现床上是空的，才意识到殷悦一夜未归。

张建平有些慌了，他最怕殷悦离家出走了，这已经是第二次。上一次吵架动手的起因就是她夜不归宿，他查看她手机，结果闹到现在他也不知道那天殷悦到底住在哪里。现在好了，人又一次没了。

张建平越想越害怕，殷悦能去哪呢，回娘家了？如果岳父岳母知道自己打了殷悦，又让她流产，那还不得剥了自己的皮？岳父还是自己一个系统的领导，他摇摇头，不敢往下想。如果不是回娘家，这接二连三的出走，那一定是外面有人了吧，否则她住哪呀！

张建平一骨碌爬起来，想出去问他妈妈，张母正在客厅拖地。

"妈，昨天殷悦走的时候说去哪儿了吗？"

"没说呀，你走了没多久，她就走了。"

"你怎么不问问她呀？"

"谁知道她要出门啊，我听见动静的时候她都出门口了。我还以为她肯定是在家憋不住，又出去逛街去了。哦，对了，她走的时候还拖了个箱子，当时我生气也没在意，刚想起来的。"

张建平埋怨地对妈妈说："真是的，您怎么不早说呀！"

"我，这不你一问，我才想起来嘛，她会不会是回娘家去住几天呀？要不你去她爸妈家看看？认个错？把人领回来。"

"妈，你说得容易，我怎么去啊，她爸妈还不吃了我！"

"殷悦也是，这两口子过日子哪有不吵架的？动不动就往娘家跑！"张母不满。

当婆婆的总能找到儿媳妇的不是，要不怎么说婆媳是天敌呢。

张建平一时没了头绪，沮丧地进了卫生间开始洗漱。张母跟了过来："建平，你丈母娘老丈人他们，白天是不是都得去上班不在家啊？"

张建平思忖了一下："嗯，他们都很忙，应该都去上班的。"

"那你就去找殷悦啊，怕什么？反正她爸妈都不在家。殷悦在坐小月子，你丈母娘肯定不让她到处乱跑，八成她白天都一个人在家里待着呢。"

张建平一听妈妈这么说，觉得很有道理，家里应该只有毫无杀伤力的爷爷在，他完全可以去看看殷悦在不在娘家。想到这儿，张建平好像觉得今天有了奔头，洗漱的动作也加快了。

张建平硬着头皮来到岳父母家门口，忐忑不安地按了几下门铃。他等了许久，防盗门的小窗子才打开了一条缝，是慈眉善目的殷悦爷爷。这位老人家，无论什么时候，都是笑眯眯的一脸慈祥。

"你找谁呀？"

"爷爷，是我，我是建平。"

"哦，建平啊，快进来。"

殷悦爷爷颤巍巍地打开门，热情招呼张建平进屋。张建平进来之后，一边换着鞋，一边立刻满屋子扫视了一圈。岳父家仍然像往常一样，满屋中式家具沉静安稳，家中一尘不染，爷爷正在听的京戏锵锵锵锵渐进高潮。

"嘿！打起来了，打起来了！"

"啊？"张建平屁股刚跟沙发挨边，听了爷爷的话惊得又站了起来，难道爷爷都知道了？

爷爷却笑眯眯地说："你坐你坐，一看你就没听过《三岔口》！哈哈！"

"噢！"张建平一颗悬着的心放下了，他悄悄打量殷悦家，他确定岳父母不在家，但他无法判断，殷悦是不是在家，因为殷悦的那间小屋关着门。

殷悦爷爷突然直起腰板，嗓音也洪亮起来，用讲评书的语气说着："宋朝年间，焦赞杀死谢金吾，被发配到沙门岛，夜宿刘利华店中。任堂惠奉命暗中保护焦赞，也住进此店。夜里，任堂惠和刘利华发生误会，黑暗中，你来我往一场恶战。打斗间，任堂惠被焦赞认出，任堂惠说明身份，二人消除误会。哈哈，这就是《三岔口》。"

爷爷讲完，还来了一个武生的亮相。因为不知道爷爷葫芦里卖的什么药，张建平刚松弛下的神经立刻又紧绷了。他紧张地又站了起来："爷爷，您当心点！爸妈都去上班了？您一个人在家？"

爷爷好像根本没听见张建平的话，仍然笑眯眯地把他按在了沙发上："你坐好了，我去给你泡茶。"

"爷爷，我自己来吧。"

爷爷摆手示意他坐下。

张建平到底是心虚，难道殷悦全家人都知道了？爷爷会把自己怎么样？他只好又坐下，额头上豆大的汗珠渗了出来。

厨房里，殷悦爷爷挺直了腰背，打开冰箱，晃了几个铁盒子找茶叶，终于找到了，回到客厅，给张建平沏茶。张建平欠了欠身，想说自己来，终究不敢起身。

殷悦爷爷"咣"的一声把茶杯放在茶几上，然后坐到了张建平对面的藤编摇椅上。京戏仍在唱，殷悦爷爷闭眼似在听。阳光从大落地窗照射进来，洒在爷爷身上。张建平坐也不是，走也不是。

坐了大约几分钟，张建平再也坐不住了，他欠了欠身问道："爷爷，悦悦回来过吗？"

没有回声。此时，张建平看到刚才那杯茶，茶杯盖缓缓地鼓了起来。他掀开茶杯盖，拿起一小片，发现这是一杯小木耳，开水泡发后的木耳涨大了，把茶杯盖顶了起来。他哭笑不得："爷爷，您给我泡的这是木耳啊！"

仍然没有回声。此时，张建平听见殷悦爷爷发出轻微的鼾声，他喊了几声爷爷、爷爷，发现老爷子在阳光的照耀下舒服地睡着了。于是他跑进各个房间迅速地查看了一遍，确定殷悦根本没有回过娘家。张建平轻轻地关上房门，离开了岳父家。

那么，殷悦去哪儿了呢？难道是住宾馆了？

张建平回到车里，立刻给母亲打电话，告诉她殷悦没有回娘家，如果殷悦回来了，要立刻通知他。

"噢，噢，我还想去菜市场买菜呢！"

"买什么菜啊，别去买菜了，你在家等着，一定别出门啊！"张建平嘱咐着母亲。

4.

今天的月子会所像过节一样热闹、喜庆，门口又站了很多迎接的护理人员。来自美国的洋产妇丽萨今天就要入院了，瑶瑶已经在接产妇从医院来月子会所的路上了。

"徐蔓姐，不怕你笑话，我长这么大还从来没近距离接触过外国人呢，还是个美国产妇，一会儿，我一定要好好看看他们的混血小孩儿长什么样，是不是像网上图片中那种粉嫩粉嫩的洋娃娃啊。"护士肖芸憧憬地说。

"我也很想见识见识啊！我好奇的是外国人都不坐月子，你说她一美国洋姐，来中国学什么不好，非要学我们中国人坐月子呀，真新鲜！"徐蔓接茬道。

"是呀，你说她这得是多爱中国传统文化呀！不，我猜呀，她这肯定是猎奇心理！等熟悉了，哪天我问问她，要不要再试试缠个小脚呀，咱们这还真有裹脚布呢！"梁护士长指了指晒台上晾着的产妇们收腹用的绑腹带，也跟着起哄，大家哈哈大笑。

"先别逗了，车来了。"徐蔓从窗外看到。

月子会所专门接产妇的奔驰商务车缓缓驶入地下车库，护理人员已经做好了迎接准备。

309房间，曾执敲门，推开房门，带进来一缕阳光："公主，昨晚睡得好吗？"

"不好，一宿都没怎么睡，烦死了。"殷悦正坐在床上发呆。

"怎么了，谁又烦着你了？"这时，隔壁房间又传来了微弱的婴儿的啼哭声。

"你听，听见隔壁孩子哭了吗？"

"有吗？这墙是做过隔音处理的呀！哟，仔细听是能听见，你是被宝宝的哭声吵到了吧？"

"是啊，晚上孩子哭起来声音更大。唉，其他房间呢都有孩子，家家孩子都在哭，所以别人也不觉得怎么样。人家都是一家三口住这儿，来月子会所住是因为添了一口人，而我住月子会所，是因为减了一口人。"殷悦自己绕着自己。

"说你数学不好，还真是不好，你是加了又减了，等于没加也没减。"曾执一边说着，一边例行公事地给殷悦量体温、测血压。

"亲爱的，一会儿我还要去别的房间，这一天都闲不着，不能在这儿陪你了。不过呢，今晚我值班，晚上来看你，乖乖等我哈！"曾执悄悄地说。

殷悦装作楚楚可怜的样子："臣妾已经苦等你一夜了，还让人家再苦等一天吗？皇上，你的心好狠哪，你简直就是铁石心肠！"

曾执配合着："没错，朕的心就是钢板做的！"两人笑作一团。

曾执突然想起什么，对殷悦说："哎，待会儿你可以出去看看，我们月子会所每天都有各种各样的活动，有歌唱比赛、厨艺大比拼、话题分享，还有我们林院长的心理课。娱乐休闲区有图书室，还有电影，那边每天都有好多已经恢复不错的产妇和家属。再休息几天啊，你就可以去瑜伽教室做做瑜伽啦、塑身操啦，肯定比你在家好玩，保准你不无聊。"

"你放心忙你的去吧，一会儿我自己出去转转。"曾执给了殷悦一个加油的手势，轻轻带上309房门。

曾执路过电梯间，看见门打开了，一个人高马大、金发碧眼的外国人走了出来，后面跟着瑶瑶和一个中国男人。中国男人手里拎着一个装婴儿的提篮，随后跟着一个面目慈善的中国老太太。

这是个什么组合？嫁给中国丈夫的洋媳妇吗？曾执心想自己这才倒了一天休，这月子会所的连续剧就断片了，看来要看整部剧，是一天都不能休呀！擦身而过的时候，瑶瑶向曾执使了个眼色："看见西洋景了吧？她叫丽萨，美国人，来咱们这儿坐月子。"

曾执小声惊呼："美国人？坐月子？"

瑶瑶学着外国人的样子，耸了耸肩："嗯哼。那个是她中国丈夫，还有中国婆婆。"曾执被瑶瑶的样子逗乐了，觉得她不去当演员，屈尊在这月子会所真是委屈她了。

丽萨对路过遇见的每个人都点头微笑，热情地打着招呼。她操着不太标准的普通话说着："你们好，大家辛苦了！"

曾执看见月子会所的工作人员一个个都憋着笑，就连一向严肃的杜老师也在捂着嘴偷偷乐。

曾执看见肖芸推着空的轮椅，跟在队伍后面，一边走一边向大家解释："她不肯坐！"

别的产妇来月子会所，不是坐着轮椅被推进来的，就是捂着肚子被搀进来的，这位倒好，大摇大摆的自己一路走进来。

丽萨一边和大家打着招呼，还一边双手抱拳，给大家一一作揖，那场面，真是要多滑稽有多滑稽。

"这哪像是来月子会所坐月子呀，刚才说话的口气像个高级干部，现在这架势又像个江湖老大！"徐蔓笑着说。

丽萨进了房间，没有马上上床，她东摸摸，西瞧瞧，对这里的一切充满了好奇，并时不时地发出一阵阵感叹："太豪华了，在美国根本没有这样的地方。"

瑶瑶小声嘀咕："你们美国人又不坐月子。"

林珊说："美国洛杉矶华人聚居区也有月子中心，不过那里的定位和服务与中国国内的月子会所是不一样的。"

"我知道，那里全是去美国生宝宝的中国妈妈。院长，我要在这里住多久？"丽萨问。

"一个月，也就是28天。"

"那就是说，我一个月都要住在这里，不能出去是吗？"

"原则上是这样，大部分在我们这里坐月子的中国产妇是这样的，不过你嘛，我们也会尊重你的生活习惯。"

丽萨急忙声明："不用，不用，我要和中国女人一样，不出门。她们吃什么，我就吃什么，她们做什么，我就做什么。我要和别人一模一样，可以吗，院长？"

林珊笑笑："当然可以啦，既然你要一模一样，那你现在就要听我的命令，脱鞋上床，我们要给你做个全面的检查。"

丽萨打了个立正，向院长敬了个礼："Yes, sir."然后乖乖地脱鞋上床，任凭大家伺候。

一通忙乎后，护士月嫂也都各就各位，林珊向丽萨婆婆说可以先回家休息，让丽萨好好睡一觉。晚上只能有一个家属留宿，月子会所更希望丈夫留下，因为月子里产妇的情绪容易波动，丈夫的陪伴可以更好地满足产妇的心理需求。

"你们真的非常人性化，谢谢你，林院长！"丽萨的婆婆握着林珊的手感谢着，然后扭头对丽萨说："丽萨，你好好休息，有什么不习惯的，就给我打电话，好吗？"

丽萨爽快地回答："妈妈请放心，我是顺产，产前我又经常运动，所以我感觉这几天身体真的恢复得很好。"婆婆放心地走了。

这时林珊的电话响了，是王越彬打来的："Robin，请稍等，两分钟后我回复你好吗？"林珊挂掉电话，向丽萨说了再见，丽萨热情地拥抱了林珊。

林珊从丽萨的房间出来在走廊里给王越彬拨回了电话："Robin，不好意思，刚才我在产妇房间。"

"啊，没关系，师姐，你中午在月子会所吗？昨天说的上海母婴产业创新高峰论坛的资料我给你准备了一份，如果中午方便，我给你送过去，你先了解一下。"

"哇，谢谢，谢谢，你效率真高！中午可以的，你来找我吧，我请客，你想吃什么，可以推荐给我？"林珊兴奋地说。

"不用了，前几天你刚请我吃过饭，我怎么好意思老让你请客呢？今天中午我们就不吃饭了，我要去机场接我们医院美国来的客人，从你们月子会所那里经过，刚好顺路，我把材料给你送过去。"

"那也好，你几点到？"

"中午十二点一刻，我在你们月子会所后门那个美乐蒂咖啡馆等你。"

"好，那到时候见。"林珊挂断电话，回到了办公室。

丽萨醒来，已经是下午3点，月嫂王姐对丽萨说要抱宝宝去婴儿房洗澡。看到有人要抱走孩子，丽萨对照着月子会所给她的每日护理流程单看了一下，确认有这一项，就放心地让月嫂把宝宝抱走了。月嫂对着电视摁了一下遥控器，屏幕上出现了别的月嫂在给宝宝洗澡的镜头。

"丽萨，一会儿我会带着宝宝出现在这里，宝宝会很舒服的，你可以像看电视一样看到他洗澡、抚触的全过程。"月嫂王姐说。

"哦，好神奇，太有意思了。"丽萨惊叹道。

月嫂王姐抱着宝宝刚走，餐饮部的加餐就送到了。今天是银耳红枣羹外加猕猴桃。丽萨正像她自己希望的那样，像个中国产妇一样躺在床上。她对送餐的阿姨道谢。

丽萨一边吃一边专注地看着电视屏幕，只见月嫂王姐右手托着宝宝的脖颈，左手把池子里的水一点点地撩到宝宝身上，宝宝眨着蓝色的大眼睛一副很享受的样子。

洗完澡，王姐把宝宝放到抚触床上，开始给宝宝做抚触，一边做，王姐一边口中还念念有词地哼着抚触儿歌："摸摸头，不生病，摸摸脑门，变聪明——"。

丽萨像看西洋景一样正看得入神，"叮咚"，门铃响了，曾执来查房了。丽萨一把抓住正要给她量血压的曾执的手："你们月子会所可真有意思，小孩子洗澡还这么复杂，哦，不，是这么专业，在美国我们都是自己给小孩子洗。你看，我现在就像个女王一样，什么都不用做，只要像这样躺着就行，都是你们在服务我。"

"是呀，你们花了这么多钱到月子会所来坐月子，我们当然要精心照顾，得让你们觉得物有所值呀！"曾执答道。

丽萨听到最后的时候微微地皱了一下眉，应该是没听懂物有所值这个词。不过她很快就忘了，因为中文太难学，她都学了三年了，听不懂的地方还是很多，过了就过了，她从不纠结。她转过头来问曾执："你叫什么名字？"

"我叫曾执。"

"曾滋？争执？"丽萨学了好几遍，也学不对，舌头怎么都捋不顺，最后只好放弃。这次丽萨有点纠结，因为对于一个美国人来说，记住别人的名字是最基本的礼貌。

丽萨不好意思地说："对不起，在美国，记住别人名字是基本的礼貌，但我实在说不出来，我就叫你曾护士可以吗？"曾执笑笑点了点头。

丽萨接着说："其实我们美国人不太习惯用职务、官衔来称呼别人。但我知道称呼林珊叫院长，这是我婆婆来之前教我的，她说这样符合中国的礼貌，是吧？来中国这地盘上混，就得懂中国的规矩，我可是个听话又好学的好孩子。"丽萨把曾执逗笑了。

"你的中国话说得真好！"曾执不禁夸起了丽萨。

"真的吗？谢谢你。"丽萨很开心。曾执用额温枪在丽萨头上测了一下体温：36.8℃，很好。然后问丽萨："丽萨，我听说你们美国人不坐月子的，你为什么要坐月子，还要来我们月子会所坐月子？"

"这个问题呀，我很愿意来告诉你。我丈夫是中国人，我在中国的大学学习中文，他是我的老师，后来我们就相爱了，我就嫁给他了。我很爱我的丈夫，还有他的妈妈，就是我的婆婆。我想我成为他的老婆，就要了解中国的文化，生活习俗，还有礼仪礼节，有一个词怎么说来着？对！入乡随俗，这样我们才能和睦相处。"

"入乡随俗，这个词用得好！你连成语都会说，真了不起！"

"哪里，哪里，您过奖了！"丽萨笑着喝了口银耳红枣羹："哇！真好喝啊！我们美国女人生孩子是不坐月子的，我婆婆告诉我中国女人生孩子都会坐月子，我要做中国女人，我就来坐月子啦！不过，我觉得这真的是太享福了。"

"那你可以在家里坐月子呀，干吗要花这么多钱来我们月子会所？你们西方人是喝牛奶吃牛排长大的，不像我们东方人是吃五谷杂粮长大的，你们的体质，可能不需要坐月子就能恢复得很好了。"

在曾执看来，丽萨根本不是来坐月子的，因为她觉得老外身体一点也不虚，根本不需要休息这么长时间，她就是来过家家，找感觉玩的。这还真让曾执猜中了。

"我是来体验生活的，我研究东方文化，我在写一篇关于中国都市年轻女性婚育方面的论文。正好我自己怀孕生孩子了，我婆婆告诉我说，中国女人生孩子都要坐月子，我觉得这个题材很好，西方没有，是中国独有的特色。后来又听说现在有月子会所，很多妈妈生完孩子一起坐月子，听着好有趣呀，太有意思了，于是我就来了。"丽萨解释着。

"你来凑的这个热闹可不便宜呀，一般来住月子会所的产妇家里经济条件都不错，你来月子会所也是你婆婆出的钱吗？"话一出口，曾执就吐了一下舌头，她想起好像外国人是不能问年龄和钱的，那是隐私。

丽萨好像并没在意直接回答说："当然不是啊，是我自己出的，因为这是我自己的要求，当然该我自己出钱呀。不过我的婆婆非要给我3万块，她说这叫赞助，在中国，儿媳妇生孩子，婆婆都是要给钱的。我也只好收下了，不好让她没有面子。"

"你婆婆对你真好，要是中国的婆媳都像你们这样，哪里还有什么婆媳大战呀？"

"婆媳大战？你是说婆婆和媳妇打架吗？"

"是啊，你不是研究中国文化吗，在月子会所呀，你可以见到很多的婆婆和儿媳妇，你可以观察一下她们的关系，是不是友好和睦，是不是都像你跟你婆婆这样。"

"嗯，我会用心观察，好好学习，谢谢你曾护士。"曾执不敢耽搁太久，就和丽萨告别离开了 312 房间。

第十二章　曾执相亲

1.

陈潇躺在床上，杜老师把她眼睛上的热敷毛巾取了下来，然后滴了几滴精油在手心，双手搓热后敷在她的眼睛上心疼地说："你呀，长了这么一双漂亮的大眼睛，眼睫毛也长得这么长，以后啊，可不要再哭了。女人产后本来气血就虚，各器官能分配到的血液比平时都要少，如果你还让眼睛经常流泪，那眼睛就会更加疲劳，以后看东西都会不清楚的。"

杜老师一边用她带着台湾腔的普通话温柔地开导着陈潇，一边用双手的指腹轻轻按摩她眼部的穴位。

"杜老师，出了月子以后，我可以聘您当我的私人护理吗？"

"潇潇呀，谢谢你的信任，我呀，就喜欢在月子会所工作，在台湾我已经在月子会所工作快20年了。"

"那您为什么来北京呢？"

"是林院长请我过来的。当时林院长去我们那里考察，一见面我就知道她不是一个生意人，她是真心想做好大陆的月子会所，也很诚恳地邀请我来帮忙。于是我就跟林院长来北京了，认真做事的人比较容易打动我。"

"您来了也一年多了吧，还适应吗？"

"我在月子会所工作这么久了，什么人都遇到过，我当然适应。不过呢，我这个人性格不会绕弯子，比较简单，我对自己的要求就是照顾好每个产妇。女人生孩子都不容易，我希望她们都好好的，出了月子之后都变成特别有力量的妈妈。所以我呀，没有多余的心思放在人际关系上，有时也会发生一些小冲突，可能是我自己性格上的问题吧。不过这么大年纪，脾气秉性一时半会儿也改不了。"

杜老师对自己短板非常清楚。

"是啊，像您这样不算计别人，就容易被别人算计。杜老师，我特别理解您，这方面我和您很像，太认真。那句话怎么说的来着，认真你就输了，所以我就输得很惨，一败涂地！"说着陈潇的眼泪又出来了。

杜老师一下傻了，不是好好地说我适应不适应的问题，怎么一下又转回到她自己那点伤心事上去了？她真懊恼自己不会说话，不会开导人，这一哭，刚才的按摩全白费了。

她赶紧搜肠刮肚，突然记起院长说过的一句话，就对陈潇说："潇潇呀，我记得院长和我说过一句话，今天的问题不一定是明天的问题，不要让今天的坏情绪影响到明天的好事情，有些你一时解决不了的事情时间会给出答案，你要做的就是耐心等待。"

陈潇依恋地望着杜老师，问她明天还能不能过来陪她？杜老师爽快地答应了，对于身处异乡的杜老师来说，产妇对她的依恋便是她待下去的全部动力。

也许杜老师不紧不慢的话语有着神奇的疗愈的功效。陈潇已经有了些许的困意，她慢慢地闭上了眼睛。对于连续失眠几天的她来说，这样的时光太难得了。杜老师小心地收拾起精油和毛巾，轻轻走到卧室门口，关了灯，带上了门。

院长办公室。陈俊明敲了两下林珊办公室的门，没等林珊应声他就推门进去了。

"林珊，中午我有个饭局特别重要，我特意赶过来接你，你赶快跟我走。"陈俊明急匆匆地说。

"什么饭局啊就跟你走？你知道的，我这人最不爱应酬了，再说，我这儿还有客人呢。"

"我知道，如果能不叫你我就不叫你了，但是今天中午这个局，事关我们月子会所的未来，你作为未来月子会所的股东，你得去！"

陈俊明一股脑把来意说完，这才注意到林珊办公室桌对面正坐着一个穿着时髦的短发女士。

林珊忙向陈俊明介绍："这是我们护肤产品的供应商恩姆花园的创始人沈艺，沈总，这位是我们月子会所的老板陈俊明，陈总。"林珊介绍着。

"恩姆花园，沈总，有印象有印象，就是那个宝宝得了湿疹，求来了中药膏，结果涂了宝宝一脸尼尼黄的沈总。"

"哎，你怎么说话呢！"林珊连忙劝阻他。

"没事，没事，看来我的故事已经家喻户晓了。"

"就是因为不想让更多的宝宝得湿疹后再涂上尼尼黄的药膏，沈总才研发了这一系列的无色无味的婴儿祛湿疹膏，我们月子会所的产妇反映也特别好！"林珊连忙说。

"就是就是，我们月子会所在母婴护理方面口碑这么好，也有沈总您的一份功劳呀，是不是？我们林院长常说的一句话，怎么说来着——"

"幼吾幼以及人之幼！"

"对对对！"陈俊明应和着。

"过奖了，你们还有事，我就不多打扰了。"沈艺起身告辞。

送走沈艺，林珊问陈俊明自己什么时候成股东了。陈俊明忙解释说月子会所要开分院，有人想用物业入股，有人想投钱入股，林珊这边才是月子会所的核心，他会给她技术股，所以他要赶紧把林珊接去中午的饭局，一起探讨开分院的事情。

林珊被他说得一头雾水，本也对此事没有太大兴趣，就以要去取资料为由推脱着。

"什么资料啊？什么资料能比眼前要投资的事重要？快点走吧，我车停外面，都没熄火呢。"陈俊明一边说，一边往外拉着林珊。

"好好，我去，不过资料也很重要，是下个月在上海举办的母婴产业创新高峰论坛的资料。人家邀请我们月子会所参加，是帮你扩大影响力，我也去看看能不能有可以引进的人才。"林珊知道扭不过他，于是一边解释，一边赶快结束手头的工作。

"那你安排个人帮你取吧，来不及了。"陈俊明不由分说，拉起林珊就往门外走。

林珊甩开他的手，抓起包，一路小跑地走出办公室。

迎面正好走来曾执，林珊赶忙叫住她："曾执，你来得正好，这会儿我要外出，中午你帮我取个资料好吗？"

"没问题，院长！"曾执爽快地答应着。

"是这样，是我师弟，就是我上次跟你提过的那个海归博士 Robin，你还记得吧？我正想着什么时候约着让你们见个面呢，刚好一会儿他要来给我送一份很重要的材料，我跟他约了中午十二点一刻，在月子会所后门那个美乐蒂咖啡馆见面。你呢，帮我跑一趟把材料取回来，人呢你也顺便看一眼，成不成都没关系。"

"这，这不合适吧？要不……"曾执犹豫了。

"我没时间跟你多说了，陈俊明已经在车里等我了。一会儿路上我也会跟Robin解释的，就这么办吧，我先走了。"林珊挥挥手走了。

曾执自嘲地在心里嘀咕了一句：呵，我的终身大事，没有交给王大爷，也没交给李大妈，交给了林院长。

林珊坐在陈俊明的车里给王越彬打电话："Robin，抱歉，抱歉，中午我这边临时有个急事，我这会儿已经离开月子会所了，资料我委托我们月子会所一个护士帮我去取。"

"噢，好啊，没问题。我刚离开医院，十二点一刻我能到。"王越彬答。

"我跟你说，这个护士呀，就是那个，嗨，我不说了，你们自己看吧！"林珊把后面的夸曾执的话咽了回去，她自己也知道这种事情是讲缘分的，光热心肠是没用的。

"好的好的。"王越彬满口答应着。

2.

接到院长的任务，曾执来到更衣室脱下护士服，换上自己早晨上班穿的裙子。她照了照镜子，抿了抿嘴唇，发现脸色不是很好。到底是要去见一个相亲对象，还是林院长介绍的，不能太随便了。

曾执平时总是素颜，护士上班是不可以化妆的，养成习惯后，下班她也很少化妆，这会儿想找个口红都一时找不到，她只好向瑶瑶借用一下。

瑶瑶翻出来，递给她："给！你这是，要外出吗？换了衣服，还要擦口红，不会是去相亲吧？"

"相什么亲，一会儿我去给林院长取东西，化个淡妆也算是对别人的尊重。"

"呵呵，那你平时对我怎么这么不尊重啊！每天上下班，从不化妆。"瑶瑶不依不饶。

"你不知道我们护士上班不能化妆呀，哪像你呀，我们月子会所的门面，每天涂脂抹粉，花枝招展地坐在这儿。"

"哎，曾执，你说的那个'别人'长得帅不帅呀？有没有照片啊？"

"真服了你了，人呢，我也没见过，是林院长的朋友，你可别乱开玩笑。我是替院长取东西，公干。"

"哦哦，公干，公干！那，化妆包给你，你快去吧。"瑶瑶说着，一边接起前台电话。

曾执回到更衣室化妆，重新整了整衣装，发现镜子里的自己还是蛮好看的。

她看了看时间，刚刚 12 点，从月子会所后门出去，到美乐蒂咖啡馆最多 5 分钟就到了，不过她还是决定提前几分钟到。

她刚要走，只见瑶瑶怒气冲冲地挂掉电话。

"怎么了瑶瑶，谁惹得你摔电话？"

"哼，气死我了，刚才来订月子会所的一家，那个丈夫前脚刚下的订单，这才离开也就一个小时吧，就打来电话说要退单。我问为什么呀，说丈母娘给订别家了。"

"那为什么退我们？让丈母娘找的那家退了不行吗？"

"是啊，我也这么说的。那丈夫倒也实诚，说那家是丈母娘喜欢，所以丈母娘给买单了，这家是他买单。退了我们这边的，他最多损失点手续费，但能捞回好几万块钱呢！你说这人鸡贼不鸡贼，丁丁这一上午的口舌都白费了。"

两人正说着话，殷悦走过来了，她一边走一边看着走廊里挂的照片墙。眼观六路的瑶瑶连忙招手招呼她。

"你们都在这儿呢，哎，我刚才看照片墙，墙上贴的都是林院长与社会各界名人的合影，你们林院长好牛啊！"殷悦赞叹道。

曾执看了看表："我来不及了，我要出去一下，瑶瑶，你陪我同学参观一下咱们月子会所行吗？以后她怀孕生孩了，肯定还是住我们这里。"

"你要去哪儿？咦，你还化妆了？"殷悦惊讶地问。

"我的口红，怎么样，颜色漂亮吧？"瑶瑶插话。

曾执一下有些尴尬，忙低头说："哦，林院长的朋友一会儿给她送一些资料，我去帮她取一下。"曾执下意识地抿了一下嘴唇，拉过殷悦走到门口，悄悄附在她的耳边说，"就是我上次跟你提过的，她要给我介绍的那个海归博士，你还记得吧？林院长不在，让我帮她跑一趟把材料取回来，我刚好也顺便看一眼他到底是何方神圣。"

殷悦情不自禁地"哇"了一声，曾执连忙捂住她的嘴，比了一个嘘的手势："谁都别说，尤其别和瑶瑶说，她要是知道了，等于全月子会所都知道了。"

殷悦双眼放光，压低声音说："明白！好想跟你去啊，回来必须如实汇报！"

曾执没说话，眨了眨眼睛离开了。

"说什么，这么神秘？"瑶瑶不甘心地问。

"没事，她让我跟你们月子会所的人都客气着点，不要给你们添麻烦。"殷悦说。

"是吗，我怎么听见你说，什么回来如实汇报？"

"是啊，我说让她放心，保准不给她丢脸，等她回来把参观心得向她汇报。"

"哦，哦，这样啊，那我带你参观。"瑶瑶挽着殷悦的胳膊走了。

曾执推开美乐蒂咖啡馆的门，挑了角落里一个靠窗的位置坐下。服务生问她需要点什么，曾执点了一杯店里自制的招牌咖啡。

3.

这是一家位置稍偏、从外面看很不起眼的咖啡馆，与月子会所一样，属于闹中取静。咖啡馆是雪洞一般的北欧风，一眼望过去到处都是白色，白色的墙壁，白色的桌子椅子，简洁明朗，绿色的软装饰点缀其中，楼梯旁边绿植茂盛。

曾执扭头看向窗外，正好看见一辆越野车干净利落地停在窗外的车位上，一位体格健硕的男士从车上下来。他戴着墨镜，身上鲜艳又张扬的几何图案非常醒目，他连下车的样子都很潇洒，举手投足简直就像是大明星。

曾执摇摇头："喊，浮夸！"一向脚踏实地的她对张扬有着本能的抵触。那男士进了咖啡馆，摘下墨镜，四处寻找着。

曾执和王越彬几乎是同时发现了对方，也瞬间就明白了，对方就是自己今天要见的那个人。

曾执用手掌挡了一下眼睛，假装没看见他。她觉得太尴尬了，怎么会是他？但已经来不及了，王越彬一手拿着公文包，一手晃着墨镜，已经向她走来了。

王越彬戏谑地笑笑："怎么是你啊，这世界真是小，我们又见面了！"

曾执有些不知所措："是呀，我也没想到，你请坐吧！"

服务员过来，王越彬点了一杯咖啡。

为了掩饰尴尬，曾执直奔主题："院长让我来取资料。"

"哦，对，资料，资料！"王越彬说着翻起了公文包，从公文包里找出了一个文件夹，"给，这是给林院长的。"

曾执微微欠起身，正要接过文件时，胳膊正好碰到服务员送过来的咖啡。咖啡滚烫，曾执大叫一声："啊！"

王越彬一把抓住了曾执的手："没事吧？烫着没？"

曾执本能地抽回了自己的手，她对异性的肌肤触碰有条件反射般的警觉，只好故作镇静地说："没事，没事。"

自从王越彬进门，曾执就心脏狂跳，现在更是感到坐也不是站也不是。

王越彬也有些尴尬，看起来曾执把他的好心当成了冒犯，这让他有些恼火。

曾执万没想到，林院长安排相亲的人竟然是被自己损过又求过的王医生，刚才又那么不小心地把人家的咖啡撞翻了，此刻她真想瞬间隐形假装没在现场。

曾执有时很讨厌自己的性格。如果现在坐在这里的是蔡美伊，场面绝对不一样，即便遇上尴尬的情况她也能轻松化解；哪怕殷悦，也肯定不会像自己这样手足无措。可眼下，自己却不知该说什么，她越想越生自己的气。

王越彬猜不透曾执在想什么，但从面部表情上看，她应该是在生气。生谁的气？总不会是在生她自己的气吧，那就应该是生他的气了？他再想想自己也没做错什么呀，大概她就是这么一个矜持保守的人？太古板了，像中世纪的修女。想到这，王越彬突然扑哧一声笑出了声，现在这样的姑娘还真不多了呢！

"你笑什么？我很好笑吗？"

"没有，没有，我在想，Grace说的那个姑娘，说她和我一样固执，是一个要找'soulmate'的姑娘……"王越彬仍在笑，他的笑让曾执心里没底。

"对不起，我也觉得很尴尬。今天，林院长只跟我说对方叫Robin，我并不知道Robin就是你。"曾执无法再端着了，更无法再装好脾气，索性摊牌。

"Robin，一听就是越彬啊！说实话，我以为是什么样的清秀佳人呢，没想到就是那个特长翻白眼的护士，白护士，咱们是见过的呀！"

"你用不着讽刺我，我不姓白，请你不要随便给别人起外号。你是林院长的师弟，我对林院长很尊敬，所以……"

"哦！对了，上次我帮你的姐们儿订上MM医院，你还没谢我呢！"王越彬打断曾执的话。

"哦，对，是，我应该谢谢你的，嗯，谢谢你帮忙！"曾执说着，居然站起身给王越彬鞠了一躬。

这下王越彬实在忍不住了，他趴在桌上哈哈大笑起来。他在MM医院也算是阅人无数，就从来没见过这么拘谨、不会说话的女孩。他周围无论是年轻的小姑娘还是产妇少奶奶们，一个个讲话不是嘴上跟抹了蜜似的，就是嗒嗒嗒跟机关枪似的，个个伶牙俐齿，像曾执这么笨嘴拙舌的还真少见，这反而激起了他的好奇心。既然师姐把这么个笨丫头介绍给自己，那么除了长相不错外，一定有她特别的地方，王越彬突然来了兴致。

这会儿曾执是被王越彬彻底笑毛了，自己越慌乱越语无伦次。她一分钟也不想再待下去了。她拿起桌上的文件袋，对王越彬说："不好意思，我要回去了，月子会所还有事呢！"

"好吧，我也该走了，那咱们一起走吧？"王越彬也起身。

"不，你别跟我一起走，你这么花里胡哨的，我不想跟你一起走，不想让别人误会你是我朋友。"曾执认真地说。

"哇，有没有搞错，你还嫌弃我？"王越彬拍了一下自己的衣服前襟，又惊讶又生气，"喂，这是纪梵希，很时髦的好吗？你懂不懂！"

竟然有女孩会觉得和他走在一起，丢人?!

曾执没接茬，头也没回，逃也似的走了。

4.

客厅里电话在响，厨房里正在忙碌的张建平妈妈听到铃声，急忙跑出来接听，情急之下，一不小心腰撞到了餐桌的角上。她捂着腰一步步蹭过去拿起了话筒，她以为是殷悦打回家的，所以一刻也不敢怠慢，唯恐错过被儿子指责，结果却是自己的小儿媳打来的。

"喂，悦悦吗？噢，桐桐妈呀，啥事？你嫂子呀，咳，别提了，说是让我来伺候小月子，可人家是城里的娇小姐，吃不惯我这农村老太太做的饭，这两天呀，人都不知道跑哪儿去了，晚上都没回来。"

婆媳俩闲扯了几句，二儿媳还是忍不住问了正题："妈，那事，你是不是还没跟我哥说呀？你看建文他也不好意思问，我说我来跟妈说吧。这不，桐桐想去的县城那个小学，昨天人家给明确回复了，要想上那个学校，必须得在人家学区有房。这次我是打听准了，好不容易托人问的校长，校长亲自回复的。我托的人还说，买房子办手续很麻烦，要想办，就得抓紧时间，不然今年桐桐肯定去不了县城上学。"

"噢，校长回话了？我还没跟你哥说呢。你是不知道，你哥呀，顶着名儿在北京大银行上班，工作好，媳妇好，老丈人好，其实，唉，他不当家啊，这些年赚的钱全让媳妇造光了，俩人天天为钱吵架。你看，我刚来两天，一会儿这两口子怄气，一会儿他媳妇又离家出走，你哥还要忙单位上的事。这不，我还没好意思开口呢。"

"妈，你看建文吧，脑子不比我哥笨，你们家要不是供不起两个大学生，那建文也不能老早就不上学了，对不？他指定也能考上大学，他也不用现在指望着他哥！当初建文耽误了，建文的儿子可是您大孙子，可不能再耽误了！现在十里八乡但凡有点门路的，都把孩子送县城上学了，咱桐桐比谁差啊？再穷咱也不能穷孩子，对不？他爸就命苦，咱桐桐可不能跟他爸似的瞎了命！"

"唉，我知道，我知道，咱桐桐可是个好孩子，不能耽误。"当奶奶的叹口气。

"房子我和建文又去看了，还是你在家时跟你说过的那个小区，离学校不远。有俩卧室，桐桐一上学就长大了，得自己一个屋了；还有个小书房，以后啊，我们给你养老，小书房就装修成你的房间，你也在城里住，咱们也就是城里人了！这房钱大概得 45 万，你跟我哥说，让他想想办法给凑凑。也不用全指着他出，我和建文这几年也攒下一些钱，加上你答应给我们的，咱能凑 15 万，让我哥给出30 万就行，我们有了钱再还他。"

"唉，得亏这些年建平月月给我汇钱，我都没舍得花，攒下这点棺材本，要不还不都得让他媳妇造光了！行，等你哥回来，我就跟他说。"

"妈，这一家人啊，就得互帮互助！你看我爸走得早，平时我哥也不回老家，等你老了、上了岁数不能动了，你还能指望他？咱现实地说，到时候肯定得是建文和我受累。我和建文也不是好吃懒做的人，我俩都打工，30 万是借我哥的，等攒够了钱我们肯定还他。现在呢，等于就是我哥搭把手，帮我们创造条件培养桐桐，等将来桐桐长大了，自己有本事了，也能帮他大伯不是吗？"

"桐桐妈，要说通情达理啊，还得数你！你放心啊，我一定帮你好好说，让他想办法。建文有福气，娶了个好媳妇！"张母满口答应一定给办，挂了电话，她坐在那里久久没动。

虽说手心手背都是肉，老大是出息，那是他们全家的骄傲，可是就眼前这大儿媳，她老了能指望得上吗？建平虽然眼里还有她这个妈，可是一看就知道怕老婆怕得要命。她觉得，桐桐妈说得在理，以后她老了还是得靠二儿子和二儿媳。说什么也得帮他们借来这 30 万！再说了，这钱不花家里，不花在大孙子桐桐身上，也得给建平那个败家的媳妇造光，到最后还指不定能不能给老张家生出个一儿半女呢！

想到这儿，张母握了一下拳头，坚定了要为小儿子出力的决心。

月子会所有个 30 平方米左右的瑜伽教室，虽然面积不大，但采光极好，整面墙的落地窗，外面的阳光一点不剩地全部照射进来。教室里播放着柔和空灵的瑜伽音乐，让人整个身心都放松下来。

殷悦悄悄走进教室，站在后排，在瑜伽老师的带领下，慢慢地也动作起来，舒展着自己的身体。不一会儿，她发现做操的产妇中居然有个外国人，好生奇怪。

中间休息的时候，好奇心促使殷悦主动上前找那个黄头发的姑娘搭讪起来："Hi，I am Yinyue，nice to meet you！"

"你会说英文？太棒了，我叫丽萨，很高兴认识你！我是美国人。"这叫什么事，一个外国人说着中文，一个中国人说着英文，愉快地交流起来。

"你的中文说得好棒！你是刚生完宝宝吗？看你的身材，恢复得真好！"

"谢谢夸奖，我一直有运动的习惯，我们美国人体质原因，生完小孩如果不注意运动，会很快发胖，因为我们吃很多高热量的东西。"

"你的瑜伽动作也很舒展，很美！"

"我来中国才知道瑜伽，看到月子会所有瑜伽，我肯定来参加呀！这里的产妇告诉我，她们有的人孕期就在做瑜伽了。"

"是的，孕期瑜伽现在还蛮普遍的。瑜伽是从印度流传过来的，它运用古老而易掌握的技巧，来改善人们生理、心理、情感和精神方面的能力，是一种达到身心灵和谐统一的运动方式。你看它包括调身的体位法、调息的呼吸法、调心的冥想法等，以达到身心合一。"

丽萨好像听得一头雾水，殷悦看着丽萨很认真又没听懂的样子扑哧一下笑了："我是不是说得的太拗口了，你听得懂吗？"

"不完全懂，懂一点儿，不过你说话很好听，我爱听。我们一起练吧，在月子会所虽然一个月不可以出门，但是这里的活动还真多，可以和不同的妈妈交流真有意思。我听她们说，马上要过六一儿童节了，月子会所还要组织大家唱儿童歌曲呢！"

"是吗，那我们又回到幼儿园了，到时你就唱那首《The Sound of Music》里面的 Do Re Mi 吧？"

"好呀好呀，音乐之声，你叫殷悦，你叫 music？"

"啊？同音不同字，就像你们英语里 too 和 two 一样。不过没关系，你要是喜欢，以后就叫我 music 就好了。"中场休息结束，两人开心地笑了，开始准备下半节瑜伽课。

5.

大着肚子的蔡美伊和老公王睿并肩走在国内到达大厅，他们是来接蔡美伊父母的。大厅的地面光滑，大腹便便的蔡美伊没看清楚脚下的路，打了一个趔趄，王睿赶紧扶住她："老婆，没事吧？"

"没事，没事，瞧把你紧张的。"蔡美伊轻松地说。

"我说让你在家等着就行，你非要来。"

"我不爱在家待着，闷死了，出来走走多好啊。"

"那你小心点啊，刚才要不是我眼疾手快，二宝不还得生在机场啊？"

"生机场？也不错，那二宝得取个有纪念意义的名儿，叫什么好呢？让我想想，王机生。"

"哈哈哈哈！"王睿笑得前仰后合，手却死死拉着蔡美伊的手，不敢松开。

"哎，你去大屏幕那儿看看，他们航班是不是准点到。"王睿应声去看大屏幕。蔡美伊看到不远处有一家咖啡店，因为据说孕妇不能喝咖啡，她已经很久没喝咖啡了。咖啡的香味勾起了她的馋虫，她的双腿不由自主地移了过去。

蔡美伊并没打算买咖啡，她只是想凑近点，哪怕闻一闻那香味也好。机场咖啡店的客人几乎都是买了咖啡就走，很少有客人坐在那里慢慢品尝，所以落座的客人并不多。

蔡美伊的眼睛，扫描帅哥的能力那是一流的。此时，她扫视一圈，注意到一位身材健硕、衣着浮夸的客人，身上鲜艳又张扬的几何图案非常醒目，远远望去，在稀稀拉拉的客人之中想看不到他都难。

"王医生？"蔡美伊几乎是在惊呼。

蔡美伊又惊又喜，王越彬也很意外，站起身和蔡美伊打招呼："哦，你是，你是，蔡美伊？我想起来了。"

"王医生，你记性真好，你，你怎么在这儿？"

"我来接美国来的客人。你呢？肚子这么大了还到处跑，是要出门吗，还是来接人？你，要不要坐下？"王越彬礼貌地拉开自己的椅子，请蔡美伊坐。

"不了不了，谢谢！我也是来接人的，我爸妈要来，这不我马上就要生了，他们不放心，一定要来照顾我。"

"你，一个人吗？胆子够大的！"

"哦，不，我先生跟我一起来的。"蔡美伊这才想起王睿去看大屏幕了，四处张望找着他。

恰好王睿也寻过来："你不好好待着，怎么到处乱跑？一回头就找不着你了。"

蔡美伊忙把王睿拽过来说："老公，这位就是 MM 医院的王越彬医生，就是曾执帮我联系的那位医生，他可是 MM 医院的一把刀，牛着呢！"

"哦，久仰久仰，王医生！"王睿说着，友好而绅士地伸出了手和王越彬相握，"再过一个月，美伊和我家二宝就交给您照应了！"

王越彬爽快地应着："您太客气了，应该的。"

蔡美伊对着王睿撒娇地说："我说吧，曾执办事就是靠谱。"

王越彬一听曾执的名字又来了兴致："哦，说起曾执，你那位朋友，今天中午，就是我来之前，我们俩还刚见面了呢！"

"啊？！"王睿和蔡美伊同时睁大了眼睛，异口同声。

"准确地说，我们刚相完亲。"王越彬补充道。

"你们，相亲？"此刻的蔡美伊惊得下巴都要掉下来了。

"是啊，很奇怪吗？说来也巧，上次她找我给你帮忙，我其实并不知道她的名字。她月子会所的林院长呢，是我在美国读书时的师姐，向她介绍我的时候说的是我的英文名字，结果我俩中午就见面了。"王越彬轻描淡写地说。

"那，那你们聊得还愉快吗？曾执，她是个好姑娘，她……"蔡美伊竟也有如此张口结舌的时候。

"她挺有趣的，很会翻白眼，哈哈。"王越彬说。

王睿和蔡美伊面面相觑，不知该如何作答，也无法分辨，他们这次见面，到底是愉快呢，还是不愉快呢。

"她，曾执，她的性格，比较直爽。她这人不太会说话，尤其是初次见面，给人感觉冷冷的，好像拒人千里之外似的。"蔡美伊解释得很尴尬。

"对对对。"她没想到，王越彬一连说了三个对，表示无限赞同。

"我的性格也比较直接，所以我们，一共大概聊了五分钟吧。"王越彬摊摊手，意思是话不投机。

蔡美伊和王睿尴尬极了，互相看了对方一眼。

王睿不方便说什么，蔡美伊只好自己打圆场："时间这么短？曾执，她其实，其实挺好的，你要是跟她接触久了，就会发现她其实挺热心肠的，不像她表面看起来那么，那么……她是外冷内热型的，刀子嘴豆腐心。"

恰在此时，广播里播放航班信息，王睿拉了拉蔡美伊的胳膊："哎呀，你爸妈的航班到了，咱们快点走吧！"

"哦，是吗？那咱们走吧！王医生，不好意思，我们先走了。"蔡美伊说。

王越彬嘴角上扬，做出一个男明星式的微笑，抬手示意拜拜。

蔡美伊和王睿一直向前走，边走边聊，直到离开了王越彬视线。

蔡美伊叹息："唉，这个王医生，这么帅的，太可惜了。"

"可惜什么？这么帅，可惜没戏？"

"是啊，真是太可惜了！我要知道曾执要和他相亲，那我肯定得跟曾执打个预防针啊！他俩要是成了，咱们在 MM 医院可就有可靠的关系了。唉，可惜啊，你说曾执这傻丫头，这么好一青年才俊，要手艺有手艺，要颜值有颜值，还不把他一举拿下？唉，真是气死我了。哪怕做不成男女朋友，就当一般朋友也行啊！有这样的朋友，她是能少块肉还是怎么的？"蔡美伊简直要替曾执抱憾终生了。

王睿拉蔡美伊坐在等候区的座椅上。

"哎，别坐了，我爸妈的航班不是马上到了？"

王睿看看手表："他们晚点了，时间还充裕呢，还有 40 分钟。你说你，你平时伶牙俐齿的，还网上当主播呢，天天出口成章挺像那么回事的，刚才我不找借口拉你离开，你怎么收场？你看你张口结舌那样！"

"老公，你说他会不会因为和曾执相亲不成，迁怒于我啊？哎，他会不会随便找个借口，就不让我去 MM 医院生二宝了？"蔡美伊不无担心地说。

"那不会，他能有今天的成就，就不会是那种拎不清的男人，这你放心。我觉着吧，王医生这人挺不错的，喜怒哀乐都在面儿上，不藏着掖着，和曾执倒是挺般配的，只是时机还未成熟。这次好像两人谁都看不上谁，但这里面有两种情况。第一种是真看不上，死都看不上；第二种是欢喜冤家，开始看不上，因为对对方有误解，后来越看越顺眼，最后就好上了。"

"老公，你行啊，分析得头头是道的。老实交代，上学的时候，除了殷悦，你还追过谁？是不是还有我不知道的女朋友？"

"又来了！我没追过殷悦，我就是，我就是，哎，一个大美女，天天在你面前出现，晃来晃去，晃来晃去，你要是不动心，不是有病吗？"

"你没病，你也就差表白了，别以为我不知道你那点小心思！你是不是觉得殷悦是女神，太难追了，追不上，所以没敢表白？男的不应该越难追的女孩，就越激发他的征服欲吗？"

"还真不是，男的追女孩，不是越难追就越有兴趣，只有他自己真正喜欢的，才愿意花力气去追，不然他才没有兴趣费劲呢！再说女神是用来欣赏的，不是用来追的。"

　　"那你的意思是说，你对殷悦没兴趣？哼，我才不信呢！"

　　"也不是，其实那个有兴趣，就是欣赏吧，纯欣赏。当时对殷悦有兴趣的男生，没有一万也有八千了，不代表大家都要去追求她啊，对吧？"

　　"哼，你不该当律师，太屈才了，你比电视上那些情感专家强多了，情场高手啊王睿！"

　　"咳，好好的，说曾执怎么又扯到殷悦了？我什么高手啊，我都让你带沟里了！老婆，我婚前，包括婚后至今，我唯一追过的就是你了，你是唯一。"

　　"哼，我吃醋了，这么多年，我早变成了墙上的蚊子血，殷悦还是你的床前明月光，到现在你还承认她是你心中的女神呢！再说了，你也没追我，当初其实是我追的你。"美伊要着赖。

　　王睿看看手表："老婆，这次可是真快到时间了，走，咱接爸妈去？"

　　"拉我起来！"

　　王睿和蔡美伊牵着手，一起向国内到达出口走去。

第十三章 护士长辞职

1.

院长林珊来看望丽萨，推开门发现丽萨正在和月嫂王姐说着话，表情异常严肃："王姐，我和你说过很多遍了，你不要总抱他，你为什么就是不听呢？"

王姐申辩道："可是他在哭呀！"

"哭的原因有很多种，饿了，困了，尿了，拉了，疼了，我们刚才都看了，都不是，那就是最后一种，无聊了。那就让他哭呗，他是在用哭和我们说话呢！"

"你们外国人可真狠心，就这么让孩子哭，都不抱？"王姐不解地说。

"不抱！"丽萨也态度坚决。

正在这时月嫂王姐看见林珊进来了，表情慌张，而又一脸无辜的样子："院长，孩子哭，不是我不管，是丽萨不让我抱。"

林珊拍拍王姐的肩膀，然后伏下身子看看宝宝。这个金发碧眼的混血孩子真是好看呀，两条小白腿不停地一蹬一蹬的："没事的，你别着急。你看他虽然在哭，但不是声嘶力竭的那种，正如丽萨所说，可能他就是无聊了，用哭声在和人打招呼呢！"林珊上前逗了逗他，他的哭腔也变得像唱腔一样一起一伏，很有韵律感。

"院长，你们中国人为什么总怕小孩子哭呢？为什么一哭就要抱呢，这样抱习惯了，我离开月子会所，回家就不好带了。在美国，孩子哭是很正常的事，哭可以锻炼宝宝的肺活量。"丽萨说道。

"你说得对，我们中国实行了很长时间的计划生育，每家都只生一个孩子，所以就把孩子带得特别精细。其实这样并不利于宝宝的身心发育。"

"哦，我知道中国原来的 family planning，一家只让生一个。"

"所以呀，我们每家都是六个大人照顾一个孩子，爸爸妈妈爷爷奶奶姥姥姥爷，全都围着一个宝宝，不像你们，一个妈妈带好几个孩子。"

"哈哈，有意思，我看过一篇报道，以前你们的孩子叫小皇帝。"

"是呀，不是每个家长都像你这么懂养育的。如果有时孩子哭了，月嫂没有及时去抱，很多父母，尤其是老人会怪罪我们的月嫂不尽心。他们认为我花了这么多钱，你就要精心地照顾我们的孩子，怎么能让他哭呢？所以月嫂都被吓得孩子一哭就抱。丽萨，也希望你理解月嫂，不要怪她，改变育儿理念需要一个过程。"

"哦，原来这样啊，王姐，对不起了，我可能误会你了。"丽萨诚恳地道歉。

月嫂王姐忙摆手："没事，没事。"

林珊看丽萨是一个人，就问她老公和婆婆有没有来陪她。丽萨回答说，老公白天上班，晚上会住在这里："至于我婆婆，我让她一周来一次就好了。毕竟我们是孩子的父母，照顾孩子是我们自己的事情，她年纪大了，应该多休息，不要这么辛苦。"

听到这儿林珊心里一阵感动，洋媳妇居然对婆婆这么体贴。看院长听得入神，丽萨接着说："院长，我觉得中国的老人对孩子实在是太好了，太无私了。在美国，老人是不给孩子带孙子的。如果我们想和先生一起去看个电影，或者出去吃个饭，我们是要找 babysitter 的，就是专门看孩子的。如果父母在同一个城市，要请求父母帮助照顾一会儿，那还要他们有时间又愿意带才可以，不像中国，老人帮助带小孩是天经地义的。"

"是的，非常不同。中国的血缘关系非常紧密，孩子和父母的关系一辈子都断不了，这也是很多中国年轻人的苦恼。"

"他们觉得很苦恼吗？我觉得很幸福呀。我正是看上中国的这种很浓的血缘关系才愿意嫁到中国，愿意和我的婆婆住在一起的。我怀孕的时候，她每天早上都会起来给我做早饭，有中国的粥还有美国的麦片面包。我讲给我的美国同学听，她们都羡慕死我了。"

林珊真想把丽萨刚才这段话录下来，在下次的妈妈学堂课上放给现在的年轻爸妈好好听听，现在中国的年轻人真是身在福中不知福。

林珊每次在妈妈学堂里讲到老人要和年轻人保持一定边界时，大家都非常认同，有的甚至义愤填膺，她们觉得西方的这种保护个人隐私，人和人之间的边界感非常好，正是中国家庭中所缺乏的。可是她们想过没有，西方的年轻人，有像当今中国的年轻人这样啃老的吗？二十几岁结婚，就要父母准备好几百万的房子、车子、豪华婚礼、蜜月旅行，然后怀孕了还要去私立医院生产，在月子会所坐月子，这一切都要父母掏钱。有的父母为了能让孩子不在同学、朋友面前丢脸，处处跟得上时代的步伐，就只好自己省吃俭用，连个夕阳红的国内旅游都舍不得去，父母倾其一生只为了让孩子过上好的生活。

林珊越发觉得最好的家庭教育就是要一致。你要想啃老，获得老人的帮助，就要有和老人同住一个屋檐下的心理准备，让老人也能享受到这种儿孙满堂的天伦之乐。你要想自由、独立，就要吃得起自己打拼事业、独自养育孩子的苦头，不能两头占尽，还一堆牢骚。当然这也不都是孩子们的错，哪个国家的父母会像中国的父母那么焦虑孩子的未来？唉，林珊无奈地摇了摇头。

2.

今天的月子会所门庭若市。闵瑶瑶热情地招呼着刚刚进门的一家四口人。

"你好，我们上午打过电话预约的，下午来看房的，我姓唐。"唐琳和蔼地说。

"好的阿姨，您稍等，我已经通知销售部了，他们马上就过来。外面天热，您先喝点我们的绿豆汤。"说着瑶瑶背过身去接了几杯绿豆汤。

月子会所一年四季都会根据节气的不同给来访者调配合适的饮品。

唐琳接过绿豆汤饮了一口，满意地点点头，从这第一杯水开始她就对这里有了好感。

丁丁下楼来，招呼一行人随着她上楼去参观。

做销售这么长时间了，丁丁一直牢记院长给他们讲过的销售心理学。一个销售如果只知道背话术，来了客户，都是千篇一律地说同样的话，那么你一定是一个底层销售。要想做一个好的销售，能让自己用最简短的话击中对方的要害，你就一定要知道他最在意的是什么，最不喜欢的是什么。

如果你的销售对象是一对夫妻，你要很快地知道谁是拿主意的那个人。如果你的销售对象是一个团队，也就是说是一个大家庭，那么你一定要以最快的速度搞清他们之间的关系，判断出谁是这个家里的领导，掌握着财政大权，也就是谁是交钱的那个人。

丁丁在介绍房型时，已经根据他们的称呼和亲热程度，判断出了这是一对老两口和他们的女儿女婿。

"今天上午刚好有两个产妇满月退房了，保洁正在收拾。我们过去看看吧。"

丁丁带他们来到了走廊尽头的 315 房间，刚一推门，就看见迎面的大落地窗把午后的阳光满满地洒进卧室，落地窗的正对面就是一张 1.8 米的双人床。

女儿欣欣一个箭步，一下子躺到了那张刚清理过的只剩下光溜溜床垫的大床上。"祖宗，你慢点儿，你这哪像要当妈的人呀！"唐琳着急地说。

"妈，我太喜欢这间屋子和这张床了，我一定要在这张床上坐月子！"欣欣兴奋地说。

"一般产妇都非常喜欢这间房，只是它是一室一厅，家属多有点挤。我再带你们去看看 316 房间吧，就在隔壁，那是一个两室一厅的房子。"丁丁说着带着大家走出了 315 房间。

大家来到了隔壁的 316 房，这间也正在打扫消毒。

欣欣老公一进屋就高兴地说："这个好，这个好！哎，媳妇，你住这间，月嫂和宝宝住这间，客厅归我，我还可以在这里办公。"

"不！我就要 315，我是产妇，是我坐月子！"

"那我不也要天天住在这儿陪你吗？那个房间小，我只能睡沙发。"

"不行，不行，我就要住 315！"

"要不，咱俩猜丁壳吧，谁赢了就听谁的。"欣欣老公想出了个小儿科的主意。

"好！来，三局两胜。"欣欣捋胳膊挽袖子地和老公猜上了："猜丁壳，丁丁壳——"

"哦，我赢啰！"欣欣老公开心地举起一个"V"。

一旁的唐琳正色道："有点儿正形吗？多大了？"

欣欣和老公闻声，立刻像是两个做小动作被老师逮着的小学生一样，乖乖地低着头不言语了。

丁丁等他们表演完毕后就说："这两间房的情况大概就是这样，保洁还没有打扫完，我们先去洽谈室吧。"一行人又回到了一楼。

在洽谈室，丁丁刚要开口，却被唐琳抢先了："小丁呀，谢谢你带我们参观，你能把你们总监叫来吗？有些话，我想和她当面谈。"

"阿姨，您找我们总监，有什么事吗？"

"有点事，我想当面和她谈，麻烦你了。"唐琳虽然很客气，但却坚持着。唐琳干了一辈子的销售，很清楚每一级别的销售都有不同的折扣额度，丁丁作为普通销售员的权限可能最多只能打个九五折，但销售总监就不一样了，她的折扣幅度一定会更大，所以她想直接找销售总监谈。

丁丁心里那叫一个不乐意呀，她好不容易熬成独立销售了，再不用像从前那样只能带着客人看房了。销售是有业绩提成的，所以她从不敢怠慢任何一个客人。可是今天，自己还是太嫩，而且对手太强大，眼看她就要被轰出局，真是急死个人。但是识时务者为俊杰，客户就是上帝，她的不满都得藏好，不能表露出来。

"好吧，那我把我们总监给您请过来。"丁丁依旧客气地说。

常丽今天马不停蹄地从这屋窜到那屋，看到丁丁的微信，她连忙赶到洽谈室。

"大家好，我是销售总监常丽，这是我的名片。怎么样，房间都看好了吗？选中哪间了？"

欣欣老公抢先回答："316 那间，刚才我猜赢了。"

唐琳毫不掩饰地瞪了欣欣老公一眼："你掏钱啊？"欣欣老公立刻不说话了，把头深深低下。既然是啃老，就没有话语权，况且啃的还是丈母娘。

欣欣爸爸说："我看呀，那个 312 VIP 房间不错，就是小丁说现在住着老外产妇的那间，到时候呀，咱们一家都来这里住。"欣欣和老公同时瞪大眼睛，冲着爸爸做拍手状，这真是意外惊喜，意外惊喜。

"可是那个太贵了，要 12 万呢，我的预算可没这么多。"唐琳说。

"老婆，咱们就这么一个女儿，女儿也头一次生孩子，咱还不就可了她的意，让她高兴高兴？咱留那么多钱干吗呀，以后还不都是他们的？我想如果我们订了这个 VIP，我们也可以天天过来住在这儿，这将是我们一家四口人，不，五口人特别有纪念意义的一段时光。"欣欣爸爸晓之以理、动之以情地陈述着。

"你就是一天都不想离开你女儿，坐月子也得跟着。"

"不是，你看他们俩那样，自己还没长大呢，能把孩子交给他们吗？咱们住这儿呢，咱也跟月嫂、护士学学，看看怎么更好地带宝宝。等以后回家，看孩子那还不是咱俩的事？你能指望他们？"

唐琳觉得老伴儿说的话也不是没有道理，她也不是出不起这 12 万，只是之前的预算是 6 万，这一下涨了一倍，她得重新考虑一下。

常丽在一旁听着他们的聊天，心里很不是滋味。人和人的命真是天壤之别呀，她四岁的孩子放在东北老家让老人看着，一年都见不到一两面。她一个月在月子会所拼死拼活，每月挣的一万多块钱，除了必需的生活开支，大部分都要寄回老家给父母和孩子。可这些北京的孩子，怎么就那么有福气呢，家里什么都给安排好了。

常丽今年 32 岁，她和宋敏一样，都是十八九岁来北京打工就一直跟着老板陈俊明的。她俩虽然文化不高，但天资聪颖，又肯吃苦，最重要的是对老板从没二心。早年陈俊明看她俩勤奋好学，就出钱让她们上了个大专，学习企业管理。她们和那些北京的上大专的小混混可不一样，那些学生是打着游戏、看着韩剧把书混完的，而她俩是如饥似渴地把书本啃完的，因为在老家她们根本没有继续读书的机会。毕业后她们把学到的知识都用到陈俊明的公司里，真正做到学以致用，眼看着陈俊明的生意越做越大，她俩的职位也越来越高。

"常总监，如果我们订这个小 VIP 房，您能给我们什么样的优惠呢？"唐琳问道。常丽马上从自己的遐想中回过神来："我给您我权限范围内的最大折扣，9 折。"

"才 9 折呀，太少了！你看，我们预订这么早，如果您不能给我们太好的折扣，我们就去别家看看吧。"唐琳起身，做要走状。常丽还没急，欣欣小两口却先急了。

"妈，别呀，这多好呀，就这儿吧。"欣欣拉着妈妈的胳膊。"就是呀。"那个没长大的女婿跟着附和着。

唐琳心里那个气呀，她没说话，瞪了女儿女婿好几眼。砍价最忌讳的就是让对方看出你有想要的意愿，这价还怎么砍？自己怎么生了个这么缺心眼儿的孩子，自己做销售的那个精明劲儿怎么一点也没遗传给女儿？

常丽看出来了，这家人应该是都看好房间了，只是付钱的这位唐琳想要更低的折扣。是呀，谁买东西不想省点钱呢？知己知彼，常丽心里有数了，这单生意跑不了了。

常丽笑笑说："阿姨，我们月子会所很抢手的，明星、老外都来，您转一圈回来，可能房子就没了，我今天一共接待六拨了，连午饭都没吃呢。这样吧，您要是诚心想订，除了折扣，我再送你们一个家属餐，一个家属一天 100 块，你们如果住 28 天，一个月也有 2800 块呢，这个优惠力度可以了吧？"

"好，好，就这样吧，唐琳，你也别犹豫了，交钱吧。"男人总是更爽快。唐琳也是满意的，但她迟疑了一下才回应："嗯，2800 块，也行吧。"

欣欣一把搂住爸爸的脖子在爸爸脸上亲了一口："谢谢爸爸！"一家人随常丽去了财务室，刷卡，缴费，办手续。

3.

这个月揭晓的月嫂技能评比，李姐以98分的总成绩拿到了本季度的金牌月嫂奖。大家都鼓掌祝贺，梁护士长的掌声特别响亮。

林珊觉得有点怪怪的，VIP房照顾丁羽芊的刘姐分数反倒落后了？转念一想，偶尔有个失误也是正常的，再说李姐也来月子会所好一阵子了，好学又聪明，业务长进快也是有可能的。

李姐是个东北女人，虽说从小长在农村，没什么文化，但凭着较好的容貌和机灵劲儿，在村里也是个数得上的人物。可是命运不济，又没嫁个能干的老公，只好独自来到北京打工。听说干月嫂挣钱，没多久便考下了月嫂证，入了这一行。月子会所人才济济，想出人头地的她一直默默地努力着。

一天晚上梁护士长夜班查房，看见照顾318房间产妇的李姐正在一盘子一盘子地倒着月子餐，就问："怎么都给倒了？"

"方平胃口小，每顿只吃一小口。这一天六顿的量，上一顿还没吃完，下一顿又来了，她也没家属，就只好倒了。"李姐说。

"那真是太可惜了。这醪糟圆子汤是下午刚送的吧？"

"是呀，一口没动。"

"那这么着吧，你送到护士站，看夜班谁饿了给谁吃吧！我就见不得这么浪费。"

"好的，护士长。"李姐端着盛着醪糟鸡蛋的碗去了护士站。

今天是梁护士长和肖芸的夜班。十一点左右的时候，李姐看方平和宝宝都睡下了，就出来给家里打个电话。经过护士站，她听到梁护士长问肖芸："你饿吗？这有318房间方平不吃的醪糟，你要不要吃点？"

"护士长，我不饿，我就是困，好想睡觉。再说那是产妇的剩饭，我才不吃呢！"肖芸拒绝了。

"不是吃剩的，根本就没动过，这么一盆盆倒掉实在太可惜了，你要不吃我就给打扫了。"梁护士长说着端起醪糟喝了起来，喝完第一口她居然停了一会儿，可能很久没吃醪糟了，一副很享受的样子，咂咂嘴，然后一口气把醪糟汤全喝了下去，然后很满足地打了一个饱嗝。

这一切都被李姐看在眼里。

在月子会所，谁都知道梁护士长最节省。因为孩子结婚花掉了她所有的积蓄，现在退休了还要返聘工作，就是为了再攒点钱，等孩子要生小孩时能再赞助他们点，所以她平时根本不舍得多花一分钱。

月子会所里的很多产妇并不喜欢梁护士长，因为她总是动不动就训她们。她在公立医院待了一辈子，那种高高在上说病人的习惯一时改不了。

但是梁护士长是儿童医院资深的护士长，在新生儿护理方面经验非常丰富，无人可比。所以月子会所的人都敬着她三分，产妇们不仅不敢得罪她，还都想方设法留个她的联系方式。这万一出了月子会所，孩子生病了，去儿童医院也能有个熟人。

第二天送餐的时候，李姐是确确实实忘了跟送餐阿姨说减量的事情，所以又有一堆剩的。这次李姐没倒，而是在夜深人静的时候悄悄送到护士站，放在梁护士长的桌子上，并且上面还盖了一张报纸。

正要走时，梁护士长来了："李姐，你怎么在这儿？"

"护士长，方平今天的桂圆红枣汤又没有吃，这么好的东西，倒了太可惜了。您就帮忙光盘一下吧，拜托啦！"李姐说。

"哎，我真见不得浪费呀，明天记得和厨房说给方平减量啊！"说完笑盈盈地把李姐送走，然后她端着碗去洗手间把桂圆红枣汤消灭掉了，因为那里没有摄像头。

再后来，李姐故意不和送餐阿姨说减量的事，因为她发现，自从梁护士长喝了她送的桂圆红枣汤后对她的态度好多了。

当这件事从无意变成有意的时候，她便很有心机地省出两碗汤，一碗滋补汤，一碗甜点，它们都会在梁护士长夜班时准时地出现在桌子上。有一次，梁护士长正要端起碗，发现碗下面有一张小纸条："护士长，马上就要月嫂考评了，还请您多多关照。"

4.

月子会所除了周末访客不断外，每周一到周五中午都是月子会所最安静的时刻。午饭后，无论产妇、家属还是月嫂都会利用这个时间段休息一会儿。

月嫂这个活虽说工资高，但也很辛苦。别的不说，就拿不能睡整觉这件事来说吧，就让很多临近更年期的妇女无法承受。因为这不是一天两天，而是长年累月，所以月子会所选拔上来的月嫂大都比较年轻，平均年龄在 35 岁左右，一多半的月嫂学历也在大专以上，她们接受新知识的能力也比较强。

林珊在月嫂的日常管理上是严格的，但在生活上却非常体恤月嫂的不易。她一再强调不允许月嫂连续工作不休息，一定要保证她们的睡眠，在饮食上也要尽量保证均衡的营养搭配。所以整个月子会所的月嫂在杜老师的管理下一切还算顺利。虽然这次月嫂评比的结果有些出乎林珊的预料，但她也没多想。

下午3点，原本林珊要去和陈俊明一起看分院的场地。由于陈俊明临时有事不去了，林珊想也好，过去看看产妇们，和她们聊会儿。

林珊来到走廊的尽头，看307房间的门虚掩着，想起昨天这间房的产妇刚走，可能保洁正在打扫，就轻轻推开门，想看看行政部的日常操作流程做得如何。可她刚一推开门，眼前的一幕让她惊呆了：李姐照顾的318房间方平的孩子正躺在大床上睡觉，而一旁的李姐正戴着耳机，津津有味地看着手机里下载的电视剧，她专心得就连林珊走近都没发现。

林珊拍了一下李姐，李姐抬头一看是院长，吓得惊慌失措，下意识地脱口而出："院长，您不是去开会了吗？"

林珊微微皱了一下眉，心想：居然连我的行踪都了如指掌，怪不得这么大胆。

林珊一脸严肃地问："你在干什么呢？"

"我，我在给宝宝晒太阳，宝宝这几天黄疸有点高。"

"晒太阳？为什么不去阳光房，那是专门给宝宝晒太阳的地方。"

"今天那儿人特别多，我路过这儿，看到这屋空着，我就到这儿来了。"

"不是那儿人多，是那儿有监控，你在那里就不能玩手机看电视剧了吧？"林珊没给她留面子，说着按响了307房间的呼叫铃。

不一会儿曾执跑来了："院长，您在这儿，我还纳闷呢，307房不是没人吗？"

林珊黑着脸对曾执说："你把孩子抱回方平那儿，替李姐在那边照顾一会儿，李姐，你跟我去办公室。"

曾执"哦"了一声，大气都不敢出，抱起宝宝就走了，她从没见过院长这么生气。林珊头也没回地走出了307房间，后面跟着低着头的李姐。

到了办公室，林珊坐下，她并没有让李姐坐，直接问："谁告诉你我下午去开会的？"林珊想，月子会所接二连三地出怪事，今天该查个水落石出了。

李姐沉默了两分钟，这两分钟她的脑子在飞快地运转。要不要说出梁护士长？不说好像也瞒不住，就算都自己兜着，横竖也是一个被开除，这回护士长肯定是保不住自己了。说了吧，或许还能混个坦白从宽，即便不从宽，干吗我一个人死？要死也拉两个垫背的。想到这儿，李姐反倒淡定了，一副死猪不怕开水烫的样子。

"院长，是梁护士长告诉我的。"

林珊听到这个答案，既在意料之外又在意料之中，心想怪不得李姐这次考评能得第一，原来有梁护士长背后撑腰呀！可梁护士长为什么要帮她呢？

林珊向对面的沙发努了一下嘴，示意李姐坐下："你坐下慢慢说，其实你不说，好多事我也知道。我是学心理学的，有时你不经意的一个眼神就能把你不想说的秘密全都泄露出来。我也不问了，有什么事你自己全说出来吧。"

林珊的这句话对李姐很有杀伤力，以她的认知，她认为学心理学的人眼睛就是透视镜，可以一眼看透别人心里想的。所以之前她总是躲着院长，就是怕院长看穿自己心里的小九九。

瞒也瞒不住了，李姐就把她怎么给梁护士长送汤、让护士长在月嫂考评时对她多多关照，以及趁院长不在的时候给她开绿灯，让她在空房间里晒太阳等事情一五一十地全都说了。

林珊听完很是气愤，可是想想还是不对，一个堂堂的护士长，就为了那几口汤，可以冒这么大风险帮你，这种交易不对等呀？

"李姐，你帮梁护士长的，应该不仅仅是送汤吧？"林珊试探着问。

"哦，还有，就是，梁护士长知道月嫂们都喜欢和我聊天，就希望我平时多拉拢月嫂们，让她们不要听杜老师的，都听她的。"李姐吞吞吐吐地说。

"为什么？"果然背后有问题，林珊追问。

"院长您还不知道吗，因为她俩的护理理念不一样嘛，杜老师总是用外国的那套，遇到产妇和孩子有问题，一般就是观察；观察再观察，而梁护士长觉得要积极治疗，因为万一出了事，她这个护士长是要担责任的。所以，她想让我们联合起来，把杜老师挤对走。"

林珊这下就全明白了，她对李姐说："你先回去吧。"

她一个人坐在沙发上，回想起了半个月前发生的那一幕。

5.

那是住305房间的一个运动员产妇，其他一切顺利，只是孩子的黄疸总是居高不下。杜老师说，这样的黄疸指数在台湾是属于观察范围内。满月的那天，产妇带孩子去打防疫针，结果因为黄疸指数高，没让打。产妇回来后非常生气，认为月子会所在护理上有问题。

林珊记得当时她和护理部还开会讨论此事。杜老师并不认为自己有什么失误，疫苗反正两个月内都能打，说不定再过几天黄疸指数就下去了；而梁护士长则执意要带孩子到儿童医院去看病，说黄疸指数太高会影响孩子的大脑发育。杜老师说孩子无论精神还是胃口都很好，不属于病理性黄疸，可以再观察几天，大陆有的时候会过度医疗。梁护士长却坚持说出了问题一切都晚了。

为了保险起见，林珊还是同意梁护士长带孩子去了儿童医院，一测黄疸值果然比正常值高出了10倍，当即便请主任医生开了中药回来，家属对梁护士长感激涕零而同时投诉了杜老师。

从那件事以后，林珊也曾听到过梁护士长的牢骚："什么台湾专家，就是草包！真是外来的和尚会念经，凭什么拿着比我们高出4倍的工资来大陆蒙钱，到最后遇到事，什么骗子、假专家全都露馅了。"

关于这个问题，林珊有自己的看法，她更倾向于杜老师。因为在美国，小孩子发烧，也是首先观察，物理降温，大量喝水，不会像国内她看到的情况，动不动就去医院打吊针。但这是医疗理念的不同，改变一个理念不是一朝一夕的事情，它有可能需要几年、甚至十几年的时间。可月子会所是个民营企业，它要创口碑，要赢得广大产妇的信赖，她只能在大家现有的对医疗理念的认知度上稍加提高。护士长说得也对，我们是保孩子安全重要呢，还是提高产妇的认知度重要呢？毕竟国内有国内的国情，林珊也就没再坚持。没承想，这梁护士长却认为自己这次打了胜仗，起了把杜老师挤对走的心。高出4倍的工资啊，作为著名儿童医院退休护士长的她，实在太难心理平衡了。

虽然搞清了来龙去脉，林珊却犯了难。对于李姐好办，明天就可以从培训基地找个新月嫂来替换她，可对梁护士长，她该怎样处置呢？

梁护士长也是林珊通过各种关系，好不容易把她请来的，她也是月子会所的招牌呀！护理方面有个著名儿童医院的前护士长坐镇，产妇们听着就放心。另外这也等于开辟了月子会所去儿童医院看病的绿色通道，有梁护士长的关系在，月子会所这里的新生儿有任何问题，都可以直接送到儿童医院。

产妇们一听儿童医院，就想到了那扇可望而不可即的医院大门，自己的宝宝以后要是有个头疼脑热的，能认识一个儿童医院的护士长实在太有用了。所以平时在月子会所，再挑剔的产妇，有跟林珊闹的，有跟杜老师闹的，还真没见谁和梁护士长闹过呢。

林珊想，总不能为了这事把护士长开了吧。可是如果不处理，这月子会所搞得跟宫斗似的，以后还怎么管理？她左右为难。

周一的例会，像往常一样各部门先汇报工作，然后林珊布置一周的任务。工作布置完了，林珊突然停了一下，她环顾了一下四周，大家都在盯着她，等她继续往下说："下面，我宣布一件事，月嫂李月娥从今天起被月子会所正式开除了。"

"什么，怎么回事？她不是刚评上优秀月嫂吗，怎么被开除了呢？"大家议论纷纷，只有梁护士长突然神色慌张，不敢抬眼看林珊。

"月嫂李月娥违反了我们月子会所的规章制度，护理时间擅自把孩子抱到别的房间，以给孩子晒太阳的名义，把孩子扔一边睡觉，自己偷偷拿手机看电视剧，还把本该给产妇吃的月子餐克扣出来，给了我们的工作人员吃。"

林珊还没说完，下面就开始窃窃私语："有这种事？她给谁吃呀？我可没吃过。"

林珊敲敲桌子："安静！我没有让你们对号入座，我是在就事论事。"

林珊顿了顿，表情凝重地看了大家一眼，继续说："我希望大家能引以为戒，做好本职工作。大家要知道，月子会所所有的规定，制定了就是为了遵守的，不是贴在那儿当摆设的！为什么不能随便看手机？你下载电视剧看，你就会被电视剧的故事情节所吸引，你就会忘了你身边的孩子！孩子这时候万一摔了，吐了，你负得起这个责任吗？大家都知道月嫂挣钱多，都争着来干这行，但你要想一想，你的职业素养、你的职业技能，配得上这份比一个硕士研究生还要高出几倍的薪水吗？还有，产妇的月子餐是定量的，吃不了可以由产妇和院方商量作调整，什么时候月嫂有了权利擅自处理？一方面产妇可能没有补充到足够的营养，另一方面也给月子会所造成大量浪费，居然拿公家的东西来做人情，这账算得真够精的。"

林珊有点激动："看到月子会所发生这样的事情，我真的感到非常痛心，也非常气愤。首先是我的责任，管理上出现了漏洞，我检讨，我希望这样的事情以后不要再发生了。另外，宋敏，通知下去，从今天起，月嫂每月一次的职业素养培训改成每月两次，我亲自上课。我希望月子会所的每一位员工，都把心思放在工作上！我说完了，散会。"

梁护士长六神无主地回到了护士站，她没想到这么快就东窗事发了。虽然院长今天没点她的名，但她猜测李姐肯定把自己给出卖了。

接下来该怎么办呢？主动辞职？但万一李姐没出卖自己，自己这么一闹，不是此地无银三百两吗？这一个月一万多的工资，也是一个不小的数目，真不舍得。可是不辞，如果院长都知道了，自己还有脸待下去吗？可是院长今天为什么不说破呢？给我留面子，为什么要给我留面子呢？因为她需要我，我是这里的招牌，没有我儿童医院的护士长给她在这儿撑着，十个杜老师又能顶个屁用呀！

虽然梁护士长给自己做了非常强大的心理建设，但还是觉得坐立不安，如果今天院长指名道姓了，那也就简单了，大不了咱就直接卷铺盖回家。如果院长压根就不知道我这儿的事，我也能轻轻松松地一直干下去，就怕她知道了却不点破，那我在她眼皮底下干活，岂不是被她当猴耍？

怎么办，到底该怎么办？梁护士长在护士站来回地转着圈。

"护士长，您干吗呢？您都转好几个圈了，是不是在想谁是那个吃了李姐东西的人呀，您有线索了吗？我可没吃哦！"徐蔓在一旁说。

徐蔓这么一问，梁护士长更加警觉了：她们是不是都已经知道是我干的了，这是故意说给我听的？想到这儿，梁护士长心虚得待不住了，忙对杜老师谎称家里有急事，让她帮忙盯着点，自己先走了。

6.

回到家里，梁护士长把今天发生的事一五一十地跟老伴说了。老伴之前也没少吃她带回来的补品，后悔道："早知道这几碗汤能带来这么多的事，会丢了饭碗，咱就不喝了。"

"你少事后诸葛亮了，喝的时候你怎么不说，我看你喝得美着呢！"梁护士长没好气地说。

"让我想想，让我想想，要不你明天交一份辞职报告，就说我身体不好，需要人照顾，看看院长的反应。她要是不知道是你干的，她一定会挽留你，让你休息几天再回去。她要是知道是你干的，也未必会批，本来今天开会就是点你，想给你个下马威。但你要是主动交了辞职报告呢，她会一下子意识到问题的严重性，你想，你要是走了，她的护理部的招牌就没了，谅她以后也不敢随便点你，给你难堪！"

"哎哟喂，你真是太聪明，太诡计多端了！好，我现在就写辞职报告，明天上班就交上去。"

第二天一早，梁护士长就来到了林珊办公室。

"院长，早！"

"梁护士长早！"

她并没有从林珊的打招呼中看出什么端倪来，就只好硬着头皮把辞职报告交了上去。

"院长，这是我的辞职报告。"

"您要辞职？"

"是呀，老伴最近身体不太好，我这边太忙，也不能好好照顾他……"梁护士长小心地说。

"哦，那您回去好好照顾他吧，我签字。"林珊看都没看就在辞职报告上签了字。

正愁没想出对付梁护士长的好办法呢，这下可好，她心虚自己送上门来了。林珊当即明白，这是梁护士长对她不点名批评的报复呢，故意将自己一军。那好，顺水推舟。

可这个局面实在太出乎梁护士长的意料，她做梦都没有想到院长连一句挽留的话都没说，这让她实在太难堪了。

"您把工作跟杜老师、曾执交接一下，我们到时候给您开个欢送会？"林珊笑着说。

"不用，不用，我会把工作交接好的。"

走出院长办公室，梁护士长沮丧到了极点。她开始怨老头子出的什么馊主意，真是聪明反被聪明误！她要是不交这个辞职报告，院长也不会开除她，她还继续干她的工作，即便院长心里不痛快，过一阵她一忙这事也就过去了，反正李姐也走了。她也有点恨林珊，怎么那么铁面无私，那么绝情。

回到护士站，梁护士长看见肖芸正在整理器械，忽然有了一个想法："肖芸，我要走了，以后就多辛苦你了。"

"啊，护士长，你怎么要走了呢？"肖芸不解地问。

"我找到了一个赚钱更多的地方。"

"是吗，护士长，那您带上我呗。"肖芸随口说道。

"那我得考虑考虑，不过，肖芸，你是该换个地方，在这儿没前途，你看，月子会所有曾执、徐蔓在，你熬到什么时候才是个头儿呀？脏活、累活全都你干，好事一准轮不到你。我在呢，还能罩着点你，现在我也走了，你就只能自己顾自己喽。"

"护士长，你可不能不管我，我要跟你一起走。"

"你说话当真？"

"当然是真的，我一会儿就交辞职报告。"

下午，肖芸就去院长那儿交了辞职报告。本来，她这个级别的护士，有事是找护士长的，可梁护士长说，她现在已经不是护士长了，让她直接交林珊。她就想给林珊一记重创，因为现在月子会所人手本来就不够，如果再一连走掉两个护士，看你这个院长还怎么当！

当林珊接到肖芸的辞职报告时，着实吃了一惊，她的确没有想到。但想想也在情理之中，哪个部门经理走不带走手下几个得力的兵？但她梁护士长这么干真的是釜底抽薪，明摆着要她林珊好看呀。

"肖芸，你真的想好要离开月子会所吗？"

"是呀，院长，我妈叫我回老家相亲呢！"

林珊心里苦笑，编瞎话都不会，要真是相亲，哪天也不晚，至于这么等不及，一个上午交报告，一个下午交报告吗？

"肖芸，你可真是傻孩子。"林珊摇摇头，没多说什么便签了字，"字我签了，但这周还请你好好工作，站好最后一班岗。"

"我会的，院长，谢谢院长。"

放下签字笔，林珊自己都不敢想，一下子要走两个护士，其中一个还是护士长。

7.

晚上林珊约王越彬吃饭，这是一家非常幽静的粤菜餐馆，王越彬看着林珊一筹莫展的样子，也没有了胃口。

"Robin，你说同样学医，你回国干得风生水起，我却干得心力交瘁。"

"师姐，那是因为你做了管理，我是跟技术打交道，你在跟人打交道。"

"我发现我真的不擅长管理，真想做回以前纯粹的医生。一个没有职业道德、心术不正的月嫂，我开除她有错吗？我开会的时候还给护士长留着面子呢，没打算把她怎么样，结果她倒好，还给我来了一个下马威，不仅自己辞职，还带走别的护士，我真咽不下这口气。"

"所以，一气之下，你都批了？"

"是呀，可是她们走了人手一下就不够了。唉，本来我们人手也不够，即便她们不走，分院也得储备人才，我也得赶快招人了。"

"做管理和做医生不同，医生一是一，二是二，来不得半点差池，而做管理有时你得像弹簧，能屈能伸，审时度势。不过这样的人不留也罢，你下一步要考虑的是，怎么让他们的离职不动摇军心，还有快速补充新鲜血液。哦，对了，我认识一位医学院护理专业的孙老师，上次她还联系我，问我们医院要不要实习生，我又不负责这块，就转给人力资源部了，我这儿还有她的联系方式，我发给你，你跟她联系一下。"

"好的，我们老板陈俊明不想多花钱，我也只能先招实习生了。好的实习生如果以后愿意留下，那她们都是我们自己培养起来的，倒也能解决护理人员紧缺问题。"

"嗯，长远打算这也是一个办法。不过，有一点你要有心理准备，据我所知，更多毕业生愿意进综合医院，而不是像月子会所这种单位。刚毕业的孩子对工作都是踌躇满志的，他们愿意学到更多东西。不过你可以和孙老师联系一下，挑三四个实习生应该问题不大。"

林珊谢过，闲聊几句两人便匆匆分手。

和孙老师联系后，新来的三个实习生第二天就到了。林珊亲自给她们做了一天的培训后，转交给了杜老师，杜老师又把她们分给了曾执和徐蔓等几个有经验的护士。本来日常护理工作就忙碌，这下加上传帮带就更忙了。

曾执下班的时候来到院长办公室，推开门发现林珊头仰在椅子靠背上，闭目养神，曾执猜想院长一定昨晚没回家。

看有人进来，林珊睁开了眼睛问："下班了，怎么还不走？"

"院长！"曾执看到林珊布满血丝的眼睛，心疼地说，"院长，您也要保重身体，您放心，我们一定会帮您挺过这个难关的。今天我不回去了，一会儿，我去值班室眯瞪会儿，两个小时后再回来。"

林珊不知说什么好，她想说你回去休息吧，可是她的确已经无法安排其他人了，她默默地点点头，眼里充满了感激。

曾执刚要开门出去，又折返回来，她来到林珊身边，默默地坐了下来，她就想这样陪林珊一会儿。

"院长，您后悔回国吗？"林珊摇摇头。

"他们说您是为了陈总才回国的是吗？"

林珊再次摇了摇头，她把手放在曾执的手上使劲地握了一下，说："其实我是为了我的母亲回来的。"

这次轮到曾执惊愕了："您的母亲？她也在北京？"

"不，她在我25岁出国留学的那年就去世了。"

"啊，这样啊，对不起院长。"

"没关系，其实我开始也不知道为什么要学医，为什么要做护理，直到后来在我导师的家庭工作坊里我才找到了答案。原来我是要和我的妈妈产生连接。我小时候妈妈没有怎么带过我，她是个非常优秀的护士，被派到医疗队了，这一去就是三年，我一直是跟着奶奶长大的。后来回到父母身边后，妈妈因为医院工作忙也没怎么照顾过我，所有的除夕夜她为了让别人回家团聚自己都是在医院里度过的，所以我从没吃过妈妈做的年夜饭。在我大学毕业即将出国那年，妈妈积劳成疾去世了，遗体告别那天医院来了好几百人悼念妈妈，而我却没有感到特别悲伤。这么多年，母亲在我的生命中也没有特别深刻的印记，我以为我淡忘了她。直到有一天我不顾家人反对一定要回国做母婴护理，并且像妈妈当年那样疯狂地工作，甚至除夕夜也不回家时，我才意识到我的潜意识里一定有一种驱动力，至于那是什么我也不知道。后来我的导师告诉我，我是在找妈妈。其实每个孩子都是父母生命的延续，他们都会用不同的方式来完成和父母的连接，有的长得像，有的和父母生活在一起，而我选择了这种方式：像妈妈那样去工作，完成母亲未尽的事业。你知道我每天带你们读南丁格尔誓言，那是因为我小时候在医院看见妈妈那样宣誓过，所以我不自觉地就会那样做……"

林珊动情地讲着，曾执忘我地听着，她感动林珊会把这么隐私的秘密告诉自己。

第十四章　找到殷悦了

1.

周日的月子会所熙熙攘攘，家属访客都在这天出现，还有来参观、预定的人流，把工作人员一个个忙得不亦乐乎。

林珊这天也无法休息，刚进办公室就有人敲门，"请进"的话音刚落，她发现来人竟是梁护士长。

"梁护士长，怎么，今天老伴给你放假周末休息啊？"

梁护士长进门便随手把门关上了，小心地说："林院长，我错了，我今天是来道歉的。"

"哦，道什么歉啊？"

"唉，都怪我家那个死老头子，非得鼓动我辞职，我干得好好的，为什么要辞职啊？"梁护士长悔恨地说，"林院长，我也不瞒您了，月嫂李月娥拿的东西是给我吃了，你说我就差这一口吃的吗，真不知道当时我怎么想的。哎，可不是我要的，是她老想讨好我几次三番拿给我的，我也批评过她，可是后来也就接受了。咱这月子会所厨师手艺好，谁都知道，唉，怪我嘴馋，吃人家的嘴软，工作上有时就照顾她一下。不过李姐的能力确实也很不错，金牌月嫂她也当得起，就是，就是人品不怎么样……"

"哦，这些事情我都知道，不过都已经过去了，李月娥走了，你也走了，其实用不着特意回来为这事儿道歉。"林珊笑笑，打断她。

"不不，不是的，我必须道歉，我为那天草率向您提出辞职道歉。"梁护士长急忙解释，"我当时，挺羞臊的，我也这么大岁数了，干出这样的事，真没脸在咱月子会所待下去了，所以不等您说我，我就先找个借口自己走吧。其实出门我就后悔了，而且我一走，给您拆台不说，把一大堆事都推给杜老师，有点太欺负人了，这么做太不合适了。我特别后悔，想来想去，我得回来请求林院长的原谅，我很喜欢孩子，您知道，我也特别不舍得这个工作，我很希望继续干下去，请林院长原谅我老糊涂了，务必给我一个改正错误的机会。"

梁护士长岁数也不小了，看着她在自己面前道歉的样子，林珊有几分不忍。但是事情如果不说清楚，轻易答应原谅她回来，恐怕她还会在背后挑拨护理部的同事关系，于是索性给她一个台阶，同时给她挑明了："李月娥的事，你是被动的，所以我开除了她。我本来没想对你怎样，是你主动辞职，我知道你是想给我拆台，但你没想到我真批了。你自己走就罢了，还鼓动肖芸辞职，不过今天你回来，道歉认错也是真诚的，我可以不和你计较。但这些都不是重点，你能不能回来继续工作，有个前提就是你和杜老师能不能和睦相处、你能不能摆正自己的位置。当初，你是我亲自请来的，杜老师也是我从台湾请来的，但杜老师是护理部总监，你是护理部的护士长，你要是总想着把她挤对走，事事给她挖坑、背后挑唆同事算计她，那对不起，你和杜老师比起来，我会选杜老师。"

"是、是，我明白，我一定会摆正位置，配合好杜老师的工作。"果然林珊什么都知道，梁护士长暗暗为自己捏了把汗，本来，她觉得自己能稀里糊涂蒙混过关，没想到，真是若想人不知除非己莫为。

"我可以同意你回来，为你今天这份诚恳和勇气，也为当初我见你时你的那份专业态度。希望今后只看到你优秀的业务能力和作为护士长的担当，而不是要心眼玩手段那些小伎俩，那不是我需要的，我想今天我说的话已经很明白了。"林珊不失严厉地说。

"谢谢林院长不计前嫌，我今天就能上岗工作。"梁护士长突然表态，"还有一件事，肖芸……"

"这姑娘，她已经从月子会所走了，你答应在别处给她找工作，你肯定有办法的。"林珊道。

本来任何岗位也都有优胜劣汰，铁打的营盘流水的兵，很可惜，肖芸各方面表现都不是林珊想留下的人。

"我明白了。那，我自己回去护士站？"

"本来下周一例会打算宣布你辞职，到今天为止，还没人知道你辞职的事。"林珊给梁护士长留足了面子，"走，我陪你回护士站，你可以说这几天照顾老伴请假了。"

梁护士长千恩万谢，两人一同出门。

婴儿房里，护士和月嫂们正在给宝宝洗澡，突然实习护士尹娜大喊一声："哎呀，这孩子的肚脐怎么流脓了？"

曾执赶紧过去看，311房产妇罗湘竹宝宝的肚脐的确感染了。曾执忙把孩子抱进护士站，正好撞见走过来的林珊和梁护士长。

"孩子怎么了？"林珊紧张地问。

"肚脐感染了。"曾执怯怯地说。

"怎么弄的，你这么有经验，怎么会发生这种事！"林珊有点急，真是越怕什么就越来什么。

"院长，不是我，不过也怪我，我那天实在盯不住，回家休息了。心想实习生都跟了一周了，日常的护理应该也没问题了，就让实习护士尹娜照顾了，想着要是有问题她还可以找杜老师，没想到……"

"没想到什么？"

"没想到她们之前没有护理新生儿的临床经验，还不太能分辨新生儿肚脐什么是正常，什么是异常。"曾执好不后悔。

"这个脐带怎么系成这样？"因为没做工作准备，梁护士长没敢碰孩子，只看了一眼，诧异地问。

"罗湘竹是二胎，是在老家生的，看来当地接生的大夫手艺不行。"

"哦，就是那个家里是开矿的、开着房车来咱们月子会所的那个？"

"对，就是她，护士长，你看这脐带扣系得那么靠后，即使正常消毒也容易感染呀，真的太不规范了。"曾执说，她并不知道梁护士长辞职了。

"孩子有发烧吗？"梁护士长问。

"还好没有。"说着曾执小心翼翼地把系好的脐带打开，重新系了一个结，然后涂上了碘伏和新洁尔灭。处理妥当后把孩子包裹好送回了311房。

第二天一早林珊刚推开月子会所的大门，就发现大家一个个都脸色难看，都不敢看她。

"出什么事了？"林珊开门见山地问。

"院长，罗湘竹在点评网上骂我们呢！"

林珊的脑袋"嗡"一下炸开了，她最担心的事情还是发生了。

网络是把双刃剑，让你欢喜让你忧。自从月子会所在点评网上有了页面，试吃月子餐的、看房的、咨询的络绎不绝，美誉度极高的月子会所，订房已经排到五个月后，全满了。

成也萧何，败也萧何，上了点评网站，一点过失便人尽皆知。

林珊敲开了罗湘竹的房门，对罗湘竹表示了十二分的歉意，并保证她将亲自过问孩子的情况，从今往后的所有费用全免。

回到护士站，曾执焦急地问："院长，她同意撤回差评了吗？"

"不知道，我没说。"

"您怎么能不说呢，这差评在网上待一天，对我们的影响多大呀！要不让点评网客服帮我们处理一下吧。"

"不用，是我们做错了，我有什么资格让人家撤下差评？只有我们做好了，让产妇满意了，人家才会原谅我们。"林珊说着，慢慢走回自己的办公室，突然感到胸口一阵紧缩疼痛，她马上从抽屉里拿出备好的速效救心丸，放到嘴里几粒，然后瘫坐在沙发上。

第二天一早，林珊就去罗湘竹房间看宝宝，老天保佑，宝宝的肚脐经过曾执的重新结扎消毒后红肿消退了很多，她又问了问罗湘竹的情况。

罗湘竹没想到林珊这么一大早就来看她，看到孩子的情况有所好转，她的情绪也平复了很多，竟也和林珊闲聊了一会儿。

回到护士站，林珊刚要和杜老师交代罗湘竹宝宝的情况，忽然听到瑶瑶在那边大喊："院长，院长，快来看，罗湘竹把差评删了！"

真不容易，众人都舒了一口气。

2.

机场国内到达出口，围了好几层接亲友的人。王越彬个子高，站在人群中间翘首以盼，直到一个熟悉的身影出现。

"Bonnie，我在这儿！"王越彬挥着手。

眼前这个洒脱不羁、神采飞扬的姑娘是王越彬的前女友，也是他要接的来自美国的客人——洛杉矶某医院的妇产科医生杨宝妮。

"嗨，Robin！"杨宝妮放下行李箱，一下子扑进王越彬怀里。她身材瘦小，王越彬抱着她原地转了大半圈。

"你能活着出现在我面前，每次都是奇迹！"王越彬开心地说。

杨宝妮开怀大笑："哇，好久没有被男士这么抱过了，好开心！"

两人松开手，彼此打量着对方。这两人最像的地方，就是都有一双特别明亮的眼睛。

　　"你变白了。"杨宝妮说。

　　"你更黑了。"两人哈哈大笑。

　　"走吧，我们先上车。"王越彬说着，接过杨宝妮的行李箱。他没想到杨宝妮看起来破旧不堪的行李箱却异常沉重。

　　"哇，你这里边装了什么呀？装炮弹了？"王越彬惊呼。

　　"嗯，这么大的行李箱，装两枚迫击炮弹没有问题！"杨宝妮认真地说。

　　"你可别吓我！哎，你这箱子也太旧了，你看看别的女孩用的箱子，都比你这个漂亮，你也早该换一个啊。"王越彬指着路过的女孩们拉着的行李箱，让杨宝妮看。

　　"这是你买给我的啊，我可不舍得换。再说了，漂亮有什么用？我这只箱子可是大炮机枪什么大场面都见过，它可勇敢了，而且特别坚强，虽然旧了些，但是并没有坏。"

　　"来，把你的背包也给我。"

　　"不用，我自己来，不要把我当成娇小姐。"

　　王越彬对杨宝妮的独立再熟悉不过了，也就没再客气。两人一边说着话，一边向停车场走去。

　　机场到达出口这边，王睿和蔡美伊焦急地等着爸妈的到来。俩人不敢站在接亲友的人群之中，太挤了，只能站在外围。

　　眼看一拨拨出来的人里面都没有爸爸妈妈，蔡美伊有点着急了："怎么还不出来？哎，你给我爸打个电话呀！"

　　"打了，他没接。这么嘈杂，他应该没听见。"

　　"哎，来啦来啦，出来了！"蔡美伊眼尖，一眼就看到远处的父母。

　　"爸，妈，这儿呢！这儿呢！"两人踮着脚尖挥着手。

　　"王睿，美伊，你俩都来了？哎哟，美伊你大个肚子跑这么老远多不方便呀！"蔡妈妈心疼地说。

　　"是啊，我说不要美伊来，她嫌在家待着闷，非要一起来。"王睿唯恐丈母娘怪罪自己对女儿照顾不周。

　　"妈，你们怎么出来这么慢哪？"蔡美伊上前挽起妈妈的胳膊。

"还不是你爸，非要上厕所，一天上八十回厕所，越急他越要上厕所。"美伊妈抱怨地说。

"人有三急嘛!"美伊爸分辩。

"别人有三急，你是只有这一急! 走到哪儿都要上厕所!"

王睿接过岳父母的行李："爸，妈，你们一路也累了，咱们先回家吧，美伊出来也好半天了，刚才一直站这儿等着，也挺累了……"

"走，走，赶快回家。"蔡妈妈拉着女儿的手，一边走一边看她的大肚子，"这回，也不知道是个小外孙，还是个小外孙女。"

"哎呀，是什么都一样，孩子健康就行，男孩女孩都一样!"美伊爸说。

"是都一样，不过我们已经有一个外孙子了，再来个小丫头，不就更齐全了?"

一家人说笑着向停车场走去。

3.

王越彬开着车在机场高速上疾驰，杨宝妮十分放松地靠在椅背上，一头黑色的长鬈发随意松散着。渐渐靠近市区，车窗外是飞速掠过的北京的楼宇。难得的好天气，窗外蓝天白云。

杨宝妮望着窗外说："还好呀，也没有雾霾啊，网上那种云山雾罩的图片，据说能见度不超过 5 米，有的地方不超过 1 米，哇，我以为一出机场就得紧紧跟住你，不然我就走丢了呢!"

"也没那么夸张了，冬天会比较严重，不过今天确实天公赏脸，难得的好天气，显得整个城市都特别漂亮。"

"Robin，我懂你为什么不回美国了，北京太美了，新潮、繁华，而且有人气。"

"没错，热闹，繁华，跟美国不一样，这里到处都是人，这里太有存在感了。北京正在南部建设一个新的机场，据说是按照满足年旅客吞吐量 1 亿人次需求设计的，没准等你下次来，我就要去新机场接你了。"

"我的天，1 亿人!"杨宝妮低声惊呼。

"怎么样，吓着了? 等你安顿好，我带你在北京老城区里转转，让你真实地看看什么叫人多，他们可不是游客哦! 对了，Bonnie，我一定要带你体验一下北京的地铁，上下车可以不用自己走，人流抬着你上抬着你下，你可以脚不沾地。"

杨宝妮开心大笑起来："哈哈，Robin，我已经迫不及待了，我在非洲……"

王越彬打断她，认真问道："哎，你为什么从非洲离开，我以为你一辈子都舍不得离开非洲呢，说说这次为什么来中国？"

杨宝妮毫不掩饰："我说一多半原因就是想来看看你，你相信吗？"

"嗯，相信。我也是这么认为的。"杨宝妮没想到王越彬回答得这么直接，她反而不好说什么了。但是，她认识和喜欢的王越彬，的确就是这样的。

杨宝妮笑了："咳，你还是老样子。"

王越彬半认真半是玩笑地说："错，我不会再通过电子邮件和你谈情说爱了，我也不想每天关注军方新闻，因为没有得到你及时回复的邮件牵肠挂肚了。所以我要提醒你哦，我们现在仅仅是朋友。"

杨宝妮为王越彬的直爽笑了："OK，没问题，我们就只是朋友，你知道，参与无国界医生的工作会是我终生的理想，我不会因为任何原因放弃，所以你放心，我绝不会纠缠你，你就是我终身的好朋友，这样可以吗？"

"当然了，你是说到就会做到的人。"王越彬答。

对于这样一个女人，王越彬无话可说。这世上有一种女人她们注定不属于家庭，她们属于社会，或者说属于全人类。中国妇产界的泰斗林巧稚就是一个，她杨宝妮也算是一个。

"我暂时不会回非洲了，如果我想让自己的业务能力保持在顶尖水准上，就要不断地进修、学习，这几年我一直在透支，所以我想更快更多地积累最新的临床实践经验，今后可以更好地帮助那里有需要的病人。这次和你们医院合作的国际远程会诊平台，如果能顺利搭建成功，将会实现医疗资源的跨国界共享，也是我增长经验值最快的办法了。"

王越彬假装不满地嘟囔："谁呀，刚才还说主要是想来看我的。"

"这个项目搭建计划是半年时间，所以我是会经常来看你的，我不会等到新机场启用才再来北京的。"

王越彬告诉杨宝妮医院明天上午为她准备了欢迎仪式，现在他先送她回酒店休息。

杨宝妮感到很意外："哟，还有欢迎仪式呢？"

"那当然，你是来自美国的专家，著名的美籍华裔医生杨宝妮女士！必须隆重欢迎！"

杨宝妮打了个呵欠说："嗯，真的很困。"话音未落就闭上了眼睛。

"喂，你可不要真睡着啊，马上就到了。"

"那你放音乐给我听啊。"杨宝妮闭着眼说。

王越彬打开车里的音乐，恰好是一首王力宏的老歌 *Mary Says*。王力宏曾有一段长达五年的初恋，这是他分手后写给前女友 Mary 的歌。

杨宝妮突然睁开眼睛，坐直身子说："我的天！这不是 *Mary Says* 吗，你是不是故意的，你是不是想让我哭？"

"冤枉啊，这是电台播放的歌，谁知道他们会刚好放这首老歌？"

"王力宏在吉隆坡的演唱会，我还冲到前面与他握了手。"杨宝妮回忆道。

王越彬没说话。他也很意外，他确实没想到打开音乐恰好是这首歌，这是他们两人都无比熟悉的 *Mary Says*。两人都有点触景生情，但是王越彬也没有关掉音乐。

深情的老歌缓缓流淌，两人一时都沉浸其中。

4.

时钟指向下午 3 点，常丽在办公室吃午饭，微信响了，好像丁丁那边又搞不定了。看到丁丁的微信，她连忙放下饭碗，赶到洽谈室。

常丽再次推开洽谈室的门，又是一家四口。从长相和各自的表情来看，应该是公公婆婆和儿子儿媳，每个人都黑着脸。

怪不得丁丁要呼救呢，常丽也没把握自己一定能招架得住，在月子会所里开战的家庭多了去了，这里每天都在上演着真实版的电视剧情节。

"叔叔阿姨好！看过房了吗？有没有中意的？"常丽笑容可掬地问着。

那个貌似儿媳妇的姑娘完全无视常丽的出现，继续自顾自地说着："我要住月子会所怎么了，我们同事生孩子都住月子会所。您要是出不起这钱，您别要孙子呀，别人家生孩子，婆婆都十几万、几十万的给红包，您可倒好，我找了个最便宜的小房才 8 万块钱，就把您给不乐意成这样，要不这样也行，这钱我问我妈要，这孩子也随我们家姓。"

"贝贝，你说什么呢？"一旁的儿子嗔怪道。

"怎么啦，不乐意了吧？看来，你们还是明白事理的，我是给你们老李家生孩子，他生出来姓李，你们李家该不该对我好点儿，再说我的要求过分吗？"儿媳妇依旧不依不饶地说着。

一直没说话的婆婆开腔了："贝贝，你说的没错，这孩子是姓李，但他也是你的孩子，我们当老人的从来没有逼过你，一定要你生孩子，你不能把孩子当成要挟我们的筹码。"

"哟，我怎么要挟您啦？当初我和您儿子是别人介绍认识的，介绍人说你们全家都是知识分子，虽然经济条件差点，但是一家人讲道理，好脾气。哎，我可真没想到你们这么抠门，结婚时我们家都没有要你们家一分钱的彩礼钱，结婚后也没花过你们老李家什么钱，现在要生孩子，我想住月子会所，瞧你们这个磨磨唧唧的不痛快劲儿。"

"贝贝啊，你看我和你爸结婚的时候什么都没有，不也过一辈子了吗？婚姻讲的是感情，不是物质。"

"妈，您那些忆苦思甜的大道理，还是讲给您学生听吧，您就痛快给我一句话，这钱您出不出？"

婆婆狠狠地瞪了一眼在一旁默不出声的儿子。

一旁的公公操着浓厚的南方口音说："贝贝呀，我们不是舍不得花这个钱，只是觉得没有这个必要，如果你觉得我们伺候得不好，你可以请一个月嫂，月嫂既有经验，价位也合适，不到两万块钱，这个钱我们来出没有问题。过日子啊，还是得精打细算，我们还想留一些钱以后给孙子做教育基金呢，小孩子生出来要花很多钱的，别的地方都可以省，但教育不能省。"

贝贝一脸不屑，从鼻孔里哼了一下："哼，我现在算是知道什么叫穷酸知识分子了，如果当初听我妈的找个开矿的，现在早住 VIP 房了。"

这时正好林珊刚从楼上丽萨的房间下来，路过这里，在半开着的门外听到了两代人的对话。林珊的心很痛，丽萨一个外国女孩那么体谅自己的中国婆婆，而这个中国儿媳妇却能说出这么混账的话。林珊推门进去，让站在一旁的常丽吓了一跳，她刚要开口，被林珊拦住："这位姑娘，我是这里的院长林珊，刚才你和你婆婆的对话我都听见了，我这么跟你说吧，今天就是你婆婆给你交这 8 万块钱，我们月子会所也不会收你。"

所有人都愣住了。

林珊接着说："我们月子会所每天来来往往的都是年轻的准妈妈，但像你这么不懂事、对老人如此言不逊的，我还真没见过。你婆婆说的一点没错，这个孩子是你的，你是孩子的母亲，你是在为自己生孩子，不是在为别人生孩子！如果你的经济条件允许你住月子会所，你可以住没问题，但如果你自己不掏这笔钱，你也没有理由这样逼老人。他们的退休金该怎么花，那是他们的事。你今天这么对老人，明天你的孩子也这么对你时，你会怎么样？自己好好想想吧。"

贝贝被林珊说得哑口无言，她没有回林珊的话，只轻蔑地瞪了一眼公公婆婆和老公，推开洽谈室的门，摔门出去了。贝贝老公在后面喊她，紧跟着也出去了。婆婆过来握住林珊的手，有些激动地说："院长，不好意思，孩子年轻不懂事，让您见笑了。"

"没事，但愿没有给你们带来麻烦。"林珊说。老人握着林珊的手叹了一口气，无奈地摇了摇头没再说什么，林珊把老两口送了出去。

林珊回头看常丽还站在那里，便拍拍她的肩膀说："不好意思，常丽，让你的提成泡汤了。"说完径直走回自己的办公室。

5.

曾执正与梁护士长交接查房记录，一抬头看到院长脸色很不好地走过来，她不确定是不是要和院长提已经取回母婴产业高峰论坛资料的事。

林珊忽然想起："对了，资料取回来了？"

曾执赶忙说："取回来了。"

曾执正想要去拿资料，发现院长并没有停下来等她的意思，而是自顾自地走了。看着林珊离去的背影，曾执和徐蔓面面相觑，她们眼中的院长向来和颜悦色，很少见到她脸色如此灰暗。

这时曾执电话响了，来电号码显示是张建平。曾执摇了摇头，该来的总是要来。她原本是想走到走廊尽头安全门后面接电话，刚好路过殷悦的 309 房间，见门半掩着，她走了进去。

殷悦正捧着平板电脑和同事开电话会议。曾执指了指手机示意她是张建平，殷悦请假暂时退出会议，然后曾执按了免提接听："喂，建平，我是曾执。"

电话那端传来张建平质问的声音："曾执，我就开门见山问了，殷悦是不是去你们月子会所了？"

一听对方口气不友好，曾执也冷冷地说："你可以给殷悦打电话啊，为什么要问我？"

张建平着急地说："你就回答我，是，还是不是？"

曾执也毫不客气："是又怎样，不是又怎样？"

张建平有点恼怒："那就是在你那儿喽？哎，我就不明白了，她就是流产而已，在家休息一段时间就行了，干吗要跑到你们月子会所？为了照顾她，我把我妈都从老家叫来了，搞得我妈现在自己在家待着，儿媳妇不见了，还以为离家出走了呢！曾执，你说我们家的事你瞎掺和什么劲啊？你为什么非得把她鼓动到你们月子会所去啊？"

本来，曾执想如果张建平打电话来心平气和地问她，她也许会好好劝劝他。但是张建平一上来就兴师问罪，一副讨伐的语气，这让曾执不由得引燃了一肚子的怒火。

曾执很不客气地说："张建平，你听好了，请你不要用这种态度和我说话。第一，殷悦是你老婆，她去哪儿了你应该问她，我没有告知你的义务。第二，我没有鼓动殷悦做任何事，你听明白了，是任何事！你作为殷悦的丈夫，整天口口声声对老婆好，现在却连老婆去哪儿了都不知道，你还有脸来问我？还对我兴师问罪，你好意思吗？"

张建平冷笑道："我就说殷悦最近怎么也学会吵架了呢，真是和什么人做朋友长什么本事啊，可惜我那傻媳妇里外人不分，还傻了吧唧的给人家花 2000 块买凉鞋呢！"

曾执一脸无奈："张建平，你太让我无语了，看来我以前对你了解得真是不够。"

"你要是能了解男人，你早嫁出去了，何至于当老姑娘啊？"张建平不示弱，嘲笑地说。

一个人的素质不是体现在他客气的时候会说出什么样的漂亮话，而是体现在他愤怒的时候会说出什么样的难听话。

张建平的态度，确实超出了曾执的想象。无论怎样，自己是他妻子的好朋友，他竟不能对她做到起码的尊重，他竟然可以如此口不择言地戳人家软肋。

听着电话，殷悦已经气炸了，听到丈夫如此羞辱自己的好友，她简直快要崩溃了："谁说曾执嫁不出去了？就是嫁不出去又怎么了，那也比嫁给你这样一个男人强！"

突然听到电话里传来殷悦的声音，张建平吃了一惊。但是他也证实了，老婆就是去了曾执工作的那家月子会所了。想想殷悦最近的种种表现，还不一定曾执给老婆灌了什么迷魂汤呢。电话那端，殷悦气愤地挂断电话。

这突如其来的一通电话，让殷悦好不容易刚刚平静了两天的心，又被扰乱了。曾执知道，张建平肯定会来月子会所找殷悦，他若也像陈潇那样大闹一场，唉，自己可以卷铺盖回家了。

"殷悦，张建平会来月子会所找你的。"曾执心有余悸地说。

"找我又怎么样？我不见！"殷悦气愤地说。

"躲也不是办法，你躲得了初一，躲不了十五，你还能躲他一辈子啊？"

"曾执，今天你算领教他了吧？要不是他自作主张把他妈叫来，每天含沙射影地说我，我能躲到月子会所来吗？要不是他打我，这个孩子能流掉吗？他为什么打我？因为我骂他下三烂！我为什么骂他下三烂，因为他偷看我手机！他为什么偷看我手机？因为我夜不归宿。我为什么夜不归宿，因为他骂我！他为什么骂我呀，因为说我乱花钱，还给你也买了双鞋。他不能容忍自家的钱花在别人身上，曾执，你知道这是什么吗？这是价值观的差异，一个婚姻如果在价值观上出现了差异，它还能维持吗？我和张建平过不下去了。"

殷悦不管不顾地自问自答着，越说越激动，完全忘了顾及曾执的感受。而此时的曾执，在听到那双鞋时，心里的确咯噔了一下，刚才电话里张建平也提到了。但这次，她并没有像上次那样停留在那里不动，而是随着殷悦的诉说流淌过去了。

"宝贝，你真的觉得你们的价值观有分歧？"

"分歧大了，从小我父母教育我，凡事要谦让别人，他妈却叫他凡事都要和人争，和人抢，什么事都要计较。"

"那是因为你什么都有，他什么都没有。"曾执说。

"我们家我爸什么都听我妈的，即使我妈说错了，爸爸也从来不会对她吼。可是张建平，平时还人模狗样的，发起脾气来居然会动手打我。长得帅又怎么样，帅的人渣还不是一抓一大把？"

"他家是东北农村的，你看电视剧里，那些东北大老爷们儿，抄起鞋底子满街追着打自家媳妇还不是家常便饭？"

曾执试图说玩笑话，开导殷悦，但殷悦面色凝重。

"我父母告诉我，如果兜里有钱，不用太委屈自己，钱是用来花的，不是用来攒的，攒下的那部分最后也是要花出去的。而张建平呢，他挣钱就是为了攒钱，平时我花钱他心疼吧也都忍着，那天终于忍不了了。我所有的消费，他都认为是浪费，而且他们娘俩在这点上还特别一致，对浪费深恶痛绝，不，应该说对花钱深恶痛绝，最好一分钱不花，全攒着。"

"那是因为你从小家里不缺钱，没体验过没钱的滋味；而他家里没钱，从小他吃过没钱的苦，知道缺衣少食的滋味。"曾执继续替张建平解释着。

"哎，曾执，他刚才那么骂你，你怎么还替他说话呀？"

"我，我是不喜欢他，可是我也不希望你们分开呀！"

"可是亲爱的，我那不是浪费，那是正常消费好吗？我这么如花似玉的，我当然需要穿衣戴帽买包包！曾执你知道吗，张建平最高兴的事就是我们俩只挣钱不花钱，可是等钱攒够了，估计都七老八十了，连花钱的欲望都没有了！而且，攒钱、攒钱，攒到多少是个头啊？这是我最不愿意的，生活是用来享受的，不是用来当罪受的。每当我想到存钱，我内心真实的自我就会告诉我说，要对自己好一点。所以，我最爱的生活方式恰恰是他最反对的，你说我们这日子还有法过吗？"

"是，太拧巴了，如果他只对自己抠门，不干涉你，那也还好，但显然很难做到。"曾执说。

"我爸妈当初就反对我们，是我死活非要嫁给他，现在我都没脸去和父母说！"说着，殷悦眼圈泛红，泪珠在大眼睛里打转，她把头深深地埋在双腿间。

曾执看到殷悦那么难受，很想安慰安慰她，可又不知怎么说，就轻轻抱着殷悦，抚摸着她说："别哭了，总哭对眼睛不好，如果觉得实在过不下去，可以试着像现在这样分开一段时间。"

曾执话一出口，殷悦就像被马蜂蜇了一下，定在了那里，抬起头两眼直勾勾地盯着曾执。

曾执被殷悦看得心里发了慌，心想自己一定是说错话了，忽然想起要给院长送材料，赶紧说有事先离开，等会儿再来看她。

第十五章　奶奶和姥姥

1.

林珊回到办公室，一屁股栽进沙发，她今天有点累，更准确地说，是她觉得今天心里有点堵。

年轻孕妇刚才的那番话可能在当今社会很有代表性，月子会所到底是个什么样的事物呢，她回国干这行到底对不对？今天自己就这么把人家轰走了，这样的事情以后还会不会再发生？大家都说月子会所好赚钱，因为来的人都不差钱，一般老百姓也住不起。可她如果今天看不惯就轰走一个，明天看不惯又轰走一个，那月子会所岂不很快就关张了？

林珊心里乱成了一团麻。她是个理想主义者，她一直想把月子会所变成一个由不同的小家庭组合成的大家庭。它有点像军营，铁打的营盘流水的兵，每个产妇在这里只待一个月，但是在这里的这一个月却是她们经历人生蜕变的时期，从一个任性、撒娇的女孩变成一个内心充满母爱懂得照顾他人的母亲。

还有她们的丈夫，她希望那些没事只会打游戏的小男生，变成有责任感、有担当的合格奶爸。

还有那些年轻的爷爷奶奶、姥姥姥爷，在享受天伦之乐的同时也要懂得和孩子们相处的边界，学会放手。

在林珊的理念中，月子会所应该更像是一所学校，大家因坐月子而聚合在这里，相互学习，相互成长。可惜，家家有本难念的经，大多数家庭的问题，甚至不是一个月能说清楚的，更不要说解决了。

林珊按了按太阳穴，努力地调整着自己的情绪。这时曾执敲门进来，把从王越彬那儿取回来的资料给她送过来了。

"院长，这是王医生给您的资料。"曾执想，如果院长不问，她便不提和王越彬见面发生的事。

没想到林珊接过文件夹，第一句话就问她："你们见面怎么样，对 Robin 印象如何？"

曾执愣了一下，支支吾吾嗯了半天，不知道该怎么回答。

"不满意？"林珊问，这个结果还真有点出乎她的意料。

其实，在来院长办公室之前，曾执心里就已经考虑过了，如果院长问起来，她该怎么说呢？说喜欢吧，她是在撒谎，而且院长说不定还会安排第二次见面；说不喜欢吧，还挺驳院长面子的，毕竟院长是一番好心，而且他和林院长关系不同一般。

考虑再三，事到临头，曾执还是决定实话实说："院长，是这样，其实，我们以前就见过。"

"啊？那你怎么早不和我说呀？"林珊很意外。

"因为您一直跟我说的是他的英文名字 Robin，我只知道他叫王越彬，我也没想到他就是您一直说的师弟。"曾执解释道。

"哦，那你们是以前有过不愉快？"林珊问。

"也谈不上不愉快。就是之前有一次徐蔓负责的产妇李佳乐，说是伤口感染，非要回医院复查。正好那时我刚发现我负责的产妇陈潇是张博的老婆，就和徐蔓调换了一下工作。那天是我陪李佳乐去的 MM 医院，结果负责李佳乐的医生正好是王越彬。"

"哦，这样呀，那他怎么得罪你了？"

"倒也没有啦，就是他和产妇讲话的样子我看不惯，动不动就美女长美女短的开人家玩笑，肉麻极了。我当时就想，这就是鼎鼎大名的 MM 医院一把刀？为人太轻佻了，我很质疑他的专业性。当时我们还互相挖苦、互相挤对来着。后来我的闺蜜蔡美伊，就是二胎订了咱们月子会所 313 房的那个，想在 MM 医院生产，就让我帮忙，我就找到王医生的电话，硬着头皮给他打了一个电话求他帮忙。"

"结果呢，他帮你了吗？"林珊问。

"帮了。"

"哦，那你们打交道都是第三个回合了，这说明你们多有缘分呀！哎，不对呀，Robin 给你帮忙，都没问你是谁？"林珊问。

"我当时特忐忑，一紧张自我介绍时就说是上次带李佳乐去医院的那个护士，忘了说名字了，他也没问。所以，我估计您跟他介绍护士曾执，他也不知道就是我。"曾执解释道。

"哦，我明白了，那你们今天见面还是蛮戏剧化的。哎，你是不喜欢他，还是他没看上你？没关系，我又不是旧时的媒婆，我只是自己觉得你们合适，成与不成还要看你们自己的感觉，千万别因为我介绍让你觉得有很大压力，好吗？"

听林珊的话，曾执也如实说："我不知道他怎么看我，我自己觉得我和他不是一路人。海归、博士这些客观的差距就不提了，您看他开的车，穿的衣服，都那么张扬，最要命的是他一点都不像个医生，倒挺像个大明星，整个感觉花里胡哨的，没一点主刀医生的严肃劲儿，还号称什么产妇男神，我就是觉得他很轻佻，靠不住。"

听了曾执的话，林珊忍不住想笑，她很理解为什么曾执会这么看王越彬。的确，脱下白大褂，王越彬私底下的形象确实就像曾执形容的，不管在任何场合，他都是一副男模的派头，任谁从外表也看不出他的职业是医生。

不过，在林珊看来，这并不是缺点。她觉得有必要向曾执解释一下，王越彬为什么会这样。

"曾执，你看啊，你这么看他我很理解，但是 Robin 呢，他长期在美国读书、工作，不像我们国内的学生，可能上课只需要闷头抄笔记就好，他们课堂上如果你不主动发言和老师讨论，你这门功课可能会过不了的。时间久了，大家的性格也会变得比较直接，敢于表达自我，也许这就是你所说的张扬。"

曾执确实没想过这些，而自己却正是林珊说的那种上课从来不举手，只顾闷头抄笔记的那种学生。

"另外呀，曾执，还有一点也是我一直想找机会和你谈的，我们做医护工作的人，除了专业技术，更要学会揣摩病人的心思。"林珊站起身给曾执倒了一杯水接着说。

"我给你讲个故事吧。回国之前，有一次我在德国做学术交流时认识了一个中国的心理医生。我问他，你为什么要从临床医学改学心理学？他说他刚开始在医院里当医生的时候，没有什么经验，医术也不怎么高明，但是他经常去病房和病人聊天，总是面带微笑地鼓励他们，安慰他们，告诉他们要有信心，病很快就会好的。病人是非常相信医生说的话的，他们在他的鼓励下，变得积极乐观起来，也非常配合治疗，很多病人很快就康复出院了。后来他发现，其实人体有很强的自愈能力，有的病未必是治好的，更多的是因为从医生那里得到了良好的心理暗示后，心情变好了，身体的免疫力也就增强了，有的病也就不治而愈了。"

林珊端起水杯，踱步到窗口："我们做母婴护理这行的，高明的医术固然重要，但如果只有高明的医术，那不成了冷冰冰的开刀匠了吗？我们月子会所如果每天只是测测血压，量量体温，你觉得意义大吗？我们真正要做的工作，是唤醒产妇对生命的热爱，对生活的渴望。你知道吗，对现在很多年轻妈妈来说，生孩子可能是他们这一生中经历过的最疼的一件事，而坐月子是他们一生中经历过的最难熬的日子，我们怎么样帮助他们顺利度过，这里有很大的学问。刚才你说见到王越彬和产妇开玩笑，我觉得这不是轻佻的表现，他是有意在转移病人的注意力，让精神上的愉悦代替身体上的痛苦，而且他成功了。要不，他怎么成了人气最高的大夫了？你说对不对？"

林珊的话，让曾执恍然大悟："是的，院长，我想起来了，当时徐蔓就说不明白李佳乐为什么一定要嚷嚷着去医院复诊，她的伤口愈合得还可以，既没有化脓，也没有红肿，没有什么感染迹象。但她就是喊疼，快疼死了，非要去医院，让医生救救她。后来去了医院让王越彬一看，安慰了几句就全好了，也不疼了。"

林珊点点头："所谓医病医心，中医里也有这样的说法，'善医者，先医其心，而后医其身'，这一点，王越彬做得非常好，你说呢？"

院长一番话，让曾执有一种醍醐灌顶的感觉，虽说一时还不能完全消化，但可以确定的是自己应该好好反思一下了，自己不接受的东西未必就是不好的，只是自己的认知还没有到那个层面上。

2.

中午，大家都在食堂吃饭，大概是大厨今天心情不好，做出来的工作餐极其难吃。瑶瑶吃了两口就倒了："曾执姐，徐蔓姐，今天这饭太难吃了，一会儿，咱们点外卖吧。"

曾执和徐蔓正要起身，这时她们发现杜老师依旧坐在那里默默地吃着她的饭。

"杜老师，您也别吃了，一会儿和我们一起吃吧！"徐蔓说。

"蔓蔓，你敢倒吗？"杜老师不紧不慢地说着，却把大家吓着了，一时间都愣住了，以为触犯了什么大忌。

"没有啦，我就是觉得没有坏的东西不可以倒掉，这样很浪费的。"杜老师放缓了语气。

大家这才松了一口气。

"杜老师，您从来都不倒东西吗？"瑶瑶问。

"除非它坏了、馊了。台湾不像大陆这边地大物博，我们那么小的一个岛，资源紧缺，所以从小就被教育不可以浪费，一定要物尽其用。"

"哦，原来这样啊！"大家恍然大悟。

林珊走进食堂，正好听到这一段话，很感动，于是她盛了一盘土豆坐在杜老师旁边吃了起来。那几个丫头像泥鳅一样溜边跑了。

在月子会所，除了林珊，薪水待遇最高的就数杜老师了，因为她是按台湾专家标准聘请的。可是在生活上杜老师却非常节俭，并且看不惯很多年轻人动不动就浪费东西。

这让林珊想起，她在台湾考察时，发现很多台湾人都很节省，或者用更恰当的词形容就是物尽其用。在餐馆里很少能够看到吃剩下浪费的满盘满碟的食物，哪怕还剩几颗葡萄，他们也会打包带走。但回到国内，吃喝浪费的现象实在太严重了，不管剩多少，大家都不打包，好像那样很丢人，是我们自己穷人乍富的心态作祟，却还说人家小气。

3.

蔡美伊一家人从机场回到了家。美伊妈一进门换上拖鞋，就直奔厨房四处找围裙。

"妈，你找什么呢？"美伊问。

"我找围裙呢！你家围裙在哪？我赶紧给你们做饭，一会儿我大外孙子是不是就该回来了？"

王睿见状赶忙拦下："妈，您从早晨出门到现在折腾一天了，太累了，赶紧歇会儿。晚上我们出去吃饭，给您二老接风，您不是爱吃烤鸭吗？晚上我们就去大董那儿吃烤鸭。"

"大董？大董是谁，你朋友呀？让人家做烤鸭？算了吧，别麻烦人家了，还是妈妈给你们做吧，我看看你家冰箱里都有什么。"美伊妈说着就去开冰箱门，打开一看，冰箱里整整齐齐码着一排玻璃保鲜盒。

她一时无从下手，她吃惊地指着冰箱问："噱，这，这装的都是什么，什么菜也看不出来呀？"

一旁，蔡美伊早已笑翻在沙发上："妈，大董是一家烤鸭店，不是王睿朋友。"

美伊爸说："我说，咱们就听孩子的吧，以后有的是你做饭的机会。"

王睿让岳父岳母简单收拾一下然后大家早点出发去大董，争取赶上第一炉烤鸭，不然等位要等很久。

美伊妈答应着，摘下围裙走进客厅感慨道："王睿，这冰箱是你家阿姨整理的吧？这么整齐，不像是美伊干的。"

"妈，不是我干的，也是我要求的好不好？张姐给我们把家收拾得这么好，你们来了也得保持好哦。"

"瞧你说的，我和你爸是来给你们搞破坏的？我干得比她好！"美伊妈骄傲地说。

王睿问蔡美伊："张姐买好票了没，哪天走？用不用去送？"蔡美伊说："票买好了，明天走，知道你忙，不用你送了。"

"怎么，你家阿姨要走啊？"美伊妈问。

"是啊，妈，这不你们来了吗。你们能帮我去幼儿园接送墨墨，我也快生了，生完住月子会所，也不在家。张姐说她想回老家休息一个月，我同意了，等我从月子会所回来，她再回来。"

正说着，"叮咚"门铃响，是张姐把王子墨从斯玛特美术班接回来了。姥姥姥爷一齐冲上前去。

美伊妈一把搂住大孙子："哎哟，我的大外孙回来啦，墨墨，来，快让姥姥看看。哎呀，这小手怎么这么脏呀，这是哪弄的呀？"

"美伊给他报了一个斯玛特美术班，让他每周三去学画画。"王睿赶紧答道。

"也别让孩子太累了，墨墨，到姥爷这来，怎么？还怕羞呀？"美伊爸说。

王子墨害羞地躲到了张姐的身后。姥姥姥爷都想把他拉到面前来，可他揪着张姐的衣服就是不撒手。

"叮咚"门铃声又响了。王睿说："估计是我爸妈来了。"开门一看，果然是自己的爸爸妈妈来了。

美伊妈热情地迎上去："哎哟，是亲家来了呀，快请进，请进。"

虽说美伊妈也刚进门没有几分钟，但她的个性从来都是不管主场还是客场，自己永远都是主人，这会儿她俨然把自己当成这家里的女主人了。她一边热情地寒暄，一边招呼着张姐，快给亲家母拿客人的拖鞋。

王睿妈说："我们听王睿说了，你们今天下午到，我和他爸都忙，也没能去机场接你们，这不，一忙完我们就赶紧过来了。这一晃咱们也好几年没见面了。"

"可不是嘛，我正和她爸商量，明天抽空去看看亲家呢，没想到，你们倒是先来了。快进屋，坐，坐，坐，我给你们倒茶。"美伊妈一边说着，一边不停地张罗。

美伊妈为人爽朗，天生一副热心肠，跟谁都能自来熟，从不把自己当外人。她的这种反客为主的态度，倒让每周都和儿子一家见面的王睿妈有了一种怪怪的感觉。明明是自己儿子家，却让这刚来的亲家母端茶倒水招呼着，自己怎么好像变成客人了？

美伊妈丝毫没有察觉到亲家母的不悦。

沙发上，美伊妈拉着王睿妈的手话家常，王睿妈有些不自在，但也不好抽出手，别别扭扭地寒暄："您两位身体可好啊？"

美伊妈回答："我们还不错，你们呢？"

"唉，我们一年不如一年，当年美伊生墨墨的时候，我还能不时过来搭把手。现在不行了，晚上总失眠，你让我睡个整觉，我都睡不着，人老了，力不从心了。他爷爷也是糖尿病，不能累着。不过我俩都吃着保健品，要不然啊，还没有现在这样呢。"

一听到保健品三个字，王睿就想说点什么，但是看了看岳父岳母，欲言又止。

"没事，他奶奶，你放心，有我呢，我身体好，这次啊，我来照顾美伊，你们多休息。"

此时，美伊爸一直用手捂着胃，脸色有些发青。

美伊妈背对着，没注意，倒是王睿妈看到了："他姥爷，您是不是不舒服呀，要不要去床上躺会儿？"

美伊爸皱着眉硬挺着说："没事，没事，胃有点不舒服，不碍事。"

"爸，您是不是饿了？咱这就出去吃饭去。"王睿关切地说。

这时子墨跑过来，因为跑得太急，啪的摔了个跟头，手里端着的酸奶全洒到了地上，张姐赶忙扶起了子墨。

"墨墨，走路好好走，你跑什么呀？"王睿妈趁机抽出被亲家拉着的手，站了起来，过去看孙子。

"没事，没事，小孩子嘛，哪有规规矩矩坐在那里的，肯定是跑来跑去的，没事没事。"美伊妈抢在王睿妈前面，一把拉起了墨墨。

"美伊妈，小孩子虽然小，但规矩还是要有的，人们不是常说三岁看大，七岁看老吗？我们家的小孩子出去是要有样子的，坐有坐相站有站相，不能让人觉得冒冒失失的。"王睿妈认真地说。

王睿爸就怕王睿妈开始讲道理，一看她站起身，生怕她讲个没完，赶紧去拿了拖把来擦地。

王睿妈一旁看着突然很生气，平时在家里懒得要命的老头子，今天跑到儿子家，倒是在亲家面前装勤快了。

没想到，这边美伊妈一个箭步窜上去，一把夺过王睿爸手里的拖把，嘴里不停地说着："哎呀，王睿他爸，你赶紧放下，放下，我来，我来，这种事情，怎么好让你这个大教授来做呢？"

王睿爸一没留神，拖把被美伊妈拿走了，他一伸手又把拖把夺了回去："没关系的，我在家也经常干的，您刚来，歇着吧！"

"你家是你家，这不没在你家吗，再说我还在这儿呢，哪能让你拖地啊，这种事都是我们女人做的。"美伊妈又把拖把抢过来，一边拖地一边说。

说者无心，听者有意，在一旁的王睿妈心里越发不高兴了："美伊妈，您这话说得就不对了，什么叫这种事都是我们女人做的？现在都什么年代了，噢，他是教授，我退休前也是高级职称，我俩级别是一样的。再说家务、家务，家庭成员都有干家务的责任和义务，我们家是男女平等的，你问问你们家美伊，我儿子王睿在家里干不干活？"

蔡美伊和王睿对视了一眼，听得出王睿妈话里的味道不对，但又一时不知道该如何回应。两边都是父母，向着哪边说话都会得罪另一边。

还是蔡美伊反应快："对，家务活不分男女，我家平时多亏张姐在。"

蔡美伊既没向着自己妈，也没向着王睿妈，结果两边都没接话茬。她求助地望了一眼老公，结果王睿冲着她一摊手。

美伊妈拿着拖把的手停在那里，她原本的一句客气话，被王睿妈反问回来怎么就变得那么不客气了呢？不过王睿妈说得也没错，女婿的确在家里是什么活儿都干的。

美伊妈一时不知道如何作答。没有人注意到，此时，闯了小祸的墨墨已经一个人跑回他的房间了，玩积木玩得不亦乐乎。见气氛有些僵持，还是王睿爸打破了僵局："哎，墨墨哪儿去了？"

"哎哟，墨墨没摔着吧？"美伊爸问。

"可能回他小房间了，我去看看。"王睿说着走进墨墨的房间，一家人也跟了过去。大家的注意力都齐刷刷地转向子墨，美伊妈这边三下两下就把客厅的地擦干净了。

4.

张建平一下班就赶来月子会所了。虽说电话里听到了殷悦的声音，但他还要确认一下，她是不是真的住在这里。

"先生您好，请问您是预约参观，还是探望亲友？"瑶瑶问。

"哦，我找人，请问有没有一位叫殷悦的住在这里？"张建平问道。

"嗯，请问您是？"

"我是她丈夫。"

一听是殷悦的丈夫，瑶瑶立刻放下公事公办的脸，人也突然变得热情起来。她并不知道殷悦家的事，正好奇她一个人入住，为什么家人都不出现呢，结果她老公就现身了。

"哦，她刚入住，和我们这儿的护士曾执是好朋友呢，她住309房间，需要我带您过去吗？"

瑶瑶说着就想带张建平去找殷悦，却被他拒绝了。张建平自己都不知道见了面会发生什么，还是不要外人在场的好，便忙摆手说："不，不用，谢谢了，你告诉我往哪边走就好。"

"好吧，这会儿前台只有我一个人，那我就不带您上楼了。您从这边上楼，左拐，就能看到309房间的门牌号。"

张建平道过谢刚要离开，忽然听到一个声音从身后传来："怎么能让初次到访的家属自己上楼呢？"

瑶瑶一看是陈俊明，吓了一跳。不过她马上镇静下来，一弯腰45度鞠躬："陈总好，前台这会儿就我自己在，所以……是我不对，我马上带客人上楼。"

"不，不，是我不让她带我去的，您不要怪她，我自己能找到。"一看领导要责难下属，张建平连忙为她解释。

陈俊明掏出名片，双手递给张建平："我是月子会所的老板，我叫陈俊明，实在对不起，我们服务不周到，请您多多包涵。"

"哦，陈总您好，真的没关系，不怪她，是我不让她去的。"张建平忙解释。

"那好，今天我亲自带您去309房间，请您务必给我们一个改正错误的机会。"陈俊明诚恳地说。

张建平虽说觉得有点小题大做，对如此隆重的接待规格感到有些诧异，被他弄得诚惶诚恐一时不知怎么才好。但看陈俊明态度诚恳，又很坚持，一脸将功补过的意思。对方是这里的老板，算了，恭敬不如从命吧！

陈俊明一伸手做了个请的手势："走，走，您这边请。"

张建平往前走着，陈俊明说："如果方便的话，能否请赐一张您的名片？"

"不好意思，不好意思，失礼了，这是我的名片，我叫张建平。"说着张建平从西服口袋里掏出了自己的名片，递给陈俊明，并主动和他握手。

陈俊明看一眼名片，便夸赞张建平："哦，您在银行工作。真是年轻有为啊，这么年轻，就当上了信贷部的主任，了不起！"

"哪里哪里，我是副职，就是一打工的。"

陈俊明拍了拍张建平的肩膀，比了个赞："年轻有为，还谦虚低调，我看人错不了，小伙子一定前途无量！"

"我们这个部门，也算是服务行业了，跟陈总您这儿的服务、管理，都没法比啊。"张建平也认真地回赞着对方。

去309房间短短的一段路，张建平被陈俊明夸得心花怒放。他哪里能想到，陈俊明的这次带路，可不是白带的。

陈俊明前台正巧遇到张建平是偶然不假，但带路这一出，却是他有意的。自从上次在林珊办公室听到殷悦老公在银行工作，他便有意无意地记住了。

月子会所要扩张，和银行打交道是必然的，资金周转也是少不了的，多认识几个银行的朋友显然是必需的。刚才在前台听到这人正是殷悦老公，陈俊明便打定主意要认识他。一看名片他刚好是银行信贷部的，这让陈俊明不由得喜出望外。

309房间，陈俊明主动上前敲门，殷悦应声开门。

"陈总，您怎么来了？"殷悦大为惊讶。

陈俊明头一低，身子微微一欠："我也向您说声抱歉，您先生来看您，他头一次来，不熟悉路，我们前台客服连路都没给带，实在对不住啊，我们服务不周到，今后一定改，请多多包涵。"

"啊，这没什么，不是什么大事，您不用这么客气。"殷悦也被陈俊明的诚恳道歉搞得有点莫名其妙，一看旁边张建平面带喜色，她多少有些疑惑。

陈俊明接着说："如果有什么不喜欢的、不习惯的，请一定告诉我，让每一位来月子会所的女士身心都得到最好的调养，是我们的服务宗旨。那我就不打扰二位了，失陪。"

5.

让陈俊明这么一个老板又是赔笑又是赔礼的，殷悦有些搞不懂，不过这也多少化解了她和张建平见面的尴尬。

"怎么，他亲自陪你找过来的？"

"是啊，我说不用，他非要陪我过来。"

"你们以前认识？"

"不，不，不认识，刚才我们刚互换的名片。"

"哦。"开场白说完，两人突然无话，一阵尴尬。

张建平先打破了僵局，问殷悦怎么不说一声，就跑来月子会所了。殷悦反问一句："我说一声，你就能同意我来住了？"

其实，张建平见到殷悦，知道她的下落，看到她好好的，心里的气也已经消了一大半。他知道，对前段时间发生的种种，殷悦一直没消气，自己也没有正式道过歉，她对自己有怨气也可以理解。

殷悦却并没打算给他这个台阶下，他那天在电话里对曾执的态度，让殷悦对他的怨恨非但没有减少，反而增加了。

殷悦走到窗边，张建平跟过去，从她身后抱住了她。

殷悦推他，他并不松手："老婆，是我不对，我不该对你胡乱猜疑，更不该动手，我真的很后悔。想想那天晚上在医院里，让你遭这么大罪，我真他妈不是人！"张建平说着，眼圈也红了。殷悦听着也泪眼婆娑。

"要不，你也打我？你使劲打我，你也解解气。这儿反正也没别人，你愿意怎么打我都行，反正没人看见。"

殷悦苦笑："可惜，我不会打人，从小我爸妈就没教过，现在也不会。"

"你不在家，我心里空落落的，我们自从在一起之后，除了出差，从来没有因为闹别扭分开过。"

"凡事，都总有第一次。"殷悦不无讽刺地说。

"老婆，你原谅我好吗？我保证，绝不会有第二次。我那天，我就不应该喝酒，我当时，就是心里郁闷，自己想不开，不过那天之后我再也没喝过了，向你发誓，以后我也再不会碰酒了。"

"酒，就是借口，你心里憋了很多不满，你对我忍了很久了，我知道。你说的那些话，在你眼里，我的那些缺点，天天只知道逛街购物买东西，不知道攒钱，甚至不知道操心家务，家里什么活儿都让你干，那些也都是真心话。"

"不，老婆，我就是太急了，一想到生孩子，我心理压力就大。我也很想咱俩就像刚结婚时候那样，没事就陪你出去逛个街啊，看个电影啊，回家所有的家务活，不管洗衣服做饭刷锅洗碗，都我来做。这些年我也做习惯了，是我自己愿意这么做，不该一着急就怪你。"张建平说的也是心里话。

"谁会天生愿意做家务啊，我知道，这些年，你一直让着我。我也想过了，这对你，的确不公平。我应该帮你分担一些家务，这一点我做的确实不好，是我的不对。但是，有两件事我无法想通，一个是你说我乱花钱，再一个是你认为不生孩子很丢人。这两件事，这几天我一直在想，努力想理解你，但是我理解不了，我始终不明白。"殷悦说的也是心里话，这些话在她心里反复想过几次了。

"花钱的事，其实我也想和你好好沟通一下，你看，你一天花 8000 块可能还不够，我一天 80 块可能还花不完。当然了，你也不是天天花 8000，我也不是每天都不超过 80。我的意思是，咱们该花的钱就花，不该花的钱就不花。你要想清楚，什么东西是想买的，什么东西是需要买的。需要买的东西，钱该花就花，咱不省；想买的东西呢，只要不是必需的，咱们能不买就不买，能省就省，你说呢？"

"什么是需要买的？人活着必须满足的无非就是吃喝拉撒用，这是最低级需求的满足。可是建平你能不能告诉我，我们辛苦工作，努力生活，难道不就是为了让自己过得开心一点吗？明明很喜欢的东西，你不买，不去追求，这样活着的乐趣在哪儿？在金钱上，我有能力让我自己满足，我花钱能买到开心，为什么我偏要和自己过不去，让自己不开心？这是什么道理，我不懂。而且，我又不是穷奢极欲，铺张浪费，我所有花的钱，都在我的消费能力范围内。"殷悦反驳道。

老婆的话，让张建平听了十分头疼，钱的问题，说到底是消费理念，是价值观的差异。从小缺衣少食的他，怎能与衣食无忧长大的殷悦说得拢？

张建平摇摇头说："你从小没有吃过苦，你不懂没有钱花的窘迫，你不知道没钱的滋味……"

"你说的我都懂，可是建平，你童年那样的生活不是早都结束了吗？你看看你现在，你早已经不缺钱了，你完全没有必要对自己那么苛刻，你也完全有能力可以对自己好一些，包括对我。你不能拿你童年的心理阴影来要求我，这对我也不公平。"

"不，你不懂。"张建平坚持着。

是的，殷悦不懂。物质匮乏和匮乏感是两个概念。常年的物质匮乏，会让人形成一种匮乏精神和危机意识，无论客观情况发生如何变化，主观上都会感到"匮乏"。张建平现在虽然早已衣食无忧，但童年的匮乏以及母亲常年灌输的经济危机意识，对于今天已经衣食无忧的他来说，还是做不到真正心理上的无忧。

"还有生孩子。你想过没有，我们为什么要生孩子？是为父母长辈生的吗，只是为了传宗接代？那些生了孩子的人，他们都是生给别人看的吗？他们证明给别人看，你看，我能生孩子？我们干吗要活在别人的眼光里？我们有没有孩子，和别人有什么关系？"殷悦不吐不快。

"当然有关系！我们结婚，组建了一个小家庭，如果有了孩子，那就是一个完整的家了，没有孩子这个家就不是完整的，我们的人生也是不完整的，难道你不喜欢孩子吗？"

"这是两个问题，我很喜欢小孩，如果有了孩子，我也会努力做一个好母亲。但是我渴望有一个孩子，不是为了让人生完整，即使没有孩子，我也不觉得我的人生不完整。总之我生孩子是因为我自己想要一个孩子，我才去生，而不会为了去向别人证明什么才生的。"

"你说来说去，这不就是一回事吗？我们都喜欢孩子，如果我们顺顺利利地有一个孩子，这不挺好吗？"

"建平，这是两回事，孩子是上天赐给我们的礼物，孩子不是我们的附属品，更不是你向别人展示生活幸福的道具。"

张建平沉默了。男欢女爱，生个孩子，千百年来，哪个家庭不是这样？他从未想过，孩子是什么，为什么生孩子。他和殷悦也没有就这个问题沟通过，应该说，是他没有想过，他以为殷悦也一样。没想到在他看来顺理成章的一个问题，殷悦居然有那么多的想法。

"还有曾执，她是我的好朋友，你为什么总把人想得那么不堪，这点我实在无法理解。"

"殷悦，是你太单纯，总把别人想得那么好，而事实不是这样的，是你太傻了。"

"张建平！"殷悦有些恼怒了，但是她还是尽量克制自己，压低了声音，"建平，总把别人往坏处想，你开心吗？你不开心，你觉得周围人都在算计你，坑你，然后你再用同样的方法去回敬别人。这就是你为什么没有好朋友，整天活得小心翼翼还不开心的原因，因为你从不向别人敞开你自己。"

张建平沉默很久，突然想起此行目的，便问："你，要不要回家去住？"

"不，我不回去。"

"为什么？你是嫌我妈做饭不好吃，还是嫌她爱管闲事？"

"建平，你事先没有和我商量，就把你妈叫来北京了。你知道我的性格，不太会应酬长辈，我很不自在。如果你和我商量一下，我肯定不会折腾她跑这一趟。"

张建平觉得很委屈："她是我妈，是来照顾你的，怎么能说应酬长辈？那你说让我怎么办？你在家休息，我得上班啊，我不能天天在家照顾你吧？"

"我可以在家订月子餐啊，也可以来住月子会所，大不了我回我妈家，我没有一定要赖着你在家伺候我呀？"

张建平有些害怕，忙试探着问殷悦，这事岳父母是否知道。殷悦说："我要告诉他们，你这会儿还能在这儿和我说话吗？"

张建平如实告诉殷悦上午去过她家了，只有爷爷在家，殷悦忙问他是否说了什么。得知他什么也没说，殷悦这才放心。

"建平，你回去吧，我在这儿住挺好的，有曾执在，什么都方便，再说这儿人多，我也不闷得慌。"殷悦说。

"你住这儿，是和医院似的，等出院一起结算吗？"建平问。

殷悦说入住时她已经刷了信用卡付清了，不用他担心。

"要不，让我妈回老家，你回去住吧。"张建平再次提议。

这次，殷悦沉默了很久，艰难地开口说："建平，要不然，我们分开吧。"

毫无思想准备的张建平目瞪口呆，犹如被冻在原地一般，抬头却看见殷悦坚定的眼神，听见她坚决地说："离婚吧，建平，我们都不要再勉强对方，也不要再委屈自己。"

张建平起身，仿佛没有听见一般，疲倦地说："你累了，好好休息吧，我也很累了，明天我再来看你。"

第十六章　八卦总是跑最快

1.

正在夜班的曾执一个人百无聊赖，310房间吴爽的丈夫过来借婴儿指甲刀。登记完借用物品信息，他看曾执一人在，便在曾执的对面坐下，聊了起来："护士，你们值夜班真辛苦。"

"还好，习惯了。"每天在月子会所，和形形色色的家庭打交道，她对产妇家属大概都有个印象。

"护士，你可别赶我走啊，我在你这儿喘口气。"

"怎么了，不开心呀？"曾执看到吴爽丈夫愁眉不展的样子问。

"唉！"吴爽丈夫叹了口气说，"我每天这么照顾她，她还是一千个不满，一万个不乐意。咱们月子会所的服务项目里不是有草药水擦身这一项吗？她每天不要月嫂给她擦身，非要我给她擦，擦就擦吧，从开始到结束就一直数落我，嫌我擦得不好。你说我们花这么多钱住月子会所，不就是图省事吗，早知道她到哪儿都要我擦身子，何苦花这么多钱住月子会所呢，我在家伺候她不行啊？"

曾执翻着产妇资料："310房间，你是吴爽的老公？"

吴爽丈夫自嘲道："对，吴爽，自从和她在一起，我是真的再也'无爽'了，一天爽日子也没过上。你就说刚才吧，我给她擦身子，问我为什么毛巾拿这条不是那条，还问我当时拿这条毛巾时的思想动机是什么。我去！我有考虑那么多吗，我就是顺手拿一条毛巾。"

"那还真是难为你了，上了一天的班，还要照顾爱人。"

"可不是嘛，还是你们当护士的善解人意，我家吴爽要是像你这样，我就没得愁喽！"一句话说得曾执两颊绯红。她没注意，吴爽已经站在她老公身后了。

"你在这儿呀，借个指甲刀要借两个小时呀？哦，正和美女护士聊天呢，不舍得走呀？"吴爽一指头戳在她老公的脑门上。

"哎呀，你瞎说什么呀，我在咨询宝宝的问题呢，走，走，回去。"吴爽丈夫拽着吴爽往回走。

吴爽甩开了丈夫，转头对曾执说："你叫曾执是吧，你怎么总要招惹产妇的老公呢。我刚来就听说了，上次有一个是你的前男友？这次，我老公和你可八竿子都打不着的关系吧，你可别告诉我你们也是旧情人！"

"你说什么呢，怎么可能！行了行了，快回去吧，别着凉了，乖，乖，快走！曾护士，不好意思啊。"吴爽被老公半搂半推的，回房间去了。

料到同事们会议论陈潇大闹月子会所的事，但曾执没有想到，产妇们竟然也在背后议论自己。在她们眼里，难道自己已经成为一个妖精了？

望着他们离去的身影，对面又走来一个熟悉的身影，这人正是张建平。他来看殷悦了？张建平踉踉跄跄离去，他没有看到曾执。

2.

离开月子会所，张建平开车回家，一路上都在回想妻子说的话：离婚吧，建平，我们都不要再勉强对方，也不要再委屈自己……

停车，上楼，直到走到家门口拿出钥匙开门，张建平一直都是一副魂不守舍的样子。

"妈，我回来了。"一进屋，闻着屋里熟悉的饭菜香，张建平感到一种舒适的安全感。妈妈做的饭菜可能不是山珍海味，但这种家常的味道，却让他最安心。

"妈，你又做了这么多好吃的。"张建平扔下包，换好衣服，准备洗手吃饭。

"都是你爱吃的，平时啊，你想吃老家的味道吃不着，这次妈妈来了，一定给你做得让你吃个够！对了，白天殷悦没往家打电话，你找着她去哪儿了吗？"

"噢，我找着她了，她去住月子会所了。"

"月子会所？那是干啥的？"

"就是坐月子的地方，妈，现在好多人生完孩子，只要不差钱的，都不在家坐月子都愿意去住月子会所，那儿饮食起居都有人照顾，大人孩子月子会所都给管，可方便了。"

"可是悦悦是流产，她又没生孩子。"张母不解地问。

"流产的也能住啊，在月子会所的护理都是特别专业的，调理好身体，以后不落病，再怀孕也不用担心身体。"

张建平坐到餐桌前吃饭。他不想惹得妈妈再对殷悦又有意见，那样他在中间又得受夹板气，于是索性主动替殷悦和月子会所说起了好话。

"噢，那种地方，听这意思，得很贵吧？"

"不贵，殷悦她同学在那个月子会所，肯定给她打折了。"

"噢，是不是，就是那个给她订月子餐的同学？"张母立刻想到了。

"嗯，是她。妈，刚下班我去看过殷悦了，都挺好的，你放心吧。"张建平想赶紧把这个话题糊弄过去。

看着儿子一脸不以为然的表情，张母知道，这儿子终究还是和儿媳妇一条心。

"行，只要你们两口子不吵架，怎么都行。过日子不就是这样吗，你让着我，我让着你，有困难了，你帮帮我，我帮帮你，互相帮衬着就都过去了。"建平妈顺水推舟地说着，她今天是有重要任务的，不想和儿子多扯殷悦的事。

"妈，你就别操心了，殷悦在那儿住着，我倒省心了，省得天天上班还得惦记着你俩在家处不处得来，就怕你俩闹矛盾。"

张建平在妈妈面前，小心隐藏着自己的心情。他想，殷悦气头上的话不当真的，也许等她气消了，那两个字便不会再提了。不，也许根本是自己听错了，殷悦根本没有提过那两个字。

"我多大岁数的人了，我能和她一般见识？要是不用照顾她了，我就想早点回老家了。我都想建文家桐桐了，从小我带大的，出来时间长了我也不放心他。"

"行，你愿意早点回去也行。晚上吃完饭，我带你去商场转转吧，你也难得来一趟北京，看看有啥喜欢的想买的，我给你买。"

"哎哟，你可别瞎浪费钱了！这家里要开支的地方多了去了，你要是钱多没处花呀，你就支援一下建文家吧。"说完张母深深地吐了一口气，她终于切入正题了。

张建平放下饭碗，一脸疑惑地问母亲："建文家，建文怎么了？"

"咳，建文没怎么，你别急。这不桐桐吗，今年要上小学了。唉，你看建文比你小一岁，桐桐这都要上小学了，你这当哥哥的，孩子还没影儿呢！"

"妈，你就说桐桐怎么了？扯我干啥？"

"唉，桐桐想去县城上小学，他妈妈托人打听了，要想上那个学校，必须得在人家学区有房。这不，上午建文媳妇打电话，房子她和建文都看好了，买房子办手续很麻烦，要想办，就得抓紧时间，不然今年桐桐恐怕上不了学了。"

"为啥桐桐一定要去县城上小学？老家小学不行吗？"

"你是不知道，现在十里八乡但凡有点门路的，都把孩子送县城上学了！老家学校和县城里没法比啊！当初咱家穷，我和你爸供不起你哥俩，你是老大，学习又好，只能让建文不念书了，要不他指定也能考上大学。当初我把建文耽误了，建文就桐桐一个宝贝疙瘩，那可不能再耽误他了。你说是不？"

张建平若有所思，他知道妈妈这是在替弟弟试探借钱。

张母接着说："就是想和你这当大哥的商量啊，建文他们哪有那么多钱？建文和他媳妇相中的房子，来你这儿之前他们带我去看过了，新房子，有110平方米，老敞亮了，两个卧室一个书房，客厅我看比你家也小不了多少，45万能买下来。建文和他媳妇这些年打工攒了15万，想从你这儿借30万，他们打借条，攒够了钱肯定还你的。"

张建平一听30万这个数，心里一惊。他们只知道我挣得多，不知道我花销也大呀。建平原本想如果是三万五万的，自己就悄悄给了，就当是大哥的一点心意，不用还了。

可这一下就要30万，建平也为难："妈，我哪儿有30万啊？我家里这开销，你也看到了，我家两部车，车子都要烧油吧，房贷我总不好意思让人家殷悦还吧，这首付都是她爸妈掏的，没让咱家花一分钱。每个月我还要给你汇钱，工作这几年我根本没攒下什么钱，有点钱还在股市里套着，一时半会儿也卖不掉。"

"妈知道你也不容易。你呀，顶着名儿在北京大银行上班，工作好，媳妇好，老丈人好，其实妈知道，谁都帮不上你。可是，要说建文也就罢了，他要买房，他自己挣钱去，这次不是为了桐桐吗，要上学，等不了啊！"张母耐着性子说。

"他没钱就别买那么大的房子啊，干吗买110平方米的！北京那些学区房，四五十平方米住着一家三口，不也能住吗？再说也不用买新房子啊，二手房不也一样能住吗？"

"咱们老家，能和北京比啊？二手房和新房子，差不了多少钱，当然还是买新房子！再说了，我这岁数也大了，你离得远，平时也不回老家，等我真不能动了，还能指望你啊？你爸走得早，到时候老了肯定是建文给我养老。唉，建文找了个好媳妇，通情达理，提前就和我说好，到时候把书房改一间小卧室给我住，人家呀，一点都不嫌弃我！"

张建平看着母亲说到新房子，眼里闪烁出来的光，实在不忍心给她泼冷水。可是30万不是一个小数字，他上哪儿凑这30万去？

"建平啊，你不是在银行上班吗，天天和钱打交道，你想想办法啊！"

"银行的钱是公家的钱，那钱能碰吗？碰了那是要掉脑袋的！"

"哎呀，妈不是让你拿公家的钱，就是让你想想办法，你上班这么些年，还没有几个哥们朋友的？找他们借借，应个急嘛，谁家还没个遇上难处的时候？"

"要是我有难处，张口找人帮忙还可以，你想想，我弟买房、我侄儿上学，为这借钱，还不够让人笑话的！"他感到为难极了。

"那你说怎么办？桐桐上学的年龄，等不起呀！"

"建文他们贷款不行吗？"

"哎哟，他可不比你这种单位，他和媳妇都没有稳定职业和收入啊，你是银行的你知道啊，谁会放贷款给他们？"张母说的也是实情。

"明天我去查查我账户里有多少钱。"张建平想自己也是急糊涂了，他们怎么可能贷款呢。

"哎，要不，你问老丈人借借？"她试探地问。

"拉倒吧！殷悦还跟我这一肚子气呢，我能找她爸借钱？"

"噢，也是。你说你们，平时省省，两口子收入那么高，怎么着还不能攒点钱？一点儿都不会过日子！"

建平怕母亲又扯到殷悦大手大脚上来，实在不敢恋战，忙说："妈，建文买房，我尽力吧，能帮多少帮多少。我也不指望他还，他们本来就收入低，你也别逼我，行吗？"

"哎哟建平，妈的好儿子，真是没白疼你！"张母一块石头终于落地了。

3.

午后的阳光暖暖地照进月子会所的婴儿房，下午三点正是宝宝们洗澡、做抚触、称体重的时候。月嫂们各自抱着自己房间里的宝宝进进出出，月子会所一派热闹景象。

吴爽的月嫂季姐是最后一个抱着孩子进来的。

"季姐，今天怎么来晚了？"曾执问道。

"宝宝不是得湿疹了嘛，中午一热又开始痒痒了，闹了半天才哄睡，这不我们就起晚了。"

"好点了没，可别让宝宝用手挠呀，挠破可就更麻烦了。"曾执说。

"好多了，昨天孩子他爸不是去护士站借婴儿指甲刀吗，借来我就把宝宝的指甲全给剪了，这下也挠不着了。"

季姐不提指甲刀还好，一提又让曾执想起了昨晚闹心的一幕，她摇摇头走过来看看孩子的情况。

给宝宝们洗完澡，曾执来到309房。门没关，推门只见殷悦靠在窗边发呆："我昨天好像看到建平了，是不是他刚来过了？"

"嗯，他让我回家，我不想回去。"

"你俩，没吵架吧？"

殷悦苦笑一下："没吵，我现在连跟他吵架的力气都没有了，真的。"

曾执也拉过一把椅子，和殷悦坐在阳台聊天："没吵就好，我看他一个人走了，我不放心，就想过来看看你。"

"虽然没吵架，不过我也跟他说了一些我的真心话，我跟他说了，我想离婚。"殷悦平静地说。

曾执大惊："啊，说什么呢？这一会儿工夫，你怎么突然要……离婚？"

"我是认真的，曾执，我真的没有办法继续了，离婚是最好的选择，我们都不必再勉强对方，也不再委屈自己，想到要结束这个婚姻，我一下子感到很轻松。"

"张建平怎么说，他能同意？"

殷悦笑了笑，无奈地说："他没说同意，也没说不同意，他假装没听见，肯定是没想到吧。"

"他肯定不同意。"

"你知道我的，我无法和自己的心意拧着来，我决定了。慢慢来吧，我给他时间考虑，他会同意的。"

看着殷悦一脸决心已定的样子，曾执无语，她当然了解她。

不光张建平逃避殷悦提出的"离婚"，就连曾执，也觉得意外到难以接受，她努力想岔开话题。此时，隔壁传来轻微的婴儿的啼哭声。

"亲爱的，你知道你隔壁住的是谁吗？"

"不知道，只是经常听到她家孩子的哭声。"

"她叫凌凡，今年43岁，生二胎，是目前为止我们月子会所里岁数最大的产妇。她老公把她送来那天刷了卡，交完钱后就再没出现过，不过这个大姐特别坚强，每天我去查房她都是乐呵呵的。"曾执说。

"哦，怎么回事？"

"她呀，是在快要生的时候，自己打电话定的我们这里。你知道吗？她第一胎是剖宫产，这第二胎是顺产。她妈妈是协和医院的老主任，找协和妇产科，妇产科都不敢接，可是她执意要顺产，说自己的身体条件完全可以顺产，最后 MM 医院给接了，这才顺产生下这个女孩。"

"她可真厉害。"

"人家不光生孩子厉害，带孩子也厉害。那天我去查房，一看她家大宝来了，你猜她怎么着？她左手抱着小宝喂奶，右手居然在和大宝打扑克，哎，那副从容淡定的样子真把我惊呆了。她这么大岁数，这么勇敢地生下第二个宝宝，她是为什么呀？她已经生过一个了，而且老大是男孩，肯定不是婆家逼着她传宗接代，要说人生完整，那她已经体验过生孩子了，何必再要个老二呢？哪天碰到，你们可以聊聊。"

殷悦感慨："她肯定特别明白，生孩子是为自己生的，我也和建平谈过了，如果有一天我生孩子，一定是因为我自己想要一个孩子，我才去生，而不会为了去向别人证明什么才去生的。"

"他应该不会这么想吧？"

"嗯，算了，不说他了。哎，对了，跟你说个八卦。我刚来那天晚上，不是被隔壁孩子哭声吵得睡不着吗，我就出去了，去了阳光房旁边的露台，遇到一个产妇。她说孩子爸爸把她们扔在这儿，好几天没露面了，还说孩子爸爸有个老情人，就在这个月子会所工作，你知道吗，是谁呀？"

曾执只听到脑袋里"嗡"的一声。殷悦的话，让她惊愕不已。她知道，那个产妇显然就是陈潇。难怪她的前男友事件会在月子会所流传，看来好事不出门，坏事传千里呀。

4.

"那个产妇，是不是长得很瘦，头发很长？"听了殷悦的讲述，曾执想确认她是不是陈潇。

"是啊，头发很长，乱乱的，不过她人长得倒是挺漂亮的。"

"她叫陈潇。你还记得张博吗？她是张博的妻子。我，就是她说的那个老情人。"曾执苦笑着，低下头。

"啊？张博？怎么会，你们还有联系？"这下轮到殷悦吃惊了，她拉起曾执的手，看起来曾执不像是在撒谎。

曾执叹一口气："早就没有联系了，说起来难以置信，有一天我查房，无意中发现张博陪他老婆在这儿坐月子，哦，他们就住 301 房间，我当时都快吓死了，世界也太小了！自从和他分手之后，我们就再也没有联系，更没有见过面。这些年，我也想过我们可能会偶然重逢，但做梦我也想不到，这一场景会发生在我们月子会所的房间里，而且是在他老婆面前！"

"哇，这也太刺激了！你们，前男友前女友当时就相认了？"

"怎么可能！没跟你说我都快吓死了，张博在给他老婆削苹果，当啷一声水果刀就掉地上了。然后我就借口出去了。"曾执摇头。

"那，他老婆当时没察觉？这也太明显了，一看你俩就有事！"

"你说，北京这么多家月子会所，张博和他老婆，怎么就偏偏住进了我们这家？"回想起当天的一幕，曾执仍然觉得像在做梦。

"哎，这都是缘分哪！你快说呀，他老婆怎么看出来的？"

"她无意中发现，我这个文身，她也有。"曾执晃了晃手腕，殷悦注意到她的文身。

殷悦诧异："她怎么会有？你那个文身，不是和张博一起文的吗？"

"是啊，我也不知道，当时她抓住我的手，让我给她解释清楚，我哪能解释得清楚？我根本就不知道她也有和我一样的文身。"

殷悦若有所思："这事儿，恐怕张博最清楚。你说，是不是他当年被老婆追问文身的事，无法自圆其说，只好顺口扯谎，结果呢，谎言编得太美丽，然后她老婆一冲动自己去文了一个，跟他凑成了经典的那个一问一答？"

这下轮到曾执吃惊了："你简直就是神探啊，推理力也太厉害了！"

"怎么样？让我说中了吧？我去，张博也太能耐了！"

"差不多就是这么回事吧。陷入爱情的女人啊，头晕眼花，看不清眼前的男人，很正常。何况你看张博，一副人畜无害的样子，估计热恋的时候他跟陈潇说地球是方的，陈潇都得信。"曾执说。

"哈哈，还是你最了解你的前男友啊！"殷悦大笑，俨然已不是刚才那个诉说离婚的殷悦。

曾执一摊手："就是这么回事。"

殷悦突然想到什么，问道："喂，张博意外遇到你，没有骚扰你吧？"

被殷悦突然这么一问，曾执沉默了，低下头。

"不会吧，又被我猜中了？"

"那天他送了好大一束红玫瑰，到月子会所。还有一次，他一大早就等在我家小区门口。哦，还有前几天，我上夜班，他半夜送来一盒我爱吃的点心，我转交给他老婆了。"曾执憋了一肚子话，不吐不快。

殷悦听了很生气："他打算干吗？还真打算收复失地，和你旧情复燃啊？喂，他已婚了，孩子都生了，老婆在坐月子，这么做也太缺德了吧？你没有理他吧？"

"我当然明确拒绝他了，不然还能怎么样？"

"他不会盲目自信，认为你至今单身，是对他念念不忘吧？胆儿够大的呀，竟然敢再来撩你！真没想到，他竟是这种人！"殷悦不放心。

"当初分手的时候，我的确不甘心，就因为他妈妈反对，我就被分手了？不过，这么多年，我也想开了，两个人在一起呢，只要一个理由就够了，分手呢，可以找到一万个理由。所以，我也不会再和他纠缠不清。"曾执说得坚定。

可她真能如自己所说，面对张博的示好可以做到心如止水吗？曾执自己也不知道。

"对，必须划清界限！等你吃到皮薄褶密馅嫩汁稠的小汤包，尝过了'皮薄蟹黄馅味美，入喉顿觉周身爽'的味道，哎呀那个美呀，谁还抱着没褶没馅的大白馒头不撒手？切，让他做梦去吧！"殷悦不屑地说。

"唉，的确，就像歌里唱的，没有一个人，非要另一个人，才能过一生，何况他是个没褶没馅的大白馒头。只是他这样做，我恐怕我们连朋友也没得做。"想到这儿，曾执不由得惋惜。

虽然嘴上说得斩钉截铁，可是感情的事，终究不是理智能抵挡的。

"对了，林院长给你介绍的那个海归博士，你们见面感觉如何？"

提到王越彬，曾执不知道该哭还是该笑："唉，别提了，我和他，真的是两个世界的人，太不同了。最搞笑的是，这个人是 MM 医院的医生，以前我见过他，对他印象超级不好，还挤对他来着。我还请他帮过忙，美伊这次想去 MM 医院生孩子，月龄太大不能建档，也是他帮忙的。"

殷悦听了也笑了："哈哈，你们这叫不打不相识吧！你挤对他，他还能帮你忙？那他这人心眼可真好！哎，长得怎么样，帅不帅呀？"

"你呀，就知道关心长相！帅倒是蛮帅的，但完全不是我的菜，哎哟，整个人那叫一个浮夸。你看我忍不住就想说他的坏话，我对他有些误解，林院长和我说了很多关于他的事，他可能不像我想的那么差。"

"人家一个海归博士能差哪儿去？那水平、能力、各方面素质，都是 MM 医院一级一级审过的。”

“我不是说业务能力，我说的是性格。”

“哦，我听出来了，这么说，有戏？”

“有什么戏？没跟你说嘛，我们太不同了，根本就是两个世界的人。”

“交往一下，处一处看看嘛，这路啊通不通，总得走一走才知道，即便是条死胡同，那也得走到没路了才知道，你不能在胡同口就不走了。别看曲里拐弯，也许拐过去就是康庄大道呢！”殷悦认真说。

“嗯，也许走到一半，你就发现，你以为这是一条死胡同，这还真就是一条死胡同！”曾执比画着说。

“那又怎样，从头再来呗！”殷悦一脸无所谓。

“唉，从头再来，好麻烦！”

5.

一身休闲打扮的杨宝妮一个人出现在 MM 医院，这个明眸皓齿一脸灿烂的姑娘，一路吸引了不少目光。

她一边走一边观察 MM 医院，一边也寻找王越彬的诊室。看了看腕表，已经是下班时间。路过卫生间，几乎和出来的人撞了满怀，抬头一看，正是王越彬。

“Bonnie，你怎么来了？”王越彬有些意外。

“哎，正好撞上你了，我正不知道去哪儿找你呢！”杨宝妮说。

“我以为这会儿你还在睡觉呢，怎么，这就睡饱了？”

“我也睡了一个下午了，睡得好香，醒了好饿，就想过来找你，带我去吃好吃的。”

“好啊，你想吃什么？”

“嗯，你带我去吃烤鸭吧？”一醒过来，杨宝妮就惦记吃烤鸭了。

“胃口不错嘛，就想吃烤鸭？”虽然不再是情侣，王越彬对这位前女友仍然是一脸宠溺。

“嗯！”杨宝妮使劲点点头。

“那你打个电话告诉我就行了，饿着肚子还跑这么远，我过去接你多好。”

杨宝妮撒娇地说：“人家还想过来看看你嘛！”

环顾四周，王越彬说：“那你去大厅等我一下，我也下班了，等我换一下衣服。”

杨宝妮立刻跟上去："哎，你顺便带我参观一下你们医院呗，让我先熟悉熟悉？"

"你要不要这么敬业呀？明天欢迎会开过之后，我再带你参观吧，现在，王医生下班了。"

杨宝妮也没多说什么，不由分说就挽起了王越彬的胳膊。他不想说，她还可以自己问嘛，比如你们妇产科的日接诊量是多少，剖宫产率是多少，反正她所关心的问题她一个都不会放过的。

王越彬不知不觉介绍起来："我们每个妇产科医生的问诊时间是每个病人 20 - 30 分钟，初诊时间为 20 - 40 分钟，每位医生的每天问诊量最多 24 个病人。"

"那你们有多少位产科医生？"

王越彬示意她看走廊上路过的医生简介展示墙："喏，你自己数数吧，出门诊的医生都在这里了。"

杨宝妮惊叹一声："哇，这么多！"

"所以啊，你这次选择来中国是非常正确的，我们每天接触的病人数量、疾病种类，是你在美国无法想象的，当然也是你在非洲无法想象的。以前有些情况我和你说过，这次国际远程会诊平台搭建过程中，你用心亲自体验一下，保证你的经验值噌噌地往上长！美国的医疗水平是高，但临床经验远远不及中国，中国医生的经验都是实战中总结出来的。"王越彬认真地说。

杨宝妮猛点头："嗯，嗯，我已经迫不及待啦！"

不知不觉两人已经走到更衣室门口，王越彬停下脚步。走廊对面有同事走过来，向王越彬打招呼，他也向对方打招呼，对方笑容复杂地打量着杨宝妮，杨宝妮察觉，大方地向对方挥手回应。

"停，你就在这儿等我。"王越彬说。

杨宝妮笑吟吟地点头。

王越彬进入更衣室，和同事各自换衣服，果然，同事已经按捺不住好奇，立刻问他那个姑娘是谁。

"哎，我说，除了你那些孕妇粉丝，我可好久没看到你跟哪个女人关系这么亲密了，谁啊？你这是不是已经甩下兄弟，悄悄脱单了？"

"哪有，普通朋友。"王越彬说。

"骗谁呢，普通朋友能挽着你胳膊？我可都看见了！"同事一脸的不相信。

王越彬反问:"挽着胳膊也不代表什么啊,挽着胳膊代表什么?"

同事被他问得一怔:"还能代表什么,那不就代表,你们是挽着胳膊的关系了吗?"

王越彬开玩笑地说:"你呀,要是在男女关系上但凡看得有一点点准,有你医术水平的十分之一,不,哪怕百分之一,你早就不是单身狗了!"

"我去!说得好像你不是单身狗似的!哎,不是,那她到底是谁啊?你们,有没有希望发展一下呀?"

王越彬一字一顿:"没有希望!"

"哦,那可真惨!"同事摇摇头。

"想知道她是谁吗?"王越彬逗他。

"想啊,想啊!"

见同事眼睛放光,王越彬神秘一笑,故意卖关子:"明天上午你就知道了!"

"什么意思?你卖什么关子啊?"

"扣子,错了!"王越彬注意到同事扣子扣错了。同事连忙解开重扣。

王越彬感慨地说:"扣扣子的时候啊,最好盯着扣子,这样一旦扣错了,你在扣第二颗或者第三颗的时候就会及时发现,及时改正,不然的话,你就错到最后了。"

"很有道理啊,不过,你什么意思?"同事一边扣扣子,一边琢磨王越彬是不是话里有话。

"没什么,就是提醒你,扣扣子一定得细心,不能马虎,哪怕扣错一个,你都得从头再来,麻烦得很!"

王越彬已经换好衣服,说了声再见就走了,留下一头雾水的同事,正在埋头重新扣扣子。

第十七章　难道旧情复燃

1.

正是下班晚高峰时段，路上车子很多，王越彬开车速度也很慢。杨宝妮放眼望去，前面都是亮着红色尾灯的汽车。他们开到路口的时候，刚好红灯亮了，他的车子于是排在路口第一辆。

"晚高峰，每天都是这样，没办法。"王越彬向杨宝妮解释。刚回国的时候他也不习惯到处这么多人，但现在他已经习以为常了。

杨宝妮看着窗外，不由得感慨："Robin，正像你说的，这里到处都是人。"

"这还不算夸张呢，你看，虽然行驶缓慢，但至少车子是动的，说明路还是畅通的，只是车多而已，路没有堵死。"

眼看红灯还有 20 多秒，王越彬打开车里的音乐，《人间精品起来嗨》的强劲音乐响了起来。

"嗨，这是什么音乐？好奇怪。"杨宝妮饶有兴趣地问。

"这种音乐啊，哈哈，好玩吧？风格就是魔性，北京有个叫大张伟的，十几岁的时候组过摇滚乐队，现在也 30 多岁了吧，讲话特好玩，大家都叫他大老师。这是他根据 20 首热门音乐混编的，可以称为神曲，叫《人间精品起来嗨》，神曲中的神曲！"王越彬一边跟着节奏在座位上晃动身体，一边解释。

"神曲，有意思，哈哈，魔性！"

"这个音乐，呵呵，确保咱俩听了，谁都不会陷入对往事的回忆。"

"老司机带带我，自由地飞翔"的音乐中，红灯变绿灯，王越彬反应迅速，立刻发动车子。因为是第一辆车，整条路上有了不拥堵的假象。此刻，恰好路灯开始次第亮起来，一盏接着一盏。马路上平添了几分浪漫的气氛。

杨宝妮感叹地说："太浪漫了，让我此生难忘的景象，又多了一幕！"

王越彬笑笑，什么都没有说。

一脚刹车一脚油，终于到饭店了。

王越彬泊好车，和杨宝妮进了烤鸭店。这家是老式传统的明炉烤鸭，一进门就看到了大大的烤鸭炉，大厨正在忙碌着，餐厅里还有厨师正在现场片鸭表演给客人看。还好没有等位，王越彬和杨宝妮即刻落座。

也许是王越彬和杨宝妮这一对太好看了，男的高大英俊，女的美丽不羁，走在一起格外耀眼，仿佛自带光芒。附近埋头享用美食的顾客也注意到这对漂亮的客人。

厨师表演片鸭完毕，隔壁桌的孩子夹了一片给长辈，说着姥爷你尝尝，姥爷姥姥立刻开心地欢呼起来，连夸孩子真懂礼貌。

隔壁桌，正是既有爷爷奶奶、又有姥姥姥爷的蔡美伊一家。

"墨墨，还有爷爷奶奶呢！"蔡美伊说。

孩子又夹起几片，给了奶奶："奶奶你尝尝，我再给爷爷夹。"

墨墨忙得不亦乐乎，长辈们又是一阵欢呼。蔡美伊拿着手机，一直不停地拍照。

王越彬点菜，杨宝妮不时羡慕地望着其乐融融的这一家人。

"哎，找个人帮我们拍张全家福吧，美伊，用你的手机行吗？"王睿提议。

"好啊，吃饱了拍照就不好看了，趁着没开吃，我们先拍个合影！"蔡美伊立刻环顾四周。

蔡美伊说着，转身找人帮忙拍照，这一转身，就看到了正望着自己的杨宝妮。好吧，就请这个漂亮姑娘拍吧。蔡美伊起身，向杨宝妮那边走去。

"美女好，可以请你帮个忙，给我们一家人拍个合影吗？"

杨宝妮爽快答应："没问题，当然可以！"

蔡美伊走上前去。一走近，却意外看到了王越彬："呀，这不是王医生吗，我怎么在这儿又碰到你了！"

蔡美伊打量着两人，判断他们的关系。是情侣吗？不像，如果他有女朋友，应该不会跟曾执去相亲了。那么，这女的，难道也是和他相亲的？

王越彬也很意外："是啊，真巧，今天遇到两回了！"

"我们真是有缘，正想请你这位美女朋友帮我们拍照呢，一看坐她对面的帅哥竟然是你！"和王越彬说话，蔡美伊的眼神却不时地瞟一眼杨宝妮。

"噢，介绍一下，这位是我今天去机场接的美国专家 Bonnie，这位是我的产妇，蔡美伊。"王越彬注意到了蔡美伊疑惑的表情，连忙为两人介绍。

"很高兴认识你，我先帮你们拍照吧。"杨宝妮大方地说。

"Bonnie，很高兴认识你。要不，王医生，你们要是不嫌弃的话，就和我们一起吃吧，我们烤鸭正好刚上桌，不然等烤鸭可慢了！"蔡美伊热情邀约。

蔡美伊又喊老公王睿过来打招呼。一听是蔡美伊的医生，姥姥也拉着姥爷起身过来打招呼了，左一句感谢，右一句托付。

爷爷正要也起身，被奶奶一把拉住："你给我坐下！哎哟，真是的，人家是来吃饭的，你去客套几句，他去寒暄几句，还让不让人吃饭了？真是不懂得替别人着想！"

奶奶按住爷爷，只是在座位上，两人向王医生那边点头微笑致意。

"哦，不用了，你们一家人难得聚在一起，我们就不打扰了。"王越彬客气地婉拒了。

"噢，那好吧。"蔡美伊也没有过于勉强他。

杨宝妮拿着蔡美伊的手机，帮他们一家人拍照。拍完合影，道过谢，蔡美伊又拉着杨宝妮咔嚓咔嚓自拍了好几张，杨宝妮不作他想，愉快配合。

凭着女人的直觉，蔡美伊觉得王越彬和杨宝妮不仅仅是工作关系，她和这位Bonnie 拍了自拍，打算改天拿给曾执看看。

蔡美伊一家人热热闹闹用餐，王越彬和杨宝妮也聊得十分愉快。席间，蔡美伊招呼埋单，顺便也悄悄把王越彬这一桌的账给付了。

2.

今天曾执上小夜班，晚上 8 点下班，一般曾执会在下班前半个小时把手头的工作全部做完。接班的徐蔓今天来得挺早，两人闲聊了一会儿。

"310 房间，吴爽老公借去一个指甲刀，没还，你看到他记得要回来啊。"曾执交代她。

"哦，按说吴爽那么讲究的一个人，应该指使她老公出去买一个呀，怎么愿意借我们的用啊？"徐蔓不解。

"谁知道呀，人不可貌相，她老公也不像看起来那么老实，来借指甲刀，啰哩啰唆抱怨了他老婆半天呢！"曾执说。

"哟，受气包原来是个小心眼呀，那他估计回去又要挨老婆收拾了。"徐蔓也知道，这位老公在太太那里完全没地位。

"吴爽嘴巴可真厉害，嫌她老公出来时间长了，骂完老公，又责问我为什么总是招惹产妇老公？说她刚来就听说了，上次有个产妇的老公是我的前男友。"

想到同事们、产妇们背后对自己的议论，曾执怎么想都觉得梗在心里难受。此前，曾执从未和同事主动提及陈潇这边的事情，同事们也从来没有问她什么的，但她知道，这种事大家少不了背后议论。与其背后让大家胡乱猜测，流言蜚语漫天飞，不如自己主动说出来。一来表明自己对这件事心里坦荡，二来也让大家知道，她知道同事们背后的议论。

徐蔓也很聪明，看了一眼曾执，不动声色地接过了她的话："咳，你不用往心里去，就像咱们不也谈论产妇吗？她们坐月子又无聊，议论一下月子会所这些事，难免的，让她们说呗。"

果然，世上没有不透风的墙，看来同事们都议论过了。

曾执自嘲地说："我也真够幸运的，这么小概率事件都被我碰上！"

徐蔓忍不住八卦地打听："哎，你那位前男友真是一表人才啊，你们意外重逢，他没向你表示什么？"

"咳，能表示什么啊？要是你的前男友，他都带着老婆孩子在这儿坐月子了，他还能向你表示什么？"

"那倒是！唉，嘴长在各人自己身上，由着他们说去吧！"

"我先走了，夜班你受累吧。"

"好，路上小心。"

互相道过再见，曾执换好衣服便出去了。

晚风习习，说出藏在心里许久的话，尽管没有说透，曾执还是感到如释重负。她步履轻快地向地铁站走去。

走了没多远，停在路边的一辆豪华轿车突然打开车门，车灯亮起的瞬间，曾执发现那人竟然是张博。

"张博？你要干吗？"曾执本能地向后退了一步。

张博飞快地走过来，不由分说地把她拽进了车里。

曾执不停地喊着"放开我"试图挣脱，可她终究没有张博力气大，被张博一下按在了副驾驶座位上，三下两下扣好安全带，砰的关上车门，并咔嚓上了锁，然后自己飞快转到另一侧，坐在了驾驶座上。

曾执有几分惊恐，几分慌乱，但她又知道，张博不会把她怎么样。

"你这是要做什么？"

张博平静地回答："别问那么多，带你去个地方。"

"你要带我去哪儿？"

"到了你就知道了。"

"张博，你到底想怎么样？"

"没有想怎么样，你不用害怕，坐好了。"张博已经发动了车子，向黑暗中驶去。

曾执暗暗打量张博，发现他表情平静。随着路两旁的小店一家一家闪过，街景越来越熟悉，曾执认出这是他们大学附近。

她还记得，文身那天，张博如何搂着她的手，冲出电影院，一路奔跑来到文身店。在曾执的记忆中，张博那样热烈而不假思索地表达感情，那是唯一一次。

分手之后，曾执偶尔也会想，她和张博在一起的时候，两个人的感情就像温吞水，每天都是同一个温度，尽管也有甜蜜，有苦涩，可是回想起来都是温温的，不像别的同学那样激情燃烧、惊心动魄。

他们从来没有大吵大闹过，也从不会因为赌气把分手挂在嘴边上。他们第一次说分手，也是最后一次。她有时也会疑惑，温度相同的两个人，是怎样走到一起成了情侣的呢？

曾执紧张的神经渐渐松弛下来。车子开到校门口附近停下，张博下车，走过来给曾执开门。曾执下车，抬头看到了熟悉的校名：北京 A 大学，她和张博的母校。

大学毕业之后，曾执也有很多年没来这里了，这里留下了他们那么多甜蜜和痛苦的回忆。也正因为如此，这里也成了她最伤心的地方，如果不是张博今天把她搂来，曾执恐怕这辈子都不想再重返校园。也许张博并不知道，曾执甚至拒绝参加各种大学同学聚会，因为她不想和过去再有一丝一毫的联系。

两人一前一后进了校园，谁也没有说话，默默地走着，从教学楼走到了图书馆，从图书馆走到了第三食堂，从第三食堂走到了宿舍，从宿舍走到了操场。没有谁引领谁，那么默契，那么心有灵犀。

那四年，他们手拉着手这样在校园走过了太多遍；那四年，她坐在他的自行车后座上，这样招摇过市地走过了太多遍；那四年，他们嬉笑打闹，这样追逐奔跑过太多遍。即使校园翻修了，他们的心依旧能带领他们的步伐，走到他们想要去的地方。

曾执没有逃避，她也不想逃避，尽管她还不知道即将迎来什么。从她坐上张博车子的那一刻，她发现此前的愤怒、生气、怨恨，顷刻间烟消云散，她有一种无法让自己强大起来的无力感。也许是张博的平静影响了她，她也觉得心境平静，这让她很意外。

　　此刻，曾执忘了她和张博已经失联多少年，忘了他是怎么和自己分手的，忘了他已经结婚，忘了他已经有了孩子。她只记得，眼前这个人，他叫张博，他是自己如此熟悉的一个男人。

　　操场上，还有夜跑的同学，也有不少一起跑步的小情侣。曾执和张博，他们不约而同地走到操场的看台上坐下。

　　那些年，在他们最美的时光，曾执就是这样傻傻地坐在操场的看台上，看张博他们打球。张博一边走，一边把外套脱掉，头也不回地那么随意一扔，就恰恰好地扔到了曾执的怀中。曾执抱着张博的外套，就像一个等在家中的小女人。每到中场休息，张博走过来，曾执就急忙递上矿泉水和毛巾，有女朋友送水的男生都会在喝水时把头仰得很夸张的样子，以示骄傲。

　　每每这时，曾执都会感到一种小女人的窃喜。那时，她是下定决心的，这辈子要永远陪在张博身边的，她想让自己心爱的男人永远都有这份骄傲。

　　张博小心翼翼地把手伸过来，放在了曾执的手上。曾执猛地抽了回去。

　　曾执生硬地拒绝："你不要这样。"

　　"你瘦了。"张博说。

　　"我原来很胖吗？"曾执故作轻松，掩饰她再次面对张博的不自在。

　　张博没有接话，他颓丧地低下头，久久没有抬起："曾执，其实，我最想跟你说对不起，我这辈子最对不起的人就是你了。"

　　曾执面容平静地说："都过去了。"

　　"在我心里，一切从来没有过去。我对不起你，我从不敢请求你原谅我，因为分手之后，我也无法原谅我自己。对，我很软弱，你也知道，我连我妈的无理要求都不敢反驳，我很害怕面对你。去美国的时候，我以为可能这辈子都不会再见到你了，我以为终于可以摆脱对你的愧疚了。可是从来也没有，这么多年，心里对你的愧疚一直在折磨我，没有让我有过片刻安宁。我不是一个坏人，伤害了你还不内疚我做不到，你是那么爱我，而我……"

　　"别说了，求你别说了！"曾执拼命摇头。

　　张博却自顾继续说了下去："我记得那天你离开时的情景，你转身走了，我就哭了……我从来没想到，我一个大男人竟然会因为女朋友离去而哭泣，特傻！我特别希望你能回头，哪怕你回头看我一眼，我可能，我可能就追过去抱住你了，我不会让你走了。可是你走得特别坚决，你走得那么快，你没有回头，我就那么看着你走了，看着你一步一步走远……"

张博说得动情，泪水湿了眼眶。曾执听得泪眼婆娑。

张博沉默，曾执却突然无法抑制地大哭起来，哭得那么伤心。也许曾执压抑太久了，今天她像火山爆发一般，她要把压抑在心里多年的愤怒、委屈统统哭出来，在这个给了她所有欢乐和痛苦的地方，在这个伤害过她感情的男人面前。

张博从来没有看到过曾执如此激烈的一面，他心目中的曾执总是那么矜持、那么理智，他看到曾执哭得昏天黑地浑身发抖的样子心如刀割。她的委屈，她的无助，她的怨恨，都尽情宣泄出来吧，张博用他的臂膀和半个身子紧紧地搂住曾执，不让她再继续颤抖。

慢慢地，依偎在张博怀里的曾执从号啕大哭变成了小声抽泣。张博掏出纸巾，像对待婴儿一样，小心翼翼地替她擦拭着脸上不断流下的眼泪，他轻轻地拍打着她的后背，安抚她。

哭泣不仅可以发泄情绪，还是一种大运动量的体力活。上了一天的班，又大哭了一场，曾执此时已经筋疲力尽了，她像个孩子一样乖乖地躺在张博的臂弯里。

曾执渐渐平静下来："不，不会的，张博，不要说可能，即使我当时回头，你也会和我分手，当时不分，第二天或者第三天，我们终究也是会分手的。我走得坚决，还好你也没有追，挺好的。平时我们闹别扭从来不会把分手挂在嘴上，我们第一次说分手，也是最后一次，我们就真的分了。长痛不如短痛，这样真的挺好的，你没有反复，没有分手又和好、和好又分手那样折磨我，我很感激你。"

"我常常会想起以前和你在一起的时光，你的好，一点一滴，我很后悔，我后悔错过了你……你那么好，我们相爱，我却没有珍惜你。"

"张博，说这些，真的没有意义，一切早都结束了。"

张博摇头叹息："我还是那么软弱，我连光明正大去打听你的消息都不敢。见到你几次，我也不敢问你，这些年，你过得好不好。"

曾执把玩着手里的纸巾："呵，我好像没有多余的时间来想这样的问题。不过和你分手之后，我并没有因为失去你就活不了，相反，我活得更努力了。那时我就明白了，没有什么东西是不能失去的，也没有什么东西是必须拥有的。"

"那就好，其实我还是希望你过得好好的。曾执，我还可以关心你吗？就像以前一样，我想好好对你，希望能够补偿一些我对你犯下的错。"张博热切地望着曾执。

"你不需要补偿我什么，如果是因为内疚就更不必了。"曾执拒绝。

张博着急地表白："曾执，我还是爱你的，你还不明白吗？我一直都爱着你，我从来都没有忘记你！"

张博拉过曾执的双手，热切地望着她的眼睛。尽管理智仍在拒绝张博，可是，听到他如此急促的表白，曾执仍然感到头顶"轰"的一声。她也失神地望着张博。

时光仿佛倒流回了十年前。他俩就这样像从前一样，相看两不厌，在一起你看着我我看着你，忘了时间。

张博紧紧抱住曾执，她没有拒绝。张博不敢动，也不愿动，生怕一动会惊醒曾执，更害怕曾执会从此从他的生活中消失。他宁愿时光就在这一刻停留。

美好的梦境突然被刺耳的铃声打破。

"老公老公，老婆来电话了！"曾执的美梦被张博的手机铃声惊醒，她先是一愣，接着赶紧从张博的怀中挣脱出来。

张博掏出手机，不用看也知道这是陈潇打来的电话。他按掉了。陈潇不依不饶，手机铃声再次响起，张博再次按掉，仰头望天。

这个电话，让张博和曾执同时从甜蜜的美梦跌落到冰冷的现实。张博无比尴尬。

"你干吗不接电话？"曾执调整思绪。

"我怎么接啊？我和她说，我现在和你在一起？"

曾执低下头说："你这样对她很不公平，我也不想让她误会。"

张博说："这和你没关系，是我和她之间的事。"

曾执疲倦地说："我太累了，你送我回家吧。"

张博思索片刻，长吁一口气，便拉着曾执起身离开了操场的看台。

去曾执家的路上，张博的电话再也没响。曾执靠在椅背上，一路无话。

张博一只手扶在方向盘上，一只手握住了曾执的手。曾执仍然试图挣脱，但是张博紧紧握住不放手，她也没有再坚持。

曾执知道自己这是在做什么，她又不知道自己在做什么，她似乎无力抗拒。

对于曾执家居住的小区，她家的楼号，她家附近的地形，张博仍然记忆犹新。他停好车，没有立即下车。他想对曾执说些什么，又觉得无须再多说。直到曾执先开口。

"太晚了，我先上楼了。"

"好。"张博下车，替曾执打开车门。曾执下车，向楼门走去。

张博目送她，忽然又追上去，从她身后抱住了她。他把曾执转了个身，面对他："曾执，我害怕你又像以前那样走了。"

曾执沉默。

"我从没有一天忘记你，我发誓！"张博忘情地表白。

"我脑子很乱，张博，记得也好，忘记也罢，我们回不去了。"曾执用仅存的一点理智提醒自己，他们回不去了。

"不，曾执，我相信你也没有忘了我，就像我没有办法忘记你一样。"

曾执冷静地说："都已经过去了，我们就当今天什么也没发生吧。"她挣脱张博的怀抱。张博放手，看着她上楼。

曾执和张博都没有注意到，不远处，路灯之外的阴影里，提着空垃圾桶的曾志芳目睹了这一切。

曾志芳刚刚倒完垃圾，正要上楼，恰好看见曾执从一辆豪华轿车上下来，有位男士还很绅士地替她开门。曾志芳的第一反应是很意外，难道曾执瞒着自己偷偷谈恋爱了？看起来，小伙子无论家世还是外表都很不错呢。

可是当她驻足看完这一幕，发现曾执的样子好像并不快乐，而那位男士，她似曾相识，再仔细一看，她想起来了。

尽管她和曾执并不像真正的母女那样无话不谈，但她还是记得那个经常送曾执回家的小伙子，他们分手之后他很快有了新的女友，后来和女友一起去美国了。

曾执这是要干吗？曾志芳非常诧异，又有一点担心。等到曾执上楼，她上前几步，躲在一丛冬青后面，又仔细打量了那位男士。他没有逗留，也没有察觉周边有异，就上车走了，而她却似乎明白了什么。

张博表情凝重地开车，手机提示铃声响起，来自陈潇的微信："我爸妈提前结束西班牙行程，明天早晨 5 点 45 到达北京，我犹豫半天还是决定告诉你，T3 航站楼。"

3.

曾执和曾志芳前后脚进门。曾志芳把钥匙放在进门鞋柜的小筐里，刚好看到曾执进了自己房间，便问曾执吃过饭没有，曾执隔着门答吃过了。

房间里，曾执重重地扑倒在床上，各种纠结、挣扎像大山一样压向她。

厨房里，曾志芳满怀心事地收拾好垃圾桶，又去卫生间按医院标准流程洗了手，仔细擦过护手霜，这才回到客厅。她打开电视，拿起织了半截的毛线活儿。她织的是一件适合夏天的镂空小披肩，不过也织得心事重重，电视里播的是什么她可能根本没看进去，不时地抬头看看紧关房门的曾执房间，支着耳朵听着曾执的动静。

想想到底还是不放心，她又起身去厨房洗了一盘水果，借口送水果敲响曾执的房门。

"曾执，吃点水果吧，今天我刚买的。"

她敲门，曾执没有应声。她推开门，直接进去了房间。

曾执依旧趴在床上，曾志芳默默地把水果盘放在她床边的桌子上，小心翼翼地问道："怎么啦，今天单位又遇到难缠的产妇了？"

见曾执仍然没有说话，曾志芳兀自说了下去："产科当护士算是不累了，况且现在你在月子会所接触的都是生完孩子的产妇，一家家的都是幸福的小家庭。以前我就说，支持你从公立医院跳槽到月子会所工作，为什么呢，因为这里工作比医院省心，工作环境也好，没有那么多吵闹不休的家属和病人，也不用接触那么多血淋淋的伤口。以前我在医院的时候，不论冬夏，一个礼拜很少有下班能看到天还亮着的时候，还要随时去急诊加班，上班常常一站就是一整天。因为不敢去上厕所，一天从早上上班水都不敢多喝。逢年过节就不用说了，各行各业都放假，我们 24 小时候着，轮流值班，每天神经都紧绷着……不过不管在哪儿，工作是做不完的，你也不小了，有合适的男孩子也该考虑考虑了。"

说起医院的往事，恐怕一天也说不完。曾志芳进来房间，并不是想和曾执聊医院的事，于是连忙收住，话锋一转改了话题。今晚的事，她多么希望曾执能向她吐露一二。

也许是想阻止曾志芳的话题，曾执噌的从床上起来了："妈，我去一下洗手间。"

曾志芳明白曾执这是又想躲开她，便知趣地走出了曾执的房间。她心中多少是有些落寞的，毕竟不是亲生的，总是隔着心，从来就没有别人家母女俩的亲热劲儿。

可曾志芳一点儿没有意识到，曾执今天的性格和当年的自己是何等相似。与其说曾执今天和她的不亲热，是因为不是亲生的，倒不如说是养母性格的传承。

曾志芳这么多年来很少社交，她不愿听那些"中国大妈"貌似在抱怨着家里的辛苦，儿女的不孝，实则在炫耀着自己家庭的圆满。每次听她们这么说时，曾志芳都会觉得她们是在有意说给自己听，让她一次次想起自己是一个守寡的女人，有一个领养的女儿。后来除了必要的晨练和买菜，她便很少出门，大部分时间她都打发在她的毛线活儿上。

曾志芳不是为了省钱而织毛线活儿，也不像那些手工编织爱好者是为了追求时尚。她织毛衣最初是出于对已故丈夫的怀念，因为丈夫喜欢穿她织的毛衣，后来是为了打发时间。既然不愿社交，便有了大把的空闲时间，曾执很多时候都在月子会所吃饭，几天才回来吃一顿，所以大部分的时光曾志芳是一边看电视一边织毛衣度过的。她还背着曾执悄悄织了好几套宝宝的衣服，想着总有用上的时候。

4.

送完曾执回家，张博的车子驶进医院，他来看望住院的母亲。

张母前一阵子心脏病发作，住进了医院。儿媳妇生孩子、坐月子，她都没能帮上忙，她一直为此感到内疚。

自从陈潇大闹月子会所之后，张博其实一直在逃避，不去看妻子、孩子是逃避，没让病中的母亲知道他和陈潇闹矛盾也是逃避。他甚至觉得幸好母亲生病住院了，幸好陈潇早于预产期生产，她的父母也没在国内。不然，在两边家庭的压力下，他恐怕无法避开妻子和孩子。

可是他为什么要避开妻子孩子？他在逃避什么？他也说不清。但是他知道，他对这一切都只想避而不见。他也做到了避而不见。但是，在收到陈潇的微信之后，在今晚他拥着曾执接到陈潇电话的时候，他却没有那么坚定了。

病房里，张博的母亲还没有睡觉，躺在病床上的她正拿着一本少儿英语的教材，戴着耳机，专心地听英语。

"妈，你还没睡啊？"张博推门进来。

"哦，儿子来啦？你上班忙，又要顾着潇潇和孩子，你就别天天惦记着往我这边跑了。"

"我也两天没来了，不来看看你我也不放心啊。你不好好休息，怎么这还看上书了？看的什么呀？"

"咳，少儿英语教材，扔下英语太久了，先熟悉熟悉吧。以后给你带孩子，总不能连26个字母发音都不准确吧？"

"孩子才刚出生，你熟悉得也太早了！"

"早什么早？书到用时方恨少！等到能跟宝宝对话了，我临时再把英语捡起来，早都来不及了！对了，潇潇这两天恢复得怎么样？宝宝长得怎么样？月子里的孩子一天一个样，你拍照片没，快给我看看？"张母挣扎着就要坐起身，张博连忙阻止她。

"哎呀，你快躺好了别动，一会儿血压又高了！"

"我没事，快，你打开手机，给我看看宝宝照片。"

张母执意要看宝宝照片，张博这才想起这几天光顾吵架了，压根就忘了给宝宝拍照了，便支支吾吾地说："没，没拍照片，今天忘了拍了。"

张母埋怨："这你也能忘？嘱咐你多少次了，多拍些照片，多拍些视频，我白说了！潇潇也是，这几天也不接我电话，微信也不回，她顾孩子忙，我理解。你说说你，你们天天能见，我这一天，大人孩子谁也见不着，急得我天天想出院，你怎么就不能理解妈妈的心情啊！"

看妈妈是真急了，张博忙解释说："唉，妈，你就放心吧，她们娘俩都好着呢！都怪我啊，下次来，我保证照片啊视频啊都多拍一些，让你看看。潇潇不方便电话和微信，人家月子会所的护理专家让她尽量多闭目养神，不让产妇费眼睛。"

张母试探地说："哎，要不你问问大夫，我能不能提前几天出院？我觉得好得差不多了。"

"妈，你就别再给我添乱了行吗，回家怎么护理啊？医院现在床位多紧张啊，多少人排队等着住院呢，你要是好了，能出院了，人家医院还不想让你早点回家腾地方吗？大夫说住几天，你就踏实住几天，好好养好了身体，别瞎着急。"

"好，好，生个孩子，妈帮不上你忙还住院了，瞧把你烦的，你赶快回家吧，别在这儿气我了！"

"行行，不喜欢我在这儿我就走。噢，对了，明天一大早陈潇爸妈回北京，我还得去机场接他们呢。"

"噢，这么快他们就回国了？"

"说是提前回来的。"

"也是该回来了，陈潇生孩子，除了你，身边一个人也没有，这段时间真是把你累坏了。哎，你快走吧，回家早点睡！"

张博若无其事地和妈妈聊起陈潇父母即将回国，他的生活看起来好像一切风平浪静。

离开医院，张博并没有回家，而是来到了月子会所。几天没有露面的他，径直来到了 301 房间。房间的门没有反锁，他轻轻一扭，推门而入。房间里只亮着一盏小夜灯，陈潇没在房间里，朦胧的光亮里，月嫂正哄着宝宝入睡。

张博轻声问："陈潇呢?"

月嫂朱姐惊讶地喊了一句："哦，先生来了，潇潇刚才出去了。"

"她去哪儿了?"

"她没说，不会走远，也就在月子会所公共活动区域，要不我去找找她?"

张博忙说："不用，不用，你陪孩子吧，我去找她。"

张博正欲出门，又返身回来，他轻轻地走过去，俯下身看了看正入睡的宝宝。孩子安静入睡的样子，让他看得入神。

朱姐不失时机地鼓励着："我们宝宝可乖了，你要不要抱抱他?"

张博有点紧张："别，别吵醒他。"

"没关系的，小宝一直在等爸爸抱呢!"月嫂不由分说就把孩子递进了张博的怀里，他只好接过来。

朱姐这话让张博不由得心生愧意，粉嘟嘟的小东西在身材高大的他的怀里显得格外小。

婴儿在怀，感觉很奇妙。

张博并没有让自己沉浸在这奇妙感觉里，他很快把孩子递还给了朱姐，他今天要见的陈潇还没见到。

他去了公共活动区域，说不清楚为什么，今晚他很想看到陈潇，可是他竟然找遍整个月子会所都没有找到。

也许是夜晚的缘故，几处公共活动区域都很安静。电影放映区声音调得很小，在放一部奥黛丽·赫本的老片子《罗马假日》，两个看起来是奶奶或者姥姥的长辈正看得聚精会神；图书阅览区只在角落里亮着一盏台灯，一位年轻女子正在看杂志。一瞬间，张博觉得那人很像殷悦，但他觉得不可能，他没有走近，轻轻路过了。

没有找到陈潇，张博在会客区小坐一会儿，接了一杯水喝，也许是在等陈潇出现。等了一会儿，没啥动静，他仰头一口把剩下的水喝完，走了。

露台上，陈潇目送张博车子的尾灯从门口离去，消失在黑夜里。她知道，他来了，他来过，他走了。她表情平静，目光迷离，看不出是开心还是难过。

第十八章　真情的真相

1.

吃完早饭，殷悦打算去走廊的长椅上晒太阳，迎面看到一个身材娇小的女人从远处径直朝这边走来。虽然个子小，但走路的姿势却非常坚定从容。莫非是凌凡姐？殷悦暗忖。

那女子果然走到自己隔壁房间门口停下，但没有进去，而是转身又向前走去。她这样来来回回地走了好几趟，边走边在空中甩着手，顺便还做了两个扩胸。看到走廊这头晒太阳的殷悦，她就笑了笑，算是打过招呼。

殷悦不想错过这次邂逅的机会，立刻迎上去热情地叫住她："你是凌凡姐吧？"

被殷悦叫出名字，这让凌凡吃了一惊："你认识我？"

"那个，我住你隔壁，这里的曾护士是我同学，她总是在我面前提起你，夸你如何如何厉害，我早就知道你了，我俩都特佩服你！"

"是吗？哈哈！住月子会所还住出粉丝来了，真好！"凌凡爽朗地笑道。

凌凡一看就是那种特别会聊天的女人，再加上坐月子本来就憋闷得要死，两句话一搭，她们便熟络起来。三言两语的闲聊过后，殷悦直奔主题。

"凌凡姐，你老公真的就一直都没来看你吗？"

"可不咋的，"凌凡故意学着小品里的东北腔说着，"他把我送来，交完钱就走了。我们家在内蒙古有生意，他要回去照顾生意。"

"那你不觉得自己带两个孩子很辛苦吗？"

"还好。要二胎是我自己的意愿，既然想要，就要做好带两个孩子的准备呀！"

"那你家里也没什么人来看你，你不觉得委屈吗？"

"不会呀，我今年都42岁了，我这个年龄，是没有资格委屈的。我上有七八十岁的父母等着我照顾，下面还两个嗷嗷待哺的孩子等着我喂养——哦，大的不用喂了，只用养——我连想委屈的时间都没有。再说了，生二胎又不是丈夫逼我生的，是我自己想多生一个，给老大做个伴儿。所以孩子是我自己想要的，老公成全了我，我还有什么好委屈的？你看，我为了不委屈自己，不是来月子会所坐月子了吗？这里有月嫂，有护士，把我和孩子都照顾得这么好，我很满足呀。"

凌凡这番看似轻松的话语却在不经意间触动了殷悦。

"凌凡姐，你今天的这番话真的让我茅塞顿开。你真伟大，你最棒的就是为自己活着，为自己做的决定负责，勇于担当责任。将来如果我生孩子，那我一定是在为自己生孩子。"

"别别，哪里就伟大了，我就是一个普通女人。你说将来生孩子？那你现在在这里是？"凌凡很诧异。

殷悦低下头："哦，我是小月子住在这里。"

凌凡双手合十："噢，对不起，真是不好意思。"

"没关系的。"

为了缓解尴尬，凌凡说："其实，我这个二宝要得也很不容易，年纪大了，不容易怀孕，上一个好不容易怀上了，没足月就胎停了。"

"啊？那你可真有勇气！"这回轮到殷悦惊讶了。

正说着，凌凡手机微信响了。她看了一眼，对方发语音告诉她，自己马上就到月子会所了。听口气，是凌凡的朋友要来探望她。她也回了语音，说自己在电梯口接她。

"不好意思，我的好朋友左煜薇要来看我和宝宝。"凌凡说。

"哦，那你快去接你朋友吧，我先回去了。"殷悦连忙道。

"没事，她还没上楼，我到电梯口去接她，走，我们一边走一边说。"说着，凌凡拉起殷悦的手，"我这个好朋友，可非同一般，一会儿我们走到电梯口，估计她也就上来了，你也可以见见她。刚才我们说到哪儿了，对，你说我有勇气！勇气谈不上，还是那句话，孩子是为了我自己生的。在中国，好多家庭在生孩子的问题上一直有一个误区，生育从权利变成了义务，如果不生就是罪过，但生了你却可以不管，心安理得交给老人带。其实生孩子是你的权利，不是义务，你可以选择生，也可以选择不生，但如果你决定生了，你就必须要好好抚养他、教育他，这才是你的义务。"

"你回家后怎么办？请育儿嫂吗？"

"不用啊，我自己带孩子。而且啊，回去大宝也可以帮我带二宝，她在这里和月嫂学了很多呢，小妹妹也是送给她的礼物，她当然应该好好照顾这个礼物呀。"

"大宝带？那她不上学吗？"

"这不还没开学吗，趁现在没有学校的学习压力，我让她跟着我，在生活中多学习学习。带孩子这件事里，物理、化学、数学、英语全有了，带好了可真能学到不少知识呢，我一直认为孩子更应该在生活中学习，生活比课本有趣多了。"

两人聊得投缘，不知不觉走到电梯口了，这时的殷悦已经听得目瞪口呆了。她向凌凡作了个揖："谢谢凌凡姐，你今天真的是好好地给我上了一课。"

"叮咚"一声，电梯门开了，一位漂亮女士闪身而出，一露面就把手里一个精美的礼盒往凌凡怀里一塞："给，你朝思暮想的宝贝，我这刚下飞机，连家都没回，先去公司给你取了一套！"

"谢谢亲爱的，还是你对我最好！"凌凡给了她的好朋友左煜薇一个大大的拥抱。

淡紫色的礼盒上，有亮闪闪的"私密宝贝"四个金色字。这是什么宝贝？殷悦不由得多看了几眼。

"来，我给你们介绍一下。"凌凡热情地向殷悦和左煜薇作了介绍，然后特意把殷悦拉到身前，"这是我朋友今天特意给我送过来的礼物，知道是什么吗？"

殷悦摇摇头。

"是私密处保养的。"凌凡倒是毫不忌讳，"我们女人生完孩子，私处容易干涩松弛，好多女性都有说不出的尴尬。这个私密宝贝就是我朋友公司研发的，专门呵护女性私密健康，月子里也可以放心用。"

殷悦以前只知道有洗液，从没见过这么成套的私密养护产品，更没想到同为女性，别的女人对自己的爱护这么全方位。凌凡见她好奇，拿出一支消毒滋养液送给了她。

谢过凌凡，和她们两人告别，殷悦回到自己房间，头脑里久久回味着凌凡刚才那番话。想到自己也已经30岁出头，内心却像一个十六七岁的小姑娘一样不成熟。殷悦想，我应该对自己的生活负责，而不是一味期待着别人怎么对我，然后根据别人对我的态度做出反应。而且，一定要像凌凡一样，要全方位地对自己好。想明白了这点，殷悦突然觉得自己变得很踏实，很笃定。

一大早，张博去机场接到陈潇父母，就直奔月子会所来了。天空晴朗，初夏天气，朝阳初升，却也一露面就亮得晃眼。

一路上，二老长途旅行劳累，张博本也不是话多的人，双方还没闲聊几句，二老便在早晨刺眼的阳光中瞌睡过去。

张博不希望露出什么破绽。昨晚他去看陈潇，本也是为了稳定军心。但是今天和父母见面，陈潇会不会依旧对自己不依不饶呢？他心里没底。他希望陈潇不要闹，那么一切就好像没有发生。他又希望陈潇闹，这样局面就会无法收场，那他便有了抽身而去的理由。可是，然后呢？他到底希望的是什么？

可怜天下父母心。车子一驶抵月子会所，最先醒过来的陈潇父亲捅捅妻子，唤醒了她，两人立刻整理着装。陈潇母亲一边埋怨丈夫不早点叫醒她，一边拿出镜子，不顾丈夫的催促，飞快地补了妆容。

两人下车，匆匆步入月子会所大门，张博紧跟其后。

刚和夜班同事交接完毕的曾执，迎面遇到了这一家三口。不消说，她也看得出，两位老人必然就是张博的岳父岳母了。呵呵，醒醒吧。曾执听到心里有一个声音在轻蔑地嘲笑着自己。

张博匆匆走过，甚至没跟对面的曾执打招呼，曾执也没有抬头看他，两人擦身而过。那一刻，曾执觉得自己故作坚强的外壳，再一次崩塌瓦解了。那一瞬间，她的眼泪涌了出来。

2.

秘书提醒，请张建平准备9点钟的会议。张建平看了看手表，时间马上就要到了。就在此时他的手机提示铃声响了，一条短信消息："张总，尊夫人在月子会所的费用已经结清，祝生活愉快！"

没有落款，张建平看得一头雾水，丈二和尚摸不着头脑，不由得自言自语道："怎么发到我手机上来了？不是早都结清了吗？"

因为着急去会议室，他来不及多想，拿起资料夹匆匆出门。刚一出门，他却恍然明白什么，于是赶紧返回办公室，翻出包，找到上次去月子会所时得到的陈俊明的名片，赫然发现，名片上面的手机号码，正是他手机上刚收到的那条短信的号码！

他拿着名片，在桌子上翻了几个转儿，又放回包里，匆匆出门奔向会议室。

与此同时，殷悦也同样接到了一条手机短信，提示一笔退款入账，数目恰好是她进月子会所时的刷卡数目，来源也是月子会所。这究竟是怎么回事？

拿起手机，殷悦直奔前台："瑶瑶，你们月子会所是不是搞错了，我入住没几天，怎么给我退款了？"

瑶瑶好奇地问："什么退款了？"

"就是我住你们这儿的费用啊，怎么回事？"

瑶瑶拿过手机，仔细看着："呀，是不是财务搞错了？把结算当成退款了？"

殷悦疑惑地说："我是预付款，再说我还住着呢，还没到结算日期呀？"

瑶瑶狐疑地摇摇头："不过，你这钱数不对吧？我们月子会所好像没有这么便宜的房间吧，你小月子，住多少天，是不是住的天数少啊？"

见瑶瑶一打听，殷悦忽然想起林院长给自己打折的事，这可不好搞得人人知道，怪自己大意了，赶紧拿回手机。

殷悦掩饰地说："哦，我是住的日子少，会不会因为不是常规入住，所以财务先把钱退给我了？"

瑶瑶手一摊："那我就不知道了，你最好去找财务部门问一问？哎，算了，你别折腾跑一趟了，我给你拨电话问问他们吧。"

好奇心驱使，瑶瑶立刻拿起电话，拨通了财务部，说明情况，请殷悦自己接电话。

"喂，财务部吗？我刚接到手机短信，提醒一笔退款入账，我想问一下这是怎么回事？"

"哦，您的消费金额已经现金结清，所以信用卡预付款已经原路退回了。"

"现金结清？谁交的现金？"

"应该是您的亲属吧！"

"我的亲属？交费记录你们有签字吗，请帮我看看是谁的签字好吗？"

"好，您稍等……落款就签了一个'张'字，没写名字。"

"好的，我知道了，谢谢你！"

放下电话，殷悦还是感到有些欣慰。张建平竟然背着自己，悄悄把月子会所的钱结清了，怪不得那天他问自己是怎么交费的。

殷悦并不知道，财务那边正上演着一出好戏。早晨一上班，财务负责人便接到陈俊明指令，让她把309房间的费用操作结清，把殷悦的钱退回去，如果殷悦问起来，便如何如何应对。

瑶瑶打趣道："笑得这么开心，老公偷偷来给你付钱了？"

"嗯，也没提前和我说一声，我还以为你们财务搞错了呢，不好意思！"殷悦尴尬地笑。

兴许，张建平在努力挽回吧，想尽一切办法，做一切努力。

"你老公太贴心了，给你个意外惊喜！我就说嘛，我们月子会所，怎么可能白让你住，不收你的钱嘛！我们财务那大姐，只有她多收的钱，我可从来没见她少收过谁一毛钱！"

"小美女，你知道的也太多了！好了，事实证明，天上没有掉馅饼，天下也没有免费的午餐，我很不开心，我走了。"殷悦开玩笑地说。

电话铃响，瑶瑶接电话，摆手和殷悦告别。

3.

蔡美伊眼看着预产期越来越近，她感到自己的行动越来越不方便了。尽管如此，她还是拖着沉重的身子，去厨房洗了一盘草莓端出来。草莓是王睿的最爱，细心的美伊，总是在生活细节上，让王睿感到家的舒适和温情。

"老公，吃草莓，甜着呢。"

岳父一大早带着墨墨出门锻炼了，岳母正在厨房忙做早餐。四顾无人，王睿啵地亲了老婆一口："草莓再甜，能有我老婆嘴甜？吃一口，那真是甜到心里！"

蔡美伊娇羞地拍了一下老公的头："没个正形！就会说好听的哄我，我嘴甜还是你嘴甜？"

王睿又把嘴巴一嘟送上前去："你尝尝！"

"去你的，吃你的草莓吧，这才是你的真爱！"说着拿起一颗草莓塞进王睿的嘴里，然后把盘子放在桌上。

王睿顺手拿起一颗草莓塞进蔡美伊嘴里，然后自己端着果盘吃了起来。他打开电视，调到英文频道，看起了早间新闻节目。每天起床后直到吃早饭这段时间，都是他的英语磨耳朵时间。

按说蔡美伊资质普通，既没有殷悦白富美的天生好命，也没有曾执后天的努力上进，她天生就是一个随遇而安的人，什么事都不愿和自己太较劲。大学四年，一半的科目都是低空飞过，她觉得一个女孩子有个大学文凭就可以了，以后嫁个好老公家庭幸福比什么都强，她一直坚信自己一定能嫁得好，并且过得好。

因为她清楚自己需要什么，知道男人需要什么，什么美貌呀，家世呀，那都不是最重要的，最重要的是心理需求。

正像她和殷悦曾经交流过的，走进家庭的男人最想要的是什么？是舒服和自在。而这也正是她想要的。所以她绝不会像那些得了公主病的女人一样对老公呼来唤去地使唤，也不会像那些强势女人那样对老公横竖看不过眼，百般挑剔。

蔡美伊一直觉得自己能嫁给王睿，已经是前世修来的福分了。她会在不亏待自己的前提下，也让老公觉得体面、舒服，并能觉察到自己对他的好。而王睿恰恰是一个知道感恩、明事理的男人，婚后蔡美伊的种种做法都让他感到很受用。就像现在，蔡美伊绝不会像有些怀了孕的小姑娘那样不停地撒娇，要这个要那个，自己却这也不能做那也不能碰，最好还要老公把水果喂到嘴里。蔡美伊不是，她会挺着大肚子把王睿爱吃的草莓洗好端过来，放在王睿的面前，她也撒娇，但并不娇气。

看见王睿顺手把吃剩的草莓盘子放在了桌子上，蔡美伊连忙抽出纸巾，擦干水渍，把盘子收走。

"哎，老婆，你别动，我自己来。"

王睿上前一把扶住了美伊，接过她手中的盘子，美伊被王睿搀着坐在了沙发上："老公，我最近身子是越来越沉了，大宝一跑，我都追不上他了。到生产还有些日子，我妈还得照顾我，我爸身体也不好，总头晕。你也是指望不上的，主要是幼儿园和兴趣班接送是个问题，你说，要不要把大宝先放到奶奶那边去住两天？"

"嗯，也行，我妈那边倒是没问题，墨墨过去正好可以陪她老人家解解闷。只是墨墨这边要做做工作，他从来没有离开过我们，冷不丁离开我们，可能会有些不适应。"

"是呀，我也舍不得他，但现在这个情况也没有办法呀。今天我去送大宝上幼儿园，我好好做做他的工作，他要是同意，晚上你和爷爷奶奶说一声，明天放学就让妈把大宝接她那儿去吧。以后幼儿园和兴趣班接送就让爷爷奶奶负责。"

门开了，早锻炼完的姥爷和外孙进屋了。

"墨墨回来了？爸，你们回来了？墨墨，快，洗手，准备吃早饭喽。"蔡美伊招呼着大家。

MM 医院会议室里，高层管理人员及骨干医生均在座。大屏幕上，"HOAG

（霍格）医院 &MM 医院国际远程会诊平台启动仪式"赫然在目。

院长正襟危坐地在发言："美国医疗产业发达，有着世界上最先进的医疗检测设备和手段。我们相信，此次国际远程会诊平台的搭建，将会打破空间、时间的限制，患者既可以通过远程视频会诊的方式，让美国医生组建的多学科专家团队为自己的病情进行联合诊疗，又可以知晓自己的病在国际上的治疗水平，了解海外是否有最新药物、临床试验、最新技术可以使用，确保患者能得到最准确、最适合自己的个性化治疗方案。"

杨宝妮发言："我想说的是，重大诊断结果不仅指挥着医生的手术刀，同时也指挥着医生的用药方案。今后我们将努力引进美国最优质的诊疗技术，从技术平台、服务流程上实现跨国界共享。此外我们的健康咨询项目将永远是公益项目，不收取任何费用。通过进行远程医疗，我们也将与 MM 医院一道，共同探索新形式的互联网医疗模式。"

众人的掌声中，MM 医院院长与霍格医院代表杨宝妮交换协议，并握手合影。随后两人共同象征性地点击鼠标，国际远程会诊网络平台宣布启动。

王越彬见证了这一历史性的时刻，他特别开心，不由得站了起来热烈鼓掌。今天中美医院合作这一幕，也是在他的不懈努力下实现的。杨宝妮向他投去感激的目光。

4.

走廊里，林珊遇到曾执，突然想起要和她说一起去上海参加母婴行业高峰论坛的事，便喊住了她。她察觉到曾执闷闷不乐。

"怎么了，曾执，一大早什么事不开心？"

曾执掩饰着："哦，院长好，没什么，我挺好的。"曾执勉强挤出一丝笑容。不笑还好，平时她也是难有笑容，这勉强一笑，反而让林珊觉得她遇到什么事了。

"走，我们到那边去说。"

到会客区坐下，林珊接了两杯水，递给曾执一杯。她心不在焉地接过来，忘了说谢谢，甚至没觉得让院长给自己倒水有何不妥。

"曾执，这次去上海参加母婴行业高峰论坛，我想带你一起去。"

曾执面无表情地应着："哦，好的。"

林珊接着说："会议日程是三天，这次论坛主办方邀请了全国各地母婴行业企业代表、家政平台、医院、国内外投资机构，还有母婴行业相关主管部门的领导要出席，我们月子会所也因为良好的理念和口碑，被邀请参加。我想带你一起去看看，开阔眼界，认识一下我们月子会所在母婴行业产业链中的位置。你记得吧，上次王越彬送过来的资料就是这次会议的。怎么样，有兴趣吗？"

"好的，谢谢您给我学习机会。"

月子会所的走廊里，殷悦一边走着，一边打量着月子会所的布置。

走廊的两边，一边张贴着月子会所所有员工的照片，殷悦一眼看见了曾执的照片，不由得站住看了一会儿。

走廊的另一边，贴着月子会所各种大型活动的照片和日常活动日程表。"妈妈学堂"几个字一下跳入了殷悦的眼帘，这里的妈妈还上学呀，有意思。她仔细地看下去，这里分孕妈妈学堂和产妇妈妈学堂，不光有生理课，还有心理课。她看到最新的一节课叫《我们为什么要生孩子》，时间是本周六上午 10 点，主讲老师是院长林珊。殷悦对自己说，周六一定去听课。

此时一个熟悉的声音传入她耳朵："月子会所每周六还有心理讲座，一般都会张贴在这个地方，想听课需要提前报名。我看看，这周六是什么话题……"张博正抬头张望，在向岳母介绍着月子会所。

"张博，你怎么在这里？"殷悦转身，她有点不敢相信自己的眼睛。果然是张博，她惊讶地半天合不上嘴。

"殷，殷悦，怎么是你！你怎么也在这儿？"张博有些语无伦次，他显然比殷悦还惊讶。是啊，老婆在这儿，前女友在这儿，现在，又出现了前女友的好闺蜜。

殷悦道："我还以为你在美国呢！自从毕业后你去了美国，这多少年了一直没有你的消息，你什么时候回来的？"

张博一脸尴尬地说："回来有两年了吧。"

"太不像话了，回来也不告诉老同学一声！哎呀，真没有想到让我在这儿见到你了！怎么，你这是准备当爸爸，还是已经当爸爸了？"殷悦似乎没有看出张博想抽身离去的意思，抓住不放地追问着。

张博没接话茬，不自然地向岳母介绍："噢，忘了介绍，妈，这位是我大学同学，殷悦，这位是我岳母。"

殷悦甜甜地叫道："阿姨好，阿姨好年轻好漂亮啊，张博你运气可真好，太太也一定很漂亮吧？"

陈母道："谢谢，小姑娘可真会说话！要不张博你们老同学先聊着，我去那边看看，一会儿你过来找我啊。"

殷悦夸张地说："呀，好幸福啊，太让人羡慕了！"

张博转向岳母："好的，妈！我很快就来。"

看着岳母走远，殷悦不由分说，拉着张博就向会客区走去。

会客区的光线很好，月子后期的产妇们常常会在这里晒太阳、聊天、相互交流育儿经验，这是住在月子会所的另一个好处。按中国传统，坐月子的这一个月，产妇是尽量不要有社交的，新生儿娇贵，怕陌生人会给新生儿带来细菌病毒什么的。但是当半个月过去后，产妇的身体和体力都得到一定的恢复，精神上就会觉得特别寂寞和无聊，也会因此产生很多不满的情绪。在家里她们往往就把这种情绪发泄到丈夫或家人身上，但在月子会所，每天下午，月嫂把孩子抱到婴儿室洗澡、做抚触、晒太阳的时候，也是妈妈们休闲的时候，那些身体恢复比较好的妈妈们，就会聚到这里来坐坐，晒晒太阳，也是为了寻找聊天的伙伴。

今天是阴天，没有产妇出来，正好给张博和殷悦提供了方便。

张博疑惑地问："干吗，你这是拉我去哪儿？"

"走，我们去那边说。"

"你还没告诉我，你怎么在这儿呢，你这是，准备当妈妈，还是已经当妈妈了？"

殷悦开门见山道："我是小产，在这儿坐小月子。"转而脸色一变问道，"你呢，今天你是来看老婆孩子的，还是来找曾执的？"

闻听此话，张博犹如五雷轰顶，呆立片刻，整个人瘫坐在椅子上。

"哦，殷悦，那什么，你都知道了？"

"你什么时候结婚的？你之前不知道曾执在这里上班吗？"

张博无力地辩解道："我真不知道，咳，别提了，都乱套了。"

殷悦咄咄逼人："什么乱套了？怎么乱的？"

"我要是知道曾执在这儿上班，我能让老婆住这个月子会所吗？那我不是自找麻烦吗？"

"对，最好她们不要碰到，互相不知道对方存在才好，这样你就可以两边瞒着，享齐人之福了，对吧，大情圣？"

"我从来没有那么想过！"

"你没那么想过？那你都想什么了？你发现曾执在这儿上班，又是送点心，又是送花，又是一大早路上拦截，你想干什么？你婚姻不幸？可我看你陪丈母娘的样子很幸福呀！"

"你别说话那么难听，我也没料到会发生这些事。"

"我说话难听？比起你瞒着你老婆做的那些事，我说得已经够客气了！你是不是看曾执好欺负，嫌自己当年伤她还不够深，所以现在再来补一刀？"

"唉，怎么会呢？都是命吧。"

"别跟我扯什么命不命的！你打算怎样，一步一步把曾执拖下水，让她当小三，给你当二奶？"

张博错愕："你怎么这么说你的朋友？"

"这不是我说的，是你做的！那边屋子里住着你合法的老婆孩子，这边你每天对前女友围追堵截，你说你把她当什么？"

张博被殷悦噎得说不出话来，可他又觉得很委屈，自己哪有殷悦说的那么坏？

"不用不敢面对现实，说白了就是这么回事！你玩火，结果就是迟早有一天，曾执被人骂小三——不是迟早，是已经开始了，这月子会所从员工到产妇，还有哪个不知道你们的事？"

张博忍无可忍，反驳道："你不懂，你根本不了解曾执，也不了解我们的感情！对，这么多年，我的确时时记得她的好，我从来也没有忘记过她。命运安排我们又重逢了，我不傻，我能感觉到，曾执她也并没有忘记我！"

"重逢又怎么样，没忘记又怎样？她是单身一个人，你呢，你有老婆，噢，你刚还有了孩子，怎么着，你是打算撇下老婆孩子离婚吗？打算什么时候离啊？哟，是不是今天就打算和岳母摊牌说呀？瞧我这没有眼力见儿的，刚才不巧给你打断了，一会儿用不用我去跟你岳母解释解释？"

面对殷悦的伶牙俐齿，张博语塞。

"张博，我真看错你了，当年你母亲反对，逼得曾执主动跟你提出分手，你没有挽留，也没有拖泥带水分分合合，我也敬你干脆利落是条汉子！你现在这叫怎么回事？你当曾执是什么？"殷悦不依不饶。

阳光休闲区是一个 T 形结构，一道磨砂玻璃墙把房间一分为二，沿墙两侧各有一排矮沙发，房间既通透明亮，又有一定的私密性，适合月子会所人来人往的不同需要。

殷悦和张博坐在墙这边的沙发上，谁也没想到，他们口无遮拦的这番话，墙那边坐着的曾执和林珊听得一清二楚。

殷悦一进来，就是夹枪带棒地质问张博，狂风骤雨一般，张博毫无还口之力。曾执起初来不及露面，后来也无法露面了。

尴尬的是，对面坐着院长林珊。无须多说，她已经听明白了一切。

曾执再也坐不住了，她站起身："院长，对不起，我先去工作了。"

曾执的露面让殷悦和张博非常意外，两人异口同声问："曾执！你怎么在这儿？"

曾执没有理会，也没有回头，一路踉跄小跑着离去。

林珊也起身，看看两人："不好意思，刚才我和曾执正说话，没想到你们会进来。"

5.

张博难舍地望着曾执离去的背影，殷悦一把拉住冲着曾执背影喊叫、意欲挽留的张博："喂，喂，你克制一下，好吗？"

张博生气地甩开她的手："我很平静，我不平静吗？"

"来，你坐下，我要把话跟你说完。"殷悦认真地说。

张博急急地解释："殷悦，是这样的，如果当时不是我母亲反对，我不会和曾执分手，我们是相爱的！你明白吗？"

"哟，因为母亲反对，爱得困难了一点，结局惨烈了一点，这还就成真爱了是吗？还相爱？别自欺欺人了！你要是爱她，起码得做到别让她受伤害吧？你当初没做到，现在也做不到，这么说不冤枉你吧？"

张博失神，木然坐着无语。

"张博，我说真的，你没有资格再爱曾执了，别再打扰她了。已经不是在学校那时候了，你有家庭了，有老婆有孩子了，你也要对他们负责任。你和曾执回不去了，如果你真的还有一点爱她，你就要为她着想，最好离她远一点。"

"你没有失去过，你不懂，你不懂那种失而复得的感受。"

"失去了，那就代表结束了，不然呢？"

"我不想再一次失去！如果我曾经做错过，我不想再错一次。"张博一激动，抓住了殷悦的胳膊。

会客区是开放区域，没有门，不远处，是刚开完会急匆匆赶来月子会所的张建平。殷悦没在房间，他到处找。他看见有个男人正抓着殷悦的胳膊，这个男人有些眼熟。他站在原地，没有冲上前去，他很想知道这是怎么回事，一边又在脑海中检索这个男人是谁。哦，是张博！他不是殷悦闺蜜曾执读大学时候的男友吗？他来这里干什么？找曾执？可他为什么抓着殷悦？张建平满腹狐疑。

"张博，刻舟求剑的故事知道吧，这种行为是不是很愚蠢？爱情也一样，不能刻舟求剑，不是说在你遗失的地方做个记号，你的人就永远停在那里，等你回来。如果她等在原地，那她早淹死了。"

"你觉得再度见面，我能有多洒脱？难道我要对自己内心的真实感受视而不见吗？我真的做不到！"

"你需要冷静。"

张博打断殷悦："我非常冷静，不骗你，自从第一次遇到她，我一点也没有兴奋，也没有狂喜，我的情绪很低落。这段感情，我已经努力放下很久了，我以为我早已经放下了，但我没想到，自己根本没放下，这么多年，一切都深深埋藏在心里。"

"今天的你，还是十年前的你吗？你满口都是我、我、我，为什么不知道替别人想一想？"殷悦毫不客气。

张建平听不太清楚他们具体在谈什么，但能感觉两个人都很激动，不像普通朋友的谈话，张博抓着殷悦的手始终没有松开。他不管那么多了，大步流星地进了会客区，对着张博说："我想起来了，你叫张博吧？"

"你是？"

殷悦有些意外："建平，你怎么来了？"

张建平耸了耸肩膀："我来得可能不是时候，但幸亏我来了。此时此刻，我必须告诉你，她，殷悦，是我太太，不管你们以前有过什么，我不会允许你在我眼皮底下招惹她。"

殷悦着急了："建平，你误会了！"

张博很无奈："你误会了，你听我解释……"

殷悦急忙阻止："张博，别瞎说！"

张博要解释什么？无非是想说曾经有过什么的那个人不是殷悦，而是曾执。可这些张建平知道，他知道他俩曾是恋人，早年都已经分手，母亲反对这样的理由他也清楚。但张建平并不知道张博和曾执重逢的事，张博正努力让爱火重燃，而曾执也有为之所动的苗头。殷悦并不想让建平知道这些。她知道，他本来就不喜欢曾执，对她有成见，如果知道这些只会让他更不喜欢她。况且说到底，这些事是曾执的私事，她不希望人人皆知，于是急忙阻止了张博。

可在张建平看来，殷悦这么做就是在掩饰。他不想让自己表现得很小气，他希望自己展现出的是冷静和理智。就刚才他所看到的，他推断应该是张博在纠缠殷悦，而殷悦并没有接受。还好还好，他对自己说。

心里虽然这么想，但张建平嘴上还是不无嘲讽地说："不用解释，这还解释什么？人我也看到了，话我也听到了，事情刚刚发生，对吧？我也算在现场。"

"哎呀，建平，你误会了，这儿已经够乱的了，你就别再跟着添乱了！"

"好吧，我也不解释了，你不相信，我也没办法。"张博苦笑，拍拍张建平的肩膀，就这样大摇大摆走了。

"总之，总之不是你想的那样。"殷悦努力解释，可她始终无法说出曾执两个字。

张建平靠坐在沙发扶手上，沉默不语，透过玻璃窗看向远处。

"对了，你把月子会所的钱结清了？干吗也不提前和我说一声？"

殷悦这一问，倒是让张建平确认了，陈俊明免了殷悦住月子会所的费用，并把她预付的钱退了。

张建平未置可否，低下头："我回去了，你好好休息吧。"

一段时间以来，都是张建平事事对不起殷悦，所以他一直气短，时时照顾殷悦的情绪，看她的脸色。现在，他终于也有了给殷悦脸色看的理由了。殷悦望着张建平离去的背影，有一种百口莫辩的无奈，又有对他深深的失望，他竟然对她不信任。

第十九章　保健品大战

1.

无意中得知曾执和张博的纠葛，这让林珊感到很意外。她追上曾执，两人一起来到她的办公室。林珊意识到，事情远超她的想象。她曾经认为，陈潇来院长办公室大闹之后，事情说明白了就完了，她没有想到，那只是一个开始。她原来以为，即使张博重新对曾执有所表示，曾执也不会为之所动。在她心目中曾执不是一个当断不断的人，可她没有想到，感情这种事真的是当局者迷，曾执这么理性的姑娘也不例外。

"曾执，你为什么要和张博见面约会？"林珊开门见山问道。

"院长，没有约会，是他来找我，就见了一面。"

"那好，面也见了，旧情也续了，然后呢？让他离婚，然后娶你？"

曾执顿时有些手足无措："不，不是，我告诉他了，我们不可能了。"

"这么说，你明确拒绝他了？"

"我，我觉得很明确了。"曾执因为没有认真想过这事，显得有些语无伦次。

"我看你是根本没有认真想过这事，假设我们不考虑任何其他因素，张博打算和陈潇离婚，你愿意嫁给他吗？"

曾执很坚定地摇摇头："不愿意。"

"为什么？"

"我们已经回不到从前了，我知道。"

"那你为什么还要和张博见面，现在张博完全无心照顾老婆孩子，这对他们很不公平，你知道你现在在扮演一个什么角色吗？"

曾执有点被院长的发问问傻了，但又不想承认自己的错，于是忍不住为自己开脱："院长，我不是第三者，我和张博当初是因为他妈妈反对才分手的，不是因为我们哪个人移情别恋了，也没有别的原因。张博妈妈一直想把陈潇介绍给他儿子，后来出现的陈潇，她才是第三者。"

"所以呢，你这是在报复吗？即便自己和张博不可能复合了，也不想让他们圆满？即便你心里知道，不会和张博怎么样，但是每次他对你示好，你们见面，你都会有那么一点小小的快感，对吗？"

曾执陷入沉默。无可否认，张博的纠缠是让她有那么一点点小得意。即便是见不得光的爱，那也是爱啊，只要是能感受到爱，被爱的那个人可能都难舍那份温暖吧。

曾执心里藏的那点小阴暗被院长一语道破，她索性在院长对面的沙发上坐下，一副任由院长宰割的架势。一来她知道院长是向着自己的，二来她真不知道接下来自己该怎么办了，她也希望院长能帮自己理清一下思绪。

"曾执啊，别的女孩谈恋爱，是要车要房，你知道你在要什么吗？"

曾执一脸茫然地望着院长："不知道，不过车和房，这么具体的东西，确实不会吸引我。"

"你谈恋爱是在找安全感，曾经的那份恋情，你之所以那么不能释怀，就是因为你第一次从恋爱中找到了从未体验过的安全感。但张博的离去，让你的不安全感被放大了十倍，所以你现在活得那么小心翼翼那么谨小慎微，有时像一只刺猬，有时又像一只惊弓之鸟。现在张博再次出现了，你之所以愿意和他见面，哪怕你见面是为了拒绝他，你还是愿意和他有关联，这一切不是为了他这个人，而是为了这份久违的安全感。"

曾执听得有些入神，默默地点了点头，觉得院长说得好像是那么回事。

"可是你对安全感的追求，已经伤害了另一个女人对婚姻的安全感。曾执，一件美好的事物，一定是在对的时间遇到那个对的人，你们已经错过了，就不要强求了。你一定会遇到属于你的那个对的人，我想他快就会出现的。"

曾执含着泪委屈地说："院长，我不想伤害陈潇，我从来也没想破坏她的家庭。"

"我知道，我明白你心里的想法，你不是存心故意的，但是你含含糊糊、模棱两可的态度，可能会让张博做出不理智的判断。你们俩的感情没能走到最后，张博也是心有不甘的，你就像他没有实现的一个愿望，一旦让他觉得这个愿望有可能再次实现，那他肯定要试一试的，但如果说这纯粹是因为爱，我是不认同的。"

"我明白，呵，是不甘心，总觉得对方没有理由不爱自己了，总想证明。其实我知道，早都结束了，覆水难收。"

"有句话怎么说的？不要为旧的伤悲，浪费新的眼泪。所有道理你都懂，过去的，就让它过去吧。"院长轻声的安慰，让曾执激动的情绪渐渐平静下来。

"院长，谢谢你。"

"曾执，任何时候，先爱自己，把自己爱好了，我们才有能力去爱别人。"

此时，院长办公室门口，是陈潇落寞离去的背影。

由于生孩子的时候父母没有在身边，他们并不知道在月子会所发生的这一切。如今父母第一时间来看她，陈潇可能是出于心里对张博仅存的爱和依恋，并没有向父母诉说什么，更没有趁机告状，于是在父母面前，她和张博表现得仍然像以往一样。

当然张博眼下应该也不希望岳父岳母知道什么，他也表现正常。

陈潇觉得两个人像演戏一样，她一方面享受张博守在身边这种假意的温存，一方面又觉得心里堵得慌。林珊是心理老师，本来陈潇鼓起勇气，想来找她谈谈心，可是，她在门口不小心听到了林珊和曾执的对话，这些话让她瞬间感到绝望了。

2.

张建平坐在车里，给陈俊明打电话。电话直到响到最后对方也没有接听。张建平握着手机，犹豫要不要离开。正要发动汽车的时候，电话响了，正是陈俊明打过来的。一接听，那端连珠炮似的道歉先传了过来："哎呀，不好意思不好意思，刚才我这儿太吵了，没听见张总您的电话。"

电话那头，张建平能听见刺耳的电钻声，他不由得把手机移开了耳朵："陈总好，我可不是什么总，我现在就在你们月子会所呢，陈总没在月子会所吗？"

"你在月子会所？啊，真不巧，我这会儿没在。"

"哦，没关系陈总，那我们就电话里说吧。我就是想问问您，为什么把我太太住月子会所的费用给退了？"

听得出张建平的语气不算好，陈俊明没接茬，假装太吵没听清："喂，喂，哎呀，真是吵死了，张总你在月子会所等我一下，二十分钟，二十分钟之后咱们月子会所见。喂，喂，我听不清，张总，咱们二十分钟之后月子会所见啊，等着我电话!"

一次免单,陈俊明希望的就是创造一次见面谈话的机会,他料到张建平会找他,但没想到这么快。

张建平没来得及说话,只听见手机里传出哔哔的忙音。见面谈也好,无功不受禄,谁知道陈俊明葫芦里卖的什么药?他决定索性等他当面解释。

车库里,张建平回想刚才张博和殷悦的种种画面,又想起大学时殷悦对自己的穷追猛打,忍不住笑了。他知道,张博是曾执的前男友,本科毕业就去了美国,他哪有时间和殷悦暧昧不清?潜意识里,张建平还是愿意信任殷悦的。忽然,一个念头闪现,他不禁从座椅上直起身,难道,张博又来月子会所纠缠前女友曾执?刚好殷悦在,她是在替闺蜜挡事?

张建平想得出神,一抬头恰好看到刚泊车的陈俊明,他也立刻从车里出来。见面三分情,他顿时觉得拉不下脸来,无法像刚才电话中那样。尤其是,陈俊明这个人,时时刻刻都是一副笑容可掬的模样。

两人几乎是同时从车里出来,陈俊明马上迎上前去,双手握住张建平的手:"张总,真不好意思,你看让你等这么半天,你怎么没上楼?"张建平不好说刚才发生了什么,可是如果照实说一直在车库等,显得他自己也太掉价,只好含糊其辞作答:"哦,我也刚下来。"

陈俊明爽朗地笑着:"哈哈,还好你没走,还好我回来得及时!走,我们吃饭去!"

陈俊明久在商场,向来笑面迎人,见人自来熟,热情地上前和张建平握手后,根本没打算撒手,直接就拉着他朝自己的车子走去。陈俊明的司机也非常有眼力见儿,立刻返回车上重新发动。

"吃饭?不用了吧,陈总,我就想问问,为什么把我太太住月子会所的费用退了?"张建平一边推辞,一边不由自主被陈俊明拉着上了车。相比起来,他没什么套路,道行太浅了。

"咳,那算什么事啊。我这人啊,就喜欢和年轻人交朋友,上次一见你,优秀的青年才俊,我就觉得你这个朋友我交定了,况且我们院长林珊也特别喜欢你太太。如果觉得我们这里好,出去后多帮我们宣传宣传就好啦。"

"那当然,不过这是两回事……"

"什么两回事啊?一回事!我交你这个朋友是很开心的,我年纪大了,只做让我自己开心的事,等你到我这个岁数就懂了!难不成,你嫌弃我岁数大,不愿跟我这种老头子交朋友？"

"不，不，不是的。"张建平不知该怎么接话了。陈俊明的强势，早已经营造了一种不由分说的气势，他给张建平太太免了单，他还像占了便宜一样。而张建平，似乎对还钱这件事，也不像他表现的那么态度强硬。不知不觉，张建平已经被拉进车里。

车子飞快向餐厅驶去。

这是一间根本连门牌都没有的店，大门藏得像密室，里面却别有洞天，一看隐蔽程度就知道是一家高档日本料理餐厅，餐桌也没几张。因为是中午，客人并不多。陈俊明显然是这里的常客，服务生对他很熟悉，陈俊明流利地用日语和他们打着招呼。

进包间坐下之后，二人开始闲聊，退款的事谁也没再提，好像早已翻篇。

"陈总，常来这里吗？"张建平问。

"是啊，这里的主要食材基本都是从日本直接空运来的，新鲜程度可想而知，菜品质量让人放心。不过一般应酬我不会来这里，这是我私人喜欢的地方，不是特别投缘的朋友我不带他们来。"陈俊明一边点餐，一边不经意间透口风给张建平，你今天得到的可是重要朋友的待遇。

服务小姐轻声细语，殷勤而礼貌。张建平望着落地窗外的山水庭院，听着店里响着的温柔音乐，虽然完全听不懂日语歌在唱什么，但总觉得很舒心，而陈俊明的话让他有了几分受宠若惊的感觉。

"陈总日语讲得很好啊，您在日本生活过？"陈俊明正要回答，张建平的手机响了，他一看，是妈妈打来的，不知道发生什么事，赶紧说声抱歉起身接电话了。

可惜这家日料店太小了，张建平转来转去也只找到一个相对不影响别人的墙角，但他说话的内容仍然可以听得一清二楚。

"妈，我在外面吃饭，有什么事？"

"噢噢，建平，那我快点说啊，上午我和你弟媳妇通电话，她呀，这不非要来北京，来看看你媳妇！"

"不用看啊，殷悦好好的，你别叫她来啊！"张建平连忙阻止。

"是啊，我也这么说呢，殷悦都没在家里住呢。可你弟媳妇说了，殷悦是大嫂，遭这么大罪，她当弟妹的，得来看看。"

张建平略显着急："妈，我都说了不用看不用看，咋听不明白呢？别来添乱了，给侄儿买学区房的钱，我正筹着呢，你叫她放心！"

"你这孩子，说话怎么这么直接，怎么开口就提钱！你弟媳妇那个人，心肠好，她是心疼嫂子。"

"心疼嫂子也好，钱也好，人不用来，妈你拦着她！"

"哎呀，晚了，拦不住了，她上午挂了电话就去火车站了，下午就能到北京了。建平，妈就是告诉你一声，你先忙吧，有什么事等她到了再说。"

张母仓促挂了电话，张建平沮丧不已。他知道，弟媳妇来看殷悦都是幌子，她这是担心借不到钱，亲自上门督促来了。

张建平和母亲的通话，一字不漏地传到了陈俊明的耳朵里。没办法，店就这么巴掌大。张建平回去坐下，一脸无法掩饰的闷闷不乐。

"听口音，张总老家也是东北的，东北什么地方？"

"您可别叫我张总张总的，我可不是什么总！"张建平冷着脸甩出去的话毫不客气，他自己也察觉到了，连忙找补，"您要是不和我见外，就叫我小张，或者直接叫我名字吧！"

"爽快，敞亮，满上酒！"

"我老家是沈阳郊区的，从上学来北京也十多年了，一跟老家人讲话，东北口音不自觉就冒出来了。"张建平说。

"哈哈，你听我讲话有没有东北口音？"

"您，没有吧？您也是东北的？"

"我老家也是沈阳的！"陈俊明用力拍了拍桌子上张建平的手，很兴奋的样子。两人碰杯，一饮而尽。

张建平有些兴奋地说："不会吧？陈总也是沈阳的？我以为您是北京本地人呢！"

"你也别叫我陈总陈总的，这样啊，我比你大，大得多，你要是不嫌弃，就让我再高兴一回，叫我一声哥怎么样？"

"好，陈哥！走一个！"

"痛快！我呀，生在沈阳，长在沈阳，上中学才来的北京。我父亲是部队的，他和我妈夫妻团聚了，我的同学朋友可都丢在沈阳了。来了北京只好重新交朋友，所以我这个人啊，最看重朋友了。"

"陈哥，日语讲得不错，在日本留过学？"

"弟弟，不怕你笑话，我高中毕业之后没考上大学，就以留学的名义去了日本。我们那时留学，那真是洋插队，哪像现在的孩子父母，把学费、生活费、甚至买车、买房、旅游的钱都给你准备好了，就等着你去花呢！我在日本什么都干过，送报纸，刷盘子，不怕你笑话，还背过死尸呢！我也不是学习的料，索性就在那打工挣钱，后来也开了自己的餐馆，攒了一些钱。我这人孝顺，我妈就我这一个儿子，老了无依无靠的，我就决定回来陪老妈了。回来一开始也不知道干什么，也不能天天闲着，好歹咱也开过餐馆，就干老本行吧。我就在北京开餐馆，赶上了好时候赚了。这两年兴起了月子会所，我也算赶了个时髦，现在我这家月子会所，在北京那是数得着的了，很快还要开分院，这行前景好，我认准了。"

"陈哥真是有魄力！"

"哪里，月子会所，那真是瞎猫撞上死耗子，碰上了。我呢，原本是想开养老院来着，但我们多数家庭对老人可远远不如孩子重视。我的几个做养老产业的朋友叫苦不迭，送来的老人大都生活不能自理，儿女先交半年钱，父母住进来后他们人就消失了，电话也打不通，有的是移民出国了。你说这种情况能把老人扔到大街上不管吗？但孩子不一样呀，哪家不把孩子当宝呀，后来权衡来权衡去，决定开月子会所。结果这时髦也真赶对了，现在又放开二胎了，生意还真好。"

听陈俊明这么推心置腹地和自己讲个人经历、创业心路，张建平也不由得向陈俊明敞开了心扉，把自己如何在北京求学、如何和殷悦谈恋爱、如何在岳父帮助下进入银行工作等等一股脑说了一遍。

"我听你刚才电话，是你弟媳妇要在老家买学区房？"陈俊明问。

"可不咋地，我侄儿要在县城上学，要买学区房。说是现在都没人愿意在老家上学了，但凡有点门路的，都把孩子送到教学质量好的学校上学。这不钱不够，让我给他凑钱嘛！"

"哪个学校啊？沈阳我朋友多，这事包在我身上，我保准帮他买到又便宜又好的房！"

陈俊明大包大揽，张建平有绝处逢生之感。他把母亲告诉他的学校名字、小区名字，全部都告诉了陈俊明。

原本只想结交张建平，没想到他还有一个更厉害的老丈人。意外得知的信息让陈俊明简直喜出望外，而张建平正巧遇到难处，这样千载难逢的机会，他显然不会放过。

3.

王睿下班先到了妈妈家。儿子头一天来奶奶家，王睿终究不放心，决定来看看。来到妈妈家住的小区，路过门口便利店，他走过去了又折回来，进去挑了几样蔬菜，都是已经包装好的，看起来很光鲜。说是挑的，实际上他就看个差不多拣进筐里就去结账了。

他一边开门进屋换着鞋，一边喊着妈妈和儿子："妈，妈，你在家吗？墨墨，墨墨，爸爸来了！"

"哦，在呢，在这儿呢！"奶奶在房间里应着。

王睿穿过客厅，来到书房，发现一个姑娘正在给母亲按摩。姑娘见老太太的孩子回来了，忙收了手："阿姨，那我们今天先聊到这儿，我改天再来陪你聊天。东西你可记得吃，别送了，阿姨再见，大哥再见。"

"妈，这是谁呀？您够时髦的啊，这是网约的上门服务的按摩师吗？这上门服务好像还要下载个APP吧，这您都会呀，够与时俱进的呀！"

"什么网约，我可不会那个！"

"那这个上门按摩的姑娘哪儿找来的？"

王睿妈妈明显很不自然地掩饰着什么："不是，那什么，这按摩不要钱，她呀，是那个保健品公司的小王，她今天特地来看我，陪我聊聊天，问我有没有哪儿不舒服。我就说这两天颈椎疼，她就给我按了按，别说还真管用，这会儿舒服多了。"

"妈，你怎么又买保健品了？您看您这都多少保健品了，还买！您没看电视上说吗，这保健品公司的都是大骗子，打着各种亲情牌，专门就来骗你们这种老年人！有病咱还得去医院，要是吃保健品能治病，还要医院的医生干吗？还要处方药干吗？"

一听说是保健品公司的，王睿就气不打一处来。父母年纪大了，大毛病没有，还算健康，但是小毛病也不少。这几年，父母的退休金基本都交给保健品公司了。

不大的书房里，一眼望去到处都是保健品。就连以前父亲写字画画的写字台上，也被高高摞起的保健品盒子占据了。书柜的把手上，挂着各个保健品公司的VIP会员证，蓝色的、红色的、绿色的吊绳，少说也有十几条。

除了钱，除了生活空间，父母的闲暇时间也被保健品公司给占据了。他们时不时地就被各个保健品公司拉去开会，偶尔还出去旅游。当然，几乎每次开会、旅游，最后都搬回来无数的保健品。

妈妈不想跟儿子讨论保健品的话题，算是躲避，自己来到客厅。没想到王睿也紧跟了出来，他打算今天好好和他妈妈说一下这个事。

"你看你，一说保健品就急，我就不爱让你知道！我买保健品怎么了，我和你爸这几年大毛病没有，没住过院，多亏了这些保健品呢！现在是不让电视宣传了，要是让我上电视我也会这么讲！"电视上正在播一个药品广告，她指了指电视说道。

"妈，你知道为什么现在电视不让播广告了吗？《广告法》在第十九条规定，广播电台、电视台、报刊音像出版单位、互联网信息服务提供者不得以介绍健康、养生知识等形式变相发布保健食品广告。你想想，那些东西要是好，能不让播广告吗？牛奶广告怎么就能播？洗发水广告怎么就能播？"

王睿妈妈非常生气："你就是对保健品没有正确态度，保健品不是药，你妈能不知道？保健品，保健品，它的功能就是保健！还保健品公司的都是大骗子，你当你妈三岁小孩呢？人家保健品公司的人，从来都说得很明明白白，还呼吁我们理性对待保健品，正确态度就是既不过分夸大它的作用，也不过分贬低它，说它毫无作用。大多数保健品贵是贵了点，但作用还是有的，你妈这些年买了用了这么多保健品，还能不如你明白？"

王睿被妈妈的一套理论噎得哑口无言。保健品公司的洗脑套路，竟然已经不是纯粹的吹嘘夸大，而是玩起欲擒故纵了？不得不说，保健品公司真是深谙老年人的心理。

"妈，我律所的同事最近接了好几个这样的案子，好多老人被骗得血本无归，还有抵押了房子去买保健品的……"

"抵押房子？那可太傻了！你放心，你妈没有糊涂到那份儿上！"

"妈，我说的那都是极端例子。可我觉得老年人买保健品，用句不恰当的比喻就跟吸毒一样，会上瘾。您看看书房里堆的这些保健品盒子，书架上那些瓶瓶罐罐，这可都是钱啊！这么多钱，你可以拿去旅游呀，再不济你买衣服，能穿身上，买好吃的，能增强营养，哪怕你买了金子钻石，那也能保值增值啊。你说你们买这一屋子保健品，吃也吃不完，用也用不尽，真不知道你们是怎么想的，平时生活上那么节省，可在买保健品这事上真是好不算计。"

"王睿，你少教训我，我问你，你媳妇买不买化妆品？她买的化妆品贵不贵？她买那些化妆品是能吃啊，还是能穿？一小瓶化妆品，动不动就上千块钱？抹脸上一千块的和十块的有什么区别？你怎么不嫌你媳妇乱花钱？"

"那不一样，她年轻啊，她有这个需求，再说那些高级化妆品就那个价儿，便宜了人家也不卖啊!"

"怎么不一样的,她有需求,她买贵的化妆品就理所应当?我告诉你,我买保健品也有需求!她要漂亮,我要健康。再说了,我花你的钱了吗?我自己的钱,我爱怎么花怎么花,跟你有什么关系?我买保健品怎么了?我买我自己喜欢,买了我就开心。"

"得了得了,妈,我说不过您,您也是高级知识分子了,怎么现在跟无知老太太似的!"

"说谁无知呀?你以为我是那帮没文化的老太太呢,别人说什么信什么?我买东西,之前都是调查过的,还专门去听了他们的讲座,讲座上我还记了笔记,还把我的疑惑都当场提出来,请他们解答了,结果人家都给我答案了,的确说得有道理呀,我这才买的呀。"

王睿妈妈是"文革"后最早一批大学生,退休前是一家行业协会的领导。如今退休了,眼见着社会价值感越来越低,可那骨子里的高傲还是有的,她最怕别人把她和那些跳广场舞的大妈混为一谈。现在儿子张嘴说她无知,真是知道她哪儿疼专门戳哪儿,这实在让她难以接受。

"还讲座呢,但凡搞讲座的都有陷阱,不掏点钱人家能放你们出来吗?噢,讲座是免费的,按摩是免费的,那些保健品您算没算过花了多少钱?问题不是钱的事,是这些保健品根本没有作用。"

"你一个大律师,讲话怎么能这么主观绝对呢?你要下一个结论,你得有证据吧?我脖子疼好几天了,你管过我吗?再说了,你怎么知道它没有用?我现在身体这么好,没准就是吃保健品吃的呢?如果不吃这些保健品,没准我现在早躺在医院里,你妈躺医院,你还能像现在这么逍遥?还能把你儿子说扔在这儿就扔在这儿?"

王睿真的已经无话可说了。爸妈买保健品也不是一天两天了,只要不被他碰到,他就假装不知道,可是让他碰到了,他还是无法忍受。怎么就说不通他们呢?

这时他想起了大宝墨墨,他今天是来看大宝的,结果被这保健品横叉了一杠子,什么都忘了:"妈,墨墨呢?让您这保健品一搅和,把我儿子给忘了。"

"墨墨呀,刚才在隔壁房间画画呢!瞧让你给我气的,把孙子给忘了。"

其实墨墨一直躲在门边看奶奶和爸爸争吵,他从来没见过爸爸和奶奶吵架,今天这一幕让他格外想念妈妈。

"好好,都是我气的您!不过,妈,我可郑重提醒您,您和我爸,你们吃你们的保健品，但是绝不能给墨墨吃任何保健品！"

"保健品也分成人的和儿童的，还分男的和女的呢，什么情况吃什么保健品，那不能乱吃。"

"什么儿童的？任何保健品都不要给墨墨吃！除了正常吃饭，他吃任何别的东西你都必须让我知情！"王睿真是有点火了。

王睿正要去找墨墨，这时门铃响了。他打开门，一个陌生小伙子拎了一兜菜进来，见王睿在，他一愣，转而就面色如常了。

"你是？你找谁啊？"王睿问。

"我，我找何老师。"

王睿妈妈一听声音忙迎出来招呼道："小刘呀，快进来！"

"干妈，您在家呀，我给您把菜买回来了啊。傍晚市场菜都打折处理了，不过也新鲜着呢。对了我干爹最爱吃的小油菜，我买了两包。今天您小孙子在，柴鸡蛋我没买，就买了点乌鸡蛋，营养价值高，宝宝肯定爱吃。"

小伙子熟门熟路，显然不是第一次来了，进门就跟进自己家似的，径直把菜拎到了厨房，把王睿看得一愣一愣的。这都什么人啊，还干爹干妈？

"哎呀，小刘，你看你又花钱，每次都帮我把菜买好，让我怎么好意思啊？来来，我给你拿钱。"王睿妈妈简直喜笑颜开。

"干妈你要再跟我提钱，我以后可就不帮你买菜了啊！大哥也回来了，你赶快做饭吧，我走了。"

王睿以为这个小刘没把他放眼里，完全不知道他是谁呢，现在看来，小刘这察言观色的功夫是一流的。

"留下来一起吃饭吧！"

"不了，不了，干妈我走了啊，大哥再见！"

王睿把小刘引到门口，亲自送他出去了。他已经看出来端倪了，这位又不知道是哪家保健品公司的，小伙子真是体贴啊，嘴巴也甜，又勤快，真是比亲儿子都亲！要不是亲眼所见，他实在无法想象，保健品公司对老年人消费群体的争夺真是白热化啊，一个个上门服务，比孝顺、比贴心，太可怕了。

王睿打趣道："妈，这样的干儿子您还有几个？你有没有干闺女啊？赶明儿我给您张罗一桌酒席，您把这些干儿子、干闺女，还有什么我不知道的干亲戚，全部都招来，让我认识认识，好吗？别像今天似的，我们见了面大眼瞪小眼，谁也不认识谁，多尴尬啊！您现在过的这是女王般的生活啊，有上门按摩的，有给您买菜的，过两天就该有上门来给您做饭的了！"

王母有点不好意思："哎呀，也就这么一叫，不过小刘真是个孝顺孩子，真心实意地帮我忙，他愿意叫干妈，我也高兴啊，叫就叫呗！"

"我估计他对他老家的亲爹亲妈都没这么孝顺。"王睿没好气地说。

"为什么？"王母一脸认真地问。

"因为他亲爹亲妈不买保健品！"

"你别说话夹枪带棒的。单说这细心，你真比不上小刘，你过来看看，他给我买的油菜，嫩嫩的多好，一片老叶子都没有！你看看你买的，这种精品菜就是盒子包装看起来好看，价格又贵又不新鲜，哪比得上菜市场的？"

王母已经开始择菜了。对保健品公司的"服务"态度，细微处的讲究，王睿觉得真是服气了。

4.

每周一上午，林珊照例查房。推开301房间的房门，尽管她有思想准备，知道陈潇状况不会很好，但一进门还是禁不住一愣。只见陈潇两眼直勾勾地盯着白色的床单，面无表情，头发凌乱地披散着，用蓬头垢面来形容此刻的陈潇再合适不过。

林珊并不知道陈潇曾打算去找自己，也不知道她在门外听见了什么，她也不知道张博有没有向陈潇说过什么，是不是又刺激到了她。

月嫂朱姐看林珊进来了，连忙跑过来，小心翼翼地解释："院长，对不起，房间我还没收拾好。那个，这两天我实在是腾不出手来，宝宝全得我一个人带。今天潇潇连奶都不喂了，别说抱，孩子连看都不看一眼，一天一句话都不说，样子好吓人的。"

"宝宝爸爸来过了？"

"来过来过，昨天姥姥姥爷也来了，说是刚回国。一大早刚下飞机先生就把他们接到这儿来了，一家子可开心呢。潇潇也挺开心的，我能看得出来。"

月嫂这番话没有背着陈潇说，也是有意说给她听的，她希望能给产妇一些正面的心理暗示。照顾一个自己也摸不透性情的产妇，仅凭经验是不够的，她真心希望院长能帮帮她。

陈潇默默地坐着，对月嫂和林珊的对话充耳不闻，仿佛置身事外。

林珊走进浴室，拿了把梳子坐回在陈潇的旁边，也没多说什么，只是温柔地帮陈潇把头发梳好，顺手拿了一块婴儿用的棉纱手帕，给她把头发绑了一个活结。陈潇的样子顿时清爽了许多。

"朱姐，你帮我去拧一个热毛巾。"朱姐应着，动作麻利地去卫生间拿来一个热毛巾。林珊接过来，一点点给陈潇擦拭着脸和脖子。

陈潇像个孩子一样让林珊摆布着，眼泪从眼角悄无声息地滑落下来。

林珊像个妈妈一样温柔地说："乖啊，不哭了。"她倒不怕陈潇哭，相反倒是很怕她不哭，哭泣说明情绪已经在流动，陈潇发呆失神的样子才是她最担心的。

"还在生张博的气？还是因为爸爸妈妈昨天没有留下来陪你？"

"他真会装，不想让我爸妈知道这些，所以昨天他们一回国，他就带他们来看我。我也什么都没表现出来，一直配合他把戏演完，在我爸妈面前假装还像以前一样。可是他们走后，我心里特难过，因为我知道这全是假的。"陈潇开口说话。

"那，你希望张博什么样？"

"我也不知道，我想不明白，昨天他们都走后，我一晚上都没睡着。"

朱姐忙插话："院长，潇潇失眠好几天了，一直睡不踏实。"

"护理部知道吗？"

"他们不知道，潇潇什么都不让说。"

"潇潇，为什么没有早点告诉我们？"林珊觉得问题有点严重。

陈潇冷笑："失眠这种事，谁能替得了？再说告诉你们有用吗？上次杜老师给我做了精油护理，倒是非常助眠，我睡得很踏实，但是醒了一看才半夜3点。"

月子期间产妇睡眠不好很正常，但大部分产妇是因为夜间2小时一喂奶造成的。睡眠质量好的产妇喂完奶倒头就睡，但有的产妇神经衰弱，醒了就半天都睡不着。大家都知道夜间是泌乳素分泌旺盛的时候，安稳的睡眠对母乳分泌非常重要。但是如果产妇因起夜而神经衰弱，导致第二天情绪不稳定，甚至焦虑，奶水便会受到影响，所以什么都要因人而异，没有绝对。但陈潇的失眠和一般的产妇不一样，她的心结都在张博身上。

第二十章　家暴丈夫的产妇

1.

张建平下班回家，发现家里热闹异常，电视开着，声音极大，是《喜羊羊与灰太狼》的背景音乐。他定睛一看，沙发上正趴着一个小男孩，是他的侄子。原来不仅弟媳妇来了，她把孩子也带来了。将军这步棋，看来她是走定了，还来了个双保险。张建平知道，买房这件事，他已经被吃死了。

小男孩从沙发下面掏出一个球，发现张建平回来了，竟然理都没理他，而是继续在客厅里拍球玩，一边跟着电视里动画片的音乐唱歌。

"桐桐！别在屋里拍球，这楼上楼下都住着邻居呢！"张建平连忙喝止孩子。

今日不同往日，那个过年给桐桐塞压岁钱的和蔼大伯消失不见了，他已经没有心情哄孩子了。看见他回来，孩子也不知道叫人，只顾自己玩，自己却要为这么个熊孩子筹30万！

听见张建平一嗓子喊，在厨房忙活的妈妈和弟媳妇都跑出来了，两人满脸堆笑，齐声和建平打招呼。张建平看见两人如同见到财神一样的神情，便更生气了，没好气地在鼻子里哼了一声算是答应了。

张母是个聪明人，看儿子不大高兴，赶紧讨好地说："建平回来了，你休息休息，一会儿吃饭啊。桐桐妈带了一个大肘子来，炉子上正热着呢，你闻到香味没？"

"大哥回来了？"一旁的弟媳妇眉飞色舞地说，"土猪肘子，来前我搁家里炖好了。"

"还有一扇排骨呢，今天吃不着，我给你放冰箱冻起来了。"张母说。

张建平并没对她们的热情做出反应："妈，别让桐桐在屋里打球，一会儿邻居就该投诉咱家了！还有电视，开这么大声干吗？"

话音未落，张建平上前"啪"的一声就把电视关了。喜气洋洋的电视背景音乐一关，屋里气氛顿时严肃了，桐桐也吓得拿着球不敢拍了，不知所措地站在沙发后面。

"桐桐，看见大伯回来没？喊大伯没？"弟媳妇立刻察觉到气氛不好，如果儿子再淘气表现不好，那一定得坏事啊，于是立刻盯紧儿子。

桐桐怯生生地喊了一句："大伯好，大伯上班工作辛苦了。"

张建平一听这话，就知道是弟媳妇教的。他之前从没发觉弟媳妇竟然如此精于算计，弟弟那么老实巴交，娶的媳妇竟这样机灵。不过想到她所有的处心积虑都是为了孩子，也是为了她和弟弟的家，张建平就觉得气消了大半。她也不容易。

但凡有别的办法，谁愿意低三下四上门求人？况且，弟弟老实，弟媳妇如果再老实巴交，两口子都没本事，这日子还怎么过？即便借钱给他们，那也真是泥牛入海，这辈子也别指望他们还了。

还好，还好，幸亏弟媳妇算是个机灵人。想到这里，他已经没有刚才进门时那么生气了。

"桐桐，以后见人要知道和别人打招呼啊。大伯这次不会怪你，但大伯要告诉你，你马上就是小学生了，如果出门在外，你见人不打招呼，别人会觉得你没礼貌的。"

"就是就是，大伯说得对，这马上就上学了，城里的孩子可讲究，桐桐学着点，听到没？"弟媳妇连忙赔起笑脸。

桐桐点头答应着。

张建平转头对弟媳说："不是说了不让你们来北京吗？你们买房那事，咱妈都跟我说清楚了，我说了会想办法的。"

一听弟媳妇话里话外还是县城上学，绕着弯子说买房子的事，张建平脸上又挂不住了。

"哥，不是这么回事，我这次来就是想来看看嫂子。你说她这次遭了多大罪，都是女人，听咱妈一说啊，我就在家里坐不住了。建文也和我说，让我带着桐桐，也代表他，来看看嫂子。"

"你嫂子，她爱面子，她平时状态不好都不爱见人，更不用说流产了。你们的心意我替她领了，你也不用去看她了，你们住两天带孩子玩一下，玩好了就回去吧。"

"好的好的，我带桐桐来，也想带他逛逛北京呢。你看马上就上学了，以后学习就紧了，没时间出来玩了。桐桐，你不是说最想来北京看看万里长城吗？桐桐？说话啊，是不是?"

桐桐小声说："是。"

"哎呀，是、是，看长城逛北京！瞧让大伯把孩子吓得，话都不敢大声说了！走，桐桐，走，奶奶先给你切块大肘子吃！"张母牵着孙子的手，离开儿子的视线，进了厨房。

她知道儿子心里不痛快，也知道这笔钱让儿子为难了。可是不为难大儿子，就得为难小儿子，为难小儿子就是为难大孙子，手心手背都是肉，她都心疼。但不管怎么样，她再心疼，也只能挤一挤大儿子了。他自己日子过紧点还能挤出点钱，二儿子是实在没办法，她作为母亲，必须设法帮他。

厨房里，张母正在给孙子切肉，她都拣肥瘦均匀的肉切下来，每切两片肉，她就把刀刃上残留的肉渣用手指轻轻一抹，然后嘬一下手指。

眼见婆婆领着孙子避进厨房里，弟媳妇连忙麻利地整理被孩子弄乱的沙发，又拿起抹布清理桌子。

张建平回房间换衣服，发现床上散落的都是殷悦的包包，打开衣柜一看，里面两人的衣服也被动过了。他正要问母亲怎么回事，却听见厨房一声惨叫。他连忙跑过去。

厨房里，张母满手是血。

"妈，你怎么了?"弟媳妇也同时冲进厨房。

"妈，奶奶给我切肉吃，让刀割着手了。"桐桐往嘴里塞进一大块肘子肉，不紧不慢地说。

"哎呀，先别吃了，你还有心思吃！"弟媳妇说着，打了一下儿子正要抓肉的手。

"你别打孩子，我刚才切肉，不想浪费刀上那点肉渣，就用手抹了一下。谁想他家刀那么快，一下就把手给拉破了。"

张建平赶忙去医药箱里找来创可贴，一边给妈妈贴上一边说："妈啊，那刀上有多少油水，你非得用指头去抹了吃！这么大一个肘子，你切一块肉自己吃，能怎么地？真是服了你了！"

张建平无语地摇摇头，他现在算是明白了，大孙子就是奶奶的天呀。

2.

蔡美伊正在客厅一边做着孕妇瑜伽，一边开着手机直播。这个孕期，她一点没闲着，从国外海淘到国内淘宝，从医院选择到孕妇保健，从夫妻感情到个人心理，衣食住行再加上生活起居，她基本上没有不在线直播的。因为性格鲜明，真实不掩饰，她俨然成了网红孕妈，也成了一拨孕妇和正在备孕的女性心目中的意见领袖，在网上有一大票粉丝。

蔡美伊一边做瑜伽，一边和粉丝聊天，分享着自己的感受。

门开了，王睿回来了。美伊妈一听见女婿回来了，立刻从厨房出来打招呼。

蔡美伊也向粉丝们直播着："亲们，我老公回来了。你们听见没，我老公回来，我妈比我还开心！我先下线了，你们继续。"

王睿夸张地说："妈，你做的什么啊？真香！"

美伊妈乐得合不拢嘴："你最爱吃的红烧肉呀！"

王睿迎合着说："您和爸一来，我立马觉得生活幸福指数提高了一大截。您做的饭，比阿姨做得好吃多了。"

"真的呀，那等一会儿你多吃点啊！"

"那必须的！我就是惦记您做的饭，一下班赶紧往家跑！"

"我女婿这嘴啊，净捡我爱听的说！"美伊妈开心地说。

"没有，妈，我说的可都是实话，您做的饭菜就是好吃，我这嘴呀，不光会说，还更会吃呢！"

一家人开心地笑着。转眼间，一桌美食上桌了，一家人坐下吃饭。美伊妈不停地给王睿和美伊的碗里夹着菜，全然没管老伴儿。眼瞅着美伊妈夹起菜，他把碗放到美伊妈面前，美伊妈硬是越过他的碗，又放到了王睿碗里。王睿眼疾手快，迅速把菜放进老丈人的碗里。

美伊爸对老伴儿不满地说："你倒是也给我夹一筷子啊！"

"女婿不是给你夹了嘛！你看你，还计较上了，哈哈！"

"唉，老话怎么说的，丈母娘看女婿，越看越喜欢！对女婿比对自己老公、闺女都好。原来在老家，就我和你妈两个人生活，在家里我能排第二；你瞧瞧现在来你们家，让你们一家三口一插队，我只能排第五喽！"美伊爸说。

"行啦，有你的饭吃就不错啦，天天等着吃现成的，筷子都没让你洗过一根，要论家庭贡献，我对你已经相当好了！"

丈母娘疼女婿这话不假，美伊妈的确对王睿也格外满意，这么一个能干会说又知道疼媳妇的女婿，上哪儿找去。就冲这女婿，让她吃多大的苦、受多大的累她都愿意。

晚上，王睿在书房里忙碌，客厅里不时地传来她们母女两人爽朗的笑声。这时他们一家三口已经完全在用四川方言交谈了，说快了，王睿还真有点听不清。王睿突然有种自己是外人的感觉。

晚上睡觉前，王睿照例开始给肚子里的宝宝读美伊写的孕期日记："亲爱的宝宝，今天爸爸陪妈妈去医院做最后的产检了，你在妈妈肚子里一切都好。一想到我们马上就要见面了，爸爸妈妈都好激动呀，真不知道你是个男孩还是女孩，你长得像不像哥哥……"

每天晚上，只要王睿在家，他都会给他们未出生的宝宝念日记。他们在 MM 医院的胎教课上学到，胎儿在子宫里最喜欢听到中低频的声音，而男性的声音恰恰就是中低频的，所以胎宝宝会特别喜欢听爸爸的声音。而常常听爸爸讲话、唱歌的宝宝，出生后的智力发育会更好，情绪也会更稳定。

"老公，我觉得这个宝宝生出来，性格一定会比墨墨好。生墨墨的时候我们什么都不懂，条件也没有现在好。"

"心情也没有现在好，对不对？"

"对，对，你怎么知道的？"

"刚才你们在客厅说四川话，我有一种很孤独的感觉，就突然想到，你生墨墨的时候，我们都是新手爸妈，都没有经验，你妈出了月子就回四川了，我妈也顾不上我们。尤其是我，总也不在家，根本帮不上你，整天家里都是你一个人支撑着。你说你一个川妹子，在北京嫁了人生了孩子，一大家人谁都指望不上，你该多孤单啊。我当时倒是没觉得什么，直到刚才听你们在说四川话的时候，我才意识到你当时的心情。"

蔡美伊挪了一下笨重的身子，亲了王睿一下："老公，你太善解人意了。那时候我不仅觉得孤单，还有种寄人篱下的感觉，还好都挺过来了。"

"咱俩呀，就是要孩子太早了，结婚后还没怎么过过二人世界，墨墨就来了，谁能想到你那么快就怀孕了？"

"还说呢，我怀孕那会儿反应特别大，没胃口。有一阶段我特别想吃西瓜，但是冬天西瓜太贵了，我都没敢和你说，就生生忍回去了。后来咱墨墨生出后，自从长出两颗小牙就开始啃西瓜，你妈也说，发现他吃西瓜没个够，大概就是在肚子里馋的。"

王睿笑了，爱怜地抚摸着蔡美伊的头："亲爱的，让你受委屈了，所以老天就给了你第二次机会，让老公我好好补偿你呀！"

蔡美伊依偎在王睿的肩头，甜蜜地笑着。

3.

吃完晚饭，张建平回到房间，张母悄没声息地跟了进来，她努努嘴，示意床上大大小小的包包。

张建平不满地说："怎么啦，什么意思？我还正要问你呢，殷悦这些包，你们干吗给她翻出来？这可都是她的宝贝，她最不喜欢别人动她的包了，你们趁她不在家，瞎翻什么？"

"我听桐桐妈说，就这些包，恐怕得值几十万呢，是真的吗？"张母皱着眉问。

"甭管值多少钱，也是殷悦的，我告诉你们啊，你们不要打殷悦的主意！"

"没有没有，我寻思着，殷悦有这么多包，都挺好看的，给桐桐妈一个，殷悦也看不出来。我们就进来看了看，结果桐桐妈识货，说这些包都是大名牌，她可不敢要，就是用了别人也会觉得是假的。这不还没来得及收起来，你就回来了。"

"妈，要我说你啥好呢？这是殷悦的东西，你没经过她允许就拿了送别人，那跟偷有什么区别？"

张母辩解道："谁偷了？偷是拿别人家东西。殷悦是你老婆，她买的这些包，就没有你掏的钱？你是我儿子，我拿一个我大儿子花钱买的包，给我小儿子的媳妇，怎么了？怎么能算是偷呢？再说了我要是不看，我哪知道这殷悦这么能造呀，这些包都够建文他们买一套房了，唉！"

"妈，我跟你说，还真没有。包再贵，都是人家殷悦自己赚钱买的，人家自己能干能赚钱，爱买什么就买什么，关您什么事？"

"怎么不关我的事？她把钱都买包了，还怎么攒钱贴补家用呀？那家里过日子的钱不都得你掏呀？你们家里的开销那么大，我就是看着心疼，这些钱要是买了楼好歹能住啊，你说买这些破包有什么用？唉，啥也别说了，建平，你娶着败家媳妇了！"

不知怎么回事，尽管张建平也会发自内心地觉得殷悦败家，花钱大手大脚，不知道节省，可是一旦母亲流露出嫌弃她的意思，他又忍不住维护殷悦。

见儿子不高兴，张母想了想，现在不是发牢骚的时候，当务之急是把钱弄到手，便忍下一口气，讨好地说："行行行，以后你们小两口的事我不管，但这次的钱，你凑齐那个数了没有啊？"

"妈，那个数是30万，它又不是30块，哪能那么好凑？"

"要是30块，还至于求你吗？你还没看明白吗，桐桐妈这是不放心我，怕我跟你借不到钱，这不自己跑来北京了！本来买房子还缺钱呢，她这来回路费不花钱呀？她是真不容易，也真够难为她的了。"

"谁让她来了？谁容易？我容易吗？她这是舍不得孩子套不着狼，花几个路费算什么？我还看不出来吗，她把桐桐也带来是什么意思？不就是想打苦情牌吗？什么来看殷悦，什么带孩子逛北京，全是幌子！她娘俩住在我家，我这要是拿不出30万来，她能离开我这儿回老家？她这就是摆明了，我一天拿不出钱，她就赖在我家一天不走。她这是逼债呢，还是借钱呢？"

对弟媳妇上门逼债一般地借钱，张建平是真的非常生气。他又不好冲弟媳妇发火，只能冲着自己亲妈泄怒了。

"唉，你和建文都是我儿子，这手心手背都是肉，哪个我不疼？非要说更疼谁，那我还是更疼建平你，建文他连学都没上完啊，妈心里对不住他呀。不过呢，儿大不由娘，妈今天也不能去翻你的钱包，查你的银行卡，看看你到底有多少钱。不像小时候了，我还能偷偷翻翻你书包，看看里面藏了什么宝贝。唉，妈今天也把话说明白了，你就凭良心吧。"

"妈，我也不是经商做生意的，我是领固定薪水的，你们别把我想成大款土豪。到时候我有多少就出多少吧，不行再把股票卖了凑凑。"

"好的好的，还得靠我大儿子！那，啥时候把钱给你弟媳妇？让她赶快回去把这事办利索了！她可真是等着用钱呀，你看她当你面买房的事一个字也不敢提，可心里早都急死了，儿子眼瞅着要上学啊！"

"行了，我知道，你就别催了。今天有个朋友答应给我想想办法，他路子广，认识人多，说在咱们老家能找找人，房子能买得又便宜又好，到时候能省一笔钱。我已经把你们去那个小区看的房子告诉他了，这几天就能有信儿。"

"真的呀，我儿子真是太会办事了！我这就跟桐桐妈说说去！"听到儿子终于吐口，张母不由得心花怒放。

"哎呀，你先别说，八字没一撇呢，万一没成呢？人家只是说先问问看。"

张母很笃定地说："没问题的，建平，打小你就没有不靠谱的朋友，你这孩子实在，妈知道你，你交的朋友没挑的，这事啊，我看准成！"

尽管张建平拦着，张母早都喜不自禁地跑出去了，第一时间把两个好消息告诉了二儿媳妇。

张建平听见客厅里传来一阵愉快的笑声，婆媳二人欢呼雀跃，母亲的指头好像也早已不疼了。

兄弟之间借钱，真是个头疼的事。你不借给他，手足情，说不过去。你要是借给他，等你用钱的时候问他要，你又不好意思开口。就算要了，他也不一定还得上，他要手头富裕的话，还用问你借吗？这要是黑不提白不提的，自己心里肯定也不痛快，一来二去搞不好还会结下心结，薄了兄弟情分。

张建平从决定借钱给弟弟的那一刻起，就已经打定主意，这钱若是日后弟弟还不上，他就当作资助侄子桐桐上学的费用了，这么想他心里会好受些。

尽管他已经给自己做好了心理建设，不过真当他开始筹集这笔钱，想到需要一单单割肉卖股票，心里还是难过的。这都是自己的血汗钱，每一分钱来得都不容易。

4.

沉默有时是件很可怕的事。月子会所有时真不怕那些话多、絮叨的产妇，因为她们会把每天的情绪都定时定量地发泄给特定的人，怕就怕这种一声不吭的。你也不知他在想些什么，这种人一旦爆发了，那震级一般都在八级以上，会产生天崩地裂的效果。

吴爽老公借指甲刀之后，夫妻二人平静了几日，谁也没有想到，一场八级地震爆发了。

这天晚上，正好是曾执的夜班，正百无聊赖之际，突然听到隔壁310房间传来一阵咆哮声。曾执向一同值班的尹娜使了个眼色，赶紧凑到310房间门口去打探一下情况。原来是吴爽在骂她老公，曾执很想走过去敲门叫他们小声点，别影响别人休息，可想到吴爽的样子她就不寒而栗。正犹豫进还是不进的时候，咆哮声越来越弱，听不见了。

曾执长舒了一口气，阿弥陀佛，幸好没进去。只要其他客人不投诉，那还是少管他们的闲事吧。曾执蹑手蹑脚地回到了护士站。

"昨天你是和护士长值的夜班吧？"

"对，昨晚我也在。"尹娜说。

"昨晚，吴爽和她老公吵架没？"曾执问。

"最近他们可真不消停，几乎天天吵，不过昨天晚上还好吧，没有这么可怕的咆哮。"

"唉，但愿今晚也能平安度过。"两人愁眉苦脸互相对望了一眼，谁都不希望今晚有事。

几乎就是在同一时间，曾执和尹娜再一次听到了来自310房间的咆哮声。这次不同的是，伴随着咆哮声，她们还听到了"啪""啪"打耳光的清脆声音，因为是隔壁，又是夜里，她俩听得真切。

这一次，因为动静太大，曾执看见走廊里几乎同时打开了三个房门，隔壁的姥姥、对门的爸爸，纷纷探出头来，大概都是听到动静了。

曾执马上收起自己的好奇心，职业本能让她预感到今晚她又摊上大事了。她的第一反应，是要赶快安抚产妇和家属："没事，没事啊，大家回去休息吧。"

曾执话音未落，310房间的房门突然被打开，一个男人就像皮球一样被踢了出来。

那速度，那形象，简直就是武侠片里的场景，一个人被另一个神秘大侠一掌打出去八丈远，被打的人狼狈倒地，哼哼唧唧疼得起不来。

看到吴爽老公一屁股坐在地上，半天也起不来的样子，曾执和尹娜都感到哭笑不得。

隔壁的姥姥、对门的爸爸，还没来得及回房间呢，正好看到这一幕的全过程，他们索性都出来看个究竟，顺手把身后的房门带上。除了他们，还有远处几个房间似乎也听到了动静，打开了房门，探出了脑袋。

大家都是一副看热闹不嫌事大的样子，议论纷纷。世上有些事真是奇怪到家了，按说月子里的产妇是虚弱到极点的，她应该是一个需要别人呵护和照顾的女人，她哪来的力气，能一脚把一个男人踢出门？

曾执冷静地吩咐尹娜："我来处理310房间，你让大家回房间，就说别吵着宝宝们睡觉。"

说着曾执走上前，正欲拉吴爽老公起来，没想到吴爽已经出来了。吴爽的样子让曾执惊呆了：她穿着哺乳衣，趿拉着棉拖鞋，双手插着腰，活脱脱一个悍妇的样子，一出来就疯了一样狠狠踹着老公，一脚一脚踩在老公身上。

曾执一看吴爽气势汹汹出来了，她便本能地向后退了两步。即便她有再强的职业素养，也犯不着为了人家两口子的事挨一顿打。吴爽那气势，绝对的人挡杀人，佛挡杀佛。

吴爽老公吓得浑身发抖，跌跌撞撞地退到了走廊尽头。吴爽几近丧心病狂地怒吼："你给我跪下！跪在这里，不许动！"

那个男人就这样在大庭广众之下跪着，一张脸已经被打得红肿，脸上还有被老婆指甲挠出来的数条血印子。

尹娜劝说大家回屋，谁都不回，千载难逢的家暴现场，而且还是女的打男的，场面如此激烈，谁舍得不看？

这时有人提议，赶紧报警吧，别再打出人命了，曾执这才缓过神来，赶紧拨通了院长的电话，先向院长报了警。

不一会儿楼梯口传来一阵脚步声，闻声赶来的值夜保安老焦和小安出现了。两个人一人一边地架住了吴爽，不让她再对老公发动新一轮的进攻。

一看吴爽被束缚住了，311 房间小囡的爷爷跑到走廊尽头，看着跪在那里的吴爽老公，他又气愤又心疼地说："男儿膝下有黄金，你不能跪呀！快起来！"

302 房间李佳乐的丈夫也过来了："哥们，她让跪就跪啊？太没血性了，快起来吧！"

此时 301 房间的陈潇靠在门口的墙上，脸上挂着一丝冷笑观望着这一切。吴爽老公被老婆逼到走廊尽头，正好就在陈潇的门口跪着。

面对众人的劝说，吴爽老公好像并不介意，他执拗地跪着，嘴上不停地说："就让我跪吧，我会一直跪着的，只要她高兴。"众人都摇摇头不再作声。

林珊接到曾执的电话，吩咐完小安和老焦后便以最快的速度赶到了现场。曾执和尹娜怯怯地看着林珊，她们虽然见过无数次月子会所两口子吵架的场面，但这种级别的暴力场面也都是第一次遇到，两人确实感到束手无策。林珊的到来，让她们顿时心里踏实了许多。

"院长，你可来了，吴爽朝死里打她老公，她老公也不还手，太可怕了，要不要报警？"尹娜像看见救星一样向院长陈述着。

"先不要报警，了解一下他们打架的原因，我来处理。"

吴爽大概也是打累了，看到林珊进来，她多多少少有些不自在，同是职场女性，此刻却以这样的面貌相遇。她猛地挣脱了小安和老焦，甩了一下头，急速地走回了自己的房间。

看到林珊的那一刻，吴爽像是突然找回了自己的身份。在职场上她也是说一不二的女强人，今晚对待老公她却像一个暴怒的泼妇。人有的时候会很分裂，分裂得完全不像同一个人。

林珊走到吴爽老公面前，查看了他的伤情，一把把他拽了起来："起来吧，没事了。"

吴爽老公战战兢兢地站起来，犹犹豫豫地看着林珊，一边还胆怯地望了一眼310 房间。

林珊用命令的口吻对吴爽的丈夫说："走，到我办公室来。曾执，你带上东西一起过来处置一下伤口。"

曾执飞快跑回护士站，取了护理操作盘，跟着林珊和吴爽老公去了院长办公室。

吴爽入住月子会所的时候是自己妈妈陪同来的。她比预产期提前了二十天生产，当她来到月子中心时，她预定的那间 VIP 房间的前一个客人还没有走，她能住的只剩下两间小房。当时月子会所大家都还担心，这么个商界大咖来了，怎么能住这 56 平方米的小房间呢？不想吴爽进去看了一下房间，也就是 5 秒钟的时间，当即就做出决定，就是它了。

吴爽安顿下来后，林珊带着全部护理团队例行公事般地一一做了自我介绍。在介绍仪式中，林珊答应作为房间价格的差价补偿，送给吴爽更多的免费服务项目。吴爽住进来的前五天，一直无声无息，不像有的产妇一天按八遍铃，家属也恨不得一天找客服八百遍，一会儿要个吹风机，一会儿要个电暖气，把服务的人指使得团团转。

起初，所有人都对这个安静的产妇印象好极了，瑶瑶就说过，毕竟是商界精英，素质就是高。开始大家都对吴爽心存感激，这么安静、事少的产妇让大家省多少心啊！

自从她老公借指甲刀那天开始，大家便认识了吴爽的庐山真面目，也开始对她小心翼翼起来。

5.

到了院长办公室，林珊给吴爽老公倒了一杯热水，示意他坐下，然后让曾执给他处理了面部伤口。

"陈先生，胸口和腹部有没有感到剧烈疼痛？"曾执很专业地询问，陈先生摇摇头。"有没有感到不舒服，比如头晕乏力、恶心想吐？"陈先生又摇了摇头。

"院长，陈先生应该无大碍，他如果有什么情况您及时叫我，我先回去了。"

曾执走了，林珊静静地看着陈先生，耐心地等他开口。做心理治疗这么多年，林珊明白，你若想让一个人对你说点什么，不要去逼问他，而是要给他创造一种说话的氛围。

后现代心理治疗中有一种疗法叫叙事疗法，它不像传统的行为疗法那样告诉你要怎么做，而是通过故事叙说的方式，在叙说中自己找到问题的根源。这种方式会使人变得更自主，更有动力。

沉默了几分钟后，陈先生突然号啕大哭。

林珊依旧默不作声，让他肆意地发泄着自己的情绪，什么男儿膝下有黄金，男儿有泪不轻弹，在这个男人身上都完全失效。作为心理医生的林珊，并不会像常人那样去轻视这类男人，男人也是人，男人有时更脆弱。

"为什么要让她这么打你？"

一般心理医生可能会问，你老婆为什么要打你？而林珊却问，你为什么要让她这么打你？就算女人想打男人，这世上又有几个男人可以让女人这样打？能被打得如此这般没有尊严，也无非两种原因，第一种是这个男人的确犯下了不可饶恕的罪过，第二种是怕老婆怕到了极致。林珊认为眼前这个男人应该是两者兼有。

"她这么大年纪生小孩不容易，现在又在坐月子，她有躁郁症，我很怕她走极端出事，那样宝宝就没有妈妈了，所以她发作的时候，我都尽量让着她。"

"哦，她有躁郁症，为什么在病例里面没有写？"

"她自己从不承认，当然更不会写在病例里，但之前我咨询过专业的心理医生。"

"有家族遗传史吗？"

"她大伯家有个孩子，好像也有这方面问题。"

"从发现到现在有多久了？"

"应该有一年了，一开始是工作压力大，她回来常常发脾气，很暴躁，有时又一整天一整天的一言不发。后来我咨询了医生，医生告诉我她有可能是躁郁症。"

"那这次是因为什么呢？"

林珊清楚躁郁症属于心理学上心境障碍中的一种双相情绪障碍，也就是说既有躁狂发作，又有抑郁发作的一种疾病，在躁狂发作前往往有轻微、短暂的抑郁发作。任何心理疾病都是由生理、心理和社会等诸多方面因素造成的，躁郁症也不例外，除了遗传基因、气质类型这些因素外，应激性生活事件也会是一个重要的社会心理因素。

吴爽老公迟疑了一下，好像是在整理自己的思绪："因为前几天，有一天晚上，她从月子会所偷偷跑回家。可能是我实在太累了，睡着了，没有听到敲门声就没有开门，她就怀疑家里有别的女人。"

"你说什么？前两天吴爽晚上跑回家了？"林珊后背一身冷汗。

"是呀，院长您不知道吗？"

这回轮到林珊尴尬了，月子会所当然不是监狱，不会戒备森严，但是也没有一个产妇半夜偷偷跑回家，月子会所竟毫不知情的道理。这算什么？月子会所层层安保形同虚设，竟无一人发现，这种消息传出去，产妇们肯定会觉得这个月子会所不安全。不过，林珊看陈先生也没有继续追究此事的意思，就赶紧岔开话题，保安的事，之后她再来解决。

"那你没开门，的确是因为没有听到？"林珊实在有点不好意思直接问，家里真的没有别的女人吗？

陈先生举起两个手指头发誓："我发誓，林院长，那天晚上就我一个人，白天公司开了一整天的会，实在太累了，我也没来月子会所陪她，直接回到家就倒头睡了，我也没想到她会突然半夜跑回来呀。"

"那她在月子中心待得好好的，干吗要半夜跑回去呀？"

陈先生飞快回答："我也不知道呀。"林珊注意到，他说这话时，虽然反应很快，但他的眼皮耷拉着，显得很没有底气的样子。就这一个表情，林珊凭直觉就猜了个八九不离十。

"你发现吴爽有躁郁现象时，仅仅是因为工作压力大吗？还有没有其他原因，比如您以前是不是做过让她不放心的事？"

这一次，陈先生沉默了好一阵子，然后点点头："是，在她怀孕三个月时，我和我的秘书……"

这下林珊全都明白了。

产前焦虑是大部分孕期妇女都会碰到的问题，雌性激素的变化导致内分泌的紊乱，这是产前焦虑的生理性因素；心理因素有的人积极，有的人消极，也就是俗话讲的有的人心宽，有的人心窄；至于社会性因素那就多了，母女矛盾、婆媳大战，但是老公在妻子孕期出轨，这是直接导致妻子产前焦虑的重要因素。如果吴爽有家族史，又属于想不开的那种，患上躁郁症就太有可能了。现在正好是产褥期，内分泌又一次紊乱，她再次发作也是极有可能的。

看林珊不语，陈先生以为是院长在鄙视自己，连忙解释道："可是被她发现后我们就断了，真的断了，再也没来往过，可是她就是不相信，每天都审问我，跟踪我，就连在月子中心都能偷跑回家来查我。我真不知道怎么做才能让她相信我是真的和她断了。"

"你不烦她吗？"

"有时也烦，但一想到她为我生下这个孩子真的很不容易，她都四十岁了，还有妊娠高血压，为生这个孩子吃了不少苦，我不想让她生气，所以每次都由着她的性子来。"

林珊想象得出，能让陈先生出轨的那个秘书一定是个非常温柔的女人，有时女人吃亏就吃亏在太强势。但吴爽现在的这个症状已经非常严重，不是一两句宽慰就能解决的，这样的一个状态对孩子也是很不利的，甚至是有危险的。她准备明天联系医院精神科的医生，一起会诊一下。

正想着，林珊听到外面的说话声，知道来上大夜班的护士正在交接了。她看了一下手表，已是午夜 12 点了。陈先生捕捉到了林珊的这个眼神，赶紧知趣地说："不早了，我回去了，院长您也早点休息吧。"

林珊把陈先生送出了门，告诉他吴爽可能需要治疗，希望他配合。回到办公室，林珊犹豫了一分钟，决定今天不回家了，就在月子会所办公室的沙发上凑合一宿。

第二十一章　陈潇抑郁跳楼

1.

殷悦睁开眼睛，已经是早上八点了，对着镜子一看，觉得自己气色还不错。

月子会所之所以被产妇们喜欢，就是因为在很多细节上它都做得非常人性化。它不像医院那样标准化管理，每天早上六点每间病房都"啪啪啪啪"打开灯，不管病人醒没醒，护士首先按业务流程操作一遍，然后病人刷牙、洗脸、吃早餐，八点护士长查房，八点半大夫查房，九点常规治疗开始。

月子会所在管理上比私立医院更加人性化。毕竟不是医院，月子会所会顾及每个产妇的心理感受，因为母乳喂养的产妇夜里需要每隔 2 小时就起夜喂一次奶，她们的睡眠格外宝贵，所以月子会所会让每个产妇都睡到自然醒，直到产妇按铃，月嫂才会把产妇的早餐送进去。

殷悦这几天的日子还是过得很滋润的，不用和老公吵架了，也不用听婆婆的唠叨，每天还有护士来嘘寒问暖的。虽说月子餐比较清淡，但她也能理解，坐月子毕竟不能像往常那样吃香喝辣的。

殷悦今天觉得格外的神清气爽，洗漱完毕，按铃叫早餐。她看见今天的早餐有虾仁青菜龙须面、小豆包，还有一碗香喷喷的黑芝麻糊，立刻觉得很有食欲。

拿出手机，殷悦给曾执发了个微信："你在忙吗？"没得到回复，继续发："我吃完早餐了，你来看看我吧。"几乎刚发完，她就听到敲门声，殷悦响亮地应着："请进。"

"公主，今天感觉怎么样？"曾执探身进门。

"好极了，有你给我贴身护理，月子餐也这么好吃，哎，我都长胖了。"

"昨晚睡得好吗？"

"不错，隔壁孩子哭我也没听见。哎，对了，曾执，昨晚就跟看武打电影似的，310房间那女的太厉害了，她是练过散打还是跆拳道？她老公被打竟然完全受着，一点都不还手。没想到住你们月子会所还能看到这么精彩的大片！"

曾执揶揄道："你还真是看热闹不嫌事大！还觉得大饱眼福了？哼，你不知道我都被吓成什么样了，我们当护士的就怕值夜班出事，嘿，偏偏我值夜班的时候出事率还特别高，现在我值夜班前我妈都让我先拜一拜，哈哈！在月子会所这么久了，昨天的阵势我还是头一回遇到。我还担心昨晚被他们一闹，各个房间都睡不好呢，你说睡好了我就放心了。"曾执一边和殷悦说着话，一边手上也没停地忙她那一套查房流程。

"瞧你那黑眼圈，今天下早班，赶紧回去补个觉吧。"殷悦心疼地说。

"哎，当这么多年护士，也习惯了。"

"那天你们院长跟你聊什么了，她不会鼓励你收回失地追求真爱吧？"

曾执白了她一眼："你想哪儿去了？她当然不会！唉，我觉得有时候我也挺坏的。"

"你坏？你怎么坏了？"

"唉，张博脑子不清楚，他不知道自己到底要干什么，我却是很清楚的。我明知跟他不会有结果，可是呢，对他的死缠烂打吧，一方面很生气，另一方面，不得不承认，其实，我还有点暗自窃喜的。你说，我是不是有点小阴暗？是不是挺坏的？"

"能说自己阴暗的人就已经够光明的了，再说那是因为他是你爱过的人啊，你们曾经有那么刻骨铭心的一段恋情，你对他的追求难以拒绝太可以理解了，人非草木孰能无情？别太自责。不过呢，我和院长就是你的理智，你自己不能喊停的时候，我们来帮你喊 stop！"殷悦说着做了个停的姿势。

"你说得对，谢谢你。"曾执上前抱了一下殷悦。

"他要再找你怎么办？"

"应该不会了，陈潇的父母都来了，他也该回到现实中了。第一次见到他们一家三口时，感觉是那么安静美好的一个小家庭，可让人羡慕了，如果我没出现，张博也应该会珍惜他的幸福吧？"曾执感慨地说。

"所有的发生都不是意外，都是上天最好的安排。张博这个人始终就没有成熟，当初不懂珍惜，现在仍然不懂珍惜。一个没有独立思考和判断力的男人是不成熟的，我觉得通过这件事他应该会慢慢成熟起来吧，他也是当爹的人了，不能干什么都由着自己的性子，要学会克制了。"

"有句话怎么说的？爱情使人忘记时间，时间也使人忘记爱情。我相信，时间可以解决一切。而且，我想过了，我不会再见他了，我们也不可能做朋友。"

"可是，张博他们还在月子会所呢！"

"我和院长说了，我不负责他们房间就是了，在这儿我也尽量避免和他见面。"

"终究还是挺别扭的。哎，对了，昨天你和院长走了，我不是拉着张博说话嘛，结果后来张建平来了，哎哟，还误会我和张博不清不楚呢！"

"啊？他误会你跟张博？怎么会啊，我和张博的事儿他都一清二楚呀！再说你俩一直在一起，他也不想想，你眼里哪看上过别的男生？"

"没事，我觉得他就是借题发挥。唉，张博甩了你一次，你拒绝了他一次，你们也算扯平了。张建平打了我，心里愧疚，现在自己虚拟了一个情敌，在他心里也就找到平衡了。"

"殷悦，我真是服了你，什么事都会自己给自己找平衡，亲爱的，你知道吗？你最出色的其实不是相貌，而是胸怀。"

"没有怀，只有胸，哈哈。对了。有件事，张建平没跟我说，悄悄把我住月子会所的钱给结算了，可能他是想让我高兴吧。说了离婚之后，我心里总觉得对不起他，这两天我一直在想我和建平的关系，忽然觉得，他更像我的一个亲人，我仍然在乎他，但真的已经不是爱情了，我们俩的关系早都发生变化了，夫妻缘分可能就到这里了。"

"厌倦伴侣，这方面我没有经验，要不，你去找张博聊聊？"曾执开着玩笑。

"去你的！哎，说真的，我想早点出院，不对，不叫出院，我想提前离开月子会所，你说行吗？"

"为什么啊？来，先把你的红枣汤喝了。"曾执说着给殷悦端起刚才没喝完的红枣汤，殷悦自己接过来喝完了。

"来你们这里，我觉得恢复得挺快的，每天就是吃吃喝喝，我又不是产妇，需要带孩子，我自己恢复好了就想赶快回去工作了。你又不是不知道我们公司，天天这电话打的呀，地球离了我照样转，我们公司离了我可不行，我觉得我这一天天的跟上班也没区别。对了，林院长说月子会所要联合MM医院办一场音乐会，让我给策划一下，我呢，已经把这工作接下来了。"

"你行啊，住我们月子会所我们给你打了折，没住几天你这还挣我们的钱啊。"

"哎，没让你们花钱，你们月子会所现在还挺有知名度的，MM医院更不用说了，大名鼎鼎。我们公司线上母婴品牌多嘛，非常愿意跟你们合作，这次给你们赞助了。"

曾执连连点头："你们相当于打广告了，你们母婴品牌的目标客户，正好是我们的产妇群体啊！"

"聪明。"殷悦竖起大拇指。

"哎，对了，你婆婆走了吗？"曾执问。

"不知道，建平没说。估计走了吧，建平叫她来就是伺候我小月子，现在我又不用她管，建平应该送她回老家了吧。"

曾执看了看时间，她得去别的房间走一圈了，就说让殷悦去瑜伽教室练瑜伽。她欣然接受，换好衣服出门了。

2.

吃过早饭，张建平要去上班。张母和弟媳妇立刻放下各自饭碗，到门口送张建平，这让他很不自在。

张建平无奈地摇摇头："妈，你们这是干吗？为了一点钱，至于吗？你们放心，我跑不了，下班我还回来，放心啊！"

张母有点不好意思："看你说啥呢？一大早去上班，一去就是一天，多受累呀，妈就是心疼，站门口送送你还不行吗？"

"我都说了不用送。对了，妈，我再嘱咐一次，你们不要去看殷悦啊，用不着！不要趁我不在家，你俩偷偷跑去了。"

弟媳讪讪地说："哥，我嫂子到底住哪儿呢？你也没和我说，我这来北京了不去看看我嫂子，心里过不去呀。"

"你说殷悦这孩子也不知道往家打个电话，妈这几天啊，可真是记挂她。啥消息都没有，我真是不放心她。"

张建平已经穿好鞋，打开门："住哪儿我也不能告诉你们，你们也不要想法打听，就专心带好桐桐吧！要是带桐桐出门，千万记得带家里钥匙，在外面看好了孩子不要乱跑，人贩子专盯这么大的孩子，让人拐跑了这么大北京可没处找去！"

张母和弟媳妇连连称是。桐桐当然是最重要的。

张建平一走，客厅电视立刻被桐桐打开了，动画片《熊出没》。跟着剧情，桐桐一会儿大喊熊大快跑，一会儿大喊熊二快跑。桐桐妈跟着婆婆进厨房收拾碗筷。

"妈，要不，等我哥上班了，你给他打个电话，再问问他嫂子住哪儿。我寻思着，还得去看看，我这说是来看嫂子的，我哥老拦着不让去看，嫂子肯定不知道，以后要是和嫂子见了面，肯定得怨我没人情味啊！"

"你嫂子那个人，唉，听建平的吧，他说不用去就不用去了。"

"不行啊，妈，我要是真没看到嫂子就回去了，回家建文肯定得说我不懂事，桐桐姥姥姥爷也得骂我不懂人情。"

"谁也不会怪你的，是建平拦着不让看，谁能怪你？再说了，咱不知道她住哪儿正好，省得破费，你去看她，空着手啥都不带能上门吗？本来你就是来借钱的，你省着点吧！"

"妈，该省的钱我知道省，嫂子又不是外人，我哪能省这钱啊？"

"你呀，真是宁可自己受委屈，也不能让别人挑理。唉，妈知道你这孩子心眼好，你就听妈一句劝，听你哥的吧，啊，你嫂子她啥也不缺，不用看了。"

"妈，这样做以后我们妯娌俩也不用见面了！我哥要借给我们那么多钱，我人来了北京，说是来看嫂子，结果没去，我嫂子以后知道了多寒心哪！再说了，我不知道这事便罢了，现在我知道了，于情于理我都该去看看嫂子，不能装不知道。"

老太太就喜欢小儿媳妇这点儿，做什么事儿都有里有面，不像殷悦，四六不懂，整天看着客客气气的，其实一点也不好亲近。

"行啊，桐桐妈，你是好孩子，等一会儿我给你哥打电话问问。"

桐桐妈把没吃完的饭菜往冰箱里放，打开冷冻室，无意中发现了整整齐齐的几个包着塑料袋的餐盒，上面印有地址和电话。

"科学营养月子餐。"桐桐妈念着包装袋上的字问，"妈，这是啥？月子餐？"

"啊，那是你嫂子没吃完的月子餐，都是好东西，可贵了，我没舍得扔，就给搁冰箱里了。都是她在月子会所当护士的那个同学给她订的，她住月子会所去了，人家后来也不往家里送了。"

"哦，妈，那我嫂子现在住的月子会所，会不会就是这个送月子餐的月子会所？"桐桐妈指着包装袋上的字。

"哎哟，你这么一说倒提醒我了，没错，指定是那个月子会所，她同学在那当护士。"

桐桐妈取下一个包装袋，试探地问婆婆："妈，那咱按这个地址，就能找到嫂子呗？那就不用问我哥了，咱们自己去一趟不就行了？"

张母点点头，同意了。见婆婆答应了，桐桐妈立刻拿出手机地图搜索起路线来。

月子会所交通非常方便，门口不远处就有地铁。桐桐妈带着张母和桐桐，倒了两趟地铁，不一会儿就到了月子会所门口了。

娘仨正往里走，突然桐桐说："妈妈，楼上有个人。"

小孩子眼尖，刚一进门，桐桐一眼就看到月子会所的露台栏杆上趴着一个人。他拉着妈妈的手摇晃，指给妈妈看。他妈妈因为有重大使命在身，对孩子的话明显心不在焉，她看见了也不作他想，敷衍着说："楼上有人有什么稀奇的，这楼上都住着人呢！"

露台上的人发现有人指着她看，立刻就把身子缩回去了。

桐桐妈拖着桐桐就往里走，桐桐一边走一边仰着脖子看，直到走进月子会所楼门口，再也看不见了。

张母跟着娘俩进了月子会所，高档、精致的室内布置让她瞠目结舌，简直就像刘姥姥进了大观园的感觉，一时都不知往哪儿看才好。

前台闵瑶瑶正在看电脑，一抬头发现这三个人已经走到眼前了。

"上午好，请问你们是探望亲属吗？"瑶瑶礼貌地问。

"你们这里有没有一个产妇叫殷悦？"桐桐妈问。

"有的，你们是？"

"哦，殷悦是我嫂子，这不听说她小产住在这儿，我们就从老家赶来看看她，这是我婆婆，这是我儿子。"

"哦，那你们跟我来吧。"

一行人跟着瑶瑶来到 309 房间，瑶瑶敲门无人应声，刚巧隔壁的凌凡回屋，说殷悦在瑜伽教室呢。瑶瑶领着他们又来到了瑜伽教室。一路上，房间里传出的婴儿啼哭声让张母非常羡慕，一路走一路驻足打望。

瑜伽教室一推门，优美轻柔的瑜伽音乐流淌出来，几名妈妈正在瑜伽老师的带领下做着瑜伽，殷悦也在其中。没等瑶瑶招呼她，她已经看到了门口出现的三个人，立时停了动作，站在了原地。婆婆怎么来了？弟媳妇怎么带着孩子也来了？

"妈，你们怎么来了？"为避免打扰到其他人，殷悦赶快闪身离开了瑜伽教室。

张母讨好地说："这不，你弟媳妇听说了你的事，特意从老家赶过来，不放心，就想来看看你。"

桐桐妈握着殷悦的手说："嫂子，你恢复得咋样了？我看你脸色还不错，看来这地方还真不错。"

"嗯，我挺好的，其实你们不用来看我，多大点事啊，还麻烦你大老远地跑来看我。"

"噢，嫂子，这是我在家熬的骨头汤，还热着呢，来前我把油都撇干净了，等会儿吃饭你尝尝。"说着桐桐妈把一个便携不锈钢保温桶递上，殷悦只好接过来。

看来，婆婆已经把前几天家里发生的事，基本都告诉弟媳妇了，就连撇油这种事，弟媳妇还要特意讨好地说，显然也是事出有因。

殷悦非常尴尬，她的性格使她愿意在人前展示自己最好的一面，如果状态不好，她不希望被人看见，尤其是外人。虽说来人是婆婆和妯娌，但是她们一共也没见过几次面，一点都不熟悉。这种在她完全不知情的情况下，不请自来的突然探望，真让她不知所措。她不由得在心里又埋怨起张建平来。

在这件事上张建平是被殷悦冤枉了，他和殷悦也生活了这么多年，对妻子这点基本了解还是有的。

在东北老家，这家有点什么事儿，一会儿全村就都能知道，大家也都习惯于这种无边界的热络。但城市里又是另一回事，一幢楼里面对面住着的两家可能从来都不认识。

张建平清楚，殷悦和不太熟的朋友见面都是要提前约好的，因为见面前她要做好准备，出现在别人面前的殷悦一定是最美的。他知道殷悦现在素面朝天的样子是不愿意见人的，更何况见的还是自己的妈妈和弟媳妇。如果当初她们之间能和睦相处，殷悦今天也不会住到月子会所来。

再说他们夫妻之间的关系还在僵持中，这时候探望只会起到反作用，所以今天张建平出门前，才会反复叮嘱母亲千万不要去看殷悦。

他做梦也想不到，机灵的弟媳妇竟然能循着冰箱里月子餐包装袋上的地址，一路带着老的小的找到月子会所来。

殷悦捧着保温桶对婆婆说："好，好，谢谢！妈，要不，你们领着桐桐到我房间里坐会儿吧？桐桐妈，你看你们也挺忙的，还领着孩子这么大老远跑来看我，真不好意思，要是早知道我就不让你们过来了。建平也是，也不和我说一声。"

张母连忙分辩："不是不是，建平不知道，早晨建平说不让我们来，之前他也说不要桐桐妈从老家过来，可是她当弟媳妇的，也是一片心意不是？"

"是啊，是啊，咱妈一走，我就在家里也坐不住了。建文也和我说，让我带着桐桐，也代表他，来看看大嫂。"

3.

建筑设计事务所忙碌的上午，张博正与同事围坐讨论一张设计草图。

张博听见手机响，拿起一看，有陈潇一条微信进来："原来我以为，爱是礼物，爱是成长，爱是从我到我们……可惜，我错了。写了很多，但是已经觉得没有必要说了，于是删除了。张博，我太累了，我不想再陪你演下去了，让这一切都结束吧，再见了。"

张博看完微信放下手机，继续看着图纸与同事讨论。突然，他意识到了什么，噌地站起来，打开门就往外跑。

月子会所院子里，王越彬一边找地方停车，一边与林珊打电话。

年度母婴产业创新高峰论坛即将到来，王越彬将在论坛上做一个关于剖宫产方面的课题研究报告，而林珊的学术报告恰好是关于剖宫产术后护理的，两人商定今天上午交换一些数据。

林珊一边看着文件一边对着手机说："Robin，你到了吗？"

"是啊，我已经到你们月子会所楼下了。"

"那你直接上楼吧，我在办公室等你。"

"好，一会儿见！"

这是一个艳阳高照的好天气，月子会所的院子里树木郁郁葱葱，开得正好的月季和蔷薇几乎挡住了院墙，空气中花香馥郁。

停好车，王越彬下车，伸了伸腰身，抻了抻衣服，然后深深地吸了一口气，很享受这满园养眼的绿色与甜美的花香。

正欲上楼，王越彬却突然发现露台栏杆上赫然坐着一个人！什么情况？他摘下墨镜仔细看，发现那是披散着头发的一个女人，她已经坐到了栏杆边上。即使离得很远，出于职业本能，王越彬也察觉到这个女人状况不对，大白天的，难不成她是要跳楼？

　　环顾四周，月子会所里面一切如常。不能惊扰到她，王越彬暗暗地想。他一边摸出电话打给林珊，一边向门口保安走去，眼睛一刻也没敢离开露台上的那个人。

　　"嘿，Grace，听着，出了点状况，你不要慌，先听我说。"

　　"怎么了？Robin 你不是到了吗？"一听王越彬的语气，林珊立刻紧张地站了起来，一边向窗外楼下张望。

　　"我是到了，我就在你楼下。我问你，月子会所附楼的四楼，是不是有一个露台？"

　　"是的，是有一个露台，不过平时有一道门是封着的。"

　　"好，你现在能不能马上到露台上去？听我说，露台的栏杆上现在坐着一个女人，面朝外，看起来情况不太妙，我不确定她是不是要跳楼。你千万冷静，不要惊动其他人，以免刺激到她。还有，你拿着电话，我们随时保持通话。"

　　"好，我马上过去！你能看清楚吗，她是一个人吗？有没有抱着小孩？"林珊说着快速打开办公室的门，飞奔着向四楼露台方向跑去。一边跑，一边脑海中飞速地想着：有人要跳楼，会是谁呢？

　　月子会所熙来攘往，遇见的工作人员和产妇家属纷纷向林珊打招呼，她却觉得什么声音也听不见了，只能机械地快步向前走。

　　殷悦和婆婆、弟媳妇、侄子正站在楼道里说话。她刚要和院长打招呼，却发现院长脸色阴沉，电话贴在耳边，就像没看见她一样径直走了过去。在她印象里，院长一向亲切和善，遇见谁都很客气地打招呼，她从未见过院长今日这般如此目中无人的样子。她心里暗想："咦，院长这是怎么了？不会出什么事了吧？"

　　月子会所楼下，王越彬仍和林珊保持通话："我看到只有她一个人，没有小孩。目测露台距离地面 11 米左右，下面是花园，土质松软。如果她是臀背部着地相对会有缓冲，如果头部着地我怕她会撞到花坛。你一会儿要想办法靠近她，你是心理专家，你知道怎么做和怎么说，在你出现在她身边之前不要惊到她。我现在过来找保安了，一会儿我让两名保安在附楼一楼的长廊下面候着，如果万一她真的跳下来，他们即便抱不住也能起到一定的缓冲作用。我布置完，2 分钟后我就上露台和你会合。"

　　王越彬一边观察地形，一边想好了紧急应对之策。他打着电话，来到人高马大的两位保安身边，保安也已经听到了他的电话内容，抬头一看，惊得说不出话来。

王越彬拍拍他们的肩，示意他们冷静："一会儿你们去附楼一楼的长廊下面，记住，就像平时一样该怎么走怎么走，不要跑，不要抬头看。如果她真的跳下来，争取抱住她，听明白了吗？"

谁会在这时跳楼？月子会所里的每一个面孔，一个个地在林珊脑海中回闪：得了躁郁症的吴爽？还是陈潇？

路过 301 房间，林珊推开了房门，月嫂朱姐在给孩子换尿不湿，陈潇没在。林珊克制着自己的紧张冷静地问道："陈潇呢？"

"院长，刚才她陪孩子睡了一小会儿，她先醒了就出去了，哦，孩子刚醒。"

"朱姐，你把孩子裹好，抱着立刻跟我来。"林珊用命令的口气快速地说着，然后转身就往门外走。朱姐从院长的表情中已经意识到什么了，用小被子裹住孩子急急地跟在院长的身后。

走廊里，曾执看到抱着孩子的朱姐和林珊匆匆离去，消失在通往露台的门口。怎么了，发生什么事了？曾执纳闷，不由自主地跟了过去。

露台上，陈潇的电话一直在响，所有的来电显示都是"老公"。不间断的铃声，陈潇一直没有接听。

月子会所别的产妇也烦，可她们烦的都是宝宝夜里哭，睡不好觉，月子餐太清淡无滋无味，坐月子太枯燥不能随便出门。

可是陈潇的烦恼又岂止这些？

一夜一夜的失眠已经让她厌倦了这种生活，再好的催眠精油也无法让她入睡，曾执和张博的事就像梦魇一般盘踞在她的心里。

就在她即将要崩溃的时候，父母又回来了，每天还要在父母面前演戏，假装恩爱，假装快乐。真的太累了，她已经没有一点力气再撑下去了。她想解脱，她要彻底地解脱。

张博开着车向月子会所飞驰而来，他有种不祥的预感。他不敢往下想，恨不得一下飞到月子会所。

一路上，他和陈潇在美国学习生活的点点滴滴浮现眼前，他真的觉得自己有点太混蛋了。他自问，这几年他们感情一向很好，潇潇对自己也是一如既往的情意绵绵，自己这是怎么了？为什么一看见曾执就什么都不对了，眼里完全没有了妻子？可能当初自己太对不起曾执，心里一直给她留着一个空间，一见到曾执，那种失而复得的喜悦一下子就占据了自己内心，让他不顾一切。可是在这过程中，他却又一次深深地伤害了另一个女人。在今天接到妻子这条信息之前，他却全然没有意识到这一点。要命的是，妻子现在可能还有生命危险。

张博在心中一个劲儿地祈祷：潇潇，潇潇，你一定好好的，只要你和孩子好好的，我一定会回来，回到你们身边。

月子会所门口，王越彬正在语速飞快地叮嘱两个保安。

"听明白了！听是听明白了，可她要是跳下来，我们这样去接她，会不会把我们砸坏了？"其中一个保安伸出双臂比画着，犹疑地问。

"现在人命关天，救人要紧，如果站在上面的是你姐姐，你救还是不救？"

"当然救。"两个保安齐声说。

"你们放心，我是医生，我也会尽全力保证你们的安全。把你手机借给我用一下。"

一名保安立刻掏出手机，王越彬接过来拨通了本院的急救电话，他特意嘱咐救护车开到月子会所附近不要鸣警报。不管怎样，以防万一吧。

林珊在电话里，听到王越彬叫了 MM 医院的救护车和嘱咐他们的话，她衷心地感激自己的这位师弟，关键时刻，临危不惧，还把事情考虑得如此周到缜密。

"Robin，我到露台了，门没有反锁。"林珊说。

"好，这边我已经都布置好了，我马上上来。"

4.

打开通往露台的门，林珊一眼看见了坐在栏杆上的陈潇，她用手势示意了一下月嫂朱姐，让她先不要跟上来。

林珊悄悄地转到了陈潇的侧面，她看到了陈潇的脸，脸上布满了泪水，她揪着的心稍稍放松了一下。就林珊以往的经验，真正重度抑郁症患者最后是面无表情的视死如归。

这时她看见王越彬已经上来，并悄悄地转到了陈潇的另一侧。

"潇潇，怎么坐这儿了？外面风大，快下来。"林珊克制着自己，尽量平静地说。

陈潇看见院长突然出现，整个人不自觉地往后缩了一下，她神情慌张："院长，你不要过来，你别过来！"

林珊站在原地不动，她给陈潇后面的王越彬使了一个眼色，王越彬又悄无声息地往前挪了一步。

作为心理老师，林珊在国外也有过危机谈判的学习经历，知道在危急情景下如何和当事人进行对话。虽然学过，但林珊从来没有经历过，她也没想到，自己有一天竟然真的会面临一次危机谈判。林珊心里无比紧张，她知道此刻她如果说错一句话，或者轻率地做错一个举动，都极有可能把陈潇推向自己不希望看到的境地。

"潇潇，你是想就这么跳下去，轻而易举地结束这一切吗?"林珊没有绕弯子，直击目标。

"院长，我真的太累了，我真的活不下去了。"陈潇胸脯剧烈起伏，哭声越来越大。林珊注意到，她哭泣的时候两只手却下意识地紧紧抓着栏杆。

"潇潇，我知道你最委屈、最不容易了，你承受了太多你不该承受的东西，我特别理解你，真的。"

"不，你不理解，你们谁都不理解! 我撑不下去了，这种生不如死的日子我真的一天都撑不下去了。"陈潇说完扭头看了一眼楼下。

林珊不敢太靠近陈潇。陈潇反应激烈，一边大哭，一边大叫，林珊看见她身体在发抖。

楼下，张博已经赶到，停下车子，用最快速度向月子会所楼上跑。

人命关天，林珊如履薄冰，不敢有丝毫闪失。但她知道自己仍然有希望，她记得之前导师讲过的一句话，"真正想死的人你是没有谈判机会的"。也就是说，打算轻生的人，只要给你机会靠近，你便有了救她的可能。

"潇潇，我理解，在美国的时候，我有长达六年的失眠经历，那种痛不欲生的感受我至今历历在目，即便现在我一周也会有几天失眠。"

陈潇扭过头来看看林珊。一个处于绝境的人如果找到了一个同伴，他的绝望程度会降低一点。

林珊很坚定地对陈潇点点头："每个人都有不为人所知的难处，但是我不是活得好好的，还每天愉快地工作着，为什么? 因为我有办法，相信我，我能帮到你。"

陈潇半信半疑地看着林珊。这时林珊在背后对朱姐打了个手势，朱姐上了露台，拍了宝宝一下，宝宝一下哭了起来。陈潇循着哭声转过头，一瞬间，陈潇的心被揪紧了，那是她的孩子的哭声。她讨厌这个哭声，这个哭声让她焦躁，让她想起那个负心的张博，是这个哭声让她的生活发生了翻天覆地的改变。可是这毕竟是她的孩子，是从她身上掉下来的肉。如果今天她纵身一跃，孩子就再也没有妈妈了。

"孩子哭了，她需要你。"林珊温柔地说。

趁陈潇转头，做着激烈的思想斗争的时候，一旁的王越彬瞅准时机，一把从后面抱住陈潇，两人一起翻滚在地上。

陈潇一面挣扎，一面捶打王越彬："我不想活着，我不想活了！你们救我也没用，我不想再看见张博了，不想再见到曾执了，我成全他们，我死他们就可以在一起了。"

摔在地上的王越彬突然听到了曾执的名字，不由得一惊，原来这事还和曾执有关？

从陈潇失控的言语间，他慢慢听出了事情的一二，原来她心中的症结是曾执。正如陈潇自己所说，如果心结不打开，救下来也没用，今天不跳楼了，明天还会跳。

王越彬突然灵机一动，扶着陈潇抽泣的肩膀问："你丈夫，是曾执的前男友对吗？"

陈潇愣了一下，重重地点了点头。

"那你知道我是谁吗？"王越彬问。

陈潇茫然地摇摇头。

"我是曾执现在的男朋友。"王越彬认真地说。

在场的所有人都惊呆了，包括林珊。

当陈潇把疑惑的目光投向林珊时，林珊马上调整了一下自己的状态，很笃定地点了点头："是的，我介绍他们认识的，这位是我的师弟王越彬医生。"

露台那一侧，张博和曾执几乎同时到达，这一幕两个人也都听到了，看到了。他们俩都傻傻地站在那里，一时没有缓过神来。

刚才，张博从车里下来，看到楼下的保安站在那里，抬头望着楼上，伸开双臂做随时接人状，他就知道自己在路上猜想的一切都是真的。看见陈潇站在栏杆边上，他的心快要跳出嗓子眼了，可是他也不敢喊陈潇，一边跑一边打听通往露台的路径。

闻听此言，张博心里一惊，他说不出自己是什么滋味，失落，酸楚？但现在顾不得那么多了，他更多的是惊喜，老婆终于获救了。他跌跌撞撞跑到陈潇身边，把她一把抱起，紧紧地搂在自己怀里，嘴里不停地念叨着："潇潇，潇潇我来了，我回来了，对不起，真的对不起，你原谅我好吗？我错了，都是我不好，以后我们一家三口好好过日子，我再也不离开你们了。"

张博哭得一把鼻涕一把泪。

看到这儿，曾执的心里五味杂陈，有愧疚，有劫后余生的轻松，还有对王越彬的感激。

王越彬的话，帮她解了围，也打开了陈潇的心结。

看曾执呆立一旁，王越彬做戏做全套，走上前，轻轻揽过她："吓坏了吧？"

惊魂未定的曾执，抬头看着王越彬，一时不知如何作答。

王越彬捏了一下她的肩膀，就势一使劲，曾执便靠在了他的怀里。就在那一瞬间，靠在王越彬身上的曾执才发现自己竟如此无力，故作坚强终究不是真的坚强，忍了很久的眼泪不由得流了下来。

"走吧，我们回去吧。"王越彬说。他和曾执、林珊一起离开。

陈潇一个人独自度过无数个失眠夜晚的露台上，此刻，张博仍在向她诉说着什么。

回到月子会所室内，曾执一个人回到了护士站。林珊和王越彬一起来到院长办公室，两人一进门就各自瘫坐在座位上。经历了刚才生死交错的一幕后，紧张的神经一下放松下来，他们都觉得累得不行。

王越彬揉着摔疼的胳膊打趣道："怎么样，我身手还不错吧！"

"Robin，你今天真是帮了我一个大忙，我真不知道该怎么谢你。"

"谢什么，应该的。"

"对了，你跟曾执，你刚才说的可是认真的？"

"什么呀，我就是随口一说，我那么说完全是为了帮你。"

"帮我？"

"是呀，我只有这么说了，那个产妇才不再怀疑她丈夫，应该也就不会再起自杀的念头了。要不有这么一个产妇，你还怎么工作呀？"

"是呀，你的这句话解决了所有的问题。不过，你虽然嘴上不承认，但是在那么紧急的时候说出曾执的名字，也是潜意识里一种本能的反应。"

"你又来了，我怎么就潜意识了？"

"潜意识是不会撒谎的，别不承认哦！"

"有吗，我有撒谎吗？"王越彬笑了。

林珊望着他，一脸"我懂了"的表情，说笑间两人绷紧的神经终于放松了。

第二十二章　女明星遭偷拍

1.

殷悦本来不想带婆婆和弟媳妇去自己的房间，可是在会客区，这么一大家人占用太多公共空间又太不方便，她只好带他们去了 309 房间。

一家四口正别别扭扭地说着话，桐桐妈接到了老公张建文的电话。刚一接通，他便问桐桐妈有没有去看大嫂，大嫂怎么样了。兴许是为了讨好殷悦，桐桐妈一听就把免提打开了，告诉老公嫂子挺好的，她和婆婆、桐桐都在月子会所呢。

张建文忙问嫂子在不在旁边，桐桐妈说在呀，你要和她说话吗？张建文着急地说是房子的事，想和桐桐妈单独说。本想开着免提讨好一下嫂子，结果张建文的话让桐桐妈好不尴尬。

因为开着免提，殷悦都听见了，但她并不知道建文和老婆聊什么房子的事，她也没有多想。

桐桐妈赶紧关了免提，快速闪出房间去外面接电话。原来，张建文着急给她打电话，是问她钱借到没有。就在她离开家这段时间，房子涨价了。他今天刚去售楼处，得知房子每平方米涨了 500 多块钱，100 多平方米的房子，那就相当于涨了 5 万多块钱呢。

这可真是个坏消息。桐桐妈赶紧说："你别急，我不是告诉你了吗，大哥答应他来想办法，他肯定有办法。房子涨钱那咱也得买，桐桐上学这事，就是天大的困难我都不会放弃的。"

"不是放弃，我是想让你能不能催催大哥，加快点速度，有钱就赶紧给咱垫上用着。这一星期就涨了 5 万多块，再涨下去，他借给咱的钱不就越来越多吗？"

"还咋催？我人都在这儿了，把桐桐也带来了，你哥他天天回家看着我们能不闹心吗？要是有钱借给咱们，他不早都打发我们娘仨回老家了？"

"现在不是情况有变吗？我是说啊，你看早借也是借，晚借也是借，你赶紧和他说说涨价这事，让他抓紧办呀！"

桐桐妈气恼地嚷道："张建文，张建平是你哥，你有本事你来借啊！再说还有你妈在这儿呢，你不催，你可以让你妈来催啊，你老催我有什么用？"

"好，好，你看着办吧，对了，这事嫂子知道吗？"

"这事我能让她知道吗？得亏她这段时间不在家，要是她在家，我和桐桐也不能天天在人家里这样赖着。再说了，这是借钱，30万也不是小钱儿，她要是知道了，能乐意借给咱们吗？你心里也明白，这钱说是借的，就凭咱俩，什么时候能还上？人家要是不乐意，跟你哥干仗，最后你哥拿不出钱，那咱也说不出啥，对不？再说了，我看借钱这事你哥也没打算让他媳妇知道。"

"唉，我也听明白了，我哥手头应该确实没这么多现钱。"

"行了行了，你就别管了，嫂子小产没搁家里住，人家住月子会所呢。我来看看她，也是想着让她记着咱的好儿，日后万一她要是知道了你哥借钱的事，也不能好意思和咱翻脸。唉，谁让咱自己没本事，这本来就是指望人家的事，不过你放心，这钱要是借不到，我指定不回老家！"

两人挂掉电话，桐桐妈正要回房间，恰巧惊魂未定的曾执急匆匆地来找殷悦，她正好听到了最后几句话。

曾执敲响了309的房门，桐桐妈问她找谁，曾执不客气地反问："你是谁？"

桐桐妈上下打量着穿着护士服的曾执说："啊，你是这里的护士吧，殷悦是我嫂子，快请进。"她眼疾手快，说着便主动为曾执打开了房门。

309房间的气氛不是太好，殷悦虽说赔着笑脸，明显是在应付场面。曾执立刻明白了殷悦的处境，她肯定希望这些亲属赶快消失不见。

"怎么这么多人？访客不可以进房间的。殷悦，我们要开始查体了。"曾执故意一脸严肃地说。

"哦，真不好意思，这不，家里人来探望我，人多就直接带进房间了。"殷悦假装抱歉地说。

"我们这里的每一间房间都是经过紫外线消毒的，为的就是确保产妇和婴儿不被交叉感染。殷悦你虽然是小产，但也不能破了我们这里的规矩，请访客离开吧。"

曾执一脸的公事公办的表情。殷悦心中暗喜，表面上却一脸愧疚地看着婆婆大人："妈，您看这，还没待多会儿呢！"

还是桐桐妈反应快，她立刻明白了殷悦的意思："哦，嫂子，那你赶紧做检查吧。我们也来这儿好半天了，来看看你好好的我也就放心了，那我们就不打扰你啦。"说着桐桐妈拉起婆婆，又喊着桐桐，三人一起往外走。

殷悦挥手告别，关上门长舒一口气，终于可以和他们说再见了。

送走了婆婆他们，殷悦发现曾执一脸慌张，一副魂不守舍的样子，忙问："亲爱的，你怎么了？"

"这就是你婆婆和弟媳妇？"曾执答非所问。

"是啊！曾执你脸色那么不好，出什么事了？"

曾执心不在焉，发现殷悦的桌子上有一瓶私密宝贝消毒滋养液，随手拿起来自语道："咦，你也在用这个？我好像在别的产妇房间里也见过。"

"是凌凡姐送给我的，她也在用。你快说，到底发生什么事了？"殷悦问。

曾执一把抓住殷悦，惊魂未定地说："你知道吗，刚才张博他老婆，那个陈潇，差点跳楼了。"

殷悦惊得站了起来："啊？她跳楼了？"

"没跳下去，被林院长他们救下来了。"

"这，这大白天的，她干吗跳楼？噢，对了，我想起来了，前几天，我晚上被隔壁孩子哭吵得睡不着，就是上次在露台上我碰到她那次，她就说想跳楼呢！我以为她瞎说呢！"

曾执双手抚着心口说："吓死我了，真的吓死我了，她要是真跳下去了，我还怎么活呀！殷悦，你摸我的心脏，现在还扑通扑通跳呢！"曾执说着拉过殷悦的手放在自己的胸前。

"没事了，没事了，你先喝口水定定神。还好没事，林院长他们是怎么发现的？"殷悦问道。

"也是巧了，上午林院长约了 MM 医院的王越彬医生来月子会所谈参加母婴产业高峰论坛的事，王越彬一进月子会所院子就看到附楼四楼的露台上有个人，看样子就是要跳楼，吓得他赶紧给林院长打电话，后来两人一起把陈潇救了下来。"

"哎哟，光听你说都吓死我了！那你刚才在现场吗？这种事林院长肯定不想闹得沸沸扬扬吧？"殷悦连珠炮似的问着。

"这次母婴产业高峰论坛，林院长也准备带我去参加。上午的见面林院长也约了我，我准点去她办公室，发现她人没在，我就出来找她，结果在走廊里恰好看见院长和陈潇的月嫂抱着孩子往露台那边去了。我就追了过去，一到露台我整个人都傻了！正好看见王医生把陈潇救下来的那一幕，你说她万一要是跳下去了，我这辈子还怎么活，我现在想想都后怕。"

"张博这个挨千刀的！他纠缠你的事，陈潇是不是都知道了？"

曾执点点头："嗯！昨天她去找林院长，当时我正和林院长在说张博的事，她站外边都听见了。"

"这世界上就没有不透风的墙，都是他张博作死。唉，依陈潇大闹月子会所的路数，她应该去找她老公撕呀，干吗自己想不开，非要去自杀啊？"

"你也知道，自从她上次她大闹月子会所之后，张博就不怎么来看她了，一直对她很冷漠。本来这产后激素水平下降，就容易造成产妇的情绪不稳定，诱发抑郁情绪，加上张博对她的不理不睬，孩子又哭又闹，她就开始一宿一宿地睡不着觉，总是失眠，非常痛苦。哦，对了，她生产时早产半个多月，当时她爸妈都在西班牙，张博他妈赶巧心脏病发作也住院了，身边除了张博一个亲人都没有，她也没有一个可以倾诉的对象，整个人就彻底崩溃了。"

"是呀！本来进月子会所，是为了得到方方面面的专业护理，没想到在这里遇上了老公的前女友，真够糟心的！如果老公大大方方，一切都时境迁倒也无妨，偏偏又挖出个文身，又摊上这么个拎不清的老公，瞬间精神出轨，换作谁都会崩溃的。她也怪可怜的，这事搁我也得崩溃。张博这个人，真让人无语啊！"

"经过最近这些事，我也算是看明白了，他呀，就是那种永远长不大的巨婴男！"

听曾执这么一说，殷悦扑哧乐了："你别说，他还真是！"

曾执感慨道："张博是单亲，从小他那强势的妈就把所有的爱都寄托在他身上，事无巨细全都替他管，什么事都妈妈做主，他也不需要自己动脑子费力气。等他成年了，因为从小没拿过主意，也就不愿拿主意，大事扛不起，小事掉链子，如果必须自己出面解决的事，他是能拖就拖，能躲就躲。张博纠缠我，应该也是半真半假吧，一半可能真的是对我有内疚，一半纯粹就是为了躲着老婆孩子。你想他自己还巨婴呢，现在要让他顶门户过日子，天天孩子哭老婆闹的，他哪受得了？能躲就躲吧！可是陈潇呢，也是大小姐一个，打小被伺候惯了，现在让她照顾孩子已经够难为她了，哪还受得了张博这种冷暴力？"

"唉，说什么孩子是爱情的结晶，都是扯，孩子绝对是不成熟婚姻的杀手！

孩子一出生，这家庭幸福不幸福、两口子合不合适，立刻就现了原形！"殷悦颇有感触地说。

"是啊，孩子生生成了这小两口的负累！像陈潇，生孩子痛苦，带孩子辛苦，心情抑郁，她特别希望老公能安抚她，体谅她。可张博呢，他对别人承受的痛苦根本无法感受和理解。因为巨婴男都有一颗对自己温柔呵护、对别人冷酷无情的心！他不开心，还希望你来关心照顾他呢，所以说陈潇也别指望他能体谅自己，那样只会让他更加不耐烦。"

"这样说来，幸好你们俩早分手了！我们该感谢张博对你也有不娶之恩哪。哎，他老婆跳楼自杀的事，他知道了吗？"

"知道了，刚才王医生把陈潇抱下来的时候，张博刚好也赶到了。陈潇之前给他发了一条微信，说陪他演不下去了。我也是刚刚才知道，这俩人最近闹的这些事，都瞒着各自的父母呢。陈潇爸妈刚回国，一下飞机就来看女儿和小孩，陈潇不想让爸妈担心，就假装什么事都没有。张博也心怀鬼胎，假装和老婆很恩爱。陈潇这一跳楼，张博大受刺激，刚才在露台上抱着陈潇大哭，大骂自己不是人，求陈潇原谅。"

殷悦听了唏嘘不已。看来，两人还是有感情的，毕竟在一起也这么多年了。这回老婆跳楼了，他也该清醒了。还好陈潇没事，不幸中的万幸！

正想着，听见曾执突然话锋一转："哎，光顾着说我了，刚才那个说是你弟媳妇的，她是和你婆婆一起来的北京吗？怎么没听你说过啊？她们怎么知道你住这儿的？"

"唉，别提了，婆婆一个人不请自来就算了，弟媳妇这后脚跟着也来了，还带着孩子！我婆婆不知道我住这儿，肯定是张建平告诉他们的呗！也不看看是什么时候，我现在这样，哪愿意见人啊？人家可不管，说来看你就来看你！"

"人家特意从老家来北京看你，也是一片好心，你要不是她嫂子，谁会来看你啊？"

殷悦没好气地说："我不是说她，我是说张建平。我们在一起这么多年了，他还不了解我的性格？我根本不在意她们来不来看我，我在意的是我不能在人生低谷见人！我真搞不懂他，这么多天了，没把妈送走，弟媳妇和侄子又来了！"

"好了啦，人都已经来了，也来看过你了，你也别生气了。"

"亲爱的，问题是过两天我就出月子会所了，哎哟，想着我都头大！"

曾执揶揄道："这下可好，本来是为了躲避婆婆一个人才住进月子会所，等想要出月子会所了，发现婆婆一家人都来了。"

"不行我就住我家以前的老房子，那儿一直空着呢！哎呀，我可想念我的小房间了。嗯，就这么定了，出了月子会所我就搬回我家老房子去！"殷悦一下子想起她不是无处可去。

2.

电梯门开了，闵瑶瑶扶着一个瘦瘦的脸上几乎没有血色的女孩进来，登记后进了早已经准备好的315房间。这是一位一周前临时预约小产护理的姑娘。

梁护士长看着登记表上的记录：白雪，1999年出生，北京某大学，一胎流产。她叹了口气，摇着头，推着治疗车进了315房间。

护士长一边做着例行检查，一边问着白雪一些情况，口气很不客气。做完检查，她很快就推着治疗车出来了，瑶瑶紧随其后。

梁护士长一脸惋惜地摇着头说："你看这姑娘年纪轻轻的，怎么把自己搞成这样！血色素只有6克，真是作孽，她父母要是知道还不得心疼死。唉，你们现在这些年轻人，没法说！"

"护士长，什么叫'你们现在这些年轻人'？什么时代的年轻人遇到这种情况也是没有办法，谁愿意把自己搞成这样啊？"听见护士长动辄把一代年轻人挂嘴边说事，瑶瑶觉得非常刺耳。

"我也没说什么呀，我就是看不惯现在没领证就未婚同居，随便就和一个男的上床，上了床也不知道避孕，怀了孕又随随便便地打胎。这小姑娘一个个的，就算你不知道珍惜自己的名声，你也得爱惜自己身体呀！"

"瞧您说的，这怀孕肯定是意外呀，谁这么年轻还没结婚就想生孩子啊？不生怎么办，只能去流产啊！再说了，人家也不是随随便便就和一个男的上床的，人家正常谈恋爱。谈恋爱嘛，就是身心愉悦的事，您总不会认为姑娘们要把处女身一直保留到新婚之夜吧，那也太奇葩了，估计男的都不敢要吧？"

梁护士长惊愕地望着瑶瑶，瑶瑶的这句话真的吓着她了，因为她家里也有一个上大学的侄女。她现在开始担心起来，但又一时说不清自己是担心侄女已经不纯洁了呢，还是担心侄女以后会成为瑶瑶嘴里的奇葩。

"护士长，我给您一个真诚建议啊，这几天您就别进她屋了，她的事交给尹娜管吧。本来人家就是怕父母知道才躲到月子会所来的，您倒好，您看您刚才，就跟派出所查户口似的，什么都问个底儿掉！"

"她和我家侄女一样大，看见小姑娘这么作践自己身体，我是又心疼又生气。"

"您别气，千万别生气，您现在的身份不是姑姑，而是咱们月子会所的护士长。咱这里呢，也不是管教所，这里是月子会所，我们收了人家的钱，只有一个宗旨，就是要为人家提供最贴心最专业的服务。"

"哎，你还教起我来了？哦，对了，说到钱，她一个大二的学生哪来那么多钱？她说是在 MM 医院做的人流，再加上来咱们这儿住，要好几万呢！"

"谁的孩子谁出钱，肯定是男朋友出的呗，你瞧人家多好命！"瑶瑶无时无刻不流露出她的拜金本色。

"这还命好？脸白得像个鬼似的，我看是快没命了！她男朋友呢，怎么没见他人影呀？"

"您管呢，那是人家隐私！"瑶瑶说完没好气地回到她的工位上去了。

瑶瑶正百无聊赖地刷着手机，一个帅气时髦的小伙子走进月子会所，手里捧一束盛开的白百合。瑶瑶一问，原来是来看白雪的。瑶瑶以为是白雪的男朋友，忙殷勤地招呼着："哦，白雪呀，她在315房间，您是她男朋友？"

"哦，不是，是她男朋友托我来看看她的。"

瑶瑶有些失望，但继而不知想到了什么又兴奋了起来，四下打量着男青年："您跟我来。"

待小伙子换好鞋套，瑶瑶领他来到了315房间。

不到半个小时，男孩就走了。瑶瑶的好奇心又开始作祟了，正好这时接她班的客服到了，她打了声招呼，就溜进了白雪的房间。只见那束白色的白百合在花瓶里插着，白雪神情惨淡地在沙发上靠着。

"亲，你没事吧？"瑶瑶关切地问道。

"我男朋友说他忙，没时间来看我，他人在苏州呢，托他朋友来看看我。早知道要受这么大的罪，还得不到他的关心，当初自己怎么就不小心点，真是后悔死了。"

"你男朋友很有钱吧？"瑶瑶试探着问。

"嗯，一个富二代，他家公司在北京，工厂在苏州，所以经常北京苏州两地跑。"

"你们是怎么认识的？"

"在酒吧呗，我身边好多女生周末都会去夜店玩，指望着能邂逅一个高富帅，或者哪家的公子哥，以后留在北京就不愁了。我们这些女孩子要想在北京这样的大城市留下，又不想起早贪黑地吃苦，靠自己根本没戏！有一次我就偶然认识了他。"

这位白雪倒也真是不觉得难为情，毫不掩饰地道出了实情。

瑶瑶听了不免自我怜惜起来。她对这种能靠找男人改变自己命运的女孩子是又钦佩又嫉妒，总想从别人那儿取点经。

白雪突然说自己胃痛，瑶瑶赶紧出来，到护士站问梁护士长有没有药。

护士长白了瑶瑶一眼说："瑶瑶，你晕呀，咱们这是月子会所，只管护理，不能做侵入性治疗，不能打针，不能给药，你进来时怎么培训的？"

瑶瑶讨了个没趣，刚要走开，又被梁护士长喊住："这样，一会儿我让尹娜陪她上医院吧。我们不能给药，不代表我们不管，我处理一下手头的事，你去找一下尹娜。"

谁知等瑶瑶把尹娜从产妇房间叫出来一起回到护士站，竟发现白雪已经穿戴整齐自己出来了。那模样简直和刚进月子会所的时候判若两人，妆也化了，没有血色的脸颊因涂了腮红也显得粉嫩粉嫩的。护士长疑惑地看了半天，没错，是那个白雪。去趟医院还要化妆，她打心底里不喜欢这个姑娘。

"白雪，一会儿让尹娜陪你去医院啊！"

"不用了，护士长，我自己去就行。"白雪把瑶瑶拉到一旁，说了几句悄悄话，然后就急匆匆地进了电梯。

"哎，怎么回事？我还没在她外出单上签字呢！"护士长话还没说完，电梯门已经关上了。

"护士长，您可真是老眼昏花，您看她这打扮，像是去医院吗？"

"那她去哪儿？"

"说是去美容院接假睫毛！咱们这儿产后护理有美容美体，就是没有接睫毛。看来我得跟院长反应一下，以后得加一项。"

"你再加一项拉双眼皮吧，咱改美容院得了！"

瑶瑶嬉皮笑脸地说："院长不是说了吗，顾客的需求就是我们努力的方向！哎，护士长，你知道吗，刚才她说呀，她男朋友来电话了，说今天晚上可以飞过来看她，明天接她出院。她现在哪还顾得上胃疼啊，得赶紧出去捯饬捯饬，好晚上美丽动人地见男友呀！"

梁护士长嘟囔了一句："这都什么孩子呀！"便郁闷地忙她自己的事了。

瑶瑶还在一旁继续感慨道："如今的世道啊，男人要有钱，女人要有貌，这才是王道！"说着一边摸出手机浏览娱乐新闻，一边溜溜达达地走回前台。突然，她呆住了，愣愣地站在原地。

3.

两分钟前，某门户网站发出一条著名狗仔的独家爆料：丁羽芊秘密产子？月子会所内部照片独家曝光！

瑶瑶的手都在发抖，她飞快地刷着手机图片，惊得合不拢嘴。她无法相信自己所看到的内容，更无法相信这件事情。在月子会所这么久了，她头一次感到害怕。这条新闻里面，所有她看到的丁羽芊的照片，都是她瑶瑶拍摄的。除了丁羽芊的照片，还有几张月子会所外观的照片，看起来是狗仔拍的。

前几天，瑶瑶作为总统套房的专属客服，去过丁羽芊的房间。趁她不注意，她远远地偷偷拍了几张丁羽芊在杜老师帮助下做塑身操的照片。但是她并未将照片卖给狗仔，而且拍照也并非是哪个狗仔买通授意，她纯粹就是出于八卦的天性。狗仔怎么会拿到这些照片的？她的脑子一时有点蒙圈了。

忽然，瑶瑶想起了什么。是的，几天前，她曾经把这些照片传给过闺蜜，当时她就是为了显摆，你看，大明星在我们这儿坐月子，我负责！当时瑶瑶对闺蜜千叮咛万嘱咐：咱私下八卦可以，可千万不能外传，谁都不知道她丁羽芊生孩子的事，我们月子会所也和她签了保密协议，说出去我瑶瑶就死定了。可是——看来真应了那句话，女人之间从来就没有秘密可言。

瑶瑶立刻拨打闺蜜电话，对方没有接听。她又发微信，质问闺蜜为什么出卖照片，但是气冲冲写好又删了，她突然意识到，不能再授人以柄。

院长办公室，林珊办公桌上的电话响了，打电话的是丁羽芊。刚刚从陈潇事件中缓过来的林珊，一听是丁羽芊，她立刻打起精神接听。

"喂，林院长吗？"林珊一听对方的口气，来者不善，心不禁又提了起来。

"林院长，你们月子会所的人可真有本事啊，我丁羽芊千小心万小心，一万个小心我都没料到你们能偷拍我！"

"什么，芊芊，月子会所有人偷拍你？这不可能呀！"林珊本能地否定着。

"你开着电脑吗？打开新闻看看，手机也行，现在满屏都是我在你们月子会所的照片！"

"啊？是吗？"林珊的脑子嗡的一下炸了。她立刻打开电脑，打开某门户网站，果不其然，首页娱乐新闻的头条正是丁羽芊的新闻。她打开页面，看见一张张丁羽芊在月子会所的照片时，她觉得腿都软了。

真是按下葫芦起来瓢！虽然说月子会所整天大事小情不断，可从来没有一天像今天这样，每一件事情都失控。林珊真是感到招架不住了，可她只能强作镇定地说："芊芊，对不起，我个人先向你道个歉，这件事情我一定会查清楚的。"

"道歉有用吗？查清楚又怎么样？林院长，这不是对不起的事。这件事情的后果，对我来说是毁灭性的，我丁羽芊名誉全完了，你明白吗？"丁羽芊很气愤。

林珊有一种大难临头的感觉。这件事的后果，不仅丁羽芊的名誉全完了，月子会所的名誉也全完了。不仅名誉完了，如果丁羽芊根据保密协议提起诉讼，那月子会所就不是吃官司赔钱的问题了，到时候怕只能倒闭关门了。

林珊无力地说："实在对不起，芊芊，无论怎么样，我们月子会所都会承担后果的。你先平静一下，为了宝宝，不要气坏身体。我现在就开始调查这件事情。"

"我会起诉月子会所，我的律师正在赶来的路上，你们等着吧。"电话响起忙音，丁羽芊扔下这句话就挂掉了电话。

没有时间思考太多，首先必须要查清照片是谁拍的。但是林珊知道，严密的安全措施，外人连总统套房的门都挨不着，正如丁羽芊所说，应该就是月子会所内部的人干的，偷拍者必然是一个平时有机会出入丁羽芊房间的人。

林珊立刻拨通行政总监宋敏的电话，请她一起立刻去监控室查看监控记录。

监控室里，林珊和宋敏对照着照片的拍摄角度，找到相应位置的监控器，调取之前的监控记录。因为服务丁羽芊的人是有限的，来往的没有闲杂人等，监控记录很容易查找，什么人来过，有没有可疑动作，一切一目了然。

宋敏问："林院长，记录太多了，我们是从哪天开始查？"

"杜老师辅导丁羽芊做塑身操是近几天的事，时间就从一周前开始查吧。"

搜索没多久，监控画面上出现了拿着手机的瑶瑶，她把手机放在胸口位置，动作是在拍照。手机屏幕是亮着的，局部放大来看，尽管分辨率不是太高，大致也能看得清，手机上的图像和被曝光的照片是吻合的。

林珊长吁一口气，对宋敏说："这件事先不要告诉任何人。"

"我知道，林院长。那，要不要让陈总知道？"

"我会告诉他的。我是说，瑶瑶偷拍这件事，不要让月子会所其他人知道。还有，把所有监控视频的全部拷贝给我，原记录你保存好了，不要泄露了。"

"好的，院长，您放心，我肯定保密。"等待宋敏拷贝的时间，林珊拨通了陈俊明的电话。

4.

今天陈俊明做东，宴请几位有意向投资月子会所分院的朋友。几个人刚坐下，正在闲聊，陈俊明有意无意间说起有一位女明星现在也住在他的月子会所里。他的用意当然是向在座诸位表明他的月子会所目前的江湖地位，以期说动他们投资他的分院。毕竟，投资意向只是意向，协议不签，钱没进账，那什么意向都只是嘴上说说，不作数的。所谓生意场上的朋友，生意才是本质，朋友都是表象。月子会所分院的开设已经迫在眉睫，但是钱不到位，陈俊明每天都感到心急如焚，他必须尽快推动这件事情，今天的宴请也正是他的提速之举。

"陈总，你说的这个明星到底是谁啊，你这吞吞吐吐的，是不是不敢说啊？"其中一个老总问道。

"不要将我军，不是我卖关子啊，我真不能告诉你，人家签了保密协议的。"

"最近没见着新闻说哪个女明星生孩子了啊？"另一个人说。

"甭猜了，你们猜不着，你们要是我的股东，那我肯定让你们知道。"几个人正说着话，此时林珊电话进来了。

"喂，林院长，我这正和几个朋友聊月子会所的事呢，你吃饭没，要不要过来一起吃？"

"我哪儿还有心思吃饭，你恐怕没看新闻吧？丁羽芊被偷拍曝光了，是我们内部泄露的消息，她要告我们。你赶紧回月子会所吧，我们商量一下对策。"

"你没搞错吧？这怎么可能？"

"电话里说不清楚，你赶快回来吧。"林珊匆匆挂断了电话。

纵使是久经商场风云变幻的陈俊明，闻听此消息当下也不免方寸大乱。眼下正是他踌躇满志谋划事业蓝图的重大转折点，如果按他的设想一切平稳过渡，分院顺利开张的话，无疑他的事业将扎扎实实迈上一个台阶。可是，眼下这个节骨眼上，怎么会冒出个丁羽芊被偷拍的事呢？这个雷炸得太不是时候了。

月子会所是服务行业，谁都知道服务业口碑最重要，口碑名声坏了，那将是一损俱损。如果再吃上丁羽芊的官司，到时候墙倒众人推，月子会所从开业至今各种杂七杂八的事都被挖出来曝光，极有可能一败涂地。不光分院的事要化为泡影，就连本院也保不住了，那他这几年的心血就全白费了。

在座的几位当下谁都没有玩手机看新闻，陈俊明也没有言明，只说有急事，便匆匆离开了。路上，陈俊明打开手机浏览丁羽芊的新闻，眉头扭在了一起。

电话那头，林珊放下电话便去了总统套房，她很想与丁羽芊当面谈谈，看看这件事还有没有回旋的余地。但她吃了闭门羹，丁羽芊根本不开门。

林珊转而去了前台，发现瑶瑶没有在岗，问她的前台同事，都说刚才还在，这会儿不知道她人去哪儿了。林珊交代说，一旦瑶瑶回来，让她立刻去院长办公室找她。

山雨欲来。此刻瑶瑶已经躲出去了，她并没想好这事该怎么办。直觉告诉她，先躲躲总是好的，她知道凭借月子会所如此严密的监控，很快就能查到她。如果她不走就得等着院长找她，直面上司的责骂她还没准备好。

接到消息的梅青匆匆赶往月子会所，她自己开车，一路上都愁容满面。今天女儿丁羽芊遭遇的这一切，和当年的她何其相像！当时只是传媒资讯不发达，她未婚生子的消息只算得上流言蜚语，也因为真相过于让人难以置信，毕竟在当时未婚生子是天大的丑闻了，一个女演员怎么会自毁清誉？因此人们议论了一阵子，很快便烟消云散了。随着她后来的远赴异国他乡，人们连影坛曾有她这样一位女演员都逐渐淡忘了，当然更无从记得当年关于她的捕风捉影。

可是女儿今天的一切就不同，狗仔队无孔不入，他们跟拍和传播八卦的能力超乎想象，海量图片和视频常常会印证传闻，让陷入八卦丑闻的男女艺人无可辩驳。梅青的心揪作一团，当年的一幕幕又闪回在她的脑海。

5.

1980 年，17 岁的梅青考入了当地的越剧团。因为天生一副好嗓子，加上天生丽质出尘脱俗，很快便有参演影视剧的机会，并调入了上海当时有名的电影制片厂。在一次电影拍摄时，21 岁的她邂逅了为电影作曲的某乐团指挥郭文坤。这位毕业于著名音乐学院指挥系的才子当时已经结婚，比梅青年长 11 岁，但这没有妨碍志趣相投的两个人开始交往。

郭文坤与在北京的妻子两地分居多年，在通信并不发达的年代，夫妻感情逐渐淡漠。梅青以为，正像郭文坤自己承诺的，他和妻子离婚是迟早的事。直到梅青意外怀孕，正值事业上升期的她面临两难选择，必须赶快做出决定了——要么选择生下孩子，那她需要暂时放下事业，前提是郭文坤离婚，和她结婚；要么选择事业，打掉孩子，那她和郭文坤的感情恐怕也要结束了。梅青当时已经小有名气，肚子很快便瞒不住人，这件事会不会变成一桩丑闻，一切看郭文坤的态度。还好，郭文坤得知梅青怀孕，许诺一定娶她，并很快回去和妻子摊牌。

事情在郭文坤从妻子身边回来之后便发生了微妙的变化，离婚并没有他想象的那么容易，妻子坚决不同意，他无奈。可这边他也是真心爱梅青，不愿和她分开。就这样一拖再拖，直到梅青临盆。梅青当时是铁了心，非要把这孩子生下来。那时她认定，他们是真心相爱，孩子是两个人爱的结晶，她相信一旦有了孩子，即便郭文坤离婚有千难万难，他也一定会想办法解决和克服，他们两个人最终一定会走到一起。

1987年那个初夏，梅青永远也无法忘记，那是个让她蒙受了一辈子的屈辱和绝望的夏天。郭文坤不告而别，人间蒸发了，她多方打听，才知道他回了北京。

梅青向单位请了长假，她也没想到自己会从此彻底从银幕上消失了。她来到北京，一方面想寻找郭文坤，一方面也要在熟人不多的地方待产。当时唯一知道她怀孕的，只有她的好友辛雪。辛雪家境殷实，家里从事进出口贸易，梅青借住在她家一处房子里。

在家待产的梅青行动不便，她只好委托辛雪一次次去找郭文坤，终于有一天她带回一个令梅青崩溃的消息：郭文坤的妻子大约十几天前刚刚生下一个孩子，他这段时间在家伺候妻子坐月子。这个孩子是早产，是他那次回去跟妻子摊牌离婚的时候怀上的。

郭文坤亲笔手写了一封信，让辛雪转交梅青。他说，自己没脸见梅青，自己这辈子最对不起的人就是梅青了，他无法和梅青共同抚养孩子长大。如果梅青也不能抚养，他希望孩子生下来就送人吧，这样也能给梅青保全一个清白的名声。

梅青把信撕得粉碎。悲恸之下，胎儿异动，紧急住院，于次日凌晨时分产下一名女婴。

第二十三章　瞒天过海

1.

后半夜的产房非常安静，婴儿睡得恬静，梅青端详着这个刚刚出生的孩子，万般不忍。

《理智与情感》是她和郭文坤都非常喜欢的英国女作家简·奥斯汀的一部小说，每个情节她都烂熟于心。辛雪以书中姐妹的故事，耐心劝说梅青，让她面对现实，她不能感情用事自己抚养这个孩子。而梅青也渐渐冷静了，如果说在这个孩子出生之前，她是任凭情感支配的玛丽安的话，那她现在告诉自己必须要成为埃莉诺了。她明白，只有用理智支配情感，才会有幸福的归宿。

与新出生的婴儿共处只有短短三个小时，趁着天没亮，梅青离开了医院。走前，她把随身戴的一枚梅花图样的翡翠坠子绑在了小婴儿的手腕上。

微弱的晨光中，梅青没有回头。下定决心的她意志坚决，只是身体非常虚弱，辛雪搀扶着她步履蹒跚地离开了医院。

"跟一个趣味与我不能完全相投的人一起生活，我是不会幸福的。他必须与我情投意合，我们必须醉心于一样的书，一样的音乐。"她曾经向往的爱情，就这样被残酷的现实击得粉碎。

等到她调养好身体，收拾好心情，天气已经非常炎热了，她听从辛雪的建议，离开伤心地，避走法国。

那时辛雪每年总有一多半的时间住在法国，梅青初来乍到，打算先学语言再学习电影相关专业。后来认识了辛雪的生意伙伴、当地的葡萄酒商人丁路易，便很快和他结了婚。1990 年，他们的女儿丁羽芊出生。

异国他乡，新的爱情，新的人生，所有过往一律翻篇。她曾经生过一个女儿、她曾经有过一个名叫郭文坤的情人，除了辛雪外再没别人知道，就连她自己也渐渐忘了。

幸福的日子总是短暂，丁羽芊 10 岁的时候，丁路易因病去世。庞大芜杂的葡萄酒生意，梅青开始学着打理，渐渐地竟也得心应手。

随着与国内市场贸易往来的逐渐增多，2008 年北京奥运会之后，梅青决定回国发展。

来到月子会所，见到女儿，梅青心疼不已。一进门，她注意到所有房间全部窗帘都拉得严严实实。丁羽芊的经纪人小叶和刘律师也已经到场。

丁羽芊与母亲一样，生得皮肤白皙，容貌漂亮，也遗传了母亲的歌唱天赋，天生一副好嗓子。她想唱歌当歌星，不管是组乐队还是参加选秀，梅青都全力支持她，为她专门开设了公司；她想演戏，梅青便投资影视剧为她争取演出机会。丁羽芊的确有天赋，也肯努力，在一众小花之中竟也凭我行我素的鲜明个性渐渐搏出位。

梅青到来之前，丁羽芊已经在经纪人和律师的劝说下，放弃了起诉月子会所的想法。因为无论是以侵犯隐私权提告，还是以违反保密协议约定提告，都必然将丁羽芊极力维护的未婚生子这件事曝之于众。而这是丁羽芊唯一不愿意发生的事。

丁羽芊固然是个我行我素的人，但她并不想挑起争端，更不想挑战公众舆论底线。她觉得生孩子是她自己的事，在她发现自己怀孕的时候，便决定要把孩子生下来。如果她不在演艺圈，那她可能根本不在意别人怎么看她，想生就生了。但她毕竟是公众人物，又有多家广告合约在身，她并不希望因为这样一个原因自毁前程，甚至毁了团队多年努力的心血。

当初她把这个想法告诉梅青的时候，梅青认真思考之后，问了女儿两个问题。一是孩子爸爸是不是有家庭，二是女儿是不是非常爱孩子爸爸以至于必须得为他生下这个孩子。梅青是想确认两点，一是女儿有没有破坏别人家庭，她很怕女儿像她当年一样，生下孩子以此来绑架爱情；二是，女儿是不是爱得疯狂，不管不顾最后沦为感情的奴隶。丁羽芊也非常坦诚地告诉妈妈，都不是，只是她本人很喜欢小孩，自己很想生下这个孩子。她愿意为这个孩子负责任，但她不想公开，至少在当下还不想公开，所以会向公众隐瞒此事。女儿的冷静和理智，让梅青放心了，她表示同意并支持她的决定。

来的路上，梅青也担心女儿起诉月子会所，得知不起诉，她松了一口气。那么接下来，如何面对八卦媒体才是关键，毕竟这件事微博、微信、八卦公众号、各种社交媒体现在已经转疯了，各种揣测、猜想漫天飞。

丁羽芊坐在床上，沙发上坐了一圈的人。

"那你们说，现在我是回应还是不回应？如果回应，我应该怎么说，如果不回应，我又该怎么办？"

"要不别回应了，娱乐新闻每天那么多，公众过几天就忘了，谁还天天盯着你这点事？你一回应，等于又给狗仔提供了新的新闻，又要炒几天。"梅青说。

一旁的律师想了想说："我个人的想法，不能不回应，现在各种小三、二奶的谣言都出来了，如果芊芊这边不回应，那等于人家泼什么脏水我们都得受着。公众又不明真相，还以为这是真的呢，那以后他们怎么看芊芊？我觉得我们不能任由这件事继续发酵。"

经纪人为难地说："可是现在，芊芊出面，或者公司出面，来解释这件事不是真的，也没人信啊！大家都是看热闹，宁可信其有，不会信其无。再说了，芊芊的这个传闻，也不是一两天了，起码传了有大半年了，狗仔队肯定也一直盯着她呢，就算她想出月子会所这个门，恐怕现在都难了！他们现在设备先进着呢，除非堵着要拍你的脸，否则根本不用趴门口等，说不定藏在附近哪个楼里就拍到跟踪对象了！"

"要不这样，"律师接过话茬说，"我们要回应，但是不要承认。毕竟只是照片，而且拍照的人当时距离比较远，我仔细看了，芊芊的面部拍得不是很清楚。另外，还有一个重点，就是所有照片上都没有拍到宝宝！他们没拍到孩子，怎么就说这是芊芊坐月子呢？"

梅青点点头，觉得有道理，但她马上又提出疑虑："可是场景一看就是月子会所呀。既然有人偷拍，把照片爆料给狗仔，那狗仔肯定有这个人的联系方式，这个人也就是他们的线人。如果他接受采访把芊芊坐月子的事情全都说出去，那到时不承认恐怕也不行了。"

"哎，对了，上次月子会所被偷拍的那个护士，就是长得和芊芊很像那个，让月子会所出面解释这次还是那个护士不就行了？"经纪人说。

律师点点头："这个办法好！就让月子会所说那是他们内部培训，实景演练，他们肯定会同意，求之不得呢，帮我们蒙混过去，也是帮他们自己！可关键是芊芊怎么办，以怎样的方式回应？即便月子会所出面解释，公众没有看到芊芊，任何解释都没有说服力呀！"

"我觉得没关系，你看那个 Y 姓女演员，整天被传和老公离婚，隔不了多久就上一次头条。她现在都不解释了，没两天自然又被新的娱乐新闻冲下去了。"经纪人说。

律师若有所思："离婚虽然影响不好，但那毕竟是婚姻内部问题！咱们芊芊现在是什么情况？现在是传小三、二奶啊，咱们芊芊还没结婚哪！对了，芊芊的微博是不是一直都是你在维护？照片一直在发吧？"

"是啊，为了营造芊芊一切正常的假象，最近我一直发她旅行的照片，都是之前拍的。"

"这几天有发过吗？"律师问。

"有，最近一次是前天刚发的，但不是芊芊的照片，我发了四张法国南部风景，以芊芊的语气发的旅行感悟。"

"要不，明天我现身法国吧？"丁羽芊突发奇想地说。

"哎哟宝贝，你现在想出月子会所都难，就别异想天开了，你又不是不知道，机场每天多少狗仔趴着呢！"经纪人提醒说。

此时律师眼前一亮："哎，你还别说，真不是异想天开。假如芊芊现身法国，那月子会所的照片仍然找那个护士，解释是内部培训。这样内外呼应，就全解释得通了！"

梅青一拍沙发扶手，果断地说："行，就按刘律师说的办。不能走民航航班，小叶，你马上预约公务机包机，这两天就让芊芊飞法国。你不要跟着去了，留下来和刘律师一起处理后续问题。宝宝我和月嫂带回家，月子会所这边先不要退房，小叶你安排人留在这儿，芊芊离开月子会所的事也不要告诉他们。如果来人问，就说因为泄密事件，安全起见，除了家人，芊芊暂时谢绝月子会所所有服务，也不见任何工作人员。"

"那，之前我给林院长打过电话了，说是要告月子会所，刚才林院长也来过，我也没让她进来，现在怎么办？"丁羽芊求助地望着妈妈。

"这样啊，空城计先唱着，照片是谁拍的，月子会所他们内部肯定会查，没准这会儿他们已经查出结果了，他们肯定还会找我们的……暂时先晾着他们！等芊芊你人到了法国，马上在微博上把照片发出来，月子会所这边我会和他们协调如何配合我们进行回应，虽说不追究法律责任，但相关的赔偿还是要的。"律师很职业地布置着。

"如果他们找出是谁拍的，我们还是要见一下这个人，搞清楚他是什么目的。

这两天，狗仔队肯定会千方百计继续从买通的内部人员那里挖料，先不要告诉林院长我们不打算起诉。小叶，月子会所这边，也拜托你和刘律师了。"梅青和气地说着。

"刘律师，我还有个疑问，你说这事，会不会是月子会所自己炒作？虽然可能性不是太大，但如果他们料定芊芊这事死活都不敢曝光，然后利用我们这种心理来炒作呢？"经纪人问道。

"那他们是作死！我觉得不太可能，月子会所有一部分产妇是非常重视隐私的，如果连女明星的隐私都保护不了，那其他不愿让人知道身份的产妇怎么办？谁还会相信这家月子会所？他们是开门做生意的，赚钱是主要目的，名声坏了，月子会所这么一大家子人全喝西北风去？"律师斩钉截铁的一番话把大家的这种猜测堵了回去。

2.

陈俊明在回月子会所的路上已经看到了新闻，这会儿月子会所门口已经聚集了不少人，也不知道是粉丝还是狗仔队的人，探头探脑的。他不便询问对方身份，更不便暴露自己身份，赶紧加快了脚步。

更让陈俊明意外的是，刚走进月子会所院子里，就看见几个保安正仰头望天。半空中，正盘旋着一架无人机。

原来，一名保安在院子里恰好遇见"不明飞行物"从眼前掠过，吃惊之下，他抬头看，觉得"不明飞行物"很像无人机，就喊了其他保安过来看。

"这是什么玩意？"陈俊明问。

一名保安不安地回答："陈总，好像是一架无人机。"

"什么时候进来的？"

"刚刚，就刚才，飞进来我正好看见。"

陈俊明气急败坏："给我把它打下来！打下来！"

"这么高，怎么打？"另一个保安感到很为难。

"我不管，你们想办法！"

回头看看门口不明身份的人，陈俊明知道，这架无人机是狗仔队的，冲着丁羽芊来的。狗仔队不尊重明星隐私，他是知道的，他们为了拍到八卦不择手段，他也耳闻一二。可是现在，无人机飞到他的地盘来了，他从来没想到，自己竟然有一天会遭遇如此没有道德底线的狗仔队。

陈俊明对保安说："你，先去门口把外头那些乱七八糟的人都轰走！哎，你知不知道自己的岗位职责，你知道你这是在哪儿当差吗？你是动物园的保安吗，让人围观都不知道轰走？告诉他们赶紧滚蛋，就说你已经报警了！"

"是，陈总！"保安乙一溜小跑地跑向门口。

陈俊明指着不远处小花园的竹林，对保安甲吩咐："你还愣着干什么，还没看够？赶紧去竹林那边，找根竹子，给我把这破玩意儿打下来！"

"是，陈总！"

出现在林珊办公室门口的陈俊明满头大汗，一开门便直奔主题："谁泄露的消息？照片谁拍的，你查到了吗？"

"查到了，是瑶瑶。"林珊说。

陈俊明一拍桌子："混账！"

震怒之下，陈俊明情绪激动，手抚着胸口，指了指窗外："你知道吗，这会儿外边飞着一架无人机。"

林珊大吃一惊："啊？这也太无法无天了！"

"这是冲着丁羽芊来的。"

林珊赶紧探头望向窗外，发现一名保安正举着竹竿，吃力地挥着，试图打下那个无人机。发现被攻击，无人机躲闪之下，越过月子会所的院墙，飞出去了。

"飞出去了，已经飞出去了。"林珊赶忙上前扶住他，劝他先别动气。

林珊说："我想过了，查到谁拍的也没用，我们最多把瑶瑶开除了，现在问题是，丁羽芊要告我们。"

陈俊明坐在林珊对面的沙发上，平复了一会儿说："林珊，你看我们这样可不可以，你亲自出面，和丁羽芊好好谈谈。我们认错的态度一定要诚恳，但也一定要让她知道这件事如果搞大了，对我们双方都没有好处，至于经济上的补偿，我们一定做到让他们满意。还有啊，无人机都飞进来了，提醒她务必要当心啊！"

"刚才我已经去过了，吃了闭门羹，她不见我，这会儿她的律师应该已经过来了。"林珊无奈地说。

"律师来了？哪个律师，我们认识吗？"

"我肯定不认识，你人脉广，说不定朋友圈子里有认识的。"

"我哪有那么神通广大！"陈俊明自嘲道。

林珊问陈俊明把丁羽芊介绍来月子会所的那个朋友，能否帮得上忙。陈俊明摆摆手："这事啊，找谁都没用，百分百是我们的责任，这涉及人家名誉！她一个女明星，曝出这个，她在娱乐圈往后还怎么混？哎，我们保密协议怎么签的？你找给我看看。"

林珊拿出了她和丁羽芊签署的那份保密协议递给陈俊明，懊恼地说："丁羽芊和我们月子会所签了保密协议，但是我们并没有和服务她的员工签保密协议，这是我的疏忽，我愿意承担责任。"

"先别说这个了，我们的工作流程本身对这种情况也没有预案，再说了，现在不是追究责任的时候，你的责任和我的责任有什么区别？当务之急是我们怎么应对？"陈俊明一边面色凝重地认真看着保密协议，一边在林珊办公桌前面的小块空地上来回踱着步。

突然，他非常笃定地抬头望着林珊："林珊，丁羽芊不会告我们的。"

"为什么？"

陈俊明目光坚定地说："她绝对不会告我们！你听我说啊，设身处地，从她丁羽芊的立场去分析这件事，无论如何她不会选择起诉。你想想，她最怕什么？"

"那还用说，最怕她未婚生子这件事曝光啊！"

"对，怕曝光，那你觉得，她会承认吗？"

"问题是现在已经曝光了，就算她不承认，谁信啊？照片都摆在那儿呢！"

"那就要看她丁羽芊团队危机公关的本事了！"

"你的意思是？"

"是的，她的团队但凡有点脑子，也不会给她出打官司这样的馊主意。只要一打官司，立刻说明丁羽芊未婚生子这件事是真的，等于把这件事给做实了，他们想捂也捂不住。丁羽芊不会这么傻，所以他们也一定会想方设法，让公众认为照片都是假的。"

林珊若有所思地说："以前狗仔队在月子会所门口拍到过曾执，他们以为是丁羽芊，她和曾执长得真的太像了，结果是一场误会。这次，照片可是咱们月子会所内部场景，狗仔进不来，一看就是偷拍，如果说是假的，相当于黑的说成白的，难度太大了！除非，还是解释那人是曾执，反正照片上没有出现宝宝。"

"有宝宝出现我们也不怕，月子会所最不缺的就是宝宝。再说了，月子里的孩子长得都差不多，就凭照片，谁能证明就是丁羽芊的孩子？何况也没出现孩子！这次我们还说就是上次那个被狗仔队误会是大明星的护士，以前的乌龙新闻网上都还在呢，狗仔队还嫌被打脸打得不够疼吧？她一个护士，出现在那里太合情合理了，和台湾专家讨论产后塑身，随便比画了那么几下子，同事拍了照，有什么大不了？"陈俊明分析得头头是道，说得理直气壮，连他自己都相信了。

"这倒也是个办法，但我就怕是我们一厢情愿，丁羽芊能同意吗？还有，我还没找到瑶瑶，如果照片真是她卖给狗仔队的，她手上可能还有别的信息，会不会还有别的照片？也不知道她透露到什么程度了？我需要找她问清楚才好判断，要不然，我们一辟谣，那头更大的猛料放出来了，我们岂不也是自己打脸？"

陈俊明点点头："丁羽芊这边，估计她不会不同意，除非她有更好的办法。瑶瑶那头，你担心的倒是有道理，她现在人在哪里？"

"不知道，刚才我去找过她，不在位子上，可能躲出去了。"

"这丫头平时看着挺机灵的，也挺在意这份工作的，她为什么要这么干？脑袋被驴踢了？"陈俊明仍然无法消气。

林珊无奈地摇摇头："我也想知道她是怎么想的。"说着拿起电话，按照通讯录，拨打瑶瑶的电话，竟然通了。

3.

路边树荫下，瑶瑶握着手机，满脸沮丧地一遍遍拨打闺蜜的电话，但对方一直不接。她又害怕，又生气，无助地哭了起来。这时，她的手机响了，她以为是对方终于回电话了，擦了擦眼泪，立刻接听了。

"喂，瑶瑶吗，我是院长，你在哪儿呀？"林珊语气温和，竟完全没有任何责备的意思。

瑶瑶一听院长两个字，吓得心一下提到嗓子眼里，但听到院长比平日里更柔和的声音，反而觉得一块石头落了地。她不由得放声大哭起来："院长，对不起，您都知道了是吗，我不是故意的，真的不是故意的。照片是我拍的，但不是我发给媒体的，我没有卖照片！"

"好，你在附近对吗。回来吧，到我办公室来慢慢说。"

"嗯，我没走远，我也不知道去哪儿，就是怕您查出来是我，会骂我，我就跑出来了。我也不敢跑远，又怕你找我，我这就回去。"

林珊也是强压怒火，但当她听到瑶瑶说没有卖照片，知道这事应该另有隐情。

没过几分钟，瑶瑶便出现在院长的办公室门口，她怯怯地敲了两下门。听到院长说请进，瑶瑶推门进来，发现陈俊明竟然也在。

"陈总，院长，我错了。"话音未落，瑶瑶的眼泪便扑簌簌掉了下来。林珊和陈俊明对视一眼。陈俊明使个眼色，让林珊先问。

"瑶瑶，你先坐下。你说照片是你拍的，但是你没有卖照片，那网上的照片又是怎么回事呢？"

"院长，我真的没有卖照片，我当时就是太八卦了，丁羽芊她毕竟是大明星嘛，鬼使神差的，有一天我就偷偷拍了几张她锻炼的照片。一开始我没有外传，想留着自己做个纪念，后来有一次我同学问我有没有在月子会所见过大明星，我实在没忍住，想跟同学显摆显摆，就传给她看了。我千叮咛万嘱咐让她不要外传，没想到，她还是发出去了。今天看到新闻我都吓傻了，我想找我朋友质问她，没想到她根本不接我电话。"

"那你还用其他方式联系过她吗？"林珊追问道。

"我本来想发微信问她，又怕照片万一就是她流传出去的，要是她把我和她的对话截个图，再传出去，那就更坏了。"

林珊舒了一口气，庆幸瑶瑶在慌乱中还有点脑子。

这时陈俊明突然插话道："我能看一下之前你和她的对话吗？"

"当然可以，我之前也留了个心眼，我发照片给我同学的时候没有直接说是谁，也没有提丁羽芊的名字。上次不是就有新闻说她在我们这儿坐月子吗，后来知道是误会，那人是曾执，我就和我同学说就是上次那个女明星。陈总您看，我真的没提她的名字，也没聊别的，就是发了几张照片。"瑶瑶一个劲儿地解释着。

陈俊明接过手机，仔细看了对话。的确，如瑶瑶所说，她没提名字，也叮嘱同学不要外传，但是照片上的人，一看就知道是谁，根本不需要注明。

"你传给她，她也可能传给别人，别人也可能传给更多的人，至于是谁传到媒体的，我们恐怕无法追究了。"陈俊明说。

瑶瑶开始慌张起来："我知道我闯了大祸了，我真的错了。丁羽芊，她会不会告我们月子会所？要是她告我，我是不是得坐牢？我们家，我妈妈一身病，可全指着我呢！"

"这时候想起你妈来了，发照片的时候怎么不想想后果？"林珊忍无可忍。

"你坐牢？怎么只想着你自己？她丁羽芊要是和我们打官司，我月子会所都得关门！我这半辈子的心血，林院长的心血，都跟着你打水漂了！"陈俊明大声吼了起来。

"我真的没想到闺蜜会背叛我，院长，陈总，我知道我惹祸了。丁羽芊不会真的和我们打官司吧？那我下半辈子也就毁了！以后谁还会要我？就算有人娶了我，我生了孩子，那他妈妈也是坐过牢的人，会连累孩子一辈子的，呜呜呜

"……"

这回瑶瑶是真的害怕了，不由得放声大哭起来。

"你想哪儿去了，还是先说说眼下吧！"林珊赶紧把瑶瑶从漫无边际的联想中拽回来。

"院长，我去找丁羽芊赔罪，我给她下跪都行，要杀要剐任凭她，只要她别告我，别告月子会所就行。"

见林珊没回话，瑶瑶担忧地问："院长，您不会开除我吧？"

4.

林珊办公桌上电话响了，她接起来一听，原来是护理部吴老师打来的。完全不知道发生了什么事情的吴老师，按往日时间去总统套房，却被告知，丁羽芊暂时谢绝月子会所所有服务，也不见任何工作人员。她赶忙打电话来问院长是不是她们护理部哪里做得不好，惹得人家不高兴了。

林珊没有向吴老师多解释什么，只告诉她是丁羽芊自己的原因，她近期可以不去总统套房。

放下电话林珊对陈俊明说："听见没，丁羽芊说暂时谢绝月子会所所有服务，也不见任何工作人员。"

陈俊明点点头，对瑶瑶说："你先回去，不要擅自离岗，这几天正常上下班，也不用再联系你那位闺蜜，明白吗？还有，不要和月子会所任何人讨论此事，无论谁说起来，丁羽芊也没有在我们这里坐月子，懂吗？"

瑶瑶用力地点点头说："我记住了，我回去好好反省，等候处理。"然后讪讪地离开院长办公室。

林珊疑惑地看着陈俊明："你就这样让瑶瑶回去上班，这是不准备打算处理她了？"

陈俊明气恼地说："你说怎么办？怎么处理？你以为我愿意留她吗，我恨不得立刻把她扫地出门！她今天能偷拍，明天还不定会捅出什么娄子呢！但我不能这么做！丁羽芊的事我们不承认，瑶瑶我们就不能处理！你想想，把她一开除，就算你把理由编得天衣无缝，别人也会认为是她偷拍了丁羽芊才被开除的，尤其在这个时候。再说谁能保证她出去不会乱说？反正她都被开除了，更无所顾忌了。现在这个节骨眼上把她留下来反倒是最安全的，她留下来会心存感激，也会小心谨慎，应该不敢再惹麻烦了。"

"你说的有一定道理，可是我真的无法再相信她了。"

"林珊，现在不是我们谈信任不信任的时候，而是我们怎么做，能把这个弥天大谎编好，能让我们月子会所平稳地度过这次危机。"

林珊沉默。

陈俊明顿了顿接着说："林珊呀，有个事我还是想和你说一下。我是个生意人，我开月子会所呢，就是觉得这个产业能赚钱，甚至能赚大钱。我知道你回国来我这里不是为了钱，而是要实现你的理想。我们俩呢，是相互需要，所以我们走到一起。但当我们的观点发生冲突时，一般情况下我都会听你的，但在大事上，尤其是关系到月子会所命运的大事上，我希望你能尊重我的意见。另外，在员工的去留问题上，我的原则是能不开除就不开除。培养一个专业人才不容易呀，你今天开除她，明天她就能在你的竞争对手那里找到工作。现在有月子会所工作经验的员工，那都是稀缺资源呀，我才不愿白白给竞争对手培养人才呢！我知道你们医生、专家个个都是眼里不揉沙子的，尤其是你，道德水准太高，但是人无完人，谁还没个犯错的时候，知错就改就行嘛！"

听了陈俊明的这一大段话，林珊一时没有反应过来，她需要好好消化一下。陈俊明说的好像也不是没有道理，但是她林珊好像从来也没有这样想过。或许他们俩的思维方式就像两条平行的轨道，各自运行着，却很少有交集。不过陈俊明是老板，自己有时也该站在他的角度想问题。

见林珊没有说话，陈俊明以为她接受了自己的观点。

陈俊明拍了拍林珊的肩膀："大局为重，尤其遇到难关，稳定军心比什么都重要。"

林珊点点头说："你说的有道理，接下来我们怎么办？"

"赌一把吧，我赌她不会告。"陈俊明很笃定地说。

"那万一她要告呢？我们总不能不做准备呀。"林珊的轴劲儿又上来了，她是一个从来不打无准备之仗的人。

"那就应诉，该怎么办就怎么办。这个丁羽芊也真够邪的，她不见我们，也不和我们串供一下，如果媒体找上门来，她知道我们会说什么呀？"

如果说在林珊的字典里，做一切事情都是有章法的话，那么在陈俊明的字典里，做一切事情都是有套路的。

林珊说："我还是再去找她试试，风口浪尖上，总不能这么僵持着。"

"也好，我还约了人，这边有什么情况你随时跟我通气。"

陈俊明正欲开门离开，宋敏敲门进来了。

宋敏说："陈总，林院长，有件事我觉得有必要汇报一下。"

"什么事？"陈俊明警惕地问。

宋敏忐忑不安地说："刚才不是找不到瑶瑶了吗，我就去前台盯了一会儿，一连接待了好几拨人。这些人都不像是要入住月子会所的，东打听西打听的，我怕，他们是冲着打听丁羽芊来的。"

"一定是！"林珊说。

"所以，今天要求参观的，我都没同意，也有上来就说想预约参观咱们最贵的房间的，我也拒绝了，我都说近期客满了。我就怕是访客里混进了狗仔队，所以，宁可错杀一千，我一个外人也没让进来参观。"宋敏小心地说。

陈俊明无奈叹息着："我们是做开门生意的，来的都是客，门都不让进，唉，还做什么生意？不过你做得对，这几天，你确实得盯紧了，暂时不接受参观了。也和销售部他们说一下，以前预约这几天看房的，暂时也取消，谁知道来的是什么人哪！"

宋敏应着，又不无遗憾地说："好的，陈总，就是今天的访客记录单上，没有留下什么有价值的联系方式什么的。这几天都光开门不接待，可能业绩都不会太好看了，我得替销售部大家伙儿向领导先说明一下。"

"明白，这不怪你，你不要有压力。"林珊安慰她。

"好的，谢谢林院长。还有，刚才来的路上，我刚好碰到瑶瑶，她回前台了，她跟我打了个招呼，什么也没说，我也什么都没说。我是想问问，丁羽芊这件事，我是不是和瑶瑶也假装什么都不知道？我就是想确认一下，比如瑶瑶的工作有没有变化，不然我不好把握。"

陈俊明果断地说："平时怎样，现在仍然怎样，该怎样就怎样，什么都没发生，明白吗？"

"好，那我明白了。我先回去了，前台那边这几天我会盯着。"

宋敏心里有数了，转身走了，陈俊明也着急离开了。

送走陈俊明，林珊陷入沉思。自己想做一家以产后心理疏导为特色的月子会所的初衷还在，但是，最近发生的一桩桩、一件件，简直像山一样压在她身上，让她喘不过气来。真应了那句话：理想很丰满，现实却很骨感。为了那遥不可及的理想，却要让自己周旋在这复杂的江湖关系之中，她真的开始怀疑自己有没有这样的能力和耐心了。

大陆的月子会所是效仿台湾来的，台湾大多数月子会所的院长都是妇产科出身，所以月子会所都以照顾产妇的身体为主要任务。但林珊一手创建的这家月子会所就不同了，这是一家以产后心理疏导为特色的月子会所。

　　林珊很明白，现在妇产医院的医疗条件这么先进，但凡医院肯放出院的产妇，基本在身体上都没什么大问题，她们住进月子会所只需要做常规的检查和护理就可以了。

　　林珊自己本身就是妇产科出身，而让她从美国的妇产医院转到国内月子会所的最大原因，就是她关注到了产后心理这个课题，为此她修过心理学的硕士。可惜的是，美国没有月子会所，美国人不坐月子，即使她关注到很多产妇也存在心理问题，也没有长期跟踪案例的便利。洛杉矶那边华人开的月子会所，大部分顾客是为了给孩子一个美国身份而到那里生孩子的产妇。一栋别墅里住几个待产和生产的妈妈，一个老太太连做饭到看孩子全管了，就像前几年的电影《北京遇到西雅图》一样。

　　林珊后来去了台湾，她知道台湾的月子会所是出了名的正宗。但凡是中国传统文化的东西，台湾都会不走样地传承下来。在台湾，林珊一家一家地考察，发现这里的月子中心真是多如牛毛，隔一条街就有一家。但同时，她发现月子中心在台湾已经饱和了，再加上台湾的生育率逐年降低，生意越来越难做，收入也不乐观。而大陆刚刚兴起月子会所，太需要这方面有经验的人去开拓，于是台湾母婴界就有大批骨干来到了大陆。没去的也都在跃跃欲试地找各种机会、门路，那架势简直就像20世纪90年代初，大陆人都在找各种机会去台湾一样。这真是三十年河东三十年河西，风水轮流转呀。

　　林珊也就是在这个时候碰到了杜老师。杜老师是台北一家月子中心的护理部总监，不仅要管月子中心的护理工作，还要负责卫生部门的评鉴工作。台湾的月子中心硬件条件虽然差些，但当地政府的管理还是相当严格的，即使这家运营了二十多年的月子中心也不敢对政府的评鉴有丝毫的怠慢。杜老师的妈妈是做月子餐起家的，加上她二十多年的护理经验，他们算得上月子世家了。只是苦于大陆没有熟悉的人，所以一直窝在台湾，无法进入大陆市场。

　　也正是在同一时刻，林珊的中学同学陈俊明找到了她，邀请她出任月子会所的院长。好像一切都是上帝的安排，林珊当即留下了杜老师的联系方式，准备邀请杜老师加入大陆的月子会所。

5.

这一天过得，曾执觉得心脏都快不堪重负了。还好陈潇没事，还好今天张博这个麻烦解除了，这次他应该不会再纠缠自己了，万幸万幸。下了班，曾执直奔健身房。

开始她是为了减压健身，现在她是爱上健身了，索性报了一期私教课，在教练专业指导下有针对性地进行力量训练。

力量区的女生不多，曾执正在卧推椅上做一组哑铃推胸。

"何以解忧，唯有举铁！我说这美女这么眼熟，原来是你啊！"

曾执瞟一眼，竟是王越彬！手里的哑铃差点没掉下来。她连忙站起来："你怎么在这儿？"

"我在这儿健身啊！刚练完，这不看见有美女，就路过看看喽，没想到是你。"王越彬没个正形地说。

不知道怎么回事，以往见到王越彬，曾执莫名就有一股子气，今天遇到他，她却气不起来。甚至，她看到王越彬健硕的身材在健身服下面一览无余，瞬间不好意思再看着他说话了，一时眼光不知道往哪儿放。而她自己也一样，紧身衣裤，一身短打，想必也被他看了个一览无余。想到这儿，曾执赶紧扯毛巾披在身上。

"我，一直在这儿健身，有一段时间了，怎么从来没看到过你？"曾执问。

"巧了，我也是一直在这儿健身，只要出一身汗，什么糟心事都忘了，对吧？"王越彬说着，看了看手腕上的表，"今天来不及了，我还得回去值夜班，下周二我还来，你也来吧？到时候你可得请我吃饭！"

"我……"

"今天我可帮了你大忙了，解决了一个大麻烦，对吧，请我吃一次饭总不会不舍得吧？"

"谢谢你，我下周二来，那到时候请你吃饭。"曾执答应。

"那就说定了，下周见。"临走，王越彬还上下打量曾执，曾执不由得把毛巾裹得更紧了些。

月子会所 301 房间，张博双手拎着大包小包来了，推开房门，他放下手中的东西直奔婴儿床。朱姐看见张博来了分外高兴，她一把抱起孩子冲着张博说：

"宝宝，你看谁来了，爸爸来了，爸爸来看咱们了，来给爸爸乐一个。"

孩子像听得懂大人话一样，真的笑了起来。这一笑不要紧，把张博的心都笑融化了。说实话从孩子出生到现在，他还是第一次这么认认真真地看孩子，眉眼、嘴角还真的和自己小时候有几分相像呢。他好像也比刚出生时大了许多，居然知道用眼神和爸爸交流了。朱姐顺势就把孩子放到了张博的怀里。

张博一时有点手足无措，不知怎么抱是好。这一切陈潇都看在眼里，嘴角不由得有了几分笑意，但是她似乎又不太好意思笑。

"昨晚睡得好吗？"张博把孩子抱顺后，扭头转向陈潇，低声问道。

两人很久没有这样交流了，乍一对视，既有那么一点生疏感，又有几分不好意思。他慌忙躲开陈潇的目光，假装逗着孩子。

陈潇点点头，轻轻嗯了一声。一夜安睡，她的脸色也好了很多。

一旁的朱姐正得空晾着宝宝的衣服，听到张博的问话忙抢着说："睡得好！睡得好！来月子会所这么久了，我们潇潇就从来没睡得这么香过！早上要不是宝宝哭了要喝奶，潇潇怕是还要睡呢！"

张博再次转向陈潇，这一次自然了许多，他小声说道："没事，今天我在，你要是困了，随时可以睡。"

自从生了孩子，两人的关系一直鸡飞狗跳，乍一缓和，画风突然变成了岁月静好，张博还是觉得有点不自然。

张博的到来让朱姐感到如释重负，终于有人替换她了。前几天她一直都是24小时一个人照顾孩子，旁边还有一个抑郁症患者，要不是看在这1万多的薪水的份儿上，打死她也不干这活。这下好了，这小两口和好了，她虽然并不指望张博能帮上她什么，但她终于不用那么紧张了，那根时时刻刻绷着的弦终于可以放松了。

"瞧瞧，宝宝多喜欢爸爸抱啊！潇潇，我出去找一下客服，今天爸爸来了，咱们加一份家属餐。"没问张博的意见，也没等张博做出反应，朱姐只是揣摩陈潇的心思，借口离开了房间，让他们一家三口多相处一会儿。朱姐想起院长给她们培训时说过，有时体谅客户的心理比埋头傻干活更重要。

第二十四章　美伊早产了

1.

手机铃声把林珊从沉思中唤醒，她一看是曾执打来的，忙问什么事。曾执告诉她 316 房新来的卓丽又哭了，请她下来一趟。

林珊来到 316 房门口，发现门虚掩着，就敲了两下。估计房间里的哭声掩盖了她的敲门声，她便直接推门进去，看见月嫂花姐正一边抱着孩子一边哄着哭得昏天黑地的卓丽。

"先生今天要开会，还要发言，所以就要早走去准备呀，开完会就会来看你的。"

"他就是成心的。那天从他们医院出院，我都看见了，那么多年轻漂亮的女医生护士跟他抛媚眼，他居然点头哈腰的。花姐你是没看见他对她们那谄媚的样儿，也不和她们介绍我，好像说我是他老婆很丢人似的，气死我了。"说着用拳头使劲地捶着被子。

花姐隐约听到敲门声跑出来，一看是院长来了，忙把林珊拉进了旁边她的房间。

林珊瞥见客厅的沙发上有棉被便疑惑地问："昨晚你睡沙发了?"

"是呀，昨晚她老公要走，她死活不让走，她老公说这里没有地方睡，再说明天还要做个什么学术报告，晚上要准备，卓丽就哭开了。她老公实在没办法就说在客厅的沙发将就一宿。我想人家大医生大专家怎么好睡沙发，我就说让他睡我那屋，我睡沙发了。"

"哦，那后来呢?"

"后来，后来，我今天早上醒来的时候去卓丽的房间，发现屋里没人，再到

317

我那屋一看，卓丽睡在她老公的床上，但他老公走了。这不她就又哭了。"

林珊点点头跑过去安慰卓丽，并答应会劝她老公多来陪她。

离开316房间，林珊思考，为什么很多夫妻关系冷淡甚至破裂都是从生完孩子开始？孩子原本应该是夫妻双方爱情的结晶，是加深夫妻关系的纽带，但事实却好像正好相反。卓丽他们已经有了一个3岁的女儿，但孩子出生后，因为夜里要喂奶，她一直和孩子睡，丈夫睡书房。每次都是孩子睡着了，她半夜会跑到丈夫的书房去和丈夫亲热。丈夫从不主动去她的房间找她，理由是怕吵到孩子睡觉。这个理由好像成立，可卓丽心里就是觉得别扭，觉得哪儿不对了，久而久之卓丽开始怀疑丈夫不再爱她了。

全职妈妈的这三年，卓丽全身心地带孩子，衣食无忧。丈夫年轻有为很快晋升为副主任医生，还成了院长助理，整天忙得不可开交，照顾她和孩子的时间越来越少。卓丽已经察觉到了情感危机的苗头，为了牢牢地抓住丈夫的心，她决定为他再生一个孩子。孩子是生了，但丈夫好像越来越远了。

林珊拨通了卓丽丈夫的电话，约他晚上来月子会所的时候到院长办公室来一趟。

2.

这天上午蔡美伊去MM医院进行产检，完事后王睿开车送她回家。到家美伊妈已经准备好了午饭，一家人围坐在一起吃起了午饭。

突然，美伊感觉下身有动静，一股热乎乎的东西流了出来，她用手一摸，呀，见红了。美伊很意外，还没到预产期呢。

王睿撂下饭碗，抱起美伊便往外跑。美伊妈妈紧随其后，嘴里嘟囔着："这刚从医院回来，上午还好好的，怎么刚一到家就有症状了，等等，我带点东西。"正说着只听"扑通"一声，美伊妈扭头一看，自己的丈夫跌倒在地上。

蔡美伊挣扎着下来："爸，你怎么了？爸，你醒醒！"

"老头子，闺女要生了，你怎么也跟着凑热闹呀？你快醒醒，你可别吓我呀！"

众人回头，发现美伊爸脸色铁青，一时不省人事。在大家的呼唤中，几分钟后美伊爸慢慢醒了过来。

王睿大声地喊着："爸，您这是怎么了？您别吓我呀！"说着王睿快速地拨通了120，说出了家里的地址，随即对美伊妈说："妈，我送美伊上医院，那边条件很好，到了就会有护士接应，您不用担心。这边我叫了120，他们15分钟就会到咱家，您马上送我爸去医院。这是信用卡，到了医院，需要做什么检查，你就刷这张卡。密码是美伊的生日，有任何问题随时给我打电话。"

"好的，好的。"美伊妈颤巍巍地接过了信用卡，"我会带他去的，你们自己当心呀！"

"好的好的，您放心吧。"说着王睿扶着美伊，下楼去医院了。

没有等到足月，宝宝比预产期提前了20天来到蔡美伊身边。当王睿在产房门口听到护士叫"蔡美伊家属！恭喜你们，是一位千金，6斤4两，母女平安"时，他真的喜出望外，心中的一块大石头终于落了地。竟然是个女儿！他可是从蔡美伊第一次怀孕就一直渴望有一个女儿的，如今真的如愿了，老天真是厚待他呀。

他拿出手机，想给家人报喜。这时电话响了，他一看是岳母打来的，忙按下通话键："妈，正想给您打电话呢，美伊生了，女孩，6斤4两，母女平安。"

"好好，这么快，大人孩子都好吧？"

"都好都好，护士刚出来告诉我，我还没见着娘俩呢。美伊是二胎嘛，平时又锻炼，生得很顺利。妈，我爸检查结果怎么样？"

"你爸，现在还说不好，医生诊断是急性脑出血，就是中风。"

"啊？这么严重！"

"嗯，医生让他住院观察，他现在右手几乎不能动。王睿呀，你可千万别告诉美伊，她现在身子虚，不能受刺激。"美伊妈嘱咐着。

"好的，好的，妈，你先别着急啊，安顿好美伊这边，我马上就过来。先不说了，美伊出来了。"王睿匆匆挂断电话。

这时蔡美伊被护士推出产房，王睿看到了脸色苍白却带着微笑的蔡美伊，和躺在她身边安静的小婴儿。

蔡美伊伸出苍白的手，无力地握着王睿轻声问道："老公，我爸怎么样，没事吧？"

这时蔡美伊的医生王越彬也从产房出来了。王睿向他道谢，他向王睿道喜。不过他着急去手术室，立刻要上另一台手术，没多聊几句就匆匆离去了。

王睿转过头来对蔡美伊说："老婆放心，咱爸没事，刚我和妈通过电话了，那边医生让他留院观察，估计观察没问题了就出院了。一会儿你回病房，安顿好你们，我就过去安排爸住院，调养一阵就好了，老婆放心，一切有我呢。"

蔡美伊紧握了一下老公的手："老公，辛苦你了！"说着虚弱地闭上眼睛。

在蔡美伊的印象里，王睿有事从不瞒着自己，他说父亲没事，那就是没事，她相信了。这下她可以放心地休息了，蔡美伊觉得自己太累了。

"老婆才辛苦，看咱们的女儿，多漂亮啊，像你！"王睿在蔡美伊的额头上亲了一下。

蔡美伊深情又疲倦地望着刚出生的小宝宝："哪就漂亮了，刚出生的宝宝都差不多，我觉得她和墨墨刚出生时一模一样。"

说到子墨，王睿这才想起应该给自己的父母打个电话，通报一声他们得了一个可爱的孙女，好让爷爷奶奶带着子墨来看小妹妹。蔡美伊觉得也好，公公婆婆来了，王睿就可以得空去医院安排爸爸了，她心里还是有点放心不下，最好能看到爸爸的视频。

"老婆放心，咱爸吉人自有天相，等你出院呀，咱爸肯定也就回家了。"王睿拨通妈妈家的电话。

王睿妈妈正准备做饭，墨墨在跟爷爷画水墨画。听到电话响，奶奶腾不出手，连忙让爷爷接听，爷爷却被孙子缠住，奶奶只好自己去接。来电显示看不清，一听电话，却是儿子。

儿子告诉她美伊生了一个丫头，6斤4两，母女平安。

王睿妈惊喜不已："哦，是吗，漂亮丫头，太好了！哎呀，怎么这么快？美伊不是没到预产期吗？"

"是啊，上午我还陪她去医院产检呢，一切正常，没想到中午回家吃个饭的工夫，宝宝突然就发动了，还好我在家，我们赶紧来医院，这不下午就生了。"

"你这孩子，早都去医院了，怎么不早告诉我们呀？大人孩子都好吗？墨墨外公外婆都在吗？"

"妈，一忙乱我也没想起来打电话，我跟美伊来 MM 医院生孩子，墨墨外公今天突发中风，和美伊来医院的时候我打了120，外婆陪着外公现在 XX 医院呢。"

王睿妈吃惊地问："什么？中风？严重不严重，那他现在怎么样了呀？"

王睿爸爸此时听到老伴和儿子的对话，也忙从书房跑出来："美伊生了？谁中风了？"

王睿妈妈看了他一眼，没接话，对着听筒继续说："好好，儿子，你别着急，我和你爸这就过去，放心，我们带着墨墨。你好好去安排你岳父的事情。"挂了儿子电话，王睿妈喜忧参半。

"问你呢，美伊生了？谁中风了？"王睿爸爸催促着。

"是，美伊生了女儿，墨墨有小妹妹啦！墨墨外公，说今天突然中风了，现在在医院呢，可能要手术。"

"哪个医院？"

这一问把王睿妈问晕了："你问哪个？美伊现在 MM 医院，墨墨外公现在 XX 医院，唉，这一老一小真是都赶巧了。王睿让我们去 MM 陪着美伊，他要去 XX 医院看看老丈人，叫了救护车去的，那边只有美伊妈在呢。"

"哦，那赶紧的吧，你带墨墨先去 MM 医院陪美伊，我去 XX 医院看看老蔡，看看有什么我们能帮得上的。"王睿妈妈点头表示同意，两人分头换衣服，找眼镜，喊墨墨，准备出门。

3.

晚上 7 点，卓丽丈夫赵医生如约而至。可能因为是同行的关系，赵医生对林珊表现出了格外的尊重和客气。

"林院长，久闻大名，这一个月卓丽和孩子让您费心了，感谢感谢。"

寒暄过后，林珊切入正题。

或许压抑了太久，或许一直找不到一个合适的宣泄出口，此刻赵医生一开口便滔滔不绝。

"您知道吗？我根本没有外遇，我工作都忙不过来。可是她总怀疑，甚至连我正常地和同事打招呼都不行，都说她们是小妖精在勾引我，还说我为什么不向同事介绍她。医院走廊里那么多人，都是擦身而过，人家没问我，我有病啊去和所有人说这是我老婆，刚生二胎了，现在出院了。再说我也真不愿意。您都不知道，她在我们医院住院，逮谁和谁说，她是赵医生、院长助理的太太，请多多关照。有她这样的吗，现在院领导都不能搞特殊，我这低调还来不及呢，她还到处给我招摇过市。我要准备论文，第二天上午开会要发言，她却不让我回家，说我是找借口，非要我住月子会所。我今天早上四点半爬起来，去办公室准备资料，这不这一下班又赶紧往这儿赶。"

"我理解，非常理解你们这些中年奶爸的不易，事业上在爬坡，一家人要养活，还要顾及妻儿老小的感受。"

听见林珊这么说，赵医生抬起头，感激地望着林珊。

"但是我也要替卓丽说几句。"林珊话锋一转，"之前她也是一个年轻漂亮高学历的女孩，事业也不错，否则你也不会爱上她，对吧？最重要的是，生孩子前她还很善解人意，没像现在这么作。"

"对对对，您说得太对了，她现在作的，真是，唉，您都知道了。"赵医生重重叹息，看得出来他也很苦恼。

"今天她这样是因为她当了三年的全职妈妈。你们男人不理解，会认为我养了你三年，你不用工作，就在家里带个孩子还带不好吗？其实真的没那么容易，不信你反过来试试，她出去工作，就凭她的能力养你三年也是没问题的，到时你就会体会到带孩子的不易和长期没有社会价值感的空虚。她让你去介绍她就是在刷这种存在感，在工作上她已经没有任何职位了，现在她唯一的职位就是你太太，所以这一部分功能她就要无限放大，结果你还给制止了，那她心理能平衡吗？她能不作吗？"

赵医生好像明白了一些，点点头。

"还有，"林珊顿了顿，犹豫了一下，"我建议，今晚你不要回去，睡她的房间。"

赵医生惊愕地望着林珊。

"不要这样看着我，明天是周六，你休息。"

"嗯。"赵医生有点不好意思。

"的确，产褥期产妇不能有性生活，但卓丽要的不是性，是爱。你主动地睡到她的身边，她就踏实了，有安全感了。你用你的行动告诉她，她太太的身份不会被撼动，她就不会再作、再闹了。不信，你试试看，这两天你全身心地陪她，我保证她会还你清净的一个星期。这样你家庭、工作都不会耽误。"

赵医生茅塞顿开的样子："好，我试试，谢谢院长！"说完和林珊告别，起身离开了院长办公室。

4.

晚上8点，白雪一人回来了，一副失魂落魄的样子。

主动要求值班的瑶瑶连忙迎上去。她暗自庆幸白雪今晚是回来了，否则她把白雪放出去，连外出单都没填，如果真出了事，可全是月子会所的责任，那她瑶瑶可就得吃不了兜着走了。祸可以闯，但不能接二连三地闯，她想想都后怕。

"亲，晚上不是和男朋友约会吗，怎么这么早回来了？"瑶瑶上前扶住白雪关切地问。

"他走了。"白雪两眼发呆地说。

"我知道他走了，我们这是月子中心，没领证的我们也不让住呀！"

"不，我是说，他彻底走了，扔给我 5 万块钱，和一个包包。"白雪扬了扬手里的礼物袋，满眼是泪，新接的眼睫毛扑闪扑闪，显得格外楚楚可怜。

"啊，LV 呢！为啥呀，你们吵架了？"瑶瑶的眼睛紧盯着白雪手里的包包。

"他说，他妈妈说的，他可以不要处女，但将来结婚的女人必须是没有做过人流的。因为做过人流的女人容易习惯性流产，万一以后怀不上孩子，他家就绝后了，他是独子。所以他就和我分手了。"白雪有气无力地说。

"他有病吧？有本事他别糟蹋女孩子呀！有本事他别让女孩子怀孕呀！什么他妈说他爸说的，出了事儿了，把爹妈全搬出来了。"

"只怪我太年轻不懂事，太相信他，太不爱惜自己了，流产也不怪他。"

"完全渣男一个啊，女朋友一流产就分手，这种男人求着娶你都不能嫁他！太他妈不是人了！"瑶瑶一个劲儿地发泄着自己的愤怒。

白雪不无担忧地问："瑶瑶，你说以后我会不会真怀不上孩子呀？我挺喜欢小孩子的。"

"不会的，不会的，你一定会有孩子的，放心吧。回去好好睡觉，咱们明天，不，咱们将来每一天都美美的，嫁个比他帅的钱比他多的，气死他。"

白雪点点头："嗯，我也这么想的，他本来也不常陪着我，我知道他早晚会离开我的。"

瑶瑶看着眼前这个单纯的傻姑娘，不由得有几分心疼。她是比自己还要弱小、还不会自我保护的姑娘，所以才会被人欺负。

"所以现在的重点是，你要养好身体，将来嫁个高富帅，生一打漂亮宝宝，让你前男友后悔得恨不得去死。"

瑶瑶的话把白雪逗笑了，情绪明显缓解地回了 315 房间。

到底是年纪小，拿得起，放得下，刚才还泪眼婆娑仿佛是世界末日，转头便晴空万里，阳光灿烂了。

5.

离开 MM 医院，王睿去了 XX 医院。按蔡美伊说的，实时发视频让她了解父亲的情况。

手机视频里，美伊看见父亲，终于放心了。父亲虽然躺在床上很虚弱，各种仪器在视频前面晃，但是可以和她对话，他的意识是清醒的。蔡美伊让父亲好好休息，早点好起来，争取早点出院，早点来看她和二宝。

美伊妈和王睿，谁都没告诉她父亲即将手术的事。两个人都是轻描淡写，谁都不说出实情。

蔡美伊放下手机，长舒一口气。父亲偏偏在自己生孩子的时候入院，还好看起来人没事，不幸中的万幸。

夜幕降临，蔡美伊终于稍稍缓过一点精气神了。她坐起来开始编发微信，用一张大手握着小手的照片，告知亲朋好友二宝出生了。"我在 MM 医院迎来小女儿的出生，此刻年迈的父亲却住进了 XX 医院，从没有比此刻更渴望岁月静好现世安稳。"言语间既有迎来新生命的欣喜，又有对父亲的担忧。

很快，一波祝福加安慰的话语涌来。

月子会所这边，殷悦最先看到消息，立刻跑去找曾执。闺蜜两人对蔡美伊百般安慰，各自发语音给她，嘱咐她静心养好身体。这几天她们不会去医院探望，等到出院，曾执会亲自去接她。

殷悦连忙提醒曾执，别忘了跟王越彬表示一下感谢。曾执便给王越彬发微信，感谢他的帮忙，感谢他对蔡美伊的照顾。

两人等了一会儿没见回复，殷悦怂恿曾执给他打电话，说人家帮这么大忙，发消息太没诚意了。

曾执思忖再三，终于很不好意思地拨了电话。正在健身房健身的王越彬一边擦着汗，一边接了电话，没等曾执说话，他倒是先发问了："喂，今儿周二，你怎么没来健身？"

殷悦意味深长地看了曾执一眼。这俩人，什么时候走这么近了？健身都一起了？碍于曾执在通话，她没好问，只是给了曾执一个"怎么回事"的眼神。

曾执好不尴尬："那个，明天我有事，今天和同事调了班，上夜班，我就没去。"

"我说呢，找了你一圈，也没见着你人，还以为你躲着不想请我吃饭呢。你那个教练说，你没请假，应该会迟点到吧。"

"对，哎呀，我忘了和教练说了。"

"哦，你找我什么事？"

曾执恍然想起正事："哦，也没什么，就是，那个，美伊提前生了，都特别顺利，多亏了你，谢谢你的帮忙！"

"是啊，没想到她提前生。感谢就不必了，本来想着今天健身完了让你请吃夜宵的，你没来，今天就算了。"

"那我改天补请。"

"说改天一般都没有诚意，有诚意的请客会说好时间和地点的。"

曾执被王越彬逼得没有了退路，只好说下周二健身结束，地点由王越彬来选，电话那头王越彬很得意地挂断了电话。

不知道怎么回事，曾执连打个电话都很慌张，那种明显不自然的样子，让殷悦尽看在眼里。

殷悦戏谑地追问，她和王医生什么时候发展得这么亲密了，都一起健身了？

"别胡说，什么亲密了，就是有一次健身的时候碰到了，他也在我那个健身房健身。"

殷悦玩笑道："哦哦，这么巧，好有缘分哦！你脸红什么啊？"

曾执下意识摸了摸脸，恼羞地不愿承认："我哪里脸红了？瞎说什么呀！你爱信不信。"

"行了，行了，别掩饰了，在我面前，你还有什么不好意思呀？你知道你刚才打电话多不自然吗，没说几句话，都紧张得快结巴了。"

"我也不知道怎么回事，让他一问为什么没去健身房，突然一下子就忘了该说什么了。"

曾执也觉得自己对王越彬的感觉，好像发生了微妙的变化，从以前的讨厌变得紧张起来。

"我已经看到爱情的小苗苗在萌芽哦。"殷悦调皮地笑着。

"喂，你再胡说，明天出月子会所我可不管你了！"

殷悦举手投降："好好，恐吓管用，明天你必须管我！不过呢，王医生下周二和你约会哦，被我听见了，我不管，我要去当电灯泡！"

曾执好无奈地笑："什么约会呀！好，你愿意跟着你就跟着，正好我觉得很别扭，我一个人觉得怪怪的。"

6.

新的一天。正在忙碌的张建平接到信息："兄弟，房子的事搞定了，晚上见面小聚？"信息来自陈俊明，是一个问句，商量的语气，但随后张建平就收到一家精酿啤酒馆的地址。

张建平回复"好的，多谢"，没有多说别的。

陈俊明必须要和张建平当面聊，因为，他原本只想托朋友给张建平买房打个折，给个优惠，可现在，他要送给张建平的却是那套房子的钥匙。自然，他有求于张建平的心理期望值也提高了。原本他是需要银行贷款，现在，他是必须依靠银行贷款了。为什么？因为自从遭遇丁羽芊的偷拍风波后，原本打算和陈俊明合作开月子会所分院的那些所谓朋友，都已经纷纷撤退了。不仅如此，他们还把陈俊明的月子会所查了个底朝天，什么产妇跳楼，什么内讧严重、开除护士长，什么新生儿感染等等，陈俊明都不知道他们从哪儿查到的这些消息。

　　资本逐利没错，但是谁都希望资本安全逐利。服务行业的声誉风险，他们看到了，一旦名誉扫地，一夕之间就可能大厦倾倒，而且很难东山再起，所有投资无疑将付诸东流。而月子会所的准入门槛这么低，目前国家尚未对月子会所出台统一的准入标准，例如房屋的设施设备标准、卫生条件、育婴师或护理师等都没有规定。当行业发展良莠不齐的时候，恰是利润空间非常诱人的时候，他们并不想放弃。但是，与其投钱给有诸多麻烦前科的陈俊明，不如自己新立门户更安全。于是，他们放弃了陈俊明。

　　陈俊明很生气，但是也无奈，想到换作自己，向外掏钱的时候一定也会做详细调查，要做风险评估。面对自己的种种"劣迹"，他恐怕也会做这样的决定，不然非得等到撞南墙才回头吗？他很快便释然了。

　　陈俊明很清楚，如果他现在还想开分院的话，就只能靠自己、靠贷款这一条路了，他可不是个轻言放弃的人。

　　今天是殷悦离开月子会所的日子。曾执为了送殷悦，故意昨晚调了一个晚班，这样她今天就可以送殷悦回家了。

　　曾执脱下白大褂去休息室的时候，恰好看见王睿来了，正在前台问询。

　　"咦？王睿，你怎么来了？"

　　"哦，曾执你在啊？美伊让我来交钱，过两天她就出院了，月子会所这边我们一直还没付清钱呢！"

　　"不知道你要来，怎么不提前给我打个电话呀？美伊还好吗？"

　　王睿感激地说："曾执，你可是我们家的大功臣呀，要不是你，美伊也不能在 MM 医院生孩子，就连你们月子会所，没有你哪能给我们留这么好的房间呀！"

　　"你客气什么，见外了啊，我能帮的也就是这些。走吧，我先带你去财务部交钱。"王睿跟着曾执，一边聊着一边向财务部走去。

　　"美伊爸爸怎么样，已经住院了是吗？"曾执关切地问道。

"是，情况不太好，已经住院了，交完钱，一会儿我就赶回 XX 医院。"

正说着，刚巧碰到从走廊那头过来的殷悦。她久等曾执不来，正在到处找她，正好撞到他俩。

"殷悦，你怎么在这里？"王睿问。

曾执嗯啊着不好解释，还是殷悦自己回话了。

"啊，前段时间我小产了，在这儿住了一段时间，这不，今天正收拾东西准备撤呢。一会儿曾执陪我回家，我也算刑满释放了。"

"哎呀，我怎么没听美伊说过呀？怎么样，身体恢复得还好吗？"王睿好不诧异。

"有我在，当然恢复得好了！"曾执毫不客气地说。

殷悦疑惑地望着王睿："美伊，她没和你说过？咳，也不是什么好事，她肯定不想让别人知道，替我保密呢。"

"一会儿你怎么走，建平来接你吗？"王睿问。

"不，他不来，我送殷悦回去。"曾执说。

王睿仿佛察觉到了什么："你们，不是闹矛盾了吧？"

曾执和殷悦相视一眼，还是殷悦自己回话了。

起初殷悦脸上出现了一丝尴尬，让老同学，特别是曾经自己的追求者，看到自己现在狼狈的样子真有点不好意思，但她很快就调整了情绪。

殷悦把最近发生的事情一五一十地都告诉了王睿。她以曾执式的、不带任何感情色彩的语调陈述着，尽量轻描淡写，但她还是从王睿的脸上看到了愤怒、焦急和担心。

一旁，一向心思缜密的曾执一边听着，一边观察着两个人的表情。她这时忽然明白了美伊为什么不把这事告诉王睿。美伊和王睿感情很好，夫妻俩无话不说，殷悦在月子会所这段时间，美伊也没少来看望，电话更是隔三岔五，怎么会偏偏不告诉王睿呢？除了不想让不相干的人知道外，最主要的原因，曾执猜测，肯定是王睿喜欢过殷悦的那点陈芝麻烂谷子的事在美伊心里一直放着呢，她肯定从没掉以轻心过。

想到这儿，曾执不得不佩服美伊的心机，真是防火防盗防闺蜜呀。虽然美伊和老公情比金坚，王睿也绝不会和殷悦发生什么，当年没有，现在更不可能有。但是即便如此，如果这件事一旦说了，让自己的老公为当年他曾喜欢过的女生担忧，这样的局面蔡美伊也是不乐意看见的，所以干脆不提。

但转念想想，美伊做得也没有什么不对，捍卫自己的爱情，保卫自己的婚姻是每个女人的天职，况且作为闺蜜，她尽到自己的责任了。

一口气说完了，殷悦倒是轻松了，王睿却脸色凝重。

"这事今天让我知道了，我不能看着你受委屈不管。你这个样子，怎么自己回家？这样啊，今天我约张建平谈谈，就打老婆这一条，我问问他是怎么想的，我必须要找他谈谈！"王睿说。

"不不，你千万别找他，你们是同学，他要知道我把我们家的事都告诉你了，他还不知道怎么想呢。再说你这边又是美伊又是岳父的，已经够你忙活的了，就先别管我了。我今天不回家，一会儿曾执陪我回我家以前的老房子，就是三环边上那个。"殷悦谢绝了王睿的好意。

"哦，那也行。要不这样，一会儿曾执带我去交完钱，我送你们回去吧。我去 XX 医院，刚好也路过你家老房子。"

"呀，那真是太好了，我今天真是人品大爆发呀，老朋友都来帮忙了。"殷悦开心地笑着。

曾执让殷悦回屋收拾东西，自己陪王睿去缴费。

不久，三人会合，一起离开月子会所。

殷悦回去的路上，神情有些落寞。自从上一次离去，最近这几天，张建平都没露面，更没有问过她什么时候回家，恢复得好不好。好像她住在这里，他反而踏实了，不闻不问，没他什么事似的。不过张建平这样的态度，反而使殷悦解脱了，纵使离婚，她也不觉得愧对自己曾经的爱情。

殷悦回望月子会所，百感交集。这段日子将是她人生的分水岭，她经历过，思考过，而今她已经非常清晰地知道，自己要听从内心，过自己想要的生活。

7.

王睿把车开到殷悦家老房子门口停下，他让曾执拿着小件行李先陪殷悦上楼，自己拎着殷悦的行李箱随后就到。王睿从后备厢拎下箱子，抬头打望这栋楼，思绪万千。

这是殷悦曾经的家，这个六层小楼他是多么熟悉。有一次，殷悦跳舞时把脚崴了，是他和张建平一起把殷悦送回了家。那是他第一次近距离接触到他心中的女神，并且走进了她的家，见到了她的父母。

后来殷悦如愿和张建平在一起了，王睿只能一个人默默地吞噬着失恋的苦果。准确地讲，这不叫失恋，因为他和殷悦从来就没有开始过，一切都只是他自己的单相思。

一阵汽车鸣笛声把王睿从往昔的思绪中拽了回来，他的车挡路了。老旧小区，道路狭窄，车都停在楼下地面上，一辆车没停对地方，后面的车就没法通过。王睿连忙挪车。

再次下车，王睿提着行李箱，走进了门口的小超市。再出来，手里提着几个大塑料袋，满满的都是殷悦爱吃的东西。

到了三楼，王睿按了按门铃，没反应，估计是门铃坏了。他只好敲门，殷悦闻声来开门，看见他一手拎着行李箱，一手提着几大塑料袋出现在门口，她忙侧身把王睿让进来。

"这房子好久没住人了，我给你买了一些生活用品，还有一些吃的喝的。"

"谢谢，你真是细心！"

"嗨，客气什么。"王睿说完，到各个房间转了一圈，打开试了各个灯的开关，又试了试厨房和卫生间的水龙头，确保一切设施都可以用，这才放心地出来。

曾执在卫生间洗抹布，这一切都没有逃过她的眼睛。她相信无论王睿做了什么，那个没长心的殷悦都看不见，不然当年她也不会完全没有察觉王睿的暗恋。那时，她的眼里只有张建平。曾执越发觉得，爱情根本是一件用道理说不清的事情，每个人都有命中属于自己的那个剧本。

客厅里，曾执正拿着抹布到处擦灰。房子久没有人住，她以为会很脏，可是擦了一把桌子，发现并不脏，再观察一圈屋里陈设，一切井井有条。虽然因为久没住人房子里没有了烟火气，但是还算干净。

"殷悦，这房子没人住，你妈是不是平时还过来打扫啊？"曾执问。

"我不知道啊，应该没有吧，我妈哪有那么闲。"

"算了，问你也白问，什么都不操心，什么都不知道！北京这么大灰尘，你家这屋里居然还挺干净，看来门窗还挺牢固，没有老化。"

曾执的话倒是提醒了王睿，他一下子想起来，刚才忘记检查窗子了。"噢，我忘了窗子了！"忙又起身，重新去检查了一圈，还好，窗子个个完好。

"怎么样，没问题吧？"殷悦问。

"没问题，很结实！你家这三楼太矮了，你要一个人住这儿，门窗必须得结实，不然不安全。"王睿说。

王睿不仅检查了窗子，连窗子外边的护栏也伸手去试了试是否牢靠。曾执看着他的一举一动，心里知道，这才是一个有责任心的男人应有的样子。

这边殷悦却兴奋地说："哎，等我洗个脸，一会儿我们一起出去吃午饭吧，我已经饿了。"

曾执忙活了一上午，此时也饿了，就附和着说："好啊，我也饿了，早饭我都没吃，王睿，你也吃了午饭再去 XX 医院吧。"

王睿看了看时间，觉得还来得及，便同意一起午饭。三人一同出了门。

第二十五章　殷悦决心离婚

1.

他们走路来到离殷悦家不远的一家老字号饭店里，这里人声鼎沸。

"一吃这家饭店，我就觉得回到了十年前，还是那个味道，那个场景，什么都没变。"殷悦感慨道。

"味道肯定得始终如一啊，不然还怎么当老字号？你看看旁边那些老头老太太，都是吃了大半辈子的老顾客了，味道变了，他们肯定早不来了。"

的确，放眼望去，周围几桌客人，全是上了岁数的叔叔阿姨。他们不紧不慢地聊着天，细嚼慢咽品尝着这老字号的美食，透着一种喜乐祥和的气氛。

"真想让日子倒回到十年前呀，那时我们初出茅庐，对生活充满了希望和憧憬。记得有一次殷悦崴了脚，后来能走路了，头一次出门带我们出来吃饭就是这家饭店。"王睿回忆着说。

"带你们吃饭，还有谁啊？"曾执问。

王睿长叹一口气道："哎，肯定是张建平啊！当年除了殷悦本人，谁都知道我对她有意思，结果她眼里只有张建平，我也只好早早退回好朋友的位置了。"

"谁让你当时自己不说，你不说我怎么知道？"殷悦道。

"当时他就是说了，也没他什么事，你当时一门心思就是喜欢张建平。"曾执说。

听王睿这么坦然地说出这番话，曾执心里一块石头也落了地。敢于承认，说明已经放下。在眼下殷悦这种状况里，王睿对殷悦会比平时更关心一些，也是人之常情。

曾执又觉得心里很乱，理不出个头绪。她一方面在想如果当初殷悦接受的是王睿而不是张建平，可能殷悦要比现在幸福得多；可又一想，如果真是那样的话，蔡美伊就不一定有今天的幸福生活了。

还有就是眼下殷悦这种状况，一方面她希望王睿能多多关心殷悦，大家一起帮助她渡过难关；可另一方面，她又琢磨着，既然蔡美伊都没有把殷悦流产的事告诉王睿，那王睿来看殷悦的事，如果让她知道了，她会不会很介意呀？这可怎么是好呢？

"也对，可那时，谁能看得到十年后千疮百孔的生活呀？"殷悦感慨地说。

"所以啊，有你的前车之鉴，我觉得我还是一个人过比较好。"曾执道。

"我想，忙过这阵儿，我还是去找张建平谈一谈，你一个人住在外面，也不是长久之计。"王睿心平气和地说。

"不，不必了，其实，我已经决定离婚了。"

"离婚？"王睿睁大了眼睛。

"不怕你笑话，咳，跟你说开吧，我和张建平，平时他会觉得总是在迁就我，而我呢，也觉得是在努力迎合他。我们都不想让对方不高兴，都在克制真实的自我，只怕对方不高兴，但这不是健康的婚姻关系，我们两个人都很拧巴，都不舒服。如果我们的婚姻是这样一种别扭的状态，那也背离了当时我们在一起的初衷。我们是为了快乐幸福才在一起的，我们找一个伴侣，不是为了将就凑合地过日子，对吧？"

"你和建平谈过了吗，他能愿意吗？"

"还没有，现在他妈妈还有弟媳妇、侄子都在我家住着呢。这是我们两人之间的事，我不想让他们家里人掺和进来。"

"那你爸妈知道吗？"

"我爸妈什么都不知道，今天我告诉你的所有这些事，他们都不知道。我打算，和张建平谈完了之后再告诉他们。我觉得吧，这是我们两人之间的事，我不想让家里人掺和进来，包括我的父母。"

王睿不敢相信，如此理性的考量和坚定的语气，是出自曾经那么需要被保护的一个女孩口中，看来殷悦并不是自己想象的那样，他不得不生出几分佩服。

"结婚真麻烦，像王睿和美伊这么幸福的两个人，真的太少了！你们可一定要相亲相爱白头到老哦，不然我可真就不相信爱情了。"看着王睿呆住的神情，曾执连忙改话题。

"我和美伊应该不会让你失望的，除非她变心，我肯定不会变！还有啊，你放心，我不会趁着殷悦遇到难处就乘虚而入的，我对她的感情不会超越友情。"

王睿向来磊落，他也察觉到曾执对自己的不放心，与其猜测，还不如敞开当面说清楚。不然今天不说清楚，以后恐怕也不方便说了。

"其实，有的时候两个人的感情没了，并非是因为遭遇了什么小三啊出轨啊这些状况，可能就是平常生活里积攒的一点一点的小失望。平淡又失望的婚姻，两个人为什么要一直这样忍受下去？想想啊，人生很短暂，为什么要让自己活得那么不真实，那么拧巴？明明知道不合适，双方都痛苦，却要为了名誉、为了父母、为了小孩，甚至为了财产将就下去，将就一辈子，这不是我要的人生。和张建平结婚之后，这几年的我，已经不是原本的我了，我想把丢失的自己找回来。"

殷悦诉说着，原本黯淡的眼神，说到这里突然明亮了起来。在说出这番话的时候，她也更加坚定了自己离婚的决心。

曾执和王睿突然都沉默了。他们知道，离婚，这不是一个容易的决定，即便对殷悦来说也不是。在世俗人眼里，离婚是人生很大的失败，是会被人在背后指指点点的，很多人宁可不开心，甚至屈辱地过一辈子，也不愿意离婚。可是，他们又理解殷悦，她绝不是会那样过一辈子的姑娘。

殷悦家老房子楼下，殷悦妈妈夏冰自己开车过来了。

停好车，她看了看时间。今天，她和房屋中介公司约好时间，打算出租房子，对方要先过来看一下房子。

离约定的时间还有 5 分钟，殷悦妈妈给对方打电话："喂，小郑，我已经到了，我在楼下。"

"阿姨好，我还有 5 分钟到，不然，您先上楼等着？外面太晒了。"

"好，那一会儿见。"

夏冰上楼，拿钥匙开门。为了出租房子，给中介一个好印象，就在昨天，她特意安排小时工做了保洁，把房子里里外外打扫得特别干净，水暖电也都请物业人员检查了一遍。

这处房子很多年没人住了，地段这么好，租金自然很高。当年的邻居都是老同事，早都跟她说闲着也是浪费，不如租出去。最打动她的，倒不是租金，她也不差这点钱，而是有个老同事说，有人住的房子才有人气，空着的房子会没人气。就像一台机器不用很容易坏一样，房子也是，人在里面住，就会经常打扫、清洁，维持适宜的温度，如果常年没人住，也就失去了维系它的力量。

夏冰打开房门，赫然看见客厅里殷悦那只还没打开的行李箱，再看桌子上摆着的几个大口袋，全是吃的喝的，她大吃一惊。她认识殷悦的东西，那只 LV 的行李箱，还是她送给女儿的生日礼物呢。殷悦回来了？大包小包的，她这是要干吗？

起初，她以为女儿是出差回来，顺路进屋看看，可是看看洗手间里已经摆好的洗漱用品，不像是路过。什么意思，难道殷悦和建平分居了？她被自己的想法吓了一大跳。

夏冰拿起手机，正要打给殷悦，中介小郑的电话却打进来了："阿姨好，我到楼下了，您在屋里吗？我马上上楼了。"

"我在呢，你上来吧。"夏冰答。

被中介一打断，夏冰突然又改变了想法，决定不给殷悦打电话了。看样子她没打算让自己知道发生了什么，她也想不到自己今天会来，那就守株待兔，等她回来自己说清楚吧。

小郑进来看了房子，对这处房子很满意。不用说这么整洁、配套这么完整的房子，即便四白落地，这个小区的房子也不愁租，基本上一挂到网上就被抢了，所以他们一般不挂网上。

小郑看着蛮实诚，不瞒不骗，把房子出租的各种情况如数向夏冰完整介绍，目的只有一个，他想尽快让夏冰和他签合同。

本来夏冰今天过来就是想签合同的，可是现在，还搞不清楚殷悦的状况，看来她需要向后拖延几天了。她只好告诉小郑，本周水费电费那些还要做一下准备，自己下周再和他联系。

小郑也是对这处房子志在必得，言明如果给他独家，签两年以上合同，月租金他可以涨 1000 块钱。

小小一个意外，中介竟然张口就提出可以涨 1000 块钱月租金。夏冰也认识到老同事们所言不虚，这个当年大家都争着搬离的旧小区，如今因为地段关系，早已经是寸土寸金，根本不愁租。

不过，她必须搞清楚女儿的状况，只好跟小郑说，搞好水电那些，可以跟他签独家。

送走小郑，她坐在沙发上，耐心等女儿回来。不一会儿，她听见钥匙开门的声音。

"妈，你怎么来了！"殷悦拿出钥匙打开门的一瞬间，一下呆住了。这可怎么办，妈妈怎么来了！

"你问我？我还想问你呢？悦悦，你怎么住在这里呀，你是不是和建平吵架闹别扭了？"

"没有，没闹别扭，我就是，我家那边，现在建平妈妈、弟媳、侄子都来了，都住在家里，太烦了，我就到这里躲几天清净。"

"你看，这还不是闹别扭呀？他们住在你家，你搬出来住，这叫怎么回事？建平呢，我给他打电话！"

"妈，你别打，建平不知道我来这儿了。"

夏冰一脸狐疑地望着女儿："你说清楚，到底发生什么事了？怪不得这么长时间不回家，每次打电话都说出差，你去哪里出差了呀！要不是今天中介过来看房子，我都不知道你在哪里，你还要瞒我到多久呀！"

"妈，我没打算瞒着您，我这不，今天刚过来，刚进门，都还没来得及收拾呢。刚出去吃了个饭，这一回来，您就在屋里等着我了！"殷悦说。

"我知道你是今天过来的，昨天我刚来这房子收拾了卫生呢，正打算把这房子租出去。今天约了中介过来看房子，没想到，一推门，屋里全是你的东西了！你跟妈妈说说，到底怎么回事，没关系，妈妈什么都能承受。"夏冰觉得事情没那么简单。

殷悦也有一个多月没见妈妈了，突然间，各种委屈、思念涌上心头，索性一头扎进了妈妈的怀里，哭诉起来。

夏冰无法不心疼女儿，当年她所担心的，正在一点一点被证实。可如今，说什么也无济于事了，只能走到哪一步，解决哪一步的问题。

殷悦擦了一下眼泪说："妈妈，我想过了，我要离婚，我不想继续像以前那样生活了。"

"好了，悦悦，妈妈知道你受委屈了，先跟妈妈回家，我们不住这儿，你做什么决定，妈妈都支持你。"听了妈妈的话，殷悦顿时又放声大哭。世上也只有妈妈，可以这样无条件地爱着自己的孩子，无条件地支持孩子的每一个决定，哪怕那个决定会让妈妈心痛。

女儿做出什么决定，夏冰都不吃惊。殷悦不是可以凑合过日子的孩子，她从来都知道。她从小就有主见，敢爱敢恨，但在婚姻关系中，她也不是不懂妥协的人。不过，当这个妥协的程度，已经超越了她的承受底线，已经使她感到不舒服，那么这样的婚姻生活，她是无法让自己掩耳盗铃一般继续下去的。

自己的女儿，夏冰还是非常了解的。只是，离婚，非同儿戏。夏冰那样答复，是出于本能要安抚女儿的情绪。她真的要支持女儿离婚吗？她还没想好。

夏冰拿起电话，给殷悦爸爸殷之声打电话。殷悦忙说，先别让爸爸知道。夏冰道："你放心，电话里什么都不和爸爸说，晚上回家再说。"

"老殷呀，晚上悦悦和我说她要回家吃饭，她爱吃的那几个菜，晚上你来做吧，怎么样？"

殷之声非常开心，立刻就说下班后去超市买东西，做女儿最爱吃的菜。

"你忙你的，还是我去超市买菜吧，我可能先到家，其他小菜我来做，你那个不用油炸的红烧排骨的看家菜我给你留着做。还有，烧一个鲈鳗炖补汤，悦悦最爱的。"

鲈鳗炖补汤是补身体的，想到女儿遭的罪，当妈的无法不心疼。

殷悦说下午要去公司，让妈妈先回家。

2.

月子会所这边，连续两天，林珊无法联系上丁羽芊和她的工作人员，对方也不主动联系月子会所，好像偷拍这件事根本没有发生过。

林珊一直关注着网上丁羽芊有没有发声明，关注着大众的舆情动态，可是网上也没有任何动静。

丁羽芊到法国后发的第一条微博，还是瑶瑶先看见的。丁羽芊的语气，像是一直在法国一般。第一时间刷到丁羽芊的微博，瑶瑶立刻拿着手机跑去找院长。

"院长，院长，丁羽芊在法国，她，她发声明了。"瑶瑶跑得上气不接下气。

"在法国？你没搞错吧？"

"没有，她肯定没撒谎，你看，她连自己具体在哪里都说了，还说欢迎和她偶遇。"

林珊立刻打开微博，果然，丁羽芊人在法国。她微博上的一段话，也是意味深长："这两天在南法工作，住在一座山上，每天抬头仰望是深邃的天空，向远处看是蔚蓝的大海，心情也辽阔欢乐。这里是尼斯和摩纳哥之间的一个小山村，曾有很多著名艺术家和文学家住在这里，最有名的大概便是尼采了。傍晚收工之后，坐在院子里喝喝酒，看看山下的万家灯火，真的让人心生美好。所以，有没有人要来尼采之路和我偶遇？"

随文字配发了9张照片，除了风景，丁羽芊本人也出镜了。美丽的风景，曼妙的工作中的身姿，加上美食美酒，的确一派南法风情无误。微博的地点坐标，明白无误标的也是 EZE 小镇。而且，她敢说"有没有人要来尼采之路和我偶遇"，显然没有在怕的，没有在隐瞒什么，说明她的确是人在法国。

林珊惊诧不已，两天工夫，丁羽芊已经人在法国了？她暗暗赞叹丁羽芊团队的高效率，果然大明星不是白当的，遇到险境，如果没有一两招过人的手段，在这个圈子里怎么混？仅仅是两天前，那个丁羽芊还打电话给她，要告状，要打官司，现在神不知鬼不觉来了个金蝉脱壳。任你们网上人声鼎沸，我不直接回应，而是通过晒出微博工作组照，标出地点，无声做出声明。

仔细看微博下面的回复，网友们已经炸了。最激动的是丁羽芊的粉丝们，他们压根就不相信自己的偶像会生孩子。现在好了，沉默了两天，偶像自己晒照片含蓄辟谣了，而且辟得如此高明，符合她丁羽芊一贯我行我素的路数，她不想理会的，根本不予理会，也不予置评。

粉丝们还煞有介事地评论着丁羽芊的身材，的确，她完全不像是生过孩子的样子，网友把她照片放大看，也找不出一丝破绽。当然了，今天微博里发的，应该都是经过丁羽芊团队精挑细选的照片，每一张都有其用意。

娱乐新闻迅速也跟上了，在林珊和瑶瑶说这几句话的工夫，网上娱乐新闻专题已经出来了。"丁羽芊晒照辟谣""丁羽芊无声打脸著名狗仔"，一边倒的新闻迅速扭转局势。果然事实胜于雄辩。

林珊明白，陈俊明这把赌赢了，丁羽芊也绝不会和月子会所打官司的。

"太神了，她怎么会人在法国了呢？她怎么离开月子会所的？院长，她是不是真的在法国呀？机场整天那么多狗仔，她怎么出境的？"瑶瑶一脸疑惑。

林珊摊摊手："我也不知道。除了她自己，还有她的团队，可能没人知道。不过她这个回应，真的太给力了！"

"唉，我终于可以松一口气了，丁羽芊这样应该也不会告我了。"瑶瑶到底是聪明，立刻分析出自己的处境，已经脱险了。

"瑶瑶，按理说，出了这样的事，我不会留你在月子会所了，但是陈总希望你留下，再给你一次机会。你有经验，工作也有热情，我同意了，希望你引以为戒，这种事没有下一次，明白吗？"

瑶瑶立刻 90 度鞠躬，对林珊千恩万谢。

3.

王越彬来查房，率一队实习生。蔡美伊赫然发现，那天在烤鸭店见过的那位杨宝妮也跟在后面。热情明朗的她，站在王越彬身后，主动招手向蔡美伊打招呼。

蔡美伊也招手回应，同时飞速地在脑海里搜索着："美女医生，我们见过，你是……"

杨宝妮热情地说："嗨，我叫 Bonnie，我们见过的，你看上去好阳光，看来恢复得不错。"

"谢谢，你一进门就笑，我是被你的灿烂笑容感染的。"

王越彬问道："怎么样，今天感觉如何？"

"还好，你们的护士非常细心，分娩后的 6 小时内小便，她们一直盯着我，还好我做到了。"

王越彬笑着翻看着蔡美伊的病例："你做得很不错，一切正常，嗯，也已经下床活动了，很棒。"

蔡美伊得意地说："我有经验了嘛，二胎妈妈算得上半个产科专家了，所有产后注意事项我都装在脑子里了！"

的确，二胎妈妈和一胎妈妈有很大的不同。在心理上二胎妈妈不像一胎妈妈那么焦虑，都经历过一遍了，什么时段会出现什么状况，也基本能做到心中有数，即便上次有没有做好的地方，因为有经验教训，这次也会格外小心。另外二胎妈妈的年龄一般相对偏大一点，心智也会比初当妈妈时更成熟些，配合度也会更好些。

王越彬面向众实习生道："瞧，要是产妇都像 36 床这位妈妈，你们都要失业了。"

"配合好你们医护人员，我才能更快更好地恢复身体啊！"蔡美伊认真地说。

"你做得真好。"杨宝妮由衷夸赞，和王越彬对视一眼，王医生也回了她一个得意的眼神。

两个人的小动作，蔡美伊全都看在眼里。待王医生一行人离去，蔡美伊摸出手机拍下他们的背影，立刻发微信传给了曾执。

4.

这天夏冰早早回到家，和老公一起忙活着。殷悦傍晚趁大家下班，提前去了一趟公司，为第二天上班做了准备，然后独自回家。

听见敲门，夏冰打开门，一股饭菜的香味立刻从屋里飘了出来。殷悦和往常一样和老爸拥抱，然后迫不及待地用手抓着桌上的一块排骨放到嘴里，被妈妈照着屁股打了一巴掌："洗手去。"

还是自己的家好，一切那么自然，舒服。

夏冰在餐桌上摆弄着餐盘，佯装什么也没发生，招呼着殷悦吃饭。

一家人围坐一起其乐融融地吃了一顿团圆饭。

吃饱喝足，爸爸搂着殷悦来到客厅的沙发坐下，妈妈端来了切好的水果。

"悦悦，妈妈说你有重要的事和爸爸说，还非说要吃完饭再说。好，现在可以了，快和爸爸说说是什么事？"殷之声问。

"是的，爸爸。"殷悦在殷之声的身旁坐下，把最近发生的事情一五一十地又说了一遍，但这一次，殷悦说得很客观，没有很大的情绪波动。在最后，她很平静地说出了自己的决定：我想离婚。

殷之声和夏冰都沉默了。尽管夏冰事先已经表态支持，可当再次听到女儿说出"离婚"这两个字，她的心里还是感到非常沉重。

夏冰最先开口："悦悦，你看，结婚对于我们中国人来说，不仅仅是两个人的结合，更是两个家庭的结合。每个家庭之间又是千差万别，所以维持一个好的婚姻，真的不是一件容易的事情。一个好婚姻，在一些大的方面，比如价值观呀、生活习惯呀，相似度要高一些，再就是两个人的包容度要高，这样才能把婚姻维持下去。"

殷悦一言不发地听着。

殷之声接着说："我和你妈妈，当初不太看好你和建平的婚姻，就是因为前两条你们都不符合。我们两个家庭差距太大了，不是爸爸妈妈势利，看不起穷人，而是你们成长的环境、经历太不一样，你认为的本来和他认为的本来，本来就不一样。"

殷悦扑哧一下笑出了声："爸，你这是在说绕口令吗？"

殷之声严肃起来："爸爸不是在跟你开玩笑，我们就你这么一个宝贝闺女，从小在物质上就从没亏过你。1000块钱对你来说，可能就是你和同学出去看看电影吃吃饭的钱；可在他就不同了，家有两个兄弟，又没有父亲，1000块钱可能就是人家一大家人一个月的生活费呢。你们在消费观念上有差异，这一点儿都不奇怪，因为你们原本的价值观就不同，所以对钱的看法也不同，这和你们的成长背景，消费习惯有很大的关系。建平的成长轨迹，你没有经历过，所以你其实理解不了他，同样他也理解不了你。"

"生活中的很多事情很难用对错来衡量，同样一个举动，在有些人眼里是有品位、大气，是优点，但在有些人眼中是浪费、败家，就是缺点。"夏冰插话道。

"同样，有些吃过苦的孩子非常懂得精打细算，在你们这些蜜罐里泡大的孩子眼中，就是土气、抠门，但在同样成长背景下的人眼里就是节俭、会过日子。那怎么办呢？既然你们互相选择了彼此，决定一起生活，两个人只能互相迁就。只是你们太不同了，这也是我和你妈妈当初最担心的，这样的日子过起来难度会比较大。"殷之声说。

殷悦若有所思地点点头："爸爸，决定和建平结婚的时候，是因为我非常爱他，非常欣赏他，直到现在，建平在我心中也仍然有光环。他对我也非常好，结婚后也像恋爱的时候一样，凡事都让着我，迁就我，对，就是迁就，但其实我并不喜欢他那么迁就我，我也不希望自己迁就他。因为迁就不是自己的本意，迁就多了，人的心里其实是会有怨的，这种怨有时连自己都没有察觉，可是积攒久了，一旦爆发会非常可怕。我们两个，生活在一起，其实特别扭曲，我们为什么无法坦然地做真实的自己？可能因为我们都无法接受真实的对方，可能因为我们曾经很爱对方，为了不想辜负自己的爱情和对彼此付出的真心，这些年，我们一直用迁就对方来维系我们的关系。可是我不想再这样继续了，如果在自己的家里，在我最亲密的人身边，我都无法放轻松，无法真实地做我自己，继续下去只能是互相折磨。我们努力活着，不就是为了生活得舒心吗？我希望建平他快乐，也希望自己快乐，我想我们应该结束这样的生活了。"

夏冰长叹一口气。

"悦悦，爸爸并不是劝你继续这段你觉得不舒心的婚姻，爸爸是想说婚姻中两个人难免是需要互相迁就的。就像我和你妈，如果完全没有迁就对方，我们也过不了这么多年。"殷之声说。

"迁就也分大小，有的事可以迁就，有的事不能迁就，打人能迁就吗？"夏冰想到这儿就来气。

"建平打人肯定不对，家暴是不可原谅的，这个事我会找他算账。不过，悦悦，我相信你能把他逼到动手的份儿上，估计你的话也是句句像刀，刀刀见血，让他实在没有招架之力了，只能用拳头来和你对抗了，是吗？"

知女莫如父。自己的女儿，殷之声十分了解。殷悦望着爸爸，他就像能看穿自己的心思一样，句句都说到了自己的心坎上。

"爸爸，其实，建平打我这件事，也谈不上家暴吧。我觉得是我们这些年，积攒起来的所有不满的一次集中爆发，比起这些年我们各自感到深深受了委屈的内心，我反而没有觉得这件事是不可饶恕的。我不是因为他打我这件事要离婚，这是表面上的事。"

"爸爸明白，可能也不是因为具体的什么事，而是一种感觉，而这种感觉又恰恰是一件件事堆积出来的。其实婚姻中最可怕的未必是出轨和家暴，而是两个人在一起真的不开心了。"

"我和你爸这么些年，身边朋友也有不少离婚的，有些离婚原因外人也看不见，只有他们自己知道其中的原委。"夏冰说。

"是啊，那句话怎么说的来着，鞋子舒不舒服，只有脚知道。"

"悦悦呀，其实真实是很可怕的一件事。有些话，除非你能忍一辈子不说，一旦要是说出口，是非常伤人的。身体上的伤容易恢复，但心理上的创伤就没那么好修复了。"夏冰说。

"说了就收不回了！爸爸欣赏你对婚姻的高标准，这是对婚姻的尊重。你说你不想迁就，其实迁就也是对对方的一种尊重，如果迁就对方带给自己的小小委屈，可以被足够的爱抵消掉，那也没什么。但如果你们之间的爱，不足以抵消迁就带来的委屈，可能就比较麻烦了。而且像尊重、信任这些婚姻基础的东西，一旦被破坏——"

殷之声看了一眼爱人，殷悦妈妈立刻接过话尾："那就是破坏了。"

"最舒服的关系，就是我和你妈这样，凡事不用瞒，不用猜，三观一致，不为取悦，也不觉得迁就。我说上半句，她就能接下半句，这叫默契。"

"悦悦，爸爸妈妈今天和你说这么多，并不想左右你的决定，只是帮你分析，我们不想你稀里糊涂地结婚，又糊里糊涂地离婚。"

"我倒是觉得咱们悦悦并不糊涂，她一向都是一个有主见的孩子。结婚时是自己的意愿，那么义无反顾，想离婚应该也不是一时冲动。只是婚姻不是儿戏，还是要考虑周全。"

看着爸爸妈妈你一句我一句地聊起来，殷悦很是感慨。他们一起生活半辈子了，仍然能如此亲密无间，不，也可能正是因为他们如此亲密无间，才能有如今堪称美满的生活。

殷悦长叹一口气："如果我和建平在一起，也像你们俩这样自在，那该多好呀。你们俩，你是你，我是我，各自独立，却又彼此欣赏，合得来！"

"悦悦，你想离婚，跟建平说了吗?"殷之声问。

"她说过了，在月子会所的时候，建平不同意，他说让悦悦冷静一下。"夏冰抢先说。

"悦悦，我也这样想，我同样希望你冷静思考后再做决定。"

"好的，爸爸。不过我也不知道为什么，当我有了离婚的念头时，心里有说不出的轻松，甚至，我很高兴，很渴望，不亚于当初我渴望结婚。"殷悦说。

殷之声和夏冰相视一眼，再次沉默。

殷之声沉默半响，终于开口："我找时间见一下张建平。"

"用我约他吗，爸爸？"殷悦有些为难的样子，"我们这几天都没有联系。"

"不用，我单独找他。"

5.

当张建平抵达酒馆的时候，陈俊明早已经恭候多时了。这是一家 LOFT 风格的精酿啤酒馆。不同于工业啤酒，京城爱喝酒的人，眼下正流行不使用任何辅料、口味各不相同的精酿啤酒。

看见张建平露面，已落座多时的陈俊明招呼他坐下，请店员递过来酒单。陈俊明扫了一眼，说要新酒，店员向他推荐了一款本周新到店的帝国世涛。

酒馆内有个小舞台，几位乐手正在弹唱。空气中弥漫着淡淡的啤酒花的清香，轻松愉悦的酒馆气氛，让人自有一种沁人心脾的舒爽，张建平不由得做了一个深呼吸。

店员用刮刀抹平杯子顶端的啤酒沫，又动作利落地用毛巾擦干杯子的外壁，把酒递上。

陈俊明用下巴指了一下舞台上的主唱，问张建平："听听，你觉得他唱得怎么样？"只见台上站着一高大男子，怀抱吉他，正深情款款地唱着李宗盛的《山丘》。

"不错，这跟原唱差不多了。"

陈俊明微笑着跟着节奏，手指轻轻敲着桌子："他呀，就是这家啤酒馆的老板，人称朝阳区李宗盛。"

"是吗？"张建平笑了。他不是来喝酒的，也不是来听歌的，更不是来回忆过去的，看陈俊明沉浸在乐曲中，表情陶醉，便没再说话。

一曲终了，陈俊明站起身鼓掌，并向台上的老板敬礼致意。

陈俊明感慨地说："这哥们太潇洒了，自己爱喝啤酒，后来接触了精酿之后开始自己试着做啤酒，买设备，买原料，一次次实验，后来索性撂下原来的买卖，开起了酒吧。"

"哦，他是你的朋友？"建平问。

陈俊明点点头："老朋友。"

话音刚落，台上朝阳区李宗盛又唱起一首老歌《我是一只小小鸟》。静静听了开头，陈俊明拿出一个文件袋，轻轻放在桌上，推到张建平面前。

"这是什么？"张建平问道。

"你老家新房的收房资料袋，钥匙也在里边。"

"什么意思？"张建平完全蒙了。

陈俊明抬手示意他打开看看。

张建平下意识地打开文件袋，一串钥匙最先掉了出来，购房合同、发票等等全在。

"怎么发票都开出来了？"张建平惊讶地瞪大了眼睛。

陈俊明不慌不忙地说："我已经付过全款了，哥们儿给打了八八折。你呀，回去把这些东西交给你家老太太，赶紧回老家办手续，哦，合同也得补签字，不管你弟弟，还是你母亲，谁是业主谁签，去的时候记得拿着业主身份证。"

张建平惊得站了起来："你，付全款了？"

陈俊明摆摆手示意他坐下："我陈俊明对朋友就是这样。朋友有难处，我不帮则已，要是出手帮忙，我一定是'帮忙帮到底，送佛送到西'。当然，我没能力办到的事另说。"

"你这，让我怎么感谢你才好，我本来就想找你帮忙找朋友打个折，没想到，你先帮我付款了，还是全款。回去我马上转钱给你！"

"钱不着急。"说着他忽然仰头，似在掩饰某种情绪，"不瞒你说，老弟，我母亲前年过世了，我还真羡慕你，还有母亲可以孝敬。钱算什么？花点钱算什么？"说着说着他眼眶泛红，眼泪开始在眼眶里打转，"你知道，我一直和母亲感情非常好，我，我多想她还活着，有事没事的来麻烦我一下，我愿意给她花钱，花多少都行，可是我永远没有机会了。"

陈俊明简直可以转行当演员了，演技一流，眼泪汪汪说来就来。张建平本就是一个孝子，看见对面这个男人如此动容地向自己敞开心扉，瞬间就被打动了，被带入陈俊明营造的情绪和气氛里。他这种商场嫩瓜，哪里能看得出，眼前的一切都是套路。

张建平拍拍陈俊明的肩膀，动情地说："陈哥，我懂得，我很小的时候，父亲就去世了，是母亲一个人辛辛苦苦把我和弟弟拉扯大。她一个农村女人，没什么文化，也没本事。养活我们兄弟俩就很不容易了。为了供我上大学，我弟弟，老早就辍学了。没办法，供不起啊。我心里，总觉得对不起弟弟。"

张建平不由得也诉说起身世。要知道，他的身世，也并不是轻易向随便什么人提起的。如今的他，无论家庭还是工作，看起来都是光鲜亮丽，生活水平远在他的同龄人之上。无论吃穿用度，仿佛他生来就是过着这般富足安乐的生活。在外人眼里，他的身世怎样完全是看不出的。而张建平，当然也并不希望别人了解那些。关于早年生活的种种困苦、贫穷，他从不愿意回忆。

而今天，张建平内心深处不愿示人的一面被陈俊明触碰到了，他平日里一向紧闭的心松动了。都说男儿有泪不轻弹，尤其在另一个男人面前，除非是真情流露。判断一个人是不是真的拿你当朋友，对男人来说，就是不装。今天陈俊明演到位了。

起初，张建平对陈俊明并不是完全没有防备的，毕竟，这个"友情"来得太突然了，总让他觉得对方别有所图。可是今天陈俊明的表现，让他放下了戒备。

"老弟，今天听你说出这番话，我就知道，你这人很孝顺，你这个兄弟我交定了！你是一个懂得孝敬老人的人，你就是一个品德高尚的人！做人最可贵的是什么？就是懂得感恩啊！感父母恩，感兄弟恩！要是你拿我当兄弟，今后你的母亲我就当自己的母亲一样孝敬，你的弟弟，就是我陈俊明的弟弟，你的难处就是我的难处。别跟我见外，这个房子，钱也不多，就当我送给咱老母亲的见面礼，她住着舒心，咱们兄弟也放心，也高兴。来，喝一个！"

陈俊明举杯，张建平连忙碰杯。

"大哥的心意我领了，但买这房子也是我弟弟找我借钱，我也不是白送他的。你帮我应了急，已经帮了我很大忙了，我肯定不能让你出这钱。这绝对不行！"张建平表情也是认真的，说着拿出一张卡，"还有，这是我老婆住月子会所的钱，密码就是房间号，309309，无功不受禄，这钱您得收下。"

陈俊明看着桌子上的银行卡，没动，也没立刻接话，只是兀自感慨道："唉，都怪今天这歌唱的，你听听——我寻寻觅觅，寻寻觅觅一个温暖的怀抱，这样的要求，算不算太高……"他颇动感情地唱了一段，"唉，别笑话我，母亲那个温暖怀抱，我是再也找不着喽！"继而话锋一转，"好，听你的！我做生意的，钱比你灵活，什么时候你手头方便了再说！"

张建平很诚挚地说："你生意那边，有用得上我的地方，你也尽管开口，我在银行消息也灵通一些。"

"有你这句话，我就知道你是真把我当哥哥，我太开心了。你知道我以前是开饭店的，不瞒你说，上次咱俩去的那家日本料理店，今天这家精酿啤酒馆，我都有股份。除了这两家，还有簋街的两家馆子。"说着拍了拍桌上张建平的手，"做生意嘛，这些年，我可没少和银行打交道。"

张建平瞪大了眼睛："没想到，陈哥你这么大买卖！"

陈俊明摆摆手，谦虚地说："没什么，都是有股份，有股份而已，不是我一个人的。"

"那也不得了，我以为你是餐饮业不做了才做月子会所的呢，没想到你的老本行生意还这么大！"

"民以食为天嘛，世世代代，人总是要吃饭的，所以开餐馆开饭店，只要选好位置，把菜做好，不愁没客人，想不赚钱都难。这就像我的铁饭碗，我怎么舍得扔了？按说，有这几家买卖，我这辈子可以衣食无忧了，可是我这人，咳，劳碌命，闲着难受，这不，开了月子会所。哦，月子会所是我一个人投资的，势头很好，下一步打算扩大经营，开分院了。"陈俊明就这样不经意地炫耀着。

张建平心生佩服，连连点头："这月子会所可是个新兴行业，您可算是最早吃螃蟹的一拨人了！扩大经营，这次还是你自己投资吗，还是融资？"

"我一个人哪有那么大财力，分院的规模和档次都要比现在这家月子会所上一个台阶，初步的预算前期投资是 3000 万元，有几个有投资意向的朋友，正在接触。月子会所前期投资会大一些，可一旦开起来，后期盈利是很可观的。现在又开放了二胎，所以嘛，母婴行业这块蛋糕我还是想多分几块的，不过这次我不会一个人折腾，我可不想把棺材本儿赔进去。"

张建平若有所思地说："我们银行信贷业务这边刚推出了一款叫投贷通的产品，你这边要是有需要，可以了解一下。"

陈俊明饶有兴趣地问了一句："哦？投贷通？"

张建平介绍说："你知道的，一般银行贷款呢，根据企业信用，无非有四种形式。第一种是最常见的有形资产抵押，比如房地产啊、设备啊那些；第二种是第三方担保，这个不用多说，就是第三方做担保和保证；第三种是无形资产质押，比如知识产权质押、股权质押等等；最后一种是未来收益质押，企业用自己的应收账款、订单做抵押。我们这次推出的投贷通呢，是一种创新的担保形式，还能为企业增加信用。"

张建平滔滔不绝地讲述着，陈俊明一副认真地洗耳恭听状，看起来兴趣盎然，适时地发问，更是引得张建平讲个不停。

"有意思，等于企业无须提供实物抵押？那流程上，是怎么操作的？"

"流程上和常规信贷一样，企业向银行提交融资申请，提供相关申请材料。银行对申请贷款的企业进行贷前调查，内部审批后，通知企业该笔申请是否审核通过。如果审批通过了，会通知企业履行相关放款手续，核实后我们发放贷款。不过呢，银行哪会这么容易把钱给企业？我们附有条件的——我们在为企业提供贷款融资的同时，会由指定的符合条件的第三方作为代持机构，哦，所谓第三方，一般是我们银行资产管理有限公司，或者银行科技投资子公司，他们与借款人及其股东签订协议，约定认股权比例、行权价格、回购价格等具体事项，获取企业认股权利或股权。整体业务流程中，银行与企业签订贷款合同，为企业提供信贷融资支持。"

不知不觉间，陈俊明把张建平完全引入了自己今晚预设的主题之中。没错，主题便是，他需要银行的钱，他需要张建平的帮助。但他并没有主动提起，他先是以亲情拉近距离，引得张建平推心置腹，之后他又非常巧妙地展示了自己的实力，无论是"有股份"的饭店和酒馆，还是他独资的"势头很好"的月子会所，都表明他身价不菲财力雄厚，让张建平不由得对他刮目相看，从而愿意主动提起贷款之事，这正是张建平的业务领域。

兵法十三篇，陈俊明的案头读物，真是没白读。

"我听明白了，这是一种投贷联动的形式，等于银行变相成为企业股东啊？"陈俊明问。

"不能说是银行，银行还是审核发放贷款，指定第三方获取企业认股权利或股权，当然，前提是企业其他股东都同意。"张建平认真作答。

"有银行，不，有银行指定第三方成为股东，不仅资金问题解决了，风险也有银行分担，对企业来说，岂不是太好了？"

"是啊，这种信贷模式降低了企业的融资成本。对银行来说呢，给企业贷款的同时，也可以通过合法的方式，享受股权收益，覆盖信贷风险，可以说企业和银行是双赢。不过呢，这个投资抉择我们会非常慎重，对企业各方面情况我们会做全面了解。这样吧，陈哥，如果你有需要，你随时到我那里去，我请我们的投贷通专员，给你详细介绍。"

陈俊明点点头："谢谢兄弟，我会认真考虑你的建议。来，喝酒！"

临走，张建平提醒陈俊明拿着桌子上那张他一直没动的银行卡，陈俊明笑笑，拿起来装进包里。

贷款一事，本来是陈俊明火烧眉毛要求人的事，在他严密的话术布局之中，最后反倒成了张建平的主动建议。他以苦情戏打底，一计"以逸待劳"层层推进，顺利实现了"暗度陈仓"。

第二十六章　二胎的烦恼

1.

今天王睿带妈妈和墨墨一起来月子会所探望蔡美伊。

王睿把车停在月子会所的门口，打开车门。王睿妈和墨墨从车里下来，手里拎着大包小包走进月子会所。

照中国传统，月子里产妇除了家人是不接待访客的。一来影响产妇休息，二来小宝宝刚出生，抵抗力弱，过多接触外界，容易产生交叉感染。所以爱热闹的产妇就觉得月子简直就像坐监牢一样。

月子会所在这方面就更加人性化一些。它一方面鼓励丈夫陪住，让没有陪护在产妇身边的其他家属，也可以定时来看望产妇，不至于让产妇有一种离家后的被抛弃感；另一方面加强了消毒、防护措施，并对探视时间做了明确、严格的规定，平日里只允许一名家属24小时陪护，其他家属只能限时来探视，亲朋好友在产妇入住满两周后才可以探望。

王睿妈也算是见过世面，并非眼界狭窄的一般老太太。但今天一踏进月子会所金碧辉煌的大厅，她还是傻眼了，这里，竟然是坐月子的地方？

不就生个孩子坐个月子嘛，怎么还需要一个这么奢华的地方？王睿妈心里正嘀咕着，马上有两个迎宾小姐上前给她鞠躬，并递上一副棉布鞋套。

套好鞋套往里走，路过阳光会客区，阳光透过落地窗户直接照耀进来，让人看了就觉得温暖、透亮。沙发上三三两两坐着几个正在聊天的人。

路过一间商品部，眼尖的墨墨一下子就看到橱窗里的冰激凌："爸爸，冰激凌，我要吃冰激凌！"

"这不是月子会所吗？坐月子怎么能吃冰激凌呢？真是瞎胡闹！"王睿妈仔细一瞧，可不是吗，那个名牌冰激凌的招牌挂在外面，很是诱人，她忍不住嘀咕了一句。

"妈，这不是给产妇吃的，是给来看产妇的家属和客人准备的，比如像墨墨这样的孩子，是给他们准备的。"说完王睿转向儿子："一会儿我们去妈妈的房间，里面小朋友是不能吃东西的，我们看完妈妈，爸爸再给你买，好吗？"

墨墨顺从地点点头。

"出来也不能吃！冰激凌对小孩子的肠胃不好，你们从来都不在意，你看墨墨给你们带的，三天两头的肚子疼。在我这儿，一次也没疼过，我从来不给他吃这些乱七八糟的东西。"王睿妈语气坚决，毫不妥协，顺带还批评了儿子。

"爸爸，我想吃！"路过那块招牌，一方面因为欲求没满足，一方面又因为被奶奶骂，墨墨的眼泪在眼眶里打转。

王睿有点为难，他既不想对抗母亲，也不想让儿子伤心。正在这时，前台一个白白净净的姑娘，笑容可掬地走了过来，看见王睿便热情打着招呼，然后把免洗消毒液倒在他们三个人的手上。这姑娘便是瑶瑶。

墨墨毕竟是孩子，马上被这一新鲜事物所吸引，忘了刚才的冰激凌。一老一小正不知所措地看着王睿，瑶瑶马上介绍："阿姨，这是免洗消毒液，您放在手里搓一下就好。"说着蹲下身来对墨墨说："来，小朋友，阿姨来帮你，搓一搓，看小手是不是香香的，白白的？"

墨墨并没有想象中的那么配合，他警惕地从瑶瑶手里抽回了小手，自己搓着，并快速地躲在奶奶的身后。

瑶瑶愣住了，本姑娘今天怎么那么不招孩子待见，难道笑得不好看？她尴尬地收回笑容，撇了一下嘴，拿起额温枪给这一行三人一一开了一枪。测到墨墨时，她还故意从嘴里发出"嘭"的一声响。

这下坏了，墨墨被彻底惹急了，从进门没吃到冰激凌，到莫名其妙地被洗手，现在又在没有任何防备的情况下，脑门被"嘭"的开了一枪。这中间的各种委屈、害怕、恐惧，攒到一起一下子就爆发了，墨墨"哇"的一声大哭了起来。

王睿赶忙一弯腰，一把把孩子抱在了怀里，哄着他说："墨墨，阿姨是和你逗着玩儿呢！不是真的枪，就是测体温的，你们幼儿园不是也有吗？墨墨不怕，别害怕，你忘了，我们是男子汉，我们墨墨最勇敢了！"

说到这儿，王睿突然觉得，墨墨最近好像有点不对劲，好像胆子变得特别小，总是怕怕的样子，也不像以前在家时那么爱说爱笑了。

"你看看你这个姑娘，没事你吓唬孩子干什么？惹得孩子哭起来，这人来人往的，还以为我们管教不好呢！墨墨不怕啊，奶奶在这儿呢！"王睿妈对瑶瑶十分不满。

瑶瑶也没有料到墨墨会哭，本来，她只是想缓和一下气氛，开个玩笑，没想到弄巧成拙。瑶瑶连忙也参与哄孩子的工作，王睿妈却嫌弃地一把就把她的手挡开了。

好不容易哄好墨墨，一行人推开了313房间的房门，蔡美伊靠在床上正在给小宝喂奶，月嫂张姐在一旁站着。

"墨墨，快进来，想妈妈了吗？"蔡美伊看见墨墨来了，便从小宝嘴里拔出奶头，把孩子交给了张姐。

美伊下床，一把拉住墨墨的手，想把他揽进怀里。可墨墨却死命挣脱，看也不看妈妈，只是一个劲儿躲在奶奶身后。这时蔡美伊才看见一旁站着的婆婆，赶紧打招呼。

"哎哟，墨墨你不是想妈妈吗？不是一直念叨着等妈妈来了月子会所，就要来看妈妈吗，这是怎么了？"王睿妈一边说着，一边努力把躲自己身后的墨墨拉出来。

蔡美伊想用妹妹来吸引墨墨，便把婴儿车推到墨墨跟前说："墨墨，快来看看小妹妹。"

墨墨勉强看了一眼。

"可爱吗，你看她像不像你？"

墨墨摇摇头，然后用小手戳了一下小妹妹的脸。

"咳，墨墨，你怎么可以打妹妹？"王睿妈赶忙上来制止，抓住了墨墨的手。

墨墨嘴巴一撇，又要哭了，蔡美伊忙说："妈，没有没有，墨墨和妹妹玩呢！"

王睿妈自打踏进这月子会所，心里就不痛快。不就生个孩子嘛，怎么能铺张浪费到这种程度，真是有钱烧的！她虽然对儿子有意见，但心里更气蔡美伊，如果不是她要求，王睿哪里会知道什么月子会所？现在的女孩子，个个简直把自己当女王了，要这么多人伺候你一个人？

而且，大家一进门，蔡美伊居然直奔墨墨而去，都没和她打招呼，眼里完全没有她这个婆婆！她心里正气着呢，听见蔡美伊在叫她，她赶忙心不在焉地答应着。

虽然心里一百个不乐意，但是她时时刻刻提醒着自己，自己是个有知识、有文化、有修养的婆婆，心里再不高兴，面子上还是要过得去的。想到这里，她从嘴角努力挤出笑容，对蔡美伊说："还习惯吗，身体恢复得还好吧？"

"好着呢，这里一天六顿营养餐，还有专门的月嫂帮忙照顾孩子，如果我想休息了，月嫂会把孩子抱到婴儿室去，毕竟10万块钱呢！"美伊毫不顾忌地说着。

王睿在一旁一个劲儿地使眼色，但美伊还是把10万块的数字说出口了。蔡美伊哪里知道，她越在这里说得随意，老太太心里就越发不平衡。

"10万哪？哎哟，有这钱请个住家保姆多好，一两年都够了！你看你们现在，多有福气呀，哪像我们那会儿，哪有什么月子会所？我当时生王睿，坐月子都没人伺候，只有王睿他爸下班能照顾我，每天就是小米粥就鸡蛋，产假只有56天，休完我就去上班了。"王睿妈语气酸酸的。

王睿听出了母亲话里有话，连忙打岔："妈，不用说你了，美伊生墨墨的时候，不也是没有月子会所吗？待产都在医院走廊里，生完住的六人间，来来往往都是人，我可不想她生二宝再遭那样的罪了，就给她订了月子会所！"

"就说是啊，还是你知道疼媳妇啊，你对美伊，可比你爸对我强太多了！"王睿妈不软不硬回了儿子一句。

听出儿子话里话外是向着媳妇，王睿妈原本也没打算恋战，实在是今天这个月子会所对她的心理冲击太大了。她也不打算久待，就从兜里拿出一个信封，笑吟吟地交给蔡美伊。

"美伊啊，你看你坐月子，我也没帮上什么忙，这点钱，算是我这当婆婆的一点心意，你收着，让王睿给你买点补品。"她一边说着，一边把信封塞进儿媳妇的手里。

"妈，不用了，我这儿什么都有，您这点退休金自己留着吧，买点保健品什么的。"蔡美伊一个劲儿推辞，执意不收。

不提保健品还好，一提这"保健品"三个字，一下子戳到了王睿妈的痛处。她已经忍了很久了，她觉得今天这小两口就是合起伙来成心气她。

"是呀，你这10万块一个月的豪华会所住着，吃住都有人伺候，哪里看得上我老太太这点钱呀！我也真是不识相！"王睿妈有点控制不住情绪了。

"妈，我不是这个意思。"蔡美伊诧异不已，她对婆婆的突然翻脸有点蒙。婆婆怎么能这么说话呢？

"那你什么意思呀，还让我去买保健品？那天是谁，说我买保健品像白痴一样被人骗？"

"谁说您买保健品的事了？"

蔡美伊完全摸不着头脑，不知道她说错了什么了，老太太怎么生了那么大的气。她只是不好意思拿老人家的钱。

王睿妈，自从进了月子会所的门，一路就像一瓶被人不断摇晃的汽水，本已经攒了满肚子的气，蔡美伊无心的这句话，就像猛的启开瓶盖一般，让她的怒气喷薄而出："王睿，我买保健品，左说我上当，右说我上当，说保健品能值几个钱，都是骗人的！那你看看这个月子会所，就不是骗人的了？不就一张床一个月嫂吗？就能值10万块钱？哦，你们喜欢，你们就觉得值，花多少钱都可以，就不是被骗？你们不喜欢，就说我是上当受骗，你们也太欺负人了！"

王睿妈情绪激动，说得额头青筋暴跳。所有人都被她震住了，没想到这个平常文质彬彬，还略微有点内向的奶奶，今天怎么就像洪水决堤一样爆发了呢？

墨墨吓得钻进了落地窗的窗帘后面，双手死死抓住窗帘布，身子有些微微颤抖。

"美伊，这不关你的事，我先带妈妈回去啊！"事态失控，王睿连忙灭火。

王睿忙拽着妈妈往外走，一边叫着墨墨。

美伊从窗帘后拉出墨墨，心疼地在墨墨脸上亲了一下，发现孩子挤了一下眼睛。

"宝宝眼睛不舒服吗？"蔡美伊问。还没等墨墨回答，王睿在那头叫了，美伊赶紧把孩子送了过去。

2.

蔡美伊躺在床上，心里乱极了，自打生了二宝，生活就像变戏法一样令人眼花缭乱，原本美好有序的生活突然间就乱成了一锅粥。爸爸生病住院了，妈妈要照顾病中的爸爸，顾不上自己。王睿工作之外，还要月子会所、医院、婆婆家好几头地跑，加上家里没人照顾他，整个人都很憔悴、疲惫。今天蔡美伊看丈夫这样，真的是好心疼。还有大宝墨墨，可能是这段时间爸爸妈妈都没在身边陪伴，今天居然都不要妈妈了，这真的太让美伊伤心了，她是多么地爱王子墨呀。还有婆婆，也不知道这是怎么了，自己住月子会所，也没花她一分钱，怎么给她带来那么大的刺激？

我只是生了个二胎，这日子怎么突然就变样了呢？蔡美伊自问也没做错什么，想想心里也很委屈。原本以为，生了二胎，这日子只能是锦上添花，现在可好，各种错位、失控，完全拧巴了。

曾执来查房，林珊也一同来了。推门进来，曾执笑容可掬："美伊，怎么样，还习惯吗？"

蔡美伊和曾执打过招呼，见林珊也来了，马上从床上撑了起来："还好。呀，院长，您也来了。"

"我们曾执可真是个好员工，把自己的闺蜜一个个都忽悠来了，如果大家都像她这么爱岗敬业，我们月子会所那可就一床难求了。"林珊开着玩笑。

"你们月子会所口碑好，已经是一床难求了，要不是曾执帮我，我可不知道要等好久呢！我整天听曾执把您挂在嘴边上，'我们林院长'如何如何好，今天见到您本人，果真如沐春风，我住在这儿还得请您多多关照呢！"

"曾执，你听听，你这闺蜜太会说话了。美伊，以后你可要好好教教我们曾执。"

要是旁人这么说，也许曾执会生气，但院长这么说，曾执绝对不会生气。她知道院长是为自己好，而且曾执的名字前还加了"我们"，就像曾执是她自己的孩子似的。

"哟，情绪不高呀，怎么了，是不爱教我这个笨学生，还是遇见烦心事了？"曾执打趣地问。尽管蔡美伊周到地与林珊寒暄，但对她知根知底的曾执，还是从她的神情里察觉出那么一丝落寞和不愉快。

"是呀，还不止一件呢！真没想到生了二胎，能惹出这么多麻烦！"美伊把这两天遇到的烦心事，一口气和盘托出。

"要不怎么说月子难坐呢，不光要调理身体，还要调节心理，更要处理因为生孩子带来的各种社会关系的变化。像你们生二胎的，父母年龄都大了，也开始出现各种身体上的问题，需要你们照顾，上有老下有小，真是不容易呀。"林珊安慰道。以她的经验，即便不赶上什么特殊事情，月子里心情大好的产妇也不多。

"其实照顾老人倒没有什么，本来就是做儿女天经地义的事情。难过的是被老人误会，不理解。"

"怎么了，我刚看见王睿带着墨墨和你婆婆走了，你和婆婆闹别扭啦？"曾执问。

蔡美伊点点头："算是吧，我也不知道怎么惹着她了。"

"你和婆婆向来不是都处得很好吗，怎么会闹别扭？"曾执不解。

"婆婆不是亲妈，生活习惯不一样、想法不一样都是正常的，再说女儿就是和亲妈也会有矛盾的，很正常。"林珊说。

"那倒是，我和我妈也是好不过三天就吵的，只不过吵完就完，没有像现在这么难受。"说着蔡美伊的眼泪啪嗒啪嗒掉了下来。

林珊递过去一张纸巾，轻拍着蔡美伊的后背说："因为不被理解觉得难过，因为是老公的妈妈，怕因此伤到老公觉得害怕，因为老人歪曲了你的意思，委屈，我说的没错吧？"

蔡美伊重重地点点头。

"美伊，你觉得婆媳之间是一种什么关系？"林珊问。

"什么关系？亲人关系呀。"美伊小心回答。

"法律上是姻亲关系，但感情上，婆媳之间其实是竞争关系。你想想，作为王睿妈妈的你婆婆，当然很希望自己养大的儿子能处处向着自己；作为妻子的你，也希望自己朝夕相伴的男人能处处维护自己，这都是做女人本能的想法。有时候，你们就会在不知不觉中竞争同一个男人，这会让这个男人左右为难。"

"嗯，我老公还是蛮向着我的。怪不得，今天我一说王睿对我好，让我住月子会所，我婆婆脸色一下就不好看了呢！她还给我包了一个红包，我肯定要客气地推辞一下呀，就说不缺钱，让她留着买买保健品什么的。没想到婆婆突然就发作了，说了好多难听的话，我也吓一跳，她平时对我不这样的。"蔡美伊说。

对于美伊爱买保健品的公婆，曾执早有耳闻，听到这里忍不住扑哧一声笑了："你跟婆婆提什么保健品啊？老人对这特敏感，觉得你们一提保健品就是嫌他们上当受骗，是羞辱他们，你这不是哪壶不开提哪壶吗？真是一孕傻三年呀。"

"啊？是吗？我真没想那么多，就那么随口一说！唉，她要是不提让我买补品，我也接不上话说让她买保健品，我真的是无心的！我虽然不喜欢他们买保健品，但他们有儿子干涉就够了，我这当儿媳妇的，也犯不着自己跳出来，拿这事当面冒犯她呀？"蔡美伊简直委屈死了。

"你也别太自责，你是无意的，你老公去解释一下就好了，老太太这么一闹，估计到家就开始后悔了。你老公还真是难得的拎得清的男人，在亲密关系中，夫妻关系是占第一位的。但有一点我要提醒你们，越是这样，你就越要考虑到婆婆的感受。你看，本来你是好心，不想花老人的钱，可是老人给钱呢，他们也不是跟儿女客气一下的，也是真心给，儿女接受他们才会高兴。你想呀，人老了，在社会上也没有什么存在感，在家里也没有什么话语权，能给钱，表示他们还有这个能力，也是一种有价值感的体现。你推辞不要，你婆婆心里多难受呀，至于这钱，你应该先收下，你越表现出需要、感激，她心里就越满足，越高兴。收下以后，你们还可以用其他方式，再还到他们身上嘛。"林珊说着。

"这样说来，刚才是我的做法不妥，刺激了我婆婆。幸亏您来了，要不我还继续郁闷呢！院长威武，院长威武！"

林珊被蔡美伊逗乐了。无论刚离开月子会所的殷悦，还是刚刚入住月子会所的蔡美伊，曾执的这两个朋友她都很喜欢，就像看到自己孩子的同学一样亲。

"哦，对了，我刚才还提到住这月子会所要10万块钱呢！"蔡美伊调皮地眨眨眼，"脑子坏掉了！"

曾执戳了美伊脑门一指头，嗔怪她让她好好补补脑子。

"你婆婆，之前不知道你预订了月子会所吗？"林珊问。

"知道是知道，但我们没说多少钱啊。我们只是说，这月子会所是专门坐月子的地方，条件好，也专业，比家里省事、方便。"美伊如实说。

"其实你们早就想到的，不然也不会不告诉老人月子会所的价格，你们不想告诉她，就是怕她心疼钱，对吧？"林珊说，"很多第一次来我们月子会所的祖父母，一进门就被唬住了，觉得这里比他们想象中豪华多了。他们会觉得，谁还没生过孩子吗？坐个月子，要在这么高级的地方？花那么多钱？我估计啊，你婆婆也是一样，还没缓过神儿来，就进了你房间，这心情还没平复呢，一听你说钱，就气不打一处来了！"

"我那么说，就是想让她放心。你看我住这儿花了这么多钱，婆婆你就放心吧，条件好着呢，不用担心我，哪想到她心疼钱疼成这样！"本是好心想让婆婆放心的一句话，说者无心，听者有意，婆婆竟把意思满拧，蔡美伊还是感叹自己情商太低。

"院长，你说一生孩子，我怎么觉得整个人变傻很多？女人生了孩子，是不是情商智商都会下降？"蔡美伊一本正经地问。

林珊忍俊不禁："不是你变傻了，而是关系变得更复杂了。多了一个或两个孩子，老人都要牵扯进来照顾孩子，人际关系就变复杂了。你不仅要考虑自己的感受，孩子的感受，老公的感受，还要考虑双方老人的感受。你照顾孩子需要全身心的投入，对其他事你会觉得比平时反应慢，觉得变笨了，这都很正常，过一阵子自然就好了。"

"你呀，就踏踏实实好好休息，放心吧，你婆婆不会跟你一直生气的。她是两个孩子的奶奶了，又不是小女生。"曾执安慰蔡美伊。

3.

从蔡美伊房间出来，曾执在305房间门口看到一个十分漂亮的小女孩，忍不住夸赞："哎呀，这是谁家的姑娘，这么漂亮啊！"

曾执本不是一个逢人就说漂亮话的人，但这个小丫头实在是太漂亮了，就连她这种平时不苟言笑的人都经不住想夸上两句。

这是305房间产妇安静的大女儿美丽，圆嘟嘟的粉白小脸上嵌着一双忽闪着长睫毛的大眼睛，活像一个大号的洋娃娃。她看起来正在和房间里的人生气。

"小朋友，你叫什么名字啊？几岁啦？"

小女孩嘟着嘴，一副气鼓鼓的样子，还不时地用胖乎乎的小手捶着墙，根本没有抬头看曾执。

"我们叫美丽，五岁啦。"见美丽没有搭腔，旁边的奶奶赶忙回答。

"美丽，怎么了，谁惹我们不高兴了吗？生气可就不漂亮喽……"曾执逗她。

"哼，她和我爸爸一起照相！还亲嘴！"

美丽用小手指着房间里的安静，因为生气，小脸涨得通红。曾执走过去，牵着美丽的小手回了房间，发现安静正在房间里照顾小宝，无暇顾及大女儿美丽。曾执注意到茶几上放着一本婚纱照。

曾执想起那天院长在安静房间里聊天的时候，林珊一直夸她长得好看，长得年轻。要说女人有几个不愿被夸的，况且安静确实长得不错，即使已经35岁了，刚生完二胎，人还没有消肿，但也不难看出她绝对是个美人坯子。

安静当时就说，您是没看见我年轻时的样子呢，哪天把我的婚纱照拿来给你们看看。原本也是这么一说，谁也没在意，但没想到，安静后来还真的把婚纱照给带来了。

曾执随手把相册打开，仔细地翻阅起来。

那应该是八年前的安静，圆圆的脸盘，大大的眼睛，长长的睫毛，漂亮、温婉、迷人。旁边是她帅气的白马王子，儒雅又不失英气，标准的一对才子佳人。

曾执指着照片上的新娘子："美丽，你看这张照片，妈妈多漂亮啊！"

"她才不漂亮呢！她就是一个丑八怪，老巫婆！"美丽大声喊起来。

曾执一愣，她从没听见过一个小孩儿这么说自己妈妈的。

"美丽！"安静皱着眉，大声呵斥着女儿，掩饰着自己的尴尬。

"美丽，妈妈长得漂亮，才能生出漂亮的美丽呀。妈妈要是丑八怪，那美丽怎么会长得这么好看呀。"曾执蹲下来，搂着美丽，试图说服她。

"我才不像她呢！我像我爸爸！她是个丑八怪！"美丽仍然怒气冲冲。

曾执在一旁不知如何作答。正在这时，有人敲门。月嫂宋姐刚从卫生间出来，顺便打开了房门，是林珊进来了。

看见林珊，曾执感觉心里也踏实了起来。她站起来，把婚纱照递给林珊。

"好美的婚纱照！你好看，你老公也帅气！"林珊看看相片，再看看安静，由衷地称赞。

一旁的美丽已经被众人对安静的赞美激怒了，她不顾一切地大喊着："我爸爸最爱我了，我爸爸只能和我照相！怎么能和她照相？还和她亲嘴？真恶心！恶心死了！"

美丽一边喊叫，一边夸张地挥舞着手脚，林珊觉得这孩子是愤怒极了。

从儿童心理的角度分析，三四岁的孩子正处于婚姻敏感期，他们对异性的认识首先来源于自己的父母。在这个年龄段，儿子会特别依恋妈妈，总想推开爸爸；女儿会特别喜欢爸爸，会讨厌妈妈。这时出现一些恋父、恋母情结也是正常的，但美丽对妈妈的敌意如此强烈，还是让林珊感到惊讶。

林珊坐在美丽身边，摸着美丽的头安抚她："美丽，你知道吗？爸爸妈妈照了这张照片之后就算结婚了。结了婚，就可以生宝宝了，所以才有了小美丽呀。"

"他们拍了照片，就生了我了？"

也许是结婚这个词太抽象了，孩子直接忽略了，理解成拍完照片然后就生了她。

林珊知道这样回答不妥，但一时也想不出更好的词来表述，思索了一下，就点了点头。

美丽"腾"地站起来，走到婴儿床的旁边，看了看里面的宝宝，然后突然问道："那她是怎么出来的？"

曾执一愣。这小朋友的思维还真是难以跟上。

"生她的那张照片呢？拿出来，现在就给我拿出来。"美丽伸出小手，不依不饶。

"妈妈一定是放在家里了。"林珊赶忙打着圆场。虽然她不想欺骗孩子，不过这样说，是她目前能想到的最好的回答。

安静急忙接上话："是呀……在家呢，妈妈下回就拿给你看。"

美丽半信半疑地愣在那里。

正在这时候，瑶瑶带着相机进来了。月子会所会给入住期间的产妇和宝宝拍照，并做成一本 DIY 相册送给产妇。今天正好是安静住进来满一周。

瑶瑶看见美丽也在，就说："今天正好姐妹俩都在，两个宝贝儿一起来个合影吧。"

"我才不和她照呢！"美丽噘着嘴昂起头，两只小手叉在腰上。

瑶瑶笑着说："那美丽自己单独来一张吧，到时给你贴到墙上，所有的人都能看到。"

"那爸爸能看到吗？"美丽偏过头去看着瑶瑶问。

妈妈安静连忙说："能，能，爸爸马上就能看到，照完妈妈就给爸爸发过去，用不了一分钟爸爸就看见了。"

林珊看着安静讨好的样子，心里掠过一丝难过。

美丽想了一下，点了点头，露出了微笑。

美丽刚站稳，曾执顺势把婴儿车往前推了一点，正好在美丽的身旁。就在美丽低头看婴儿车的时候，瑶瑶"咔咔"按下了快门，抓拍到了姐妹俩美好的一瞬间。

林珊让安静来到里间卧室，轻轻关上房门。

安静迫不及待地说："院长，你说，难道真的有前世来生吗？这孩子前世一定是我的冤家，今生来向我讨债的！"

"别这么想，不要把什么事都归于宿命。要我说呀，是你陪她太少了，她是奶奶带大的，对吗？"

"是啊，您怎么知道的？"

"我小时候就是奶奶带大的，当奶奶的，一般只给孩子灌输爸爸的好，爸爸的亲。小孩子在三四岁的时候又正好处于婚姻敏感期，女孩子和父亲就有了天然亲密，如果再加上外在的强化，自然而然就真把自己当成爸爸的小情人了，这时妈妈无形中就成了和她抢爸爸的情敌。"

安静吃惊地看着林珊，她倒是听说过女儿是爸爸的小情人的说法，可从来没听说过什么婚姻敏感期，她很想知道这婚姻敏感期到底是怎么回事。

"婚姻敏感期呢，就是孩子在三四岁这个阶段会对异性的父母特别感兴趣。男孩会特别迷恋母亲，看到爸爸坐在妈妈身边会非常生气地把爸爸推开；而女孩会格外地迷恋爸爸，看到妈妈和爸爸在一起亲昵会非常嫉妒，就像美丽这样。"林珊解释道。

"哦，原来是这么回事呀！那我们该怎么办呢？"

"你要告诉她，爸爸和妈妈已经结婚了，我们很相爱，你只有像妈妈这样优秀，长大后才能嫁给像爸爸这么出色的男人。"

"啊，这样啊？"安静捂着嘴笑起来。

"是的，当她发现她这个小第三者无法插足到你们婚姻中来时，她就自然发展到下一个阶段，去幼儿园寻找她心爱的异性小朋友了。"

"啊，幼儿园就找对象，这也太早了吧？"

"一个孩子青春期前会有两次爱情，一次是在四五岁，一次是在青春期。第一次爱情没有性冲动，第二次爱情会有性冲动。好了，还想了解更多，来听本周的妈妈学堂吧。"

安静点头："一定去，一定去。"

"没事的，抽空多陪陪她。对了，还有啊，我要提醒你，你可千万别产生一种思想，觉得反正老大已经不和我亲了，那就算了，我以后就对老二好，让老二和我亲就行了。"

安静的心思被院长一语道破，觉得很不好意思："院长，不瞒您说，我之前还真是这么想的。这孩子老把我当敌人，事事针对我，有时候我是真烦她。心想老大已经不亲了，就对老二好吧。"

"这样做对孩子不公平，也会影响她们之间的姐妹感情，有了妹妹后，你要对姐姐更好，不要让孩子觉得是妹妹夺走了妈妈的爱，你是大人，她是小孩子，你要学会化敌为友。"

安静若有所思地点点头。

每个妈妈在生孩子之前都会对自己说，我要一碗水端平。但真当生了两个孩子以后，一个大，一个小，一个乖巧，一个淘气，一个亲，一个不亲，真正做到不偏心又谈何容易。

4.

张建平一路大包小包地扛着，送母亲和弟媳妇、小侄子进了火车站。弟媳妇一路挽着婆婆的胳膊，小侄子还不时调皮地故意踩他的鞋，好不容易把他们送上了车。

即将住进新房子，即将开始新生活了，那个开心真是藏不住的。尤其是母亲和弟媳妇，眉毛眼睛都在笑，看脸上表情简直一模一样亲如母女。

望着车窗里欢天喜地的一家老小，张建平也替他们高兴，心里松了一口气。债主们回家了，他终于可以歇一歇，处理一下自己的烂摊子了。

对于自己的家人来说，张建平仿佛就是救世主，天大的困难，只要找到他，那都有办法。即便没有办法，他们也会逼得他想出办法。买房这件事就是例子。而张建平自己呢，他多么希望也有一个救世主，来告诉他，他自己的生活，种种困难，该怎样解决。

那天他拿着新房文件袋回家，递到母亲手里，只说朋友帮忙，没有特意解释为什么房子直接拿到钥匙了。张母只顾着高兴了，竟也没有多问。钱从哪儿来的？有没有借钱？要不要还钱？什么时候还？怎么还？好像这一切都与她没关系。反正知道儿子有本事就对了，万能的儿子，自有万能的朋友帮忙。

倒是弟媳妇，略有不安地问张建平，是不是借钱买的，要不要她先还一部分。但还没等张建平想明白如何作答，她却立刻接茬说，回家就要装修，儿子马上要入学，好多地方等着花钱。总之她就一个意思，那就是她仍然很缺钱，仍然很穷。仿佛如果张建平好意思说出口让她拿钱出来，她一家人，包括张母，回家立马就得喝西北风了。

张建平只好说，不急，回去先赶紧办手续，赶紧装修房子，尽快住进去，很快就入秋了，天气一冷，干什么都不方便了。

陈俊明这钱，他说是白送，可张建平哪敢要啊！话说无功不受禄，他凭什么收人家这么一套房？如果说凭交情、友情，他和陈俊明尽管投缘，可才认识几天啊？如果是利益交换，他知道陈俊明眼下需要银行的贷款，那自己为了回报他，就得从银行给他打开方便之门？那这房子收下他就是受贿，他和陈俊明就是权钱交易。

不，不，这钱必须要还给他！张建平被自己的假设吓出一身冷汗。可是，他拿什么还？

张建平打开股票软件，手机屏幕上一片绿色。突然电话响了，屏幕上赫然跳出"岳父"两个字，他不禁打了个寒噤。

这段时间，尽管张建平表面上看起来风平浪静，心里却是惊涛骇浪。真是一波未平一波又起，岳父的电话，瞬间把他从一个烦恼拉进另一个忧愁中。

"喂，爸！"不知道岳父是不是要兴师问罪，他努力不让自己的声音颤抖。

"建平，你在单位吗？"岳父的声音听起来平静如常。

"现在没在，刚送我妈他们回家，我还在火车站呢。"

"哦，你妈妈过来了？怎么没听你说？那你中午回单位吗？"

"正要回去呢。"

"我正好在你们单位办事，一会儿中午在你们楼下那家咖啡厅，我们一起简单吃个饭吧。"殷之声说。

"可以，爸爸，中午见！"

挂了电话，张建平开始坐立不安。从岳父的口气里，他无从判断他是否知道了他和殷悦的矛盾。他是来兴师问罪的呢，还是仅仅是工作之便来看看自己？如果是前者，他知道自己对他的宝贝女儿动了手，他会怎样，会当着那么多的同事的面教训自己吗？如果是后者，那岳父问起殷悦，自己又怎么说呢？

熙熙攘攘的车站，人们来来往往。张建平置身其中，竟不知何去何从。他找了一个座位坐下，找出殷悦的电话号码，犹豫再三，终于拨了出去，可是没等到铃声响起，他又迅速挂断了。

他没有勇气面对殷悦，他一直躲着她。多么希望一切都没有发生，多么希望殷悦没有提出离婚。

本来，送走了妈妈，他是打算找殷悦好好聊聊的。对，他必须找她好好聊聊。可是，他还没来得及行动，岳父却先找到他了。

该来的总是要来的。总不能一直逃避，张建平横下一条心，起身离开了火车站。

第二十七章　曾执的身世

1.

张建平没有上楼回办公室，他径直来到二楼的咖啡厅。这里几乎是他们的员工食堂，他挑了一个相对安静的角落坐下，旁边有玻璃窗，如果岳父过来他能及时看到。

"爸，我到楼下了，咖啡厅 C2 座。"张建平给岳父发了微信。

"好，我 10 分钟后下楼。你先点两个套餐。"

"好的。"建平快速地回复着。

岳父和自己是一个系统的，是上下级关系。在张建平眼里，岳父一直就是一个不怒自威的领导，每次和岳父在一起，他总会有一种莫名的紧张。虽然殷之声从没有岳父大人的架子，一直都是和蔼可亲，可是和殷悦结婚这么多年来，张建平始终对他敬畏有加。也许因为岳父在单位是自己的领导，也许因为这桩婚姻他觉得高攀了，也许兼而有之，总之他从来都无法特别自在地和岳父相处，就算在家里也拘着。

10 分钟后，殷之声出现在咖啡厅。刚一落座，看了看面前的简餐，殷之声又加点了一个西红柿牛腩。

"记得你最爱吃这个。他们这个菜呀，早晨一上班，厨师就先炖上了。"殷之声说。

这就是殷之声，即便今天他是来和女婿摊牌的，细节中他仍不忘对女婿倍加关照，这种为人处事的方式已经是他多年的习惯了。

"谢谢爸，是的，这里的招牌菜。"张建平不安地喝了口水。

"我们把殷悦接回家了。"殷之声语气平静。

这句话突如其来，吓得张建平一口水呛到了嗓子眼里，不停地咳嗽起来。

"殷悦流产这么大的事，你们都不告诉我们，你们怎么想的？"殷之声开门见山。

张建平即使不抬头，也能感受到岳父盯着自己的那两道灼热的目光。他连续抽了几张餐巾纸，擦了擦嘴，又擦了擦脑门上的汗。既然已经说到流产了，是不是接下来该说流产的原因了？殷悦到底和父母都说了什么？是什么都说了吗？岳父到底知道了多少？早知道刚才鼓足勇气打通殷悦的电话就好了。

"爸，我那天也是一时急了才动了手，我知道打人不对，这个，你怎么处置我都行，可是，可是……"张建平支支吾吾。

"可是什么？"

"可是我并不知道她怀孕，我一点也不知道，爸，如果我知道的话，怎么可能动手打她，您知道我们一直以来是多么想要一个孩子。当然，即便不知道她怀孕，我也不该动手，我很后悔，我知道错了。"张建平低声嗫嚅着。

"我不会只听殷悦的一面之词，我很想听听你的说法，她为什么离家出走，怎么去的月子会所？"

"这个，她流产了，出了院在家休息，我没和她商量，就把我妈从老家叫来了。我自己太忙了，实在不能好好照顾她。哦，流产这件事她不想告诉你们，她觉得这是我们俩的事，不想让双方父母知道，所以她也不希望我告诉我家里人。我妈过来之后，她俩在家相处不来，生活习惯不一样，我妈做的饭她也吃不惯，我妈呢，节俭一辈子，也看不惯她。有一天殷悦可能实在太郁闷了，也没和我说就去了月子会所，就是她好朋友曾执工作的那个月子会所。"

殷之声点点头："你去看过殷悦吗，有没有叫她回家住？"

"说了，她不回去。再说，她走了之后，我弟媳妇带着孩子就来我家了，我妈一个人她都处不来，更不要说一屋子我家里人了。她不愿意回家，所以我也没敢硬要她回家住。我弟媳妇说是得知殷悦流产来探望的，其实他们是来找我借钱买房子，这事我也不敢让殷悦知道。"说起来，张建平也是一肚子委屈，有苦难言。

"借钱买房子？"殷之声头一次听说。

"是啊，我侄子上学，在城里买学区房。"

"哦，今天你去车站送他们回去，那你是把钱借给他们了？"

张建平点点头："是啊！"

"你老家城里买房子也不便宜啊，你有那么多钱吗？"对于女儿女婿一家的经济状况，老丈人还是了解的，衣食无忧不假，却没什么积蓄。

"我，我想了想办法，朋友帮忙，打了个折，已经付款了。"

"所以你是没借给弟媳妇钱，但是已经把房子给他们买好了，对吧？什么朋友帮忙？谁付的款？"听得出女婿言辞之间的躲闪，殷之声追问。

"其实也没认识多久，就是殷悦住的月子会所的老板，无意间认识了，一聊发现我们是老乡，比较投缘。开始他说老家朋友多，找人打个折，后来他知道我钱紧，就把房子买好了，直接把钥匙拿给我了。"张建平艰难解释。

"建平，你知道你这是在做什么吗？商人主动拉拢示好，为的是什么？为的肯定是你手中的权力！你胆子也太大了，伸手就敢收下人家一套房子！"环顾四周，殷之声压低声音却不失严厉地说。万万没想到，女婿竟然如此毫无警惕。

"爸，我知道，我不会去搞权钱交易的，这根弦我脑子里是有的。他不是像你想象中那样的商人，也不是刻意接近拉拢腐蚀我，我们确实是比较投缘的朋友。"

"投缘？他跟你投缘，你也跟他投缘对吧？换过来想，你能出手送他一套房子吗？"

殷之声明显生气了，这节外生枝了解到的女婿干的好事，让他越过了儿女情事，不得不先处理这桩棘手的麻烦。这件事不光关系到女儿女婿的生活，也关系到自己。

被岳父这么一问，张建平怔住了。是啊，朋友是相互的，再要好的朋友，自己会帮忙买一套房子吗？想到这里，心下不由得也是一惊。一时无话，茫然抬头望着岳父。

"无功不受禄，自从殷悦去了月子会所，你们才认识的吧，这才几天？你就不问问自己吗，凭什么人家要帮你这么大忙？他看中的无非是你手中的权力，想利用你的职权或者职务上的影响，来谋取更大的利益。"殷之声调整了一下情绪，轻声问，"他是想通过你贷款吧？"

"可能吧，可他从来没提过，我倒是向他介绍了银行新推出的贷款业务，就聊天聊着说到了。他也没说要通过我贷款，再说就算找我贷款，那银行也是有规定的，到时候肯定是按规定办，交情再好，我也不可能去犯错误。"张建平不由得加快语速说出这番话，既是向岳父表明态度，也是说给自己听的。

"温水煮青蛙！知道吧？你已经成为人家的猎物了，还没察觉吧？权钱交易，法纪不容！等你意识到犯错误就刹不住车了，你赶紧把钱还给他！你钱够不够？不够就说话。"

"哦，好，我也想赶紧还给他，我股票上有些钱，凑凑差不多，房子是打了折的，省了不少钱。"

"他肯定是着急用钱，不然他也不会这么急着给你投食。"殷之声沉思片刻，分析说。

张建平放在桌子上的电话响了，一看来电号码却正是陈俊明。他看了岳父一眼，殷之声扫了一眼来电号码。

"就是这个朋友吗？"看到张建平欲言又止的神情，殷之声猜到了大半。

"对，是他。"

"接吧，他要是想来银行找你，先找个理由拒绝。"

果然，正如殷之声所料，电话里，陈俊明提出下午想来银行找张建平。果然很急啊。张建平听从岳父的意见，借口说下午外出，没答应与陈俊明的见面。

"巡视组已经进我们银行了，你不是不知道，很快也会来你们这儿，平时不能犯错误，这节骨眼上更不能马虎！尽快把钱还他，不要拖，拖一天你就被动一天。钱还人家了，他要是找你办贷款，该怎么办你就怎么办。"殷之声嘱咐道。

张建平点头称是。

殷之声看了看手表，一边收拾餐盘，一边对张建平说："晚上别安排事了，回家一趟。"

"回家？"

"哦，去我家。殷悦不是回家住了嘛，她不是要和你离婚吗？这会儿来不及说了，晚上到家里，我们好好聊聊。"

张建平只听到"嗡"的一声，他不敢想不敢提的"离婚"两个字，此刻犹如一颗炸弹一样在他的脑袋里炸开了花，看来岳父是什么都知道了。

"好，我下班就过去。"

2.

今天是殷悦休假后第一天上班。没料到，积攒的海量工作中，第一件要处理的案子却是助理安祖娜的辞职。这个助理她太舍不得了。

安祖娜站在门口，抱着一摞文件夹，轻轻敲门："嗨，Hellen！"

殷悦抬起头，眼前这个一袭白裙的高个儿姑娘，明晃晃的青春气息，忽然让她意识到，自己竟比她年长 10 岁。此前，她似乎没在意过自己的年龄，可是，如果自己非常年轻，那么，小自己 10 岁的安祖娜又是什么？

"Angela，快进来！这段时间我没在公司，怎么样，非常想念我吧？"

"当然了，非常想念，这是你休假期间我的工作。"安祖娜笑吟吟地把文件夹放在殷悦桌子上，整理分类非常细致，贴着不同颜色的标签。

"非常好。"殷悦翻看了一下，立即赞扬，"不过工作做完就好了，你不必整理给我看呀？"

"其实，我今天是来向你告别。很抱歉我不方便在你休假期间提前和你说，我已经向人力资源部提出辞职了，他们同意了，这是我需要交接的工作。"

"你要辞职，为什么？"殷悦大吃一惊。

"嗯，我们公司其实挺好的，比如对衣着打扮没有刻板讲究，同事之间可以互相喊名字，没有非常森严复杂的上下级关系，大家也都 Nice，没有什么钩心斗角……"

安祖娜历数着公司的优点，被殷悦打断了："不要和我说这些，这是你讲给人力资源部的话，我想听你的真心话。"

"真心话，是啊，为什么辞职，挤破头好不容易才成为公司管培生的呢，公司氛围很好，收入也满意……"安祖娜似在自言自语，"但我总觉得缺点什么。"

"缺什么？你这么年轻，又漂亮，同期进入公司的新人中，你的成长是最快的。你知道的，你的上升通道也非常好啊……"殷悦非常不解。

安祖娜也打断了殷悦："我大概是缺少一点喜欢，或者说是真正的热爱。我希望我的工作内容更有价值，能让自己有存在感。工作不应该是今天和昨天一样，这个月和上个月一样，一个项目接一个项目，大同小异。嗯，升职和加薪对我来说不是最重要的，最重要的是我要在工作中获得愉悦。长得漂亮，不如活得漂亮重要嘛！"

这就是 90 后职场新人安祖娜，她就要抛下所有可见的利好，毫不犹豫地辞职了。她的辞职理由"真心话"，让殷悦感到又新鲜又意外。"长得漂亮，不如活得漂亮"，这份勇气与坦荡更是让她觉得内心被撞击了。

"还记得你们这拨新人的入职培训汇报是演话剧，是你们自己提出来的，而人力资源部竟然也同意了。后来我才知道这个想法是你提出来的，当时我就想，必须把你挖来公关部。"回忆当时，殷悦感慨万千。

"让管培生们在入职培训结束之后做一个汇报，是公司历年的传统，一般会提出一个略有难度的项目，让大家群策群力地完成。考察的无非是我们的想象力、执行力，看我们如何跟不同的人合作，如何沟通和组织，如何解决冲突。那我当时想，还不如排个剧给大家看，让前辈们轻松愉快地考察我们。"

"那你，接下来有什么打算？你年龄小，要继续念书吗？"

"不，要是想继续念书，我当时就不会一毕业就直接工作了。"

"那你要去干吗？"

"我还没办完辞职手续，不过悄悄告诉你也没关系。"安祖娜双眼放光，"我已经找到新工作了，我会在安达曼海域参加保护珊瑚礁、热带雨林和海岸生态的工作。以后和我一起工作的可能就是海星、海马、小丑鱼、魔鬼鱼、大海龟……"

殷悦目瞪口呆："我没有听错吧？"

"是的，我喜欢海洋，环境保护是很有价值的事，值得我为它投入时间和施展才华。"安祖娜眨眨眼。

殷悦看着她整理得一丝不苟的文件夹，莫名感到很羡慕未来与她共事的人，但脱口而出的却是明知道徒劳无功的一句："人力资源部没有挽留你吗？"

"喂，你都留不住我，他们又怎么可能？HR对我做了离职访谈，我是同期培训生中第一个离职的，他们很重视，不过也只是例行程序挽留一下，几句场面话还是有的。"安祖娜调皮地咧嘴。

"那你，将来工作地点在哪里？难不成，整个安达曼海都是你的办公室？"殷悦开玩笑地说。

安祖娜的选择，超出了她的认知。但她立刻懂了她的选择，她要的是有趣有价值的生活，她不要做当下生活的执行者，而是做未来自己的决策者。

"是泰国，应该是甲米、奥南附近的一些岛屿。"

曾经，殷悦很为自己的工作骄傲，刚才她和安祖娜聊到的他们公司的优势，宛如她多年来的信仰，因为大部分公司并不是这样，她从未想过离开这个环境。她努力工作，为此可以燃烧生命，为这样一个有着自由宽松文化氛围的企业，为这样一个体现自我价值的岗位，以及更好的职场前途，她觉得值得。

可是今天，她发现自己的信仰似乎经历了一场地震。

安祖娜想象中的充满挑战和有趣的生活即将开始，她那么勇敢，而她殷悦的呢？她发现，日复一日的所谓职场生活，所谓成就感，就像一个美丽幻象，被今天安祖娜那种"做未来自己的决策者"的坚定神情轻轻刺破了。

"唉，我好舍不得你。"殷悦伤感地说。

"我也舍不得你，不过我最舍不得的，可能是我们的员工餐厅。"安祖娜注意到殷悦的情绪，故作轻松地岔开话题。

"喂，好个无情的小姑娘！"

"等你休假了，要是想我了，就去岛上找我吧。"

殷悦认真地点点头。

曾经，殷悦也认为自己的生活是自由安乐的，也算是过着想怎样便怎样的生活，游刃有余。但是，她忽然发现，安祖娜的自由，是广阔天地的自由，是生命的自由，而她殷悦的自由，是小小世界的自由，是自以为是的自由。

每年公司都会进新人，大部分都按部就班，就像这个社会上的其他年轻人一样，上了班个个雄心勃勃，下了班过着太普通太普通的生活，最大的资本就是年轻。

殷悦想到当年的自己，何尝不也是如此。唯一不同的是她早早结了婚，然而，已婚这件事这也谈不上什么资本。如果说她工作这些年，她的工作经验是资本的话，那这个资本也只能供她升职或跳槽，继续从事差不多的工作，赚多一点的薪水。这样的"资本"，与逐渐逝去且一去不返的"年轻"相对比，她不知道，放诸"人生""生命"这种个体背景下，是不是还有价值。

安祖娜有勇气选择自己想要的人生，是不是我也有别的人生可能？我，可以做些别的什么呢？

望着安祖娜离去的背影，殷悦静静地站在那里，不由得问自己。她听见自己的心跳加速，而安静的办公室显得格外空旷。

3.

月子会所 313 房间，今天王睿带美伊妈和墨墨来看美伊，蔡美伊无意中发现墨墨总是挤眼。

林珊进来的时候，蔡美伊目不转睛地看着一旁玩耍的墨墨。

"林院长，你看这孩子是不是有点奇怪？他怎么总是挤眼睛啊？"一见林珊来了，蔡美伊连忙小声问，"孩子以前不这样，就前段时间在奶奶家住了一段时间突然就这样了，我问过奶奶了，也没有给孩子长时间看电子产品什么的。"

"你别操心了，下午我带墨墨去医院找眼科大夫看看。"王睿安慰道。

林珊安静地观察了一会儿，说道："你们不要害怕，可能是儿童抽动秽语症的前期，看眼科大夫是没用的。"

美伊和王睿都一脸茫然，听不懂林珊在说什么。

"哦，我还以为是受风面瘫了呢！"蔡美伊说。

"不是，这是儿童的一种心理障碍，多发病于四五岁的孩子。"

"心理障碍?！这么小的孩子！"蔡美伊瞪大了眼睛，不敢相信。

"你先别紧张，听我慢慢说。"林珊让美伊妈带墨墨去院子里玩一会儿，自己耐心地给美伊两口子解释起来。

"你是全职妈妈，之前对墨墨那么精心呵护，可是生二宝这前后两个月，你把他送到了奶奶家，和爷爷奶奶住在一起。对你们来讲这是一个不得已却相对合理的安排，可孩子不这么想，他会认为是爸爸妈妈有了小妹妹就不要他了，把他给奶奶了。这对孩子来说落差实在太大了，他是真切感受到了这个小妹妹把妈妈对他的爱抢走了，他没有了安全感。再加上奶奶对他管教比较严格，规矩比较重，所以他这段时间总处在紧张、焦虑的状态中，而面部抽动、挤眼、嗓子里发出吭吭声，都是他内在焦虑的外在表现。有的男孩外向，他会把愤怒发泄出来，会表现为欺负二宝，但墨墨性格内向，所以就内化成了现在这种行为。"

林珊的解析太出乎蔡美伊和王睿的意料了，蔡美伊不由地心疼起墨墨来，觉得自己这个做妈妈的，无意中给孩子带来了这么大的伤害，实在太对不住孩子了。她急切地问有没有什么好的解决办法。

"既然孩子已经出现了问题，就说明孩子已经给我们发出信号，要我们多关注他了。"

"是的，是的！"蔡美伊不住地点着头，这是她有生以来第一次体会到，孩子的问题会让当妈的那么扎心。

"你们也别太担心，这段时间爸爸可以多带大宝来看妈妈，妈妈多抱抱他，带着他一起看小宝。记住，在他还没能充分接受小宝的情况下，不要单独把他和小宝放在一起，也不要强行让他喜欢小宝。还有，要不停地告诉他，爸爸妈妈依旧很爱他。让奶奶在这段时间里少指责，多鼓励，当他的安全感逐渐得到满足后，他挤眼的频率就会减少，甚至消失。"

"好的好的，我们一定照您说的去做。"

"其实，小孩子最喜欢接受的就是礼物了，如果让他感到，二宝是父母给他的礼物，他可能就会更好地接受二宝。只是这个礼物需要由父母传递给孩子，如果传递得不好，哥哥心里会不舒服，大宝和二宝以后的关系也会出现问题。"

"现在只要我在他旁边，待的时间长一点，他就没事，也不怎么挤眼睛。就是每天刚来的时候，还有陌生人进来，比如刚才看见您进来，他就又会挤眼睛。"

"是这样的，这是他缓解内心焦虑的表现，当他找回安全感后就逐渐好转。一般抽动症的孩子性格都比较内向、敏感，家长可以陪伴孩子多参加一些户外活动，多和别人交流。注意不能模仿他，更不要取笑他，抽动发作时，家长不要过分关注，不要总盯着他看或是提醒他，尽量让他生活在平静和自信的气氛中。因为你越责怪孩子，他就会越紧张，不自主动作就会越频繁。"

"谢谢林院长，我这次来住月子会所真是太划算了。"

这时，二宝在婴儿床上哭了起来。月嫂张姐忙过去查看情况。她把二宝抱到蔡美伊怀里，蔡美伊撩开衣服开始喂奶。

林珊微笑着起身离开，她示意王睿去接回王子墨。关上房门的时候，林珊拍了拍王睿的后背："我很少看到像你们这么美好的一家人，所有的问题都不是问题，都可以解决，我相信你们有这个能力。"

王睿感激地点点头。

4.

林珊回到办公室，发现梅青在门口等候她。

"您好，请问您是？"林珊问，她从没在月子会所见过梅青。眼前这个中年女人形象气质俱佳，似曾相识。

"院长您好，我叫梅青，是丁羽芊的妈妈。"梅青伸出手，主动与林珊握手。

"哦哦，您好！您好！"林珊说着把梅青请进办公室。

"芊芊和宝宝都还好吗？我很抱歉，先向您道歉，上次的事，我一直想见见羽芊当面道歉呢。"林珊一边倒水，一边说。

该来的总会来的。因为不知道梅青来意，林珊立刻神经紧绷起来。不过来人不是丁羽芊的律师，也不是她的经纪公司，而是丁羽芊的妈妈，那么，也许没有想象的那么糟？瞬间，林珊脑海里转过无数猜测。尽管如此，她还是不敢有丝毫疏忽大意。

人家既然来了，必是有备而来，作为过失方，只要是月子会所能够承担的赔偿数额，她都可以接受。对于这一天的到来，她也不是全无心理准备。

"可能你已经看到微博消息了，丁羽芊这会儿人在法国，小孩我们带回家里了。"梅青淡淡地说。

"我看见了，我没想到她会离开月子会所。"林珊回答。虽然自己是这里的院长，但因为总统套房相对独立，又谢绝月子会所的服务，她竟全然不知那里发生了什么。

"您也没有想到今天我会来吧？"梅青讲话轻声细语，可是吐字清楚。听她讲话，好像是在听舞台剧里的台词。

说实话，林珊真没料到来找她的会是丁羽芊的妈妈，她以为会是丁羽芊的律师，林珊只好实话实说："是的，没想到。不过一切都是我们的过失，我们愿意做出补偿，也愿意和你们协商。但是之前，您知道，我一直没有办法联络到丁羽芊。"林珊苦笑着摊了一下双手。

梅青神色轻松地说："林院长，我今天来，不是想追究你们的责任，也并没有打算让你们赔偿。"

"那是？"林珊诧异。

"钱对于这件事来说是没有意义的，已经发生的事就是已经发生了，不过还好，这件事已经过去了，没有太大的影响，只是一个小风波，现在的局面就是最好的结果了。我要谢谢你们，没有借机炒作，没有把这件事更加扩大。"梅青语气平静。

"不不，是我们有错在先，您这么说让我们太不好意思了！因为我们的疏忽，让羽芊受苦了，月子里就长途飞行去法国，也不知道她的身体吃得消不？"林珊诚恳表示关心。

"她还好，这孩子身体素质一直不错，又是顺产，来月子会所之后，她也一直在做瑜伽，所以恢复得比较好。去法国也是她自己提出来的，她从小在法国长大，生活习惯、想法都很西化，坐月子这件事是我要求她必须坐，她才来的。其实她愿意来月子会所，主要是想找个地方清静清静，倒不单纯是为了坐月子。"梅青坦诚相告。

人家来月子会所主要是为了清静，月子会所却没能保障这唯一诉求。人家现在说不追究责任，林珊感到很过意不去。

"那就好。不追究我们月子会所的责任，请恕我冒昧，不知道这是羽芊的意思，还是您的意思？"林珊终究不放心。

"我和羽芊本人，以及她的团队，都沟通过了，这是我们共同的意思。不过参与偷拍及传播的你们月子会所那位员工，虽然我不知道她是谁，相信你们已经查清楚了。羽芊的律师明天会过来，与她签一份承诺和保密文件，月子会所这边，也要签署相关文件，律师会提前与您联系时间，到时候麻烦您在场。"

"是的，我们查清楚了。您放心，我们会全力配合，偷拍的那位员工……"

没等林珊说完，梅青打断了她的话："不用告诉我，我也不会接触她，一切律师会来处理。"

林珊心里的一块石头终于落地了，这个结果比她预想的要好过十倍，她真心感谢梅青告诉她这一切。

说实话，这件事一发生，林珊已经做最坏的准备了。如果丁羽芊告了会所，可能月子会所就会关门，因此她衷心地感谢羽芊的不追究。说起来林珊觉得心里是有些愧疚的，她这个院长，一直秉持着所有来月子会所的产妇都是平等的原则。虽然羽芊住在总统套房，但她本人也并没有高看她一等，给予她更多额外的照顾。如今出了这么大的事，人家还能如此包容，真是她的幸运。

"羽芊妈妈，感谢你们的理解和包容。今后羽芊本人，以及她的小孩，你们家庭有任何问题，我都可以免费咨询，心理学方面我还是很专业的，终身免费。"林珊认真做出承诺。

"林院长，谢谢您的好意，我也替羽芊先谢谢您。您可能不认识我，但是我在月子会所听过您的课，那次讲母女关系的课程，对我启发很大，我对您的一些理念非常认同。我自己，说不定今后还真要麻烦您呢！"

"哦？您要咨询吗？您和羽芊的母女关系应该非常好啊！"

"这个以后再说。林院长，其实今天我来，还有另外一件事。负责羽芊的护士曾执，工作非常认真负责，我很感谢她，这个姑娘您可以介绍一下她的情况吗？"

梅青打住心理咨询的话题，转而打听起曾执，这让林珊也很意外。

"曾执，她可以说是我们月子会所最出色的护士，您不会看上她，想让她去您家做私人护理吧？"林珊开玩笑地说。

"不会不会，我不是来挖您墙角的，毕竟她服务了羽芊那么多天，业务上很专业，但是话不多，我就想多了解了解她。"

"业务上，她可以说无可挑剔，无论技术还是经验，曾执都是我们月子会所最棒的。这姑娘平时的确话不多，她不是那种自来熟的性格，看起来冷冷的，实际上啊，面冷心热。她很上进，在读 EMBA 呢，跟我说呀，她热爱这一行，但不会当一辈子护士。"

梅青连连点头："真是蛮上进的，一般人工作了，哪还有时间去念书啊？"

"说的是啊，她本来白天上班就很辛苦，有时还要上夜班，挤出时间来还要去上课。不过年轻人没有白吃的苦，没有白学的本事。我们老板最近一直在筹划月子会所开分院的事，到时候，如果她愿意去分院，我想她的本事就不仅仅是当护士了。"

"看来林院长对她寄予厚望啊！她，有没有结婚，父母都在北京吗？"

"没结婚呢，您要给她介绍男朋友啊？"林珊开玩笑地说，"她家就在北京。曾执这孩子，也不知道亲生父母是谁，她从小是被收养的，听说一出生就被丢在医院了。养母是那家医院的护士，也是个苦命女人，新婚不久死了丈夫，看到这个女婴被遗弃就收养了。养母也没有再婚，一个人把她带大，娘俩相依为命，她长大也做了护士。可能身世比较复杂的原因，曾执自我保护的意识很强。"

"哦，被收养的？"梅青喃喃自语，"可怜的姑娘。"

"是啊，身世可怜！我对她呀，也比对别人多一份关心，月子会所的人都知道，都说曾执快成我半个女儿了。不过我不是因为她身世可怜才对她好，我对她好，起初是因为她业务能力强，凡事交给她，我放心，她一定会做得超出你的预期，我喜欢这样的年轻人。后来接触多了我更喜欢她的为人，正直、善良、爱憎分明，有点像我年轻的时候呢！哦，不好意思，你看这该说不该说的，说了这么多。"

"谢谢林院长告诉我这么多，我也是想好好谢谢曾护士。"梅青忙解释道。

"对了，正常明天是羽芊出院的日子，虽然她已经不在月子会所了，但是我们还是要小一下出院手续，上次我们老板决定，免去羽芊在月子会所的全部费用，已经交的钱，也全部退回，作为我们的一点补偿。"

"好吧，接受您的好意！那改天刘律师过来，请他代办吧。今天我去羽芊房间收拾了一些杂物，办理出院手续时，刘律师也会一起带走。那我就不打扰林院长了，告辞了。"

梅青拿起手包，起身告辞。

5.

梅青离开月子会所，独自打车前往那个从未从她记忆中抹去的医院。

医院几乎还是 1987 年的样子，大门没变，原来的门诊楼也还在，只是更旧了。一旁起了一栋高楼，那是新建的住院部。当年为了掩人耳目，她选择了这家偏僻的医院，如今随着城市的扩张，这里早已经是繁华地段。

自从踏入医院大门，梅青的身体就在颤抖，步履艰难。

那个婴儿的啼哭声似乎就回响在她的耳边，当年她头也不回离去的路，如今她正低着头一步一步走回来。

也许冥冥之中就有看不见的力量，它在操控命运，做出安排，让那枚梅花图样的翡翠坠子穿越时空，重新出现在她眼前。归国十年，她刻意远离，从不曾试图走近这个医院，也从不路过。但现在，命运的安排让她躲闪不及，不得不回到这里直面眼前的一切。

医院里，医护人员步履匆匆，患者和家属们摩肩接踵。她记忆中那微弱的晨光中空荡荡的医院走廊已经不复存在了。

在妇产科门口，她向分诊台一位年纪稍长的护士打听，是否有一位护士，30年前，因丈夫新婚不久去世，收养了一个被人遗弃在医院的女婴。

像公立医院这种百年老店一般的事业单位，稍微待得年头长一点的人，同事之间七大姑八大姨的这些家事，大家都会知道一些。尤其是像曾志芳这种非同一般的离奇故事，都是大家茶余饭后可以说上半辈子的话题，一打听都知道。

"哦，你说的是曾志芳吧？她收养的女儿叫曾执，小时候经常跟着妈妈来医院上夜班的。"

藏了半生的秘密，谜底在随便遇到的一个人嘴里瞬间揭晓。梅青扶着分诊台，强撑着站住，不让自己失态。

"你是谁啊，找曾志芳做什么？"年长的女护士打量着眼前这位气质不一般的女士。

"哦，我当年在这里生的孩子，没有奶，当时记得有这样一位护士，给她收养的孩子喂奶粉，我的小孩也喝她的奶粉，她帮了我很多忙。我后来出国了，年头久了，忘记她的名字了，回国后就想来医院试着找找看，看能不能找到她，想谢谢她呢！您知不知道她现在人在哪里？"梅青随口说。

"噢，这么说你是来找恩人的？"

"对的对的。"

"她已经退休了。"

年长的护士向旁边一位年纪相仿的护士打听，大家都没有曾志芳的电话号码，但确认她还住在最早的医院家属院的老楼里，从没搬过家。

"出了医院大门，第一个路口左拐，沿着大路走到头，就是我们医院最早的家属院了。具体她家住哪个楼就不清楚了，你进去找上了岁数的人打听打听，说不定能找到，那边住着我们医院很多退休职工呢！"

梅青赶紧谢过两人，匆匆离去。她已然知道答案，应该说，是印证了盘旋在心中多日的猜测。一切已无须多说。

第二十八章 一万美金大红包

1.

好久不曾到岳父家了，这天张建平提前下班，去市场买了菜肉和活鱼鲜虾，又在路口花店买了岳母最喜欢的马蹄莲，包了漂亮的花束。

两手满满的张建平，把东西塞进车后备厢，然后扭开车锁，打着了火，他使劲轰了一脚油门。岳父说了请自己回家吃饭，他思来想去，决定今天晚上这顿饭由他来做。也许这是他在岳父家吃的最后一餐饭了，忐忑之中，他有一种胜败就在此一举的感觉。

岳父岳母都还没下班，殷悦也还在公司没回来。他按门铃，是爷爷来开的门。

"建平啊，买了这么多东西？"爷爷笑吟吟的。

"爷爷，今天晚上我来做晚饭。"

张建平一进门，立刻就闪进了厨房。等到岳父岳母回家，他做的菜已经快摆满一桌子了。

"建平啊，我是让你来吃饭的，怎么你倒自己做上饭了？"殷之声进门看着满满的一桌饭菜，开口说道。他实在没想到张建平跑来做了晚饭。

"我先到家，就先做了。"张建平有点手足无措。

"做了就做了吧。"夏冰淡淡地说。看着系着围裙从厨房跑出来的张建平，一脸殷勤的样子，想着他对女儿做的种种，她无法像以前一样对他，她也根本不想像老公一样应酬女婿。

夏冰把自己买的东西放进冰箱，洗了手就离开厨房了，一句话也没和建平说。

张建平拿着锅铲，想与岳母打招呼，却见她理都懒得理自己，生生把到嘴边的"妈"字憋了回去。

殷悦也下班回家了，情绪低落。

"回来了。"建平特意跑到门口和殷悦打招呼。

"哦，你怎么来了？"殷悦有点吃惊。

"是我让建平来的，今天上午我去他单位，碰到了，我让他今晚回家吃饭的。"殷之声连忙接话。

张建平再也无话，殷悦也无话，两人都极不自在。

殷悦径直回了自己房间。安祖娜辞职的事，对她冲击很大，尤其她说的那些话，一直萦绕在她脑海。

直到听见父亲喊"吃饭了"，殷悦才从房间出来。

满满一桌子菜，张建平应该把平时的一身武功全使出来了。他拖开凳子，招呼爷爷坐下。

"怎么做这么多菜啊，吃不完的，太浪费了！"爷爷一边落座，一边心无芥蒂地认真批评。

看见从厨房里拿着碗筷出来的夏冰，张建平低声叫了声"妈"，夏冰点了点头，也同样轻声地说了句："坐吧。"

一家人围在桌边，各怀心事地吃起了饭。为了打破尴尬，殷之声连连夸赞着张建平的厨艺。

夏冰听见了，却故意不接话茬，她注意到女儿神色疲倦："怎么，回去上班第一天很累啊？"

"哦，今天一个90后小姑娘辞职了。"殷悦闷闷不乐地说。

"人家辞职，和你有关系吗？"殷之声问。

"爸，是我的助理安祖娜，以前我和你们提过的，工作非常优秀，不过你们可能没印象了。"

"你刚上班，她这一辞职，肯定一堆工作堆在你跟前了。不过你也别着急，慢慢来。"张建平看着殷悦脸色，小心搭讪着。

"不是工作量的问题，是你们知道，她辞职干什么去了吗？"

"干什么去了？"爸妈和张建平异口同声地问。

"她今天和我说，未来她会去安达曼海域参加保护珊瑚礁、热带雨林和海岸生态的工作，以后和她一起工作的可能就是海星、海马、小丑鱼、大海龟……"殷悦说完，发现一家人面面相觑，怔怔地望着自己。

她不禁哑然失笑，自己听到安祖娜讲这些的时候，估计也是一样的表情吧。

"建平，吃完饭我和你一起回去，有些话，我想和你谈一谈。"殷悦突然说。

"好啊，那赶快吃！"张建平忙不迭地回答，吃饭速度也立刻加快了。

张建平并不知道殷悦要和他谈什么。如果早知道，他肯定就不会这么急切地答应回他们自己家了。但是此刻，他只听见殷悦说要回家。

"回去做什么啊，有什么话就在家里说，当着我们面说，你爸爸今天叫建平来，也是要和他、和你，一起聊一聊的。"夏冰有些不满。

女儿的话，殷之声也很意外。他也并不知道女儿要和建平说什么，不过既然她主动提出来，想必也有她自己的道理吧："也好，毕竟是你们俩的事，应该你们自己先聊聊。吃完饭就回去吧。"

2.

打开灯，家似乎还是老样子，不过好像又不同了。门口仍然摞着没拆封的快递盒，但家的味道似乎改变了许多。

"奶奶和桐桐他们都走了？"殷悦打破沉默。

"是，都走了，今天上午我把她们送走的。"

"这箱干果，你怎么没打开给桐桐他们吃啊？别过期了！"殷悦说。

"你的东西，我都没让他们动。"

殷悦就像第一次走进这个家，挨个房间走进去看了看。是的，这里曾是她过去的家，是她生活的居所，也是她心灵的港湾。

张建平跟在殷悦身后，茫然地看着殷悦满屋子这样走进走出，并不知道她是在默默做着告别。

"要不，先睡吧，挺晚了，有什么话明天再说。"张建平好像感到了一丝暴风雨来临前的平静，不安地建议着。

殷悦没回应，在客厅沙发上坐下了，也招呼张建平坐下。

一夜长谈，哭哭笑笑，两人竟没有发生争执。中间张建平拿出酒，殷悦拆开几包干果，两人就这么对饮起来。

覆水难收，两人都懂得。曾经深爱过，此刻，对于对方的决定与心境，彼此是有默契的，知道不是任何言语和行动可以挽回。

过早结婚，能不能走到最后，真的靠运气。能经营有方坚持住的，要么感情基础牢固，两人始终能步调保持一致，要么，其中一方或双方都要降低对婚姻质量的期望值。

"我们早已经步调不一致，但我对婚姻质量的期望值一直无法降低。"殷悦说。

"也可能，我们对婚姻的期望原本就是不一样的。"张建平说。

"但我从未后悔和你结婚，那时的我，只想和你结婚。"殷悦认真地说，"走到今天，要怪，也只能怪我自己，可能根本不懂婚姻是什么，以为爱一个人，就必须要和他在一起，并不考虑是否合适，结果现在拖累了你，使你被离婚，对不起，是我太任性了。"

"不怪你，怪我，我让你失望了。上次你提出来之后，我明白，从你决定说出口的那一刻开始，在你的心里，我们的关系已经结束了，剩下的时间，你只是在等我同意。回来我也反思了很多，后来我想明白了，我在婚姻里需要更多的是安全感，而你一直需要新鲜感，我没做到。"张建平也自责，但又抱有一丝不甘心，"你要改变主意，现在也来得及。"

"不，不改变了，也许有一天，我也会觉得今天决定和你离婚是错的，但不是现在。"殷悦决心已定。如果意识到自己的婚姻是错的，将错就错只能是对彼此的折磨，也是对自我的折磨，及时止损才是最好的选择。

"我希望有那么一天。"张建平望着殷悦的眼神无比柔软，仍然充满期待。

"建平，谢谢你当初和我结婚，也谢谢你没有勉强我，答应和我离婚。"殷悦低下头，躲开他的直视。

"我当然不舍得你……不管怎么样，我是希望你开心。"

也许就是殷悦的这种率性、任性一直吸引着自己吧，她向来都比自己更有勇气。虽然张建平心中还有太多不舍，但硬留也是徒劳。不管怎么样，他还是希望殷悦能幸福，如果离婚能让她幸福，他愿意成全。

殷悦紧紧地握住了张建平的手。

如果意识到自己的婚姻是错的，任由它错下去，余生都是对彼此的折磨。

不知不觉，天已经亮了。殷悦向张建平说明了自己的打算，不仅是婚姻，还有工作。她要全面思考和调整自己的生活，未来她会跟随自己的内心，重新规划人生。

3.

新的一天。丁羽芊委托的刘律师一大早就来了月子会所，办妥了所有之前梅青与林珊交涉好的事。

临走，刘律师找到曾执，递给她一个厚厚的信封，说是丁羽芊这边特别感谢曾执的。

曾执打开一看，厚厚一沓百元面额的美金，目测得有一万美金。

"这么多！刘律师，这是给我们所有护理人员的吗？"曾执问。

虽然平时也会有很多产妇或者家属在离开月子会所的时候给护理人员包红包以示感谢，但一般都是意思一下。眼前这可是一万美金，这意思有点大了，大得让曾执有点看不懂了。

"不，曾小姐，其他人的已经给过了，他们的少一点，这是给你一个人的。丁小姐交代说，她特别感谢你的照顾，另外，她知道你在读 EMBA，希望也可以帮上你一点忙。"刘律师说。

"她怎么知道我在读 EMBA？"曾执纳闷。

虽然丁羽芊是女明星，住的是总统套房，但曾执自问，她也没有在职责之外格外献殷勤，哪里就值得被人家包这么大的红包感谢？

"这个我就不清楚了，曾小姐再见。"

"不不，我不能收，你等一下，我不能收这个钱。"曾执立刻追上转身就走的刘律师，一把揪住了他的西服衣袖，另一只手找他衣服上的口袋，试图把钱塞进去。

拉扯争执之间，钱散落一地。

"曾小姐……请不要这样……"曾执的举动让穿戴整齐的刘律师好不尴尬，撅着屁股躲闪曾执寻找口袋的手，胳膊在空中抢了两圈，才好不容易挣脱，"我只是奉命完成客户交代的事情，请你不要为难我。"

"对不起，对不起。"曾执忽然也觉得举止不妥，忙不迭道歉。

"哟，这么多钱？还都是美元啊！"熟悉的声音从身后传来，曾执一看，是王越彬和杨宝妮一起走了过来。

一看有人过来，刘律师趁机脱身："告辞了，曾小姐。"

王越彬蹲在地上捡钱："这么多钱，干吗不要啊？不要我可捡走了！"

"那你捡吧，都给你！"曾执感到很丢脸，也不知道哪来的气，说完扭身就走。

"见者有份，我要一半！"杨宝妮竟然也配合，弯下腰捡钱。

"看谁捡得快，谁捡着算谁的！"王越彬故意大声地说。

曾执回头看了一眼，气鼓鼓地走了。

"喂，这人是谁啊？"杨宝妮好奇地问。

"这里的护士啊，你没看她穿着护士服？"

"你们肯定是认识的，关系还不一般！"杨宝妮猜测地说。

"对，认识，这就是你那个跟踪样本蔡美伊的闺蜜。"

"哦，我懂了。"杨宝妮戏谑地望着王越彬。

今天是王越彬陪杨宝妮走访产妇的日子。她开展的研究课题是中国女人独有的坐月子，她正在跟踪调查几位在 MM 医院生产的产妇，其中一位便是刚出院的蔡美伊。

月子会所作为杨宝妮的课题合作方，陈俊明、林珊出面亲自接待，寒暄过后，作为蔡美伊的护士，林珊喊来曾执一路陪同。

曾执虽说早在蔡美伊的微信情报里见过杨宝妮的照片，今天却是第一次见到她本人，不由得多看了几眼。

"林院长，今天我运气好，你看，刚才一进月子会所我就捡到这么多美金，我数了数，刚好一万块！这钱的主人说，都给我，我可不敢要，现在我把它交给您来处理吧。"王越彬把钱递给林珊，一边瞟一眼曾执。

林珊注意到他的神情，立刻问曾执："这钱是怎么回事？"

"林院长，我正想和您说呢，这是总统套房那位产妇给我的红包，让她律师留下的，我不收，他死活要给我。争来争去掉地上了，正好王医生他们过来……"

"哦，这么多，她律师怎么说？"

"说是他家小姐特别感谢我的照顾，哦，也给了别人红包，我的最多。也不知道她怎么知道的，说得知我在读 EMBA，希望可以帮上我一点忙。"曾执说着，仍觉得不可思议。

"哦，既然是产妇的心意，你就收下吧。"林珊把钱塞给曾执，若有所思。

"院长，这钱太多了，我总觉得很不安。"曾执如实说。

"产妇的心意，不在于钱多少，收起来吧。"林珊坚持。

外人在场，他们都不好细说，丁羽芊三个字更是提都不敢提。林珊猜测，这钱是梅青给的。只是她不太明白梅青的心思，一会儿打听曾执，一会儿包这么大红包，她这是什么意思？难道只是喜欢曾执，愿意帮助她这么简单吗？

去蔡美伊房间的路上，杨宝妮不由得和王越彬咬耳朵，感慨中国产妇对坐月子真是特别重视，他们可以拿出这么多钱感谢护理人员。王越彬答说，不是所有产妇都这么有钱，他猜这个产妇家肯定是土豪。

两人凑一起小声说话的样子，曾执看在眼里，心里有些不是滋味。

4.

一夜没睡，再怎么精神不济也得强撑着。来银行上班的路上，张建平的手机收到一条短信提示：一笔 30 余万元的存款到期，连本带利将近 40 万元。他忽然想起，这是当年和他亲如兄弟的定居国外的同学，委托他办的定期存款。

同学是独生子，出于对张建平的信任，他说存这笔钱给他父亲在国内以备不时之需，如果老父亲有什么不测，到时候自己有钱不能取也不能花，于是委托张建平必要时取出应急。张建平在北京没有亲人，平时也经常去看望老人家。因为当时需要预留手机号，而同学没有国内的手机号码，他就填写了自己的号码。出于避嫌，张建平坚持把存折让老人家自己收着。只是每年到期续存的时候，他去老人家那里拿一次，续存之后立刻返还。

如果把这笔钱取出来，加上自己手头的现金，差不多可以够还给陈俊明了。鬼使神差地，张建平盘算起来。老人家身体硬朗，应该最近用不到这笔钱吧？

想到这里，张建平调转车头，直接来到了同学父亲家。

鳏居多年的老人家，儿子不在身边，平时待张建平如亲儿子一般。见他来了，又是瓜果又是点心，忙不迭地招待。

张建平向老人家说明来意，存款又到期了，不过他觉得老人家身体不错，暂时用不着这个钱，所以今年他打算给换成两年期以上的理财产品，比存款利息高，也能随用随取，只不过存折就不用了，换成银行卡。

怎么存怎么取，老人家根本不在意，听张建平一说，立即取出存折和证件交给了他。老人家让张建平多坐一会儿，却不知道他有心事，一杯茶都没喝完就走了。

离开之后路边看见第一家银行，张建平就迫不及待地进去把钱取了出来，加上自己的，凑够了还陈俊明买房的钱，然后开车直奔月子会所。

张建平以老人家名义新办了一张新卡。他打算股票行情好的时候，尽快把自己的股票卖掉，然后把 40 万存在这张新卡上还给老人。以他们对自己的信任，万万也不会想到自己挪用了这笔钱。他觉得只要自己小心一点，没人会察觉的。

张建平赶到月子会所的时候，陈俊明恰好刚刚回到办公室，对于张建平还钱，而且这么快还钱，他是没想到的。不过他也察觉到张建平并不是在客气，推辞几下，知道是白费工夫，也只好收下。陈俊明好不懊恼。

张建平却仍在那里说，越是好兄弟，越要明算账，自己不能无功受禄。

陈俊明索性也挑明了："兄弟，你还是跟我见外了，你还是把我当成那些看上你手中权力的奸商了，你这是要和我划清界限啊！你放心，我作为大哥，绝不会给老弟添麻烦，更不会让老弟犯错误。这样啊，那天你说的贷款那事咱就当随便聊聊，以后啊，咱还是该喝酒喝酒，该唱歌唱歌，咱兄弟之间只有感情，咱以后不谈钱，谈钱伤感情！"

这一激将法果然有效，张建平急忙撇清自己不是这个意思："陈哥陈哥，你误会了，银行贷款贷给谁不是贷，只要条件符合，那我也没有不给陈哥帮忙的道理呀？这样吧，这两天你要是有时间，随时来银行，我安排这个贷款产品的负责人接待你。"

5.

医院的病房里，蔡美伊的父亲面如土色地躺在病床上。美伊妈妈静静地守候在旁边，轻轻地和他说着话："美伊生了个闺女，我去看了，可好了，美伊可惦记你呢，总问起你。"

"真好呀，可惜我没有这个福气了。"美伊爸气息微弱地说。

"别瞎说，你会好的，你要不好，把我一人扔下，我可怎么活呀！"

"我知道这次我病得不轻，我要是走了，你就搬来北京吧，和美伊他们一起住，帮他们带带孩子。王睿是个好孩子，他不会对你不好的。还有不要把我的病情告诉美伊，就算我走了，也不要告诉她。这孩子孝顺，又心重，这月子坐不好，会落下一辈子的病的。"

"我知道了。"美伊妈用手指擦拭着滑落到脸庞的眼泪。

祸不单行，美伊爸因中风入院，却被查出胃癌晚期。

这时正好美伊爸的手机响了，两人一看号码是美伊。美伊爸爸直起身，努力用上最大的力气开口说话，他想尽量让自己声音洪亮些，让美伊觉得自己的病情在好转。

"美伊呀，爸爸没事，就是胃溃疡，要调理一阵子。你别担心啊，你自己要多注意身体，还有啊，我旁边有个病人病得挺重的，我不方便总打电话，会影响人家。有什么事让你妈转告就行了。"美伊爸爸匆匆挂断了电话，大口喘着气。由于癌细胞已经大面积扩散，人已经气若游丝了。

美伊爸终因抢救无效去世了。

美伊妈悲痛欲绝，那个陪伴她一起走过半生的伴侣，就这样离她而去了。从此以后，她的人生将不再有这个人和她牵手而行。

有些女人的坚强在外表，有些女人的刚强却在骨子里，美伊妈算是后者。丈夫异地去世，她说后事处理一切听从王睿安排，只有一点，她要全家所有人向蔡美伊封锁父亲去世的消息，一切等她出了月子回家再说。

王睿还是很迟疑："妈，我觉得这样真的不行，我们还是得把这消息告诉美伊，否则以后她会怪我的。她和爸爸感情那么好，不让她送爸爸最后一程，怎么说得过去呀？"

"不，这事必须听我的，她爸爸临终前特别嘱咐过的，不要告诉她。她在坐月子，一旦她知道了，她一定会哭死过去的，她和爸爸感情那么好，那她这个月子就完了，非落下病不可，小宝也会没奶吃的。再等等，等她出了月子会所再告诉她。"

美伊妈很坚持，王睿也只好答应。

王睿一家人忙里忙外，一同处理美伊父亲的后事。平时俩亲家有时还吵来斗去的，这会儿却格外齐心和默契。

办完后事，美伊妈立刻向王睿提出要去月子会所看望蔡美伊，说日子还要继续往前过，后面还有很多事在等着她。

"好吧，妈，我听您的。"王睿伸手一把揽住了岳母。他皱了下眉，强忍着没有让眼眶里的眼泪掉下来。他觉得平日里这个叽叽喳喳的小老太太此刻是如此的坚强、淡定，不仅自己要忍受失去亲人的痛苦，还要强装笑脸来哄骗女儿，这大概就是母爱的伟大吧。

他用他的大手在美伊妈的胳膊上抚摸了两下，轻声说："妈，我们走吧。"

6.

林珊和曾执去上海参加中国母婴产业创新高峰论坛，约好和王越彬一起乘高铁同去。

一行人在火车站检票大厅会合，曾执让林珊找个座位先休息，自己和王越彬一起到自动换票机处取票。

排队取票，王越彬在一旁问起曾执读的 EMBA 开设哪些课程。曾执见他问得认真，难得见他正经，于是也认真作答。王越彬疑惑，这些课程与她的专业毫不相干，读了有什么用。

"我和你不一样，你是医生，现在已经是名医了，再过几年，你就是知名老专家了，妇产科泰斗。我呢？一个护士，你听说过哪个护士是知名老护士？最多了当个护士长，如果我没在岗位上累死，等不到退休我也得退二线了。护士也是个吃青春饭的活，岁数一大，眼一花，针就扎不进去，夜班也熬不住。所以我得趁现在还年轻多学点本事，技不压身嘛，没准哪天就用上了呢！"

排到他们了，王越彬先取，曾执正好听见身后的人也在议论读书，不过却是在说"读书无用"。

"我今年招了两个硕士。我跟你讲，读那么多书有什么用，最后终究也得找工作，到头来还不是给我这个没上过大学的老板打工？"

"你那确实用不着硕士吧，浪费人才。"

"什么人才，我当当摆设啦，客户一听有俩硕士，不敢小瞧我的。我跟你讲，读那么多书真是没有用，把人都读傻了！"

轮到曾执取票，取完票，她不动声色把取票界面换成了英文版。和王越彬刚一离开，听到身后炸了："哎呀，这怎么弄呀！机器坏掉了？"

王越彬乐不可支："我发现你挺坏啊！"

"举手之劳，给这些只认钱的成功人士添点堵，不然他们觉得人生太容易。"曾执坏坏地说。

也许这种坏正合了王越彬心意，他对曾执投去坏坏的一笑。

刚一上火车，林珊就提出她要工作两小时。王越彬也拿出笔记本电脑："刚好，我也是这么想的。"

曾执坐在他们对面，也从包里掏出厚厚的教材，林珊赞许地点点头。

抵达上海，入住会议酒店之后，王越彬张罗带林珊和曾执去吃地道上海菜。曾执这才知道，原来王越彬是上海人。

"他，一个正宗的吃货，自己说选择回国就是为了不辜负自己的中国胃。现在又到了他的地盘，我们这几天，三餐吃什么就听他的安排吧。"林珊对曾执说。

"想到有数不尽的中华美食在这里等着我，在美国我就再也待不住了，必须回来。"王越彬夸张地说。

他带她们去黄浦江边的餐厅。这是一家安静低调但是风景绝佳的餐厅，位于陆家嘴，一栋素净典雅的小洋房，据说是由原来的"灯塔"改造的，正对十里洋场的上海外滩，江景一览无余。

依照菜单，王越彬简直每样都要点，林珊直说够了够了不要浪费。

吃完正餐，华灯初上，大家各自又点了一杯咖啡，在露台面朝黄浦江吹着风，好不惬意。

王越彬的电话响，一看见号码他就皱起眉，刚要起身到一旁去接听，电话挂断了。正纳闷呢，抬头忽然看见一个身姿曼妙的女人正朝他走过来。

还没等他开口，就听见这个女人连珠炮一样的问话："还真是你啊！怎么又不告诉我啊？你回上海为什么每次都不告诉我？你告诉我，我能把你怎样？我知道你不想我，可你知不知道我很想你呀？"

林珊和曾执对视一眼，无从分辨来者何人。这是一个看不出年龄的女人，桃粉色的短袖T恤，破洞牛仔短裤，一头滑顺黑发，齐刘海，几米外都能看到她浓密的长睫毛忽闪忽闪的。

"喂，喂，你等一下，我不是不想告诉你，我以为你在意大利呢！我这次回来是参加会议，我原本打算，会议一结束就告诉你的，我当然很想你啊！"王越彬有点语无伦次。

"哼，你不用哄我，你要是有这个心，没回上海就提前告诉我了！"

这是女人嗲声嗲气的撒娇，曾执听着简直鸡皮疙瘩都起来了。此时，她和林珊都不知道，这个人正是王越彬的妈妈。

"我也是刚到，这不，还没来得及嘛！哎，我刚才进来也没看到你，你怎么也在这儿呀？怎么看见我的？"王越彬环顾四周，他知道，妈妈肯定不是一个人。

"谁让我儿子长得这么高大英俊呢，走哪里都有无数双眼睛盯着！喂，你一次带两个女生吃饭，不怕她们互相吃醋呀？还行，长得都不错，要不要给我介绍一下？"王越彬妈妈打量着曾执和林珊，兴致勃勃。

"什么女生！我们都是来参加会议的，一个是我美国的师姐，一个是她同事。来，我给你介绍认识！"王越彬拉着妈妈的手，一边走向林珊和曾执。

"来，给你介绍一下，这位是我美国的师姐林珊，这是她的同事曾执，这位少女，是我妈妈……"王越彬总是没个正行。

王越彬话还没说完，他妈妈拍了他胸脯一巴掌，顺势就把手伸出去了，一一和林珊、曾执握手："很高兴认识你们，请叫我密斯乔。"

林珊和曾执一边和她握手，一边掩饰不住的吃惊。如果是王越彬的妈妈，那她看起来也太年轻了！

看出林珊和曾执的惊讶，王越彬说："年轻漂亮，不可思议，对吧？不过确实是我亲妈！对吧，妈？"

"嘘！"妈妈连忙制止王越彬。

王越彬终于看见了，不远处的座位上，一个金发碧眼的帅小伙正望着他们。

"你朋友呀？这是又骗了哪国的？"王越彬问。

"什么叫骗啊，意大利人，我们真心相爱！"她一边说着，一边不忘往远处的金发碧眼抛媚眼。

"你哪次不是真爱？你认识了我的朋友，要不要介绍我认识一下你的真爱？"

"No，不要，我怎么可能让他知道有你这么大的儿子？"

听见王越彬和他妈妈的对话，林珊和曾执也终于明白王越彬这家伙平时的浪子气质是从哪里来的了。

"我可告诉你，在上海混的老外，骗富婆的多了去了，请你注意人身财产安全。"

"他是我在意大利认识的，放心吧，等我死了遗产一分也少不了你的！哎，你住酒店对吧？"

"对啊，怎么了？"

"那就没事了，今晚不要回家就行，明晚可以，明天我和理查回意大利。"妈妈朝他眨眨眼。

王越彬对这妈也是无语了："我还真不能回去，今天晚上我得回去仔细准备明天的发言，我可是货真价实的医生，不是他们那些皮相货。明天嘛，你都走了，我还回去干吗？"

"好，忙你的吧，好好准备，和你的朋友好好玩，拜拜喽！"说着她摆摆手离开了。

回到座位上，王越彬一脸无奈地和大家解释，他妈妈，密斯乔，做生意的，一半时间在国外。一个对时间没有敬畏的女人，非要逆生长，赶上微整形的好时代，脸上几乎看不出岁月的痕迹。年轻时就爱美，老了变本加厉。永远的 18 岁，不光外表，还有内心，不懈地追求着 18 岁的浪漫和激情。

"那你父亲呢？"林珊问。

"我父亲是一个中医，在我 5 岁的时候，两人发现性格实在不和，就离婚了。我跟着我妈，她对我完全放养，倒是让我童年天性得到了充分释放，对很多东西都发生了兴趣。不过我骨子里可能传承着父亲这边热爱医学的基因，所以老天眷顾我，没有走歪路，后来当了医生。"

"哦，原来如此，之前我一直纳闷，你放荡不羁的外表后面怎么会有如此严谨认真的治学态度，今天终于有了答案！Robin，你真的是特别好的一个案例，离异家庭的孩子的确有特别棒的。"林珊赞叹。

第二十九章　做我女朋友吧

1.

与中国母婴产业博览会同期，母婴产业创新高峰论坛如期开幕。母婴行业跨界很广，从产品角度涉及妈妈和婴幼童相关的所有衣食住行等消费品，从服务业角度涉及教育、医疗、护理、娱乐等产业。

曾执是第一次参加这种行业会议，这也是她第一次在这么短时间内集中了解自己所处的这个行业，感到既新鲜又兴奋。

行业盛会，王越彬和林珊参加的均是服务行业板块论坛。

当听到主持人宣布"下面有请 MM 医院的妇产科专家王越彬博士做报告"时，曾执听到台下掌声雷动，王越彬的名气，在产科医生当中已经不容小觑。

王越彬不愧是美国回来的博士，他的报告简明扼要，却把剖宫产术可能遇到的各种情况和风险讲得既全面又生动，让曾执这个不是产科医生的护士也听得明明白白。

曾执觉得他赢得大家一片掌声的原因，不光是精湛的医术，还有透彻的分析，更重要的是风趣的表达。不像前一个发言的老专家，操着浓重的地方口音，说着拗口的专业术语，听得让人简直都想睡觉。

今天曾执看到了王越彬最光鲜的一面，从心底里佩服他，但同时又有点小自卑。面上的其他条件暂不比较，自己就连说话这种能力都比人家差一大截，立刻觉得有点黯然神伤。

曾执正出神呢，只见林珊已经起身缓缓走上台去，主持人正宣布"下面有请林珊女士做有关产后抑郁的报告"，于是拼命地鼓掌，为他们月子会所在母婴领域占有一席之地，为林院长的研究，也为自己在这样一个行业里工作鼓掌。

会议结束，与会者在宴会厅吃自助餐。曾执一直小心翼翼地跟在林珊身后，看她怎么做，自己就跟着怎么做。难得的单独交流机会，很多人走过来与林珊说话，林珊应接不暇。

这时王越彬右手拿着个红酒杯，左手端着盛着一些沙拉的餐盘走了过来。

"Grace，刚才你讲得真不错，看来你回国这段时间在月子会所收获不小呀！"

"哈哈，谢谢夸奖，不过和你这位妇产科男神就没法比了，你今天可是大出风头，你的报告迷倒台下一大片女粉丝，包括我旁边的这位哦！"

"唉，又帅又有才华，怎么办哪？明明可以靠脸吃饭，非得挤到医生队伍里跟人家抢饭碗，我自己都觉得太过分了！"王越彬故作严肃。

曾执一口饮料差点没呛着，简直哭笑不得，对于王越彬这种自大且自恋、且时不时就要毫不避讳地显摆的风格，她虽说多少已经习惯了，但每次听到还是绷不住。

林珊倒是早就习惯了，忍不住损他几句："你呀你呀，就连夸自己，都比别人夸得好，真是没人能比呀。"

"嗯，这我也得承认，全方位优秀，没有缺点，是我最大的苦恼。"王越彬一本正经地自吹自擂。

曾执是真听不下去了，碍于林珊面子，不好意思直接怼王越彬，可是不说她又憋不住，只好把话说给林珊："林院长，不好意思，我突然有点恶心，我去一下洗手间。"

"你什么意思，你是说我恶心吗？刚才听报告的时候不还是粉丝吗，不是说被迷倒了喜欢得不行不行吗，怎么说变就变？"王越彬面不改色地逗她。

曾执到底还是脸皮薄，应付不来王越彬，只好举手投降："打住打住，谁喜欢你了？我说的是我，我自己恶心，和你没关系。"

说完曾执觉得真的无法站在他面前了，这家伙实在太不要脸了，没有他说不出口的话，再说下去不知道他又说出什么来，只好转身真的去洗手间了。一路上，只觉得脸上火辣辣的。

"你说你怎么跟个情窦初开的中学生似的，喜欢一个姑娘，就拼命地挤对人家。我跟你说啊，不许你这么欺负曾执！"林珊什么都看在眼里，忍不住把王越彬的心事挑明。

"我，情窦初开？嗨，谢谢你如此'称赞'我！"王越彬气得扭过脸。

"准确地说，是宛如情窦初开，你可别忘了我是心理医生，什么都瞒不了我。"林珊笑笑说。

王越彬也笑笑，给了林珊一个"你懂的"眼神。

林珊电话响，是陈俊明打过来的，说了好半天的话，主题只有一个，让她尽快回北京。

挂了电话，曾执也回来了。

林珊招呼大家坐下："来，咱们先坐下吃饭，吃完饭我得立刻回北京，老板找我有事。"

曾执好不遗憾："啊，这才刚来呢，什么事这么急？母婴产业博览会那边我们还没去看呢，据说全国各地很多厂商都来参加展会。"

"都不是外人，我就告诉你们，刚才陈俊明说，有一个我意想不到的投资人，要给我们投资开月子会所分院。但是人家要求必须得见到我，才肯坐下来谈。"林珊解释说。

"什么人啊，搞这么神秘？"王越彬问。

"不知道，我也想知道。"林珊双手一摊，"陈俊明最近一直发愁钱的事呢，现在有钱送上门来了，人家提出想见我，我就是在月球，他也会第一时间让我赶回北京的。"

"那，我陪您一起回去吧！"曾执道。

"不用，你回去干什么？人家要见的是我，又不是你。好不容易有机会让你出来长长见识，急着回去干什么。母婴展会那边你肯定要去看的，而且要好好看，我相信这次大会会让你对母婴行业有崭新的认识！这样，会议结束以后，给你放两天假，让王越彬陪你在上海好好转转。"

曾执还没来得及开口，只听王越彬已经响亮答应："是，保证完成任务！"

2.

送走了林珊，王越彬陪曾执逛了一下午展会。虽说都是母婴行业从业人员，可是好多产品他俩也是前所未见，尤其一些新奇的婴儿用品，让这一对未婚男女倍感新鲜。因为来看展会的也有很多准爸爸准妈妈，王越彬和曾执这一对儿，挨个展位一路参观，没少被参展商误会是小两口。

离开展厅，王越彬两手插在西裤兜里，一副老上海小开的样子，嬉皮笑脸地说："曾小姐，接下来你准备去哪儿，小弟愿意奉陪到底。"

这一问倒是让曾执有些局促，这是她第一次来上海，来时匆忙也没做功课，如果张嘴说出外滩、新天地之类的地方，怕王越彬笑话她俗，就顺水推舟地说："你是地主，客随主便，我跟你走。"

王越彬收起了嬉皮笑脸认真地说："这是你第一次到上海，为了表示我的诚意，我安排了三个活动。第一呢，今天晚上我带你去和平饭店听一场老年爵士乐的演奏。你别皱眉头，不是说你老，是因为我外公在那里演奏，每次我回上海，都会去给他捧场，今天有女孩子和我一起，他老人家一定会非常开心的。然后我再陪你去十六铺的老码头酒吧坐坐，那里的老上海腔调很浓的。明天呢，我带你去上海几家有名的月子会所转转，上海应该是国内最早开月子会所的地方，这里的月子会所，无论外观设计还是内部管理，包括护理标准、服务意识，还是有很多值得我们学习和借鉴的地方的。"

曾执忙不迭地说："太好了，那我这次可真是不虚此行了。"

"等等，我还没说完呢。你看，前两天呢都是我在陪你，后天呢，你得陪我一天。我们离开上海市区，去我老家崇明岛玩玩，想要吃地道的家乡菜一定要去乡下，那里的味道才正宗。"

"那行，没问题。"曾执爽快答应。

参观完上海几家有名的月子会所，曾执腿都跑细了，累得晚饭都不想吃。这一天的收获，可比她上几节课的收获大多了。王越彬说晚上请她去哪儿哪儿吃饭，她压根就没心思，只说自己要赶紧整理笔记，不然明天一玩起来什么都忘了。

"怪不得你们院长这么看重你，确实爱岗敬业，不错不错，人笨就得下笨功夫，世上无难事，只怕有心人。"王越彬认真地损着曾执。

"喂，不就是不能陪你吃晚饭吗？"曾执知道扫了他的兴，也感到很抱歉，被他刻薄几句也就忍了。

"那你自己总得吃饭啊！"王越彬还在坚持。

"攒着，明天去崇明岛吃你的家乡菜！实在不行，晚上我要是特别饿就点外卖吃。"

王越彬无可奈何，摇摇头说："工作起来废寝忘食，你跟你们院长可真像，真是得了她的一脉真传。"

曾执忽然抬头直直地看着王越彬，心想如果真是那样的话，她该多幸运啊，即便没有血缘的连接，也可以有精神的传承，于是痴痴地说："我会努力的！"

王越彬听得一头雾水，知道此刻曾执已经心不在此，便说："好吧，明天早上9点我来酒店接你，今晚我回家陪陪我外公。"

曾执看看表："那你快走吧。"

第二天早晨9点，王越彬准时开着家里的车子来酒店接曾执。崭新的白色越野车，虽然不认识什么车型，但看外观曾执也知道这车价值不菲。

"怎么啦，发什么呆啊？"王越彬问。

曾执恍过神，纳闷地说："不是去崇明岛吗？"

"是啊！"

"哦，我以为坐船去。"曾执说。

王越彬简直要笑疯了："曾小姐，就算坐船去，你也不可能一出酒店门就上船吧？"

曾执也不好意思地笑了："哎哟，我头都是晕的，开车直接能到吗？"

"你还真是一点功课都不做啊，这么信任我？你就不怕我把你拐到无人小岛卖了？"

连夜整理了参观月子会所的资料，天快亮了才眯了一小会儿，曾执说头是晕的一点不假。

从上海市区开车到崇明岛大约需要一个半小时，曾执闹的这个笑话，让两人前半程说笑一路。路途远，抵不过困意，后半程曾执睡着了。

车子一路开上了岛。曾执还在睡，王越彬把车停在林荫处，熄了火，耐心等她醒来。

正值盛夏，崇明岛一片绿意盎然，鱼塘碧波，绿树鲜花，全无一般海岛的荒凉感觉。王越彬下了车，只在附近走了走，不敢离开车子太远。不远处水塘边有人在钓龙虾，他过去看了大半天，回来发现曾执还没醒。

肚子已经饿得咕咕叫了，王越彬刷着手机找附近好吃的餐馆。

看着美食图片，肚子似乎更饿了，王越彬把手机举到曾执鼻子前边："喂，你闻闻香不香啊？睡得够久了，快醒醒吧！"

曾执到底被他弄醒了，睁开眼直说他好幼稚。

"你是睡饱了，我可是快饿死了。快看看，我在网上找到一家餐馆，就在这附近，特别地道的崇明菜，我们去尝尝。"

"已经到了？什么时候到的，你怎么不早点叫醒我？"曾执说着，接过手机。

"到了快两个小时了，看你睡得香，不舍得叫醒你！"王越彬故意放慢语速，深情款款地说。

曾执不敢看他的眼睛，把手机丢给他："你说去哪儿就去哪儿，开车走吧，路上我再睡 5 分钟。"

说完她一把帽檐拉下来盖住脸，不让王越彬看到她的表情。偏偏这时候微信提示音响起，曾执打开一看是蔡美伊，问她这几天跟王医生进展如何。

曾执脸上还在隐隐发烧，回复蔡美伊："这几天，他讲话越来越没分寸了，时不时就放电。"

"你是不是快招架不住了？"

"这人自大狂，还自恋！"

"咱也不是小白兔呀。"

"比起他，我还是脸皮太薄。"

蔡美伊回复一串笑脸表情："亲爱的，如果一个人能让你忘掉过去，那他很有可能就是你的未来。"

蔡美伊的话，让曾执突然觉得被触动了。

车子开到了大路尽头，王越彬说需要下车了，两人得步行去往山里的农家。

这里的空气又湿润又清新，还带着一丝乡野的甜味。曾执深深地吸了一口气，感慨地说感觉这里很亲切，住在这山里真不错，天天神清气爽。

"算了吧，偶尔来玩玩还行，不用说天天住在这儿，我估计住一个礼拜，你就想逃回北京了。"

"你家在上海，为什么回国后不回上海，而是去了北京？"曾执问。

"我上大学就去了北京，我喜欢上海的精致，但更喜欢北京的大气。这么说吧，上海更像一个女人，北京更像一个男人。"

"看来你不光会生孩子，对地域文化也很有研究嘛！"

"怎么说话呢，你这是对我们男性妇产科大夫的职业歧视。"

曾执忙笑着摆摆手说："不敢不敢，你这人全面优秀，我哪敢歧视你。"

"你看，昨天我们去参观月子会所，同样都是月子会所，你有没有发现北京和上海有什么不同？"

"有，最直观的就是内部设计非常用心。其他方面，我们走马观花，比较匆忙，我也说不太好，不过我自己感觉好像北京的月子会所更有自己的特色。"

"上海是一个国际化大都市，它的嗅觉特别敏锐，无论国外的还是港台的新鲜事物，一般都会第一时间引进到上海。可能因为曾经是租界的缘故，上海人对外来新生事物的接受要比北京快得多，不需要花费多长时间。但是同样一件事物进入北京，就要经过好长时间。或许因为北京是内陆城市，它自己的文化底蕴太深厚了，一个外来的东西不会那么快被北京人接受，它一定是经过长时间的酝酿、磨合，最后弄出个具有自己城市特色的新东西来。"

王越彬分析得头头是道，曾执频频点头："可能是南北的地域文化差异，你看，我感觉上海的月子会所更精致、细腻，更人性化，北京的理念更先进，认知教育这方面做得更好！"

"求同存异才能更好地发展，这也是我和你们林院长为什么从美国回来更愿意来北京的理由。打个比方，现在上海的月子会所已经如雨后春笋般开了这么多家，但基本上都是千篇一律的身体护理。而林院长却把产后的心理护理植入进来，让它成为了你们这家月子会所的亮点，这可能会是以后北京的月子会所都效仿的特点。"

"是哦，虽然我们月子会所也从台湾聘请了杜老师，但林院长还是在不断揣摩适合北方产妇的护理方式。前不久杜老师从台湾带来的月子茶，按照台湾的方式给产妇们喝了，很多宝宝脸上都起湿疹，院长赶紧叫停。我们北方气候干燥，妈妈们喝了容易上火。"

"是呀，月子看起来是小事，其实还真的有很多学问呢！西方人是不坐月子的，单纯地按照西医的产褥期护理，可能不适应我们东方人。毕竟我们的人种不一样，体质也不一样。但台湾坐月子的做法又太传统了，太严苛了，连大白菜、莴笋都不能吃，这对于现在的80后90后来说根本做不到。所以研发出一整套适合当下的科学的坐月子模式是今后你和林院长的重大任务喽！"

3.

一路聊着天，路过一片民居。王越彬介绍那片地就是他家祖产，小时候爷爷还带他回来看，那时还有很多老房子，现在都拆得几乎没有了。虽然没在这里生活过，但因为是家乡，每当回上海，如果时间充裕，他都愿意回来转转。

曾执听了不免神伤，感慨道："真羡慕你有故乡，知道自己从哪里来，我连自己的亲生父母是谁都不知道。"

"之前听林院长说过，你希望亲生父母来找你吗？"王越彬问。

曾执摇摇头："我不知道。有时候，特别想知道他们是谁，很好奇；有时候，心里又很埋怨他们抛弃我，又想他们最好一辈子不要找我。"

见曾执难过，王越彬道："你不是觉得这里很亲切吗，今后我的故乡就是你的故乡。"说完，正好有一处泥泞斜坡，他伸出手拉了曾执一把，她没拒绝。但是一过去泥泞上坡路段，她立刻把手抽回来了。

"这小上坡路也太短了！"王越彬甩甩手，讪讪地说。

曾执笑笑，走在了前面。

不知不觉已经走到山林深处小路的十字路口，手机导航提示已经到达目的地。

王越彬环顾四周，突然发现了那家想找的农家菜馆，兴奋地指给曾执看："你看，你看，就是这家，和图片上一样，有黑色竹椅子的这家。"

曾执顺着王越彬的手指看过去，看见那是水塘边一家户外的小院子，院子里安静地摆放着几张桌子和几把黑色的竹椅子。

两人三步做两步地来到院门口，突然一只大黑狗"汪汪"大叫两声蹿了出来。王越彬一看吓得脸色煞白，丢下曾执以迅雷不及掩耳之势转过身去，迈着貌似稳健但却极快的脚步离开了。

等到曾执反应过来，发现王越彬已经没影了。她先是一愣，然后哈哈大笑，眼泪都笑出来了。她还从未见过这么怕狗的男人，于是赶紧转头追上了王越彬。

"喂，你跑什么，你堂堂拿手术刀的，居然怕狗？"

"你不怕吗？不怕你干吗出来？"王越彬丝毫没放慢脚步。

"我是出来追你啊，哎，那你为什么不跑呀，还走得很从容？"曾执笑得直不起腰。

"你不懂，遇见狗，最不能做的一个举动就是跑了。你一跑，它以为你在和它闹着玩呢，肯定它就追你，你肯定是跑不过狗的，这下更完蛋了，所以只能装作若无其事地离开。"

曾执好不容易不笑了，这番话又把她逗乐了："呀，你怕狗居然都怕出经验来了？走，咱们回去，和老板娘说说，让她把狗换个地方，拴好了咱们再进去。"

"你去吧，我等着。"王越彬直接拒绝。

曾执只好一个人又跑进了小院："老板娘，我们要来吃饭，但是我的朋友超级怕狗，你看能不能把狗换个地方呀？"

老板娘说她的狗狗很乖的，而且正要午睡，不会再出来吵到客人了。曾执坚持说她的朋友不是一般的怕狗，哪怕看见都不行，最好给它换个地方，不然他是不敢进来吃饭的。

老板娘一听，只好答应："好好，我让它去后院睡觉，你快把你的朋友叫来吧！还有，你告诉他，让他千万别一个人在路边。村里很多狗呢，有的也不拴，他要是这么怕狗，遇上了可就麻烦了，还是到院子里面来安全。"

山野安静，老板娘话音刚落，曾执就听见此起彼伏的狗叫声，于是赶紧跑出院子，看到王越彬一个人站在比刚才更远的地方。

曾执跑过去，把老板娘的话说了，又安抚他没事了："放心吧，狗肯定不在了，我们去吃饭吧。"

王越彬还是不放心："真的？你确定它不在了？你没骗我？"

曾执觉得此时的王越彬简直就像一个特别无助的小孩子，平时那么耀武扬威的他，此时因为一条狗居然怕成这个样子，她不光觉得好笑，心里还有点得意，你也有软肋呀！

曾执吓唬他："你要是不相信，那我自己去吃饭了，你就在这儿等着。老板娘可说了，村里狗多，好多根本不拴的，你要在外边这么晃荡，说不定就会遇上。"

王越彬四下张望一番，还是决定回小院。到了门口，他忐忑不安地四处打望，以确定狗不在他的视线范围内。还好，没看见。

落座之后，两人点好菜，老板娘去厨房做饭了。王越彬的神经终于松弛下来，靠在椅子背上正要松口气，谁知视线穿过走廊，哎呀，突然他看到了那条正趴在地上睡觉的大黑狗！他马上从竹椅子上跳了起来，慌张地喊起来："它没拴，没拴呀！老板娘怎么不拴呢！"

他的叫喊声一下子惊动了在午睡的大黑狗，护院的使命使它睁开惺忪的睡眼，跌跌撞撞地向前院走来。这可吓坏了王越彬，他一个箭步冲出去，眨眼就蹿出了院子，这一次他跑得更远。

他跑出了约200米，找到一处好像是废弃砖厂的空旷地方，一屁股瘫坐在最中间一块大砖头上，用手摸着自己的心脏，久久不能平息。连续经受了两次极度恐惧，他觉得自己浑身的汗毛都已经炸立起来了。

一会儿，曾执呼哧带喘地跑了过来。远远看见王越彬孤立无援地坐在废弃砖厂的正中间，她哭笑不得。人怕狗能怕成什么样，她今天也算是见识了。

"这回我让老板娘用链子拴上了，真的没事了，我亲眼看她拴的。"

王越彬惊魂未定："曾执，我不吃了，我已经完全没有吃饭的心情了。"

曾执实在可怜他："可是老板娘已经把老鸭给炖上了，还说为了弥补让你受到的惊吓，再送我们一个清炒红薯苗，刚才地里现摘的，绝对新鲜，都已经炒上了，让我来叫你呢！"

"曾执，真对不起，我真的不想，不，是不能再回去了。我现在就是坐在那儿，再好吃的美味佳肴我也吃不出味儿来了。"

"那可怎么办呀，人家都做上了。再说，这里也不安全啊，万一过一会儿野狗跑过来呢？"曾执努力想说服他回去吃饭。

"至少现在没有啊，我要是回去，那大狗现在就在那儿等着我！这样吧，你不怕狗，你回去吃吧，我就在这里等你，等你吃完了，给我打包一份出来，可以吗？"

"那你去哪儿呀？"

"我就坐在这里等你，你快去吧，别让老板娘以为咱让人做了又不吃了！"

曾执一步一回头地离开了砖厂，再次返回小院。

"姑娘，你可回来了，你的朋友呢？"老板娘干净利落，已经把饭菜做好，热气腾腾的老鸭煲正端上桌，还有一盘绿油油的红薯苗。曾执说了原委，让老板娘把一半饭菜打包。

曾执一边吃，一边抿嘴乐。虽然之前心里对王越彬有好感，但两个人之间巨大的差距让她一直没有勇气面对，今天这条狗倒是帮她缩小了两人之间的距离。饶是你光环闪耀再完美，原来也有耀眼光环背后不完美的地方呀！

曾执匆匆吃了两口后便跟老板娘结了账，拿着打包袋出来，走进废弃砖厂里，发现王越彬居然靠在一堆废砖上睡着了。

"嗨，醒醒，王医生，吃饭了！"

"哟，我怎么睡着了？"

"快吃吧，都凉了。"

说着，曾执打开塑料袋，拿出一次性筷子递给王越彬。已经是午后2点多了，加上刚才的惊吓耗费了太多能量，此时的王越彬实在是饿了，拿起筷子狼吞虎咽地吃了起来。

"踏实吃吧，我给你看着，保准不让狗过来。"

虽然怕狗，但王越彬丝毫也不觉得这件事让他没面子，即使在曾执面前，他好像一点也不难为情。

"嗨，今天大概是我人生中最囧的一天了，我是真怕呀！"

"你大概是我见过最怕狗的人了，哎，你为什么那么怕狗呀？"

"小学五年级，有一次发烧，烧退了后去上学。放学的路上，同学逗一条狗，结果那条狗被惹毛了，把我给咬了。后来我就又发烧了，病好后就落下病根，从此开始怕狗了。"

"就没想过治疗一下吗？我听林院长说，治疗恐惧症有两种方式，一种是满灌法，一种是系统脱敏法。那个满灌法就是比如把你关进一个封闭电梯里，电梯里有两只大狼狗，如果你能挺过五分钟，从此后你就再也不怕狗了……"

曾执兀自说着，因为专心回忆那些专业词语，没发现王越彬已经不吃饭了："你是想把我逼死吧？"

吃完饭，王越彬也不敢在村子里转悠了，说赶快走，回上海。去取车的路上，曾执奇怪，问他以前来岛上，难道都没遇到狗吗？他说也遇到过，实际上在哪里都能遇到狗，只要不是突然出现，都能提前躲开，不会像今天这么可怕。

这趟崇明岛之旅，起程曾执闹一个笑话，返程王越彬闹一个笑话。不过经此一劫，两人对彼此了解更多了些，相处也自然了许多。

车子即将离岛，竟下起了小雨。蒙蒙细雨中，车内密闭空间里，两人都能感觉气氛起了变化。

王越彬最先开口："曾执，做我女朋友吧。"

"不行。"曾执一口拒绝。

"我要一个肯定的答复。"王越彬不放弃。

"肯定不行。"曾执不松口。

王越彬扭头看了她一眼，也不再说话，直接伸手过去握住了她的一只手。许是他的手太有力，又太坚决，她没有拒绝，默默低下了头。

第三十章　美伊父亲去世

1.

　　梅青查清楚曾执的身世后，寝食难安。她想认曾执，她想补偿，不仅仅是之前那一万美金，而是曾执三十年来没有亲生父母的巨大损失。如果用钱能弥补，她当然可以不计付出，但她多少了解曾执的脾气，想来想去也无法直接面对她。唯一能让她觉得可信任的人，是林珊，她迫不及待要见到她。

　　当她来到月子会所，想找林珊咨询该如何处理这个难题，却意外遇到陈俊明。

　　得知梅青来找林珊，虽然不清楚她来所为何事，但陈俊明也了解她的身家，脑筋一活络，就提出月子会所开分院的事。他许诺，只要梅青投资入股，他可以答应她提出的任何合理条件。

　　当下梅青也动了心，她提出，如果自己投资，由曾执来当分院院长。

　　本是随口一说，陈俊明没想到梅青会答应，更没想到她会提出让曾执当分院院长。虽然十分诧异，但他立刻一口允诺。当梅青提出她想尽快见到林珊、她只跟林珊谈这件事时，陈俊明火速召林珊从上海回北京。

　　梅青是高兴的，如果能让曾执接受她——不，不接受她也没关系，只要这事对曾执好——让她做什么她都愿意。钱不是问题，她只担心曾执知道真相后不接受她的帮助。

　　她现在最大的心愿，就是曾执让自己有机会补偿她。只要能处理好和曾执的关系，钱的事她不计较。

　　陈俊明自然更是高兴，现在开分院的事八字终于有了一撇，可不能再泡汤了，不仅不能泡汤，还要立马落实。

　　那天下午，梅青一直在月子会所等着林珊回来。她心乱如麻，一方面她要补偿被她遗弃多年的女儿，另一方面她也需要告诉丁羽芊她还有个姐姐的事实。她还不知道丁羽芊会做何感想，会怎么看待她这个母亲，怎么看待她抛弃亲生女儿这件事。她也不知道怎么应对。

她也还在考虑，如果一旦曾执问起自己的亲生父亲，她该怎样回答。当年她一走了之，她的生命中郭文坤这个名字便彻底消失了，这些年她根本不知道他在哪里，就连是死是活也不知道。如果他还在世，要不要让曾执知道她的亲生父亲是谁？

原来伤疤只是伤疤，它代表着痛苦的过往，一旦被揭开，看到的都是血淋淋的伤口。所有内心的私密，所有毕生想维护的体面，都不得善终。

面对林珊，梅青艰难地说出这一切。如何偶然捡到那枚梅花形状的翡翠坠子，如何怀疑翡翠坠子的主人是曾执，又如何一步步证实。她把自己当年未婚怀孕，不得已抛弃刚落地的女儿一走了之的无奈也和盘托出。她恳求林珊理解她，也恳请林珊帮忙，让曾执接受她这个做母亲的这份迟来的道歉和心意。

埋藏心底多年的秘密一朝说出，梅青号啕大哭。当年所有的委屈，所有的屈辱，此时此刻又涌上心头，那种痛不欲生，竟像是刚发生在眼前的事。

林珊震惊之下，心情十分沉重。她同情眼前的梅青，更为人在上海还什么都不知道的曾执揪心。该如何把曾执的身世告诉她呢，30 年后亲生母亲的出现，对这样一个从小被遗弃的孩子来说，是幸运，还是再次的伤害呢？

曾执能接受眼前突如其来的这一切吗？一个家财万贯的母亲，一个光环耀眼的明星妹妹，还有母亲的“补偿”——月子会所院长的职位。

林珊第一次对自己没有了信心。因为她即将要面对的这个受访者离她太近了，近得几乎像她的女儿一般。她心疼她，心疼得不敢让自己有任何一点闪失，她不忍心再让曾执受到任何伤害。

林珊不停地思考，一时没有想到万全之策。她如实向梅青说，她不想伤害曾执，或者说她想把对曾执的伤害降到最低，该怎么做，她需要时间考虑。

2.

欢呼雀跃来登记结婚的日子，好像就是昨天。一点一滴，历历在目。

今天却别有一番滋味在心头，办完离婚手续走出民政局大门，殷悦和张建平各自沉默着。

就此别过了，各奔东西，不再是夫妻，不再有关系。殷悦突然间情绪难以控制，她转身，扑进张建平怀里，喃喃地说："再见了，建平！"

"愿你开心！"张建平声音颤抖，轻轻拍拍殷悦后背。

两人分开，一个向左，一个向右。

殷悦的眼泪再也不能控制，她不知道张建平有没有走远，但她不敢回头，拼命控制身体，不让两个肩膀抖动太厉害。夏天的雷雨，说下就下，雨水泪水一瞬间便分不清楚，雷声响起的刹那，她终于放声痛哭……

街道那一头，刚一转弯，张建平跌坐在一家小店门口的台阶上，顾不得雨水尘土，哭得撕心裂肺……

有多少爱，才够抵得过婚姻里对对方一点一滴累积的哪些小失望？感情里的永远，永远也可望而不可求。

也许每个人的感情世界里，都曾有过一个无法永远在一起的人。只是有的人没有进入婚姻，早早散了，不至像婚后再分开伤得人这么痛。

不过，也还好，还好世上有离婚这个选项。那些经岁月证明无法在一起的人，终究是无法在一起的。

3.

窗外雷声隆隆，月子会所313房间里，蔡美伊一遍遍拨着父亲的电话号码。

王睿和母亲都掩饰得很好，不，应该说都演得很好，她丝毫没有察觉生活早已发生巨大变故。尽管如此，电光火石之间，她心头却有了不祥预感。

百密一疏。忙乱的后事处理完了之后，美伊妈就把美伊爸的手机收起来了，但全家人谁也没记起要给这个手机充电。

而当蔡美伊想证实自己的预感，第一件事，便是拨打父亲的电话。可是，那个号码她再也打不通了。

二宝在床上睡得正酣甜，蔡美伊无力地滑坐在床脚。父亲就这样和自己永别，她无法接受。

不知道这样无声地哭了多久，她擦干眼泪，鼓起勇气打通了妈妈的电话。

妈妈的声音故作轻松，蔡美伊轻声说："妈妈，为什么不告诉我，你早点告诉我，我可以和你一起分担。"

女儿已经知道了。电话那头，美伊妈泪眼婆娑："是你爸爸的意思，要怪就怪妈妈吧。"母女俩，各在电话一端，哭泣良久。

"妈妈，等我出了月子，我带着大宝二宝，和你一起去旅行一阵子吧。我不能让你一个人面对孤独，承受痛苦。"蔡美伊擦擦眼泪说。

接下来的日子，蔡美伊比所有人想象的都要坚强，甚至比她自己想象的都要坚强。她积极配合月子会所的护理方案，自己把全身心都用在照顾大宝二宝身上。

这天王睿过来，说他刚接到一个邀请函，让他两个月后去挪威的奥斯陆参加一个学术交流活动，为期六个月。

"美伊，我有一个大胆的想法，不知道你同不同意。你不是一直想出院之后，带着妈和孩子们出门散散心吗，我想，不如我们全家一起去挪威吧？"

美伊惊愕不已。

"王大律师，我可没想出国旅行，你看咱们家老的老，小的小，还有一个刚出生的，我原本想带他们去海南住一阵子的。"

"是，我知道很困难，但你这么想，如果我们一家一起去北欧，不仅可以让你和妈换个环境散散心，还可以让墨墨开开眼界。他都六岁了，马上就该上学了，挪威有很多户外活动，我工作之余可以带他去划独木舟，去登山，去野营，玩所有男孩该玩的。我想这对墨墨心理会有一定的疗愈作用，对他今后的性格塑造会产生一定的影响。墨墨太内向太胆小了，我觉这是一个很好的改变机会。还有啊，虽然说是异国他乡，但我们全家人都在一起，多么难得的机会呀，想想都浪漫。"

王睿越说越兴奋，蔡美伊也听得两眼放光。

"老公，让你这么一说，真的好诱人，我恨不得现在就去，可是小宝能行吗？"

"你看老外是怎么带孩子的？背袋一系，绑在爸妈身上就周游世界了。"

蔡美伊听着心动了。

"这次我们去挪威，你正好也实地考察考察北欧的儿童教育，随时直播，把好的育儿经验分享给你的粉丝们，岂不是一举多得？"

"对呀，这主意真不错。老公，你真不愧是律师啊，一件在我想来完全不可行的事，经你这么一分析，听起来就那么完美了呢！"

"家人在一起最重要，否则我一个人去，怎么放心得下你们啊。"王睿诚恳地说。

蔡美伊立刻拿起电话："妈，王睿要去挪威参加一个学术交流活动，时间是六个月。"

"哦，这么久，不过你让他去吧，最近家里的事情这么多，已经耽误他不少工作了。美伊呀，出了院你放心，家里有妈帮你，实在不行，看看你家原来的保姆愿不愿意回来帮忙。"

"不是的，妈，王睿想带我们一起去。我们全家一起去挪威生活半年，你愿不愿意去啊？"

"啊，大宝小宝也都去呀？小宝太小了！"

"王睿说，换个环境，我们也都调整一下心情，最重要的是，希望我们一家人在一起。"

美伊妈听到这儿，心里是感动的，她觉得自己非常幸运，遇到了这么善解人意的好女婿。

"行，妈妈没问题，我跟你们去！"美伊妈爽快答应了。

"妈，我就知道你会答应的，虽然爸爸走了，可是我们生活还是要继续呀。我们不仅要继续生活，我们还要生活得特别好，这样才是我爸希望的。"

电话那头，美伊妈擦了擦眼角流下的泪。

这天美伊妈来月子会所，一进门蔡美伊就招呼妈妈陪二宝："妈，你可来了，今天这小家伙可不听话了呢，你来了正好，陪陪她，我去洗个澡。"

"坐月子哪能洗澡呀，洗澡会受凉的。我生你那会儿，正好伏天，捂得我一身痱子我都没敢洗。"美伊妈一把拉住了欲往卫生间走的蔡美伊。

"妈，我两周前就洗了，这里是月子会所，这里讲究的是科学坐月子，您生我那会儿不让洗澡，是谁告诉你的？"

"我妈呀！"

"你妈又是谁告诉她的？"

"她妈呀！"

"所以坐月子这事之前没有教科书可学，是民间这样一代一代传下来的。老早之前为什么不能洗澡？怕受风。为什么会受风？因为房屋密封不好。你看现在的房子哪儿还会漏风，如果觉得冷，洗手间里还有浴霸。早先家里也没有淋浴，洗澡要用大木盆，月子期间当然容易感染。现在这里都是淋浴，像我们这种顺产的，三天后就可以洗澡了。"蔡美伊关着卫生间的门和妈妈大声地说着。

美伊妈一脸茫然。

4.

转眼二宝满月了，蔡美伊也要回家了。

宋敏在门口挽着蔡美伊说："美伊，大家真舍不得你走，你看，这是我们特地为你制作的月子纪念册。"

蔡美伊脸上露出意外的表情："哇，这些照片都是什么时候拍的呀？太珍贵了，还是手工的呢！"

"像不像上学时的毕业留言本？院长特地交代我们不做电子的，一定要做手工的。"

曾执在一旁插话道："你看，这里还有院长亲自给你写的寄语呢！"

蔡美伊一篇一篇地翻看着，心里无比激动。从她入月子会所的第一天，直到昨天和大家的合照，几乎每一天发生的事情里面都有记录。宝宝洗澡、抚触、量体温、消毒肚脐、称体重，哭呀，笑呀，拉臭臭，应有尽有。还有自己做瑜伽、参加妈妈学堂、参加厨艺比拼的画面，还有小宝的满月照，有和月子会所各位护理人员的合影。翻到最后，她的眼睛有些湿润了。

院长林珊也在最后一页给她留言："亲爱的美伊，今天你就要离开月子会所了，但是你二胎妈妈的旅程却刚刚开始。月子是女人最完美的蜕变，相信美丽、睿智、善良的你，会带着自己生命中无限的能量和爱，去滋养你两个可爱的小天使，去温暖你所有的家人，因为你的存在，他们会生活得宁静而幸福，我深深地祝福你。"

蔡美伊看到这里，她的感受已经不仅仅是感动了，她还感到了作为女人、作为母亲的一种无形的力量和神圣的使命感。

她把本子合上，抱在胸前默默地点了点头。

突然她想起什么，打开手机，录起了视频："亲爱的新妈妈们，我今天就要离开月子会所了，这是月子会所送给我的纪念相册，记录了我和小宝这一个月的点点滴滴……"

王睿把东西全都装上车，回到房间喊蔡美伊。蔡美伊穿戴整齐，就在走出月子会所楼门的一瞬间，她和王睿都愣住了。

月子会所一行人，从月嫂、护士、护士长、杜老师、瑜伽老师、瑶瑶、厨师长，齐刷刷地站成一排，目送着蔡美伊回家。她走过去和每一个人握手、拥抱。

蔡美伊走到林珊面前，给林珊深深地鞠了一躬，然后抱住林珊在她耳边说："院长，谢谢，我会记住您的话。"

林珊欣慰地笑了。

林珊之所以一定坚持要有欢迎、欢送仪式，是因为仪式感会让人记住这个时刻的与众不同，可以给人带来一种庄重和神圣的感觉。虽说这只是一个小小的月子会所，但她一定要让它像学校一样，有开学典礼和毕业典礼。

林珊想，如果月子会所是一所学校的话，蔡美伊就是那个最有悟性也最上进的学生，老天一定不会辜负这样的女人。

5.

"做我女朋友吧。"王越彬的告白让曾执一路从上海甜回北京。久违的甜蜜，她确认，她恋爱了。她渴望让身边所有熟识她的人都知道这个消息，如果按她以前的性格，她可能会把这个消息捂一阵子，直到她和王越彬的关系非常稳定。但这次，她没有，回程的火车上，她便在和殷悦、蔡美伊的微信群里，迫不及待地和她们分享了她的心情。看她笑得开心，王越彬探头和她自拍，抢过她的手机把照片发到了她们的微信群里。

正像殷悦回复所说的，她真的"甜炸了"。没错，她太开心了。她希望回到北京，第一时间把这个消息也告诉曾志芳，告诉林珊。

出了高铁站，曾执说她想先回月子会所，和王越彬告别，他却坚持要送她一起回去："我们给 Grace 一个惊喜，顺便晚上请她吃饭，怎么着我也得好好谢谢这个媒人啊！"曾执拗不过他，好啊，反正要说这件事，索性带着男主角。

在林珊办公室，当曾执不安又兴奋地把这件事告诉林珊的时候，林珊开心不已，热烈拥抱这两人，当然少不了一番祝贺和打趣他们。然而，她脸上的喜悦很快便暗淡下去。

"怎么了，院长？"以曾执的敏感，她当即觉察到林珊不对劲。

"曾执，上次丁羽芊的律师给你的红包，其实是丁羽芊的妈妈给你的，她叫梅青。"林珊犹豫着开了口。她并没有更好的说出这件事的办法，也不知道此刻是不是合适的时机。但这件事也许压根就没有所谓合适的办法与合适的时机，那么，她也只有硬着头皮试探地说下去了。

"哦，您是让我把红包还给她对吧，没问题，那钱我没动呢。"曾执一脸不安。

"不不，不是还钱。"林珊注视着曾执，"你记得你丢过一枚翡翠坠子吧？"

"当然记得，丢了，后来也没有找到。"

"你知道这枚翡翠坠子的来历，是吗？"

曾执的不安更重了："听我妈说，那是她捡到我的时候就绑在我的手腕上的。我妈猜测，应该是我的亲生母亲留下的信物。怎么了，院长？"

"梅青在月子会所捡到了你丢的那枚坠子，梅花形状的……"

"她捡到怎么了？她还给您了？到底怎么了，院长，您要说什么呀？"曾执着急地问。

"梅青，她认得那枚坠子，因为……当年是她把它绑在你的手腕上的。"林珊艰难地说，"曾执，她是你的亲生母亲。"

曾执呆住了。梅青？明星丁羽芊的妈妈？竟然是自己的亲生母亲！

一旁王越彬也蒙了，曾执的亲生母亲，竟这样出现了？

曾执跌坐在林珊对面的沙发上，她腿软得站不住。"这不是真的……"她身体颤抖，抖到不能自已，喉咙里勉强发出的声音像是一个打哆嗦快要冻僵的人。

林珊讲了梅青的经历，她告诉曾执梅青的无奈。在她出生的那个年代，流言是有可能要了一个女人的命的，而回国后这些年她一直没有勇气找回自己的女儿，直到老天把她的女儿送到了眼前，她想和女儿相认。

林珊看见曾执迷茫的眼神，赶紧说："曾执，她想补偿你，知道你在读 EM-BA，知道你很上进，她决定投资我们月子会所分院，由你来当院长。"

林珊说话的声音越来越小，她发现自己也越来越没了底气。

曾执就那样傻在了那里，再也没有一句话，没有感动、喜悦，眼神中流露出来的是无尽的绝望和死一般的沉寂。

人世间会有很多种被抛弃，恋爱中被抛弃、婚姻中被抛弃、合作中被抛弃……但这些加起来，都抵不过一个人一出生就被抛弃。在被抛弃的孩子看来，自己是一个多么不受欢迎的孩子，才会有这样的命运？

不知道沉默了多久，曾执从沙发上站起身，径直走出了院长办公室。

曾执跌跌撞撞地走出了月子会所，漫无目的在街上走着。她曾经觉得自己活在这个世界上一点意义都没有，她之所以一次次地被人抛弃，是因为她一出生就不被这个世界所认可，在这个世界上根本就没有她的位置。没有位置的人，自然也就没有属于她的东西。

她觉得自己又可怜又可笑，工作中拼命和人家抢荣誉，感情上和人家抢老公，好不容易遇到王越彬，觉得上天总算对自己有了一点好脸色，现在又要和人家抢母亲。

就像她自己说的，她那么努力，就是想主宰自己的命运，而不是被命运安排。可是，无论她怎样努力，命运还是毫不顾惜她的感受，依旧会对她做出匪夷所思的安排，完全不和她商量。

她所缺少的，她曾希望用自己的努力来填补，现在她才终于明白，那都是天真的梦想。难道真是从出生就是错，所以要错一生吗？她真的是一个不该出生的人吗？

看见曾执离去的背影，林珊的心像被针扎了一样疼。她回忆起自己第一次见到曾执的情景。自从看见她的第一眼起，她就喜欢这个女孩，她的认真，她的执着，她心底里的干净，很像年轻时候的自己。很多时候林珊是像对待女儿一样的疼爱她，调教她，可是命运却如此这般地捉弄她，林珊真的担心这孩子会承受不住这接二连三的打击。

一个那么优秀的护士，一个那么年轻的生命，林珊告诉自己，一定要帮她，要像母亲帮女儿那样，不惜一切代价帮她。因为林珊深知，如果这个创伤不彻底治愈，这个心结一直在，她将很难走入任何亲密关系。林珊心里有了主意，她决定带曾执去自己的朋友怡天老师的工作坊。

林珊非常清楚她是多么需要曾执的配合，一个人如果自己没有意愿，那么什么样的治疗都是徒劳。林珊对这种出生性创伤的疗愈并没有十足的把握，但是她想尽一切办法帮助曾执，不仅出于职业本能，更因为她对曾执的爱。

马路上，王越彬跟在曾执身后，只是保持距离跟着她，不敢离她太近，也不敢上前和她说些什么。既然命运安排有这样一天，他只庆幸还好他在她身边。

曾执埋头走路，她也不知道自己要去哪儿。鬼使神差的，她竟一路走进了曾志芳当年工作的医院。

不知道亲生父母是谁，不知道自己来自哪里，潜意识里，曾执曾一度把这个医院当作"家"，但是她又对自己这种依恋的心理不愿意承认。自从偶然听妈妈的同事议论自己的身世，知道自己被亲生父母抛弃在这里，倔强的小姑娘立刻去找曾志芳证实。而曾志芳也并没有瞒着她，也许她也知道，这一天迟早要来临。

自那之后，整个童年时期，无数个放学后来医院等曾志芳下班的下午和夜晚、无数个陪曾志芳值班的寒暑假，曾执把这个医院的角角落落转得烂熟于心。每一间房子、每一堵墙，甚至院子里的每一棵树、每一株花草，她都和它们很熟悉，它们也生长在这里，好像她的亲人。

表面上，得知自己身世的曾执和以前没有什么两样，但"为什么要抛弃我"的质问一直呐喊在她的心底。从此她对于自己的人生不敢稍有懈怠，一直努力、努力，希望借此对抗和忘记心里无解的痛苦。

医院里，新建的住院部大楼遮挡了阳光，在地面上投下巨大的阴影，原来的门诊楼也缩在这片阴影里。门诊楼门口的小花园已经荒废了，半圆形的小花园矮墙还在，曾执径直走过去，贴着墙角蜷坐在那段矮墙上。

王越彬也陪坐在她身边。眼前的景物，全然是 20 世纪 80 年代的样子，他模糊猜测，这里便是曾执被遗弃的那个医院。

曾执无话，蜷缩的样子让人心疼，王越彬仿佛看到当年那个备受伤害的、无助的小姑娘，于是试着和她说话："你小时候，是不是就是在这个医院长大的？"

"这里是我的家，我无数次想过，他们只是出远门了，暂时留我在这里，他们一定会回来找我。下雪的时候我在等，下雨的时候我在等，花开了我在等，叶子落了我也在等，但是他们一直没回来……"曾执终于开口说话了，脸上却一片茫然，什么表情都没有。

王越彬疼惜地把她揽在怀里，安慰道："你的亲生母亲，这不是来找你了吗？"

"不，她没有找我！她已经回国很多年了，这个医院一直在，很多当年的人也都在，如果她有心找我，早就找了，她早就已经找到我了，这并不难！如果不是在月子会所偶然捡到我丢的坠子，她绝不会找我的，她这是没有办法，良心不安！"曾执恨恨地说。

王越彬一时不知该说什么，是啊，梅青回国多年，为什么从来没有去医院寻找她当年丢弃的孩子呢？

"或许，她曾经找过，但是没找到，也有可能。你，要不要，先和她见一面，毕竟，她现在出现了，你总不能逃避这个事实吧。"王越彬说。

"我不会见她！她一定认为我死了，她把我扔了，就是当我死了，她一定希望我死了……这么多年，我也认为她早已经死了！"这些话，都是多年来曾执埋在心里的话。

"可你们，毕竟都活着呢，而且机缘巧合遇到了对方。她也是有苦衷的，你没听林院长说嘛，当年她也没办法。"

"哼，她活该！谁让她当小三了？谁让她没结婚就生孩子了？她不要脸，一走了之，凭什么要把我带到这个世上来承受痛苦？"

"对啊，她凭什么，咱们当面问问她，凭什么她一走了之让孩子承受痛苦。"王越彬顺着曾执的话说。

也许是旁观者清吧，他是很希望曾执能够直面梅青出现这个事实，因为见面是早晚的事，无论她们相认或是不相认。但他又非常理解曾执的怨和恨，事发突然，这不是小事，她无法用理智立刻做出决定。

岂料，王越彬的话引燃了曾执的情绪："我说了，我不会见她！她拿我当什么啊，她想扔就扔，想捡回来就捡回来？"

看着曾执一脸的泪水，王越彬知道多说无益了，只好默默地为她拭去眼泪，默默等她的哭泣变抽泣，默默等她逐渐情绪平静。他平静地说："我送你回家吧，知道你今天回来，人到现在还没到家，你妈妈该担心了。"

他挽着曾执的胳膊把她送回家，一直送到家门口。曾志芳来开门，猛然见到门口有一位男士，她很吃惊。虽然眼下不是解释他和曾执关系的好时机，王越彬却没在意，张口就说："阿姨好，我是曾执的男朋友，我叫王越彬，有点突然，本来想正式拜见您的。那个，曾执刚出差回来，她很不舒服，我就把她送回来了，您让她早点休息。"

曾志芳哦哦应着，看看王越彬，又看看曾执，不知道该惊喜还是该担心。

从曾执家出来，王越彬拨通了蔡美伊的电话，开门见山就说曾执的亲生母亲出现了，但现在她无法接受这个事实，他想过去与她见面聊聊。

在王越彬赶去蔡美伊家附近咖啡店的时候，蔡美伊也约了殷悦前来。

三人碰面，王越彬讲了今天经历的种种。曾执这一天，简直是从幸福的云端跌落进痛苦的深渊。

人人都知道曾执的脾气，这件事勉强不得，只能慢慢来。但慢是多慢呢？时间拖得越久，曾执的痛苦就越久。

"美伊，你说曾执是怨命运呢，还是怨抛弃她的父母呢？"殷悦问。

"都怨吧，无法分得特别清楚。如果这件事发生在我们俩身上，设想一下，我们应该也无法接受。"蔡美伊说。

两人心情都无比沉重。

殷悦说起过几天要为月子会所和 MM 医院举办音乐会的事，询问王越彬是否可以邀请梅青前来，安排她和曾执巧遇。蔡美伊却觉得不妥，因为以曾执个性，她极有可能当众给梅青甩脸子，让她难堪下不来台。

想来想去，三人想不出万全之策。王越彬愁眉紧锁，又给林珊打电话，林珊匆匆赶来。

林珊分析，曾执现在对梅青有加倍的恨，一来恨她当年抛弃自己，二来恨她回国这么多年却不寻找自己。如果出生时抛弃算是第一次抛弃，那这么多年有条件寻亲却不寻亲，相当于第二次抛弃了她。如果仅有第一次被抛弃，她还对亲生父母寻找自己抱有一丝希望，而这第二次被抛弃的感觉，让她觉得自己是彻底被抛弃了。现在她对梅青很绝望，母女相认的难度，现在也是翻倍的，难上加难。

"下雪的时候我在等，下雨的时候我在等，花开了我在等，叶子落了我也在等，但是他们一直没回来……"想起曾执说的话，王越彬说，曾执是心地很柔软的人，这么多年，她其实非常渴望亲生父母能够出现，她对他们心里是有期盼、有爱的。他相信曾执能与梅青和解，但的确需要有人帮助她，能让她走出这一步。

"她只有和亲生母亲和解，才能与自己和解，宽恕梅青，也宽恕她自己。我不想看到她这样痛苦，你务必想想办法帮助她。"王越彬对林珊说。

林珊沉默半晌，说道："我试试，我有一位朋友，她是非常出色的心理老师，我咨询一下她的意见。"

第三十一章　相见时难别亦难

1.

人在痛苦的时候，脸色是凄苦的，仿佛随时会哭出来。第二天，在月子会所出现的曾执便是如此。

林珊把脸色难看的曾执叫到办公室："我有一位好朋友，是非常出色的心理老师，我叫她怡天老师。昨天我向她讲了你的事，她很愿意帮助你……"

"不，我不需要帮助，我和那个梅青没有关系，以前没有关系，以后也没有关系。"曾执冷冰冰地拒绝说。

"我只是，曾执，很心疼你，我愿意你每天都像昨天刚出现在我办公室时那么开心。当然，我也不会强迫你做任何事，只是今天我想带你去怡天老师那里，她会帮你做一个心理测试，也许你会明白自己的真实想法。"林珊温柔劝解。

曾执低头不语。

"那么我们下午过去。"林珊道。

林珊立刻明白，她其实很希望得到帮助，只是她很怕受伤害，于是只好封闭自己，宁肯困在这种糟糕的情绪里。她只是没有办法。

2.

这是一片幽静、高档的私人住所，林珊把车停在楼前。"叮咚"，林珊按响了门铃，开门的女士见是林珊，忙说："林老师，请进，怡天老师在等您呢！"

林珊和曾执换好鞋，一前一后进门。

房间里香气缭绕，舒缓的音乐若有若无，气氛祥和又宁静。里边一个房间里走出一位笑意盈盈的中年女性，高挑瘦削的身材，着一袭长裙，优雅知性。她和林珊拥抱，互相问好，同样也拥抱了曾执："你是曾执吧，多可爱的小姑娘！"她轻轻拍拍曾执的后背，示意她和林珊坐下。

茶桌上，怡天老师和林珊聊天，聊了很久。偶尔曾执也搭话，但多数时候她无法加入，自己默默翻看怡天老师的书。

就在曾执觉得她们仿佛忘了自己存在的时候，怡天老师递给曾执一张白纸："小姑娘，你在这张白纸上画出你十八岁前的家庭关系图，好吗？"说完她继续和林珊聊天，她知道曾执已经足够放松了。

她声音甜美，讲话随时都是微笑的。曾执没抗拒，也没多想，她的家庭关系图再简单不过了，人物只有两个，养母曾志芳和她自己，关系一般。她便画了两个简笔人像，用一条直线连上。

"孩子，你的图里只有你和养母。那你知道自己从哪里来，你的亲生父母是谁吗？你见过他们吗？"

"不知道。"曾执回答得很干脆。她说完后下意识地回头看了一眼林珊，在林珊面前她从来没有撒过谎。

"是真的不知道，没见过，还是不愿承认他们呀？"这个小动作瞬间被怡天老师捕捉到了，"假如现在亲生父母出现在你面前，你是一种什么样的感受？"

"愤怒。"

"为什么？"

"他们不管我愿意不愿意，就把我带到这个世界上，然后一句话没有就把我扔掉。凭什么他们要走就走，要来就来，凭什么他们要参与我的人生？"

"曾执，你小时候生过病吗？"

"生过。"

"然后呢？"

"好了。"

"你高考紧张吗？"

"紧张得要死。"

"然后呢，是不是也熬过来，考过了？"

"是的。"

"你失恋过吗？"

曾执点点头，望着怡天老师，不知道她的用意何在。

"特别痛苦，恨不得不想活了，是吗？结果呢，你看，你现在依旧活着，而且还活得挺好，不是吗？"

"你知道是什么让你从一次次痛苦、煎熬中挺过来的？"

曾执茫然地摇摇头。

"是生命力，是你自身强大的生命力，它有很大的潜能和力量。而这生命力，是你的亲生母亲给你的。"

这一句话，戳中了曾执，她的脸色开始难看起来，身子也坐得笔直。她的身体语言表示她很抗拒，怡天老师已经预想到了会遇到这样的阻抗，但她没有停止，她的声音甜美温和又有一种特殊的力量："曾执，我欣赏你在那样的情况下依然成长起来的强大生命力，你身上有很多优点都是你父母遗传给你的，可能你自己还没察觉到。我们每一个人呢，都应该感谢爸爸妈妈，感谢他们给了我们生命。"

怡天老师双手放在胸前，微闭双眼，脸上是恬静的笑，虔诚得像一个小姑娘："妈妈，亲爱的妈妈，谢谢你给了我生命。"说完睁开眼，殷切地望着曾执，"你愿意跟我重复一遍吗？"

曾执微微地张了张嘴，又合上了。

"妈妈，亲爱的妈妈，谢谢你给了我生命。对妈妈说。"怡天老师用眼神鼓励着曾执。

"妈妈，亲爱的妈妈，谢谢你给了我生命。"鬼使神差地，曾执竟然重复了这句话。怡天老师和林珊相视一笑。

"我希望你能陪我，给我更多，但是你能给我这样的生命，也已经足够了。"怡天老师继续像刚才那样说，示意曾执也像她一样。

"我希望你能陪我，给我更多，但是你能给我这样的生命，也已经足够了。"

"曾执，你听着，我们是父母血肉、生命的延续，如果你拒绝了妈妈，你就是拒绝了你自己。一个连自己都不接纳的人，怎么能让别人很好地接纳你呢？你对母亲的怨也好，恨也罢，其实都是因爱而生，你对她有爱的渴望。比如你对一个陌生人就没有爱恨，那是因为你们没有血缘关系。这个关系是先天的，无论它是好是坏，是不是如我们所希望的，我们只能接纳它。"

曾执没有说话，早已经满脸泪水。道理，也许她并不是不懂，可如果没有人帮她疏通感情的淤塞之处，她无法直面内心的真实想法。

这时，林珊朝之前开门的女士使了一个眼色。她点头，把梅青从里边一个房间带了出来。

梅青之前接到林珊的微信，早就来到怡天老师这里了。林珊也没有十分的把握今天局面会怎样，如果曾执情绪有所松动，她会让梅青出来与她面对面；如果曾执仍然情绪很强烈，她这次便不会安排两人见面。

见曾执情绪逐渐平静，林珊慢慢把她的身子扳了过来。当曾执看到梅青的那一瞬间，还是本能地朝后退了一大步，一脸的惊慌。但是林珊坚定地站在她的身后，不让她继续后退和逃避。

曾执就这样站在梅青面前，梅青却不敢再上前一步，三十多年前的旧事横在她的心里，一幕一幕从她眼前掠过，伤痛化作泪水，让她难以自持地痛哭："我的欢欢，我一直都想找到你……"

林珊把食指放在唇边，做了个"嘘"状，示意梅青不要激动，给曾执一点时间。

"曾执，你有什么想问她的吗？现在可以问了。"怡天老师的声音温和却有力量。

"你说你一直想找到我，我就想知道，你早就回国了，为什么从来没有找过我？"曾执说。

"我一直没找你，是真的；我一直想找到你，也是真的。我没找你，是因为我不敢找你，如果找到你，我该怎么向你解释呢？你的父亲，我们的关系……你如果也要去找他，我该怎么办，我不知道……那段过往我自己至今不敢回头想，更不敢面对，只好逃避，假装没有经历过。每次想着去找你，想着想着就不敢了，我真的很怯懦，没有勇气面对我心里的这道伤疤。如果不是在月子会所无意间遇到你，我可能仍然没有勇气来和你相认。可是当你突然出现在我面前，我无法再逃避了，左右对我都是折磨。从月子会所回了家，我没有踏实过一天，老天这是在惩罚我……无论你怎么对我，我只想告诉你，我是你的亲生母亲。你可以不叫我妈妈，可以惩罚我，都可以，我没有资格配得上你称呼一声妈妈。但我也想告诉你，你一直在我心里，是我从不想分离的宝贝。那时我给你取的小名是欢欢，希望你成长为一个无忧无虑的孩子。我从来没有忘记你，亏欠你的爱我这一生也无法补偿，以后我一定努力补偿你……"

谁也没料到，梅青情绪激动，说着说着身子一软，竟然跪在了曾执面前。

曾执本能地冲过去扶她。两人身体接触的一刹那，都像触电一样，曾执仿佛瞬间失去力量，完全拉不动梅青，反而被梅青紧紧搂在了怀里。两人就这样在地上互相抱着号啕痛哭……

一旁，林珊也悄悄拭去眼泪。

这时，怡天老师走到里边的那个房间，拉着曾志芳的手走了出来。

原来，林珊发现曾执对今天来怡天老师这里并不反对，第一时间就把梅青和曾志芳约在一起见了面，告诉了她们自己的打算。虽然是第一次见面，两位妈妈对彼此却没有陌生感。

一位是生了曾执的母亲，一位是抚养曾执长大的妈妈，对于迟早要来的这一天，两人都有心理准备。梅青满是感激和愧疚，对曾志芳千恩万谢。曾志芳心里多少有点酸酸的，辛辛苦苦养大，当亲妈出现她还是会认亲妈的。她反复说养育曾执并不是为了让她和她的亲妈感激，她心里庆幸，好在曾执已经成年了，她知道她终究有一天要成家离开自己。

曾执看见曾志芳出现先是一愣，两人都有些尴尬。

这时怡天老师说："曾执，其实你比任何人都幸福呢，别人都只有一个妈妈，可你却有两个妈妈。你有生母、养母。对了，还有一个一直在帮助你的院长妈妈，你有三个爱你的妈妈，不是吗？"

林珊拉起曾志芳的手，一起走向曾执和梅青，三个妈妈抱着她们的女儿喜极而泣。

"愿意与梅青和解，更重要的是我愿意与自己和解。如果我满怀怨恨，固执己见，那我的余生将仍然活在怨恨之中，谁知道我又会错过什么？难道永远恨她，不饶恕，一直到死吗？不，我们不是为了恨什么人活在这个世界上的，更何况她是给了我生命的人。"事后，曾执这样对王越彬说。

3.

月子会所联手 MM 医院举办的音乐会今天终于要正式演出了。从在月子会所有了想法开始，到回到公司接手工作，再到与同事一起联络各家母婴品牌、定方案、一一敲定细节，殷悦为这个音乐会已经忙了很久了。

今晚的演出，殷悦邀请的是国内一流的乐团。最后一次彩排结束，乐队在指挥的带领下谢幕，坐在台下的林珊、曾执和殷悦使劲鼓掌。作为活动总策划的殷悦忍不住冲到舞台上与指挥击掌，太精彩了！

随后，工作人员招呼大家去后台休息。

此时，剧场门口已经人头攒动。马上就要入场了，剧场大厅的电子屏上滚动着一行醒目的大字：生命的乐章——胎教音乐会。

在熙熙攘攘的人群中，有三分之一是挺着大肚子的孕妇，大部分是在 MM 医院建档的产妇，也有一些是看到广告被诱惑来的，毕竟这是一场免费的音乐会，不听白不听。如果运气好抽到大奖，还能免费去 MM 妇产医院生孩子，或者免费去月子会所坐月子。

音乐会门票后面清楚地印着不同的奖项和赠送的奖品，演出结束以后，所有孕妇都有凭票抽奖的机会。一等奖是价值十万元的 MM 医院免费生产大礼包，二等奖是价值八万元的月子会所护理大礼包，三等奖是价值三万元的月子套餐。所有未能获得大奖的产妇均可抽取不同品牌的礼品，还均赠送林珊的一堂妈妈学堂课程。

这个方案，殷悦和同事是充分揣摩了消费者心理后精心策划的。每一个奖项，工作人员都在现场作详尽的介绍，对很多之前不了解月子餐、月子会所的人进行一下普及和推广。如果有人没抽到理想的奖品，现场也可以优惠折扣购买。

观众陆续进场。林珊把王越彬、曾执、曾志芳和梅青安排坐在嘉宾区，蔡美伊一家坐在他们旁边。开始曾执挨着梅青，可她感到很别扭，她和王越彬换座位，与梅青和曾志芳都隔开坐，自己另一边挨着蔡美伊。梅青笑笑，也没说什么。梅青近来多次创造机会和曾执走近，曾执虽然不拒绝，但总还是不太自然。

有时候，曾执心里对梅青暗暗有几分可怜。事业上的成功，仍然秀美的面孔，都掩盖不了她备受伤害的感情世界的千疮百孔。今天来剧场的路上，曾执还和王越彬说起她对梅青的看法，"也是一个苦命的可怜女人"，这是她的原话。从初次在林珊办公室知道自己身世的震惊和愤怒，到后来从梅青那里了解到更多的真相后的无奈，曾执对梅青的怨恨已渐渐消去，相反，同作为女人，她对她反而平添了几分同情和理解。如果说自己的不幸是母亲梅青造成的，那梅青的不幸又是谁造成的呢？

"父亲"，尚是曾执和梅青之间没有触碰的话题，两人都不敢率先提起。一来梅青这么多年的确没有郭文坤的消息，二来她一点儿也不确定曾执是否想更多地了解自己的父亲。

而对于曾执来说，虽说这一个月来她经历了从没经历过的情感跌宕，但她却发现在经历了这一切之后，自己紧锁了这么多年的心门慢慢地打开了一条缝隙，她一直僵硬的躯体也逐渐松弛了下来。她知道这一切都是因为她找到了自己的生母，知道了自己从哪里来。可是她身体里流淌的另一半的血液属于的那个人在哪里呢？

夜深人静的时候，曾执会想象那个人的模样，高大的身材，轮廓清晰的面容。他还活着吗？还是已经死去？如果他还活着，如果他知道这世上还有我这么一个女儿，他会怎样，他愿意认我吗？他可以认我吗？越想曾执就越渴望见到这个人，揭开这团迷，可是梅青迟迟不提那个人，曾执也不好细问。一来和生母刚刚相认，还有几分生疏隔在两人中间，二来怕提起这事会再次勾起她的伤心。于是两人就像心照不宣一样谁也不去触碰那个雷区。

今天殷悦也特意把殷之声和夏冰请来了，自己每天忙忙碌碌的，父母却从不知道自己到底在忙些什么，今天可以让他们见识一下女儿的工作成果了。另外殷悦也想给自己一个告别仪式，如果不出意外，这将是她在这个职位上的最后一个作品了，所以要特别的纪念一下。

开场钟声响起，观众席上瞬间鸦雀无声。

舞台上，大幕徐徐拉开，乐团成员就位。指挥走上台来，给大家鞠躬，回转身去，抬手，挥棒。肖邦的《降E大调夜曲》轻柔舒缓的旋律在整个剧院回荡开来。

林珊坐在台下静静地欣赏着，随着音乐的流淌，她的思绪也开始飞扬起来。

并非像常人所说，孩子生出来就是一张白纸，其实孩子在妈妈肚子里已经被涂上了五颜六色。妈妈在怀宝宝的时候心情如果是愉悦、宁静的，宝宝生出来就会性情温和、好带；如果宝宝在妈妈肚子里的时候，妈妈心情郁闷，或者心里充满了惊恐、焦虑，宝宝生出来可能就会爱哭爱闹、脾气暴躁。如果每个妈妈都能在孕期给宝宝进行音乐胎教，那么我们又会诞生出多少性格温和的宝宝呢？

林珊正想着，一曲终了，现场掌声四起。指挥转身、鞠躬，向观众席致意。梅青趁此间隙说声"抱歉"起身离席，大家都以为她是去洗手间，谁都没有在意。

直到中场休息的时候，梅青仍然没有回到座位。林珊问曾执，曾执看向曾志芳，曾志芳轻摇着头，看来谁都不知道梅青去哪儿了。曾执有点着急，莫不是因为刚才自己不愿意挨着她坐，她生气了？

她去剧场的卫生间找，没人；去大厅里四处找，也没人；她拨通了梅青的电话，能接通，却无人接听。她去哪儿了呢？兴许这会儿已经回到座位上了？跟着她一起出来的王越彬嘲笑她说，她这紧张劲儿，倒像个找不到孩子的妈妈。下半场演出马上开始了，曾执只好跟王越彬回到剧场内。

曾执坐在座位上，握着手机，眼看着手机因剧场屏蔽而没有了信号，心急如焚："怎么办啊，没信号了，她要是有事也联系不上我们啊！"

"她事情多，也许工作上临时有事离开了，没事的，你别多想了，不用担心，一会儿她就回来了。"曾志芳拍拍曾执的手，安慰道。

然而谁都没有想到，整个下半场演出梅青都没有出现。

此时，梅青并没有走远，她一个人坐在剧场外面花园的长椅上，叹息，流泪，苦笑。人家说做坏事会遭报应的，"不是不报，时候未到"，真的，她现在信了，她的报应来了。

舞台上，那位风度翩翩的"著名指挥家"不是别人，正是她三十年来强迫自己忘记的人：郭文坤。

其实，演出开始，指挥一出场她就发现了，她用力地克制着自己的情绪，不动声色。可是，坐在那里若无其事地欣赏音乐对她来说实在太残忍了，她只好选择离开。

现在怎么办，自己要不要和他见面？不和曾执提他是因为自己真的不知道他在哪里，可现在他出现了，就在眼前。曾执，她有权利知道自己的亲生父亲是谁，作为母亲她没有权利剥夺孩子认父的权利，尽管她自己是多么不愿意再见到这个男人。至于他们父女会不会相认，她做不出任何判断，可当下留给她的时间不多了，只有这半场演出的时间，她必须赶快做决定。

梅青起身，回到剧场内，在最后一首曲子开始前的间隙，她回到了座位上。观众正在热烈鼓掌，台上的郭文坤正向观众频频点头示意。曾执见梅青回来了，一块石头终于落了地，她的掌声也格外热烈了一些。

梅青低垂着眼睛，俯身向隔壁的林珊低声耳语："林院长，台上这位指挥先生，就是曾执的父亲。"梅青说得像是若无其事，林珊却听得瞠目结舌。震惊之余，她强迫自己先冷静下来，然后在梅青耳边低语了几句，继而拍拍梅青的手臂，以示安慰。

曾执注意到梅青和林珊的小动作，但不知道发生了什么事。她看见林珊匆匆去了后台。

最后一曲很快终了，因为反响热烈，乐团又加演一首《拉德斯基进行曲》才算谢幕。郭文坤接过殷悦送上的花篮，再次鞠躬谢幕后率先退场。

"郭先生，您好，祝贺您演出成功。"林珊说着递上了早已准备好的鲜花。

"谢谢林院长，接下来该是你们的主场了？"

"对，不过，我是想找您说一件私事，能否借一步说话。"

"哦?"疑惑不解的郭文坤跟着林珊走到后台一个单独的化装间,"开着门吧,有什么事您说。"

林珊还是把门关上了,开门见山道:"郭先生,冒昧地问一句,多年前您是不是还有过一个孩子?"

郭文坤佯作镇静:"什么意思?我只有一个孩子,我不知道你在说什么。"

"那您还记得梅青吗,她和你们的女儿现在就坐在外面观众席上。我想,您应该会想见见她们。"

郭文坤一下跌坐在化妆台前,不停地擦汗:"梅青?她不是出国了吗?她还好吗?"他顺手抓起化妆台上的矿泉水,拧开盖子,咕咚咕咚猛喝了几口,"我要见!现在就见!"

觉察到情况不对,曾执来到梅青身边,担心地问她怎么了。

"曾执,我,遇到了一个人……"

"谁啊,什么人?"

梅青看了看后台方向:"等一下,你就知道了。"

一旁的王越彬似乎察觉到了什么:"梅阿姨,是您的一位老朋友吗?"

梅青低下头,没说是,也没说不是。

正在这时,林珊和郭文坤从后台走了过来。蔡美伊和殷悦窃窃私语,她们认出来人正是刚才台上那位指挥家。

梅青瞟了一眼,略有几分慌张地站了起来。她赶紧做了几个深呼吸。未等调整好状态,郭文坤已经大步流星走到了她眼前,他眼里没有别人,只定定地望着梅青。很难形容他的眼神,渴望的,深情的,抱歉的,悔恨的……但是他欲说还休,什么话也没说出口。同时他伸出手,也许想拥抱,也许想握住梅青的手,但他的手迟疑地悬在半空,也收了回去。他虽然年纪大了,但仍然风度翩翩,风采不减。

还是梅青先开了口,一句"你好",便低垂下头。她的声音干燥脆弱得像一块雪饼,一开口便仿佛碎裂了。

郭文坤也低垂下头,手足无措:"没想到在这里遇到你,梅青,我,不,是你,你还好吗?"

本就敏感的曾执此刻也猜到了几分,她挽着曾志芳胳膊的手在发抖,在猜测被证实之前她不敢开口问什么。

“我还好，看得出你也很好。”梅青压下了心头的千言万语，她觉得现在说出的每一个字都很艰难。

“也许，今天不是合适的场合，我也很意外……”郭文坤个子高大，说着眼光扫过人群，有三个年轻姑娘，哪一个是他的女儿呢？几乎只看了一眼，他的目光便锁定了曾执。

梅青抬起头，她突然不知从哪里来的勇气，就像在说别人的事一样，开始向在场的人介绍：“这位是郭文坤，就是刚才音乐会的指挥，他是曾执的父亲。郭文坤，这是我们的女儿曾执，这位是她的养母曾志芳。”

众人都愣住了，没有反应。

“你好，我是曾执的男朋友，我叫王越彬。”冷不防地，王越彬自己伸出手，主动与郭文坤握手并自我介绍。

“你好你好。”郭文坤紧紧握住王越彬伸过来的手，眼睛却盯着曾执。此时此刻，估计王越彬是全场唯一对他表示善意的人了。

曾执狠狠地瞪了王越彬一眼。王越彬不慌不忙地抽回手，回看曾执的眼神倒也无惧。

郭文坤倒是被曾执那眼神吓着了，他不敢轻举妄动，只是喃喃自语道：“你都长这么大了。”

曾执看了一眼梅青，没有回话。

很奇怪，曾执虽然生气王越彬的擅自握手，却对眼前这位“父亲”气不起来，更没有像当初面对母亲时那样的愤怒，她发现自己对他竟然有那么一点……好感。她被自己的这种感觉吓了一跳。按道理，自己应该恨他的，若不是他始乱终弃抛弃了母亲，自己何至于被母亲抛弃，成了弃婴，成了没有父母双亲的别人家的养女？可是眼下当这位风度翩翩的男士站在自己面前，用那样讨好的眼神看着自己时，曾执心里却有几分窃喜。

“好了，大家都认识了，今天就这样吧。”梅青冷淡地说，她的声音里已经没有了起初的慌乱和不安。

正在这时，再次的中场休息结束，剧场安静了，主持人宣布抽奖环节开始。

先是王越彬上台，妇产科男神的名号毕竟不是浪得虚名，他一上来便受到一阵阵年轻孕妇们的惊呼，这世道真是各行各业都能出明星呀。王越彬凭借他幽默风趣的口才，把一个血淋淋的、痛苦万分的分娩过程讲得轻松愉快，台下的产妇们不时发出会心的笑声。

在产妇们的掌声中，王越彬抽了第一个大奖，大家屏住呼吸，看看到底是谁那么幸运能让男神来接生。结果抽中的是一位40岁的高龄产妇，她当时就喜极而泣，因为自怀孕以来她一直担心自己是高龄产妇，生产会有风险，这下好了，由专家主刀，还全程免费，她的心立刻放下了。

随即林珊上台抽取二等奖，最先得奖的是一个90后产妇，她问的第一句话就是坐月子能洗澡吗？当林珊给予她肯定的答案时，她欣喜如狂地喊了一声"太值了"。

在这样一个温暖而又热烈的场面下，各孕婴品牌也各显神通，不遗余力地宣传，孕妈妈们纷纷购买了她们所需要的产品和项目。

MM医院、月子会所、殷悦公司以及各品牌商家各自都达到目的，皆大欢喜。

抽完奖，林珊和王越彬急忙下来。来宾们已纷纷退场，只有嘉宾席的这几位还没走，大家都在等着林珊给今天的故事收尾。

林珊正要开口，忽然不远处一步三拧走来一个大着肚子的年轻女人，过来便挽起郭文坤的胳膊："哎呀，老公，你在这儿呀，我还在后台找你呢！他们说你和林院长出去了，我想你肯定是给我走后门申请月子会所名额去了。"说着撒娇地靠在郭文坤身上，旁若无人。

郭文坤一时尴尬到了极点，与其说这种尴尬是因为面对梅青，倒不如说更多的是因为面对曾执。在自己的女儿面前被一个年轻女子亲昵，换成哪个当父亲的都会无比尴尬和羞愧。

而此时曾执心里更是五味杂陈，刚刚的那点失而复得的小确幸还没回过味来，就被眼前的这个和自己年龄相仿挺着大肚子的女人搅黄了。这个女人的肚子里还有一个和她有着同样血脉的孩子，也就是她的弟弟或妹妹。上帝呀！曾执突然对这个还未出世的小家伙有着一种莫名其妙的嫉妒和仇恨。她好不容易盼来的父爱又要被这个小家伙夺走。

想到这儿，曾执转身就走，梅青和曾志芳喊着她的名字紧随其后。

剧场的人群已经逐渐散尽，殷悦要和收拾完会场的同事们一起去喝庆功酒，邀请林珊和王越彬同去。林珊说累了，想早点回去休息，王越彬说他送林珊回家。

这天晚上，殷悦和同事们喝了很多酒，既是庆功酒，又是告别酒。吃完饭又转战KTV，一整个晚上，她说得最多的一句话就是"再见了"。

她喝多了，去卫生间吐，出来的时候脚底下没站稳，撞在刚从隔壁卫生间出来的一位男士身上，一个趔趄摔倒在地上。那人赶快把她扶起来，"殷悦？"竟是认识她的。不过殷悦醉眼蒙眬，还以为是同事，她笑笑，摆摆手，跟对方说"再见了"。

对方不敢松手，一直把她送回包间，她又摆摆手："再见了。"

真的喝多了，刚回到包间，殷悦竟跳到桌子上："我长得漂不漂亮？"

一屋子人也早都喝得七荤八素了，听见殷悦喊，众人都大声答："漂亮！"

"长得漂亮，不如活得漂亮！你们都给我记住了，从今以后，我要活得漂亮！"殷悦醉醺醺地大声发表宣言，说完好像用完了全身力气，差点从桌子上摔下来，刚才送她回来的男士没离开，见状一把捞起她放回座位。

大醉一场，就什么都不用管了。虽然一晚上她都很开心，但说再见并不是容易的事，她感觉像在告别另一个自我。

所有这些，全部再见了。

把林珊送到家，王越彬驱车直奔曾执家。从猫眼里看到是王越彬来了，曾志芳笑容满面地开了门。他一进门，发现梅青竟然也在，于是分别向两人打了招呼："曾执呢，我有点不放心她。"

"回来就把自己关在屋里。"曾志芳冲曾执的房间努了努嘴。

王越彬走过去，敲敲房门，门是虚掩的，于是径直开门进去了。曾执戴着耳机，面无表情地躺在床上。

"娘娘，别生气了，小的来赔礼道歉了。你看，你想怎么惩罚我啊？"王越彬说。其实王越彬知道曾执生的不是他的气。

"我哪敢生你的气，你见着阿猫阿狗都向人介绍是我男朋友，生怕人家不知道！"

"哎，那你可错了，郭文坤那是国内著名指挥家，人家也是有身份有地位的人，我敬他一分，是因为他是你血缘上的父亲。不过我主动握手这件事有欠考虑，做得不对。"

"你说他一个快六十的人了，居然又要当爸爸了，真让人恶心！"

"搞文艺的人都浪漫，他们生命中如果没有爱情，就没有了灵感。曾执，你不会是在吃你那个还没有出生的小 baby 的醋吧？"

"我吃他的醋？我的年纪都够当他妈了！"

"但不管你嘴多硬，你们俩是姐弟的事实改变不了。"

"你说，我妈当年怎么会看上这种人？"外面客厅里还坐着梅青，曾执压低了声音说，"要不要出去和她一说？没准她这会儿还和我养母商量，让我认这个父亲呢!"

"难道你不认吗? 其实他并不是坏人, 只是价值观和生活方式和我们不太一样罢了, 但是他是你父亲这点不会因为他娶了什么样的女人而改变。况且你现在已经是成人了, 已经有了自己的生活, 马上也要有自己的家庭了, 他也不必对你负责任了, 他过好他自己的生活就好了。"

这时梅青敲门进来说, 天不早了, 她要回去了。她走过来搂住曾执柔声地说: "孩子, 都是妈妈不好, 让你受了这么大的委屈, 你要怪就怪妈妈吧! 不过事已如此, 该出现的人总是要出现的, 你要学着慢慢接受。"

曾执什么也没说, 只是抬起双臂紧紧地搂住了梅青。

这天曾执夜班时, 接到了梅青的电话。

"孩子, 这两天事太多, 忘了问你了, 月子会所分院的事, 你考虑得怎么样了?"梅青问曾执, "陈俊明催着我赶快决定呢!"

"我没有做过管理, 还在学习, 都是纸上谈兵, 要是让我一过去就当院长, 我怕做不好。"曾执说出自己的担心, "而且, 我并不希望您总是想着补偿我, 总觉得亏欠我, 如果您只是为了心安, 这么做了您觉得心里会好受, 可那样的话即便我承担这个工作, 也会力不从心, 压力很大。"

"曾执, 这么说吧, 至今我还从未投过失败的生意。如果我认为你是一个扶不起的阿斗, 我作为一个心里有愧的母亲, 宁可拿钱养着你, 也不会给你哪怕是一个很不重要的项目。那样不仅为难你, 而且你身边的同事也会跟着难受, 最终项目会毁在你手里, 我也会经济上受损失, 何况月子会所是一个投资可观的项目, 我不会做这种傻事的。"

说起工作, 梅青思路非常清晰: "我并不是因为你是我的女儿, 所以想让你当这个分院的院长, 那是陈俊明的想法。只不过他提了出来, 我觉得可行。我考察了你很长一段时间, 作为护士, 你的业务能力非常强。分院的院长一定要是一个懂业务的人, 这样产妇咨询的时候你能对答如流, 可信度高。另外管理运营上的事情, 总部会有统一部署, 再说你已经开始学习了, 何况真有问题了, 林院长和我都会帮你, 别忘了, 你是有三个妈妈的孩子呀。"

梅青的话不仅释怀了曾执的担心, 还让她看到了自己潜在的动力和效能。

曾执笑了, 也流下开心的眼泪: "那好, 我试试?"

"加油!"梅青在电话那头鼓励着。

早上曾执下夜班，王越彬约她下了班后两人一起吃午饭。曾执换好了衣服，化好妆，走到门口，看见瑶瑶，还笑着和瑶瑶打了声招呼："姐姐先撤了，你好好干活啊！"瑶瑶挥着的手愣在半空中，看来这人都是会变的，原来那个像修女一般的曾执最近是越来越鲜活了。

曾执刚推开大门，突然撞见一个人高马大的人站在自己跟前，她定睛一看，原来是郭文坤，手里还捧着一个保温桶，郭文坤见到曾执满心欢喜。

"曾执，是你？"

"啊，哦，你好，您妻子还没住进来呢，您就来送饭了？"

"不，不是，我是专门来看你的，我打听到你昨晚值夜班，肯定没吃早饭，专门买了皮蛋瘦肉粥给你送来的。"

"看我？你和谁打听的？"

"我来过好几次了，都没碰到你。后来我就冒充产妇家属向你们前台打听你值什么班，这才知道你昨天是夜班，今天早上九点会下班出来，所以我就买了粥早早过来等在这里。"

"您找我有事吗？如果是你老婆住月子会所的事你可以找院长或者我们的市场总监，我只是一个护士，帮不了你。"

"曾执，我是你爸爸，我就是想来看看你。你不知道这几天我有多高兴，我有女儿，这么一个大女儿。我到处打听你的情况，我在网上搜你们月子会所的所有信息，想看到你的名字和与你有关的链接。我看到了你们在上海开会时你和院长的照片，我就把它下载下来放到手机上，这样每天都可以看到。"

"对不起，郭先生，我还有事，我先走了。"曾执冷冷地说。

"曾执！"郭文坤不顾一切地一把拽住了曾执："我知道你和你妈妈都恨我，我对不起她，更对不起你，但是我也是不得已，我有我的苦衷呀，你能给爸爸一个解释的机会吗？"

郭文坤每提一次爸爸这个字眼，曾执都会像打了寒噤一样的浑身战栗。长到三十岁，她几乎从来没有听到过爸爸这个称呼，更没有一个像爸爸一样的男人站在自己的面前。如今面前这个男人左一句爸爸，又一句女儿的，让她一时无所适从。她太不适应了，只能本能地一步一步地往后退，高跟鞋一不留神就崴到路旁的草坪里，幸好被郭文坤一把拽住。

曾执挣脱开郭文坤的手臂，头也不回地跑了。任凭郭文坤在后面不停地叫着她的名字。

曾执一路狂奔，唯恐被郭文坤追上。跑到路口，正好有一辆空的出租车，她便逃也似的一头钻进了出租车里。

曾执哆里哆嗦地从包里拿出手机，拨通了王越彬的电话。

茶餐厅里，曾执把刚才的一幕一五一十地讲给王越彬听。她说得语无伦次，带着慌乱和无措。

王越彬一直抓着曾执的手，等她说完。沉默了好一会儿，王越彬开口说："曾执，我能理解他。当年他是爱梅阿姨的，对梅阿姨的感情也是真的。他一定是遇到了他无法解决的事情才消失的。现在他找到你了，自然想见你，认你，况且他已经快六十了。"

"可我不知道怎么面对他，看见他，我不舒服。"

"曾执，不必勉强自己，给自己时间，你今天见到他和前几天在剧院见到他是一样的感受吗？"王越彬问。

"好像不一样。"曾执喃喃低语道。

"是的，我们关系中的情绪、感情都是会变化的，你记得不，你第一次见我的时候是多么讨厌我，可现在呢？"

曾执愣了一下，点点头。

"所以呢，他再来找你，你就顺其自然，随着你的心走。你不愿意理他，就不理，愿意理他就理，这样你就轻松多了。"

"嗯嗯。"曾执听话地点点头。

王越彬是想让曾执和郭文坤相认的。和林珊在一起同学多年，对心理学也略知一二，如果一个女孩身边没有父亲，或者从心里不能和父亲和解的话，她是很难走进亲密关系的。和父亲自如相处的女孩，才能自如地和其他男性相处。爱有时不完全是一种态度、意愿，更是一种能力。他知道如果曾执的父亲一直没有出现，凭自己的能力也能填补曾执心里的空缺。但如今郭文坤出现了，即便他不能给曾执父爱，父亲角色的确认本身就是对曾执内心空缺的一种填补。这就足够了，这样的曾执已经是完整的了，所以王越彬的内心对郭文坤是充满了善意和接纳的。

送走了曾执，他找林珊要了郭文坤的手机号码，给老郭发了一条短信："别气馁，曾执一定会接受你的，慢慢来。王越彬。"郭文坤几乎是秒回："万分感谢！"

三天后几乎是同一时间，郭文坤又出现在月子会所。大概是演出都在晚上，白天比较有空，所以他专挑曾执早上下夜班的时间，这次他是空着手来的。

"孩子，我知道我不该来打扰你的生活，但我只想让你给我一次机会，让我把当年的真实情况告诉你，之后如果你不愿意，我真的不会再来打扰你。"

曾执犹豫了一下，还是随郭文坤在月子会所的小花园里的长凳上坐下。郭文坤便把当年如何和梅青相爱，后来得知梅青怀孕，自己回家去和老婆离婚，老婆怀孕孩子早产，性命攸关，他不能离开的整个过程给曾执讲了一遍。他讲到当老婆孩子这边情况相对稳定后他到处找梅青，却不见了梅青的踪影，电影剧团说她辞职出国了，当时他几乎都要疯了。曾执有点震惊，她不知道郭文坤如此地爱梅青，后面发生的这些事估计梅青自己至今还不知道。

自从那次谈话后，郭文坤就像人间蒸发一样再也没有出现过。这让曾执反倒有点不适应了，她千百次地对自己说，可能他老婆生孩子了，需要他照顾，可能他生病了，可能他出国演出去了，总之曾执自己也奇怪为什么自己有时会惦念这个人。

第三十二章　大结局

半个月后，王睿带着一家老小和大大小小的行李箱出现在首都机场。

曾执、王越彬和殷悦一起来为他们送行。

"美伊，我真是佩服你的魄力，只有你想不到的，没有你做不到的，只要你想做的事，一定都能做到。"曾执与蔡美伊紧紧拥抱。

"蔡主播，等你安顿好，我每天都要看到你的直播，还有，我要看极光！"殷悦说。

"也许，你可以亲自来看。"蔡美伊和殷悦拥抱，在她耳边说。

"是哦！我现在情感事业双失，大把的自由时间，不过我还是先去泰国看看安祖娜，她在那儿等我呢！"虽然嘴里说着"双失"，殷悦却一脸的灿烂。

殷悦大大的行李箱也放在脚边。离了婚，又辞了工作，她想在这个五彩斑斓的世界里走一走，或许还会继续学点什么，总之她要重活一次。

送走蔡美伊，她也即将启程。生活正按照她渴望的样子在继续。

三个人紧紧拥抱在一起，然后挥手告别。

六个月后。

今天是月子会所分院开业的日子，曾执是这家分院的院长。这半年，她的成长，犹如半生。

此刻，她正在焦急等待四位朋友的到来，她的两个好闺蜜蔡美伊和殷悦，以及她们各自的伴侣。

为了今天的开业典礼，王越彬一直陪在她左右。一会儿的剪彩环节，她特意邀请了三位在她生命中最重要的女人——林珊、曾志芳、梅青一同出席。她今天觉得自己特别幸福，她的脸上一直洋溢着发自内心的灿烂笑容。

离典礼还有半个小时的时候，突然迎面来了一辆大巴车。曾执疑惑地望着林珊，林珊也是一脸的茫然，嘴里嘟囔了一句："这个陈俊明又在搞什么名堂？"车上的人陆陆续续下车，每一个男士都身穿黑色礼服，女士都是黑色的席地长裙，再定睛一看，他们手里都拿着乐器。

最后一个下车的是郭文坤，他缓缓走到已经落座的乐队面前，登上指挥台，转身对在场的所有来宾说："各位来宾大家好，今天是月子会所分院开张的日子，我要给大家带来一个特别的惊喜，那就是我用了整整半年的时间谱写的一首新的曲子，叫《新生》。我要把它作为礼物送给月子会所，也送给我最亲爱的女儿曾执，希望她这个院长能够热爱并善待每一个新的生命。"

说完他转身，甩头，挥棒，音乐响起。这是多么华丽的一个篇章，曾执听到了爱恋、纠结、痛苦、绝望、喜悦、希望和生命的重生！

演奏完毕，演奏家们起立，指挥鞠躬谢幕。此时的曾执早已泪流满面，她奔跑过去紧紧地紧紧地拥抱了父亲。

她拉着郭文坤来到林珊、梅青和曾志芳的面前，邀请他们一同上台剪彩。

十点整，鞭炮响起，典礼开始。随着咔嚓一声红绸缎的落地，新的月子会所诞生了。

"新"是一个多么美好的字眼，这一年来曾执在各种情感的纠葛中最终重获了新生，她拥有了一个新的月子会所，她还将在这里迎接无数个崭新的生命。